ANDY McNAB

Ferngesteuert

Buch

Nick Stone hat seine Spezialeinheit der US-Luftwaffe 1988 verlassen, nachdem er in die Erschießung dreier IRA-Terroristen auf Gibraltar verwickelt war. Nun arbeitet er für den britischen Geheimdienst in verdeckter Mission. Dabei stößt er auf den rätselhaften Mord an Kev Brown und seiner Familie in Washington. Nur die siebenjährige Kelly hat den Anschlag überlebt – und plötzlich befinden sich Stone und Kelly auf der dramatischen Flucht vor unbekannten Verfolgern. Stone weiß nicht einmal, wer das Ziel dieser unheimlichen und gnadenlosen Jagd eigentlich ist. Allein hätte Stone, ein Meister seines Metiers, hart im Nehmen und einfallsreich, eine gute Chance zu entkommen. Doch da er das Mädchen schützen muß, ist sein Handlungsspielraum eingeschränkt. Die beiden geraten in eine dunkle Welt voller Gewalt und Korruption, in der Freund und Feind bald nicht mehr zu unterscheiden sind …

Autor

Andy McNab war als britischer SAS-Agent weltweit an militärischen Operationen beteiligt – bis hin zum Golfkrieg. Seine Erfahrungen hat er in zwei erfolgreichen Sachbüchern verarbeitet. »Ferngesteuert« ist sein erster Roman, der in McNabs englischer Heimat auf Anhieb zum Nummer-eins-Bestseller wurde.

Andy McNab

Ferngesteuert

Roman

Aus dem Englischen
von Wulf Bergner

GOLDMANN

Die englische Originalausgabe erschien 1997
unter dem Titel »Remote Control«
bei Bantam Press,
a division of Transworld Publishers Ltd., London

Umwelthinweis:
Alle bedruckten Materialien dieses Taschenbuches
sind chlorfrei und umweltschonend.

Deutsche Erstveröffentlichung 1/99

Umschlaggestaltung: Design Team München
Satz: Uhl + Massopust, Aalen
Druck: Graphischer Großbetrieb Pößneck
Verlagsnummer: 41632
Redaktion: Alexander Groß
V. B. · Herstellung: Sebastian Strohmaier
Printed in Germany
ISBN 3-442-41632-9

3 5 7 9 10 8 6 4 2

PROLOG

Gibraltar – Sonntag, 6. März 1988

Wir wußten nicht, wer von den dreien die Bombe zünden würde. Simmonds hatte uns nur sagen können, daß es eine große sein würde, die ferngezündet werden sollte.

Vorerst konnten wir jedoch nicht mehr tun, als zu warten. Der Sicherheitsdienst ließ die Grenzübergänge zum spanischen Festland von Spähern überwachen. Bis verdächtige Akteure gesichtet wurden, sollten Pat, Kev und ich dort bleiben, wo wir jetzt waren – in einem Café unweit der Main Street, wo wir Kaffee tranken, die Straße beobachteten und zuhörten, was um uns herum passierte.

Die Frühlingsluft unter einem leuchtendblauen Mittelmeerhimmel war frisch und klar, und die Morgensonne war bereits so warm, daß man in Hemdsärmeln im Freien sitzen konnte. Die Bäume, die den Platz umgaben, waren dicht mit Vögeln besetzt, die soviel Krach machten, daß sie den Verkehrslärm der ganz in der Nähe vorbeiführenden, aber nicht sichtbaren Hauptstraße übertönten.

In meinem Ohrhörer bekam ich mit, wie Euan eine Sprechprobe mit der Einsatzzentrale durchführte. Was er über Funk sagte, war alles sehr präzise, sehr deutlich, sehr ruhig. Euan war der pedantischste Mann der Welt. Saß man bei ihm auf einem Sitzkissen, schüttelte er es auf, sobald man wieder aufgestanden war. Sein Pflichtbewußtsein war unübertroffen.

Ich hörte Druckluftbremsen zischen und sah auf. Ein Reisebus war auf den Platz gefahren und hielt ungefähr zwanzig Meter von uns entfernt. Auf dem innen an der Windschutzscheibe angebrachten Schild stand Young At Heart – offenbar der Slogan einer Seniorengruppe.

Ich achtete nicht weiter auf den Bus. Ich langweilte mich, suchte irgendeine Beschäftigung. Das Schuhband eines meiner Sportschuhe war aufgegangen. Als ich mich bückte, um es neu zu binden, bekam ich den Hammer meiner 9-mm-Browning in die Rippen. Das Halfter trug ich in meinen Jeans versteckt; auf diese Weise war nur der Pistolengriff zu sehen, wenn ich meine schwarze Bomberjacke öffnete. Ich trug meine Waffe lieber vorn. Viele der Jungs trugen sie seitlich, aber daran hatte ich mich nie gewöhnen können. Hat man erst eine Position gefunden, die einem gefällt, behält man sie bei; man könnte eines Tages in die Scheiße geraten, seine Waffe ziehen wollen und danebengreifen – sie steckt eine Handbreit weiter rechts, und man ist tot.

Aus dem Griff meiner Pistole ragte ein verlängertes Magazin mit zwanzig Schuß. Außerdem hatte ich drei Standardmagazine zu je dreizehn Schuß am Gürtel, denn ich rechnete mir aus, daß ich meinen Beruf verfehlt haben mußte, wenn neunundfünfzig Schuß nicht genügten.

Die alten Leute begannen auszusteigen. Sie waren typische britische Touristen, die Männer alle fast identisch gekleidet: beige Flanellhose, zweckmäßige Schuhe und ein Pullover mit V-Ausschnitt über Hemd und Krawatte. Die meisten Frauen trugen Crimplene-Hosen mit Elastikbund und vorn eingenähter Bügelfalte. Alle hatten makellos gefönte Frisuren, die rabenschwarz, weiß oder blau getönt waren. Als sie das Café sahen, setzten sie sich wie eine Herde in Bewegung.

»Scheiße, die PIRA hat anscheinend keine Leute mehr«, murmelte Pat. Damit meinte er die Provisorische Irisch-Republikanische Armee. »Sie hat den Barry-Manilow-Fanklub hergeschickt. Freunde von dir, Grandad?«

Er grinste Kev an, der ihm wortlos den Finger zeigte. Aus dem SAS scheidet man mit vierzig aus, ob's einem gefällt oder nicht, und Kevs Vertrag hatte nur noch eine Laufzeit von ein bis zwei Jahren.

Die im Herzen Junggebliebenen setzten sich an die Nebentische und griffen nach den Speisekarten. Sie hatten jetzt eine wichtige Entscheidung zu treffen: Sollten sie noch Kuchen oder schon Sandwiches bestellen? Um diese Zeit zwischen Elf-Uhr-Imbiß und Mittagessen wußten sie einfach nicht, wofür sie sich entscheiden sollten.

Als der Ober herauskam, fingen sie an, betont langsam und deutlich mit ihm zu reden. Er starrte sie an, als seien sie übergeschnappt.

Im Netz hörte ich: »Alle Rufzeichen, hier Alpha. Sprechprobe, kommen.« Alpha war unser Führungsoffizier. Als wir vor sechsunddreißig Stunden hier gelandet waren, hatte unser aus acht SAS-Soldaten und Fernmeldepersonal bestehendes Team in HMS Rooke, dem britischen Marinestützpunkt im Hafen, mehrere Räume im Unterkunftsgebäude zugewiesen bekommen. Dort schlängelten sich Kabelstränge über die Fußböden, Telefone klingelten und Techniker liefen in Jogginganzügen oder Jeans herum und testeten Funkgeräte oder Satellitenverbindungen.

Kev sagte halblaut in sein verstecktes Mikrofon: »Golf.«

Pat: »Oscar.«

Ich hörte Euan: »November.«

Dann war ich an der Reihe: »Delta.«

Die britischen Senioren begannen, sich gegenseitig zu fotografieren. Dann tauschten sie ihre Kameras aus, um auf dem eigenen Film abgebildet zu sein.

Slack Pat stand auf und fragte eine der alten Damen: »Hallo, Schätzchen, soll ich euch mal alle miteinander knipsen?«

»Oh, Sie sind auch aus England, was? Ist das Wetter nicht schön?«

Slack war Anfang Dreißig, blond und blauäugig, sah blendend aus und war clever, redegewandt und witzig: er war alles, was ich haßte. Außerdem war er einsfünfundachtzig groß und gehörte zu den Leuten, die von Natur aus Muskeln wie Bodybuilder haben. Sogar sein Haar wußte, wie es sich zu benehmen hatte; ich hatte schon erlebt, daß er sorgfältig gekämmt und gescheitelt in seinen Schlafsack gekrochen und am nächsten Morgen genauso aufgewacht war. Aus meiner Sicht war das einzig Versöhnliche an Pat die Tatsache, daß er so gut wie keinen Hintern in der Hose hatte, wenn er aufstand. Weil seine Jeans dort so schlaff waren, hatte er von uns den Spitznamen »Slack« bekommen.

Er war gerade dabei, sich als David Bailey zu betätigen, als wir im Netz das »Achtung, Achtung!« einer Späherin hörten. »Ein Verdächtiger, ein Verdächtiger – Bravo One auf der Main Street in Richtung Stadtplatz.«

»Verstanden«, meldete Alpha sich wieder. »Delta, bestätigen Sie.«

Ich stand auf, drückte zweimal rasch nacheinander auf die in meine Jackentasche eingenähte Sprechtaste meines Funkgeräts und setzte mich in Bewegung. Es wäre zwecklos gewesen, gleich zu dritt loszumarschieren.

Familien, die ihren Sonntagsspaziergang machten, kreuzten meinen Weg von links. Touristen fotografierten Gebäude, studierten Stadtpläne und kratzten sich hinterm Ohr; Einheimische saßen auf Bänken und genossen das warme Wetter, führten ihre Hunde aus und spielten mit ihren Enkelkindern. Mir fielen zwei Männer mit gemütlich aussehenden Bierbäuchen auf: Die beiden Alten scherten sich den Teufel darum, daß sie sich totrauchten. Sie saßen in Hosen mit breiten Trägern, Oberhemden und Westen da und sogen die Märzsonne geradezu auf.

Ich fragte mich, wer von diesen Leuten die Detonation überleben würde, falls die Sprengladung zufällig genau hier hochging.

Ich war gerade dabei, ein gutes Tempo zu finden, als ein Späher aufgeregt meldete: »Achtung, Achtung! Zwei weitere Verdächtige – Bravo Two und Echo One am oberen Ende der Main Street.«

Ich fühlte mein Herz schneller schlagen.

Ich hörte Euan die Meldung bestätigen. Bei diesem Unternehmen hatten wir beide den gleichen Auftrag: »Verdächtige«

einwandfrei zu identifizieren. Ich stellte mir vor, wie auch er in die angegebene Richtung schlenderte. Er war klein, hatte das Gesicht voller Aknenarben und fuhr das größte Motorrad der Welt, das er im Stehen nur mühsam im Gleichgewicht halten konnte, weil seine Zehen kaum den Boden berührten. Es machte mir Spaß, ihn damit aufzuziehen. Ich kannte ihn wie einen Bruder – wahrscheinlich sogar besser, denn meine Angehörigen hatte ich seit über zwanzig Jahren nicht mehr gesehen.

Euan und ich waren in unserer Rekrutenzeit Kameraden geworden; wir hatten die SAS-Auswahlprüfung gemeinsam bestanden und arbeiteten seitdem zusammen. Der Scheißkerl war so unerschütterlich ruhig, daß ich jedesmal dachte, sein Herz schlage ständig im Leerlauf. Ich war in Hereford mit ihm zusammen gewesen, als die Polizei gekommen war, um ihm mitzuteilen, seine Schwester sei ermordet worden. Er hatte lediglich gesagt: »Dann muß ich wohl nach London, um alles zu regeln.« Nicht, daß ihm das gleichgültig gewesen wäre; er regte sich nur grundsätzlich nie auf. Solche Gelassenheit kann ansteckend sein. Mich beruhigte es immer, Kerle wie Euan in meiner Nähe zu haben.

Ich erreichte die Main Street und hatte Bravo One sofort im Visier.

Ich meldete mich über Funk: »Alpha, hier Delta. Bestätige Bravo One, braune Nadelstreifen in verblaßtem Blau.«

Er trug immer diese Anzugjacke mit braunen Nadelstreifen; er hatte sie schon so lange, daß die Taschen ausgebeult waren und das Jackett im Rücken Dauerfalten hatte, weil er es auch trug, wenn er Auto fuhr. Und dieselben alten ausgebleichten, zerschlissenen Jeans, deren Schritt auf halber Höhe zwischen Arsch und Kniekehlen hing. Er ging von mir weg – untersetzt, leicht gebeugt, kurzes Haar, lange Koteletten –, aber ich erkannte ihn an seinem Gang. Ich wußte, daß ich Sean Savage vor mir hatte.

Ich folgte ihm zu einem kleinen Platz am unteren Ende der

Main Street in der Nähe der Gouverneursresidenz, auf dem die Kapelle des hier stationierten britischen Infanteriebataillons nach dem Wachwechsel wegtreten würde. Simmonds vermutete, das PIRA-Team könnte seine Bombe hier zünden wollen.

Alpha, unser Führungsoffizier, der dieses Unternehmen leitete, wiederholte die Meldung, damit jeder darüber informiert war, in welche Richtung Savage unterwegs war. Ich wußte, daß Golf und Oscar – Kev und Slack Pat – bald zu mir aufschließen würden.

An der Mauer des alten Kolonialgebäudes parkten sechs bis sieben Autos, deren Fahrer den dort vorhandenen Schatten ausnützten. Ich sah, wie Bravo One seine rechte Hand in die Tasche steckte, als er sich den Wagen näherte. Eine Zehntelsekunde glaubte ich, er greife nach der Fernzündung.

Ohne sein Tempo zu verringern, konzentrierte sich Savage auf einen bestimmten Wagen und ging auf ihn zu. Ich bewegte mich etwas nach rechts, um das Nummernschild ablesen zu können.

»Alpha, hier Delta«, sagte ich. »Bravo One jetzt an einem Auto – Mike Lima eins-sieben-vier-vier-eins-zwo.«

Ich stellte mir Alpha vor seinen Bildschirmen in der Einsatzzentrale vor. »Verstanden. Mike Lima eins-sieben-vier-vier-einszwo«, bestätigte er. »Das ist ein weißer Renault fünf.«

»Der dritte Wagen vom Eingang aus«, meldete ich. »Der mit der Motorhaube zum Gehsteig steht.«

Unterdessen hielt Savage die Schlüssel in der Hand.

»Halt, halt, halt. Bravo One ist am Auto, er steht an dem Auto.«

Mir blieb jetzt nichts anderes übrig, als ziemlich dicht an ihm vorbeizugehen – ich konnte nicht plötzlich meine bisherige Richtung ändern. Dabei sah ich sein Gesicht im Profil; Kinn und Oberlippe waren mit Pickeln übersät, und ich wußte, was das bedeutete. Stand er unter großem Streß, brach jedesmal seine Akne aus.

Savage stand weiter neben dem Renault. Er hatte sich abgewandt, kehrte mir jetzt den Rücken zu und gab vor, seine Schlüssel zu sortieren, aber ich wußte, daß er die geheimen Kennzeichen überprüfte. Ein kleiner durchsichtiger Klebstreifen an der Türdichtung, irgendwelche Gegenstände, die im Wageninneren nach einem bestimmten System angeordnet zurückgelassen worden waren… war irgendeine Veränderung zu bemerken, würde Savage schnellstens verschwinden.

Kev und Slack Pat waren jetzt irgendwo hinter mir am Rand des Platzes, um notfalls eingreifen zu können. War die Zielperson auf mich aufmerksam geworden, würde einer der beiden mich ablösen; geriet ich in die Scheiße und hatte Kontakt, würden sie die Sache zu Ende bringen müssen – und wir arbeiteten alle schon so lange zusammen, daß ich genau wußte, daß nichts die beiden davon abhalten würde, ihren Auftrag zu erfüllen.

Die Gebäude warfen Schatten über den Platz. Ich spürte keine Brise, sondern nur den Temperaturunterschied, als ich aus der Sonne trat.

Ich war Savage jetzt zu nahe, um funken zu können. Im Vorbeigehen hörte ich, wie der Schlüssel hineingesteckt wurde und das Schloß klickte.

Ich steuerte eine Holzbank auf der anderen Seite des Platzes an und ließ mich darauf nieder. Im Papierkorb neben mir steckten Zeitungen; ich zog eine heraus und gab vor, sie zu lesen, während ich weiter die Zielperson beobachtete.

Als Savage eine verdächtige Bewegung machte, meldete ich mich wieder: »Alpha, hier Delta. Seine Füße sind außerhalb des Wagens, er fummelt unter dem Instrumentenbrett herum, er macht sich darunter zu schaffen. Augenblick…« Da ich die Sprechtaste nicht losließ, blieb das Netz weiter unter meiner Kontrolle. War es möglich, daß er die letzten Verbindungen zur Bombe herstellte?

Während ich den Bauchredner spielte, kam ein alter Mann, der sein Fahrrad schob, auf mich zu. Der Scheißkerl wollte mich offenbar in ein Gespräch verwickeln. Ich nahm den Finger von der Sprechtaste und wartete. Obwohl ich vorgab, die hiesige Zeitung zu lesen, hatte ich keine Ahnung, was drinstand. Der Alte war offenbar anderer Meinung. Ich hatte keine Lust, mit ihm übers Wetter zu schwatzen, aber ich konnte ihn nicht einfach auffordern, sich zu verpissen, weil er unter Umständen Krach schlagen und dadurch Savage auf uns aufmerksam machen würde.

Der alte Knabe blieb vor mir stehen, hielt mit einer Hand sein Fahrrad fest und gestikulierte mit der anderen. Er fragte mich etwas. Ich verstand kein Wort von dem, was er sagte. Ich machte ein Gesicht, als sei mir unbegreiflich, was heutzutage alles passierte, zuckte mit den Schultern und sah wieder in die Zeitung. Das war anscheinend die falsche Reaktion gewesen. Er sagte etwas Zorniges, schob sein Fahrrad weiter und gestikulierte dabei, als führe er ein ärgerliches Selbstgespräch.

Ich meldete mich wieder über Funk. Ich konnte nicht genau sehen, was Savage machte, aber seine beiden Füße blieben außerhalb des Renaults. Er hockte auf dem Fahrersitz und lehnte sich unterhalb des Instrumentenbretts zur Beifahrerseite hinüber. Es sah so aus, als versuche er, etwas aus dem Handschuhfach zu holen – als habe er etwas vergessen und sei zurückgegangen, um es zu holen. Ich konnte nicht genau erkennen, was er machte, aber seine Hände griffen immer wieder in seine Taschen.

Um mich herum schien sich alles zu verengen. Ich kam mir wie ein Boxer vor: Ich konnte die Menge hören, ich hörte auf meine Sekundanten und den Ringrichter, ich horchte auf den Gong, aber in erster Linie konzentrierte ich mich auf meinen Gegner. Alles andere war unwichtig. Nur mein Gegner zählte. Die einzig wichtigen Menschen auf dieser Welt waren Bravo One und ich.

Über Funk bekam ich mit, wie Euan sich wie ein Verrückter abstrampelte, um die beiden anderen Terroristen einzuholen.

Kev und Slack Pat standen hinter mir in Reserve; die beiden anderen Männer unseres Teams waren bei Euan. Sie blieben vorläufig im Hintergrund; sie hörten den Funk ab, um auf dem laufenden zu sein, ohne von den Zielpersonen gesehen werden zu können, waren aber immer nahe genug, um uns unterstützen zu können, falls wir in die Scheiße gerieten.

Euan schloß zu Bravo Two und Echo One auf. Die beiden kamen in unsere Richtung. Jeder wußte, wo sie waren, und ging ihnen aus dem Weg, damit sie sich völlig ungehindert bewegen konnten.

Ich erkannte sie, sobald sie um die Ecke bogen.

Bravo Two war Daniel Martin McCann. Im Gegensatz zu Savage, der gebildet und ein erfahrener Bombenbauer war, war »Mad Danny« von Beruf Fleischer und seinem Wesen nach ein Schlächter. Garry Adams hatte ihn 1985 aus der Bewegung ausgeschlossen, weil McCann gedroht hatte, mit einer Mordkampagne zu beginnen, die seiner neuen politischen Strategie hätte schaden können. Das war ein bißchen so, als wäre jemand wegen Grausamkeit aus der Gestapo entlassen worden. Aber McCann hatte Förderer, die dafür sorgten, daß er bald wieder aufgenommen wurde. Dem Ehemann und Vater zweier Kinder wurden sechsundzwanzig Morde angelastet. Loyalisten in Ulster hatten einmal versucht, ihn umzulegen – leider vergeblich. Sie hätten sich mehr Mühe geben sollen.

Echo One war Mairead Farrell. Diese einunddreißigjährige ehemalige Klosterschülerin aus einer Mittelstandsfamilie gehörte zu den einflußreichsten Frauen in der PIRA. Hätte man ihr Photo gesehen, hätte man gedacht: ah, ein Engel! Aber sie hatte wegen eines Bombenanschlags in Belfast zehn Jahre lang im Knast gesessen und sich nach ihrer Entlassung sofort wieder zum Dienst gemeldet. In letzter Zeit hatte sie allerdings Pech gehabt: Vor einigen Monaten hatte ihr Liebhaber sich aus Versehen selbst in die Luft gesprengt. Wie Simmonds bei der Einsatzbesprechung festgestellt hatte, war Echo One seither stinksauer.

Ich kannte beide gut; Euan und ich hatten seit Jahren immer wieder gegen sie gearbeitet. Ich meldete mich im Netz und bestätigte die Identifizierung.

Jeder war an seinem Platz. In der Einsatzzentrale hielten sich außer Alpha der ranghöchste hiesige Polizeibeamte, Leute aus dem Außenministerium, Leute aus dem Innenministerium und alle möglichen anderen Leute auf, von denen sich jeder an der Diskussion beteiligen wollte und seine eigenen Prioritäten hatte. Wir konnten nur hoffen, daß Simmonds unsere Interessen wahrnehmen würde. Ich hatte den Abteilungsleiter Nordirland im Secret Intelligence Service erst vor ein paar Tagen kennengelernt, aber er schien unseren Teil der Show voll im Griff zu haben. Aus seiner Stimme sprach das Selbstbewußtsein, das auf den Sportplätzen von Eton geformt wird, und er wog seine Worte so sorgfältig ab wie ein Staranwalt bei seinem Plädoyer vor Gericht.

Wir wollten, daß die Entscheidung sofort getroffen wurde. Aber ich wußte, daß in der Einsatzzentrale, in der jetzt der Zigarettenrauch vermutlich zum Schneiden dick war, hitzig debattiert wurde. Alpha, unser Verbindungsoffizier, hielt die anderen über unsere Bewegungen auf dem laufenden und bestätigte, daß das Team in Position war. Im Endeffekt entschied die Polizei, nicht wir selbst, ob und wann wir eingriffen. Wurde der Fall ans Militär abgegeben, würde Kev unser Team führen.

Die Anspannung war ungeheuer. Ich wollte diese Sache nur hinter mir haben.

Unterdessen lehnte Farrell an der Fahrertür, und die beiden Männer standen vor ihr. Hätte ich's nicht besser gewußt, hätte ich vermutet, daß sie mit ihr anzubändeln versuchten. Ich konnte nicht hören, was sie sagten, aber ihre Gesichter verrieten keinerlei Streß, und ich konnte sie trotz des Verkehrslärms ab und zu lachen hören. Savage zog sogar Pfefferminzpastillen aus der Tasche, die er den anderen anbot.

Ich berichtete laufend weiter, was ich sah, bis Alpha sich wieder im Netz meldete. »An alle Rufzeichen, alle Rufzeichen, Zuständigkeit liegt bei mir. Golf, bestätigen.«

Kev bestätigte den Empfang dieser Mitteilung. Die Polizei

hatte die Zuständigkeit an uns abgetreten; alle weiteren Entscheidungen lagen bei Kev.

Die Zielpersonen wandten sich von dem Renault ab, setzten sich wieder in Bewegung. Ich klickte meine Sprechtaste viermal.

Golf meldete sich: »Noch warten, warten!«

Also hinterher.

Ich ließ sie in Richtung Hauptplatz vorangehen, bevor ich aufstand und ihnen folgte. Ich wußte, daß wir nicht hier zugreifen würden, denn hier waren zu viele Menschen unterwegs. Man wußte nie, ob einer der Akteure beschloß, mit einem großen Feuerwerk aus dem Leben zu scheiden, und anfing, Zivilisten umzulegen, Unbeteiligte als Geiseln zu nehmen, oder sogar – noch schlimmer – in den Kamikaze-Modus verfiel und die Sprengladung zündete.

Alpha meldete sich erneut über Funk: »An alle Rufzeichen, alle Rufzeichen – Kommando zurück! Zuständigkeit liegt nicht bei mir! Kommando zurück! Golf, bestätigen.«

Ich hörte sofort Kevs weit weniger formelle Antwort: »Verdammt, was ist los? Was soll der Scheiß?«

»Augenblick...« Alpha stand offensichtlich unter Druck. Im Hintergrund waren weitere Stimmen zu hören. »Alle Rufzeichen, die Polizei braucht eine weitere Identifizierung, um ganz sicher zu sein. Golf, bestätigen.«

Was wollten sie eigentlich noch? Sollten die Verdächtigen sich vielleicht kurz vorstellen? »Hi, ich bin Danny, Bombenleger und Mörder, ich reise gern und habe Spaß an der Arbeit mit Kindern.«

Wir riskierten, sie zu verlieren, wenn wir nicht bald eingriffen.

Dann wieder Alpha: »Alle Rufzeichen, unser Sprengmeister überprüft jetzt den Renault. Delta, wir brauchen diese nochmalige Identifizierung.«

Ich bestätigte den Empfang. In der Einsatzzentrale schien ziemliche Aufregung zu herrschen. Die Polizei setzte dem Boß zu, und im Hintergrund war erregtes Stimmengewirr zu hören.

In ein paar Minuten würde das Terroristenteam die Grenze überqueren. Sobald es drüben war, konnte es die Sprengladung zünden, ohne befürchten zu müssen, verfolgt zu werden.

Ich war jetzt auf der anderen Straßenseite und wollte wenigstens auf gleiche Höhe mit ihnen kommen, um ihre Gesichter nochmals sehen zu können. Ich mußte die Zielpersonen erneut identifizieren und dann in ihrer Nähe bleiben.

Weitere Aktivität im Netz. Ich hörte jetzt die Anspannung in Alphas Stimme, klingelnde Telefone, laut durcheinanderredende Leute.

Dann wieder Kev: »Zum Teufel mit der Zentrale, wir bleiben dran, bis irgendwer die beschissene Entscheidung trifft. Lima und Zulu, könnt ihr nach vorn kommen?«

Zulu, der auch für Lima sprach, meldete sich ziemlich außer Atem: »Golf, das ... das können Zulu und Lima.«

»Verstanden. Kommt nach vorn und meldet euch, wenn ihr in Position seid.«

Kev wollte sie jenseits des Gesundheitszentrums haben. Die beiden rannten, so schnell sie konnten; wer sie sah, war ihnen egal, solange die Zielpersonen nicht auf sie aufmerksam wurden. Aber die Zuständigkeit lag noch immer nicht bei uns.

Kev meldete sich über Funk: »Alpha, hier Golf. Sie müssen sich endlich entscheiden – sonst gehen sie uns durch die Lappen. Was sollen wir tun?«

»Golf, warten.«

Ich konnte weiter Hintergrundgeräusche hören – Stimmengewirr, Telefonklingeln, laut gerufene Anweisungen.

Dann herrschte für wenige Augenblicke Stille.

»Warten ... warten ...«

Außer dem Stimmengewirr im Funk hörte ich nur das Hämmern meines Pulses in meinen Ohren. Dann erklang endlich Simmonds' Stimme: laut und deutlich, eine Stimme, der man nicht widersprechen konnte. Ich hörte, wie er Alpha aufforderte: »Sagen Sie dem Einsatzleiter, daß er weitermachen kann.«

»Alle Rufzeichen, hier Alpha. Die Zuständigkeit liegt bei mir. Golf, bestätigen.«

Kev meldete sich sofort, aber anstatt diese Mitteilung zu bestätigen, sagte er nur: »War höchste Zeit. Alle Rufzeichen, falls sie zum Flughafen wollen, schnappen wir sie uns dort. Falls nicht… dann auf meinen Befehl, verstanden? Zulu und Lima, wo seid ihr jetzt?«

»An der Kreuzung«, antwortete Zulu schwer atmend. »Wir können übernehmen.« Die beiden standen an der Kreuzung zwischen Main Street und Smith Dorrien Avenue, der Hauptzufahrt zum Grenzübergang nach Spanien. Die Akteure kamen genau auf sie zu.

Ich konnte mich bald abseilen. Ich hatte meinen Auftrag im Rahmen dieses Unternehmens erfüllt. Ich bereitete mich auf die Übergabe vor.

Aber dann blieben sie stehen.

Scheiße. »Halt, halt, halt!«, sagte ich über Funk. »Bravo One, Two und Echo One sind stehengeblieben.«

Wir kamen von allen Seiten auf sie zu. *Los, wir schnappen sie uns hier und jetzt.*

Savage trennte sich von den beiden anderen und ging in Gegenrichtung zurück – in Richtung Stadtmitte. Das war natürlich Scheiße. Wir hatten auf einmal zwei Gruppen zu überwachen und wußten nicht, wer die Fernzündung in der Tasche hatte.

Kev schloß zu mir auf, um mich unterstützen zu können. Im Netz hörte ich, wie der Rest des Teams den beiden anderen Akteuren in Richtung Grenze folgte, während ich mich beeilte, um mir Savage zu schnappen. Er bog nach links in eine schmale Gasse ab.

Ich wollte mich eben über Funk melden, als ich hinter mir eine Polizeisirene hörte. Dann fielen mehrere Schüsse.

Im nächsten Augenblick rief Euan im Netz: »Kontakt! Kontakt!«

Dann weitere Schüsse.

Kev und ich starrten uns an. Was zum Teufel war da passiert? Wir liefen um die Ecke. Auch Savage hatte die Schüsse gehört und war sofort umgekehrt. Selbst aus einiger Entfernung war zu sehen, daß er Augen groß wie Untertassen hatte und wie besessen zuckte.

Zwischen ihm und uns befand sich eine Fußgängerin. »Halt, Sicherheitskräfte!« rief Kev laut. »Halt, stehenbleiben!«

Mit der linken Hand stieß er die Frau beiseite und gegen eine Hauswand, damit sie uns nicht in die Quere kam. Sie ging mit einer stark blutenden Kopfplatzwunde zu Boden. So würde sie wenigstens nicht aufstehen und ein Ziel abgeben.

Sie begann zu kreischen. Gleichzeitig brüllte Kev Savage an, und alle Passanten, die diese Szene miterlebten, schrien ebenfalls durcheinander. Das Chaos war unbeschreiblich.

Kev schlug sein Sportsakko rechts auf, um an das Halfter über seiner Niere heranzukommen. Wir steckten immer einen schweren Gegenstand in die Tasche – ein volles Magazin ist gut geeignet –, damit die Jacke sich schneller zurückschlagen ließ.

Aber ich beobachtete nicht wirklich Kev, sondern behielt Savage im Auge. Ich sah, wie er seine linke Hand hob, um in die rechte Innentasche seiner Jacke zu greifen. Er war kein muskelbepackter Schwachkopf, der kein Hirn hatte. Sobald er uns sah, wußte er, was die Stunde geschlagen hatte. Er mußte eine Entscheidung treffen.

Kev zog seine Pistole, riß sie hoch und drückte ab.

Nichts.

»Ladehemmung! Scheiße, Nick, Scheiße, Scheiße!«

Während Kev die Ladehemmung zu beseitigen versuchte, ließ er sich auf ein Knie nieder, um ein möglichst kleines Ziel zu bieten. Von diesem Augenblick an schienen alle Ereignisse wie in Zeitlupe abzulaufen.

Savage und ich standen uns Auge in Auge gegenüber. Er wußte, was ich tun würde; er hätte es verhindern können, wenn er die Hände gehoben hätte.

Eine Schußwaffe läßt sich nur schnell ziehen und benutzen,

indem man den Bewegungsablauf in einzelne Stadien unterteilt. Stadium eins: Ich behielt mein Ziel im Auge. Mit der linken Hand packte ich das Vorderteil meiner Bomberjacke und riß es mit voller Kraft nach links. Der Klettverschluß öffnete sich.

Gleichzeitig zog ich den Bauch ein und streckte die Brust heraus, damit der Pistolengriff leicht zu fassen war. Man bekommt nur eine Chance.

Wir hatten noch immer Blickkontakt. Er begann etwas zu rufen, aber ich verstand kein Wort. In der Gasse um uns herum und in meinem Ohrhörer plärrten zu viele andere Stimmen durcheinander.

Stadium zwei: Die gespreizten Finger meiner rechten Hand fuhren herab und umfaßten den Pistolengriff. Machte ich dabei einen Fehler, würde ich nicht richtig zielen können. Ich würde danebenschießen und sterben. Sobald ich den Pistolengriff in der Handfläche spürte, umklammerte ich ihn mit dem Daumen und drei Fingern. Aber mein Zeigefinger lag parallel zum Lauf außen am Abzugbügel. Ich wollte nicht verfrüht abdrücken und mich selbst erschießen. Savage starrte mich noch immer an, brüllte noch immer etwas.

Seine Hand war schon fast an der Tasche.

Stadium drei: Ich zog meine Waffe, indem ich sie gleichzeitig mit dem Daumen entsicherte.

Der Blickkontakt zwischen uns riß nicht ab. Ich sah, daß Savage erkannte, daß er verloren hatte. Seine Lippen verzogen sich kaum wahrnehmbar zu einem verächtlichen Lächeln. Er wußte, daß er sterben würde.

Als meine Pistole herauskam, riß ich den Lauf sofort parallel zum Boden hoch. Ich hatte keine Zeit, meine Arme auszustrecken und eine stabile Schußposition einzunehmen.

Stadium vier: Meine linke Hand zog weiter die Jacke nach links, damit sie mich nicht behinderte, und die Pistole befand sich unmittelbar vor meiner Gürtelschnalle. Ich brauchte sie nicht anzusehen; ich wußte, wo sie war und worauf sie zielte.

Ich starrte weiter das Ziel an, und Savage erwiderte meinen Blick. Ich drückte ab.

Der Knall des Schusses schien wieder alles in Echtzeit zurückzuversetzen. Mein erster Schuß traf ihn. Ich wußte nicht, wo. Das brauchte ich nicht zu wissen. Sein Blick sagte mir alles, was ich wissen wollte.

Ich schoß weiter. Einen Overkill konnte es hier nicht geben. Solange er sich bewegen konnte, konnte er auch die Bombe zünden. War ein ganzes Magazin nötig, um diese Gefahr zuverlässig zu beseitigen, würde ich eben ein ganzes Magazin verschießen. Als Savage zusammenbrach, konnte ich seine Hände nicht mehr sehen. Er lag zusammengekrümmt da und hielt sich den Unterleib. Ich trat auf ihn zu und jagte ihm zwei Kugeln durch den Kopf. Jetzt stellte er keine Gefahr mehr dar.

Kev kam herangelaufen und durchsuchte die Innentaschen von Savages Jacke.

»Nichts«, sagte er. »Keine Waffe, keine Fernzündung.«

Ich blickte auf Kev herab, während er seine blutigen Hände an Savages Jacke abwischte.

»Einer der anderen muß sie gehabt haben«, meinte er. »Ich habe keinen Wagen hochgehen gehört. Du etwa?«

Wegen all dem Krach war ich mir nicht sicher.

Ich stand vor den beiden. Kevs Mutter stammte aus Südspanien, deshalb sah er wie ein Einheimischer aus: pechschwarzes Haar, ungefähr einsfünfundsiebzig groß und dazu knallblaue Augen. Seine Frau fand, er sehe Mel Gibson täuschend ähnlich, was er vehement leugnete, obwohl es ihm in Wirklichkeit gefiel. Im Augenblick grinste er verlegen, weil er wußte, daß er mir etwas schuldig war. »Okay, so was kann passieren«, wollte ich sagen, aber irgendwie war dies nicht der richtige Zeitpunkt dafür. Statt dessen fragte ich: »Verdammt, Brown, was erwartest du schon anderes bei deinem Namen, der die gleiche Farbe hat wie Scheiße?«

Während ich sprach, sicherten wir unsere Pistolen, bevor Kev und ich die Waffen tauschten.

»Nur gut, daß ich zu keiner Verhandlung zur Feststellung der Todesursache muß.« Ich nickte Kev grinsend zu. »Fang lieber an, deinen Scheiß zu organisieren.«

Er lächelte, während er sich über Funk meldete, um einen Lagebericht zu übermitteln. Kev und die anderen hatten keine Schwierigkeiten zu erwarten, aber Euan und ich durften eigentlich gar nicht hier sein. Wir mußten verschwinden, bevor die Polizei kam.

Die Einsatzzentrale in HMS Rooke war zu Fuß ungefähr eine Viertelstunde weit entfernt. Ich steckte Kevs Pistole in meine Jeans und ging rasch davon.

Die Stimmung an Bord der C-130-Hercules war gedämpft, als sie an diesem Abend startete.

Die spanische Polizei hatte die Autobombe der PIRA in einer Tiefgarage im fünfzig Kilometer entfernten Marbella entdeckt: fünfundsechzig Kilo Semtex-Plastiksprengstoff und ein nicht angeschlossener Zeitzünder, der auf 11 Uhr 20 eingestellt war – auf das Ende der Wachablösung in Gibraltar, nach der die Soldaten auf dem Platz wegtraten. Der weiße Renault hatte also doch dort gestanden, um eine Parklücke freizuhalten.

Als Simmonds herüberkam, stellte Pat fest: »Unseres Wissens wollten sie eine Bombe zünden, deren Sprengkraft ausgereicht hätte, um Gibraltar vom Festland zu trennen. Sie hätten nur noch auf den Knopf zu drücken brauchen. Findet eine Verhandlung zur Feststellung der Todesursache statt, ist mir das scheißegal. Lieber von zwölfen verurteilt, als von sechzehn getragen werden.«

Euan und ich würden bei keiner Verhandlung zur Feststellung der Todesursache auftreten. Als Angehörige der Intelligence Group 14 arbeiteten wir verdeckt in Nordirland; Einsätze im Ausland waren für uns beide strikt illegal. Wäre einer von uns in Gibraltar geschnappt worden, hätte das scheißpeinliche Ermittlungen ausgelöst.

Als das Röhren der Triebwerke mich plötzlich taub machte, sah ich zu Kev, Pat und Euan hinüber – und versuchte zu vergessen, wohin ich zurückflog. Ein Haus ist kein Heim, wenn an den kahlen Wänden keine Bilder hängen.

1997

1

Arbeitet man beim britischen Geheimdienst und wird offiziell zu einer Besprechung in die Zentrale in Vauxhall am Südufer der Themse einbestellt, gibt es drei Abstufungen solcher Gespräche. Ganz oben steht Kaffee mit Biskuits, was bedeutet, daß sie einem lobend den Kopf tätscheln wollen. In der Nahrungskette eine Stufe tiefer steht der geschäftsmäßigere Kaffee ohne Biskuits. Was bedeutet, daß man nicht gebeten, sondern angewiesen wird, Befehle auszuführen. Und auf der untersten Stufe gibt es weder Kaffee noch Biskuits, was im Prinzip bedeutet, daß man in der Scheiße sitzt.

Seit ich 1993 das SAS-Regiment verlassen hatte, um freiberuflich als K – als Spezialist für inoffizielle Unternehmen – für den Geheimdienst zu arbeiten, hatte ich schon etliche Gespräche auf allen drei Ebenen geführt und rechnete an diesem Montag nicht damit, einen leckeren, schaumigen Cappuccino serviert zu bekommen. Tatsächlich hatte ich die Hosen ziemlich voll, denn in letzter Zeit war einiges gewaltig schiefgelaufen.

Auch die Vorzeichen waren nicht gerade auf meiner Seite, als ich die U-Bahnstation Vauxhall verließ. Der Märzhimmel war grau und wolkenverhangen, als bereite er sich schon auf die Osterfeiertage vor; der direkte Weg war mir durch Straßenarbeiten versperrt, und ein loshämmernder Preßlufthammer klang in meinen Ohren wie die Salve eines Erschießungskommandos. Vauxhall Cross, die Zentrale der Organisation, die von der Presse als MI6 bezeichnet wird, obwohl sie tatsächlich

Secret Intelligence Service heißt, liegt ungefähr eine Meile stromaufwärts vom Parlament entfernt. Mit ihrer bizarren Form – eine beige-schwarze Stufenpyramide mit abgeschnittener Spitze, zwei großen Seitentürmen und einer Terrassenbar über der Themse – bräuchte sie nur noch ein paar Leuchtreklamen, um wirklich wie ein Spielkasino auszusehen. Sie würde tadellos nach Las Vegas passen.

Ich hatte manchmal Sehnsucht nach dem Century House, der alten Zentrale in der Nähe der Waterloo-Station. Gewiß, es war ein häßlicher, quadratischer Bau aus den sechziger Jahren mit viel Glas, Netzvorhängen und Antennenbündeln, der nicht so verkehrsgünstig zur U-Bahn lag. Aber dafür war er viel heimeliger gewesen.

Gegenüber Vauxhall Cross, ungefähr zweihundert Meter jenseits einer Schnellstraße, verläuft die Eisenbahn auf Hochgleisen, unter deren Bögen alle möglichen Läden eingerichtet worden sind. Zwei sind zu einem riesigen Motorbike-Shop zusammengelegt worden. Ich war zu früh dran, deshalb ging ich hinein und erzählte eine Phantasiegeschichte darüber, welche Ducati ich mir kaufen würde, sobald ich eine Gehaltserhöhung bekäme – was bestimmt nicht heute sein würde. Teufel, bei meinem gegenwärtigen Glück hätte ich mir wahrscheinlich auf der Probefahrt den Hals gebrochen.

Ich hatte echt Scheiße gebaut. Ich war nach Saudi-Arabien geschickt worden, um einige Kurden aus dem Nordirak erst dazu anzustiften und anschließend dafür auszubilden, drei führende Männer der Bath-Partei zu ermorden. Man hoffte, diese Attentate würden das Signal zu allgemeinen Unruhen geben und dazu beitragen, das Regime in Bagdad zu stürzen.

Der erste Teil meines Auftrags bestand darin, in Saudi-Arabien einige Waffen aus dem ehemaligen Ostblock in Empfang zu nehmen, die ins Land geschmuggelt worden waren: russische Dragunow-Scharfschützengewehre, einige Macharow-Pistolen und zwei AK-47-Sturmgewehre – die Ausführung für Fallschirmjäger mit Klappstütze. Alle Seriennummern waren abgeschliffen worden, damit die Herkunft der Waffen sich nicht zurückverfolgen ließ.

Um das Chaos möglichst zu vergrößern, sollten die Kurden ihre drei Attentate in und um Bagdad genau gleichzeitig verüben. Eines sollte aus nächster Nähe mit den Macharow-Pistolen verübt werden. Der Plan sah vor, daß die beiden Jungs an der Tür des Wohnhauses klopften, den dort postierten Sicherheitsbeamten ausschalteten, ins Haus eindrangen, die Zielperson erschossen und dann flüchteten.

Das zweite Attentat sollten zwei Scharfschützen verüben. Der Mann, dem es galt, sah sich als großer Fitneß-Freak; er kam auf den Sportplatz und joggte seine Runde auf der Bahn – ungefähr vierhundert Meter. Er kam jeden Tag in einem flauschigen limonengrünen Jogginganzug aus seinem Haus, lief eine Runde und hatte damit sein tägliches Trainingspensum absolviert. Die Jungs sollten ihn treffen, wenn er gerade zu schwitzen und langsamer zu werden begann, was seinem Aussehen nach zu schließen nach etwa hundert Metern der Fall sein würde.

Der dritte Mann würde auf der Fahrt ins Ministerium einem Attentat zum Opfer fallen. An einer Ampel würden zwei Motorräder neben seinem Auto halten, damit die Beifahrer ihn mit ihren AK-47 durchlöchern konnten.

Ich landete problemlos im Nordirak und begann mit der Ausbildung der Attentäter. Zu diesem Zeitpunkt wußten nicht einmal die Kurden, wer die Zielpersonen sein würden. Die Dragunow-Scharfschützengewehre waren echt Scheiße. Allerdings ist die Waffe nie so wichtig wie die Munition, die in diesem Fall noch schlechter war: indische 7,63-mm-Patronen. Hätte ich die Wahl gehabt, hätte ich finnische Lapua-Munition genommen, die wegen ihrer Gleichmäßigkeit für Scharfschützen am besten geeignet ist, aber westliche Munition hätte alles verraten.

Mit der indischen Munition war fast jeder Treffer ein Zufallstreffer. Außerdem waren die Dragunows halbautomatische Waffen. Im Idealfall braucht man eine Waffe mit Kammerhebel, die nicht nur für solche Einsätze besser geeignet ist, sondern auch keine leere Hülse hinterläßt, weil sie in der Waffe bleibt, bis man nachlädt. Aber die drei Kerle mußten mit russischen Waffen umgelegt werden, deren Herkunft nicht nachweisbar sein durfte.

Nach den drei Attentaten wurden die Waffen in einem Versteck abgeliefert und hätten vernichtet werden sollen. Aber das wurden sie nicht. Unter dem Ringkorn der AK-47 ist eine Seriennummer eingefräst. Mir war mitgeteilt worden, sämtliche Seriennummern seien vom Lieferanten entfernt worden, und ich hatte diese Mitteilung für bare Münze genommen. Ich hatte nicht selbst nachgesehen – ich hatte Scheiße gebaut.

Aus der Sicht Londons gab es nur ein Mittel, dieses Versehen zu korrigieren: Die Kurdenteams, die ich ausgebildet hatte, mußten liquidiert werden. Das war Schadensbegrenzung in ihrer drastischsten Form, aber es war notwendig. Gelang es den Irakern, den Weg der Attentatswaffen zurückzuverfolgen, konnten sie die Verbindung zu Großbritannien herstellen. Nahmen sie dann die Kurden gefangen, die rein zufällig erwähnten, sie seien von einem westlichen Ausländer namens Nick Stone ausgebildet worden, brauchte man kein Genie zu sein, um herauszubekommen, aus welchem Land er stammte.

Ich war echt sauer, daß ich die Jungs umlegen mußte, denn ich hatte sie wirklich gut kennengelernt. Noch heute trug ich die Armbanduhr Marke G Shock, die einer meiner Scharfschützen mir geschenkt hatte. Wir hatten auf der Schießbahn gewettet, und er hatte verloren. Obwohl ich wußte, daß ich besser schoß als er, hatte ich vorsichtshalber geschummelt, weil ich die Uhr unbedingt haben wollte. Ich hatte diesen Jungen wirklich gern gehabt.

In London hatte es eine Untersuchung gegeben, bei der jeder die Verantwortung auf andere abgeschoben hatte. Und weil ich ein K war, konnten alle mir die Schuld geben. Die Waffenspezialisten und Techniker im SIS behaupteten, ich sei schuld, weil ich die Waffen nicht kontrolliert hätte. Was konnte ich dagegen vorbringen? Offiziell existierte ich nicht einmal. Ich machte mich auf einen gewaltigen Anschiß gefaßt.

Ich betrat Vauxhall Cross durch eine Metalltür und ging geradewegs zum Empfang. Im Inneren hätte man das Gebäude mit jedem High-Tech-Verwaltungsgebäude in jeder Großstadt verwechseln können: sehr sauber, glatt und funktionell. Mitarbeiter des Hauses zogen ihre Ausweiskarten durch elektronische Lesegeräte, um eingelassen zu werden, aber ich mußte zur Empfangstheke. Dort saßen zwei Frauen hinter dicken Panzerglasscheiben.

Durch die Gegensprechanlage sagte ich zu einer von ihnen: »Ich habe einen Termin bei Mr. Lynn.«

»Tragen Sie sich bitte hier ein.« Sie schob das Besucherbuch durch den Schlitz unter der Scheibe hindurch.

Während ich meinen Namen eintrug und in der dafür vorgesehenen Spalte unterschrieb, nahm sie den Telefonhörer ab. »Wen soll ich Mr. Lynn melden?«

»Mein Name ist Stamford.«

Das Besucherbuch enthielt Abreißkarten. Eine Hälfte davon wurde abgetrennt und in eine Plastikhülle gesteckt, die ich am Revers tragen mußte. Auf meiner blauen Hülle stand: ZUTRITT NUR IN BEGLEITUNG.

Die Frau legte den Hörer auf und sagte: »Sie werden gleich abgeholt.«

Ein paar Minuten später erschien ein junger Angestellter. »Mr. Stamford?«

»Hey, Kumpel, wie geht's so?« fragte ich ihn.

Der junge Mann lächelte schwach. »Würden Sie bitte mitkommen?« Im Aufzug drückte er auf einen der Knöpfe. »Wir fahren in den vierten Stock.«

Das Gebäude ist ein regelrechtes Labyrinth. Ich ging einfach mit; ich hatte keine Ahnung, wohin wir unterwegs waren. Außer dem Summen der Klimaanlage drang aus den Büros, in denen Leute Akten bearbeiteten oder an PCs saßen, kaum ein Geräusch. Am Ende eines Korridors bogen wir nach links in einen Raum ab. Alte Karteischränke aus Stahl, ein paar zusammengestellte Schreibtische und wie in jedem anderen Büro eine Kaffeemaschine mit Tassen, Kaffeedose, Zuckertüte und Milchkännchen. Heute jedoch nicht für mich – wie ein Fallschirmspringer konnte ich nach der Öffnung meines Schirms nur abwarten, wie die Landung werden würde.

Oberstleutnant Lynns Dienstzimmer lag seitlich neben diesem größeren Raum. »Herein!« sagte eine energische Stimme sofort, als mein Begleiter anklopfte. Er drückte die Türklinke und ließ mir den Vortritt.

Lynn stand hinter seinem Schreibtisch. Obwohl er mit Anfang Vierzig nach Größe, Körperbau und Aussehen eher durchschnittlich wirkte, besaß er eine Aura, die ihn als absoluten Überflieger kennzeichnete. Das einzige, was er nicht hatte, wie ich jedesmal befriedigt feststellte, war volles Haar. Ich war seit etwa zehn Jahren gelegentlich mit ihm zusammengekommen; in den letzten zwei Jahren war er als Verbindungsoffizier zwischen Verteidigungsministerium und SIS tätig.

Erst als ich weiter in den Raum hineinging, sah ich, daß er nicht allein war. Neben seinem Schreibtisch saß Simmonds, der bisher von der halb geöffneten Tür verdeckt gewesen war. Ihn hatte ich seit Gibraltar nicht mehr gesehen. Damals hatte er sich als hellwach erwiesen und bei der Gerichtsverhandlung zur Feststellung der Todesursache sehr geschickt dafür gesorgt, daß Euan und ich praktisch nicht existierten. Bei seinem Anblick empfand ich eine Mischung aus Überraschung und Erleichterung. Simmonds hatte nichts mit dem Kurdenfiasko zu tun gehabt. Vielleicht würden wir die Kaffeemaschine doch noch anwerfen.

Simmonds stand auf. Einsachtzig groß, Ende Vierzig, sehr distinguiert aussehend, ein recht höflicher Mann, fand ich, als er mir die Hand hinstreckte. Er trug eine senfgelbe Cordsamthose und ein Hemd, das aussah, als habe er letzte Nacht darin geschlafen.

»Freut mich sehr, Sie wiederzusehen, Nick.«

Wir schüttelten uns die Hände, und Lynn fragte mich: »Möchten Sie einen Tee oder Kaffee, Stone?«

Das klang schon besser.

»Danke. Kaffee mit Milch, ohne Zucker.«

Wir nahmen Platz. Ich bekam den Stuhl auf der anderen Seite des Schreibtischs und sah mich rasch in dem Büro um, während Lynn auf eine Taste seiner Gegensprechanlage drückte und Kaffee bestellte. Sein Dienstzimmer lag auf der Rückseite des Gebäudes mit Blick auf die Themse. Es war ein sehr schlichter, sehr funktioneller, sehr unpersönlicher Raum – bis auf ein gerahmtes Photo auf dem Schreibtisch, das offenbar Lynns Frau mit ihren zwei Kindern zeigte. Über den Bildschirm des stummgeschalteten Fernsehers in seiner Wandhalterung liefen Ceefax-Schlagzeilen. Unter dem Fernseher hingen der für Offiziere obligate Squashschläger und sein Jackett an einem Garderobenständer.

Lynn beugte sich ohne weitere Vorreden zu mir herüber und sagte: »Wir haben einen Schnellschuß für Sie.«

Ich warf Simmonds einen fragenden Blick zu.

»Stone, Sie sitzen wegen des letzten Jobs in der Scheiße«, fuhr Lynn fort. »Das ist bedauerlich, aber Sie können einiges wiedergutmachen, indem Sie diesen annehmen. Ich behaupte nicht, daß damit alles vergessen ist, aber immerhin arbeiten Sie noch. Die Entscheidung liegt bei Ihnen.«

»Ich übernehme den Auftrag«, sagte ich.

Lynn hatte gewußt, was ich antworten würde. Er griff bereits nach einem Schnellhefter, der Photos und einige Blätter enthielt. Auf einem der Schriftstücke sah ich eine Randnotiz in grüner Tinte. Die mußte vom Chef der Firma stammen. Simmonds hatte noch immer kein Wort gesagt.

Lynn legte mir ein Photo hin.

»Wer sind die beiden?«

»Michael Kerr und Morgan McGear. Sie sind in diesem Augenblick nach Shannon unterwegs, um nach Heathrow und von dort aus nach Washington zu fliegen. Sie haben ihren Rückflug mit Virgin gebucht und reisen mit gefälschten südirischen Pässen. Ich möchte, daß Sie die beiden von Shannon nach Heathrow und von dort aus nach Washington begleiten. Stellen Sie fest, was sie dort machen und mit wem sie zusammentreffen.«

Ich hatte schon früher Akteure von der Republik Irland aus beschattet und erwartete keine Probleme. Trotzdem wandte ich ein: »Was ist, wenn sie sich nicht an den Plan halten? Wenn sie mit gefälschten Pässen reisen, können Sie nur so tun, als wollten sie nach Amerika, und dann ihre richtigen Pässe benutzen, um einen anderen Flug zu buchen und nach Amsterdam zu verschwinden. Das wäre nicht das erste Mal.«

Simmonds lächelte. »Ich verstehe Ihre Besorgnis und nehme sie zur Kenntnis. Aber sie fliegen nach Washington.«

Lynn legte mir einen Computerausdruck hin. »Das sind die Flugdaten. Sie haben ihren Flug gestern in Belfast gebucht.«

Der junge Mann klopfte an und brachte ein Tablett mit drei Bechern Kaffee herein. Auf einem war ein Tasmanischer Teufel abgebildet, der zweite zeigte einen Oldtimer, und der dritte war rein weiß. Ich hatte den Eindruck, Lynn und Simmonds seien bei der zweiten Runde Kaffee.

Simmonds griff nach dem weißen Becher, Lynn nahm den Oldtimer, und mir blieb der einen Hügel hinaufhetzende Tasmanische Teufel.

»Wer begleitet sie von Belfast nach Shannon?«

»Das übernimmt Euan«, antwortete Simmonds. »Er hat sie im Augenblick. Er übergibt sie Ihnen in Shannon.«

Ich lächelte bei der Erwähnung des Namens Euan. Als K war ich nicht mehr Bestandteil des Systems, sondern wurde lediglich für Unternehmen eingesetzt, die notfalls geleugnet werden konnten. Diese Aufträge übernahm ich nur, um andere Dinge zu finanzieren, die mir Spaß machten. Um was es sich dabei handelte, wußte ich noch nicht genau; mit siebenunddreißig Jahren war ich ein Mann, der viel um die Ohren, aber nicht sehr viel im Kopf hatte. Euan dagegen fühlte sich weiter als Teil des Systems. Er besaß noch immer genug Verantwortungsgefühl, um den guten Kampf zu kämpfen – was immer das bedeutete –, und würde weitermachen, bis er eines Tages mit einem Tritt rausflog.

Simmonds gab mir einen Schnellhefter. »Zu Ihrer Information«, sagte er. »Er enthält dreizehn Seiten. Ich möchte, daß Sie jetzt dafür unterschreiben und ihn der Hubschrauberbesatzung geben, wenn Sie fertig sind. Alles Gute«, fügte er mit einem unaufrichtigen Grinsen hinzu.

»Soll ich gleich los?« fragte ich. »Ich habe meinen Reisepaß nicht bei mir – von einem Schnellschuß ist nicht die Rede gewesen.«

»Ihr Paß ist hier«, sagte Lynn. »Haben Sie Ihre sonstigen Dokumente?«

Ich sah ihn an, als habe er mich beleidigt.

Reisepaß, Führerschein und Kreditkarten sind die Grundlagen für eine glaubhafte »Legende«. Der K baut sie dann weiter aus, indem er die Kreditkarten benutzt, um Einkäufe zu bezahlen oder Zeitschriftenabonnements oder Clubbeiträge abbuchen zu lassen. Ich hatte meine Karten wie immer bei mir, nicht jedoch meinen Paß. Der Reisepaß, den Simmonds mir gab, war vermutlich erst an diesem Morgen produziert worden – in jeder Beziehung einwandfrei bis hin zu dem Visum und der dem Ausstellungsdatum entsprechenden Alterung.

Mir blieb keine Zeit, meinen Kaffee auszutrinken. Der junge Mann kam, um mich hinunterzubegleiten. Bevor ich ging, unterschrieb ich im Vorzimmer für die Schriftstücke: dreizehn Seiten mit Informationen, und ich mußte für jede einzelne unterschreiben. Zuletzt mußte ich für den Schnellhefter unterschreiben. Scheißbürokratie.

Ein Wagen stand für mich bereit. Ich stieg vorne ein. Als Jugendlicher hatte ich Leuten nachgesehen, die sich chauffieren ließen, und mir gedacht: Was, zum Teufel, bilden die sich eigentlich ein? Ich erzählte meinem Fahrer lauter Scheiß und langweilte ihn vermutlich zu Tode; er hatte keine Lust, sich zu unterhalten, aber ich fühlte mich dadurch besser.

Auf dem Heliport Battersea stand mit langsam laufendem Rotor ein ziviler Hubschrauber für mich bereit. Bevor ich an Bord ging, hatte ich noch etwas zu erledigen: Von einem Wandtelefon aus rief ich die Familie an, die ich für meine Legende brauchte: Leute, die sich für mich verbürgen würden, falls ich mal in der Klemme saß. Sie würden sich niemals für mich einsetzen, aber falls ich verhaftet wurde, konnte ich zur Polizei sagen: »Dort lebe ich – rufen Sie die Leute an, fragen Sie die Leute.«

Eine Männerstimme meldete sich.

»James, hier ist Nick. Ich habe eben die Chance bekommen, Freunde in den Staaten zu besuchen. Das kann ein bis zwei Wochen dauern. Sollte es länger dauern, rufe ich wieder an.«

»Klar«, sagte James nur. »Bei den Wilmots nebenan ist vor zwei Tagen eingebrochen worden, und wir fahren über Ostern zu Bob nach Dorset.«

Solche Dinge mußte ich wissen, denn ich hätte sie gewußt, wenn ich ständig dort gelebt hätte. Die Familie schickte sogar jede Woche ihr Lokalblatt an meine Londoner Deckadresse.

»Also bis dann, Kumpel. Falls du deinen Sohn am Wochenende siehst, kannst du ihm bestellen, daß er mir noch einen Abend schuldig ist.«

»Wird gemacht... Schönen Urlaub.«

Auf dem Tiefflug über die Irische See schlug ich den Schnellhefter auf und blätterte das Material durch. Diese Mühe hätte ich mir sparen können. Meine Auftraggeber wußten nur, daß die beiden Jungs Flugtickets nach Washington gekauft hatten, und wollten wissen, warum. Sie wollten wissen, wen die beiden trafen und was dabei besprochen wurde. Aus Erfahrung wußte ich, daß das nur schiefgehen konnte. Wie sollte ich die Kerle beschatten, selbst wenn sie sich ans Drehbuch hielten und wirklich nach Washington flogen? Sie waren zu zweit, ich war allein;

um etwaigen Verfolgern das Leben schwerzumachen, würden die beiden sich irgendwann trennen. Aber was hätte ich sonst tun sollen? Die Firma saß am längeren Hebel, das stand fest.

Wie aus einem der Schriftstücke hervorging, schien wieder mal die Jahreszeit gekommen zu sein, in der alle guten PIRA-Spendensammler auf Dinnerpartys in Boston, New York und Washington unterwegs waren – sogar bis hinunter nach Tucson, Arizona, um irisch-amerikanische Sympathisanten abzukassieren, die in der Sonne im Ruhestand lebten. Die Beschlagnahmung von zehn Tonnen Waffen und Sprengstoff in einem Londoner Lagerhaus im September 1996 hatte anscheinend eine Finanzkrise ausgelöst. Die PIRA war zwar noch nicht zu ihrer Bank gegangen, um einen Überziehungskredit zu beantragen, aber die Zunahme ihrer legalen Sammeltätigkeit in Nordirland ließ darauf schließen, daß sie dringend Geld brauchte. Es gab allerdings auch diskretere Methoden, zusätzliche Mittel aufzutreiben. Bestimmt hatten meine neuen Freunde damit zu tun.

Ansonsten war ich ziemlich ahnungslos, was diesen Job betraf. Ich besaß keine Informationen darüber, mit welcher Legende die Akteure reisten oder wohin sie in Washington oder Umgebung wollten. Ich wußte nur, wer sie waren und wie sie aussahen. Ich las, daß Michael Kerr im South Armagh Active Service Unit aktiv gewesen war. Er hatte an vier Granatwerferüberfällen auf Stützpunkte der Special Forces teilgenommen und Dutzende Male auf Sicherheitskräfte oder Protestanten geschossen. Einmal war er sogar verwundet worden, hatte aber in den Süden fliehen können. Ein harter Bursche.

Das galt auch für Morgan McGear. Nachdem der einunddreißigjährige Maurer sich im Grenzgebiet von South Armagh als Schütze bewährt hatte, war er ins PIRA-Sicherheitsteam aufgestiegen. Dort hatte er den Auftrag, Spitzel aufzuspüren und zu verhören. Seine bevorzugte Verhörmethode war eine Bohrmaschine der Marke Black & Decker.

2

Da der Hubschrauberdienst von einer zivilen Tarnfirma betrieben wurde, verlief meine Ankunft in Shannon nicht anders, als wenn ich ein Pferdezüchter gewesen wäre, der auf seinem Gestüt in Tipperary nach dem Rechten sehen wollte, oder als Geschäftsmann aus London herübergekommen wäre, um meinen Aktenkoffer mit EU-Subventionen zu füllen. Ich ging übers Vorfeld, betrat das Abfertigungsgebäude, passierte die Zollkontrolle und folgte den Wegweisern zum Taxistand. Erst im letzten Augenblick bog ich ins Abfluggebäude ab.

Am Aer-Lingus-Schalter holte ich mein auf den Namen Nick Stamford ausgestelltes Ticket nach Heathrow ab. Wählt man einen Decknamen, ist es immer ratsam, seinen Vornamen beizubehalten – so reagiert man ganz natürlich darauf. Vorteilhaft ist es auch, wenn der Nachname mit dem ersten Buchstaben des richtigen Namens beginnt, weil die Unterschrift dann flüssiger ausfällt. Ich hatte mich wegen der Schlacht bei Stamford Bridge für Stamford entschieden. Ich liebe mittelalterliche Geschichte.

Ich ging sofort in eines der Geschäfte, um mir eine Reisetasche zu kaufen. Jeder Fluggast hat Handgepäck; ich wäre aufgefallen, wenn ich nur mit einer Coladose in der Hand an Bord gekommen wäre. Ich reise nie mit Gepäck, das aufgegeben werden muß, denn sonst ist man den Unbekannten ausgeliefert, die beschließen, für Tokio bestimmte Koffer nach Buenos Aires zu schicken. Selbst wenn das Gepäck sicher ankommt, ist man erledigt, wenn es erst fünf Minuten nach dem Koffer der Zielperson auf dem Gepäckband liegt.

Während ich kaufte, was ich an Toilettenartikeln brauchte, hielt ich nach Euan Ausschau. Ich wußte, daß er an Kerr und McGear kleben würde, falls die beiden nicht bereits abgeflogen waren.

Im Abfluggebäude wimmelte es von irischen Familien, die zu Ostern in die Sonne entfliehen wollten, und kürzlich pensionierten Amerikanern, die herübergekommen waren, um ihre Wurzeln zu finden, und nun mit ihren brandneuen Guinness-Sweatshirts, Stockschirmen, Baseballmützen, Kobolden in Blechdosen und kleinen Blumentöpfen mit irischem Klee zum Selbstanbau herumliefen.

Jedenfalls herrschte reger Betrieb, und die Bars machten gute Geschäfte. Am anderen Ende des Terminals sah ich Euan in einem Café sitzen. Er las eine Zeitung und hatte vor sich auf dem Tisch einen großen Kaffee mit aufgeschäumter Milch stehen. »Euan«, was für ein eigenartiger Name. Ich mußte dabei an einen Kerl denken, der einen Rock trug und sein Breitschwert schwingend über die schottischen Hügel lief. Tatsächlich war er in Bedford geboren, und seine Eltern stammten aus Eastbourne. Sie mußten einen historischen Film gesehen und dabei Gefallen an diesem Namen gefunden haben.

Links neben dem Café lag eine Bar. Aus Euans Blickrichtung schloß ich, daß die Akteure sich dort aufhielten. Ich machte mir nicht die Mühe, die Bar nach ihnen abzusuchen; ich wußte, daß Euan sie mir zeigen würde. Das hatte keine Eile.

Als ich aus der Drogerie kam, sah ich zum Café hinüber und nahm Blickkontakt mit Euan auf. Ich ging mit breitem Grinsen auf ihn zu, als hätte ich soeben einen lange vermißten Kumpel entdeckt, sagte aber vorerst noch nichts. Falls er beobachtet wurde, hätte es nicht normal gewirkt, wenn ich einfach an seinen Tisch getreten wäre, mich zu ihm gesetzt und eine Unterhaltung begonnen hätte. Das Ganze mußte wie eine zufällige Begegnung aussehen, die aber nicht so lärmend sein durfte, daß sie anderen Leuten auffiel. Sie würden nicht denken: Ach, sieh mal an, da treffen sich zwei Spione – aber irgend etwas würde ihnen doch im Gedächtnis bleiben. Das brauchte im Augenblick nichts zu bedeuten, konnte einen aber später teuer zu stehen kommen.

Euan stand halb auf und erwiderte mein Lächeln. »Hey, alter Scheißer, was machst du denn hier?« Er lud mich mit einer Handbewegung ein, mich zu ihm zu setzen.

Wir nahmen Platz, und da Euan den Treff organisierte, erzählte er als erstes die Legende. »Ich bin aus Belfast rübergekommen, um dich zu sehen, bevor du wieder nach London zurückfliegst. Wir sind schließlich alte Schulfreunde.« Es ist immer nützlich die gleiche Story parat zu haben.

»Wo sind sie?« fragte ich wie nach Angehörigen.

»Halblinks von mir hast du die Bar. Beide vor dem Fernseher. Beide sitzen – der eine trägt eine Jeansjacke, der andere einen schwarzen dreiviertellangen Wildledermantel. Kerr sitzt rechts. Er heißt jetzt Michael Lindsay. McGear ist Morgan Ashdown.«

»Haben sie schon eingecheckt?«

»Ja. Nur Handgepäck.«

»Für zwei Wochen in Washington?«

»Kleidersäcke.«

»Und sie sind zu keinem weiteren Check-in-Schalter gegangen?«

»Nein. Sie scheinen nach Heathrow zu fliegen.«

Ich ging zur Theke hinüber und holte zwei Tassen Kaffee.

Ich sah, daß sie die einzigen Iren in der Bar waren, weil alle anderen Guinness-Polohemden trugen und Pint-Gläser mit dem schwarzen Zeug vor sich stehen hatten. Die beiden tranken Budweiser aus der Flasche und sahen sich die Fußballübertragung im Fernsehen an. Beide hatten Zigaretten angezündet und qualmten wie wild; hätte ich sie in einer Bar in Londonderry beobachtet, hätte ich das für ein Zeichen der Nervosität gehalten, aber bei Aer Lingus gibt es nur Nichtraucherflüge, und diese beiden Jungs taten offenbar etwas für ihren Nikotinspiegel, bevor sie an Bord gingen.

Beide sahen wie hundertprozentige Touristen aus: gut rasiert, frisch gewaschenes Haar, nicht elegant wie Geschäftsleute, nicht abgerissen wie Schmutzfinken. Im Grunde genommen waren sie so unauffällig, daß niemand sie eines zweiten Blickes würdigte, was darauf schließen ließ, daß sie clever waren – und das war ein Problem für mich. Hätten sie auffällig, selbstbewußt oder nervös gewirkt, hätte ich gewußt, daß ich es mit Spielern aus der zweiten oder dritten Liga zu tun hatte – ein einfacher Job. Aber diese Jungs waren erstklassig; sie waren weit davon entfernt, an der Bogside herumzuhängen und darauf zu warten, ob sie jemandem die Kniescheiben zertrümmern konnten.

Überall wimmelte es von Kindern, die lachend und schreiend Fangen spielten, während Mütter hinter Zweijährigen hinterherkreischten, die sich losgerissen hatten, um im Terminal auf Entdeckungsreise zu gehen. Je mehr Lärm und Trubel hier herrschte, desto besser für uns. Ich stellte die beiden Tassen auf den Tisch und setzte mich. Euan sollte mir möglichst viel über die beiden erzählen, bevor sie an Bord gingen.

»Ich beschatte McGear seit Derry«, sagte Euan. »Er ist im Sinn-Féin-Büro in der Cable Street gewesen – vermutlich, um sich seine Anweisungen zu holen – und von dort aus nach Belfast gefahren. Die Spooks haben versucht, ihn abzuhören, aber das hat nicht geklappt. Ansonsten gibt's eigentlich nichts zu berichten. Die beiden haben in einem Flohhotel übernachtet, sind dann hierhergeflogen. Sie sind seit etwa zwei Stunden hier. Den Flug haben sie mit auf ihre Decknamen ausgestellten Kreditkarten gebucht. Ihre Tarnung ist gut. Sie haben sogar die von Virgin gestellten Anhänger für Kabinengepäck angebracht, damit nur ja nichts schiefgeht.«

»Wo wohnen sie in Washington?«

»Das weiß ich nicht. Sie haben alles erst in letzter Minute gebucht, und Ostern fällt in die Hauptreisezeit. In Washington gibt's ungefähr zehn Hotels, die mit Virgin zusammenarbeiten. Wahrscheinlich ist's eines von denen, aber das haben wir nicht mehr feststellen können.«

»Ist das alles?« fragte ich.

»Leider ja. Ich weiß nicht, wie sie vom Flughafen aus weiterfahren wollen, aber sie sind anscheinend tatsächlich nach Washington unterwegs, alter Junge.« Damit war das Thema aus Euans Sicht erledigt, und wir hatten Zeit, über alles mögliche zu quatschen. »Kommst du noch oft mit Kev zusammen?«

Euan trank einen Schluck Kaffee und nickte. »Yeah, er ist

jetzt in Washington; er ist anscheinend ziemlich erfolgreich. Marsha und den Kindern geht's gut. Ich habe sie vor ungefähr vier Monaten besucht. Er ist befördert worden, und sie haben sich ein Plastikhaus in einer guten Wohngegend gekauft. Ein ›Landhaus‹, wie's in der Werbung heißt.«

Euan grinste und sah dabei mit dem weißen Schaumstreifen auf der Oberlippe wie der Weihnachtsmann aus. Er selbst lebte in dem aus Naturstein erbauten Haus eines Schafzüchters im einsamsten Gebiet der Black Mountains in Wales. Sein nächster Nachbar wohnte gut zwei Meilen von ihm entfernt auf der anderen Seite des Tals.

»Marsha liebt Washington – dort versucht keiner, Löcher in ihren Wagen zu schießen«, sagte ich.

Marsha, eine Amerikanerin, war Kevs zweite Frau. Nach seinem Ausscheiden aus dem Regiment war er mit ihr in die Staaten übergesiedelt und zur DEA gegangen. Er hatte drei erwachsene Kinder aus erster Ehe und zwei aus der mit Marsha: Kelly und Aida.

»Ist Slack Pat noch immer drüben?«

»Ich glaube schon, aber du weißt ja, wie Pat ist: Gerade wollte er Zimmermann werden, und im nächsten Augenblick verlegt er sich darauf, Bäume zu umarmen und Häkelarbeiten anzufertigen. Weiß der Teufel, was er jetzt macht.«

Pat hatte zwei Jahre lang als Leibwächter der Familie eines arabischen Diplomaten in Washington gearbeitet. Das war ein Klassejob gewesen – er hatte sogar ein Apartment gestellt bekommen –, aber dann waren die Kinder, um die er sich kümmern mußte, zu alt gewesen, um einen Aufpasser zu brauchen. Als sie nach Saudi-Arabien zurückgekehrt waren, war Pat arbeitslos gewesen und hatte angefangen, sich herumzutreiben. Aber er hatte in diesen zwei Jahren soviel verdient, daß er's nicht eilig hatte, einen neuen Job zu finden.

Während wir lachend miteinander schwatzten, sah Euan zwischendurch immer wieder rasch zu den Zielpersonen hinüber.

Die Akteure bestellten sich noch zwei Budweiser, was darauf schließen ließ, daß sie nicht so bald aufstehen würden. Wir quatschten also weiter.

»Wie läuft dein Hausbauprogramm im zehnten Jahr?« fragte ich grinsend.

»Ich habe noch immer Probleme mit dem Boiler.«

Euan hatte beschlossen, die Zentralheizung selbst einzubauen, aber bisher hatte er nur Murks produziert. Und er hatte schon doppelt soviel Geld ausgegeben, als wenn er gleich einen Fachmann geholt hätte.

»Aber sonst ist alles prima in Schuß. Du solltest mich mal besuchen. Ich kann's kaum noch erwarten, diesen Scheißtörn zu beenden. Anschließend habe ich noch ungefähr zwei Jahre, dann bin ich draußen.«

»Was machst du dann?«

»Mir egal, wenn's nur nicht das ist, was du machst. Vielleicht werde ich Müllmann. Ist mir eigentlich scheißegal.«

Ich lachte. »Das behauptest du jetzt! Aber ich weiß, daß du dich abstrampeln wirst, bloß um drinbleiben zu dürfen. Du machst bis an dein Lebensende weiter. Du jammerst immer darüber, aber in Wirklichkeit liebst du diese Arbeit.«

Euan beobachtete die Akteure, dann sah er wieder mich an. Ich wußte genau, was er dachte.

»Du hast recht«, bestätigte ich. »Laß die Finger von diesem Job, der ist Scheiße.«

»Was hast du seit deinem kleinen Abenteuer im Nahen Osten getrieben?«

»Urlaub gemacht, ein paar Sprünge im freien Fall gemacht, ein paar Aufträge für Tochterfirmen ausgeführt, aber nichts Wesentliches, und wenn ich ehrlich sein soll, hat mir dieses Leben gefallen. Jetzt warte ich ab, was die internen Ermittlungen ergeben. Ich sitze in der Scheiße, denke ich – außer dieser Job hilft mir wieder raus.«

Euan kniff leicht die Augen zusammen. »Sieht so aus, als wollten sie gehen.«

Die beiden Jungs in der Bar ließen offenbar erkennen, daß sie aufbrechen wollten.

»Ich rufe dich an, wenn diese Sache vorbei ist«, sagte ich noch. »Wann bist du wieder im Lande?«

»Weiß ich nicht. Vielleicht in ein paar Tagen.«

»Ich melde mich, wir vereinbaren ein Treffen. Hast du endlich 'ne Frau gefunden?«

»Du bist wohl besoffen? Ich bin 'ne Zeitlang mit jemand aus dem Londoner Büro ausgegangen, aber sie wollte mich auf nett und adrett trimmen. Sie hat sogar angefangen, meine Wäsche zu waschen. Aber auf den Scheiß hab' ich mich nicht eingelassen.«

»Du meinst, sie hat die Bügelfalten in deinen Jeans vergessen?«

Euan zuckte mit den Schultern. »Sie hat nichts so gemacht, wie ich's mache.«

Das tat niemand. Mein Freund Euan war der größte Pedant, den man sich vorstellen konnte. Er legte seine Socken zusammen, statt sie ineinanderzukrempeln, und stapelte sein Kleingeld nach Größe auf. Seit seiner Scheidung hatte er sich in Mr. Für-mich-ist-nur-das-Beste-gut-genug verwandelt. Manche Leute nannten ihn sogar Mr. Habitat, so vorbildlich war das Innere seines alten Farmhauses renoviert.

Ich merkte, daß Euan beobachtete, wie die beiden Akteure ihr Gepäck aufnahmen und die Bar verließen.

Ich ließ mir Zeit, denn schließlich wollte ich den Kerlen nicht auf die Hacken treten. Euan würde mir sagen, wann ich ihnen folgen mußte.

»Dreh dich um«, forderte er mich auf. »Halb rechts, knapp vor dem Zeitungsstand.«

Ich stand gemächlich auf. Es war großartig gewesen, ihn mal wiederzusehen. Dieser Job konnte reine Zeitverschwendung sein, aber wenigstens hatte ich so meinen besten Kumpel wiedergetroffen. Wir gaben uns die Hand, und ich ging davon. Dann drehte ich mich um, sah halb nach rechts und machte sie sofort aus: zwei Männer mit Kleidersäcken über dem Arm.

Der Warteraum im Abfluggebäude erinnerte an eine irische Gewerbeschau. Irgendwie paßte ich dort nicht hin; ich hätte mir auch eine Guinness-Mütze kaufen sollen.

Was sollte ich machen, wenn wir in Washington ankamen? Ich wußte nicht, ob die beiden abgeholt werden würden, ob sie ein Taxi nahmen, mit dem Bus fahren oder vom Hotel abgeholt werden würden. Heiter konnte es auch werden, wenn sie anfingen, kreuz und quer durch die Stadt zu fahren. Ich kannte Washington einigermaßen, aber für solche Zwecke bei weitem nicht gut genug.

Die beiden qualmten noch immer wie Versuchshunde im Labor. Ich setzte mich auf eine Bank und griff nach der auf dem Sitz neben mir liegenden Zeitung. Während sie sich an der Bar stehend unterhielten, begann McGear, in seiner Jackentasche nach Kleingeld zu suchen. Er machte plötzlich einen entschlossenen Eindruck; ich vermutete, daß er zum Kaugummiautomaten oder zu den Telefonen gehen würde.

Dann beugte er sich mit einem Geldschein in der Hand über die Theke und bat den Barkeeper, ihm den Schein zu wechseln. Ich saß sechs bis sieben Meter von den beiden entfernt ziemlich genau hinter ihnen, so daß sie mich selbst dann nicht im peripheren Blickfeld hatten, wenn sie ihre Köpfe um fünfundvierzig Grad zur Seite drehten.

McGear war zum Kaugummiautomaten unterwegs, ging aber daran vorbei. Also wollte er telefonieren.

Ich stand auf, schlenderte zum Zeitungsstand hinüber und gab vor, mich für die davor aufgestellten Drehständer mit Taschenbüchern zu interessieren.

McGear nahm den Hörer ab, warf mehrere Pfundmünzen ein und wählte. Die Telefonnummer las er von einem Zettel ab – folglich war es keine, die er häufig anrief. Ich sah auf meine G Shock; sie zeigte 16 Uhr 16 an. In dem kleinen Display wurde immer noch eine zweite Zeit angezeigt. Falls hier im Warteraum irgendwelche Iraker waren, die wissen wollten, wie spät es in Bagdad war, war ich ihr Mann.

Ich zählte rasch mein Kleingeld. Ich hatte ungefähr zweieinhalb Pfund, aber für das, was ich vorhatte, würde ich mehr brauchen. Also ging ich in den Laden, kaufte eine Zeitung und zahlte mit einer Zwanzigpfundnote. Die Frau hinter der Theke war sichtlich beeindruckt.

McGear beendete sein Gespräch und ging an die Bar zurück. Kerr und er hatten offenbar nicht vor, ihren Platz zu verlassen; beide bestellten sich noch ein Bier, schlugen ihre Zeitungen auf und zündeten sich neue Zigaretten an.

Ich ließ mir noch ein paar Minuten Zeit, bevor ich zu dem Telefon hinüberschlenderte, das McGear zuvor benutzt hatte. Nachdem ich mehrere Pfundmünzen eingeworfen hatte, suchte ich eine Nummer auf dem Apparat. Ich konnte keine entdecken, aber das machte nichts; die Nachforschungen würden nur etwas länger dauern.

Ich wählte eine Nummer in London. »Guten Tag«, sagte eine Frauenstimme. »Ihre PIN, bitte?«

»Zwo-vier-zwo-zwo.« Diese Ziffern würde ich nie vergessen; sie waren die erste Hälfte meiner Personenkennziffer in der Army, die ich seit dem sechzehnten Lebensjahr gehabt hatte.

»Haben Sie eine Nummer?« fragte sie.

»Nein. Bitte diesen Apparat.«

»Augenblick.«

Ich hörte ein Klicken, dann nichts mehr. Ich behielt die Akteure im Auge und warf weitere Geldstücke ein. Nach ungefähr einer Minute meldete sie sich wieder.

»Für welche Zeiten interessieren Sie sich?«

»Ich möchte die Zeit von 16 Uhr 13 bis jetzt buchen.«

»Verstanden. Soll ich Sie anrufen oder rufen Sie zurück?«

»Ich rufe zurück. In zehn Minuten?«

»Verstanden. Goodbye.«

Mehr war nicht erforderlich. Man kann weltweit von jedem Ort aus anrufen und die Firma feststellen lassen, wohin von einem bestimmten Apparat aus telefoniert worden ist.

Zehn Minuten später rief ich nochmals an. Nachdem ich erneut meine PIN angegeben hatte, sagte die Frau: »Nichts bis 16 Uhr 16. Dann eine Nummer in Washington, D.C.: null-null-eins, sieben-null-drei, sechs-sechs-eins, acht-zwo-drei-null. Washington Flyer Taxis.«

Ich notierte mir die Nummer, bedankte mich, hängte ein und wählte sie sofort.

»Guten Morgen. Washington Flyer Taxis, Gerry am Apparat. Was kann ich für Sie tun?«

»Hören Sie, ich müßte wissen, ob ein Mr. Ashdown oder Mr. Lindsay bei Ihnen ein Taxi bestellt hat. Ich möchte sichergehen, daß sie rechtzeitig zu einer Besprechung kommen.«

»Gewiß, Sir, die Buchung ist eben reingekommen. Ein Wagen holt sie vom Dulles Airport ab, Ankunft mit Flug Nummer ...«

Ich unterbrach ihn. »Bringt er sie ins Hotel oder gleich zu mir nach Tyson's Corner?«

»Augenblick, ich sehe mal nach, Sir ... sie sind fürs Westin in der M Street gebucht.«

»Gut, das ist in Ordnung. Vielen Dank.«

Jetzt mußte ich nur noch versuchen, vor den beiden im Hotel Westin zu sein. Alles schien planmäßig abzulaufen. Oder die Scheißkerle hatten mich erkannt und inszenierten ein Täuschungsmanöver.

Der Flug nach Heathrow wurde aufgerufen. Ich beobachtete, wie sie aufstanden und sich in Bewegung setzten. Ich folgte ihnen.

Bei solchen Einsätzen fliegt man immer Club Class, damit man vorn im Flugzeug sitzt. So kann man wahlweise schon dasitzen und die an Bord Kommenden beobachten oder sie vorausgehen lassen und erst nach ihnen an Bord gehen. Nach der Landung kann man abwarten, bis die Zielperson an einem vorbeikommt, um ihr zwanglos zu folgen, oder als einer der ersten von Bord gehen, damit man die Beschattung aufnehmen kann, sobald die Zielperson das Ankunftsgebäude betritt.

Nach dem Start dachte ich an einen Drink, verzichtete aber

doch darauf, weil ich nicht wußte, was mich in Heathrow erwartete. Diese beiden Jungs wirkten hellwach und professionell, so daß nicht zu erwarten war, daß sie nach dem vielen Budweiser, das sie getrunken hatten, irgend etwas unternehmen würden. Trotzdem wollte ich mir lieber keinen Drink genehmigen.

Ich machte es mir in meinem Sessel bequem und begann, über Kev und seine Familie nachzudenken. Ich war dabeigewesen, als er Marsha kennengelernt hatte, ich war bei ihrer Hochzeit der Brautführer gewesen, und ich war sogar der Taufpate ihrer zweiten Tochter Aida. Diesen Job nahm ich ernst, obwohl ich nicht recht wußte, wie ich dazu beitragen sollte, sie im christlichen Geist zu erziehen.

Ich wußte, daß ich niemals eigene Kinder haben würde; ich würde viel zu beschäftigt sein, herumrennen und beschissene Aufträge wie diesen ausführen. Kev und Marsha wußten das ebenfalls, deshalb bemühten sie sich wirklich, mir das Gefühl zu vermitteln, ich gehörte bei ihnen dazu. Ich hatte früher oft von einer idealen Familie geträumt, und aus meiner Sicht besaß Kev sie. Seine erste Ehe war aus nicht recht erklärlichen Gründen in die Brüche gegangen; diese zweite schien wunderbar zu funktionieren. Sein neuer Job bei der DEA bedeutete, daß er meistens in Washington am Schreibtisch saß und so mehr Zeit für die Familie hatte. Und da Marsha sehr vernünftig und sensibel war, ergänzten die beiden sich im familiären Bereich geradezu ideal.

Obwohl in ihrem Haus in Tyson's Corner eine gesunde, liebevolle Atmosphäre herrschte, wurde sie mir bei jedem Besuch nach drei bis vier Tagen zuviel, so daß ich abreisen mußte. Sie nahmen meine Eigenart mit gutmütigem Spott hin; sie wußten, daß ich sie liebte, es jedoch irgendwie nicht ertragen konnte, wenn Menschen sich soviel Zuneigung erwiesen. Vermutlich war mir deshalb Euans Gesellschaft schon immer am liebsten gewesen. Wir waren aus demselben Holz geschnitzt.

Und Slack Pat? Als er den Job als Leibwächter in Washington

angenommen hatte, war eine Maklerin mit ihm nach Georgetown gefahren, um ihm ein Apartment in der Nähe der Universität zu zeigen. Seiner Erzählung nach sahen sie dort ein Gebäude, in dem viele Leute ein und aus gingen.

»Was ist das dort drüben?« fragte er.

»Eines der besten Restaurants der Stadt«, antwortete sie. »Jeder zweite Abgeordnete oder Senator scheint dort Stammgast zu sein.«

»Genau das richtige Lokal für mich«, meinte Pat. Ich wußte, daß er fast jeden Tag dort gegessen und alle Bedienungen mit Namen gekannt hatte. Er hatte sogar angefangen, mit einer von ihnen auszugehen. Vielleicht hatte sie ihn dazu verführt, Drogen zu nehmen. Ich hatte gerüchteweise gehört, er habe ein Drogenproblem. Das machte mich traurig. Bei unserem Einsatz in Kolumbien hatten wir alle die Folgen der Drogensucht kennengelernt. Pat hatte diese Leute als Verlierer bezeichnet; jetzt schien er selbst einer zu sein. Hoffentlich war auch das nur eine seiner Phasen.

3

Der Transfer in Heathrow hatte problemlos geklappt. Die beiden Jungs wurden bei keiner Sicherheitskontrolle aufgehalten – vermutlich weil die Flughafenpolizei informiert war –, und die Maschine nach Washington war pünktlich gestartet.

Als wir jetzt mit dem Landeanflug begannen, legte ich meinen Gurt an, stellte die Sitzlehne senkrecht und blickte aus dem Fenster auf Amerika hinunter. Dieses Bild versetzte mich wie immer in gute Stimmung. Das Gefühl von Offenheit und Weiträumigkeit, von unbegrenzten Möglichkeiten, das dieses Land vermittelt, ist geradezu ansteckend.

Ich hoffte, daß Kerr und McGear ohne Umwege ins Hotel fahren würden. Ich hoffte, daß sie brave Touristen spielen und den guten Eindruck, den sie bisher gemacht hatten, nicht dadurch verderben würden, daß sie nicht im Hotel auftauchten. Hätte ich eine Zielperson aus den Augen verloren, hätte ich überall dort nachgesehen, wo der Betreffende sein konnte: am Arbeitsplatz, im Pub, in der Schule seiner Kinder und sogar im Wettbüro. Ich mußte möglichst viel über die beiden rausbekommen, denn sobald man sich in anderer Leute Gedanken versetzen kann, weiß man auch, was sie voraussichtlich tun werden, und sogar, warum sie es tun werden. Über Kerr und McGear wußte ich bisher leider nur, daß sie gern Budweiser tranken und sich vermutlich nach einer Zigarette sehnten. Also würde ich mit dem Hotel anfangen müssen.

Ich mußte einen Vorsprung gewinnen. Das würde nicht allzu schwierig sein, denn für die Club Class verkehrt ein eigener Bus, der uns vor der großen Herde zum Terminal bringt. Aber da sie ein Taxi bestellt hatten, mußte ich zusehen, daß ich schnellstens eines bekam, wenn ich vor ihnen in der M Street sein wollte. Ich hätte bei Washington Flyer ein Taxi bestellen können, aber das hatte ich einmal unter ähnlichen Umständen in Warschau versucht, wo sich dann zwei Fahrer darum gestritten hatten, wer den ersten Wagen bekommen sollte – ich oder die Zielperson. Seit damals ging ich lieber an den Taxistand.

Ich verließ den Ankunftsbereich durch zwei große Automatiktüren und trat in ein Hufeisen aus Absperrgittern, hinter denen Angehörige und Chauffeure warteten, die Namensschilder hochhielten. Das Gedränge blieb hinter mir zurück, als ich mich nach links wandte und einer langen Rampe folgte, die in frühlingshafte Wärme und grellen Sonnenschein hinausführte.

Am Taxistand hatte sich eine Schlange gebildet. Als meine überschlägige Rechnung zeigte, daß mehr Fahrgäste warteten, als Taxis verfügbar waren, ging ich die Reihe entlang weiter und winkte dem letzten Fahrer mit einem Zwanzigdollarschein zu. Er grinste mit Verschwörermiene und ließ mich rasch einsteigen. Weitere zwanzig Dollar bewirkten, daß wir keine halbe Minute später vom Dulles Airport in Richtung Route 66 und Washington, D.C., fuhren.

Der Flughafen und seine Umgebung erinnerten mich an einen High-Tech-Gewerbepark, so grün und gepflegt war dort alles; beim Verlassen des Terminals hatte ich sogar einen See gesehen. Suburbia begann etwa fünfzehn Meilen vom Flughafen entfernt – hauptsächlich in Form von Siedlungsstreifen auf beiden Seiten der Ringautobahn: weitläufige Wohngebiete mit hübschen Ziegel- und Holzhäusern, von denen viele sich noch im Bau befanden. Als an einer Ausfahrt Tyson's Corner angezeigt war, verdrehte ich mir den Hals, um vielleicht Kevs Haus zu sehen. Ich konnte es nicht entdecken. Aber wie Euan gesagt hätte, sahen diese »Landhäuser« ohnehin alle gleich aus.

Wir überquerten den Potomac River und fuhren in die Stadt der Monumente ein.

Das Westin in der M Street war ein typisches besseres amerikanisches Hotel: zweckmäßig, modern und sauber, aber völlig ohne Charakter. Ich betrat die Hotelhalle, orientierte mich und ging nach links zu einer etwas erhöhten Coffee Lounge hinauf, von der aus die Rezeption und der einzige Ein- und Ausgang gut zu überblicken waren. Dort bestellte ich einen doppelten Espresso.

Bei der dritten Tasse kamen Kerr und McGear ganz entspannt wirkend durch die Drehtür herein. Sie gingen sofort zur Rezeption. Ich stellte meine Tasse ab, ließ einen Fünfer unter der Untertasse liegen und schlenderte in die Hotelhalle hinunter.

Es kam nur darauf an, den richtigen Zeitpunkt zu wählen; an der Rezeption hatte sich eine kleine Schlange gebildet, aber das Hotel, das ebenso effizient wie seelenlos war, hatte jetzt mehr Personal hinter der Rezeption, als davor Gäste warteten.

Ich konnte nicht hören, was Kerr und McGear sagten, aber sie hatten offenbar ein Zimmer reserviert. Die Angestellte, die sie bediente, tippte auf einer Tastatur unter der Theke. Kerr gab ihr eine Kreditkarte, die sie durchs Lesegerät zog, und damit war für mich der richtige Zeitpunkt gekommen. Man hat es einfacher, wenn man sich die benötigten Informationen auf diese

Weise verschafft, als wenn man versucht, Leuten zu folgen, und ich hatte keine Lust, das Risiko einzugehen, mit den beiden im Aufzug nach oben zu fahren. Ich konnte nur hoffen, daß sie ein Doppelzimmer genommen hatten.

Rechts von ihnen auf der Theke sah ich einen Ständer mit Werbematerial für alles mögliche von Restaurants bis hin zu O-Busfahrten. Dort stand ich etwa zwei Meter von den beiden entfernt und kehrte ihnen den Rücken zu. Das war nicht riskant; dies war ein großes, geschäftiges Hotel, und sie achteten nicht auf mich, sondern wollten ihren Zimmerschlüssel. Ich blätterte in den Prospekten und ließ dabei erkennen, daß ich keine Hilfe brauchte.

»Bitte sehr, Gentlemen«, sagte die Frau. »Sie haben Zimmer vierhundertdrei. Dort drüben, links hinter den Säulen, finden Sie die Aufzüge. Schönen Tag noch!«

Jetzt brauchte ich nur noch die in ihrem Zimmer geführten Gespräche abzuhören, und um mir diese Möglichkeit zu verschaffen, ging ich an eines der Münztelefone in der Hotelhalle und rief die Firma an.

Eine Frauenstimme fragte nach meiner PIN.

»Zwo-vier-zwo-zwo.«

»Ja, bitte?«

»Ich brauche ein Zimmer. Hotel Westin in der M Street in Washington, D.C. – vierhunderteins, vierhundertfünf, dreihundertdrei oder fünfhundertdrei.«

»Haben Sie eine Telefonnummer?«

»Nein, ich rufe Sie in einer halben Stunde wieder an.«

Eine Tarnfirma würde jetzt das Hotel anrufen und eines der von mir bezeichneten Zimmer verlangen. Ob es über, neben oder unter Zimmer 403 lag, spielte keine große Rolle, solange wir dort Zutritt hatten und unsere Abhöreinrichtungen installieren konnten.

Ich kehrte in die erhöhte Coffee Lounge zurück, studierte die Faltblätter und Prospekte, die ich mitgenommen hatte, und behielt dabei den Ausgang zur M Street im Auge.

Gleichzeitig überlegte ich mir bereits, welche Abhöreinrichtungen ich anfordern würde. Die Geräte der ersten Welle würde ich selbst installieren: hochempfindliche Wandmikrofone, Telefonwanzen mit Lautsprecher- und Modemanschluß und ein Kabel zur Bildübertragung auf den Fernseher in meinem Zimmer. Sobald die Firma diese Sachen geliefert hatte, würde ich nur etwa drei Stunden brauchen, um sie zu installieren.

Sobald Kerr und McGear ihr Zimmer einmal für längere Zeit verließen, würden Techniker aus der Botschaft die Einrichtungen der zweiten Welle installieren. Unter ihren fachkundigen Händen konnte sich ein Hotelfernseher in eine Kamera und ein Telefon in ein Mikrofon verwandeln.

Nach einer halben Stunde wählte ich erneut die Telefonnummer in London und gab meine PIN an. Nach mehrmaligem Klicken in der Leitung hörte ich etwa fünf Sekunden lang ein Streichquartett. Dann meldete die Frauenstimme sich wieder.

»Sie sollen abbrechen und sofort zurückfliegen. Bitte bestätigen Sie das.«

Ich dachte, ich hätte nicht richtig gehört. Die norwegische Handelskammer veranstaltete im Hotel Westin eine Konferenz, deren Teilnehmer in diesem Augenblick zur Kaffeepause aus dem Saal kamen.

»Würden Sie das bitte wiederholen?«

»Sie sollen abbrechen und sofort zurückfliegen. Bitte bestätigen Sie das.«

»Verstanden. Abbrechen und sofort zurückfliegen.«

Am anderen Ende wurde aufgelegt.

Ich hängte den Hörer ein. Merkwürdig. Wegen dieses dringenden Auftrags hatte es sogar eine Aktennotiz mit einer Anmerkung des SIS-Direktors in grüner Tinte gegeben. Und jetzt war alles abgeblasen worden. Es war nicht ungewöhnlich, zurückgerufen zu werden, aber normalerweise wurde ein Unternehmen nicht so schnell abgebrochen. Vielleicht hatte Simmonds den Eindruck gewonnen, diese Leute seien doch nicht so wichtig wie ursprünglich vermutet.

Und wenn schon! dachte ich. Was kümmert dich das? Du hast einen Auftrag bekommen und ihn durchgeführt, bis deine Auftraggeber sich die Sache anders überlegt haben. Ich rief die Buchungsstelle der Firma an und versuchte, einen Rückflug zu bekommen. Die früheste Möglichkeit war ein Flug mit British Airways um 21 Uhr 35. Bis dahin war noch viel Zeit. Kev und Marsha wohnten nur eine Stunde von hier entfernt in Richtung Flughafen – warum sollte ich nicht bei ihnen vorbeischauen?

Ich wählte eine andere Nummer. Kev war am Apparat. Seine Stimme klang reserviert, bis er meine erkannte. »Nick! Wie geht's so?« Er schien sich über meinen Anruf aufrichtig zu freuen.

»Eigentlich ganz gut. Ich bin in Washington.«

»Was machst du hier? Nö, ich will's gar nicht wissen. Besuchst du uns?«

»Wenn du nicht zu beschäftigt bist. Ich fliege schon heute abend zurück. Aber ich möchte vorher kurz bei euch vorbeischauen, okay?«

»Kannst du möglichst gleich kommen? Ich bin gerade dabei, eine neue Sache ins Rollen zu bringen, und wüßte gern, was du davon hältst. Die wird dir gefallen!«

»Kein Problem, Kumpel. Ich nehme mir hier im Hotel einen Leihwagen und fahre zu euch raus.«

»Marsha kocht bestimmt was besonders Gutes. Ich sag's ihr, wenn sie mit den Kindern heimkommt. Du kannst mit uns essen und dann in aller Ruhe zum Flughafen fahren. Du wirst staunen, wenn du siehst, woran ich gerade arbeite. Deine Freunde jenseits des Wassers sind fleißig gewesen.«

»Ich kann's kaum mehr erwarten.«

»Nick, noch was anderes ...«

»Was denn, Kumpel?«

»Du schuldest Aida ein Geschenk. Du hast ihren Geburtstag wieder vergessen, Dummkopf.«

Während ich auf dem Freeway nach Westen unterwegs war, fragte ich mich, worüber Kev wohl mit mir reden wollte. Freunde jenseits des Wassers? Soviel ich wußte, hatte Kev beruflich nichts mit der PIRA zu tun. Er arbeitete bei der DEA, nicht bei der CIA oder irgendeiner Organisation zur Terrorismusbekämpfung. Außerdem wußte ich, daß er heutzutage überwiegend am Schreibtisch arbeitete. Ich vermutete, daß er wahrscheinlich nur einige Hintergrundinformationen brauchte.

Dann dachte ich wieder an Slack Pat und nahm mir vor, Kev zu fragen, ob er die jetzige Adresse des Arschlosen hatte.

Ich fuhr auf der Interstate in Richtung Flughafen weiter. Tyson's Corner hieß die Ausfahrt, die ich nehmen mußte; eigentlich war es die davor, deren Namen ich mir aber nie merken konnte. Sobald ich die Schnellstraße verließ, hätte ich irgendwo im grünen Surrey auf dem Lande sein können. Auf beiden Straßenseiten standen große Einfamilienhäuser – fast ausnahmslos mit einem siebensitzigen Van in der Einfahrt und einem Basketballring an der Garagenwand.

Ich vertraute auf meinen Orientierungssinn und fand tatsächlich den Hunting Bear Path, die Wohnstraße, an der Kevs Haus lag. Ich fuhr ungefähr eine Viertelmeile weiter bis zu einigen Läden – hauptsächlich Lebensmittelgeschäfte, Boutiquen und ein Laden, in dem es Duftkerzen und parfümierte Seifen gab – an einem kleinen Platz mit reichlich Parkflächen. Dort kaufte ich für Aida und Kelly Pralinen, die Marsha sie nicht essen lassen würde, und ein paar weitere Geschenke.

Gegenüber den Läden lag ein bisher unerschlossenes Grundstück, das offenbar demnächst bebaut werden sollte. Zwischen den Planierraupen, die bereits den Humus abgetragen hatten, standen zwei Bürocontainer, hinter denen große Mengen Stahlträger und anderes Baumaterial lagerten.

Rechts voraus konnte ich zwischen großen Einfamilienhäusern gerade noch die Rückseite von Kevs und Marshas »Deluxe Colonial« erkennen. Als ich das Haus dann fast erreicht hatte, sah ich den Daihatsu-Kleinbus, mit dem Marsha ihre Töchter in die Schule fuhr, in der Einfahrt stehen. Innen an der Heckscheibe war ein großer, wuscheliger Garfield befestigt. Kevs Dienstwagen, ein mit Antennen gespickter Caprice Classic – ein abgrundtief häßlicher Wagen, den nur staatliche Dienststellen kauften –, war nirgends zu sehen. Aber Kev hatte ihn meistens in der Garage stehen, damit niemand auf die Idee kam, ihm die Antennen abzubrechen.

Ich freute mich darauf, die Browns wiederzusehen, obwohl ich schon jetzt wußte, daß ich abends erschöpfter sein würde als die beiden lebhaften Mädchen. Ich erreichte die Einfahrt und bog von der Straße ab.

Vor dem Haus wartete niemand. Da die Häuser ziemlich weit voneinander entfernt waren, sah ich auch keine Nachbarn, aber das wunderte mich nicht – werktags sind die von Pendlern bewohnten Außenbezirke Washingtons oft wie ausgestorben.

Ich machte mich auf den üblichen Empfang gefaßt, denn ich wußte, daß ich überfallen werden würde, sobald ich ausstieg. Die Mädchen würden aus dem Haus gestürmt kommen, während Kev und Marsha ihnen etwas langsamer folgten. Ich tat immer so, als sei mir das nicht recht, aber in Wirklichkeit genoß ich den Begrüßungsjubel. Die Mädchen würden wissen, daß ich ihnen Geschenke mitgebracht hatte. Für Aida hatte ich eine kleine Tweetie-Pie-Uhr gekauft, und Kelly sollte drei Bände mit Horrorstorys aus der Reihe *Goosebumps* bekommen. Daß ich Aidas Geburtstag vergessen hatte, würde ich überhaupt nicht erwähnen, denn ich hoffte, daß sie nicht mehr daran denken würde.

Ich stieg aus und ging zur Haustür. Noch immer kein Überfall. So weit, so gut.

Die Haustür stand einen Spalt weit offen. Aha, dachte ich, du sollst wie Inspektor Clouseau in die Diele treten, um dort à la Kato überfallen zu werden. Ich stieß die Haustür auf und rief laut: »Hallo? Hallo? Niemand zu Hause?«

Jetzt konnte es nur noch Sekunden dauern, bis die Mädchen sich auf mich stürzten und meine Beine umklammerten.

Nichts.

Vielleicht hatten sie einen neuen Plan, waren alle irgendwo im Haus versteckt und mußten sich beherrschen, um ihr Kichern zu unterdrücken.

Gleich hinter der Haustür begann ein kurzer Flur, an den sich eine große rechteckige Diele anschloß, von der Türen in die einzelnen Erdgeschoßräume führten. In der rechts von mir liegenden Küche hörte ich eine Frauenstimme, die im Radio die Erkennungsmelodie eines Senders sang.

Noch immer keine Mädchen. Ich setzte mich in Bewegung und ging auf Zehenspitzen zur Küchentür. Dabei flüsterte ich laut wie auf der Bühne: »Schade, schade, ich muß wohl wieder gehen… leider ist niemand zu Hause… wirklich schade, weil ich Geschenke für zwei kleine Mädchen mitgebracht habe…«

Links von mir stand die Wohnzimmertür gut dreißig Zentimeter weit offen. Ich sah nicht hinein, als ich vorbeiging; trotzdem nahm ich am äußersten Rand meines Gesichtsfelds etwas wahr, das ich nicht gleich erfaßte. Oder vielleicht weigerte sich mein Gehirn im ersten Augenblick, die aufgenommenen Informationen zu verarbeiten, weil sie zu grauenhaft waren, um wahr zu sein.

Ich brauchte eine Sekunde, um zu begreifen, was ich gesehen hatte. Dann wurde mein ganzer Körper stocksteif.

Ich drehte langsam meinen Kopf zur Seite und versuchte zu enträtseln, was ich vor mir hatte.

Es war Kev. Er lag auf der rechten Seite auf dem Teppich, und jemand hatte ihm mit einem Baseballschläger den Schädel eingeschlagen. Das wußte ich, weil ich das Mordwerkzeug neben ihm liegen sah. Diesen Schläger, ein handliches, leichtes Aluminium-Modell, hatte er mir bei meinem letzten Besuch gezeigt. Kev hatte lachend den Kopf geschüttelt, als er mir erzählt hatte, daß die hiesigen Rednecks diesen Schläger als »Alabama-Lügendetektor« bezeichneten.

Ich stand noch immer wie angenagelt.

Scheiße, er ist tot, sagte ich mir. Mit diesen Kopfverletzungen kann er unmöglich noch leben.

Was ist mit Marsha und den Kindern?

Ist der Mörder noch im Haus?

Ich brauchte eine Waffe.

Für Kev konnte ich vorläufig nichts tun. Ich dachte nicht einmal an ihn, sondern überlegte mir nur, daß ich eine seiner Pistolen brauchte. Ich wußte, wo alle fünf im Haus versteckt waren – immer außer Reichweite der Kinder, immer geladen und mit einem vollen Magazin im Griff. Marsha oder Kev brauchten nur nach einer dieser Waffen zu greifen, um jeden umlegen zu können, der es auf Kev abgesehen hatte – und von denen gab es in Dealerkreisen mehr als einen. Scheiße, dachte ich, jetzt haben sie ihn also doch erwischt.

Während ich angestrengt auf irgendein Geräusch, irgendeine Bewegung im Haus horchte, stellte ich langsam die Tragetasche mit meinen Geschenken ab.

An der linken Giebelwand des großen rechteckigen Wohnzimmers befand sich ein offener Kamin. In die Nischen auf beiden Seiten waren Bücherregale eingebaut, und ich wußte, daß rechts im zweiten Fach von oben das größte, dickste Wörterbuch der Welt stand. Und hinten auf diesem Band lag – etwas über Augenhöhe, aber trotzdem gut erreichbar – eine großkalibrige Pistole. Sie lag so da, daß man schußbereit war, sobald man sie ergriff.

Ich rannte los. Ich versuchte nicht einmal festzustellen, ob jemand im Wohnzimmer war. Ohne Waffe wäre ich ohnehin erledigt gewesen.

Ich erreichte das Bücherregal, ergriff die Pistole, fuhr herum und ließ mich in Schießhaltung auf die Knie nieder. Die 9-mm-Pistole war eine Heckler & Koch USP, eine phantastische Waffe. Diese hier hatte sogar ein Laservisier unter dem Lauf – wohin der Lichtpunkt zeigte, ging auch der Schuß.

Ich holte mehrmals tief Luft. Sobald ich einigermaßen zur Ruhe gekommen war, sah ich nach unten und überprüfte die

Pistole. Als ich den Schlitten etwas zurückzog, sah ich in der Kammer eine Messingpatrone blitzen.

Was sollte ich jetzt machen? Draußen stand mein Leihwagen; wurde er gemeldet und zu mir zurückverfolgt, konnte es alle möglichen Verwicklungen geben. Ich reiste unter falschem Namen; wurde ich enttarnt, wurde auch mein Auftrag bekannt, und dann saß ich wirklich in der Scheiße.

Ich sah rasch zu Kev hinüber, ob er vielleicht doch noch atmete. Keine Chance. Sein Gehirn war aus dem Schädel gequollen, sein Gesicht war eingeschlagen. Er war tot, und der unbekannte Täter war so blasiert, daß er den Baseballschläger achtlos hingeworfen und dort zurückgelassen hatte.

Die massive Glasplatte des Couchtischs und der Teppichboden waren voller Blut. Sogar die Scheiben der Verandatür wiesen Blutspritzer auf. Aber seltsamerweise schien es hier keinen Kampf gegeben zu haben.

4

Ich mußte mich davon überzeugen, daß Marsha und die Mädchen nicht noch im Haus waren – in einem der anderen Zimmer gefesselt oder in der Gewalt irgendeines Scheißkerls, der ihnen eine Pistole an den Kopf hielt. Ich würde einen Raum nach dem anderen absuchen müssen.

Wenn das nur so einfach gewesen wäre, wie Don Johnson es in *Miami Vice* demonstriert: Man rennt zur Tür, schiebt sich am Türrahmen entlang vor, springt mit schußbereiter Pistole mitten in die Türöffnung und hat bereits gewonnen. Jede Türöffnung zieht Feuer an, und wer darin auftaucht, präsentiert sich als Zielscheibe. Lauert auf der anderen Seite ein Kerl mit einer Schrotflinte, ist man tot.

Der erste Raum, den ich kontrollieren mußte, war die Küche; sie war am nächsten – und aus ihr kamen Geräusche.

Ich setzte mich in Bewegung und folgte der Außenwand des

Wohnzimmers in Richtung Tür. Dabei stieg ich über Kev hinweg, ohne ihn eines Blickes zu würdigen. Die Heckler & Koch hielt ich schußbereit; ich mußte abdrücken können, sobald ich ein Ziel sah. Wohin ich blickte, zielte auch die Pistole.

In Gedanken unterteilte ich das Wohnzimmer in Abschnitte. Der erste reichte vom Sofa halb durch den Raum – eine Entfernung von ungefähr drei Metern. Ich legte sie zurück und fand hinter einer großen TV/Hi-Fi-Kombination Deckung, während ich die Tür zur Diele kontrollierte. Sie stand weiter offen.

Draußen bewegte sich nichts. Als ich in die Diele hinaustrat, schloß ich die Wohnzimmertür hinter mir. Dann bewegte ich mich auf die Küchentür zu. Der Türknopf war rechts angebracht, und die Tür ging nach innen auf. Ich blieb am linken Türrand stehen, wo sich die Angeln befanden, und horchte. Über meine schweren Atemzüge und meinen lauten Puls hinweg hörte ich einen Idioten im Radio sagen: »Am Arbeitsplatz verletzt? Lassen Sie unsere erfahrenen Anwälte eine Entschädigung erstreiten – und denken Sie daran: kein Erfolg, kein Honorar.«

Mein rechter Arm war angewinkelt, aber die Pistole befand sich weiter vor meinem Körper. Ich beugte mich zum Türgriff hinüber, drehte ihn, öffnete die Tür einen kleinen Spalt und trat gleichzeitig weiter zurück. Ich stieß sie von links noch etwas weiter auf, um zu sehen, ob aus der Küche irgendeine Reaktion kam.

Außer dem Radio hörte ich jetzt auch eine Waschmaschine, deren Trommel sich drehte, stoppte und sich dann weiterdrehte. Aber sonst passierte nichts.

Durch den schmalen Türspalt konnte ich einen kleinen Teil der Küche überblicken. Ich streckte meine linke Hand aus und stieß die Tür ganz auf. Noch immer keine Reaktion. Ich schob mich langsam um den Türrahmen.

Als der Winkel zwischen dem Rahmen und meinem Körper sich vergrößerte, konnte ich allmählich einen immer größeren

Teil der Küche überblicken. Ich ließ mir Zeit, um die aufgenommenen Informationen verarbeiten zu können. Falls ich reagieren mußte, würde die Tatsache, daß ich den Türrahmen vor mir hatte, meine Zielsicherheit nicht beeinträchtigen; wäre das der Fall gewesen, hätte ich meinen Beruf verfehlt. Mit dem rechten Daumen schaltete ich per Knopfdruck das Laservisier ein. Auf einer Küchenwand zeichnete sich ein brillantroter Leuchtpunkt ab.

Ich beugte mich nach vorn, um ein möglichst kleines Ziel zu bieten. Falls jemand in der Küche war, würde er nur einen Teil meines Kopfes sehen und darauf reagieren müssen – nicht auf den ganzen Don Johnson.

In der Küche sah es aus wie an Bord der *Marie Celeste*. Auf der Arbeitsplatte lagen Gemüse und Fleisch für eine größere Mahlzeit bereit. Kev hatte gesagt, Marsha würde etwas besonders Gutes kochen. Ich schloß die Küchentür hinter mir. Aus dem Radio kam jetzt Softrock, und die Waschmaschine schleuderte. Der Tisch war halb gedeckt, was mich wie ein Stich ins Herz traf. Kev und Marsha achteten konsequent darauf, daß ihre Töchter im Haushalt mithalfen; der Anblick dieses halbgedeckten Tischs machte mich betroffen, weil er die Chancen erhöhte, daß die Mädchen tot waren oder in einem der Zimmer im Obergeschoß von irgendeinem Schweinehund festgehalten wurden, der sie mit einer Waffe bedrohte.

Ich ging langsam durch die Küche und sperrte die Tür zur Garage ab. Ich wollte nicht das gesamte Erdgeschoß absuchen, um dann zu erleben, daß die Jungs hinter meinem Rücken hereinkamen.

Ich war jetzt verdammt nervös. Waren Marsha und die Kinder noch im Haus, oder hatten sie flüchten können? Ich konnte nicht einfach abhauen. Die Scheißkerle, die Kev das angetan hatten, waren zu allem imstande. Ich spürte, wie meine Magennerven sich verkrampften. Was zum Teufel würde ich oben vorfinden?

Ich ging wieder in die Diele hinaus. Meine Pistole zielte dabei auf die Treppe, die ich jetzt vor mir hatte. Das letzte Zimmer im Erdgeschoß, das ich noch nicht abgesucht hatte, war Kevs Arbeitszimmer. Ich legte ein Ohr an die Tür, um zu horchen. Als nichts zu hören war, stieß ich langsam die Tür auf und trat über die Schwelle.

Der Raum war klein, gerade groß genug für ein paar Aktenschränke, einen Schreibtisch und einen Bürostuhl. Das Wandregal gegenüber dem Schreibtisch war voller Bücher und gerahmter Photos, die Kev bei allen möglichen Sportarten zeigten. Das alles lag jetzt auf dem Fußboden; auch sämtliche Papiere aus den Aktenschränken waren herausgerissen und auf dem Boden verstreut. Nur Kevs PC war nicht demoliert. Aber der Monitor, auf dem noch jetzt ein Bildschirmschoner der British Army lief, den ich Kev einmal aus Witz geschickt hatte, lag umgeworfen auf der Tischplatte. Drucker und Scanner standen neben dem Schreibtisch auf dem Fußboden, aber dort war schon immer ihr Platz gewesen.

Ich ging wieder hinaus, um die Treppe zu begutachten. Sie konnte schwierig werden, denn sie führte zu einem Absatz auf halber Höhe hinauf, ging in entgegengesetzter Richtung weiter und erreichte dann den ersten Stock. Das bedeutete, daß ich eine Art Schlangenmensch spielen mußte, um heil dort hinaufzukommen. Weil ich meine Bewegungen nicht ankündigen wollte, schaltete ich vorher das Laservisier aus.

Ich setzte einen Fuß auf die untere Stufe und begann meinen Aufstieg. Zum Glück war die Treppe mit einem dicken Läufer belegt, der alle Geräusche dämpfte. Trotzdem war ich bei jeder Stufe auf ein Knarren gefaßt, trat jeweils nur ganz innen auf und bewegte mich langsam und präzise.

Sobald ich den Treppenabsatz in Augenhöhe hatte, richtete ich die Pistole nach oben, stützte mich mit der linken Hand an der Wand ab und stieg, rückwärtsgehend, Schritt für Schritt weiter.

Auf jeder Stufe machte ich eine Pause, um zu horchen, bevor ich mich wieder bewegte.

Ich war ganz allein und hatte nur dreizehn Schuß zur Verfügung – bestenfalls vierzehn, wenn zur Patrone in der Kammer ein volles Magazin im Griff kam. Die anderen Jungs konnten halbautomatische Waffen haben, vielleicht sogar Maschinenpistolen. Falls sie welche hatten und mir dort oben auflauerten, war ich erledigt.

Die Waschmaschine tobte im letzten Schleudergang. Aus dem Küchenradio kam noch immer Softrock. Das waren die einzigen Geräusche.

Mein Adrenalinspiegel mußte unglaublich hoch sein. Trotz der Klimaanlage war ich in Schweiß gebadet. Die salzige Flüssigkeit lief mir in die Augen; ich mußte sie mit der linken Hand nacheinander trockenwischen.

Vor mir hatte ich das Kinderzimmer. Ich erinnerte mich an Kojenbetten und eine *Pocahontas* gewidmete Devotionaliensammlung: T-Shirts und Plakate, Bettwäsche und sogar eine Puppe, die irgendwas von Farben sang, wenn man auf eine Stelle zwischen ihren Schulterblättern drückte.

Ich blieb stehen und machte mich auf das Schlimmste gefaßt.

Dann griff ich nach dem Türknopf und begann das Kinderzimmer zu inspizieren. Nichts. Niemand.

Heute war das Zimmer ausnahmsweise einmal aufgeräumt. Auf den Betten lagen Berge von Teddybären und Spielsachen. *Pocahontas* war offenbar noch immer die Favoritin, aber *Toy Story* hatte mächtig aufgeholt.

Ich ging langsam wieder auf den Flur hinaus, den ich als neuen Raum behandelte, weil ich nicht wußte, was dort in der letzten Minute passiert sein mochte.

Dann bewegte ich mich mit dem Rücken zur Wand und schußbereiter Pistole auf die nächste Schlafzimmertür zu, beobachtete nach allen Seiten und überlegte mir dabei ständig: Was ist, wenn? Was tust du, wenn sie vor dir in der Tür auftauchen? Was ist, wenn?… Was ist, wenn?

Als ich mich Kevs und Marshas Zimmer näherte, sah ich die Tür einen Spalt weit offenstehen. Dieser Spalt war jedoch zu schmal, um viel erkennen zu können. Ich stieß die Tür zögernd etwas weiter auf, schob mich um den Rahmen und konnte nun Marsha sehen. Sie war tot. Sie kniete vor dem Doppelbett, auf dem ihr Oberkörper mit ausgebreiteten Armen ruhte. Die Tagesdecke war mit Blut getränkt.

Ich sank im Flur auf die Knie und spürte, daß ich im Begriff war, in einen Schockzustand zu verfallen. Mein Verstand weigerte sich, das Gesehene zu begreifen. Wieso war das dieser Familie zugestoßen? Warum war auch Marsha ermordet worden? Wer es auf Kev abgesehen hatte, hätte sich damit begnügen sollen, ihn umzulegen. Ich hätte am liebsten meine Pistole aus der Hand gelegt und wäre in Tränen ausgebrochen, aber ich wußte, daß die Kinder im Haus gewesen waren; sie konnten noch irgendwo sein.

Ich riß mich zusammen, kam wieder auf die Beine und setzte mich in Bewegung. Ich betrat das Zimmer und zwang mich dazu, Marsha zu ignorieren.

Der nächste Raum war das dazugehörige Bad. Ich schob mich durch die Tür, und was ich dort sah, gab mir den Rest. Ich stolperte rückwärts gegen die Wand, sackte langsam zusammen und blieb auf dem Fußboden sitzen.

Aida lag zwischen Wanne und Klosett auf den Bodenfliesen. Irgend jemand hatte der Fünfjährigen fast den Kopf vom Rumpf getrennt. Ihr Hals war bis zu den Wirbeln durchgeschnitten, die den Kopf noch hielten.

Überall war Blut. Ich bekam es aufs Hemd und an die Hände; ich saß in einer Lache, die meinen Hosenboden durchnäßte.

Als ich mich abwandte und dabei ins Schlafzimmer sah, hatte ich Marsha genau vor mir. Ich mußte mich beherrschen, um nicht entsetzt aufzuschreien. Ihr Kleid hing glatt herunter, aber ihre Strumpfhose war zerfetzt, und ihr Slip war heruntergerissen. Aus etwa fünf Metern Entfernung sah ich eine Frau, die ich sehr gern gehabt, vielleicht sogar geliebt hatte, vor dem Bett knien, das mit ihrem Blut getränkt war. Und sie war auf die gleiche Weise ermordet worden wie Aida.

Ich atmete mehrmals tief durch und fuhr mir mit dem linken Handrücken über die Augen. Ich wußte, daß ich noch zwei Räume zu kontrollieren hatte: ein weiteres Bad und den großen Anbau über der Garage. Ich durfte jetzt nicht aufgeben, weil ich sonst Gefahr lief, selbst umgelegt zu werden.

Nachdem ich festgestellt hatte, daß in den anderen Räumen niemand war, hatte ich eine Pause nötig, und ich hockte mich auf die oberste Treppenstufe. Überall auf dem Teppich konnte ich meine blutigen Schuhabdrücke sehen.

Ganz ruhig, reiß dich zusammen, denk nach.

Was noch? Kelly. Wo zum Teufel war Kelly?

Dann fiel mir das Versteck ein. Weil Kev durch seinen Beruf gefährdet war und schon mehrmals Morddrohungen erhalten hatte, wußten die beiden Mädchen, wo sie sich verstecken mußten, falls im Haus irgend etwas passierte.

Dieser Gedanke brachte mich wieder zur Besinnung. War Kelly dort, war sie vorläufig sicher. Und es war besser, sie in ihrem Versteck zu lassen, während ich erledigte, was ich tun mußte.

Ich stand auf und ging langsam die Treppe hinunter, wobei ich darauf achtete, meine Pistole schußbereit zu halten. Wo ich gesessen und mich an die Wand gelehnt hatte, waren Blutflecken zurückgeblieben. Ich wünschte mir fast, die Angreifer würden irgendwo auftauchen. Ich wollte die Scheißkerle sehen.

Ich holte mir ein Wischtuch und einen Müllsack aus der Küche, lief durchs Haus und wischte alle Türknöpfe und sonstigen Flächen ab, an denen meine Fingerabdrücke zurückgeblieben sein könnten. Dann ging ich zur Verandatür und zog die Vorhänge zu. Ich wollte nicht, daß jemand fremde Fingerabdrücke entdeckte, bevor ich das Haus lange verlassen hatte und hoffentlich bereits im Flugzeug nach London saß.

Zwischendurch sah ich zu Kev hinüber und merkte, daß ich mich wieder gefangen hatte. Er war jetzt nur eine Leiche.

Ich ging nach oben, wusch mir im zweiten Bad das Blut von

Gesicht und Händen und holte mir aus Kevs Kleiderschrank ein sauberes Hemd, eine Jeans und Sportschuhe. Seine Sachen paßten mir nicht besonders gut, aber sie würden fürs erste genügen müssen. Meine blutbefleckten Kleidungsstücke stopfte ich in den Müllsack, den ich mitgenommen hatte.

5

Kev hatte mir die »Räuberhöhle«, wie er das Versteck für die Mädchen scherzhaft genannt hatte, einmal gezeigt: Unter der auf den Dachboden über der Garage hinaufführenden Treppe befand sich ein winziger Raum. Falls Kev oder Marsha irgendwann das Wort »Disneyland!« riefen, wußten die Kinder, daß sie weglaufen und sich dort verstecken mußten – und daß sie erst wieder herauskommen durften, wenn Mummy oder Daddy sie holten.

Ich sperrte die Verbindungstür zwischen Küche und Garage wieder auf. Als ich die Tür einen Spalt weit öffnete, sah ich rechts vor mir die Innenseite der geschlossenen Schwingtore. In der riesigen Garage hätten außer Kevs Dienstwagen leicht drei weitere Autos Platz gehabt. »Eigentlich Scheiße«, hatte Kev einmal gesagt, als wir über seinen Caprice Classic geredet hatten, »aller Luxus und technischer Fortschritt der späten Neunziger steckt in einem Wagen, der wie ein Kühlschrank aus den Sechzigern aussieht.«

Die Fahrräder der Mädchen hingen an Wandhalterungen, und die freien Flächen waren teilweise mit allem möglichen Krempel zugestellt, der sich bei allen Familien in der Garage ansammelt. Ich konnte den roten Laserpunkt an der gegenüberliegenden Wand erkennen.

Ich trat in die Garage und durchsuchte sie. Auch hier war niemand.

Zuletzt stand ich wieder seitlich vor der Treppe. Obwohl Kelly vermutlich nur herauskam, wenn sie Mommys oder Daddys Stimme hörte, rief ich halblaut: »Kelly! Ich bin's... Nick! Hallo, Kelly, wo bist du?«

Dabei hielt ich meine Pistole schußbereit, um auf jede Bedrohung reagieren zu können.

Ich näherte mich langsam den großen Pappkartons, mit denen der Raum unter der Treppe verstellt war. »Na gut, wenn du nicht da bist, gehe ich wieder. Aber erst sehe ich mich noch mal um, und ich wette, daß du dich in deinem Disneyland versteckt hast. Ich sehe einfach mal nach... bestimmt bist du dort drinnen...«

Dann stand ich vor den aufgestapelten Pappkartons. Einer hatte eine Kühl-Gefrier-Kombination enthalten, in einem weiteren war die Waschmaschine geliefert worden. Kev hatte diese beiden und andere aufgestapelt, um den Eingang des Kinderverstecks unter der Treppe zu tarnen.

Ich steckte die Pistole in meinen Hosenbund. Kelly sollte keine Waffe sehen. Sie hatte wahrscheinlich schon zuviel gehört und gesehen.

Ich sprach in den kleinen Spalt zwischen den Pappkartons. »Kelly, ich bin's – Nick. Hab' keine Angst. Ich krieche jetzt zu dir rein. Du siehst gleich meinen Kopf auftauchen, und dann möchte ich ein frohes Lächeln sehen...«

Ich ließ mich auf Hände und Knie nieder und sprach halblaut weiter, während ich den Spalt etwas vergrößerte und hindurchkroch. Ich wollte nichts überstürzen. Schließlich wußte ich nicht, wie sie reagieren würde.

»Gleich stecke ich meinen Kopf um die Ecke, Kelly.«

Ich holte tief Luft und streckte meinen Kopf vorsichtig um die Ecke des großen Kartons – lächelnd, aber aufs Schlimmste gefaßt.

Kelly starrte mich mit vor Entsetzen geweiteten Augen an, hockte in fetaler Position zusammengekrümmt da, wiegte ihren Oberkörper langsam vor und zurück und hielt sich mit beiden Händen die Ohren zu.

»Hallo, Kelly«, sagte ich leise.

Sie mußte mich erkannt haben, aber sie gab keine Antwort. Sie wiegte sich weiter vor und zurück und starrte mich mit großen, dunklen Augen an.

»Mummy und Daddy können gerade nicht kommen, um dich hier rauszuholen, aber du kannst mit mir kommen. Daddy hat gesagt, daß das in Ordnung ist. Kommst du mit mir, Kelly?«

Noch immer keine Antwort. Ich kroch ganz in die Höhle hinein, bis ich zusammengekauert neben Kelly hockte. Sie hatte geweint, die Strähnen ihres hellbraunen Haars klebten an ihrem Gesicht. Ich versuchte, sie mit einer Hand von ihrem Mund wegzustreichen. Ihre geschwollenen Augen waren gerötet.

»Na, du siehst ja ziemlich schlimm aus«, sagte ich. »Soll ich dir helfen, ein bißchen sauberer zu werden? Komm, wir gehen und bringen das wieder in Ordnung, ja?« Ich ergriff ihre Hand und zog sie sanft in die Garage hinaus.

Sie trug Jeans, Sportschuhe, ein Jeanshemd und darüber einen blauen Nylonblouson. Ihr glattes Haar war knapp schulterlang, etwas kürzer, als ich es in Erinnerung hatte, und sie war für eine Siebenjährige ziemlich schlaksig, mit langen, dünnen Beinen. Ich nahm sie in die Arme und drückte sie an mich, während ich sie in die Küche trug. Da alle Türen geschlossen waren, würde sie Kev nicht sehen können.

Ich setzte sie auf einen Stuhl am Küchentisch. »Mummy und Daddy haben gesagt, daß sie für einige Zeit verreisen müssen, und mich gebeten, auf dich aufzupassen, bis sie zurückkommen, okay?«

Sie zitterte so heftig, daß ich nicht wußte, ob sie nickte oder den Kopf schüttelte.

Ich öffnete den Kühlschrank in der Hoffnung, darin etwas zu finden, das Kelly trösten würde. In einem Fach lagen zwei bereits angegessene, große Ostereier. »Mmmm… möchtest du etwas Schokolade?«

Mit Kelly hatte ich mich immer gut verstanden. Ich hielt sie für ein großartiges Mädchen – und das nicht nur, weil sie die

Tochter meines Kumpels war. Ich lächelte ihr herzlich zu, aber sie starrte die Tischplatte an.

Ich brach ein paar Stücke Schokolade ab und legte sie auf einen der Dessertteller, die sie vermutlich vorhin mit Aida auf den Tisch gestellt hatte. Dann machte ich das verdammte Radio aus; für heute hatte ich von entspannendem Softrock die Nase voll.

Als ich sie erneut betrachtete, wurde mir plötzlich klar, daß ich einen Riesenfehler gemacht hatte. Was sollte ich mit ihr anfangen? Ich konnte sie nicht einfach zurücklassen; der Rest ihrer Familie lag tot im ganzen Haus verstreut. Und vor allem kannte sie mich. Wenn die Polizei kam, konnte sie sagen: »Nick Stone ist hier gewesen.« Die Polizei würde schnell herausbekommen, daß Nick Stone ein Freund ihres Daddys war, von dem es hier im Haus zahlreiche Photos gab. Und wenn sie den beim Grillen aufgenommenen grinsenden Besoffenen verhaftete, würde sie feststellen, daß er aus unerklärlichen Gründen gar nicht Nick Stone, sondern Mrs. Stamfords kleiner Junge war. Folglich wurde es Zeit, schleunigst zu verschwinden.

Kevs Jackett hing über einer der Stuhllehnen. »Komm, wir wickeln dich in Daddys Jacke, dann hast du's wärmer«, schlug ich vor. So hatte sie wenigstens etwas von ihrem Vater; mit etwas Glück würde sie das aufheitern.

Ihre ganze Antwort bestand aus einem kurzen Wimmern. Sie war fast steif vor Schock, obwohl sie diesmal wenigstens den Kopf bewegt hatte, um mich anzusehen. An diesem Punkt hätte ich sie normalerweise Marsha überlassen, denn Kinderpsychologie war mir viel zu kompliziert. Aber das konnte ich heute nicht tun.

Ich wickelte Kelly in die Jacke ein und sagte dabei: »So, die hält dich schön warm. Hey, das ist Daddys Jacke! Das sagen wir ihm lieber nicht, was, hahaha!« Ich ertastete etwas Solides in einer der Jackentaschen und zog Kevs Mobiltelefon heraus. »Oh, sieh mal, damit können wir ihn später anrufen.«

Ich warf einen Blick aus dem Fenster – kein Mensch zu

sehen. Ich griff nach dem Müllsack, nahm Kelly an der Hand und merkte dann, daß wir die Küche verlassen und durch die Diele mußten, um zur Haustür zu gelangen.

»Bleib einen Augenblick hier sitzen«, sagte ich. »Ich muß noch was erledigen.«

Draußen überzeugte ich mich davon, daß wirklich alle Türen geschlossen waren. Ich dachte nochmals an meine Fingerabdrücke, aber falls ich welche übersehen hatte, war das nicht mehr zu ändern. Ich wollte nur noch weg und Kelly von der Polizei fernhalten, bis ich eine Möglichkeit gefunden hatte, aus diesem Schlamassel rauszukommen.

Ich ging zurück, holte Kelly und sah nochmals nach draußen, ohne eine Bewegung wahrzunehmen. Sie schien kaum gehen zu können. Ich mußte den Kragen von Kevs Jackett packen und sie halb zum Auto hinausschleifen.

Ich setzte sie auf den Beifahrersitz. »So, hier hast du's schön und warm«, sagte ich lächelnd. »Paß gut auf Daddys Jacke auf, ja? Er freut sich bestimmt, wenn er sieht, wie gut du dich um sie kümmerst.«

Dann warf ich den Müllsack auf den Rücksitz, setzte mich ans Steuer, legte meinen Sicherheitsgurt an und ließ den Motor an. Wir fuhren in vernünftigem Tempo los, nicht so schnell, daß jemand auf uns aufmerksam werden konnte.

Nach ein paar hundert Metern fiel mir etwas ein; ich sah zu ihr hinüber und sagte: »Kelly, du mußt dich anschnallen. Das kannst du doch selbst, nicht wahr?«

Sie bewegte sich nicht, erwiderte nicht mal meinen Blick. Ich mußte ihr den Sicherheitsgurt anlegen.

Ich versuchte, Konversation zu machen. »Schönes Wetter heute, nicht wahr? Klar, du bleibst jetzt 'ne Zeitlang bei mir, bis alles wieder in Ordnung ist.«

Schweigen.

Ich konzentrierte mich wieder auf mein Hauptproblem. Was sollte ich tun? Unabhängig davon, wofür ich mich entschied, waren wir hier jedenfalls am falschen Ort; wir mußten irgendwo in der Menge untertauchen. Ich fuhr in Richtung Tyson's Corner.

Ich sah wieder lächelnd zu Kelly hinüber und gab mir Mühe, den unbekümmert fröhlichen Onkel Nick zu spielen, aber das gelang mir einfach nicht. Sie starrte ängstlich aus dem Fenster, als fürchte sie, aus ihrer vertrauten Umgebung entführt zu werden und sie zum letztenmal im Leben zu sehen.

»Ist schon gut, Kelly.« Ich versuchte, ihr übers Haar zu streichen.

Sie drehte ruckartig den Kopf weg.

Scheiße, sollte sie doch machen, was sie wollte; mit etwas Glück würde ich sie mir schon bald vom Hals schaffen können.

Ich dachte wieder an Kev. Er hatte gesagt, er habe Informationen über meine »Freunde jenseits des Wassers«. War er etwa von der PIRA umgelegt worden? Warum, verdammt noch mal? Daß sie in Amerika ein Attentat dieser Art verüben ließ, war äußerst unwahrscheinlich. Sie war zu clever, um die Hand zu beißen, von der sie gefüttert wurde.

Andere Dinge waren mir rätselhaft. Warum hatte es keinen Kampf gegeben? Marsha und Kev hatten natürlich gewußt, wo die Waffen versteckt waren. Warum waren sie nicht benutzt worden? Warum hatte die Haustür offengestanden? Das konnte kein Zufall gewesen sein. In Kevs Haus spazierte man nicht einfach von der Straße aus hinein; man betrat es nur auf Einladung.

Ich fühlte Wut in mir aufsteigen. Wäre die Familie Brown bei einem Verkehrsunfall umgekommen, wäre das Schicksal gewesen. Wären die Killer ins Haus eingedrungen und hätten sie beispielsweise erschossen, wäre ich zornig gewesen, aber ich hätte mir auch gesagt, daß jemand, der durchs Schwert lebt, damit rechnen muß, durchs Schwert umzukommen. Aber nicht auf diese Weise. Sie waren scheinbar grundlos bestialisch ermordet worden.

Ich zwang mich dazu, rational zu denken. Auf keinen Fall konnte ich die Polizei anrufen und meine Version der Ereignisse zu Protokoll geben. Trotz meiner Abberufung arbeitete ich noch in einem befreundeten Land, ohne daß die zuständigen Stellen zugestimmt hatten. Solche Dinge passierten auch in Großbritannien, aber man durfte sich unter keinen Umständen erwischen lassen. Mein hiesiger Einsatz würde als Heimtücke ausgelegt werden und die amerikanischen Kollegen mißtrauisch machen. Daß der SIS sich schützend vor mich stellen würde, brauchte ich nicht zu hoffen – wozu gab es schließlich Unternehmen, die man notfalls leugnen konnte? Ich war auf mich allein gestellt.

Ein Blick zu meiner Beifahrerin zeigte mir, daß ich ein Problem hatte. Auf der Weiterfahrt nach Tyson's Corner wurde mir klar, was ich tun mußte. Links voraus sah ich ein Hotel der Best-Western-Kette und rechts ein Einkaufszentrum mit einzelnen Läden. Ich mußte den Leihwagen loswerden, weil er – falls ich beobachtet worden war – eine der Verbindungen zwischen mir und dem Haus war. Ich mußte ihn irgendwo abstellen, wo er nicht isoliert stand – auf einem Parkplatz ohne Videoüberwachung. Neben dem Einkaufszentrum mit seinen weitläufigen Parkflächen gab es am Rand auch einen Burger King mit eigenem Parkplatz.

Es ist ganz einfach, einen Wagen tagsüber auf einem Parkplatz zwischen Hunderten von Autos zurückzulassen, aber nach Ladenschluß steht er vielleicht auffällig allein da und wird von der nächsten Polizeistreife kontrolliert. Ich suchte einen Parkplatz, auf dem Tag und Nacht viel Betrieb herrschte. Mehrstöckige Parkhäuser kamen nicht in Frage, weil sie zu neunzig Prozent videoüberwacht wurden, um Überfälle und Autoeinbrüche zu verhindern. Viele Parkhäuser hatten auch eine Videokamera installiert, die bei der Einfahrt den Fahrer und das Kennzeichen aufnahm. An vielen großen Kreuzungen und entlang wichtiger Straßen standen Videokameras zur Verkehrsüberwachung. Falls mein Wagen vor Kevs Haus bemerkt worden war, würde die Polizei als erstes diese Filme und die Videoaufnahmen aus Parkhäusern auswerten.

»Holen wir uns Hamburger und Milchshakes?« schlug ich vor. »Magst du Milchshakes? Paß auf, ich stelle den Wagen ab, und wir gehen vielleicht sogar einkaufen.«

Jedenfalls durften wir nicht vor dem Burger King parken, aussteigen und ein paar hundert Meter weit zum Einkaufszentrum hinübergehen – das tat kein Mensch. Irgend jemand konnte sich später wahrscheinlich daran erinnern, uns als Fußgänger gesehen zu haben, deshalb mußte ich versuchen dafür zu sorgen, daß wir möglichst normal wirkten.

»Erdbeer oder Vanille – was möchtest du?«

Keine Antwort.

»Schokolade? Komm, ich nehme auch Schokolade.«

Nichts.

Ich parkte den Wagen. Der Parkplatz war ziemlich voll. Ich umfaßte ihr Kinn mit einer Hand und drehte ihren Kopf sanft zu mir her, so daß Kelly mich freundlich lächeln sah. »Milchshake?«

Ich fühlte eine schwache Kopfbewegung, die ich zweckmäßigerweise als Nicken deutete. Das war nicht viel, aber immerhin eine Reaktion.

Ich redete weiter auf sie ein. »Gut, dann bleibst du einfach hier sitzen. Ich steige aus, sperre das Auto ab und hole die Milchshakes. Und danach, hör zu, gehen wir drüben ins Einkaufszentrum. Wie findest du das?«

Sie sah weg.

Trotzdem machte ich weiter, als habe sie allem zugestimmt. Ich stieg aus und sperrte sie im Wagen ein. In meinem Hosenbund steckte, von Kevs Jacke verdeckt, noch immer die Pistole.

Ich ging in den Burger King, kaufte zwei verschiedene Milchshakes und kam sofort zum Auto zurück.

»Also, du hast die Wahl – Schokolade oder Vanille?«

Ihre Hände blieben neben den Oberschenkeln liegen.

»Okay, dann nehme ich Vanille; ich weiß, daß du Schokolade magst.«

Ich stellte ihr den Plastikbecher in den Schoß. Sein Inhalt

war für ihre Beine zu kalt, und als Kelly danach griff, sagte ich rasch: »Komm, wir gehen zu den Geschäften rüber. Den Becher kannst du mitnehmen.«

Ich ließ sie aussteigen, schloß die Tür und sperrte den Wagen ab. Ich versuchte nicht einmal, etwas gegen unsere Fingerabdrücke zu tun; selbst wenn ich mir die größte Mühe gegeben hätte, wären nicht alle zu entfernen gewesen – wozu also damit anfangen? Ich öffnete den Kofferraum, holte die Reisetasche mit den Toilettenartikeln heraus, die ich in Shannon gekauft hatte, und stopfte den Müllsack mit meinen blutgetränkten Kleidungsstücken hinein.

Es sah nach Regen aus. Während wir über den Parkplatz zum Einkaufszentrum gingen, redete ich weiter mit Keily, weil mir die Situation peinlich war. Was soll man schließlich anderes tun, wenn man neben einem kleinen Mädchen hergeht, das nicht zu einem gehört und nicht mit einem zusammensein will?

Ich versuchte Kelly an der Hand zu nehmen, aber sie entzog sie mir. Da wir unter Leuten waren, konnte ich nicht einmal anfangen, mit ihr darüber zu diskutieren. Also begnügte ich mich damit, sie wieder an der Schulter von Kevs Jackett festzuhalten.

In diesem Einkaufszentrum gab es von einem Computer-Discounter bis zu einem Geschäft für ausgemusterte Militärartikel alles, was das Herz begehrte.

Wir gingen in ein Textilgeschäft, in dem ich mir Jeans und ein Hemd kaufte. Ich würde mich umziehen, sobald ich geduscht und mir Aidas Blut von Beinen und Rücken gewaschen hatte.

An einem Geldautomaten hob ich dreihundert Dollar ab – den Höchstbetrag, den ich mit meiner Kreditkarte bekommen konnte.

Dann traten wir wieder auf den Parkplatz hinaus, aber ich ging nicht zu dem Leihwagen zurück. Ich ließ meine Hand auf Kellys Schulter, während ich sie über die Straße zu dem Hotel führte.

6

Als wir näher herankamen, konnte ich sehen, daß das Best Western in Wirklichkeit durch eine lange Reihe ebenerdiger Bürogebäude von der mehrspurigen Straße getrennt war. Was wir vor uns hatten, war die Rückseite des Hotels.

Ein kurzer Blick nach beiden Seiten zeigte, daß die Kreuzungen, die zur Vorderfront des Hotels geführt hätten, meilenweit entfernt waren. Deshalb beschloß ich, den kürzesten Weg zu nehmen. Aber der Verkehr war lebhaft, und das hiesige Straßensystem war nicht für Fußgänger ausgelegt. Straßenbreite und Verkehrsaufkommen entsprachen ungefähr dem einer englischen Autobahn, aber hier gab es immerhin Verkehrsampeln, die Lücken im Autostrom entstehen ließen. Ich hielt Kelly an der Hand, als wir zum Mittelstreifen hinüberrannten und auf eine weitere Verkehrslücke warteten. Ich sah zum Himmel auf; bleigraue Wolken kündigten baldigen Regen an.

Autofahrer, die vermutlich noch nie Fußgänger gesehen hatten, hupten wütend, aber wir erreichten die andere Straßenseite, kletterten über ein niedriges Schutzgeländer und standen auf dem Gehsteig. Mehr oder weniger genau vor uns befand sich eine Lücke zwischen zwei Bürogebäuden. Wir gingen hindurch und überquerten ein schmales unbebautes Grundstück, um auf den Hotelparkplatz zu gelangen. Als wir an den dort geparkten Autos vorbeigingen, merkte ich mir die Buchstaben und Ziffern für ein Kennzeichen aus Virginia.

Das Best-Western-Hotel war ein großer rechteckiger Klotz mit drei Stockwerken in der typischen Architektur der achtziger Jahre. Es war in einem widerlichen Gelbgrün gestrichen. Als wir uns der Rezeption näherten, versuchte ich zu erkennen, ob uns jemand auffällig beobachtete. Ich wollte nicht, daß uns jemand vom Parkplatz ins Hotel kommen sah, weil es merkwürdig gewesen wäre, so weit zu Fuß zu gehen, ohne erst zu fragen, ob sie ein Zimmer für uns hatten, und anschließend unser Gepäck zu holen. Ich konnte nur hoffen, daß Kelly den Mund halten würde, solange wir in der Hotelhalle waren; ich würde uns möglichst rasch anmelden und wieder hinausgehen, als wollten wir zu Mummy, die im Auto wartete.

In der Hotelhalle ließ ich ihre Schulter los und flüsterte: »Du bleibst hier sitzen, okay? Ich besorge uns ein Zimmer.« Ich gab ihr einen Touristenprospekt, der auf einem der Sessel lag, aber sie ignorierte ihn.

In einer Ecke neben der Kaffeemaschine stand ein Großbildfernseher, in dem ein Footballspiel lief. Ich ging zu der Empfangsdame, einer Mittvierzigerin, die anscheinend glaubte, sie sei noch vierundzwanzig; sie verfolgte das Spiel und stellte sich wahrscheinlich vor, wie es wäre, einen der Quarterbacks als Freund zu haben.

»Ich bräuchte ein Familienzimmer für eine Nacht«, erklärte ich ihr lächelnd.

»Gewiß, Sir«, antwortete sie. Offenbar hatte sie die Charmeschule der Hotelkette Best Western mit Auszeichnung bestanden. »Würden Sie bitte diese Karte ausfüllen?«

Während ich zu schreiben begann, fragte ich: »Wieviel kostet ein Zimmer überhaupt?«

»Vierundsechzig Dollar plus Steuern.«

Ich zog die Augenbrauen hoch, als sei das eine Menge Geld für einen Familienvater wie mich.

»Ich weiß«, sagte sie lächelnd. »Tut mir leid, aber billiger geht's nicht.«

Sie zog meine Kreditkarte durch das Lesegerät, und ich kritzelte inzwischen allen möglichen Scheiß auf die Anmeldekarte. Darin hatte ich jahrelange Übung: Ich wirkte völlig entspannt, während ich schrieb, obwohl ich in Wirklichkeit ungefähr vier Felder weit vorauslas. Ich füllte auch eine Karte für meinen Wagen aus, gab ein erfundenes Kennzeichen aus Virginia an und trug als Anzahl der Insassen zwei Erwachsene und ein Kind ein.

Sie gab mir die Kreditkarte zurück. »Bitte sehr, Mr. Stamford – Sie haben Zimmer zwo-zwo-vier. Wo steht Ihr Wagen?«

»Gleich dort drüben.« Ich deutete vage in Richtung Hotelparkplatz.

»Okay, wenn Sie an dem Aufgang parken, an dem zwei Cola- und Eisautomaten stehen, gehen Sie die Treppe hinauf und haben Nummer zwo-zwo-vier links vor sich. Einen recht schönen Tag noch!«

Ich hätte unser Zimmer beschreiben können, noch bevor ich die Codekarte ins Schloß steckte und die Tür öffnete – Fernseher, zwei Doppelbetten, vier Sessel und die typische Vorliebe amerikanischer Hoteldesigner für dunkle Holzfurniere.

Ich wollte, daß Kelly sich hier rasch heimisch fühlte, damit ich telefonieren konnte. Ich schaltete den Fernseher mit der Fernbedienung ein und suchte die Kanäle ab, weil ich hoffte, irgendwo Nickelodeon zu finden. Schließlich fand ich eine Sendung mit Zeichentrickfilmen. »Ah, den kenne ich, der ist gut – wollen wir ihn uns miteinander ansehen?«

Kelly saß auf dem Bett und starrte mich an. Ihr Gesichtsausdruck ließ erkennen, daß ihr dieser Ausflug nicht sonderlich gefiel, und ich konnte ihr das nicht verübeln.

»Kelly«, sagte ich, »ich lasse dich jetzt für ein paar Minuten allein, weil ich telefonieren muß. Ich bringe auch etwas zu trinken mit. Was willst du? Cola? Mountain Dew? Oder möchtest du etwas Süßes?«

Als sie nicht reagierte, sprach ich einfach weiter. »Ich sperre die Tür ab, und du machst keinem Menschen auf, verstanden? Ich habe den Schlüssel, mit dem ich mir selbst aufschließen kann. Du bleibst hier und siehst dir den Zeichentrickfilm an. Ich bin in spätestens fünf Minuten wieder da.«

Noch immer keine Reaktion. Ich hängte das Schild *Bitte nicht stören* außen über den Türknopf, überzeugte mich davon, daß ich meine Codekarte für die Zimmertür eingesteckt hatte, und ging.

Ich wollte zu den Telefonzellen, die ich an der Straße gesehen hatte, weil Kelly das Gespräch, das ich führen würde, nicht mithören sollte. Ich verstand nicht viel von Kindern, aber ich wußte noch, daß mir mit sieben Jahren nichts entgangen war, was in unserem Haus passierte. Obwohl Kevs Mobiltelefon vermutlich nicht ohne PIN funktionierte, nahm ich das Telefon aus seiner Jackentasche und schaltete es ein. Als es die PIN verlangte, versuchte ich es mit der üblichen Fabrikeinstellung 0–0–0–0 und dann mit 1–2–3–4. Nichts. Mehr Versuche hatte ich nicht, denn bei vielen Telefonen brauchte man nach drei Falscheingaben eine Super-PIN, die ich erst recht nicht hatte. Ich schaltete es aus und steckte es ein. Vielleicht konnte mir Kelly später dabei helfen.

Ich ging über den Parkplatz zur Straße zurück, wo die Telefonzellen standen. Nachdem ich mir zurechtgelegt hatte, was ich sagen würde, rief ich London an.

In verschleierter Sprache sagte ich: »Ich bin eben mit der Arbeit fertig und jetzt in Washington, um einen alten Freund zu besuchen. Ich habe vor zehn Jahren mit ihm zusammengearbeitet. Er ist hier bei einer staatlichen Dienststelle.« Ich schilderte das entstandene Problem und erläuterte, daß Kelly und ich dringend Hilfe brauchten.

Verschleierte Sprache ist kein Zaubertrick; man versucht nur anzudeuten, was sich ereignet hat, ohne einem zufälligen Lauscher deutliche Hinweise zu geben. Professionelle Abhörer sind dadurch nicht zu täuschen – dafür gibt es Codes. Einmal-Schlüssel und dergleichen mehr. Aber die Firma brauchte nur zu wissen, daß ich in der Scheiße saß, Kevs Tochter hatte und schnellstens Hilfe brauchte.

»Gut, ich gebe Ihre Mitteilung weiter. Haben Sie eine Telefonnummer?«

»Nein. Ich rufe in einer Stunde wieder an.«

»Okay. Goodbye.«

Diese Frauen verblüfften mich jedesmal wieder. Sie regten sich nie über irgend etwas auf. Es mußte Schwerstarbeit sein, an einem Samstagabend ihr Ehemann zu sein.

Ich hängte den Hörer ein und fühlte mich merklich erleichtert, als ich zur benachbarten Tankstelle hinüberschlenderte.

Ich wußte, daß die Firma alles in Ordnung bringen würde. Unter Umständen mußte sie in den Staaten ein paar große Gefälligkeiten einfordern, aber wozu hat man schließlich Freunde? London würde alles menschenmögliche tun – nicht so sehr, um mich loszueisen, sondern um sicherzustellen, daß mein gegenwärtiger Auftrag geheim blieb.

Ich versuchte also, die Dinge von der positiven Seite zu sehen, obwohl das Wetter nicht dazu beitrug, meine Stimmung zu heben. Das Nieseln, bei dem ich das Hotel verlassen hatte, war jetzt in einen leichten Regen übergegangen. Mit etwas Glück würde die Firma uns bereits heute abend abholen lassen. Kelly würde zu Verwandten gebracht werden, und ich würde nach London zurückfliegen, wo mich eine weitere Unterredung ohne Kaffee und Biskuits erwartete.

In der Tankstelle kaufte ich Getränke und alle möglichen Snacks, damit wir im Zimmer bleiben konnten und uns nicht in der Öffentlichkeit zeigen mußten, und etwas Lesestoff, damit Kelly sich nicht langweilte. Dann ging ich im Regen ins Hotel zurück. Am Cola-Automaten stieg ich die Außentreppe hinauf, wandte mich nach links und klopfte an die Tür.

Während ich sie öffnete, sagte ich: »Ich habe alles mögliche mitgebracht – Süßigkeiten, Sandwiches, Chips und für dich sogar ein *Goosebumps*-Buch.«

Ich hielt es für besser, einen Haufen Zeug zu kaufen, das sie ablenken konnte, als zu versuchen, sie in den Arm zu nehmen und zu trösten; dabei wäre mir selbst unbehaglich zumute gewesen.

Kelly lag noch genauso auf dem Bett, wie ich sie verlassen hatte: Sie starrte mit glanzlosem Blick in Richtung Fernseher, ohne wirklich wahrzunehmen, was über den Bildschirm lief.

Während ich die Sachen auf das andere Bett legte, sagte ich: »Okay, was du jetzt brauchst, ist ein schönes heißes Bad. Siehst du, ich habe dir sogar ein Schaumbad der Marke Buzz Lightyear mitgebracht.«

Auf diese Weise war sie beschäftigt, und ein entspannendes

Bad würde vielleicht sogar dazu beitragen, ihre gegenwärtige Starre zu lösen. Außerdem würde es bei der Übergabe an die Firma beweisen, daß ich mich um die Kleine bemüht hatte, um sie gepflegt und sauber abliefern zu können. Schließlich war sie die Tochter eines Kumpels.

Ich ließ ihr Badewasser einlaufen und rief ins Zimmer hinaus: »Komm, zieh dich schon mal aus!«

Sie gab keine Antwort. Ich ging ins Zimmer zurück, setzte mich auf die Bettkante und fing an, sie auszuziehen. Ich hatte befürchtet, sie würde sich sträuben, aber sie saß untätig da, während ich ihr Jeanshemd und Unterhemd über den Kopf zog. »So, deine Jeans kannst du selbst ausziehen.« Kelly war erst sieben, aber es wäre mir peinlich gewesen, ihr dabei zu helfen. »Komm, zieh den Reißverschluß auf.« Zuletzt mußte ich es doch selbst machen, weil sie völlig untätig auf der Bettkante hockte.

Ich trug sie ins Bad. Der gute alte Buzz hatte seine Schuldigkeit getan, und der Schaum reichte halb bis zur Decke. Ich prüfte die Wassertemperatur, bevor ich Kelly in die Wanne hob. Sie setzte sich wortlos hin.

»Seife und Shampoo sind reichlich da«, sagte ich. »Soll ich dir beim Haarewaschen helfen?«

Sie saß stocksteif in der Badewanne. Ich gab ihr die Seife, die sie jedoch nur anstarrte.

Inzwischen war es fast wieder Zeit, London anzurufen. Zumindest würde ich nicht wieder zur Telefonzelle gehen müssen; in der Badewanne war Kelly außer Hörweite. Sicherheitshalber ließ ich den Fernseher eingeschaltet.

Im Fernsehen lief eine eigenartige Serie, die ich wunderbar fand – mit vier Kerlen in Jeans, halb Menschen, halb Haie, die Ausdrücke wie »Fin-tastic!« und »Shark-time!« benutzten und anderen Leuten offenbar nicht in den Hintern, sondern in ihre Rückenflossen traten. *The Street Sharks.* Während der Nachspann lief, rief ich London an.

Ich hörte sofort: »Ihre PIN bitte.«

Ich gab sie an. »Augenblick«, sagte die Frauenstimme.

Sekunden später wurde die Verbindung unterbrochen.

Das war seltsam. Ich gab nochmals meine PIN an und wurde erneut abgeschnitten.

Was zum Teufel hatte das zu bedeuten? Ich versuchte mir einzureden, das sei lediglich eine technische Panne gewesen. In meinem Innersten wußte ich jedoch, was wirklich geschehen war. Das mußte Absicht gewesen sein. Oder vielleicht war die Verbindung nach Übersee gestört. Es war sinnlos, lange darüber nachzudenken. Ich mußte etwas unternehmen.

Ich ging ins Bad zurück. »Das Telefon funktioniert nicht«, erklärte ich Kelly. »Ich gehe nur kurz zur Telefonzelle hinunter. Brauchen wir noch irgend etwas aus den Läden? Oder paß auf – wir gehen später gemeinsam einkaufen.«

Ihr Blick blieb starr auf die geflieste Wand am Fußende der Wanne gerichtet.

Ich hob sie heraus und wickelte sie in ein flauschiges Badetuch. »Du bist schon ein großes Mädchen. Du kannst dich bestimmt selbst abtrocknen.« Ich nahm die neue Haarbürste aus dem Waschbeutel. »Wenn du fertig bist, bürstest du dir die Haare und siehst zu, daß du trocken und angezogen bist, bis ich zurückkomme. Vielleicht müssen wir später weg. Aber du machst niemandem die Tür auf, okay?«

Kelly gab keine Antwort. Ich zog den Telefonstecker raus und ging.

7

Während ich über den Parkplatz ging, hatte ich ein verdammt flaues Gefühl im Magen. Ich hatte nichts verbrochen – weshalb wurde ich also abgeschnitten? Wollte die Firma mich aufs Kreuz legen? Ich überlegte mir, was für verschiedene Möglichkeiten es in diesem Fall gab. Hielten sie etwa *mich* für den Mörder? Kappten sie jetzt alle Verbindungen zu mir, um anschließend alles leugnen zu können?

Ich betrat die Telefonzelle, wählte und wurde wie zuvor getrennt. Ich hängte langsam den Hörer ein. Dann setzte ich mich auf die zur Hoteleinfahrt gehörende niedrige Mauer, denn ich mußte jetzt angestrengt nachdenken. Ich brauchte nicht lange, um zu erkennen, daß mir nur noch eine Möglichkeit blieb: Ich mußte die Botschaft anrufen. Damit verstieß ich gegen sämtliche Vorschriften, so daß ich mir nicht einmal die Mühe zu machen brauchte, mich an die üblichen Verfahrensregeln zu halten. Ich wählte die 411, ließ mir von der Auskunft die Nummer geben und tippte sie ein.

»Britische Botschaft, guten Tag. Was kann ich für Sie tun?«

»Ich möchte den VOSO sprechen.«

»Wie bitte?«

»VOSO – Verbindungsoffizier für Special Operations.«

»Tut mir leid, hier gibt es keine Nebenstelle mit dieser Bezeichnung.«

»Sagen Sie Ihrem Militärattaché, daß jemand anruft, der den VOSO sprechen möchte. Die Sache ist wirklich wichtig. Ich muß ihn sofort sprechen.«

»Augenblick, bitte.« Ein Klicken, dann war ein Streichquartett zu hören. Ich hörte zu und wartete, während meine Telefonkarte sich aufbrauchte.

Dann meldete sich eine andere Frauenstimme. »Guten Tag, was kann ich für Sie tun?«

»Ich möchte den VOSO sprechen.«

»Tut mir leid, aber diese Funktion gibt es bei uns nicht.«

»Dann verbinden Sie mich mit dem MA.«

»Der Militärattaché ist leider nicht im Haus. Kann ich Ihnen vielleicht behilflich sein? Möchten Sie mir Ihren Namen und eine Telefonnummer geben, unter der Sie erreichbar sind?«

»Hören Sie, ich habe folgende Mitteilung für Sie«, sagte ich. »Der VOSO oder der MA sollen sie weitergeben. Ich habe mehrmals versucht, mit meiner PIN anzurufen. Meine PIN lautet zwo-vier-zwo-zwo, und am anderen Ende wird jedesmal aufgelegt. Ich sitze wirklich in der Klemme und brauche dringend

Hilfe. Bestellen Sie dem VOSO oder dem MA, daß ich auspacken werde, was ich in meinem Sicherheitspaket habe, wenn sie nicht sofort mit London Verbindung aufnehmen. Ich rufe London in drei Stunden noch mal an.«

»Entschuldigung, könnten Sie das bitte wiederholen?« fragte die Frau.

»Nein – Sie haben diesen Anruf aufgezeichnet, und ich weiß, daß meine Mitteilung verstanden werden wird. Sie brauchen Sie nur an den VOSO oder den MA weiterzuleiten. Wer von den beiden sie bekommt, ist mir scheißegal. Sagen Sie ihnen, daß ich London in drei Stunden anrufen und meine PIN nennen werde.«

Ich hängte den Hörer ein. Meine Nachricht würde den Empfänger erreichen. Wahrscheinlich hatten der VOSO oder der MA ohnehin mitgehört.

Manche Unternehmungen, an denen ich beteiligt gewesen war, waren so schmutzig, daß niemand wollen würde, daß sie aufgedeckt wurden. Andererseits bedeutete das natürlich auch, daß jemand wie ich entbehrlich war, falls etwas einmal nicht so gut klappte. Mein Prinzip war immer gewesen: Wer als Geheimdienstmann an zweifelhaften Unternehmen beteiligt war und nicht für den Tag vorsorgte, an dem sie beschlossen, einen abzuschießen, hatte nichts anderes verdient. Die Zentrale wußte, daß jeder K ein Sicherheitspaket hatte, aber alle leugneten diese Tatsache – die Betreffenden ebenso wie der SIS. Meiner Überzeugung nach wendete der SIS für seine Suche nach unseren Unterlagen, mit denen er erpreßt werden konnte, ebensoviel Mühe auf wie für seine sonstigen Unternehmen.

Mit meinem Anruf hatte ich eine unwiderrufliche Entscheidung getroffen. Diese Karte konnte ich nur einmal ausspielen. Mein zukünftiges Leben würde nie wieder unbeschwert sein. Ich war meinen Job bei der Firma los und würde den Rest meines Lebens vermutlich in einem abgelegenen Bergdorf in Sri Lanka verbringen – ständig in Angst vor bezahlten Killern.

Was war, wenn die Firma beschloß, den Amerikanern gegenüber einzugestehen, daß es ein Unternehmen gegeben hatte, das sie zu erwähnen vergessen hatte? Würde sie sich erst auf die Finger klopfen lassen und danach behaupten, dieser Mann habe Kev Brown umgebracht? Nein, so funktionierte die Sache nicht. Die Firma konnte nicht wissen, ob mein Sicherheitspaket ein Bluff war oder nicht und wieviel Schaden es anrichten konnte, falls es den Medien zugespielt wurde. Sie würde es als reale Gefahr einschätzen und mir helfen müssen. Ihr blieb gar keine andere Wahl. Die Firma würde uns hier rausholen; ich würde nach England zurückgeflogen werden und mich dort unauffällig verhalten, bis Gras über die Sache gewachsen war.

Als ich zurückkam, hatte Kelly sich nicht angezogen, sondern lag in das Badetuch gewickelt auf dem Bett. Der Zeichentrickfilm im Fernsehen war durch eine Nachrichtensendung mit einer nüchtern sprechenden Reporterin abgelöst worden, auf die ich jedoch im Augenblick nicht achtete. Mich interessierte mehr, was ich tun mußte, um dieses kleine Mädchen zu normalen Reaktionen zu veranlassen. Die Zahl meiner Freunde schien beängstigend rasch abzunehmen, und obwohl sie erst sieben war, wollte ich das Gefühl haben, wenigstens Kelly stehe auf meiner Seite.

»Wir müssen noch ein bis zwei Stunden hier herumsitzen«, erklärte ich ihr, »bis jemand uns ...«

Erst dann bekam ich mit, was ich gerade hörte. Die nüchterne Frauenstimme sagte: »... brutale Morde und möglicherweise eine Entführung ...« Ich konzentrierte mich schnellstens auf den Fernseher.

Die schwarze Reporterin, Mitte Dreißig, blickte vor Kevs Haus, in dessen Einfahrt ich Marshas Daihatsu stehen sah, in die Kamera. Um die zwei Krankenwagen herum, die mit eingeschalteten Blinklichtern vor dem Haus parkten, wimmelte es von Polizeibeamten.

Ich griff hastig nach der Fernbedienung und drückte auf den Ausschaltknopf. »Kelly, du böses kleines Mädchen«, sagte ich grinsend, »du hast dir den Hals nicht gewaschen. Du gehst sofort ins Bad und wäschst ihn dir!«

Ich stieß sie fast mit Gewalt ins Bad. »So, du bleibst drin, bis ich dir sage, daß du rauskommen kannst!«

Ich schaltete den Fernseher wieder ein und ließ den Ton ganz leise.

Die Reporterin sagte: »... und die Nachbarn haben einen Weißen, Ende Dreißig, beobachtet, der als etwa einsachtzig groß mit mittlerer Statur und kurzem, braunem Haar beschrieben wird. Er soll heute gegen vierzehn Uhr fünfundvierzig mit einem in Virginia zugelassenen weißen Dodge vorgefahren sein. Mein Interviewpartner ist jetzt Lieutenant Davies vom Fairfax County Police Department ...«

Neben ihr stand nun ein Kriminalbeamter mit Stirnglatze. »Wir können bestätigen, daß ein Mann, auf den diese Beschreibung paßt, in der Umgebung des Hauses gesehen worden ist. Wir möchten weitere Zeugen bitten, sich zu melden. Vor allem interessiert uns der gegenwärtige Aufenthaltsort der siebenjährigen Kelly, der älteren Tochter des Ehepaars Brown.«

Auf dem Bildschirm erschien ein Photo, das sie mit Aida im Garten stehend zeigte, während eine Stimme aus dem Off ihre Personenbeschreibung verlas. Dann wechselte die Szene ins Studio, in dem ein Moderator mit einem Gast darüber sprach, daß die Familie anscheinend das Opfer eines Racheakts im Drogenmilieu geworden sei. Dabei wurde ein Familienphoto gezeigt. »Kevin Brown war bei der Drug Enforcement Administration tätig ...« Der Moderator erweiterte das ursprüngliche Thema zu einer Diskussion über die Drogenproblematik im Großraum Washington.

Aus dem Bad drang kein Geräusch plätschernden Wassers. Kelly konnte jeden Augenblick wieder herauskommen. Ich suchte einen Kanal nach dem anderen ab. Auf keinem wurde über den Mordfall Brown berichtet. Ich schaltete wieder aufs Kinderfernsehen um und ging ins Bad.

Ich hatte kein Wasserplätschern gehört, weil Kelly nicht in

der Wanne saß. Statt dessen hockte sie in derselben fetalen Haltung wie in ihrem Versteck im Elternhaus unter dem Waschbecken und hielt sich mit beiden Händen die Ohren zu, um die Schreckensnachricht, die sie vorhin im Fernsehen gehört hatte, abzublocken.

Ich hätte sie am liebsten in den Arm genommen und getröstet. Das Dumme war nur, daß ich mich nicht darauf verstand. Deshalb gab ich lieber vor, ihren Zustand gar nicht zu bemerken. »Hallo, Kelly«, sagte ich lächelnd, »was machst du da unten?«

Sie hielt die Augen so fest zusammengekniffen, daß ihr ganzes Gesicht Falten bildete. Ich nahm sie auf die Arme und trug sie ins Zimmer zurück. »Hey, du siehst müde aus. Möchtest du fernsehen oder lieber ein bißchen schlafen?« Das klang ziemlich bescheuert, aber ich wußte einfach nicht, was ich sagen sollte. Am besten tat ich so, als sei nichts passiert.

Ich wickelte Kelly aus dem Badetuch, um sie anziehen zu können. Unterdessen war sie durch die eigene Körperwärme trocken geworden. »Los, komm schon, wir müssen dich anziehen und dir die Haare kämmen.« Ich suchte förmlich nach Worten.

Sie saß einfach nur da. Aber als ich anfing, ihr das Unterhemd anzuziehen, fragte sie ruhig: »Mommy und Daddy sind tot, nicht wahr?«

Die Aufgabe, ihre Arme in die Ärmellöcher des Unterhemds zu stecken, wurde plötzlich sehr interessant. »Wie kommst du darauf? Ich habe dir doch gesagt, daß ich mich nur eine Zeitlang um dich kümmern soll.«

»Ich werde Mommy und Daddy also wiedersehen?«

Ich fand nicht die richtigen Worte und hatte nicht den Mut, ihr die Wahrheit zu sagen. »Ja, natürlich siehst du sie wieder. Sie haben nur ganz schnell verreisen müssen. Ich habe dir doch gesagt, wie's gewesen ist: Es ist zu spät gewesen, dich abzuholen, aber sie haben mich gebeten, mich um dich zu kümmern. Sobald sie zurückkommen, bringe ich dich wieder zu Mommy und Daddy und Aida. Ich habe nicht gewußt, daß das so lange dauern würde; ich habe geglaubt, sie würden nur ein paar Stunden wegbleiben, aber sie kommen bald zurück.«

Nun entstand eine kurze Pause, während Kelly sich die Sache durch den Kopf gehen ließ. Ich holte ihre Unterhose, steckte ihre Füße in die Beinlöcher und zog sie hoch.

»Warum haben sie mich nicht mitnehmen wollen, Nick?« fragte sie traurig.

Ich trat an den Sessel und griff nach ihren Jeans und ihrer Bluse. Kelly sollte meinen Blick nicht sehen. »Es liegt nicht daran, daß sie dich nicht mitnehmen wollten, aber da ist ein Fehler passiert, deshalb haben sie mich gebeten, mich um dich zu kümmern.«

»Genau wie in *Kevin allein zu Haus*!«

Ich drehte mich um und sah sie lächeln. Das hätte mir auch einfallen können. »Yeah, richtig, genau wie in *Kevin allein zu Haus*. Du bist versehentlich zurückgelassen worden.« Ich erinnerte mich daran, den Film auf einem Flug gesehen zu haben. Scheißfilm, aber manchmal auch ganz witzig. Ich beschäftigte mich wieder mit ihren Jeans.

»Wann sehe ich sie also wieder?«

Ich konnte nicht den ganzen Tag damit verbringen, zwei Kleidungsstücke zu holen. Ich ging mit den Sachen in der Hand zu ihr zurück.

»Nicht so bald, fürchte ich, aber als ich vorhin mit ihnen gesprochen habe, haben sie mir aufgetragen, dir zu sagen, daß sie dich lieben, daß du ihnen sehr fehlst und daß du ein braves Mädchen sein und alles tun sollst, was ich dir sage.«

Kelly lächelte strahlend. Sie glaubte mir anscheinend jedes Wort, und ich wünschte mir, ich hätte den Mut, ihr die Wahrheit zu sagen.

»Kelly, du mußt tun, was ich dir sage, ist das klar?« fragte ich.

»Ja, natürlich.«

Sie nickte eifrig, und ich sah ein kleines Mädchen, das Zuneigung brauchte.

Ich versuchte mir ein Lächeln abzuringen. »Also, denk daran, daß ich jetzt eine Weile für dich verantwortlich bin.« Ich sah ihr in die Augen. »Los, komm, wir sehen uns die *Power Rangers* an!«

Während wir beide mit einer Dose Mountain Dew vor dem Fernseher saßen, ging mir die Nachrichtensendung nicht mehr aus dem Kopf. Kellys Photo war im Fernsehen gezeigt worden. Die Empfangsdame, die Textilverkäuferin, alle möglichen Leute konnten sich an sie erinnern. Inzwischen hatte die Botschaft bestimmt längst mit London telefoniert; was passiert war, wußte jeder, der die Fernsehnachrichten gesehen hatte. Folglich brauchte ich nicht drei Stunden zu warten, bevor ich London erneut anrief.

Ich würde wieder aus der Telefonzelle anrufen müssen, weil Kelly dieses Gespräch nicht mitbekommen sollte. Ich zog Kevs Jacke an, steckte unauffällig die Fernbedienung ein, erklärte Kelly, wohin ich wollte, und ging.

Als ich die Außentreppe beim Cola-Automaten erreichte, sah ich nach unten. Vor dem Hoteleingang standen zwei Limousinen. Beide waren unbesetzt, aber die Autotüren standen noch offen, als seien die Insassen in größter Eile ausgestiegen.

Ich sah genauer hin. Außer den üblichen Radioantennen hatten beide Wagen je eine lange Funkantenne oberhalb der Heckscheibe montiert. Einer war ein weißer Ford Taunus, der andere ein blauer Caprice.

Mir blieb keine Zeit für lange Überlegungen; ich konnte nur auf dem Absatz kehrtmachen und wie ein Besessener zur Feuertreppe auf der Rückseite des Gebäudes rennen.

8

Ich hatte keine Zeit, mir Gedanken darüber zu machen, wie sie uns gefunden hatten. Während ich den Gang entlanghastete, überlegte ich mir, welche Möglichkeiten sich mir boten. Die einfachste Lösung wäre natürlich gewesen, Kelly im Zimmer zu lassen, damit sie abgeholt wurde. Sie hing mir wie ein Mühlstein am Hals. Ohne sie hatte ich eine gute Chance, den Verfolgern zu entkommen.

Warum blieb ich also stehen? Das wußte ich selbst nicht so recht, aber mein Instinkt sagte mir, sie müsse mitkommen.

Ich rannte zurück und stürmte ins Zimmer. »Kelly, wir müssen weg! Los, los, aufstehen!«

Sie war eben dabei gewesen einzunicken. Auf ihrem Gesicht erschien ein erschrockener Ausdruck, weil mein Tonfall sich so verändert hatte.

»Komm, wir müssen weg!«

Ich griff nach ihrer Jacke, nahm Kelly auf den Arm und hastete mit ihr zur Tür. Unterwegs hob ich ihre Schuhe auf und stopfte sie in meine Tasche. Kelly stieß einen halb ängstlichen, halb protestierenden Laut aus.

»Gut festhalten!« forderte ich sie auf. Ihre Beine umklammerten meine Taille. Ich trat auf den Gang hinaus. Als ich die Tür hinter mir zuzog, wurde sie automatisch verriegelt. Wer in unser Zimmer eindringen wollte, würde sie aufbrechen müssen. Ein rascher Blick den Flur entlang zeigte mir, daß noch niemand heraufgekommen war. Ich machte mir nicht die Mühe, von der Treppe aus nach unten zu sehen. Falls die Verfolger mir auf den Fersen waren, würde ich das früh genug merken.

Ich wandte mich nach links, rannte bis zum Ende des Korridors, bog wieder links ab und hatte den Notausgang vor mir. Ich drückte den Griff herunter und stieß die Tür auf. Vor uns an der Rückseite des Hotels befand sich ein offenes Treppenhaus aus Stahlbeton, von dem aus in etwa einer Viertelmeile Entfernung das Einkaufszentrum zu sehen war.

Kelly begann zu weinen. Ich hatte keine Zeit, ihr gut zuzureden. Statt dessen griff ich mit einer Hand unter ihr Kinn und hob ihr Gesicht zu meinem hoch. »Eben sind Leute gekommen, die dich mir wegnehmen wollen, verstehst du?« Ich wußte, daß sie das ängstigen und wahrscheinlich noch mehr verwirren würde, aber das war mir im Augenblick gleichgültig. »Ich versuche bloß, dich zu retten. Halt die Klappe und tu, was ich dir sage.«

Meine Hand umfaßte ihr Kinn noch fester und schüttelte ihren Kopf. »Hast du verstanden, Kelly? Halt die Klappe und laß ja nicht los.«

Ich preßte ihren Kopf gegen meine Schulter, stürmte die Betontreppe hinunter und hielt nach einem Fluchtweg Ausschau.

Vor uns lagen ein etwa vierzig Meter breiter Streifen unbebautes Gelände und ein zwei Meter hoher Maschendrahtzaun, der alt und rostig aussah. Jenseits des Zauns standen die ebenerdigen Bürogebäude, durch die das Hotel von der Schnellstraße getrennt war. Diese teils aus Klinker, teils mit verputztem Mauerwerk erbauten Gebäude waren in den vergangenen drei Jahrzehnten in allen möglichen Stilen errichtet worden. Hinter ihnen hatten sich um die Müllcontainer herum alle möglichen Abfälle angesammelt.

Vor uns führte ein Trampelpfad durch das unbebaute Gelände auf eine Stelle zu, an der ein ganzes Feld des Maschendrahtzauns eingefallen oder heruntergerissen worden war. Vielleicht benutzten Hotel- und Büroangestellte diesen Fußweg als Abkürzung.

Kelly wie bisher zu tragen, war ungefähr so, als trüge man einen Bergen-Rucksack vor dem Körper. Das war schlecht, falls ich schnell laufen mußte, deshalb schob ich sie nach hinten auf meinen Rücken und faltete meine Hände unter ihrem Gesäß, so daß ich sie jetzt huckepack trug. Am Fuß der Treppe blieb ich stehen, um zu horchen. Hinter uns waren noch keine Rufe oder Geräusche zu hören, die erkennen ließen, daß unsere Zimmertür aufgebrochen wurde. Logischerweise verspürte ich den Drang, zu der Lücke im Zaun hinüberzulaufen, aber es kam entscheidend darauf an, die Sache überlegt anzugehen.

Ohne Kelly, die sich auf meinem Rücken festklammerte, lange zu erklären, was ich vorhatte, ließ ich mich auf alle viere nieder und sah in Bodennähe vorsichtig um die nächste Ecke des Gebäudes. Sobald ich wußte, was sich dort ereignete, würde ich unter Umständen eine andere Fluchtroute wählen.

Die beiden Autos standen jetzt am Fuß der Außentreppe neben dem Cola-Automaten. Die Scheißkerle waren offenbar oben. Ich wußte nur nicht, wie viele es waren.

Bei näherer Überlegung wurde mir klar, daß die anderen von oben aus nur einen kleinen Teil des unbebauten Geländes überblicken konnten. Also rannte ich los. Der Regen war leicht, aber beständig gewesen, und der Boden war ziemlich schlammig. Zum Glück lag hier außer alten Zeitungen, leeren Getränkedosen und einzelnen Hamburger-Schachteln nicht allzuviel Müll herum. Ich hielt weiter auf die Lücke in dem alten Maschendrahtzaun zu.

Kelly behinderte mich. Ich machte schnelle Trippelschritte, ohne meine Knie allzusehr zu beugen – nur genug, um ihr Gewicht abzufedern –, und lief mit nach vorn geneigtem Oberkörper, als hätte ich einen Rucksack zu schleppen. Sie stieß im Gleichtakt mit meinen Laufbewegungen unwillkürlich Grunzlaute aus, weil ihr durch die Stöße die Luft aus der Lunge getrieben wurde.

Wir erreichten den heruntergerissenen Abschnitt des Maschendrahtzauns, der im Schlamm vergraben lag. Ich hörte erst Autoreifen quietschen, danach die Geräusche von Stoßdämpfern und einer sich verbiegenden Karosserie. Aber ich sah mich nicht einmal um; ich stapfte energischer als bisher weiter und verlängerte meine Schritte.

Sobald wir die Lücke passiert hatten, lagen die Rückseiten der Bürogebäude vor uns. Da ich den schmalen Durchgang, den wir schon einmal benutzt hatten, nicht erkennen konnte, wandte ich mich auf gut Glück nach links. Irgendwo mußte es einen weiteren Durchgang zur Schnellstraße geben.

Auf Asphalt kam ich schneller voran, aber jetzt begann Kelly abzurutschen. »Festhalten!« rief ich und spürte, wie ihre Arme sich verkrampften. »Fester, Kelly, fester!«

Aber das funktionierte nicht. Ich packte mit meiner linken

Hand ihre Handgelenke und zog sie vor meinem Körper nach unten. So lag sie schön leicht auf meinem Rücken, und ich konnte die rechte Hand dazu benutzen, um mich bei jedem Schritt nach vorn zu pumpen. Mir kam es im Augenblick darauf an, schnell zu sein und einen guten Vorsprung herauszuholen. Dazu brauchte ich dringend einen Durchgang zur nächsten Straße.

Merkwürdig ist immer das Verhalten nicht speziell ausgebildeter Menschen, die verfolgt werden. Sie versuchen unbewußt, eine möglichst große Entfernung zwischen sich und ihre Verfolger zu bringen, und glauben, das sei in ländlicher oder städtischer Umgebung eine gerade Linie. Tatsächlich kommt es jedoch darauf an, wie ein verfolgter Hase möglichst viele Haken zu schlagen – erst recht in einer Groß- oder Kleinstadt. Ich würde den Hasen spielen. Sobald ich das Ende eines Durchgangs erreichte, würde ich einen Haken nach links oder rechts schlagen – ich wußte noch nicht einmal, wohin – und möglichst schnell weiterrennen, bis sich andere Möglichkeiten boten.

Ich fand den Durchgang. Nicht lange darüber nachdenken, was die richtige Entscheidung wäre, sondern einfach eine treffen. Ungefähr hundert bis hundertfünfzig Meter hinter mir hörte ich lautes Rufen. Aber es galt nicht mir. Dafür waren meine Verfolger zu erfahren. Sie wußten, daß Geschrei mich nicht aufhalten würde. Ich hörte ihre Autos wenden. Sie würden versuchen mich auf der Straße abzufangen. Ich rannte weiter.

Mit einer Siebenjährigen auf dem Rücken geriet ich langsam außer Atem. Mein Mund war trocken, und mir brach der Schweiß aus. Ihr Gesicht schlug immer wieder gegen meinen Hinterkopf, und ich hielt sie so fest, daß ihr Kinn sich in meinen Nacken grub; das begann ihr weh zu tun, und sie fing an zu weinen.

»Halt, halt, Nick!«

Ich hörte nicht auf sie. Ich erreichte das Ende des Durchgangs und stürmte in eine völlig andere Welt hinaus.

Vor mir hatte ich die schmale Zufahrtsstraße, die zu den Bürogebäuden führte, und dahinter fiel das mit Gras bewachsene Bankett zur Schnellstraße hin ab. Jenseits dieser mehrspurigen Straße lagen die Parkplätze und das Einkaufszentrum. Der Verkehrslärm übertönte Kellys Weinen. Obwohl die Fahrbahn naß war, herrschte in beiden Richtungen reger, schneller Verkehr. Die meisten Fahrer fuhren mit Abblendlicht und ließen ihre Scheibenwischer im Intervallbetrieb laufen.

Wir mußten ein merkwürdiges Bild abgeben: ein Mann, der ein Kind ohne Schuhe auf dem Rücken trug und mit ihm die grasbewachsene Böschung hinunterkeuchte, ohne darauf zu achten, daß die Kleine weinte, weil ihr Kopf bei jedem Schritt an seinen Hinterkopf schlug. Ich kletterte über das niedrige Geländer zur Straße und stürzte mich blindlings in den Washingtoner Verkehr. Autofahrer hupten wild, während sie scharf bremsten, um uns nicht zu überfahren. Ich hatte den Eindruck, mein neuer Name sei Scheißkerl, Idiot oder Volltrottel. Aber ich achtete nicht auf die Fahrer, die uns durch scharfes Bremsen das Leben retteten; ich rannte einfach nur weiter.

Kelly kreischte entsetzt. Der Verkehr erschreckte sie mindestens so sehr wie mein Gerenne. Sie war in ihrem jungen Leben vermutlich immer wieder davor gewarnt worden, am Straßenrand zu spielen, und jetzt befand sie sich auf dem Rücken eines Erwachsenen mitten auf einer Schnellstraße zwischen hupenden Autos und Lastwagen.

Als ich auf der anderen Straßenseite übers Geländer kletterte, bekam ich allmählich weiche Knie. Kelly behinderte mich, das stand fest, und ich hatte noch ziemlich weit zu laufen, bevor ich in Sicherheit war. Ich lief hakenschlagend über den Parkplatz und benutzte hohe Fahrzeuge wie Pick-ups und Vans, um dahinter Deckung zu finden.

In der äußersten rechten Ecke des Einkaufszentrums lag der riesige Computerladen CompUSA, in den ich wollte. Große Eckgeschäfte haben meistens mehr als einen Ausgang. Ich rechnete damit, daß es auf der anderen Seite und vielleicht im rückwärtigen Teil mindestens zwei weitere Ausgänge gab, so daß die Verfolger Schwierigkeiten haben würden, selbst wenn sie mich hineinlaufen sahen.

Ich wußte, daß dieser große Laden sie vor Probleme stellen würde, weil ich in Nordirland ähnliche Aufgaben zu bewältigen gehabt hatte. Verschwand ein Akteur in einem Einkaufszentrum, schickten wir einen Mann mit ihm hinein und beeilten uns, alle Ausgänge zu sperren. Das war schwierig genug, wenn wir die Zielperson kannten, und nahezu unmöglich, wenn sie erst aufgespürt und identifiziert werden mußte. Wer sich einer Überwachung entziehen wollte, konnte mit einem Aufzug in den ersten Stock fahren, die Treppe hinuntergehen, einen Ausgang benutzen, durch einen anderen ins Gebäude zurückkommen, mit dem Aufzug in den zweiten Stock fahren, eine Etage hinunterfahren und auf den Parkplatz hinausgehen, um zu verschwinden. Waren diese Jungs auf Draht, würden sie die Ausgänge sperren, sobald sie sahen, wohin ich verschwunden war. Also mußte ich verdammt schnell sein.

Wir benutzten die breite automatische Tür. Drinnen erwartete uns ein Einkaufsparadies für Computerfreaks mit endlos langen Reihen voller Hard- und Software. Ich hastete – noch immer mit Kelly auf dem Rücken – an den Kassen vorbei, ohne mir einen Einkaufswagen zu nehmen. Der Laden war gerammelt voll. Ich stand in Schweiß gebadet und nach Atem ringend da, während ich mich zu orientieren versuchte, und Kelly weinte herzzerreißend. Einige Kunden starrten uns an und tuschelten miteinander.

»Ich will jetzt runter«, schluchzte Kelly.

»Nein, wir müssen hier wieder raus.«

Ich sah mich kurz um und beobachtete zwei Männer, die über den Parkplatz liefen. In ihren Anzügen sahen sie wie Kriminalbeamte aus, und sie rannten zielsicher auf den Computerladen zu. Bestimmt waren sie hierher unterwegs, um die Ausgänge abzuriegeln. Höchste Zeit, ein paar Haken zu schlagen, um die Verfolger zu verwirren.

Ich hastete zwischen Regalen mit Computerspielen auf CD-ROM weiter, bog nach rechts ab und suchte entlang der Außenmauer einen Ausgang. Scheiße, dort gab es keinen. Der ganze riesige Laden schien nur einen einzigen Ein- und Ausgang zu haben. Den durfte ich nicht wieder benutzen – aber wenn ich keinen anderen Ausgang fand, war ich dazu verdammt, für den Rest des Tages hier im Kreis herumzuirren.

Eine junge Verkäuferin starrte mich an, wandte sich ab und trabte durch den Gang davon – offenbar auf der Suche nach dem Geschäftsführer oder einem Wachmann. Wenige Sekunden später kamen zwei Männer in Hemdsärmeln und mit Namensschildern an den Brusttaschen auf uns zu. »Entschuldigung? Können wir Ihnen behilflich sein?« Das klang alles sehr höflich, aber in Wirklichkeit meinten sie: »Was, zum Teufel, haben Sie in unserem Laden zu suchen?«

Aber ich ließ mich auf keine Diskussion ein, sondern rannte zur Rückseite des Geschäfts weiter und suchte dort nach Ladebuchten, Notausgängen, offenen Fenstern oder dergleichen. Endlich entdeckte ich das Zeichen, das ich zu sehen gehofft hatte: *Notausgang.* Ich stürmte darauf zu, stieß die Tür auf und hörte die Alarmanlage schrillen.

Wir waren im Freien auf einer Lieferrampe, an der Lastwagen entladen werden konnten.

Ich lief vier bis fünf Metallstufen hinunter und erreichte den Asphalt. Während ich nach links weiterrannte, forderte ich Kelly auf, sich gut festzuhalten.

Hier auf der menschenleeren Rückseite des Einkaufszentrums gab es nur Ladebuchten, Abfallcontainer, Chemietoiletten und einen anscheinend unbenutzten Bürocontainer. Dazwischen türmten sich Berge von Pappkartons und prallvolle Müllsäcke, die darauf warteten, abgeholt zu werden. Jenseits dieser asphaltierten Fläche umgab ein schätzungsweise fünf Meter hoher Maschendrahtzaun das gesamte Areal. Dahinter kam unbebautes Gelände mit Bäumen und Unterholz. Und noch weiter dahinter lagen vermutlich wieder Parkplätze und noch mehr Geschäfte.

Ich kam mir wie eine in der Falle sitzende Ratte vor. Meine einzigen Fluchtwege waren jetzt die Zufahrtsstraßen auf beiden Seiten der langen Rückfront des Einkaufszentrums.

9

Mit Kelly auf dem Rücken konnte ich nicht über den Zaun klettern, und wenn ich versuchte sie hinüberzuwerfen, würde sie sich die Beine brechen. Ich lief nach links weiter und trabte an der Rückseite der Geschäfte entlang, um die Zufahrtsstraße zu erreichen. Aber ich wußte, daß das zwecklos war. Die anderen hatten zuviel Zeit gehabt; die Straße würde abgeriegelt sein.

Ich mußte rasch eine Entscheidung treffen. Ich lief zu einem Müllcontainer, um den herum Pappkartons und Müllsäcke aufgestapelt waren.

Ich ließ Kelly von meinem Rücken gleiten, setzte sie an den Container gelehnt ab und fing an, sie mit Pappkartons zuzudecken.

Sie sah zu mir auf und begann wieder zu schluchzen.

»Disneyland, Kelly!« sagte ich. »Disneyland!«

Sie starrte mich weiter an, während ihr dicke Tränen übers Gesicht liefen. Ich warf noch einige Kartons auf den Stapel, bis sie ganz verschwunden war.

»Ich komme zurück, Ehrenwort!«

Während ich weiterlief, begutachtete ich den Bürocontainer, der unmittelbar am Zaun stand. Der Riesenkasten war beinahe so hoch wie ein Lastwagen. Ohne die fünfzig Pfund eines kleinen Mädchens auf dem Rücken schien ich zu schweben, als ich darauf zurannte. Endlich wieder unbehindert! Mir kam es vor, als hätte mir jemand Kette und Fußkugel eines Sträflings abgenommen.

Ich spurtete wie ein Verrückter weiter und nutzte dabei jede Deckung aus, die Abfallberge und Müllcontainer mir boten. Plötzlich sah ich aus einer der Ladebuchten ein Autoheck ragen. Dieser mindestens zehn Jahre alte Wagen gehörte nicht zu den Fahrzeugen, die mich verfolgt hatten. Ich wollte nachsehen, ob der Zündschlüssel steckte; hatte ich Pech, würde ich quer über die freie Fläche zu dem Bürocontainer hinüberspurten müssen.

Um zu der Ladebucht zu gelangen, mußte ich an einem geparkten Lastwagen vorbeilaufen. Als ich ihn mit voller Geschwindigkeit passierte, kam mir ein Mann entgegen, der kaum langsamer war als ich. Wir prallten mit den Köpfen zusammen und gingen beide zu Boden.

»Scheiße!« Ich starrte den Kerl benommen an. Er trug einen Anzug. Da ich nichts riskieren wollte, rappelte ich mich auf, stürmte mit gesenktem Kopf auf ihn zu und drängte ihn gegen den geparkten Wagen. Der Kerl versuchte seinerseits, mich in den Schwitzkasten zu nehmen.

Während ich ihn mit dem Kopf rammte, spürte ich, wie massiv sein Oberkörper sich anfühlte. Der Scheißkerl trug eine schußsichere Weste.

Ich stieß ihn gegen den Wagen, trat einen Schritt zurück, zog meine Pistole und schaltete durch Daumendruck das Laservisier ein.

Dann sank ich benommen auf die Knie. Ich sah bunte Sterne, und vor meinen Augen drehte sich alles. Dem Unbekannten ging es vermutlich nicht besser. Er starrte mich benommen an, während er versuchte, einen Entschluß zu fassen. Ich richtete das Laservisier auf sein Gesicht.

»Tun Sie's nicht«, sagte ich warnend. »Werfen Sie Ihr Leben nicht für diese Sache weg; sie ist es nicht wert. Hände hoch – sofort!«

Als er seine Hände hob, sah ich, daß er einen Ehering trug. »Denken Sie an Ihre Familie. Es lohnt sich nicht, wegen dieser Sache zu sterben. Erstens irren Sie sich: Ich bin's nicht gewesen. Zweitens lege ich Sie um, wenn Sie Dummheiten machen. Los, Hände auf den Kopf!«

Allmählich konnte ich wieder klarer denken. Was, zum Teufel, sollte ich mit ihm anfangen? Ihre Autos konnten jeden Augenblick auftauchen.

»Auf den Knien bleiben«, wies ich ihn an. »Nach rechts drehen. Hinter den Wagen rutschen.«

Ich rappelte mich auf und torkelte hinter ihm her. Meine Augen brannten noch immer, als habe er Tränengas gesprüht.

Wir befanden uns jetzt zwischen Auto und Ladebucht. Er wußte, was Sache war, und dachte hoffentlich an Frau und Kinder. Ich nahm meine Pistole in die linke Hand, trat einen Schritt auf ihn zu, rammte ihm die Pistolenmündung unter eine Achsel und bohrte sie in den Stoff seines Jacketts. Ich spürte, wie sein Körper sich verkrampfte, und hörte ein halblautes Grunzen.

»Passen Sie auf, ich erkläre Ihnen jetzt ein paar Tatsachen«, sagte ich. »Diese Waffe hängt in Ihrem Jackett fest. Ich habe den Finger am Abzug, und die Waffe ist entsichert. Machen Sie irgendwelchen Scheiß, sind Sie tot. Kapiert?«

Er reagierte nicht.

»Kommen Sie, das ist doch nicht schwierig«, sagte ich. »Haben Sie mich verstanden?«

»Ja.«

»Legen Sie Ihre Hände auf den Kopf.«

Ich nahm ihm mit der rechten Hand die Waffe ab. Meine hatte nur ein Magazin. Er trug eine Sig Kaliber 45 in einem flachen Halfter über seiner rechten Niere und hatte drei Magazine am Gürtel. Die Sig ist eine offizielle FBI-Dienstwaffe.

Er war Mitte Dreißig und hätte jederzeit bei *Baywatch* mitspielen können: blond, sonnengebräunt, durchtrainiert, gutaussehend, energisches Kinn. Ich bildete mir ein, deutlich Babyöl zu riechen. Dieser Junge wollte seine Haut geschmeidig halten. Oder vielleicht hatte er ein Baby. Aber wen kümmerte das? Wenn er sich bewegte, war er tot.

Hinter seinem rechten Ohr führte eine weiße Litze zu einem Ohrhörer hinauf.

»Wer sind Sie?« fragte ich ihn, obwohl es mir egal sein konnte, ob er FBI-Agent oder Kriminalbeamter war.

Keine Antwort.

»Hören Sie, ich weiß nicht, was Sie glauben, aber ich habe die Familie Brown nicht ermordet. Ich habe Sie *nicht* ermordet. Haben Sie verstanden?«

Nichts. Ich wußte, daß ich's nicht schaffen würde, den Mann von *Baywatch* zum Reden zu bringen. Außerdem durfte ich meine Zeit nicht mit ihm vergeuden.

Ich nahm ihm sein Funkgerät und die Scheine aus der Geldbörse ab. Ohne die Pistole aus seiner Achsel zu nehmen, flüsterte ich laut über meine Schulter hinweg: »Bleib, wo du bist, Kelly! Keine Angst, ich komme gleich!« Ich packte ihn fester. »Kelly, wir verschwinden, sobald ich mit ihm fertig bin.« Wenn sie glaubten, Kelly sei nach wie vor bei mir, würden sie vielleicht andere Gebiete absuchen.

Ich wandte mich wieder an ihn. »Ich nehme jetzt die Pistole weg«, sagte ich. »Machen Sie keinen Scheiß; das ist diese Sache nicht wert.« Ich zog allmählich die Waffe zurück, blieb aber ständig schußbereit. Dann stand ich hinter ihm und hielt meine Pistole auf seinen Kopf gerichtet. Das wußte er.

»Sie wissen, was ich als nächstes tun muß?« fragte ich.

Ein leichtes, schicksalsergebenes Nicken.

Ich zog ein Winkeleisen von einem Stapel ausgemusterter Regalteile, holte aus und traf ihn damit im Genick. Das genügte, um ihn bewußtlos nach vorn kippen zu lassen. Sicherheitshalber verpaßte ich ihm noch ein paar Tritte an den Kopf und in den Unterleib. Wegen dieser Fußtritte würde er auch nicht zorniger auf mich aufwachen; vermutlich wollte er mich ohnehin schon umbringen. Aber ich mußte verhindern, daß er seine Kollegen alarmierte. Ein Profi wie dieser Junge erwartete gar nichts anderes; wären unsere Rollen vertauscht gewesen, hätte er mich flachgelegt. So war er für etwa zehn Minuten außer Gefecht, und mehr Zeit brauchte ich nicht.

Ich kam hinter dem Auto hervor und sah mich um. Kein Mensch in Sicht. Ich rannte zu dem Bürocontainer, neben dem ein großer Müllbehälter stand, den ich als Sprungbrett benutzen konnte. Ich sprang, warf meine Arme hoch und bekam die Oberkante des Containers zu fassen. Dann zog ich mich hinauf. Von dort aus konnte ich den Fünfmeterzaun leicht überklettern.

Ein Wegweiser zeigte zum Maylords Boardwalk. Ich lief nach links, rannte das grasbewachsene Bankett entlang und erreichte einen weiteren Parkplatz. Dort steuerte ich sofort auf den Boardwalk zu, weil er Deckung versprach. Ich suchte eine Toilette, und mit etwas Glück würde sich zeigen, daß die Passage einen zweiten Ausgang hatte.

Der Boardwalk schien eine auf Schuhe und Glückwunschkarten spezialisierte Einkaufspassage zu sein. Ihren Toilettenblock fand ich im ersten Drittel der Passage neben dem Coffee Shop. Ein Blick nach vorn zeigte mir, daß die Passage einen zweiten Ausgang hatte. Ich verschwand auf der Herrentoilette.

Zwei Männer, die auf der Toilette gewesen waren, wuschen sich gerade die Hände. Ich betrat eine der Kabinen und setzte mich aufs Klo, während ich darauf wartete, daß meine Atmung sich wieder beruhigte.

Dabei steckte ich mir den Ohrhörer ins Ohr und schaltete das Funkgerät ein. Ich hörte nur unverständliche Laute, aber das brauchte nichts zu bedeuten. Vermutlich war hier die Empfangslage schlecht.

Mit Klopapier wischte ich mir das Blut und den Schmutz von Hosen und Schuhen und säuberte mich so gut wie möglich. Als feststand, daß die beiden anderen gegangen waren, ging ich zu den Waschbecken hinaus, um mir Hände und Gesicht zu waschen. Aus dem Ohrhörer kamen noch immer nur unverständliche Laute.

Ich ging in den Coffee Shop, holte mir einen Cappuccino und setzte mich an einen Tisch in der dritten Reihe. Von dort konnte ich beide Ausgänge der Einkaufspassage im Auge behalten. Mit der zu meinem Ohr führenden Litze fiel ich zum Glück nicht auf, weil auch viele Wachmänner und Ladendetektive solche Ohrhörer trugen.

Im Netz herrschte plötzlich Hochbetrieb. Alle redeten Klartext, ohne Codes zu benutzen, als sei ihr Funkverkehr abhörsicher. Ich sah mir das Handfunkgerät näher an und entdeckte eine Buchse für das Schlüsselgerät, mit dem festgelegte Codes eingegeben werden konnten, um das Mithören Unbefugter zu verhindern. War diese Funktion aktiviert, konnten Außenstehende nur ein Rauschen hören.

Ich verfolgte, wie einige von ihnen die Rückseite des Einkaufszentrums absuchten, wo sie demnächst ihren Kollegen finden würden, während andere sich von Orten meldeten, die ich nicht identifizieren konnte. Nicht empfangen konnte ich eine Leitstelle, eine Zentrale zur Koordinierung der Fahndung. Das erschien mir seltsam. Dann fragte ich mich: Warum sind im Hotel statt uniformierter Polizei diese Kerle aufgetaucht? Ich sollte ein Mörder und Entführer sein; in solchen Fällen erwartete man eigentlich, schwerbewaffnete SWAT-Teams aus Einsatzfahrzeugen springen zu sehen. Ich merkte, daß diese Tatsache mich ganz instinktiv dazu veranlaßt hatte, zurückzulaufen und Kelly zu holen. Ich hätte nachsehen sollen, ob der Kerl, den ich niedergeschlagen hatte, einen Dienstausweis in der Tasche hatte. Aber dafür war es jetzt zu spät.

Wie hatten sie mich im Best Western so schnell aufgespürt? War mein Anruf in London zu unserem Zimmer zurückverfolgt worden? Unmöglich; viel zu schnell. Hatte meine Kreditkarte mich verraten? Noch unwahrscheinlicher. Außerhalb der Firma kannte niemand Einzelheiten meiner falschen Papiere – und London hätte sie aus Angst, die Amerikaner könnten hinter meinen Auftrag kommen, nie preisgegeben. Also mußte es die Frau an der Rezeption gewesen sein. Sie mußte die Fernsehnachrichten gesehen und Kelly auf dem Photo wiedererkannt haben. Trotzdem paßte das alles nicht recht zusammen. Mir war allmählich sehr unbehaglich zumute.

Diese Jungs waren kein Mickymaus-Klub. Als ich vorhin mit dem *Baywatch*-Mann zusammengeprallt war, hatte er einen Zweireiher mit offener Jacke getragen. Aber erst als ich jetzt darüber nachdachte, wurde mir klar, daß seine Jacke nicht von Anfang an offen gewesen war. Sie hatte einen Klettverschluß.

Der Funkverkehr wurde aufgeregter. Sie hatten ihn gefunden. Der *Baywatch*-Mann hieß Luther; aber dem Einsatzleiter war Luthers Zustand ziemlich egal. Ihn interessierte nur, ob Luther reden konnte.

»Yeah, er ist soweit in Ordnung.«

»Ist er allein?«

»Yeah, er ist allein.«

»Hat er die Zielperson gesehen?«

»Nein, er sagt, daß er die Zielperson nicht gesehen hat – aber die beiden sind weiter zusammen.«

»Weiß er, in welche Richtung sie abgehauen sind?«

Darauf entstand eine Pause.

»Nein.«

Ich stellte mir vor, wie Luther auf dem Asphalt saß, seinen Kopf an den Wagen lehnte, während er verarztet wurde, und verdammt sauer auf mich war. Im Hintergrund hörte ich ihn Antworten murmeln. Er sprach fast wie besoffen.

»Nein, keine Ahnung, wohin sie abgehauen sind«, meldete Luthers Kollege. »Und noch etwas – er ist bewaffnet. Er hat eine Pistole gehabt und auch Luthers mitgenommen … Moment!«

Ich hörte ein Klicken; danach berichtete der Mann, der bei Luther war, höchst aufgeregt: »Wir haben ein Problem – er hat das Funkgerät! Er hat das Funkgerät!«

Der Boß reagierte augenblicklich: »Scheiße! An alle, sofort die Funkgeräte ausschalten! Alles ausschalten! Ende.«

Die Stimmen in meinem Ohrhörer verstummten. Alle würden ihre Funkgeräte ausschalten und erst mit einem neuen Code wieder in Betrieb nehmen. Nun war Luthers Funkgerät wertlos. Was hätte ich jetzt für ein Verschlüsselungsgerät gegeben!

10

Luther hatte ausgesagt, er habe die Zielperson nicht gesehen – folglich waren sie hinter Kelly her, nicht hinter mir. Mein Gesicht brannte vor Zorn. Das waren die Leute, die Kev ermordet hatten; sie mußten es gewesen sein. Diese Verfolgungsjagd hatte nichts mit der Fahndung nach einem flüchtigen Verdächtigen zu tun, sondern wurde von Leuten veranstaltet, die ihren Auftrag zu Ende bringen wollten. Wahrscheinlich fürchteten sie, Kelly habe sie gesehen.

Inzwischen hatte ich den Cappuccino ausgetrunken, und eine Serviererin hatte meine Tasse mitgenommen. Ich wurde hier lästig, weil andere Leute schon auf meinen Tisch warteten. Also ging ich in die Toilette zurück. In meiner Tasche steckte noch die Fernbedienung des Hotelfernsehers. Sie wanderte mit dem nutzlosen Funkgerät in den Abfallbehälter.

Was war mit Kelly? Was hatte ich zu gewinnen, wenn ich zurückging? Was war, wenn die anderen sie gefunden und umgelegt hatten und mir auflauerten, falls ich zurückkam, um sie abzuholen? Das hätte ich an ihrer Stelle getan. Mir fielen viele Gründe ein, die dafür sprachen, nicht zurückzugehen.

Bockmist.

Ich ging zum Ausgang der Einkaufspassage zurück. Ein Blick nach links ließ mich jenseits des unbebauten Geländes gerade noch das Dach von CompUSA erkennen. Der Parkplatz war so voll wie zuvor, und es regnete jetzt stärker. Ich schlug den Kragen von Kevs Jacke hoch und sah zur Schnellstraße hinüber. Mitten auf dem Parkplatz stand ein Wendy's – wie eine Insel in einem Meer aus Autos. Es war wieder mal Kaffeezeit. Ich suchte den Weg vor mir nach meinen neuen Freunden ab und benutzte erneut große Fahrzeuge als Deckung.

Ich setzte mich mit dem Kaffeebecher und meiner Hamburgerschachtel an einen Tisch am Fenster. Von dort aus konnte ich zwar nicht die Rückfront des Einkaufszentrums, aber die nähere der beiden Zufahrtsstraßen sehen, zu der ich unterwegs gewesen war, als ich mit Luther zusammengeprallt war. Immerhin besser als nichts. Das Wendy's hatte eine Spielstation, die eine hervorragende Tarnung war; Kinder tobten in einer riesigen Wanne mit farbigen Tennisbällen herum, während ihre Eltern wie ich an den Tischen saßen.

Ich saß da und starrte durchs Fenster in den Regen hinaus. Ich erinnerte mich daran, wie ich als kleiner Junge manchmal unartig gewesen war, worauf mein Stiefvater mich nach einer Tracht Prügel über Nacht in den Holzschuppen gesperrt hatte. Ich wußte noch gut, wie ich Angst vor dem Regen gehabt hatte, der aufs Dach aus gewelltem durchsichtigem Kunststoffmaterial geprasselt war; ich hatte zusammengekauert in der Ecke gehockt und mir gesagt, wenn der Regen mich erreichen könne, könne das auch der Schwarze Mann.

Als Soldat und später als K war ich öfters beschossen, mißhandelt, eingesperrt worden; ich hatte jedesmal Angst gehabt – aber nie wieder so stark wie damals als kleiner Junge. Ich dachte an Kelly, die mutterseelenallein in ihrem provisorischen Versteck hockte, während der Regen auf die Pappkartons prasselte. Dann verdrängte ich sie aus meinen Gedanken. Sie würde darüber hinwegkommen. Ich durfte mich nicht von Sentimentalitäten beeinflussen lassen; ich hatte schon schlimmere Dinge getan.

Von meinem Fensterplatz aus sah ich, wie der weiße Taurus von der Rückseite des Einkaufszentrums kommend die Zufahrtsstraße entlangfuhr, an der Einmündung hielt und sich dann in den Verkehrsfluß einordnete. Der Ford schien mit vier Mann – alle in Anzügen – besetzt zu sein, obwohl das im Regen nicht genau zu erkennen war. Die Besetzung mit vier Personen ließ darauf schließen, daß sie die Suche aufgaben; hätten sie Luther ins Krankenhaus gebracht, wären sie höchstens zu dritt gewesen: ein Mann als Fahrer und einer, der sich um den Verletzten kümmerte. Die anderen wären zurückgeblieben, um weiterzusuchen. Ich merkte, daß ich dabei war, einen Entschluß zu fassen.

Ich würde meine äußere Erscheinung verändern müssen, ohne dafür viel Geld ausgeben zu können – ich besaß ungefähr fünfhundert Dollar, die bis zum letzten Cent draufgehen würden.

Ich trank meinen Kaffee aus und trat wieder auf den Boardwalk hinaus. In einem Textilgeschäft kaufte ich einen dünnen schwarzen Nylonregenmantel, der sich handtuchgroß zusammenfalten ließ, und eine dunkelrote Baseballmütze ohne auffälligen Werbeaufdruck.

Daneben ging ich zu einer Filiale von Hour Eyes und kaufte mir eine dickrandige Hornbrille mit Gläsern aus Klarglas. Eine Brille verändert jedes Gesicht erstaunlich. Hatte ich im Dienst einmal meine Erscheinung verändern müssen, hatten ein Kurzhaarschnitt und eine Brille jedesmal genügt. Die Mindestanforderungen waren erfüllt, wenn man andere Farben trug und die Umrisse seines Gesichts veränderte.

Ich verschwand wieder auf die Toilette, um meine Verwandlung in Angriff zu nehmen. Als erstes riß ich mit den Zähnen die Taschen meines Regenmantels heraus. Meine neue Sig Kaliber 45 steckte vorn im Hosenbund meiner Jeans; die dazugehörigen Magazine hatte ich in den Jeanstaschen. Notfalls konnte ich die Pistole ziehen und durch den Regenmantel hindurch schießen.

Ich wollte die restliche Dreiviertelstunde Tageslicht dazu nutzen, den Lieferbereich hinter dem Einkaufszentrum zu erkunden; der Abzug konnte ein Trick gewesen sein, und ich mußte mich vergewissern, daß mir dort niemand auflauerte. Bevor ich einen Rundgang ums Zielgebiet machte, wollte ich noch mal am Hotel vorbeigehen; ich wollte sehen, ob dort Polizeifahrzeuge standen, um beurteilen zu können, ob diese Fahndung ein amtliches Unternehmen war. Falls Luther und seine Freunde einen Mörder suchten, mußte die Polizei jetzt im Hotel sein, um Fingerabdrücke sicherzustellen und Zeugen zu vernehmen.

Ich setzte Mütze und Brille auf und begutachtete das Spiegelbild des heißesten Typs in ganz Washington – nun ja, beinahe. Sah jemand genauer hin, würde er mich für den ältesten Swinger der Stadt halten. Ich drehte den Schirm meiner Baseballmütze nach vorn und machte mich auf den Weg. Ich ging über den Parkplatz, überquerte die Schnellstraße an der Kreuzung und folgte der schmalen Parallelstraße zurück zum Best Western. Dort wirkte alles völlig normal; nirgends war ein Polizeifahrzeug zu sehen.

Auf dem Rückweg dachte ich darüber nach, wie Kev, Marsha und Aida zugerichtet worden waren. Wozu sie in Stücke hakken? Luther und seine Freunde waren nicht drogensüchtig; sie waren Profis, die nichts ohne bestimmten Grund taten. Sie hatten es offensichtlich darauf angelegt, Täter aus der Drogenszene zu imitieren. Nachdem auf Kev schon mehrere Attentate verübt worden waren, konnte die Polizei logischerweise annehmen, dieser Versuch habe schließlich Erfolg gehabt, und die Täter seien daraufhin ausgeflippt und hätten die ganze Familie als Warnung für andere massakriert.

Aber ich wußte, daß das nicht der wirkliche Grund war. Sie hatten Marsha umgebracht, weil sie annehmen mußten, Kev habe ihr von seinen Fahndungsergebnissen erzählt, und danach hatten sie Aida ermorden müssen, weil keine Augenzeugen am Leben bleiben sollten. Daß Kelly überlebt hatte, verdankte sie der Tatsache, daß die Kerle sie nicht gesehen hatten. Vermutlich hatten sie erst durch die Berichterstattung im Fernsehen gemerkt, daß sie ihren Auftrag unvollständig ausgeführt hatten, daß es möglicherweise doch eine Augenzeugin gab …

Inzwischen hatte der abendliche Berufsverkehr bei beginnender Dunkelheit voll eingesetzt. Die Geschäfte waren noch geöffnet, und überall wimmelte es von Menschen. Für mich waren das ideale Verhältnisse, denn so konnte ich in der Menge untertauchen.

Ich ging mit gesenktem Kopf durch den Regen und erreichte den Parkplatz mit dem Wendy's in der Mitte. Diesmal war ich dem Zaun näher; indem ich beim Näherkommen meine Brille häufig abwischte, konnte ich die Rückseite des Einkaufszentrums überblicken.

Als ein Sattelschlepper rückwärts an eine Ladebucht heranfuhr, hörte ich das laute Zischen von Druckluftbremsen. Drei weitere Lastwagen standen jetzt neben dem Auto, in dessen Nähe ich mit Luther zusammengeprallt war. Aber auch hier waren keine Polizeibeamten zu sehen, die wegen des Überfalls ermittelten. Vielleicht war ihnen das Wetter zu schlecht.

Nur die benutzten Ladebuchten waren beleuchtet. Die Müllbehälter, bei denen ich Kelly zurückgelassen hatte, lagen ziemlich im Schatten. Einer wurde eben mit den alten Regalteilen befüllt, von denen ich eines benutzt hatte, um Luther niederzuschlagen. Selbst aus dieser Entfernung konnte ich das laute Krachen und Scheppern hören. Kelly mußte in ihrem Versteck Todesängste ausstehen.

Ein vollständiger Rundgang war nicht nötig; ich hatte genug gesehen. Während ich mich umblickte und überlegte, wohin ich als nächstes gehen sollte, sah ich einen Bus an einem Bushäuschen halten, Fahrgäste aufnehmen und weiterfahren. Vielleicht war das eine Fluchtmöglichkeit für uns.

Aber wohin sollte ich flüchten, falls sie Kelly aufgespürt und sich in den Hinterhalt gelegt hatten? Ich mußte mir eine Fluchtroute zurechtlegen. Auf belebten Parkplätzen kam eine Autoentführung nicht in Frage – sie hätte zuviel Aufsehen erregt. Da war es besser, in der Menge unterzutauchen und sich aufs Hakenschlagen zu verlegen. Ich entschied mich für drei mögliche Routen.

Je länger ich mich hier herumtrieb, desto größer war die Gefahr, erkannt zu werden, deshalb beschloß ich, die Parkplätze eine Zeitlang zu meiden. Ich ging zu den Geschäften weiter. Vielleicht konnte ich ein paar Sachen für Kelly kaufen, denn sie mußte ihr Aussehen ebenfalls verändern. Sie war in den Nachrichten gewesen; sie war jetzt berühmt.

Als erstes kaufte ich ihr einen hübschen Samthut mit weicher Krempe. Ich wollte ihr Haar darunterstopfen und gleichzeitig ihr Gesicht so gut wie möglich verbergen. Dann kaufte ich einen dünn gefütterten, dreiviertellangen rosa Mantel, um ihre mageren Beine zu tarnen, und eine komplette Ausstattung für eine Neunjährige. Kelly war für ihr Alter ziemlich groß, deshalb nahm ich lieber etwas größere Kleidungsstücke. Dann fiel mir ein, daß ich ebenfalls neue Sachen brauchte, und ich kaufte mir neue Jeans und ein T-Shirt.

Mit mehreren Tragetüten in der Hand ging ich wieder den Zaun entlang. Als ich mich von den Geschäften entfernte, spiegelten ihre Lichter sich auf dem nassen Asphalt. Der Verkehr auf der Schnellstraße kam nur stockend voran, aber alle Scheibenwischer arbeiteten mit höchster Geschwindigkeit.

Als ich den Zaun erreichte, sah ich nach links. Dort hatte sich nichts verändert.

Ich ging weiter. Auf Höhe des Einkaufszentrums stieg die Zufahrtsstraße leicht an, und der Zaun hörte auf. Ich bog nach links ab, überquerte die rutschige grasbewachsene Böschung und erreichte die Zufahrt, die zur Rückseite der Läden führte. Hier folgte ich wieder dem Zaun, der die Begrenzung zu dem unbebauten Gelände hinter dem Einkaufszentrum bildete.

Der Regen hatte den staubigen Boden in Schlamm verwandelt. Ich hatte jetzt den Zaun links und die Ladebuchten rechts von mir. Ich ging weiter und kämpfte gegen die Versuchung an, zu Kelly zu laufen, sie aus ihrem Versteck zu holen und mit ihr wegzurennen. Dabei konnte man allzuleicht gefangengenommen oder umgelegt werden.

Meine Augen sahen wahrscheinlich aus, als stünde ich unter Strom. Sie waren ständig in Bewegung, um meinem Gehirn möglichst viele Informationen zuzuführen. Ich wollte einen etwaigen Hinterhalt erkennen, bevor ich hineingeriet. Für mich gab es jetzt kein Zurück mehr. Aber falls es zu einer Schießerei kam, wollte ich unbedingt als erster schießen.

Was war, wenn Kelly nicht mehr da war? Dann würde ich 911 wählen und behaupten, ich hätte das Mädchen aus den Fernsehnachrichten hier herumirren sehen. Falls sie nicht schon geschnappt worden war, würde die Polizei sie hoffentlich finden, bevor Luthers Kumpel sie aufspürten. Das setzte natürlich voraus, daß Kelly noch in Freiheit war. Danach würde ich mich meiner Haut wehren müssen, wenn die Jagd auf Nick Stone begann. Wer Kelly hatte, würde auch meinen Namen erfahren.

Inzwischen war ich bis auf zwanzig Meter an die Müllbehälter herangekommen, ohne mein gleichmäßiges Tempo zu verringern. Ich sah mich unterwegs nicht einmal um, weil das Zeit und Mühe gekostet hätte.

Dann erreichte ich die Müllbehälter und machte mich daran, die Pappkartons wegzuräumen. »Kelly, ich bin's! Kelly! Siehst du, ich hab' dir gesagt, daß ich zurückkommen würde.«

Die oberen Kartons waren klatschnaß und lösten sich unter meinen Händen auf. Als ich die letzten beiseite räumte, zeigte sich, daß Kelly, die auf einem trockenen Stück Pappe saß, ihre Haltung in dieser langen Zeit praktisch nicht verändert hatte. Ich mußte unwillkürlich daran denken, wie sie ausgesehen hatte, als ich sie in ihrem Versteck in der Garage gefunden hatte. Aber immerhin wiegte sie sich nicht vor und zurück, hielt sich nicht die Ohren zu. Und sie war wider Erwarten nicht naß; vielleicht hatte der Schwarze Mann sie heimgesucht, aber der Regen war draußen geblieben.

Ich zog die Kleine hoch und legte ihr den neuen Mantel um die Schultern. »Hoffentlich magst du Rosa«, sagte ich dabei. »Den habe ich auch für dich gekauft.« Ich setzte ihr den Hut auf, damit sie keine nassen Haare bekam und dadurch noch mehr auskühlte.

Sie schlang ihre Arme um mich. Das hatte ich nicht erwartet, und ich wußte gar nicht, wie ich darauf reagieren sollte. Ich redete einfach weiter mit ihr. Sie drückte mich noch fester an sich.

Ich zog ihren Hut zurecht. »So, jetzt hast du's warm und gemütlich. Was hältst du davon, wenn wir losgehen und dir ein heißes Bad und etwas zu essen besorgen?«

Ich trug die Tüten im linken Arm, und Kelly hielt sich an

meinem Ärmel fest, als wir davongingen. Das war etwas umständlich, aber ich mußte die rechte Hand frei haben, um meine Pistole ziehen zu können.

11

Der Bus war ungefähr zur Hälfte mit Leuten besetzt, die volle Tragetüten bei sich hatten. Kelly hockte neben mir am Fenster. Ihr Samthut erwies sich als wirkungsvolle Verkleidung; er verbarg ihr daruntergestopftes Haar, und die breite Krempe verdeckte ihr Gesicht. Ich war mit mir zufrieden. Ich hatte sie vor Luther und seinen Spießgesellen gerettet. Ich hatte das Richtige getan.

Wir waren unterwegs nach Alexandria, das meines Wissens südlich von Washington, aber noch innerhalb der Ringautobahn lag, und wir fuhren dorthin, weil Alexandria als Fahrtziel des ersten Busses, der an der Haltestelle vorbeigekommen war, angegeben gewesen war.

Alle Fahrgäste waren mürrisch und naß, und die viele Feuchtigkeit schlug sich als Kondenswasser an den Busscheiben nieder. Ich lehnte mich über Kelly hinweg und wischte die Scheibe mit dem Ärmel ab, aber das half nicht viel. Ich sah wieder nach vorn, wo die Scheibenwischer mit Höchstgeschwindigkeit arbeiteten.

Als erstes brauchten wir ein Hotel, und wir mußten innerhalb der nächsten ein bis zwei Stunden eines finden, denn je länger ich die Hotelsuche hinausschob, desto ungewöhnlicher würde sie wirken.

»Nick?«

Ich sah sie lieber nicht an, denn ich wußte genau, was sie fragen würde.

»Ja?«

»Warum sind diese Männer hinter dir her? Hast du etwas Unrechtes getan?«

Ich spürte, wie sie mich unter ihrem Hut musterte.

»Ich weiß nicht mal, wer sie sind, Kelly. Ich habe keinen Schimmer.« Ohne den Blick von der Windschutzscheibe zu nehmen, fragte ich: »Bist du hungrig?«

Aus dem Augenwinkel heraus sah ich sie nicken.

»Es dauert nicht mehr lange. Wohin willst du? McDonald's? Wendy's?«

Sie nickte bei beiden, dann murmelte sie etwas Unverständliches. Ich starrte weiter angestrengt nach vorn. »Was?«

»Micky D's.«

»Micky D's?«

»McDonald's! Das weiß doch jeder!«

»Ah. Okay, da gehen wir hin.«

Ich hing wieder meinen Gedanken nach. Ab sofort konnte ich nur noch mit Bargeld bezahlen; ich mußte den schlimmsten Fall annehmen – daß wir durch meine Kreditkarte aufgespürt worden waren. Trotzdem würde ich London noch einmal anrufen. Tief in meinem Innersten vermutete ich, daß die Firma meine Personalakten inzwischen in den Reißwolf gesteckt hatte, aber was hatte ich schließlich zu verlieren?

Wir fuhren an einem Motel vorbei, das Roadies Inn hieß. Es schien für uns geeignet zu sein. Ich hatte keine Ahnung, wo wir waren, aber das spielte keine Rolle. Das konnte ich auch später noch herausfinden. Ich zeigte dem Fahrer an, daß wir an der nächsten Haltestelle aussteigen wollten.

Als das Roadies Inn in den sechziger Jahren erbaut worden war, hatte es bestimmt luxuriös ausgesehen. Jetzt wirkte sogar der Rasen vor dem Gebäude ausgebleicht, und in der roten Leuchtschrift *ZIMMER FREI* flackerten die Buchstaben Z und R. Genau richtig für uns.

Ich warf einen Blick durch die Fliegengittertür des Haupteingangs. Eine junge Frau Mitte Zwanzig saß rauchend an der Rezeption und hatte den Fernseher an der gegenüberliegenden Wand eingeschaltet. Ich konnte nur hoffen, daß wir nicht die Stars der Abendnachrichten gewesen waren. Im Büro hinter der Rezeption sah ich einen kahlköpfigen, übergewichtigen Mann, den ich auf Ende Fünfzig schätzte, an einem Schreibtisch sitzen und arbeiten.

»Ich möchte, daß du hier wartest, Kelly.« Ich deutete auf die Außenwand des Motels, wo im ersten Stock quer über die Gebäudefront ein Balkon verlief.

Das gefiel ihr nicht.

»Ich brauche nicht lange«, sagte ich und näherte mich rückwärtsgehend dem Eingang. »Bleib einfach hier, ich bin gleich wieder da.« Jetzt hatte ich den Eingang erreicht. Ich zeigte auf sie, als sei sie ein junger Hund, den ich erziehen wollte. »Du bleibst hier, okay?«

Die junge Frau an der Rezeption trug Jeans und ein T-Shirt. Sie hatte die blondesten Haare, die ich je gesehen hatte – bis auf die Wurzeln. Sie sah vom Fernseher weg zu mir herüber und fragte automatisch: »Hallo, was kann ich für Sie tun?«

»Ich bräuchte ein Zimmer für drei oder vier Nächte.«

»Klar, für wie viele?«

»Zwei Erwachsene und ein Kind.«

»Klar, Augenblick.« Sie fuhr mit ihrem Zeigefinger das Zimmerverzeichnis entlang.

Im Fernsehen liefen Nachrichten. Ich drehte mich um und sah sie mir an, aber der Mordfall Brown wurde mit keinem Wort erwähnt. Vielleicht besaß er schon keinen Nachrichtenwert mehr. Ich hoffte es jedenfalls.

»Kann ich einen Abdruck von Ihrer Karte machen?«

Ich verzog das Gesicht. »Ah, da gibt's ein kleines Problem. Wir machen hier Urlaub, wissen Sie, und man hat uns aus unserem Mietwagen die Koffer gestohlen. Wir sind schon bei der Polizei gewesen, und ich warte auf die Ersatzkarten, aber im Augenblick kann ich nur bar bezahlen. Ich weiß, daß Sie einen Abdruck von meiner Kreditkarte machen müßten, aber vielleicht könnte ich im voraus zahlen, und Sie stellen das Telefon in unserem Zimmer vorläufig ab?«

Die Blondine begann zu nicken, aber aus ihrem Gesichtsausdruck sprach noch immer nicht das richtige Mitgefühl.

»Wir sitzen wirklich in der Klemme.« Ich spielte den deprimierten ausländischen Touristen. »Wir müssen morgen zum britischen Konsulat fahren und die Sache mit unseren Reisepässen regeln.« Ich zog ein Bündel Dollarscheine aus der Tasche.

Es schien einige Zeit zu dauern, bis sie das alles begriff. »Tut mir echt leid, das zu hören.« Sie machte eine Pause, als warte sie darauf, daß in ihrem Gehirn weitere Chemikalien reagierten. »Augenblick, ich hole den Manager.«

Sie ging nach hinten ins Büro, und ich beobachtete, wie sie mit dem Glatzkopf am Schreibtisch sprach. Aus der Körpersprache der beiden schloß ich, daß er ihr Vater war. Ich fühlte, wie mir ein Schweißtropfen das Rückgrat entlang hinunterlief. Falls sie uns ein Zimmer verweigerten, waren wir vielleicht meilenweit vom nächsten Motel entfernt gestrandet und mußten uns ein Taxi bestellen, was bedeutete, daß wir leichter aufzuspüren waren.

Beeilt euch! Ich drehte mich um und warf einen Blick nach draußen, ohne Kelly jedoch sehen zu können. Scheiße, hoffentlich kam im nächsten Augenblick nicht Mr. Honest Citizen hereingestürmt und verlangte zu wissen, wer dieses arme kleine Mädchen draußen im Regen zurückgelassen hatte. Ich ging rasch zum Ausgang und streckte den Kopf ins Freie. Kelly stand ganz brav an der Stelle, die ich ihr gezeigt hatte.

Als ich an die Rezeption zurückkam, trat eben Dad aus seinem Büro. Die Blondine war am Telefon und nahm eine Zimmerbestellung entgegen.

»Ich habe nur nachgesehen, ob unser Wagen nicht die Durchfahrt blockiert.« Ich grinste freundlich.

»Wie ich höre, haben Sie ein Problem?« Dad lächelte freundlich, aber etwas vage. Ich wußte, daß er uns keine Schwierigkeiten machen würde.

»Ja«, seufzte ich, »wir sind bei der Polizei gewesen und haben die Kartengesellschaften angerufen. Jetzt müssen wir abwarten, bis die neuen Kreditkarten kommen. Bis dahin habe ich nur Bargeld. Ich bin gern bereit, für drei Tage im voraus zu zahlen.«

»Das ist kein Problem.«

Bestimmt nicht. Unsere kleine Bargeldtransaktion würde garantiert nicht in seinen Büchern auftauchen. Dad war vielleicht etwas schwer von Begriff, aber in Gelddingen offenbar hellwach.

Er lächelte. »Wir lassen Ihr Telefon eingeschaltet.«

Ich spielte den erleichterten Touristen, trug mich ein und bekam den Zimmerschlüssel. Dann stiegen Kelly und ich über die Außentreppe aus Stahlbeton in den ersten Stock hinauf.

Kelly zögerte vor der Zimmertür, sah zu mir auf und sagte: »Nick, ich möchte zu Mommy. Wann darf ich wieder heim?«

Scheiße, nicht schon wieder! Ich wünschte mir nichts mehr, als sie zu Mommy zurückbringen zu können. Damit hätte ich mir ein großes Problem vom Hals geschafft. »Bald, Kelly«, antwortete ich. »Ich hole uns gleich was zu essen, okay?«

»Okay.«

Ich legte mich aufs Bett und dachte über meine Prioritäten nach.

»Nick?«

»Ja?« Ich starrte die Zimmerdecke an.

»Darf ich fernsehen?«

Gott sei Dank!

Ich griff nach der Fernbedienung und suchte rasch die Kanäle ab, um sicherzustellen, daß sie keine Nachrichten erwischte, in denen wir vorkamen. Ich fand Nickelodeon und blieb dabei.

Ich war zu einem Entschluß gelangt. »Ich gehe jetzt los und kaufe uns etwas zu essen«, sagte ich, während ich an die einzige Option dachte, die mir noch offenstand. »Du bleibst inzwischen hier, okay? Ich hänge das Schild *Bitte nicht stören* draußen an die Tür, und du machst niemandem auf. Hast du verstanden?«

Sie nickte.

Die Telefonzelle stand neben einem koreanischen Lebensmittelgeschäft. Es nieselte noch immer. Ich konnte die Rollgeräusche von Autoreifen auf dem nassen Asphalt hören, als ich die Straße überquerte.

Ich warf mehrere Quarter ein und wählte.

»Britische Botschaft, guten Abend«, sagte eine Frauenstimme. »Was kann ich für Sie tun?«

»Ich möchte bitte den Militärattaché sprechen.«

»Sagen Sie mir bitte Ihren Namen?«

»Nick Stamford.« Scheiße, ich hatte schließlich nichts zu verlieren.

»Danke. Augenblick, bitte.«

Wenige Sekunden später fragte eine energische Männerstimme: »Stamford?«

»Ja.«

»Warten Sie.«

Ich hörte einen pfeifenden Dauerton und glaubte schon, ich sei wieder abgeschnitten worden. Aber als ich eben einhängen wollte, hörte ich plötzlich Simmonds' Stimme. Mein Anruf mußte nach London weitervermittelt worden sein. Gelassen wie immer sagte er: »Sie scheinen gewisse Schwierigkeiten zu haben.«

»Schwierigkeiten ist nicht das richtige Wort dafür.«

Ich berichtete in verschleierter Sprache, was seit meinem letzten Anruf passiert war.

Simmonds ließ mich ausreden, ohne mich zu unterbrechen. »An sich kann ich nicht allzuviel tun«, sagte er dann. »Sie verstehen natürlich, in welcher Lage ich mich befinde?« Ich merkte, daß er stinksauer auf mich war. »Sie sind angewiesen worden, sofort zurückzukommen. Sie haben diesen Befehl nicht ausgeführt. Sie hätten Ihren Freund nicht besuchen dürfen, das wissen Sie.« Seine Stimme klang weiter cool, aber ich wußte, daß er innerlich kochte.

Ich konnte mir vorstellen, wie er in seinem verknitterten Hemd und der ausgebeulten Cordsamthose an seinem Schreibtisch saß, auf dem neben einem gerahmten Familienphoto ein

Stapel brandheißer Faxe aus Washington lag, die dringend bearbeitet werden mußten.

»Das ist nichts im Vergleich zu der Situation, in die ich Sie bringen kann«, stellte ich fest. »Ich habe Material, das Ihren ganzen Laden bloßstellen kann. Und Sie können sich darauf verlassen, daß ich Journalisten finde, die sich dafür interessieren. Ich bluffe nicht. Ich brauche Hilfe, um aus dieser Scheiße rauszukommen, und ich brauche sie sofort.«

Am anderen Ende entstand eine Pause, als warte ein geduldiger Vater das Ende des Wutanfalls seines Kindes ab.

»Ihre Position ist ziemlich schwierig, fürchte ich«, sagte er dann. »Ich kann nichts für Sie tun, bevor Sie irgendeinen Beweis dafür beibringen, daß Sie nicht in diese Sache verwickelt sind. Ich schlage vor, daß Sie herauszubekommen versuchen, was genau passiert ist. Dann können wir darüber reden, und ich kann Ihnen vielleicht helfen. Was halten Sie von meinem Vorschlag? Sie können auch Ihre Drohung wahrmachen, aber davon möchte ich Ihnen abraten.«

Ich spürte, wie meine Magennerven sich verkrampften. Unabhängig davon, ob sie mir diesmal halfen oder es darauf ankommen ließen, ob ich nur geblufft hatte, würde ich den Rest meines Lebens auf der Flucht sein. Die Firma mag es nicht, erpreßt zu werden.

»Mir bleibt praktisch nichts anderes übrig, nicht wahr?«

»Ich freue mich, daß Sie das einsehen. Bringen Sie mir, was Sie finden.«

Am anderen Ende wurde aufgelegt.

Während mein Verstand auf Hochtouren arbeitete, betrat ich das koreanische Geschäft. Ich kaufte ein Haartönungsmittel, das sich angeblich mit zwölf Wäschen entfernen ließ, und einen Haarschneider. Außerdem kaufte ich Toilettenartikel und Rasierzeug, weil wir in Washington nicht wie zwei Landstreicher herumlaufen durften. Dann füllte ich meinen Einkaufskorb mit Coladosen aus dem Kühlschrank und legte Äpfel und Süßigkeiten dazu.

Ich konnte keinen Micky D's finden und landete schließlich in einem Burger King. Ich kaufte zwei Mega-Deals, mit denen ich ins Motel zurückging.

Ich klopfte an die Zimmertür, als ich sie aufsperrte. »Rate mal, was ich mitgebracht habe? Hamburger, Fritten, Apfelkuchen, heiße Schokolade ...«

An der Wand neben dem Fenster stand ein kleiner Rundtisch. Die Tragetaschen flogen aufs Bett, und ich warf die Hamburger schwungvoll wie ein heimgekehrter Jäger auf den Tisch. Nachdem ich die Papiertüten aufgerissen hatte, um ein Tischtuch zu haben, kippte ich die Fritten aus und riß die Saucen auf, bevor wir uns beide über das Essen hermachten. Kelly war anscheinend völlig ausgehungert.

Ich wartete, bis sie den Mund richtig voll hatte. »Hör zu, Kelly, du weißt doch, wie große Mädchen dauernd ihr Haar färben und daran herumschneiden und alles mögliche damit anstellen? Ich dachte, du würdest es auch mal versuchen wollen.«

Kelly nahm meinen Vorschlag gleichmütig auf.

»Welche Farbe würde dir denn gefallen – ein schönes Dunkelbraun?«

Sie zuckte mit den Schultern.

Ich wollte das Ganze hinter mich bringen, bevor Kelly allzuviel von dem verstand, was wirklich vorging. Sobald sie ihren heißen Apfelkuchen aufgegessen hatte, führte ich sie ins Bad und ließ sie Bluse und Unterhemd ausziehen. Ich prüfte die Wassertemperatur, ließ Kelly sich über die Wanne beugen, machte rasch ihr Haar naß, frottierte es trocken und bürstete es aus. Dann versuchte ich mein Glück mit dem Haarschneider. Nach einiger Zeit merkte ich, daß das Ding eigentlich ein Bartschneider war, und bis ich begriffen hatte, wie man damit umging, sah ihre Frisur beschissen aus. Je länger ich diesen verunglückten Schnitt zu korrigieren versuchte, desto kürzer wurde er. Kelly sah bald wie ein Junge aus.

Während ich die Gebrauchsanleitung auf der Flasche mit dem Haartönungsmittel studierte, fragte sie: »Nick?«

Ich las noch immer die Gebrauchsanweisung, um diesmal wirklich alles richtig zu machen.

»Was?«

»Kennst du die Männer, die dich verfolgt haben?«

Solche Fragen hätte *ich* stellen müssen.

»Nein, ich kenne sie nicht, Kelly, aber ich kriege raus, wer sie sind.« Ich dachte darüber nach und stellte die Flasche mit dem Haartönungsmittel beiseite. Ich stand hinter ihr, so daß unsere Blicke sich im Badezimmerspiegel trafen. Ihre Augen waren jetzt nicht mehr so stark gerötet. Im Gegensatz zu ihren wirkten meine um so dunkler und müder. Ich erwiderte ihren Blick eine Zeitlang. Schließlich fragte ich: »Kelly, warum bist du in dein Versteck gegangen?«

Sie gab keine Antwort. Ihr Blick sagte mir, daß sie meine Fähigkeiten als Damenfriseur anzuzweifeln begann.

»Hat Daddy ›Disneyland‹ gerufen?«

»Nein.«

»Warum hast du dich dann versteckt?« Diese Fragerei setzte mir so zu, daß ich Ablenkung brauchte. Ich schraubte die Flasche auf.

»Wegen des Lärms.«

Ich machte mich daran, das Haartönungsmittel mit einem Kamm zu verteilen.

»Oh, was für ein Lärm ist das gewesen?«

Sie sah mich im Spiegel an. »Ich bin in der Küche gewesen, aber ich habe im Wohnzimmer furchtbaren Lärm gehört. Ich habe mich hingeschlichen und nachgesehen.«

»Was hast du gesehen?«

»Daddy hat die Männer angebrüllt, und sie haben ihn geschlagen.«

»Haben sie dich gesehen?«

»Das weiß ich nicht. Ich bin nicht reingegangen. Ich wollte Mommy rufen, damit sie kommt und Daddy hilft.«

»Und was hast du getan?«

Sie senkte den Blick. »Ich konnte ihm nicht helfen, ich bin zu klein.« Als sie nun wieder aufsah, brannte ihr Gesicht vor Scham. Ihre Unterlippe begann zu zittern. »Ich bin in unser Versteck gelaufen. Ich wollte zu Mommy, aber sie ist mit Aida oben gewesen, und Daddy hat die Männer angebrüllt.«

»Du bist zum Versteck gelaufen?«

»Ja.«

»Und du bist dortgeblieben?«

»Ja.«

»Ist Mommy gekommen und hat dich gerufen?«

»Nein. Du hast mich gerufen.«

»Du hast Mommy und Aida also nicht gesehen?«

»Nein.«

Vor meinem inneren Auge stand das Bild der beiden Leichen im ersten Stock.

Ich schloß sie in die Arme, als sie zu schluchzen begann. »Kelly, du hättest Daddy nicht helfen können. Die Männer sind zu groß und stark gewesen. Wahrscheinlich hätte nicht mal ich ihm helfen können, obwohl ich ein Erwachsener bin. Du kannst nichts dafür, daß sie Daddy weh getan haben. Aber es geht ihm schon wieder besser, und ich soll mich um dich kümmern, bis er sich wieder ganz erholt hat. Mommy und Aida haben ihn begleiten müssen. Sie haben einfach keine Zeit gehabt, dich zu holen.«

Ich ließ sie ein bißchen weinen, dann fragte ich: »Hast du einen der Männer gesehen, die uns heute verfolgt haben?«

Sie schüttelte den Kopf.

»Haben die Männer, die bei Daddy gewesen sind, Anzüge angehabt?«

»Ich glaube schon, aber sie haben darüber so Maldinger getragen.«

Ich erriet, was sie meinte. »Etwas, das Daddy tragen würde, wenn er dein Zimmer streicht?«

Sie nickte.

»Sie haben also Anzüge getragen, aber diese Maldinger darüber angehabt?«

Sie nickte erneut.

Ich hatte es geahnt; diese Jungs waren gut, sie waren Profis. Sie hatten keine häßlichen roten Flecken auf ihre schönen Anzüge bekommen wollen.

Ich fragte sie, wie viele Männer im Wohnzimmer gewesen waren und wie sie ausgesehen hatten. Kelly reagierte verwirrt und ängstlich. Ihre Lippe begann wieder zu zittern. »Darf ich bald wieder heim?« Sie kämpfte gegen Tränen an.

»Ja, sehr bald, sehr bald. Wenn Daddy sich erholt hat. Bis dahin kümmere ich mich um dich. Also los, Kelly, wir probieren aus, wie du als großes Mädchen aussiehst.«

Nachdem das Tönungsmittel seine Wirkung getan hatte und herausgewaschen war, ließ ich Kelly ihre neuen Sachen anziehen. Falls wir flüchten mußten, mußte sie angezogen sein, deshalb sagte ich ihr, sie dürfe außer Hut, Mantel und Schuhen nichts ausziehen.

Sie inspizierte ihr Spiegelbild. Die neuen Klamotten waren viel zu groß, und ihre Frisur war... nun, Kelly betrachtete sie jedenfalls zweifelnd.

Wir sahen uns gemeinsam Nickelodeon an, bis sie nach einiger Zeit einschlief. Ich lag neben ihr, starrte die Zimmerdecke an und überlegte, welche Möglichkeiten mir noch offenstanden – oder versuchte mir einzureden, es gäbe welche.

Was war mit Slack Pat? Er würde mir bestimmt helfen, falls er konnte, wenn er sich nicht in einen drogenabhängigen New-Age-Hippie verwandelt hatte. Aber die einzige Möglichkeit, mit ihm Verbindung aufzunehmen, war das Restaurant, von dem er immer geschwärmt hatte. Seiner Schilderung nach hatte er praktisch darin gelebt. Das Problem war jedoch, daß mir der Name dieses Restaurants im Moment nicht einfiel; ich wußte nur noch, daß es auf einem Hügel am Rande von Georgetown stand.

Was war mit Euan? Auf ihn durfte ich nicht hoffen, denn er war noch in Ulster im Einsatz, und ich konnte ihn erst wieder erreichen, wenn er zurück in England war.

Ich sah zu Kelly hinüber. So würde sie in nächster Zukunft ständig leben müssen: immer angezogen, jeden Augenblick zur Flucht bereit. Ich legte die Steppdecke über sie.

Nachdem ich unsere Abfälle in den Papierkorb geworfen hatte, überzeugte ich mich davon, daß das Schild noch außen an der Tür hing und Kellys Schuhe in ihren Manteltaschen steckten. Danach überprüfte ich meine beiden Waffen – die 9-mm-Pistole in Kevs Jacke und die Sig in meinem Hosenbund. Natürlich würden morgen alle Zeitungen Kellys Photo bringen, aber falls die Sache kritisch wurde, waren wir wenigstens fluchtbereit. Ich kannte meine Fluchtroute und würde nicht zögern, mir den Weg freizuschießen.

Ich holte meine neuen Kleidungsstücke aus der Tragetasche und nahm sie mit ins Bad. Nachdem ich mich rasiert hatte, zog ich mich aus. Ich stank, denn Kevs Sachen waren innen voller Blut. Schweiß hatte es verdünnt, so daß es sich über Rücken und Schultern seines Hemds und die Beine seiner Jeans ausgebreitet hatte. Ich stopfte alles in einen Plastikwäschesack, den ich morgen früh wegwerfen würde. Als nächstes nahm ich eine lange heiße Dusche und wusch mir die Haare. Dann zog ich mich an, vergewisserte mich, daß die Tür abgesperrt war, und streckte mich neben Kelly aus.

Als ich gegen halb sechs Uhr aufwachte, hatte ich eine grausige Nacht hinter mir. Ich wußte nicht einmal sicher, ob ich all die furchtbaren Sachen nur geträumt hatte.

Ich dachte wieder über Geld nach. Meine Kreditkarten durfte ich auf keinen Fall benutzen, denn ich mußte annehmen, daß sie gesperrt waren oder dazu dienen konnten, uns aufzuspüren. Also konnte ich überall nur bar zahlen – heutzutage in den USA gar nicht einfach. Falls es mir gelang, Pat ausfindig zu machen, würde er mir mit Geld aushelfen, aber ich wußte, daß ich jede Gelegenheit würde nutzen müssen, um anderswo an Geld heranzukommen. Kelly schnarchte laut. Ich steckte unsere Schlüsselkarte ein, schloß leise die Tür hinter mir, überzeugte mich davon, daß das Schild am Türknopf hing, und machte mich auf die Suche nach einem Feuerlöscher.

12

Als ich an der offenen Tür der Besenkammer vorbeikam, sah ich in einem Regalfach ein halbes Dutzend keilförmiger Türstopper liegen. Ich steckte zwei davon ein.

Einen Feuerlöscher fand ich an der Wand neben dem Aufzug. Ich schraubte rasch den Deckel ab und zog die Kohlensäurepatrone heraus – einen zwanzig Zentimeter langen schwarzen Stahlzylinder. Ich verstaute ihn in der Innentasche von Kevs Jacke und ging ins Zimmer zurück.

Ich steckte die drei Reservemagazine für die Sig Kaliber 45 in die linke Jackentasche und beschloß, die USP im Zimmer zu behalten. Ein gutes Versteck war der Spülkasten der Toilette. Eine Schußwaffe kann es vertragen, für kurze Zeit im Wasser zu liegen. Ich wollte nur vermeiden, daß Kelly sie fand und anfing, sich selbst zu durchlöchern.

Ich döste noch etwas, schrak auf und döste erneut. Um sieben Uhr langweilte ich mich und hatte Hunger. Mit dem Zimmer hatte ich auch das Frühstück bezahlt, aber um es zu bekommen, würde ich zur Rezeption hinuntergehen müssen.

Kelly fing an, sich zu bewegen. »Guten Morgen«, sagte ich. »Möchtest du frühstücken?«

Sie gähnte herzhaft, setzte sich auf und sah wie eine Vogelscheuche aus, weil sie mit noch feuchtem Haar eingeschlafen war. Ich stellte sofort den Fernseher für sie an, weil ich nicht wußte, worüber ich mit ihr reden sollte. Sie blickte an sich hinab, als überlege sie, wie sie vollständig angezogen ins Bett gekommen war.

»Du bist eingeschlafen«, erklärte ich ihr lachend. »Ich habe dich gestern abend nicht mal mehr ausziehen können. Hey, das ist wie ein Campingausflug, nicht wahr?«

Das gefiel ihr offenbar. »Yeah«, sagte sie lächelnd, noch immer verschlafen.

»Soll ich runtergehen und dir ein Frühstück holen?«

Sie nickte nicht mir, sondern dem Fernseher zu.

»Denk daran, so geht's jedesmal: Du darfst auf keinen Fall die Tür öffnen. Wenn ich zurückkomme, sperre ich sie von außen auf. Du darfst nicht mal den Vorhang aufziehen, weil die Zimmermädchen sonst glauben, daß sie reinkommen können, aber wir wollen mit niemandem reden, nicht wahr? Ich lasse das Schild *Bitte nicht stören* draußen, okay?«

Sie nickte wieder, aber ich wußte nicht, wieviel sie davon verstanden hatte. Ich nahm das Tablett für den Eiskübel mit, setzte meine Brille auf und ging zur Rezeption hinunter.

Der Frühstücksbereich war schon gut besetzt: von Leuten mit Wohnmobilen, die es zu unbequem fanden, in ihnen zu schlafen, und adretten, nach Rasierwasser duftenden Vertretern, die alle den Abschnitt »Gutes Aussehen zählt« ihres Handbuchs verinnerlicht hatten.

Das Frühstücksbüfett war auf zwei oder drei Tischen neben der Kaffeemaschine unter dem Fernseher angerichtet. Ich nahm drei Tüten Corn-flakes, Bagels, Muffins, ein paar Äpfel, zwei Tassen Kaffee und einen Orangensaft.

Die blonde Frau von der Rezeption, deren Nachtschicht gerade zu Ende gegangen war, kam zu mir herüber. »Hoffentlich klappt alles mit Ihren Pässen und so«, sagte sie lächelnd.

»Oh, das glaube ich bestimmt. Wir müssen uns jetzt darauf konzentrieren, einen schönen Urlaub zu haben.«

»Falls Sie Hilfe brauchen, stehen wir Ihnen jederzeit zur Verfügung.«

»Danke.« Ich ging zur Theke hinüber und nahm ein Exemplar der dort kostenlos ausliegenden Zeitung *USA Today* mit. Außerdem steckte ich ein Zündholzbriefchen mit dem Werbeaufdruck *Roadies Inn* aus einer Glasschale ein, nahm eine Büroklammer aus einem Aschenbecher mit Gummibändern und Büroklammern und ging in unser Zimmer zurück.

Wenige Minuten später kaute Kelly ihre Corn-flakes und verfolgte dabei begeistert Nickelodeon.

»Paß auf, ich muß für ungefähr eine Stunde weg«, erklärte ich ihr. »Ich habe ein paar Dinge zu erledigen. Ich möchte, daß du gewaschen und angezogen bist und dir die Haare gebürstet hast, wenn ich zurückkomme. Glaubst du, daß du hier allein zurechtkommst, nachdem du jetzt eine Frisur wie ein großes Mädchen hast?«

Sie zuckte mit den Schultern. »Klar doch.«

»Was sind deine Lieblingsfarben?«

»Meine Lieblingsfarben sind Rosa und Blau.«

»Okay, Rosa hast du schon.« Ich deutete auf den aufgehängten Mantel, in dessen Taschen Kellys Schuhe steckten. Das war ein glücklicher Zufall gewesen. »Jetzt muß ich dir noch was Blaues kaufen.«

Ich putzte meine Brille rasch mit Toilettenpapier, steckte sie im Etui in Kevs Jacke, zog meinen schwarzen Nylonmantel darüber und vergewisserte mich, daß ich den Zylinder aus dem Feuerlöscher eingesteckt hatte. Das Kleingeld aus meinen Taschen ließ ich auf dem Nachttisch zurück; ich wollte mich so lautlos wie möglich bewegen können und konnte Ballast in den Taschen ohnehin nicht leiden.

Ich hielt meine Baseballmütze in der Hand und war abmarschbereit.

»Ich bleibe nicht lange. Denk daran, daß du niemanden reinlassen darfst. Ich bin wieder da, ehe du dich's versiehst.«

Es regnete nicht mehr, aber der Himmel war noch immer bleigrau und das Erdreich naß. Auf der Straße kroch eine endlose Autoschlange in Richtung Washington, D.C. Um diese Tageszeit waren sogar auf den Gehsteigen viele Menschen unterwegs.

Ich ging rasch, um mit den Büroangestellten – alle mit ihrem tatkräftigsten Morgengesicht – Schritt zu halten, und sah mich dabei nach einer Gelegenheit um, schnell zu Geld zu kommen und wieder im Motel zu sein, bevor Kelly wegen meiner Abwesenheit in Panik geriet.

Für eine Einkaufspassage war es zu früh, weil die Läden alle erst gegen zehn Uhr aufmachten, und hier gab es praktisch keine Hotels – die kamen erst in Richtung Stadtmitte. Ich ging an einigen Schnellrestaurants vorbei, die aber normalerweise nur einen einzigen Ein- und Ausgang und zuviel Publikumsverkehr auf den Toiletten hatten, was sie für meinen Zweck ungeeignet erscheinen ließ. Eine Tankstelle wäre ideal gewesen, falls sie eine Außentoilette hatte, deren Schlüssel man sich an der Kasse holen mußte.

Ich war seit etwa zwanzig Minuten unterwegs. Dabei war ich an einigen Tankstellen vorbeigekommen, in denen reger Betrieb herrschte, aber sie waren alle so modern, daß sie Innentoiletten hatten.

Schließlich fand ich die richtige Tankstelle mit einer Außentoilette, an deren Tür ein Schild *Schlüssel an der Kasse* hing.

Jetzt brauchte ich nur noch zweierlei: eine Stelle, von der aus ich die Toilettentür beobachten konnte, ohne Verdacht zu erregen, und eine gute Fluchtroute. Schräg gegenüber auf der anderen Straßenseite sah ich mehrere Anwaltskanzleien, Kreditvermittlungen und Versicherungsbüros in alleinstehenden Klinkerhäusern aus den dreißiger Jahren, zwischen denen Fußwege die Verbindung zur nächsten Parallelstraße herstellten. Ich überquerte die Straße, folgte einem dieser Fußwege, erreichte die nächste Straße, bog zweimal links ab und kam auf die Straße gegenüber der Tankstelle zurück. Das ganze Gebiet auf dieser Straßenseite bildete ein Labyrinth aus Verbindungswegen, die für meinen Zweck ideal geeignet waren.

Etwa fünfzig Meter entfernt sah ich das Wartehäuschen einer Bushaltestelle, in dem schon zwei oder drei Passagiere standen. Ich schlenderte dorthin. Die Zahl der Wartenden vermehrte sich langsam; dann kam ein Bus, und wir waren wieder nur zu dritt. Ich las den Richtungsanzeiger jedes ankommenden Busses, machte ein Gesicht, als ärgerte ich mich, weil es nicht meiner war, und beobachtete wieder die Tankstelle auf der anderen Straßenseite.

Heutzutage haben die meisten Leute nicht mehr viel Geld in der Tasche, vor allem nicht hier im Land der Kreditkarte. Die idealen Opfer sind immer Touristen – sie haben meistens Bargeld und Reiseschecks bei sich –, aber in dieser Gegend würden keine unterwegs sein.

In der vergangenen halben Stunde hatten ungefähr zehn Leute getankt, aber leider hatte keiner von ihnen ein dringendes Bedürfnis verspürt. Ich dachte an Kelly; ich konnte nur hoffen, daß sie sich an meine Anweisungen hielt.

Dann fuhr ein Weißer, Anfang Zwanzig, mit einem neuen Camaro in die Tankstelle ein. Er trug einen sackartigen Overall in Rot, Blau, Grün, Orange und einem halben Dutzend weiterer Farben und dazu fast ebenso farbenprächtige Basketballstiefel. Sein Haar war an den Seiten abrasiert, während der Rest senkrecht nach oben stand. Aus dem Sound-System seines Sportwagens wummerten Bässe, die noch auf der anderen Straßenseite zu hören waren.

Er tankte voll und ging hinein, um zu zahlen. Als er wieder herauskam, hielt er einen Holzklotz als Schlüsselanhänger in der Hand, mit dem er in Richtung Toilette ging. Damit war er mein Mann.

Ich trat aus dem Wartehäuschen, schlug meinen Mantelkragen hoch und überquerte die Straße. Er steckte seine Geldbörse in die rechte Brusttasche seines Overalls und zog den Reißverschluß zu. Ich hatte mir die Überwachungskameras der Tankstelle bereits angesehen und wußte, daß ich von ihnen nichts zu befürchten hatte: Sie waren auf die Zapfsäulen gerichtet, um Kunden zu erfassen, die ohne zu zahlen wegfuhren, nicht auf die Giebelseite der Tankstelle, um Klopapierdiebe zu schnappen.

Als ich das Wartehäuschen verließ und die Straße überquerte, war ich ein Mann, der dringend auf die Toilette mußte – selbst auf das Risiko hin, daß in dieser Zeit sein Bus wegfuhr. Daß einer der Wartenden auf mich achtete, war eher unwahrscheinlich; wer morgens auf den Bus wartete, machte sich Gedanken über den bevorstehenden Arbeitstag oder seine Hypothek, die Kids oder den plötzlichen Migräneanfall, den seine Frau gestern abend gehabt hatte. Kein Mensch würde auf einen Mann achten, der eine Straße überquerte, um auf die Toilette zu gehen. Ich steuerte zielsicher darauf zu und ging hinein.

Der Raum war etwa dreieinhalb mal dreieinhalb Meter groß, ziemlich sauber und roch durchdringend nach irgendeinem Desinfektionsmittel. Vor mir hatte ich zwei Urinale, ein Waschbecken und einen an der Wand montierten Spender für Papierhandtücher. Mein Mann war rechts von mir in einer der beiden WC-Kabinen.

Ich hörte, wie ein Reißverschluß aufgezogen wurde, dann raschelte Stoff, und ich hörte ein Hüsteln. Ich schloß die Tür hinter mir und rammte die beiden mitgebrachten Türstopper mit meinem Schuh darunter. Jetzt konnte niemand gegen meinen Willen mehr rein oder raus.

Ich stand an einem der Urinale und tat so, als würde ich es benutzen. Meine Hände befanden sich vor dem Körper, hielten aber den Stahlzylinder fest. Ich würde dem Mann den Rücken zukehren, bis er aus der Kabine kam.

So blieb ich drei bis vier Minuten lang stehen. Ich hörte ihn pissen, dann war nichts mehr zu hören. Ich drehte meinen Kopf nach rechts und tat so, als sähe ich zu dem vergitterten kleinen Fenster hinaus – für den Fall, daß er mich sah, aber aus irgendeinem Grund nicht herauskommen wollte.

Als ich mich dann beiläufig umdrehte, sah ich etwas wirklich Merkwürdiges. Öffentliche amerikanische Toiletten haben Saloon-Türen, deren Lücken oben und unten größer sind als in Europa. Durch die untere Lücke sah ich seinen rechten Fuß auf dem Boden stehen, aber sein Overall war wider Erwarten nicht bis zu den Knöcheln heruntergerutscht. Merkwürdige Haltung, fand ich, aber das war schließlich seine Sache. Dann fiel mir auf, daß die Kabinentür einen Spalt weit offenstand. Er hatte sie nicht verriegelt.

Ich hatte nicht vor, hier draußen zu stehen und mir lange Gedanken darüber zu machen. Ich hielt den Stahlzylinder mit der rechten Hand umklammert, hob den linken Arm, um mich zu schützen, und war mit wenigen lautlosen Schritten an der Tür. Im letzten Augenblick holte ich tief Luft, senkte die linke Schulter und stieß die Tür auf.

Er knallte an die Kabinenwand und kreischte: »Was soll der Scheiß? Was soll der Scheiß?« Dabei streckte er beide Hände aus, um sich abzustützen, und die Kabinentür ging nicht auf, weil er sein Gesäß dagegenstemmte.

Ich mußte mich nochmals gegen die Tür werfen. Das Geheimnis eines erfolgreichen Raubüberfalls besteht darin, schnell und hart zuzuschlagen. Indem ich mein ganzes Gewicht in diesen zweiten Rammstoß legte, klemmte ich ihn zwischen Tür und Wand ein. Er war ein großer, muskulöser Kerl; ich mußte aufpassen, daß er sich nicht von seiner Überraschung erholte und mich überwältigte. Ich faßte mit der linken Hand in seine Gelfrisur, zerrte seinen Kopf nach links und holte dabei mit der rechten Hand aus.

Man benutzt nicht nur seine Armmuskeln, um jemanden niederzuschlagen. Wie ein Boxer, der Hüften und Oberkörper einsetzt, um seinem Schlag Wucht zu verleihen, brauchte ich möglichst viel Schwung, wenn ich mit dem Stahlzylinder zuschlug. Während ich die Tür mit dem linken Ellbogen offenhielt, riß ich den Stahlzylinder hoch, verdrehte meinen Oberkörper, als wollte ich einen rechten Haken schlagen, und traf ihn dicht unter dem Ohr. Ich wollte ihn nur kampfunfähig machen, nicht umbringen oder mit einem bleibenden Gehirnschaden zurücklassen; hätte ich das gewollt, hätte ich mehrmals zugeschlagen. Auch so würde er diesen Tag in schlechter Erinnerung behalten, aber er hatte einfach Pech gehabt – er war zur falschen Zeit am falschen Ort gewesen.

Mein Schlag hatte gesessen. Der Kerl brach stöhnend zusammen. Ich konnte mir vorstellen, daß er sich in seiner Benommenheit am liebsten zusammengerollt hätte und unter die

Kloschüssel gekrochen wäre, um sich zu verstecken. Deshalb hatte ich den Stahlzylinder statt einer Schußwaffe gewählt. Man weiß nie, wie Leute auf eine Pistole reagieren. Er hätte ein verdeckter Ermittler, der selbst bewaffnet war, oder ein ungewöhnlich mutiger Normalbürger sein können. Jedenfalls sind die alten Methoden immer noch die besten.

Er war mit dem Kopf an die Kloschüssel geknallt und hatte sich das Nasenbein gebrochen. Blut lief ihm in Strömen übers Kinn, und aus seiner Kehle drang ein hohes, kindliches Wimmern. Er befand sich in einer beschissenen Verfassung, aber er würde mit dem Leben davonkommen. Ich schlug nochmals zu, damit er unten blieb und nicht so schnell wieder aufwachte. Das Wimmern verstummte.

Ich legte meine linke Hand auf seinen Kopf und drehte ihn von mir weg, weil ich nicht wollte, daß er mich später identifizieren konnte. Mit der rechten Hand griff ich unter seinem Bauch hindurch, zog den Overall zu mir her, öffnete den Reißverschluß und angelte seine Geldbörse heraus. Dann tastete ich die übrigen Taschen für den Fall ab, daß er irgendwo ein loses Bündel Geldscheine stecken hatte. Meine Finger ertasteten einen Plastikbeutel, der meine Hand ausfüllte. Ich zog ihn heraus und sah, daß er genügend weißes Pulver enthielt, um das gesamte Wohnviertel, in dem dieser Kerl lebte, high zu machen – alles in sauberen kleinen Plastikbriefchen verkaufsfertig abgepackt. Damit konnte ich nichts anfangen; ich ließ den Beutel auf den Boden fallen.

Jetzt sah ich auch, was er hier gemacht hatte, während ich am Urinal gestanden hatte. Um seinen linken Arm hatte er einen fest zusammengedrehten dünnen Gummischlauch, und aus einem Einstich in der Armbeuge quoll etwas Blut. Er mußte seinen linken Fuß auf die Kloschüssel gestellt haben, um seinen Arm aufstützen zu können, während er sich einen Schuß setzte. Auf dem gefliesten Boden sah ich eine aufgezogene Spritze liegen.

Ich hob den daneben hingefallenen Toilettenschlüssel auf.

Der Kerl schien sich etwas erholt zu haben und begann wieder zu wimmern und zu stöhnen. Ich schlug seinen Kopf mehrmals gegen die Kloschüssel, damit er begriff, daß er für die nächste Zeit bleiben sollte, wo er war.

Ich trat rückwärts aus der Kabine und überzeugte mich mit einem raschen Blick davon, daß ich keine Blutflecken auf dem Mantel hatte. Dann zog ich die Türstopper heraus, steckte sie ein, verließ die Toilette und sperrte die Tür hinter mir ab. Den Schlüssel warf ich in die Hecke zum Nachbargrundstück.

Ich war außer Atem und fühlte, daß mir dicke Schweißtropfen übers Gesicht liefen, aber ich mußte äußerlich ruhig und gelassen wirken. Falls irgendein anderer Tankkunde um die Ecke kam, weil er auf die Toilette gehen wollte, würde ich behaupten, sie sei außer Betrieb.

Als ich die Straße überquerte, sah ich nach links und hinter mich. Nichts. Ich würde mich nicht noch mal umsehen. War der Überfall entdeckt worden, würde ich es bald wissen, weil ich Schreie oder Rufe oder schlimmstenfalls das Trampeln meiner Verfolger hören würde. Dann würde ich reagieren müssen – aber letztlich war ich der Mann mit der großen Kanone im Hosenbund.

Ich ging an der Bushaltestelle vorbei und bog auf den ersten Fußweg ab. Nachdem ich noch zweimal abgebogen war, zog ich meinen Nylonmantel aus und wickelte ihn um den schwarzen Stahlzylinder. Die Baseballmütze wickelte ich ebenfalls hinein. Dann ging ich weiter, bis ich hinter einem kleinen Wohnblock einen Müllbehälter sah, in dem ich mein Bündel entsorgen konnte. Damit war ich ein neuer Mensch, sobald ich meine Brille aufgesetzt hatte.

Als ich wieder die Straße erreichte, zog ich die erbeutete Geldbörse heraus und warf einen Blick hinein, als wollte ich mich davon überzeugen, daß ich meine Kreditkarte eingesteckt hatte. Ich klappte sie auf und stellte fest, daß ich ein Familienvater war; im Bilderfach steckte eine hübsche Aufnahme, die mich, meine Frau und zwei kleine Jungen zeigte – die Familie von Lance White. Ich konnte mir lebhaft vorstellen, daß Mrs. White die Hände über dem Kopf zusammenschlagen würde, wenn sie sah, in welchem Zustand ich heimkam.

Seine Geldbörse enthielt knapp zweihundertfünfzig Dollar; White kam anscheinend vom Geldautomaten oder hatte an diesem Morgen schon einiges an Drogen verkauft. Außer Bargeld fand ich ein halbes Dutzend Kreditkarten, die ich aber nicht behalten würde; es hätte zu lange gedauert, sie zu Geld zu machen, und für Einkäufe mit Geldrückerstattung hätte ich sie höchstens eine Stunde lang benutzen können. Aber wozu sollte ich riskieren, daß die Polizei auf diese Weise meine Spur zurückverfolgte und von der Verkäuferin eine Personenbeschreibung erhielt? Der sonstige Inhalt der Geldbörse – Zettel mit Telefonnummern, vermutlich seine Kundenliste – war für mich wertlos. Als ich an einem Papierkorb vorbeikam, warf ich alles, bis auf das Bargeld, hinein.

Ich hatte jetzt fast vierhundert Dollar in der Tasche; damit konnten wir ein paar Tage auskommen, selbst wenn es mir nicht gelang, Pat aufzuspüren oder er mir nicht mit Geld aushelfen konnte.

Ich erreichte den Burger King und die Geschäfte in der Nähe unseres Motels. Eine Viertelstunde später verließ ich einen Discount Shop mit einer Reisetasche, die einige Sachen für mich und eine vollständige neue Garderobe für Kelly enthielt – bis hin zur Unterwäsche. Sämtliche Einkäufe hatte ich bar bezahlt.

Auf der Treppe zu unserem Zimmer warf ich einen Blick auf meine Uhr. Ich war fast zweieinviertel Stunden unterwegs gewesen, also doch etwas länger, als ich gesagt hatte.

Noch bevor ich die Zimmertür erreichte, fiel mir auf, daß sie offen war. Dann sah ich ein auf dem Boden liegendes Kissen, durch das sie offengehalten wurde. Ich konnte den eingeschalteten Fernseher hören.

Ich zog meine Pistole, preßte mich an die Wand und zielte mit der Waffe auf den Türspalt. Ich empfand erst ungläubiges Staunen, dann einen Schock. Mein Magen rebellierte, und ich hatte das Gefühl, mich übergeben zu müssen.

13

Ich betrat vorsichtig das Zimmer. Nichts.

Als erstes sah ich für den Fall, daß Kelly sich dort versteckt hatte, unter dem Bett nach. Vielleicht wollte sie irgendein Spiel mit mir spielen.

»Kelly? Bist du hier irgendwo?« Mein Tonfall war so ernst, daß sie sofort aus ihrem Versteck gekommen wäre.

Keine Antwort. Mein Herz hämmerte so heftig, daß meine Brust schmerzte. Wenn die anderen sie hatten, warum hatten sie mich dann nicht längst überfallen?

Mir brach der Schweiß aus. Ich begann in Panik zu geraten, stellte mir vor, wie sie bei sich zu Hause gewesen war, gesehen hatte, wie ihr Vater geschlagen wurde, nach ihrer Mommy gekreischt hatte. Ich verstand das Gefühl der Verzweiflung, wenn man sich wünscht, jemand käme und nähme all die schlimmen Bilder weg.

Ich zwang mich dazu, Ruhe zu bewahren und darüber nachzudenken, was ich als nächstes tun sollte. Ich verließ das Zimmer, rannte den zu den Zimmern führenden Balkon entlang und rief unterwegs halblaut: »Kelly! Kelly!« Als ich um die Ecke bog, stand sie plötzlich vor mir.

Sie hatte sich eben zufrieden lächelnd von dem Cola-Automaten abgewandt und bemühte sich, den Verschluß einer roten Büchse aufzureißen. Aber ihr stolzes »Sieh nur, was für ein großes Mädchen ich bin«-Lächeln verschwand schlagartig, als sie mich mit schußbereiter Pistole und todernster Miene vor sich auftauchen sah.

Ich hätte sie am liebsten mit Vorwürfen überschüttet, aber ich beherrschte mich und biß mir auf die Unterlippe.

Kelly wirkte plötzlich traurig und trübsinnig. Daß sie sich

eine Dose Cola geholt hatte, war ihre erste selbständige Unternehmung gewesen, seit sie mit mir zusammen war, und ich hatte sie ihr durch meine vorzeitige Rückkehr verdorben. Als ich sie ins Zimmer zurückführte, vergewisserte ich mich durch einen raschen Blick in die Runde, daß wir nicht beobachtet worden waren.

Auf ihrem Bett waren leere Keks- und Kräckerpackungen verstreut; das Ganze erinnerte an eine Szene aus *Animal House*.

Ich ließ sie auf dem Bett sitzen, während ich nach nebenan ging und ihr ein Bad einlaufen ließ. Als ich wieder herauskam, machte sie noch immer ein trauriges Gesicht. Ich setzte mich neben sie. »Ich bin dir nicht böse, Kelly, ich mache mir nur Sorgen, wenn ich nicht weiß, wo du bist. Versprichst du mir, das nicht wieder zu machen?«

»Nur wenn du mir versprichst, mich nicht wieder allein zu lassen.«

»Versprochen. Jetzt zieh dich aus, damit du baden kannst.« Ich schob sie ins Bad, bevor sie richtig zum Nachdenken kam.

»Wäschst du dir die Haare selbst, oder macht das jemand für dich?« fragte ich, weil ich keine Ahnung hatte.

Kelly machte ein Gesicht, als sei sie kurz davor, in Tränen auszubrechen.

»Soll ich sie dir waschen?« erkundigte ich mich.

»Ja, bitte.« Ich fragte mich, was in ihrem kleinen Kopf vorgehen mochte.

Ich griff nach dem Shampoo und machte mich an die Arbeit; sie jammerte, weil der Schaum in ihren Augen brannte und sie an den Ohren kitzelte, aber ich merkte, wie sie es genoß, daß sich jemand mit ihr beschäftigte. Das war verständlich, denn in letzter Zeit hatte sie nicht allzuviel Aufmerksamkeit bekommen. Ihre ganze Welt war auf den Kopf gestellt worden, und sie wußte es noch nicht einmal.

Kelly war eine Wasserratte. Für mich war das nur gut, denn je länger sie in der Badewanne blieb, desto weniger mußte ich mich um sie kümmern. Die Aufgabe, sie zu waschen, sie anzuziehen, mit ihr zu reden und ihre Fragen zu beantworten, war unerwartet anspruchsvoll. Ich ließ sie noch eine halbe Stunde planschen, bevor ich sie aus der Wanne holte und sie aufforderte, sich abzutrocknen.

Ich duschte, rasierte mich und zog frische Sachen an. Unsere alten oder nicht passenden Klamotten packte ich in einen Wäschesack, den ich in die neue Reisetasche legte, um ihn bei erster Gelegenheit wegzuwerfen.

Dann waren wir beide im Zimmer, und sie hatte sich selbst angezogen. Ihre Bluse war schief zugeknöpft; während ich das in Ordnung brachte, merkte ich, daß sie mich mißbilligend begutachtete.

»Was gibt's?«

»Deine Jeans sind schlimm. Du solltest dir wie Daddy Fünfhunderteinser kaufen.«

Als ob ich nicht schon genügend Probleme gehabt hätte, war jetzt die Modepolizei hinter mir her. »In meiner Größe gibt's keine Fünfhunderteinser«, fuhr sie fort. »Jedenfalls behauptet Mommy das. Sie trägt keine Jeans; sie ist wie Aida – sie mag Röcke und Kleider.«

Ich mußte sofort wieder daran denken, wie Marsha vor ihrem Bett gekniet hatte. Ich wandte mich ab, damit Kelly mein Gesicht nicht sah.

Dann machte ich mich daran, ihr die Haare zu bürsten. Das war eine noch ungewohnte Aufgabe, die ich nicht wirklich beherrschte, und die Bürste verfing sich ständig und riß an ihren Haaren. Kelly schrie mehrmals auf und hielt meine Hand fest. Zuletzt gab ich ihr die Bürste, damit sie selbst weitermachen konnte.

Während sie das tat, saß ich auf der Bettkante und fragte: »Hör zu, kennst du Daddys Spezialcode für sein Telefon? Ich kann ihn nicht rauskriegen, obwohl ich schon alles versucht habe. Ich habe eins-eins-eins-eins, zwei-zwei-zwei-zwei und alle möglichen anderen Zahlen gedrückt, aber keine funktioniert. Weißt du, welche Zahlen man eintippen muß?«

Sie hörte mit dem Bürsten auf und starrte mich sekundenlang an, dann nickte sie.

»Toll! Welche Zahlen muß man also eingeben?«

Kelly gab keine Antwort. Sie schien angestrengt zu überlegen. Wahrscheinlich fragte sie sich, ob sie ihren Daddy hinterging, wenn sie mir die Zahlen sagte.

Ich zog das Mobiltelefon aus der Tasche, schaltete es ein und sagte: »Siehst du, hier steht: ›Bitte PIN eingeben.‹ Weißt du, welche Nummer dein Daddy eingibt?«

Als sie nickte, forderte ich sie auf: »Okay, dann zeig mir, wie's gemacht wird.« Sie drückte auf die Tasten und beobachtete dabei ihre Finger.

»Eins-neun-neun-null?« fragte ich.

»Mein Geburtsjahr«, sagte sie mit strahlendem Lächeln und bürstete weiter ihre Haare.

Nun waren wir im Geschäft. Ich holte die Gelben Seiten aus der Schreibtischschublade und setzte mich damit auf die Bettkante.

»Was suchst du?« fragte Kelly, während sie gleichmäßig weiterbürstete.

»Ein Restaurant, das ›Good Fellas‹ heißt«, antwortete ich. Ich fand die Adresse. »Wir fahren dorthin und suchen Pat.«

Ich überlegte, ob ich das Restaurant anrufen und nach ihm fragen sollte, aber am Telefon würde ich bestimmt nur abgewimmelt werden. Außerdem konnte der Anruf eine Kette von Ereignissen auslösen, von denen ich nichts wußte, bis wir beide geschnappt wurden. Es war besser, selbst hinzufahren.

Sie kicherte, als ich meine Brille aufsetzte. Ich nahm ihren Mantel vom Bügel und half ihr hinein. Als sie sich dann umdrehte, sah ich, daß an ihren Jeans noch das Etikett hing. Ich riß es ab und überzeugte mich davon, daß sonst alles in Ordnung war – wie irgendein altmodischer Vater, der mit seiner Tochter in die Stadt fahren will.

Ich zog meine Jacke an, kontrollierte, ob ich Magazine und

Mobiltelefon eingesteckt hatte, und fragte Kelly: »Erinnerst du dich an Pat?«

»Nein. Wer ist sie?«

»Nicht sie, sondern ein Mann namens Patrick. Hat er Daddy vielleicht mal besucht?«

»Bringt Pat mich nach Hause?«

»Du darfst bald wieder heim, Kelly. Aber erst, wenn's Daddy wieder bessergeht und du ein braves Mädchen bist und tust, was ich dir sage.«

Sie machte ein langes Gesicht. »Bin ich bis Samstag wieder zu Hause? Da gibt Melissa ihre Party, und wir übernachten alle bei ihr, und ich muß unbedingt dasein.«

Ich redete einfach weiter. Mir blieb nichts anderes übrig. Ich war außerstande, Kelly abzulenken und auf andere Gedanken zu bringen.

»Pat hat euch bestimmt mal besucht. Du erinnerst dich doch an Pat?«

»Und ich muß noch ein Geschenk für sie kaufen. Ich habe ein paar Freundschaftsarmbänder für sie geflochten, aber ich will ihr noch etwas kaufen.«

»Nun, wir versuchen heute, Pat zu finden, weil er uns helfen soll, dich heimzubringen. Vielleicht haben wir auch noch Zeit für deine Einkäufe, okay?«

»Wo ist Pat?«

»Ich glaube, daß er vielleicht in dem Restaurant ist. Aber solange wir dort sind, mußt du ganz still sein und darfst mit keinem Menschen reden. Spricht jemand dich an, nickst du nur oder schüttelst den Kopf, okay? Wir müssen wirklich vorsichtig sein, sonst erzählen sie uns nicht, wo Pat ist, und wir bekommen womöglich Schwierigkeiten.«

Ich wußte, daß ich mich darauf verlassen konnte, daß Kelly den Mund halten würde. Sie hatte sich exakt an meine Anweisungen gehalten, als ich sie unter den Pappkartons zurückgelassen hatte. Ich hatte ein schlechtes Gewissen, wenn ich behauptete, sie könne bald wieder heim, aber mir fiel kein besseres

Mittel ein, sie dazu zu bringen, alles zu tun, was ich sagte. Aber mit etwas Glück würde ich nicht dabeisein, wenn sie schließlich die Wahrheit erfuhr.

Bevor wir das Zimmer verließen, hatte ich noch einige Vorsichtsmaßnahmen zu treffen. Ich griff nach dem linken unteren Zipfel meiner Bettdecke und schlug ihn genau diagonal zurück. Dann riß ich ein Streichholz aus dem Zündholzbriefchen, das ich an der Rezeption mitgenommen hatte, und klemmte es zwischen die Wand und die lange Kommode, auf der unser Fernseher stand. Ich markierte eine Stelle an der Wand mit einem winzigen Kugelschreiberpunkt und bedeckte sie mit dem Streichholzkopf. Zuletzt legte ich die Büroklammer in eine der Schubladen unter dem Fernseher und drehte das Gerät ein kleines bißchen lauter.

Dann überzeugte ich mich mit einem kurzen Blick in die Runde davon, daß nichts Kompromittierendes liegengeblieben war; ich legte sogar die Gelben Seiten in die Schreibtischschublade zurück. Meine Pistole lag noch immer im Spülkasten, aber dort war sie vorläufig sicher, denn das Zimmermädchen hatte keinen Grund, hier hereinzukommen – und ein Polizeibeamter mit einem Durchsuchungsbefehl erst recht nicht.

Ich steckte zwei Äpfel und ein paar Schokoriegel in die Tasche des blauen dreiviertellangen Mantels, den ich für mich gekauft hatte. Dann schloß ich ab, überzeugte mich davon, daß das Schild an der Tür hing, und nahm Kelly an der Hand.

Wir leisteten uns ein Taxi nach Georgetown. Natürlich wäre es billiger gewesen, mit einem Bus oder der Metro zu fahren, aber so bekamen uns unterwegs weniger Fahrgäste oder Fußgänger zu Gesicht. Unser Taxifahrer war ein Nigerianer. Der Stadtplan auf dem Beifahrersitz neben ihm wirkte nicht sonderlich vertrauenerweckend, und die Englischkenntnisse des Manns waren sehr beschränkt. Er fragte mich radebrechend, wo Georgetown liege. Das kam mir so vor, als frage ein Londoner Taxifahrer nach Chelsea. Anhand des Stadtplans erklärte ich ihm geduldig, wie er fahren mußte. Ich rechnete mit ungefähr einer halben Stunde Fahrzeit.

Unterwegs begann es zu nieseln – nicht genug, um die Scheibenwischer laufen zu lassen, aber doch so stark, daß er sie gelegentlich einschalten mußte. Kelly mampfte einen Apfel und sah aus dem Fenster. Ich hielt Ausschau nach anderen Motels. Vielleicht würden wir bald wieder umziehen müssen.

Wir saßen einige Minuten lang schweigend nebeneinander, bis mir einfiel, daß der Fahrer erwarten würde, uns reden zu hören. »In deinem Alter bin ich noch kein einziges Mal mit einem Taxi gefahren«, erzählte ich. »Meine erste Taxifahrt habe ich mit fünfzehn gemacht, glaube ich.«

Kelly betrachtete mich erstaunt. »Du hast Taxis wohl nicht gemocht?«

»Nein, wir haben bloß nicht viel Geld gehabt. Mein Stiefvater ist meistens arbeitslos gewesen.«

Sie starrte mich stirnrunzelnd an. Dann wandte sie sich ab und sah wieder aus ihrem Fenster.

Vor der Key Bridge staute sich der Verkehr. Georgetown lag gleich gegenüber auf dem anderen Ufer des Potomac River, so daß wir schneller dort gewesen wären, wenn wir ausgestiegen und zu Fuß gegangen wären, aber es war klüger, sich nicht zu viel auf der Straße zu zeigen. Kellys Gesicht würde in allen Zeitungen und vielleicht sogar auf Fahndungsplakaten abgebildet sein. Die Polizei würde mit Hochdruck nach ihr und ihrem Entführer fahnden.

Ich beugte mich über die Lehne des Beifahrersitzes, griff nach dem Stadtplan und dirigierte den Taxifahrer zur Wisconsin Avenue, der in Nord-Süd-Richtung verlaufenden Hauptverkehrsstraße. Ich hatte Georgetown als beinahe selbständigen Stadtteil in Erinnerung – mit vornehmen, hübschen Stadthäusern, die in San Francisco hätten stehen können. Die unebenen Gehsteige waren aus roten Ziegeln, und praktisch jeder am Randstein parkende Wagen schien ein BMW, Volvo, Mercedes, Golf GTI oder Discovery zu sein. An allen Häusern und Geschäften prangte ein Schild, das verkündete, dieses Gebäude werde von einem Sicherheitsdienst überwacht. Versuchte man dort einzubrechen, hatte man eine Schnelle Eingreiftruppe im Genick, bevor man auch nur dazu kam, den Stecker des Videorecorders herauszuziehen.

Die Wisconsin Avenue ist ein breiter Boulevard mit Häusern und Läden auf beiden Straßenseiten. Wir fanden das Restaurant *Good Fellas* nach ungefähr einer halben Meile auf der rechten Seite der einen Hügel hinaufführenden Straße. Was Restaurants betraf, schien es eines dieser schicken Designerlokale zu sein; seine gesamte Straßenfront war schwarz bis hin zu den Rauchglasfenstern, und der einzige Farbklecks waren die Goldlettern über dem Eingang. Inzwischen war es fast Mittag; das Personal würde also vollzählig anwesend sein.

Wir betraten das Restaurant durch die zweiflüglige schwarze Glastür und standen im Eishauch einer Klimaanlage. Vor uns lag eine Art Vorraum, der die gesamte Frontbreite des Restaurants einnahm. Ungefähr in der Mitte saß an einem Schreibtisch eine junge Empfangsdame, die sehr elegant und freundlich aussah. Pats guter Geschmack imponierte mir. Die junge Frau sah uns lächelnd entgegen, als ich mit Kelly an der Hand auf sie zuging.

Als wir näher kamen, merkte ich, daß sie fragend lächelte. Sie war jetzt aufgestanden, und ich sah, daß sie zu ihrer weißen Satinbluse eine elegante schwarze Hose trug. »Entschuldigung, Sir«, sagte sie, »aber wir …«

Ich hob lächelnd die Hand. »Schon gut, wir wollten nicht bei Ihnen essen. Ich versuche nur, meinen Freund Patrick zu finden. Er ist vor gut einem halben Jahr Stammgast bei Ihnen gewesen. Erinnern Sie sich vielleicht an ihn? Meines Wissens ist er mit einer Ihrer Bedienungen befreundet gewesen. Er ist Engländer, redet wie ich.«

»Davon weiß ich leider nichts, Sir; ich bin erst seit Semesterbeginn hier.«

Semesterbeginn? Natürlich, wir waren in Georgetown, im

Universitätsviertel. Viele der hiesigen Studenten und Studentinnen jobbten als Kellner oder Bedienungen.

»Könnten Sie vielleicht jemanden fragen? Ich muß ihn wirklich dringend finden.« Ich blinzelte ihr mit Verschwörermiene zu. »Ich habe seine Freundin mitgebracht – als besondere Überraschung.«

Die junge Frau lächelte Kelly freundlich an. »Hi. Möchtest du ein Pfefferminzbonbon?« Kelly nahm sich eine kleine Handvoll.

»Vielleicht kennt ihn irgend jemand vom Personal?« schlug ich vor.

Während sie darüber nachdachte, kamen hinter uns zwei Männer in eleganten Anzügen herein. Kelly sah mit Bonbons in den Backen zu ihnen auf. »Hallo, junge Dame«, sagte der eine lachend. »Bist du nicht noch ein bißchen zu klein für dieses Restaurant?«

Kelly zuckte wortlos mit den Schultern.

»Entschuldigen Sie mich einen Augenblick«, sagte die junge Frau und begleitete die beiden Gäste zur inneren Eingangstür, wo sie von jemandem in Empfang genommen wurden, der sie zu ihrem Tisch führte.

Sie kam zurück und griff nach dem Telefonhörer. »Okay, ich telefoniere mal.«

Ich blinzelte Kelly zu.

»Hier ist jemand mit einem Kind, und die beiden suchen einen Engländer namens Patrick?« sagte sie mit jener Hebung am Satzende, die von der Ramsay Street ausgehend die ganze englischsprachige Welt erobert hatte.

Sie legte den Hörer auf und sagte: »Augenblick noch, dann kommt jemand.«

Das Telefon klingelte sofort wieder, und sie nahm eine Reservierung entgegen.

Kelly und ich standen einfach nur da. Nach gut einer Minute kam eine Bedienung aus dem Restaurant. »Hi. Kommen Sie bitte mit?«

Das klang nicht schlecht. Ich nahm Kelly an der Hand, und wir betraten das Restaurant.

Die Gäste aßen offenbar gern im Halbdunkel, denn auf ihren Tischen standen nur Kerzen. Als ich mich umsah, fiel mir auf, daß die Bedienungen ausnahmslos nabelfreie weiße Tops, hautenge Shorts und Tennisschuhe mit weißen Söckchen trugen.

Rechts an der Wand befand sich eine Bar mit gedämpfter Beleuchtung. Die beiden Männer in Anzügen standen als einzige Gäste an der Bar. In der Mitte des Restaurants fiel mir eine erhöhte kleine Tanzbühne mit darüber angeordneten Scheinwerfern auf.

Ich mußte unwillkürlich grinsen. Glückwunsch, Pat! Obwohl er fast keinen Hintern hatte, war Slack Pat bei Frauen immer erfolgreich gewesen.

Eines der Mädchen winkte Kelly zu. »Hi, Schätzchen!« Unter ihrem weißen Top schienen sich zwei Zeppeline ein totes Rennen zu liefern.

Kelly war von allem begeistert. Ich hielt ihre Hand eisern umklammert. Während wir unserer Begleiterin folgten, sah Kelly zu mir auf und fragte: »Was ist das hier?«

»Eine Art Bar, in die Leute gehen, um nach der Arbeit ein bißchen auszuspannen.«

»Wie TGI Friday's?«

»So ähnlich.«

Wir erreichten eine weitere zweiflüglige Tür und betraten eine neonhelle lärmende Welt. Rechts von uns lag die Küche, in der kreatives Chaos herrschte; links befanden sich Büros. Die schmutzigweißen Wände wiesen Kratzspuren auf, wo Möbelstücke angestoßen waren – oder vielleicht außer Kontrolle geratene Zeppeline.

Am Ende des Korridors lag ein weiterer Raum. Unsere Freundin führte uns hinein und verkündete: »Hier ist es!«

Dies war offenbar der Aufenthaltsraum, in dem die Mädchen spärlich bekleidet herumhingen. Hätte ich mir eine Künstler-Garderobe mit Schönheitstänzerinnen vorstellen sollen, hätte ich an halbnackte Mädchen vor Schminkspiegeln mit einem Rahmen aus matten Glühbirnen gedacht. Aber dieser Raum war ganz anders; er erinnerte mehr an ein sauberes, behagliches Wohnzimmer mit mehreren Sofas, einem halben Dutzend Sesseln und einigen Spiegeln. An einer Wand hing ein Rauchverbotsschild, und ich roch, daß hier tatsächlich niemand rauchte. Eine große Pinnwand war mit Handzetteln und Ankündigungen von Universitätsveranstaltungen überladen.

Die Mädchen stürzten sich sofort auf Kelly. »Hi. Wie geht's, Schätzchen?« fragten alle.

Ich sprach eine angebliche Polizeibeamtin an, deren blauer Uniformrock viel kürzer war, als die Vorschriften erlaubten. »Ich suche einen Engländer namens Pat. Er hat mir erzählt, er komme oft hierher.«

Kelly wurde von zwei Mädchen weggeschleppt. »Wie heißt du, Schätzchen?« Dagegen war ich machtlos.

»Sie heißt Josie«, behauptete ich.

Die Mädchen trugen alle Phantasiekostüme. Eine hielt ein Indianerkostüm mit Fransenjacke, Federkopfschmuck und sonstigem Zubehör hoch. »Gefällt's dir?« fragte sie Kelly und machte sich daran, sie als Indianerin zu verkleiden. Kellys Augen leuchteten vor Begeisterung.

Ich sprach weiter mit der angeblichen Polizeibeamtin. »Irgendwie haben Pat und ich uns verpaßt, wissen Sie. Wir wollten uns treffen, damit Pat mit Josie in Urlaub fahren kann. Das ist kein Problem, ich kümmere mich natürlich um sie, aber sie wollte Pat so gern wiedersehen.«

»Pat ist schon ewig lange nicht mehr bei uns gewesen, aber Sherry weiß bestimmt, wo er zu erreichen ist – sie ist früher mit ihm ausgegangen. Sie hat sich ein bißchen verspätet, aber sie müßte jeden Augenblick kommen. Wenn Sie wollen, können Sie hier auf sie warten. Nehmen Sie sich ruhig eine Tasse Kaffee.«

Ich trat an die Kaffeemaschine, goß mir eine Tasse Kaffee ein und setzte mich in einen freien Sessel. Ich beobachtete, wie Kelly sich kichernd verkleiden ließ. Eigentlich hätte ich mich inmitten dieser spärlich bekleideten Schönheiten wie im Paradies fühlen müssen, aber ich war nervös, weil ich fürchtete, Kelly könnte sich irgendwie verraten.

Überall lagen Skripten und Lehrbücher herum. Auf einem der Sofas saß eine verschleierte Haremsdame, die auf ihren Knien einen Laptop balancierte und ihre Doktorarbeit tippte.

Ungefähr zwanzig Minuten später flog die Tür auf. Eine Rothaarige, die eine schwarze Umhängetasche trug, kam mit wehender Mähne wie von Furien gejagt hereingestürmt.

»Tut mir leid, daß ich mich verspätet habe, Girls. Ich bin nicht Nummer eins gewesen, stimmt's?«

Sie streifte ihre Schuhe ab, während sie zu Atem zu kommen versuchte.

»Hey, Sherry, hier ist jemand, der nach Pat fragt!« rief die Polizeibeamtin ihr zu. »Hast du ihn in letzter Zeit gesehen?«

Ich stand auf. »Ich suche Pat schon lange, aber Sie kennen ja seine Art – er ist überall und nirgends.«

»Das kann man wohl sagen.« Sherry streifte vor mir stehend so beiläufig ihre Jeans ab, als seien wir seit zwanzig Jahren verheiratet. »Er ist eine Zeitlang verreist gewesen. Ich habe ihn zuletzt vor ungefähr einem Monat getroffen, als er zurückgekommen ist.« Nach einem Blick zu Kelly hinüber fragte sie mich: »Sind Sie ein Freund von ihm?«

»Seit vielen Jahren.«

»Dann hat er wohl nichts dagegen. Ich habe irgendwo seine Telefonnummer. Ich hoffe, ich finde sie.«

Nur noch mit Slip und BH bekleidet wühlte Sherry in ihrer Umhängetasche, während sie mit mir sprach. Sie sah zu einem der anderen Mädchen hinüber und fragte besorgt: »Welche Nummer bin ich?«

»Vier.«

»Jesus! Kann jemand für mich auftreten? Kann ich als Nummer sechs auftreten? Ich bin noch nicht geschminkt.«

Hinter dem Laptop war ein kurzes Grunzen zu hören. Offenbar würde die Haremsdame jetzt als Nummer vier auftreten.

Sherry kippte kurz entschlossen ihre Handtasche auf einem Sessel aus. »Ah, da haben wir sie!«

Sie gab mir eine Restaurantkarte, auf deren Rückseite jemand eine Adresse mit Telefonnummer gekritzelt hatte. Diese Handschrift kannte ich.

»Ist das hier?« fragte ich sie.

»Riverwood? Ungefähr eine Viertelstunde mit dem Auto, auf der anderen Seite der Brücke.«

»Gut, ich rufe ihn gleich an. Vielen Dank!«

»Erinnern Sie ihn daran, daß ich noch lebe, ja?« sagte sie voll müder Hoffnung.

Ich ging zu Kelly hinüber. »Wir müssen gehen, Josie!«

Sie zog einen Flunsch. »Ohhh …« Wahrscheinlich lag das an der Gesellschaft anderer Mädchen – jedenfalls wirkte sie entspannter als in der ganzen Zeit, seit wir von ihrem Haus weggefahren waren. »Müssen wir schon?« fragte sie mit dramatischem Augenaufschlag, der durch schwarz getuschte Wimpern verstärkt wurde. Auch ihre Lippen waren geschminkt.

»Ja, leider«, sagte ich, griff nach einem Wattebausch und fing an, das Zeug abzuwischen. »Können wir sie nicht hierbehalten?« fragte die Polizeibeamtin. »Wir kümmern uns um sie. Wir geben ihr Tanzunterricht.«

»Das würde mir gefallen, Nick!«

»Tut mir leid, Josie, aber um hier zu arbeiten, müßtest du viel älter sein, nicht wahr, Girls?«

Sie halfen Kelly, das Indianerkostüm auszuziehen. »In der Schule immer schön fleißig sein, Schätzchen«, sagte eine von ihnen. »Dann kannst du später hier bei uns arbeiten.«

Sie zeigten uns einen schnelleren Weg durch den Lieferanteneingang auf der Rückseite des Gebäudes. Als wir dorthin gingen, sah Kelly zu mir auf und fragte: »Was machen sie eigentlich?«

»Sie sind Tänzerinnen.«

»Warum tragen sie dazu Bikinis und all diese Federn?«

»Keine Ahnung«, behauptete ich. »Manche Leute sehen so was gern.«

Als ich dabei war, die Tür zu öffnen, hörte ich Sherry rufen: »Seine *Tochter*? Dieser gottverdammte Lügner!«

14

Wir gingen bei leichtem Regen wieder den Hügel hinunter und suchten ein Lokal. An einem Haus, das gar nicht wie ein Restaurant aussah, hing das Schild *Georgetown Diner*. Wir gingen hinein.

Wir saßen in dem zu drei Vierteln leeren Café, ich mit einem Cappuccino, Kelly mit einer Cola, und waren beide tief in Gedanken versunken – ich dachte darüber nach, wie ich Verbindung zu Pat aufnehmen sollte, und Kelly stellte sich vermutlich vor, wie sie später wie Pocahontas gekleidet aufs College ging. Vor uns auf dem Tisch hatten wir einen Ständer mit Grußkarten und kleinen Zeichnungen von Georgetown. Dieses Café war eher eine Galerie als ein Coffee Shop.

»Wir können nicht einfach bei Pat aufkreuzen, weil wir ihn kompromittieren könnten«, erklärte ich Kelly. »Und ich kann ihn nicht anrufen, weil sie vielleicht schon eine Verbindung zwischen uns beiden hergestellt haben und sein Telefon abhören und sein Haus beobachten lassen.«

Kelly nickte wissend, obwohl sie keine Ahnung hatte, wovon ich sprach. Aber es gefiel ihr besser, in Erwachsenensachen eingeweiht zu werden, als sitzengelassen oder herumgezerrt zu werden.

»Das ist wirklich lästig, weil wir nur eine Viertelstunde von ihm entfernt sind«, fuhr ich fort. »Was läßt sich da machen?«

Sie zuckte mit den Schultern, dann zeigte sie auf den großen Kartenständer hinter mir und schlug vor: »Schick ihm eine Karte.«

»Gute Idee, aber das dauert viel zu lange.«

Dann hatte ich einen Einfall. »Gut gemacht, Kelly!«

Sie grinste von einem Ohr zum anderen, als ich prompt aufstand und eine Geburtstagskarte mit einem Häschen aus Samt und einer Rose in den Pfoten kaufte. Ich lieh mir einen Kugelschreiber, setzte mich wieder an den Tisch und schrieb: *Pat, ich sitze in der Scheiße. Kev ist tot, und Kelly ist bei mir. ICH BIN'S NICHT GEWESEN. Rufe baldmöglichst 181-322-8665 von einer Telefonzelle aus an. Nick.*

Ich klebte den Briefumschlag zu, schrieb Pats Adresse darauf und ließ mir die Gelben Seiten geben. Darin fand ich, was ich suchte – in dieser Straße und anscheinend zu Fuß erreichbar. Wir zogen unsere Mäntel an und gingen. Es regnete nicht mehr, aber der Gehsteig war noch naß. Ich kontrollierte die Hausnummern und stellte fest, daß wir in Richtung Potomac und Innenstadt gehen mußten.

Der Kurierdienst hatte sein Büro neben einem mit wunderbaren Kuriositäten vollgestopften New Age Shop, dessen Auslage mit Heilkristallen dekoriert war, die jedes Leben verändern konnten. Ich fragte mich, zu welchem sie mir geraten hätten, wenn ich hineingegangen und ihnen meine augenblickliche Lage geschildert hätte. Kelly wollte draußen bleiben und sich das Schaufenster ansehen, aber ich bestand darauf, daß sie mitging. Passanten würden sich ein kleines Mädchen, das allein vor einer Auslage stand, vielleicht zweimal ansehen und Kelly womöglich erkennen. Natürlich riskierte ich so, daß irgend jemand im Büro des Kurierdienstes sie erkannte, aber ich mußte zwischen dieser Gefahr und Kellys Nutzen als gute Tarnung für mich abwägen.

»Können Sie das bis heute nachmittag um vier Uhr zu meinem Freund bringen?« fragte ich den Mann am Schalter. »Wir sitzen nämlich echt in der Tinte, weil wir vergessen haben, die Geburtstagskarte für ihn aufzugeben, nicht wahr, Josie?«

Ich zahlte die fünfzehn Dollar für die Zustellung in bar, und der Mann versprach mir, gegen 16 Uhr einen Motorradfahrer vorbeizuschicken. Die zwei Stunden bis dahin brauchte ich, um unseren Treff gründlich vorzubereiten.

Dann gingen wir ins Hotel Latham. Ich vermutete, daß mein Akzent dort nicht auffallen würde, und hatte richtig geraten: Die große Hotelhalle war voller ausländischer Touristen. Ich setzte Kelly in eine ruhige Ecke und ging zur Information.

»Ich suche eine Einkaufspassage, in der es eine Spielzone wie Kids Have Fun mit Kinderbetreuung gibt«, sagte ich.

Wie sich herausstellte, gab es in und um Washington mindestens ein halbes Dutzend solcher Spielzentren; ich brauchte die Adressen nur auf dem Stadtplan zu suchen, den die Dame an der Information mir freundlicherweise lieh. Eines lag in der Landside Mall, nicht weit vom *Roadies Inn* entfernt. Ich hielt ein Taxi an, und diesmal kannte der Fahrer sich aus.

Kids Have Fun ist eine von Franchisenehmern betriebene Kette von Spielzentren. Eltern sollen dort ihre Kinder für ein paar Stunden abliefern können, während sie selbst groß einkaufen. Ich hatte Marsha einmal begleitet, als sie Kelly und Aida aus einem abgeholt hatte. Das Kind bekommt ein Namensarmband, das sich nicht abnehmen läßt, und der Erwachsene eine Ausweiskarte, die ihn als einzigen zur Abholung berechtigt. An diesem Morgen waren die Mädchen ziemlich unausstehlich gewesen, und ich erinnerte mich gut, wie Marsha lachend auf das Reisebüro gegenüber dem Spielzentrum gezeigt und gesagt hatte: »Die ideale Lage für ein Reisebüro! Wie oft ich schon daran gedacht habe, die Kids abzuliefern und mir drüben ein Ticket nach Rio zu holen!«

Das Einkaufszentrum war kreuzförmig angelegt, und vier Department Stores – Sears, Hecht's, JCPenney, Nordstrom – bildeten die Enden seiner Achsen. Im Mittelbereich führten Rolltreppen in die beiden Obergeschosse hinauf und von ihnen herunter. In der großen Cafeteria im zweiten Stock herrschte reger Betrieb. Die Raumtemperatur war fast tropisch – vermutlich mit Absicht, um den Getränkeabsatz zu fördern.

Ich entdeckte Kids Have Fun in der zu Hecht's führenden Gebäudeachse und wandte mich an Kelly. »Hey, willst du später dort reinschauen? Sie haben Videofilme und alle möglichen anderen Sachen.«

»Ja, ich weiß. Aber ich will lieber bei dir bleiben.«

»Komm, wir gehen trotzdem mal rein.« Ich wollte sie noch nicht dort reinstecken, weil ich nicht einmal wußte, ob ich einen Anruf bekommen würde, aber ich mußte das Gelände schon jetzt erkunden und Vorbereitungen treffen.

Ich trat an den Schalter. »Man muß im voraus reservieren, um hier reinzukommen?«

Anscheinend nicht; man brauchte nur aufzukreuzen und einen Vordruck auszufüllen. Ich rechnete mir aus, daß ich nach einem Anruf um sechzehn Uhr höchstens eine halbe Stunde Zeit haben würde, um sie zu verstecken. Ich mußte von der schlimmsten Möglichkeit ausgehen: die anderen hatten die Nummer von Kevs Mobiltelefon, hörten es ab und bekamen mit, wie ich Pat genaue Anweisungen gab. Ich wollte, daß sie nicht in der Nähe und trotzdem sicher untergebracht war. Außerdem wußte ich nicht, ob ich mich hundertprozentig auf Pat verlassen konnte. Womöglich stand er auf der anderen Seite. Ich mußte vorsichtig sein, aber zugleich konnte ich es kaum erwarten, ihn wiederzusehen.

Ich merkte, wie Kelly sich umsah. Hier schien es ganz nett zu sein. Wir gingen wieder hinaus.

»Du kannst jetzt mitkommen, aber später muß ich eine Zeitlang allein unterwegs sein, okay?«

Sie war sofort sauer. »Wiesooo?«

»Weil ich etwas zu erledigen habe, okay? Aber jetzt kannst du mir helfen.«

Sie lächelte wieder. »Oh, okay, aber du bleibst nicht lange fort, stimmt's?«

»Ich komme früher zurück, als du denkst.«

Kelly und ich machten einen Rundgang und erkundeten dabei das Einkaufszentrum, ohne daß sie etwas davon merkte.

»Was suchen wir, Nick?«

»Ein Geschäft, das Kameras und Telefone verkauft.«

Wir setzten unseren Rundgang fort, bis wir schließlich eines im Erdgeschoß entdeckten. Dort kaufte ich ein Ladegerät für das Mobiltelefon. Kelly beschloß, doch kein weiteres Geschenk für Melissa zu brauchen, sondern verkündete, sie werde einfach nur die Freundschaftsarmbänder von zu Hause holen. Ich äußerte mich nicht dazu.

Um fünf vor vier zog ich das Mobiltelefon aus der Tasche und schaltete es ein. Ladezustand und Signalstärke waren in Ordnung. Ich war bereit.

Um zehn nach vier begann es zu klingeln. Ich drückte die Empfangstaste. »Hallo?«

»Ich bin's.«

»Wo bist du?«

»Telefonzelle.«

»Ich möchte, daß du pünktlich um fünf Uhr in die Landside Mall in Alexandria kommst. Du betrittst sie durch JCPenney, gehst zum Mittelteil, fährst mit der Rolltreppe in den zweiten Stock und gehst in Richtung Sears weiter. Bis dahin alles klar?«

Am anderen Ende entstand eine Pause, als rekapituliere er meine Anweisungen. »Okay.«

»Auf der linken Seite liegt das Restaurant Roadhouse. Dort gehst du rein und holst zwei Tassen Kaffee. Ich komme dann zu dir.«

»Bis später.«

Ich schaltete das Gerät aus.

»Wer ist das gewesen?« fragte Kelly.

»Erinnerst du dich, daß ich von Pat erzählt habe? Wir treffen uns später – das ist gut, nicht wahr? Willst du jetzt zu Kids Have Fun?«

Sie würde dort abgeliefert werden, ob sie wollte oder nicht. Falls Pat mich reinlegte, würde es hier bald von Polizisten wimmeln.

Ich füllte den Vordruck mit den Namen aus, die wir im Motel angegeben hatten. Kelly studierte bereits die Hindernisbahn mit Polstern und großen Plastikbällen, die jeden Sturz abmilderten. Außerdem gab es überall Videobereiche, in denen Unmengen von Filmen gezeigt wurden, einen Saftspender und natürlich Toiletten. Alles schien gut durchorganisiert zu sein, und der Andrang war groß. Ich sah auch die Betreuer, die mit den Kindern Spiele spielten und ihnen Zauberkunststücke vorführten. Kelly würde sich sicher gut amüsieren. Natürlich bestand die Gefahr, daß sie etwas ausplauderte, aber mir blieb keine andere Wahl. Ich zahlte für sie und erhielt für zwanzig Dollar Einsatz den Zauberschlüssel, mit dem ich mein Kind wieder abholen konnte.

»Soll ich anfangs noch bleiben?« fragte ich sie.

Sie schüttelte den Kopf. »Das geht nicht, hier dürfen nur Kinder rein.« Damit zeigte sie auf eine große Warntafel an der Wand: *Achtung, Eltern, kommen Sie bitte den Spielgeräten nicht zu nahe – Sie könnten darüberfallen und sich weh tun!*

Ich kauerte vor ihr nieder und sah ihr in die Augen. »Denk daran, du heißt heute Josie, nicht Kelly. Das ist ein großes Geheimnis, okay?«

»Ja, okay.« Sie war zu sehr damit beschäftigt, die Spielgeräte zu begutachten.

»Ich komme bald zurück. Du weißt, daß ich immer zurückkomme, nicht wahr?«

»Klar doch.« Sie wollte nur noch weg. Ihr Gesicht war mir zugekehrt, aber ihr Blick ging an mir vorbei. Das schien mir ein gutes Zeichen zu sein, als ich Kids Have Fun verließ.

Ich fuhr mit den Rolltreppen in den zweiten Stock hinauf, setzte mich in einem Café an einen Ecktisch und bestellte einen Espresso und eine Cremeschnitte.

Ich wußte, daß Pat mich nicht suchen würde, falls er sich verspätete. Statt dessen würde er genau eine Stunde am angegebenen Treffpunkt warten. Tauchte ich nicht auf, würde er morgen zur selben Zeit wiederkommen. Das ist der Vorteil einer Zusammenarbeit mit Leuten, die man kennt.

Ich sah auf meine Armbanduhr. Zwei Minuten vor fünf – oder zwei Minuten vor acht Uhr morgens in Bagdad. Ein Blick die Rolltreppe hinunter zeigte mir, wo die zu JCPenney führende Achse vom Zentralbereich abzweigte. Von meinem Platz aus konnte ich auch die Eingänge von Sears und dem Restaurant Roadhouse beobachten.

Zwei Minuten nach fünf sah ich Pat unter mir aus Richtung JCPenney herankommen. Er schlenderte in brauner Bomberjacke aus Leder, Jeans und Turnschuhen lässig und entspannt auf die Rolltreppen zu. Aus dieser Entfernung sah er wie früher aus, nur sein Haar schien oben etwas dünner geworden zu sein. Ich freute mich schon darauf, ihn damit aufzuziehen.

Ich wußte, daß er JCPenney um Punkt fünf betreten hatte; ich wußte weiterhin, daß er sich unterwegs vergewissert haben würde, daß er nicht beschattet wurde, indem er frühzeitig auf den Parkplatz gefahren und sogar einige Zeit in seinem Auto sitzengeblieben war, um den richtigen Zeitpunkt abzuwarten. Pat wirkte manchmal ein bißchen vertrottelt, aber in beruflichen Dingen war er immer hellwach. Trotzdem beunruhigte mich der Gedanke, er könnte wieder mal gekokst haben.

Als er die Rolltreppe betrat, sah ich bewußt weg. Vorläufig interessierte ich mich nicht für ihn, sondern beobachtete sein Umfeld, um zu sehen, ob er beschattet wurde. Indem ich ihm den Rücken freihielt, schützte ich mich selbst. Mir fiel dabei die leichteste Rolle zu – die des eingeweihten Außenstehenden. Am schwierigsten hatten es Leute, die ihn beschatten sollten und dabei vermeiden mußten, von Dritten wie mir erkannt zu werden.

In städtischer Umgebung ist es immer am besten, sich da zu treffen, wo viele Fußgänger unterwegs sind. Dort ist es völlig normal, daß Leute sich treffen. Von Nachteil ist natürlich, daß etwaige Beschatter sich auch viel leichter tarnen können. Andererseits wird ihre Aufgabe dadurch viel schwieriger, daß man Geschäfte betreten und wieder verlassen, von einem Ladentisch zum nächsten gehen und häufig die Richtung wechseln kann. Will man sich also unbeobachtet treffen, geht man am besten einkaufen.

Pat kam die letzte Rolltreppe herauf, auf der er vor einer Gruppe kichernder Teenager stand. Oben ging die Gruppe nach links zum Baskin Robbins, während Pat sich nach rechts wandte. Es gab nur vier Rolltreppen – zwei aufwärts, zwei abwärts. Ich sah niemanden, der wie ein Profi aussah und auf Pat angesetzt war.

Ich beobachtete, wie er ins Roadhouse ging. Ich wartete noch fünf Minuten, kontrollierte erneut die nähere Umgebung, vergewisserte mich, daß die Bedienung sah, daß ich einige Dollarscheine auf den Tisch warf, und verließ das Café. Draußen auf der Sears-Achse hielt ich mich rechts, um das Roadhouse auf der linken Seite besser überblicken zu können. Auf diese Weise hatte ich auch mehr Zeit, mich in meine Umgebung hineinzufühlen und zu überprüfen, ob in Victoria's Secret irgendwelche Männer standen, die fehl am Platz zu sein schienen, während sie vorgaben, sich für Reizwäsche zu interessieren.

Ich wußte noch immer nicht, ob ich mich auf Pat verlassen konnte. Aber das machte mir keine Sorgen; was ich zu tun hatte, tat ich aus alter Gewohnheit ganz automatisch. Aber ich überlegte mir, was ich tun würde, wenn ... Was tust du, wenn sie aus Richtung Sears kommen? Was tust du, wenn sie aus den Geschäften auf beiden Seiten kommen?

Rechtzeitige Planung verhindert, daß man wie ein Karnickel mitten auf der Straße erstarrt, wenn einen die Scheinwerfer erfassen. Sie hilft einem, die gefährliche Anfangsphase zu überstehen. In diesem speziellen Fall würde ich sofort meine Pistole ziehen, das Gefahrengebiet durch Sears oder über die Rolltreppen verlassen und zu Fuß weiterflüchten.

Ich betrat das Restaurant Roadhouse und sah Pat jetzt aus der Nähe. Er wirkte vorzeitig gealtert. Obwohl er erst vierzig war, machte er den Eindruck, als müßte er bald pensionsberechtigt sein.

Er saß an einem Zweiertisch vorn links und hatte zwei Cappuccinos vor sich stehen. Um ihn herum saßen etwa ein Dutzend weiterer Gäste, die redeten, aßen und ihre Kinder ausschimpften. Ich trat an seinen Tisch, zog den bereitgehaltenen Fünfer aus der Tasche, legte ihn auf den Tisch und forderte Pat grinsend auf: »Mitkommen, Kumpel.«

Falls er mich verraten hatte, würde ich's sehr schnell erfahren.

Da ich diesen Treff organisierte, sagte er kein Wort, sondern kam einfach mit. Wir gingen durchs Restaurant nach hinten in Richtung Toiletten; nach der Schwingtür standen wir in einem Korridor, der nicht nur zu den Toiletten, sondern durch eine weitere Tür auch zu Sears führte. Das hatte ich bei meinem Rundgang mit Kelly festgestellt. Ich öffnete diese Tür, ließ Pat den Vortritt und folgte ihm in die Abteilung Babyausstattung. Wir fuhren mit der Rolltreppe ins Erdgeschoß und wechselten unterwegs mehrmals die Richtung. Das funktionierte vielleicht nicht immer, aber mehr konnte ich im Augenblick nicht tun.

Durch die Parfümerieabteilung im Erdgeschoß gelangten wir direkt auf den Parkplatz hinaus und folgten dem Gehsteig zu einer Ansammlung von kleinen Läden und Snackbars.

Unterwegs sprachen wir kein Wort miteinander. Das war nicht nötig; Pat wußte auch so, was ablief.

Wir betraten die SubZone, ein klinisch nüchternes, blitzsauberes Franchiseunternehmen, das pikant belegte Baguettes in unglaublicher Auswahl verkaufte. Ich sagte Pat, er solle mir einen Kaffee und ein Schinken-Käse-Baguette mitbringen. Das Restaurant war voll. Das war gut; es machte etwaigen Beobachtern das Leben schwerer.

»Setz dich dort drüben mit Blick auf die Toiletten hin«, forderte ich Pat auf. »Ich bin gleich wieder da, Kumpel.«

Er stellte sich an, um unsere Bestellung aufzugeben.

Ich ging durch die Tür zu den Toiletten, folgte dem Korridor und erreichte den Notausgang. Ich wollte mich nur vergewissern, daß er nicht durch einen Müllbehälter oder dergleichen verstellt war, seit ich ihn kontrolliert hatte. Der Notausgang war alarmgesichert, deshalb verzichtete ich darauf, mich davon zu überzeugen, daß er wirklich aufgehen würde. Da ich meine Fluchtroute erkundet hatte, wußte ich bereits, wie es dahinter aussah und wohin ich rennen mußte.

Pat nahm bereits mit zwei Kaffeebechern und einem Bestellbon Platz. Wenn ich so weitermachte, würde ich mir eine Koffeinvergiftung zuziehen. Außerdem fühlte ich mich beschissen; die Hitze in den geschlossenen Räumen, der hektische Trubel und die in den letzten zwei Tagen verbrauchte Energie machten sich bemerkbar. Aber das mußte ich überwinden; schließlich war dies ein wichtiges Unternehmen.

Ich setzte mich Pat gegenüber. Von diesem Platz konnte ich den Eingangsbereich beobachten, sah jeden, der hereinkam oder hinausging, und hatte Pat und eine Säule als Sichtschutz vor mir. Mir kam es darauf an, einen guten Überblick zu haben, weil ich genau wissen mußte, was um mich herum vorging.

Ich betrachtete Pat und verzichtete darauf, ihn wegen seines schütter gewordenen Kopfhaars aufzuziehen. Er wirkte alt und verbraucht. Seine Augen waren nicht mehr klar und scharf, sondern rotgerändert und trüb. Er hatte zugenommen, und sein Schmerbauch wölbte sein T-Shirt nach vorn und quoll über seinen Gürtel. Sein Gesicht war aufgedunsen, und ich konnte seinen Adamsapfel kaum noch ausmachen.

»Wir sind hier, weil ich in Amerika Urlaub mache, um dich zu besuchen, und wir einkaufen wollen.«

»Gut.«

Für den denkbaren Fall, daß Pat ein Abhörmikrofon am Körper trug, mußte ich ihn noch auf die Probe stellen.

»Sollte es Schwierigkeiten geben, verschwinde ich dorthin.« Ich zeigte zu den Toiletten hinüber. Ich wartete darauf, daß er fragen würde: »Oh, du willst durch die Toilette abhauen?« Damit wären etwaige Mithörer informiert gewesen. Das tat er jedoch nicht, sondern sagte nur: »Okay.« Das bewies mir, daß ich unbesorgt mit ihm reden konnte. Jetzt durfte ich keine Zeit mehr verlieren.

»Wie geht's dir, Kumpel?« fragte ich.

»So lala. Aber bestimmt verdammt viel besser als dir. Wie hast du mich gefunden?«

»Durch Sherry im Good Fellas.« Pat lächelte, als er diese Namen hörte. »Yeah, Respekt, Kumpel!«

Sein Grinsen wurde breiter. »Okay, was liegt an?«

»Die gesamte Polizei ist hinter mir her.«

»Scheint so.« Seine rotgeränderten Augen blinzelten.

Ich berichtete, was ich erlebt hatte, und war noch mitten in meinem Bericht, als eine Serviererin die Baguettes brachte. Die Dinger waren riesig, groß genug, um eine ganze Familie zu ernähren.

»Was, zum Teufel, hast du bestellt?« fragte ich ihn. »Damit sitzen wir bis heute abend da!«

Pat biß heißhungrig hinein und kämpfte mit den Käsefäden, die zwischen seinen Lippen und dem Baguette hingen. Bei diesem Anblick fragte ich mich, wann er zuletzt gegessen haben mochte.

Ich hatte es zu eilig, meinen Bericht loszuwerden, um Appetit zu haben. »Hör zu, Kumpel«, sagte ich, »ehrlich gesagt will ich bloß abhauen und nach England zurück – aber das ist nicht so einfach. Ich muß rauskriegen, was hier vorgeht; ich muß wissen, was hinter dieser Sache steckt. Du erinnerst dich an Simmonds?«

»Yeah. Ist er noch dabei?«

»Ja. Ich habe mit ihm telefoniert. Ich habe ihm sogar angedroht, mein Sicherheitspaket zu öffnen, wenn die Firma mir nicht aus diesem Schlamassel raushilft.«

Pat machte große Augen. »Wow, das kann verdammt gefährlich werden! Jetzt sitzt du echt in der Scheiße. Was hat Simmonds zu deiner Drohung gesagt?« Seine Schultern machten eine langsame Rollbewegung, als er mit vollem Mund lautlos lachte.

Ich erzählte noch eine Viertelstunde weiter. Als ich fertig war, fragte Pat: »Glaubst du, daß die PIRA Kev umgelegt hat?« Sein begehrlicher Blick war auf mein Baguette gerichtet, das ich nicht angerührt hatte. Ich schob meinen Teller zu ihm hinüber.

»Weiß der Teufel. Keine Ahnung, was hinter diesem Anschlag steckt. Hast du irgendeine Idee?«

»In Washington hat's Gerüchte über eine amerikanische Beteiligung an dem 1988 in Gibraltar durchgeführten Unternehmen gegeben.«

»Was für eine Beteiligung?«

»Das weiß ich nicht. Es hat irgendwas mit den Stimmen der irisch-amerikanischen Wähler und diesem ganzen Scheiß zu tun. Und vielleicht auch damit, daß die PIRA sich Geldmittel von Noraid verschafft, indem sie auf dem Drogenmarkt mitmischt.«

Ich fragte mich, woher Pat das wußte. Vielleicht bezog er seine Drogen aus dieser Quelle. Der Gedanke daran machte mich traurig.

Während Pat auch mein Baguette verschlang, überlegte ich angestrengt weiter. »Vielleicht ist das der Zusammenhang mit Kev«, sagte ich. »DEA, Drogen, was denkst du?«

»Schon möglich. Die Briten kritisieren die Amerikaner seit Jahren, weil Noraid die PIRA finanziell unterstützt, aber die Yankees wissen, daß mit ihren Millionen irisch-amerikanischer Wähler nicht zu spaßen ist.«

Ich lehnte mich zurück und musterte ihn prüfend. »Darf ich fragen, woher du das alles weißt?«

»Wissen ist zuviel behauptet. Ich habe nur gehört, daß die PIRA Kokain kauft und dann streckt, sobald sie das Zeug aus den USA rausgebracht hat. Diese Geschichte macht seit vielen Jahren die Runde, daran ist nichts Neues. Aber vielleicht ist das ein guter Ausgangspunkt für dich. Scheiße, ich meine, du bist doch der Intelligenzler, nicht ich.«

Das klang vernünftig. Haben Terroristen etwas Geld übrig, kaufen sie natürlich Drogen, strecken sie und erzielen damit schöne Gewinne. Und die US-Regierung wird sich hüten, gegen die Hilfsorganisation Noraid vorzugehen, denn das wäre politischer Selbstmord gewesen. Aber wenn sich beweisen ließ, daß Noraid in den Drogenhandel verwickelt war, sah die Sache anders aus. Vielleicht hatte Kev gegen die PIRA gearbeitet und war von ihr beseitigt worden.

»Glaubst du, daß Kev irgendeiner Sauerei auf der Spur gewesen ist?« fragte ich Pat. »Oder daß er vielleicht sogar in sie verwickelt gewesen und deshalb liquidiert worden ist?«

»Keine Ahnung, Kumpel. Von solchen Sachen kriege ich bloß Kopfschmerzen.« Er machte eine Pause. »Also, raus damit, was brauchst du?«

Ich zuckte mit den Schultern. »Cash.«

Er legte den Rest meines Baguettes hin, zog seine Geldbörse hervor und gab mir eine Bankkarte. »Auf diesem Konto sind ungefähr dreitausend Dollar«, erklärte er mir. »Es ist ein Sparkonto, von dem du jederzeit abheben kannst, soviel du brauchst. Was ist mit der Kleinen? Was wird aus ihr?«

»Ihr geht's gut, Kumpel. Sie ist bei mir.«

Falls er mich verraten wollte, hatte ich damit wenigstens angedeutet, daß ich mir dieser Möglichkeit bewußt war und Sicherheitsvorkehrungen getroffen hatte.

»Vielen Dank für alles, Kumpel«, sagte ich. »Für die Karte und dafür, daß du prompt gekommen bist.« Ich hatte gewußt, daß er mir helfen würde, aber ich wollte nicht, daß er dachte, ich hielte alles für selbstverständlich.

»Also, du kannst dich darauf verlassen, daß ich dich nicht in die Scheiße reinziehe«, fuhr ich fort. »Ich kompromittiere dich bestimmt nicht, aber ich brauche noch etwas. Kannst du mich heute abend noch mal anrufen? Ich muß mich hinsetzen und darüber nachdenken, was ich zu tun habe.«

»Gegen halb zehn?«

Ich nickte lächelnd. Im nächsten Augenblick hatte ich den zweiten guten Einfall dieses Tages. »Kennst du irgendwelche Sinn-Féin- oder PIRA-Adressen in Washington?«

»Nein, aber ich kann nachfragen. Woran denkst du?«

»Ich muß rausbekommen, ob es eine Verbindung zwischen

der PIRA und den Leuten gibt, die mich umzulegen versuchen – und die vermutlich Kev liquidiert haben. Könnte ich kontrollieren, wer bei einer bestimmten Adresse ein und aus geht, wäre das immerhin schon ein Anfang. Ergibt sich etwas, könnte ich vielleicht reingehen und mich ein bißchen umsehen.«

Pat verschlang den Rest meines Baguettes. »Vorsichtig, Kumpel, dabei kannst du leicht unter die Räder kommen.«

»Keine Angst, mir passiert nichts. Okay, ich bleibe hier. Ich lasse dir zehn Minuten Vorsprung, bevor ich gehe. Das Mobiltelefon ist ab fünf vor halb eingeschaltet.«

»Kein Problem, wir telefonieren. Alles Gute!«

Pat stand auf und pickte ein paar Schinken- und Käsestückchen aus dem Baguettekorb.

»Sherry, was?« fragte er. »Wie sieht sie aus? Sie hat wohl Sehnsucht nach mir?« Dann ging er davon, und die Rollbewegung seiner Schultern zeigte, daß er lautlos lachte.

15

Ich kehrte durch das Sears ins Einkaufszentrum zurück, fand einen Geldautomaten und hob dreihundert Dollar ab.

Draußen war es längst dunkel, aber der Andrang in den Geschäften war eher noch stärker. Da nicht auszuschließen war, daß ich beobachtet wurde, um geschnappt zu werden, wenn ich mich mit Kelly traf, wartete ich in einiger Entfernung, bevor ich sie abholte. Aber ich sah nichts Verdächtiges; Sorgen machten mir nur die Überwachungskameras. Je rascher ich Kelly dort rausholte, desto besser.

Ich beobachtete die Umgebung zehn Minuten lang, bevor ich mich näher an Kids Have Fun heranwagte. Schräg gegenüber lag ein Sportgeschäft; ich ging hinein und verwandelte mich augenblicklich in einen Basketballfan, der die in Schaufensternähe ausgestellten Trikots eingehend begutachtete. Kids

Have Fun war voller Kinder, aber ich konnte Kelly nirgends sehen.

Ich schaute mich ein bißchen im Laden um, ging zu dem Trikotständer zurück, und dann entdeckte ich sie. Sie saß auf dem Fußboden vor einem Monitor, auf dem ein Kinderfilm lief. Um sie herum hockte ein gutes Dutzend weiterer Kids – alle mit einem kleinen Saftkarton in der Hand. Mir dämmerte, daß dieses Mädchen nichts tat außer essen, trinken und fernsehen. Kein Wunder, daß sie nicht mehr wie Slack Pat aussah.

Ich ging hinein, legte meine Ausweiskarte vor und fragte nach meiner Tochter. Als festgestellt worden war, daß ich abholberechtigt war, erschien Kelly einige Minuten später, begleitet von einer Betreuerin.

Ich machte mich daran, ihr die Schuhe anzuziehen. »Hi, Josie, wie hat's dir gefallen?«

Sie war sauer, weil ich sie mitten aus einem Film herausgeholt hatte. Das erschien mir als gutes Zeichen; es bewies, daß Kelly ihren Schock zu überwinden begann. Für mich war es eine Erleichterung gewesen, sie eine Zeitlang nicht bei mir zu haben, aber jetzt freute ich mich darüber, sie wiederzuhaben. Ich wußte nicht recht, wie ich das deuten sollte.

Wir nahmen ein Taxi, stiegen aber etwa vier Straßenblocks vor dem Motel aus und gingen zu Fuß weiter, um diesen einzigen sicheren Bereich nicht zu gefährden.

Ich öffnete die Zimmertür. Der Fernseher lief noch und erzählte uns von den Vorzügen der Automarke Nissan. Ich machte Licht, forderte Kelly auf, vorläufig auf dem Balkon zu bleiben, und sah mich im Zimmer um.

Die Betten waren nicht gemacht, und die noch immer zugezogenen Vorhänge ließen darauf schließen, daß das Zimmermädchen sich an das Schild *Bitte nicht stören* an der Tür gehalten hatte. Natürlich war ihr das scheißegal gewesen – sie hatte ein Zimmer weniger sauberzumachen und bekam trotzdem denselben Lohn.

Viel bedeutsamer war, daß sich an der von mir umgeschlagenen Bettdecke nichts verändert hatte. Hätte ich von der Tür aus gesehen, daß sie jetzt anders lag, hätte ich sehr rasch entscheiden müssen, ob es nicht besser war, einfach davonzulaufen.

Wir gingen hinein. Ich stützte mich auf den Fernseher, um einen Blick hinter die Kommode zu werfen. Das Zündholz steckte noch zwischen Wand und Möbelstück; sein Kopf bedeckte weiter den Kugelschreiberpunkt. Selbst wenn jemand gemerkt hätte, daß das Streichholz heruntergefallen war, war es äußerst unwahrscheinlich, daß es an genau diese Stelle zurückgesteckt worden war. Bisher sah alles gut aus.

»Was machst du, Nick?«

»Ich sehe bloß nach, ob der Stecker richtig festsitzt. Mir ist's vorgekommen, als würde er gleich rausfallen.«

Sie äußerte sich nicht dazu, sondern starrte mich nur an, als zweifle sie an meinem Geisteszustand. Ich kniete nieder, um die Schublade zu kontrollieren.

»Kann ich dir helfen, Nick?«

»Ich will nur feststellen, warum der Fernseher so blechern klingt.«

Sie setzte sich aufs Bett und fing an, eine Tüte Oreos zu futtern. Dieses Mädchen hatte wirklich einen gesegneten Appetit.

Die niedrige Kommode hatte drei Schubladen, und ich hatte die Büroklammer vorn links in den Spalt der mittleren Schublade gesteckt. Ich holte die Tischlampe herunter, schaltete sie ein und versuchte, das metallische Glitzern der Büroklammer zu erkennen. Als ich es sah, wußte ich, daß die Schublade nicht geöffnet worden war.

Als nächstes kümmerte ich mich um Kelly – ich zog ihr den Mantel aus, steckte ihre Schuhe in die Taschen und hängte ihn an die Tür. Danach machte ich ihr Bett sauber, sammelte alle leeren Packungen ein und wischte die Krümel auf den Fußboden.

»Bist du hungrig?« fragte ich.

Kelly betrachtete ihre halbleere Packung Oreos. »Ich weiß nicht recht. Glaubst du, daß ich hungrig bin?«

»Todsicher. Ich gehe noch mal los und hole uns was zu essen. Du bleibst hier, und ich lasse dich länger aufbleiben. Aber das darfst du nicht weitererzählen, das muß unser kleines Geheimnis bleiben!«

Sie lachte. »Keine Angst, ich sage nichts!«

Ich merkte, daß ich ebenfalls Hunger hatte. Mein Baguette im SubZone hatte Pat verschlungen.

»Du weißt, was du zu tun hast, nicht wahr?« Ich wiederholte es sicherheitshalber. »Ich hänge das Schild *Bitte nicht stören* an die Tür, und du machst keinem Menschen auf. Hast du verstanden?«

»Todsicher.«

Ich starrte sie an. »Willst du mich nachäffen?«

»Todsicher.«

Auf den Straßen war es ruhiger geworden, und der Regen hatte nachgelassen. Ich kaufte jede Menge Klamotten für uns beide – Pullover, Jacken, Mäntel, Jeans, Blusen und Hemden –, mit denen wir mindestens zweimal unser Aussehen verändern konnten.

Dann ging ich zur Burger-Bar hinüber. Während ich dort anstand, überlegte ich mir, wie verrückt das alles war. Gerade war ich noch zur Einsatzbesprechung in Vauxhall gewesen; im nächsten Augenblick versuchte ich schon, mich daran zu erinnern, welche Geschmacksrichtung eine Siebenjährige bei Milchshakes bevorzugte. Ich fragte mich, ob die beiden Blusen, die ich für sie gekauft hatte, ihr gefallen würden.

Auf dem Rückweg sah ich auf meine Armbanduhr. Es war 21 Uhr 20; ich war länger als erwartet unterwegs gewesen. Es wurde Zeit, das Mobiltelefon einzuschalten. Ich stellte mich in einen Ladeneingang, um vor dem Nieselregen geschützt zu sein.

Punkt halb zehn klingelte mein Telefon. Ich war gespannt, aber auch etwas nervös. Schließlich konnte der Anruf für Kev sein. Ich drückte auf das grüne Telefonsymbol. »Hallo?«

»Hi, ich bin's. Ich hab' was für dich.«

»Klasse. Augenblick...« Ich hielt mir das andere Ohr zu, um besser zu hören. »Bitte weiter.«

»Die Adresse ist eins-zwo-sechs Ball Street. Im alten Teil von Crystal City am Fluß – zwischen Pentagon und Washington National Airport. Verstanden?«

»Yeah.« Ich dachte darüber nach. Im Pentagon war ich mehrmals gewesen, und den Inlandsflughafen kannte ich ebenfalls. Ich hatte also eine ungefähre Vorstellung davon, wo die Ball Street lag. »Rufst du mich morgen wieder an?«

»Wird gemacht.«

»Zur gleichen Zeit?«

»Klar. Alles Gute, Kumpel.«

»Gleichfalls.«

Am anderen Ende wurde aufgelegt. Ich schaltete mein Telefon aus und wiederholte die Adresse, um sie mir einzuprägen. Aufschreiben durfte ich sie nicht. Wurde ich geschnappt, mußte ich steril sein.

Auf dem Weg zurück ins Motel war ich in recht gehobener Stimmung. Bisher war ich ziellos herumgeirrt. Ich wußte noch nicht, was ich mit Pats Informationen anfangen würde, aber damit war ein Anfang gemacht. Ich hatte wieder mehr das Gefühl, am Steuer zu sitzen.

Wir aßen und sahen eine Weile miteinander fern, aber Kelly schien sich lieber mit mir unterhalten zu wollen.

»Siehst du daheim auch fern, Nick?«

»Manchmal.«

»Was ist deine Lieblingssendung?«

»Weiß ich nicht. Vielleicht die Nachrichten. Wir haben ein anderes Programm, weißt du. Was siehst du am liebsten?«

»*Clueless.*«

»Was ist das – eine Kriminalserie?«

»Blödmann, Dummkopf, Volltrottel! Das ist eine Serie über ein Mädchen.« Sie imitierte sehr gekonnt ein Valley Girl.

»Was macht die den ganzen Tag?«

»Sie geht einkaufen.«

Kurz vor elf war Kelly eingeschlafen. Ich holte den Stadtplan heraus, den ich im Hotel Latham zurückzugeben vergessen hatte, und suchte die Ball Street.

Ich folgte dem Potomac nach Süden, bis ich den Washington National Airport sah. Das Zielobjekt lag zwischen dem Flughafen und dem Pentagon auf dem Westufer des Flusses. Ich mußte unwillkürlich schmunzeln. Falls die Jungs der PIRA sich tatsächlich dort einquartiert hatten, hatten sie verdammt viel Mut; wahrscheinlich tranken sie in denselben Bars wie die Jungs vom National Security Council.

Im Augenblick konnte ich nicht viel unternehmen. Kelly lag auf dem Rücken, als imitiere sie einen Seestern. Ich deckte sie zu, räumte den ganzen Scheiß von dem anderen Bett ab und legte mich hin. Ich glaubte, die Stimme des Sergeants zu hören, der uns Rekruten vor vielen Jahren eingebleut hatte: »In jeder Gefechtspause wird geschlafen, verstanden? Ihr wißt nie, wann ihr wieder Gelegenheit dazu bekommt.« Wenigstens diesmal hielt ich mich an seine Befehle.

Als ich aufwachte, schien noch immer derselbe Zeichentrickfilm zu laufen. Ich hatte offenbar vergessen, den Fernseher auszuschalten. Ich lechzte nach einer Tasse Kaffee.

Ich stand auf, fuhr mir mit den Fingern durchs Haar, um halbwegs präsentabel zu sein, und sah aus dem Fenster. Draußen regnete es wieder stärker. Ich ging nach unten und holte am Frühstücksbüfett Speisen und Getränke für drei Personen – bestimmt nicht zuviel, wenn ich daran dachte, welche Mengen Kelly verdrückte.

»Aufwachen!« sagte ich.

Kelly wollte ein Seestern bleiben, aber schließlich wachte sie doch auf, gähnte, räkelte sich und rollte sich zu einer Kugel zusammen. Ich ging ins Bad und ließ ihr Badewasser einlaufen.

Sie erschien in ein Handtuch gewickelt an der Tür des Badezimmers. Anscheinend begriff sie allmählich, womit ihr Tag begann.

Während sie in der Wanne planschte, saß ich auf der Bettkante und suchte die Nachrichtenkanäle ab. Von uns war nirgends die Rede. In der Mordhauptstadt der USA hatte es inzwischen so viele weitere Morde gegeben, daß der Fall Brown längst ein alter Hut war.

Kelly kam aus dem Bad, zog sich an und bürstete ihre Haare – diesmal alles selbständig. Ich riß eine Packung Cornflakes auf, die man aus der Schachtel essen konnte, und goß ihr etwas Milch hinein, bevor ich unter die Dusche ging.

Als ich geduscht und rasiert ins Zimmer zurückkam, erklärte ich ihr: »Wir müssen heute von hier weg.«

Sie lächelte erwartungsvoll. »Darf ich wieder nach Hause? Du hast gesagt, daß Pat uns hilft, damit ich wieder nach Hause kann.«

Ich nahm ihren Mantel vom Haken und half Kelly, ihre Schuhe anzuziehen. »Daddy braucht noch etwas Ruhe. Pat sagt uns, wann es soweit ist«, behauptete ich. »Aber erst haben wir noch einiges zu erledigen. Ich kann dir wirklich schlecht erklären, was im Augenblick alles läuft, Kelly, aber ich verspreche dir, daß du bald nach Hause kannst.«

»Gut, denn Jenny und Ricky haben Sehnsucht nach mir.«

Mein Herz schien für einen Moment auszusetzen. Hatte ich Mist gebaut? War noch jemand im Haus gewesen?

Sie schien meine Gedanken lesen zu können. »Das sind meine Teddybären.« Sie lachte, aber dann wurde sie gleich wieder ernst. »Ich habe Sehnsucht nach ihnen. Und ich möchte zu Melissas Party gehen.«

Ich tätschelte ihr den Kopf. Sie sah zu mir auf, als verbitte sie sich meine gönnerhafte Art. Ich wechselte rasch das Thema.

»Paß auf, ich zeige dir, wohin wir wollen.«

Ich faltete den Stadtplan auseinander. »Hier sind wir, und dort wollen wir hin – ganz in die Nähe des Flusses. Wir nehmen uns ein Taxi, finden ein nettes Hotel und fragen, ob sie Kabelfernsehen haben, damit wir Filme sehen können. Wenn du willst, können wir auch mal ins Kino gehen.«

»Vielleicht in *Jungle Jungle?*«

»Natürlich!«

Was für ein Scheißfilm war das wieder? Egal, wenn wir nur das Thema gewechselt hatten.

Nachdem ich an der Rezeption gezahlt und zu meinem Erstaunen einen Rabatt für mehrere Nächte erhalten hatte, ging ich wieder hinauf, um Kelly und die blaue Reisetasche zu holen. Kevs Pistole ließ ich im Spülkasten der Toilette zurück. Für diese Waffe hatte ich nur ein 9-mm-Magazin, während ich für die Sig Kaliber 45 drei volle Magazine hatte.

Wir verließen das Motel, wandten uns nach links und bogen sofort wieder links ab. Ich wollte außer Sichtweite der Rezeption sein, bevor jemand auf die Idee kam, sich zu fragen: »Wo ist seine Ehefrau?«

Wir hielten ein Taxi an, und ich nannte als Fahrtziel die Pentagon City. Der Taxifahrer, ein Asiate Mitte Sechzig, hatte einen Stadtplan auf dem Beifahrersitz liegen, machte sich aber nicht die Mühe, einen Blick hineinzuwerfen. Jedenfalls schienen wir in die richtige Richtung unterwegs zu sein. Kelly trug ihren Hut. Ich dachte daran, sie damit aufzuziehen, daß sie wie Paddington Bear aussah, aber die dann nötige Erklärung wäre zu langwierig gewesen.

Der Fahrer wollte wissen, wo genau er uns absetzen sollte.

»Bitte an der Metrostation«, verlangte ich. Ich hatte keine Ahnung, wo die Station lag, aber sie erschien mir als geeignetes Fahrtziel.

Ich bezahlte den alten Knaben, und er ratterte davon. Wir standen in einem Viertel mit neuen, luxuriösen Wohn- und Geschäftshäusern. Ganz in der Nähe gab es ein Ritz-Carlton-Hotel, und einige Minuten entfernt stand das Pentagon. Nachdem ich mich orientiert hatte, führte ich Kelly ins nächste Einkaufszentrum. Ich wollte zu einem Geldautomaten, um einen neuen Tag finanzieren zu können.

Wir kamen wieder ins Freie, überquerten den Parkplatz und

gingen in Richtung Fluß weiter. Für mich war das ein seltsames Erlebnis, denn an diesem Morgen fühlte ich mich erstmals wirklich für sie verantwortlich. Ich hatte sie immer an der Hand genommen, wenn wir Straßen überquert hatten, aber jetzt erschien es mir natürlich, auch auf dem Gehsteig ihre Hand zu halten. Ich mußte zugeben, daß es schön war, sie bei mir zu haben, aber das mochte daran liegen, daß ich wußte, daß Kelly die ideale Tarnung für mich war.

Wir gingen unter einer Stahlbetonbrücke des in die Innenstadt führenden Freeways hindurch. Der über uns hinwegrauschende Verkehr klang wie gedämpfter Donner. Ich erzählte Kelly von der Szene in dem Film *Cabaret,* in der Sally Bowles unter eine Eisenbahnbrücke geht, um laut zu kreischen, wenn ihr alles zuviel wird. Aber ich erzählte ihr nicht, daß ich das in den letzten achtundvierzig Stunden am liebsten dauernd getan hätte.

Hinter der Brücke veränderte sich die Stadtlandschaft. Man konnte sich gut vorstellen, wie das Gebiet vor fünfzig oder sechzig Jahren ausgesehen haben mußte, denn es war noch nicht mit Neubauten vollgepflastert. Statt dessen standen hier alte Bauten, viele mit Gleisanschluß, von denen manche als Bürogebäude genutzt wurden. Aber der größte Teil des Areals war als Bauland eingezäunt oder diente vorerst als Schrottplatz.

Ich blickte nach links und sah den auf Stelzen verlaufenden Freeway in der Ferne in Richtung Innenstadt verschwinden. Neben der Betonwand, die offenbar die Stützen tarnen sollte, zog sich eine Straße entlang. Sie hatte keinen Gehsteig, nur ein mit Getränkedosen und Zigarettenpackungen übersätes Bankett, auf dem Autos geparkt waren, deren Fahrer sich die hohen Parkgebühren in der Innenstadt sparen wollten. Obwohl die meisten Gebäude alt und verfallen waren, herrschte hier noch Leben. Auf der rechten Straßenseite hatte sich in einem ehemaligen Lagerhaus ein freies Theater etabliert. Der Gleisanschluß war noch vorhanden, aber zwischen den rostigen Schienen wucherte Unkraut. Und über allem lag das ständige Brausen des Verkehrs auf der Hochstraße.

Wir kamen an einem Schrottplatz vorbei und sahen eine ehemalige Verladestelle, an der Frachtkähne angelegt hatten, um ihre Zementladung zu löschen. Dann entdeckte ich etwas, das so wenig in diese Gegend paßte, daß es fast surreal wirkte: das Hotel Calypso, ein Bau aus den sechziger Jahren, der aus unerfindlichen Gründen noch nicht abgerissen worden war. Er stand in einem Meer aus Stahl, Glas und glasierten Ziegeln, als habe sein Besitzer standhaft alle Angebote der Bauträger abgelehnt, die in diesem Sanierungsgebiet luxuriöse Neubauten errichteten.

Das Calypso war ein sehr schlichtes dreistöckiges Gebäude in Form eines offenen Vierecks; sein als Parkplatz dienender Innenhof war mit Personenwagen und Pick-ups zugestellt. Seine fensterlosen Außenwände wiesen lediglich Öffnungen für die Klimaanlagen auf. Ich bog links ab, ging an dem rechts neben mir liegenden Hotel vorbei und bewegte mich nun parallel zur Ball Street, die dahinter verlief. Kelly sagte schon längere Zeit nichts mehr. Ich befand mich jetzt ohnehin im Arbeitsmodus, und hätte ich sie nicht an der Hand gehalten, hätte ich vielleicht vergessen, daß ich sie bei mir hatte.

Als wir das Calypso erreichten, wischte ich mir den Nieselregen aus dem Gesicht und blickte nach oben. Auf dem Flachdach des Hotels stand eine riesige Satellitenantenne von mindestens drei Metern Durchmesser, die auch aufs Dach des Pentagons gepaßt hätte. Wir bogen zweimal rechts ab und erreichten die Ball Street.

Nach den Hausnummern auf dem Stadtplan mußte das Gebäude, das ich suchte, links stehen. Um einen besseren Überblick zu haben, blieb ich auf der rechten Straßenseite.

Auch hier herrschte unglaublicher Lärm; startete nicht gerade eine Maschine auf dem nahe gelegenen Flughafen, dröhnte und rauschte der Verkehr auf dem Highway 1.

»Wohin wollen wir?« Kelly mußte schreien, um sich bei diesem Lärm verständlich zu machen.

»Nur ein kleines Stück weiter.« Ich nickte die Straße entlang.

»Ich will sehen, ob ich das Büro eines Freundes finden kann. Und danach suchen wir uns ein nettes Hotel, in dem wir bleiben können.«

»Warum müssen wir dauernd von einem Hotel ins andere umziehen?«

Schwierige Frage. Um ihren Blick nicht erwidern zu müssen, gab ich vor, mich auf die Hausnummern zu konzentrieren. »Äh, weil ich mich schnell langweile – vor allem, wenn das Essen nicht besonders ist. Unser letztes Motel ist Schiet gewesen, stimmt's?«

Eine Pause, dann fragte sie: »Was heißt Schiet?«

»Es bedeutet, daß etwas nicht sehr nett ist.«

»Das Zimmer war in Ordnung.«

»Es ist schmuddelig gewesen. Wir gehen in ein anständiges Hotel, da gefällt's dir bestimmt besser.«

»Warum bleiben wir nicht einfach bei mir?«

Ein Verkehrsflugzeug war gerade gestartet und drehte mit starker Schrägneigung scheinbar in Dachhöhe über uns hinweg ab. Wir beobachteten es eine Zeitlang wie gebannt; sogar Kelly war beeindruckt.

Als der Triebwerkslärm verhallt war, sagte ich: »Komm, wir müssen dieses Büro finden.«

Ich starrte weiter nach vorne links und versuchte zu erraten, welches Gebäude es sein würde. In der Ball Street gab es eine verwirrende Gebäudevielfalt: Zwischen alten Fabriken und Lagerhäusern befanden sich moderne einstöckige Bürogebäude mit Parkplätzen und große Abstellflächen für Lkw-Container. Zwischen manchen Gebäuden waren einige der Bäume zu sehen, die in etwa dreihundert Meter Entfernung den Potomac säumten.

Unterdessen waren wir bei Hausnummer 100 angelangt, also mußte das PIRA-Gebäude bald kommen. Wir gingen weiter bis zu einem noch ziemlich neuen einstöckigen Bürogebäude mit freiliegender Stahlkonstruktion und an der Fassade hochgezogenen Lüftungsrohren. Drinnen brannten überall Leuchtstoffröhren. Ich versuchte die Firmenschilder zu lesen, aber der regnerische Tag war so trüb, daß ich näher hätte herangehen müssen, was ich nicht wollte. Auf einem Messingschild stand *Unicom,* aber die anderen konnte ich nicht lesen.

Dieses Gebäude hatte wenig Ähnlichkeit mit den Sinn-Féin- oder PIRA-Büros, die ich kannte. In der Cable Street in Londonderry befand sich das Büro beispielsweise in zwei Ober- und Untergeschossen eines Terrassenhauses aus den zwanziger Jahren, und die Zweigstellen in West-Belfast sahen kaum anders aus. Es waren jedenfalls keine High-Tech-Bürogebäude, die ans Centre Pompidou in Paris erinnerten. Hatte Pat sich etwa getäuscht? Ich hätte jedenfalls ein verfallenes altes Mietshaus erwartet. Vielleicht war dies nur eine Tarnadresse – ein Bürogebäude, in dem legale Firmen ihren ebenso legalen Geschäften nachgingen.

Ich sah mir das Haus 126 Ball Street im Vorbeigehen genau an, ohne mich jedoch nach ihm umzusehen. Alle wichtigen Informationen muß man gleich auf den ersten Blick erfassen.

»Nick?«

»Was?«

»Ich hab' nasse Füße.«

Ich sah mir ihre Schuhe an. Sie waren tatsächlich durchgeweicht. Ich hatte mich so sehr auf meinen Erkundungsauftrag konzentriert, daß ich nicht auf die Pfützen geachtet hatte, durch die wir gegangen waren. Ich hätte ihr in dem Einkaufszentrum ein Paar Gummistiefel kaufen sollen.

Wir erreichten eine Querstraße. Nach links fiel die Straße leicht zum Potomac hin ab. Beide Straßenseiten waren zugeparkt und von weiteren Schrottplätzen gesäumt.

Ich sah nach rechts. Am Ende der Straße führte der Highway 1 vorbei, und unmittelbar davor ragte die Satellitenschüssel des Hotels Calypso auf. Ich war sehr mit mir zufrieden. Ich hatte das Zielobjekt besichtigt und eine Unterkunft gefunden – und das alles vor elf Uhr morgens.

16

Wir gingen über den Parkplatz des Hotels Calypso. Ich zeigte auf die Lücke zwischen einem Pick-up und einem UPS-Lieferwagen. »Du wartest unter dem Treppenaufgang; dort bleibst du trocken. Ich komme bald wieder.«

»Ich will aber mitkommen, Nick.«

Ich tat wieder so, als müßte ich einen jungen Hund erziehen. »Nein ... du ... wartest ... hier. Ich bin gleich wieder da.« Ich verschwand, bevor sie widersprechen konnte.

Die Rezeption war in einem der Zimmer im Erdgeschoß untergebracht, das als Büro diente, und das Einchecken war ebenso lässig wie die ganze Atmosphäre des Hotels. Zu meiner Erleichterung fand die Story von der bedauernswerten Touristenfamilie aus England hier viel rascher Glauben.

Ich ging hinaus, holte Kelly ab und ging mit ihr das Gebäude entlang zu der Außentreppe, die zu unserem neuen Zimmer im ersten Stock führte. In Gedanken plante ich bereits, was ich als nächstes tun mußte. Plötzlich zog Kelly an meiner Hand. »Doppelter Schiet!«

»Was?«

»Du weißt schon – überhaupt nicht nett. Du hast das andere als Schiet bezeichnet. Das hier ist doppelter Schiet.«

Sie hatte leider recht. Ich glaubte sogar, Erbrochenes zu riechen. »Nein, nein, wart's nur ab. Hast du die Satellitenschüssel gesehen? Damit können wir wahrscheinlich sämtliche Programme der Welt empfangen. Kannst du dir vorstellen, wie toll das wird?«

Die Einrichtung unseres Zimmers bestand aus zwei französischen Betten, einem großen Fernseher, einem Sideboard, das bessere Tage gesehen hatte, einem Kleiderschrank, der lediglich aus einer Stange mit Kleiderbügeln in einer Wandnische bestand, und einer Kofferablage.

Ich warf einen Blick ins Bad und entdeckte ein Fläschchen

Shampoo. »Siehst du das?« fragte ich Kelly. »Immer ein Zeichen für ein gutes Hotel. Wir sind im Ritz, glaub ich.«

Nachdem ich das Ladegerät eingesteckt und mein Mobiltelefon hineingestellt hatte, schaltete ich den Fernseher ein und fing an, eine Kindersendung zu suchen. Dieser Ablauf hatte sich inzwischen eingespielt.

Ich zog ihr den Mantel aus, schüttelte ihn leicht aus und hängte ihn weg. Dann trat ich an die Klimaanlage und drückte auf verschiedene Tasten, denn ich wollte, daß es hier richtig heiß wurde. Während ich darauf wartete, daß das Gerät zu arbeiten begann, fragte ich: »Was läuft denn?«

»Power Rangers.«

»Wer sind die?«

Ich kannte diese Serie recht gut, aber ein Gespräch unter Freunden konnte nie schaden. Wir brauchten nicht unzertrennlich zu werden – im Gegenteil, je eher mit diesem gemeinsamen Abenteuer Schluß war, desto besser. Aber damit unsere Beziehung normal wirkte, mußte sie normal sein, und ich wollte nicht geschnappt werden, bloß weil irgendein Klugscheißer den Verdacht hatte, wir gehörten nicht zusammen.

»Welche Figur gefällt dir am besten?«

»Katherine – die in Rosa.«

»Warum, wegen der Farbe?«

»Weil sie nie langweilig, sondern echt cool ist.« Dann erzählte sie mir alles über Katherine, die noch dazu Engländerin war. »Das gefällt mir, weil Daddy aus England stammt.«

Ich sorgte dafür, daß sie Jeans und ein Sweatshirt anzog. Das dauerte ewig lange, fand ich. Zum Teufel mit jeglicher Kinderbetreuung, die war nichts für mich. Tag und Nacht keine freie Minute mehr. Wozu Kinder haben, wenn man sie ständig bedienen muß?

Endlich war sie trocken und warm angezogen. Neben dem Fernseher stand eine Kaffeemaschine mit Kaffee, Milch und Zucker, die ich jetzt in Gang brachte. Als sie zu summen und zu blubbern begann, trat ich ans Fenster. Ein Blick durch die

Netzvorhänge zeigte mir auf beiden Seiten je einen grauen, quadratischen Hotelflügel; unter mir lag der Parkplatz, und vor mir hatte ich die Stadtautobahn auf Stelzen. Ich merkte, daß meine Stimmung dieser tristen Aussicht entsprach.

Es regnete noch immer. Ich sah die Wasserfahnen, die Lastwagen hinter sich herzogen. Der Regen war nicht stark, aber so dauerhaft, daß er überall eindrang. Ich merkte plötzlich, daß Kelly neben mir stand.

»Ich hasse solches Wetter«, sagte ich. »Schon immer, seit ich als junger Bursche zur Army gegangen bin. Noch jetzt mache ich mir an naßkalten, stürmischen Wintertagen einen Becher Tee, setze mich damit ans Fenster, sehe hinaus und denke an all die armen Soldaten, die irgendwo naß und frierend im Schützengraben hocken, vor Kälte schlottern und sich fragen, was sie eigentlich dort machen.«

Ich grinste schief, als die Kaffeemaschine zu blubbern aufhörte, und sah nachdenklich auf Kelly herab. Was hätte ich nicht dafür gegeben, wieder auf Salisbury Plain in einem klatschnassen Schützengraben zu hocken und nur überlegen zu müssen, was sich gegen Nässe, Kälte und Hunger tun ließ!

Ich streckte mich auf dem Bett aus, um in Ruhe über meine Möglichkeiten nachzudenken. Es waren nicht besonders viele. Warum wagte ich nicht einfach einen Fluchtversuch? Ich konnte Pässe stehlen und mein Glück auf dem Flughafen versuchen, aber die Aussichten, damit durchzukommen, waren sehr gering. Es gab jedoch auch unkonventionellere Routen zurück nach England. Von Kanada aus konnte man teils mit Fähren, teils auf dem Landweg zurückgelangen – eine bei Studenten beliebte Route. Oder ich konnte mich nach Süden, nach Belize oder Guatemala, durchschlagen. Ich hatte dort jahrelang im Dschungel gelebt und kannte die Insel San Pedro vor Belize, die Drogenschmugglern als Absprungbasis diente. Von dort aus konnte ich den nächsten mittelamerikanischen Hafen erreichen, in dem sich ein Schiff nach England finden ließ.

Noch bizarrer war eine weitere Möglichkeit: Einer meiner Regimentskameraden war mit einer einmotorigen Cessna von Kanada nach England geflogen. Außer einem Zusatztank hatte das winzige Flugzeug keinerlei Sonderausstattung an Bord gehabt. Das Funkgerät war eigentlich nicht geeignet gewesen, und er hatte die richtigen Antennenlängen ausprobieren müssen, indem er einen mit einem Ziegelstein beschwerten Draht aus der Maschine gehängt hatte. Er hatte einen Fallschirm getragen, um notfalls die Tür öffnen und abspringen zu können. Wie ich das schaffen sollte, war mir nicht klar, aber ich wußte zumindest, daß es zu schaffen war.

Aber diese Möglichkeiten waren alle viel zu riskant. Ich hatte keine Lust, den Rest meines Lebens in einem Staatsgefängnis zu verbringen, und wollte natürlich auch nicht, daß Kelly und ich bei einem Fluchtversuch umkamen. Simmonds hatte mir die beste Möglichkeit aufgezeigt. Kreuzte ich bei der Firma mit den gewünschten Informationen auf, würde ich zwar nicht mit offenen Armen, aber wenigstens in Gnaden aufgenommen werden. Ich mußte also bleiben und sie mir beschaffen.

Vorläufig ließ das Problem sich darauf reduzieren, daß ich feststellen mußte, wer in dem Gebäude in der Ball Street ein und aus ging.

»Kelly? Du weißt, was ich sagen will, nicht wahr?«

»Todsicher«, sagte sie lächelnd. Sie war mir offenbar wieder gut, weil ich ihr das Haar frottiert und sie in trockene Sachen gesteckt hatte.

»Zehn Minuten, okay?«

Ich schloß die Tür, horchte, hörte Kelly innen den Riegel vorschieben und hängte das Schild an den Türknopf. Links von mir erweiterte sich der Korridor zu einer Nische mit Automaten für Getränke und Snacks. Mit einer Coladose in der Hand ging ich an unserem Zimmer vorbei zum Lift. Rechts davon befand sich der Notausgang, der zu einem Treppenhaus aus Stahlbeton führte. Ich wußte, daß die Brandschutzvorschriften bestimmten, daß diese Treppe auch aufs Dach führen mußte; falls unten ein Brand ausbrach, sollten die Eingeschlossenen mit Hubschraubern gerettet werden können.

Ich stieg die Treppe hinauf. Eine zweiflüglige feuersichere Tür führte aufs Dach hinauf; man brauchte nur den Griff herunterzudrücken, um sie zu öffnen. An der Tür hing kein Warnschild, sie sei alarmgesichert, aber das mußte ich überprüfen. Ich suchte den Türrahmen ab, ohne einen Kontakt zu entdecken, der einen Stromkreis unterbrochen und Alarm ausgelöst hätte, drückte den Griff hinunter und stieß die Tür auf. Kein schrilles Geklingel.

Das Flachdach war mit ziemlich grobem Kies bedeckt. Ich sammelte ein paar größere Steine ein und klemmte sie in die Tür, um sie offenzuhalten.

Auf dem Washington National Airport landete ein Flugzeug, dessen Landescheinwerfer im Nieselregen gerade noch erkennbar waren. Die Satellitenschüssel stand in der entferntesten Dachecke. Außerdem gab es hier oben ein grüngestrichenes Gehäuse aus Aluminium, das vermutlich den Elektroantrieb des Aufzugs enthielt. Die etwa einen Meter hohe Dachbrüstung machte mich vom Hotelparkplatz aus unsichtbar, aber von der Stadtautobahn mußte ich zu sehen sein.

Ich stapfte durch den Kies zu der dem Potomac zugewandten Dachseite. Aus dieser Perspektive konnte ich das Flachdach des Zielgebäudes mit seinen Lüftungsöffnungen sehen. Es war rechteckig und überraschend groß. Dahinter lag unbebautes Gelände mit eingeschlagenen Pflöcken, die darauf schließen ließen, daß es als Baugelände verkauft werden sollte. Hinter einer Baumreihe und dem Ende der Startbahn war gerade noch der Fluß zu sehen.

Auf dem Rückweg stieg ich wieder über mehrere dicke Elektrokabel hinweg und blieb vor dem Aufzuggehäuse stehen. Als nächstes brauchte ich einen Stromanschluß. Die Überwachungskamera, die ich aufstellen wollte, ließ sich auch mit Akkus betreiben, deren Betriebsdauer aber ungewiß war. Ich sah mir noch rasch die Tür des Aufzugsgehäuses an. Sie war mit einem Schloß in einfachster Ausführung gesichert, das sich mühelos würde knacken lassen.

In unserem Zimmer suchte ich mir aus den Gelben Seiten die Adressen einiger Pfandleiher heraus.

Dann ging ich ins Bad, setzte mich auf den Wannenrand und drückte die Patronen aus den Pistolenmagazinen, um die Federn zu entlasten. Das braucht man nicht jeden Tag zu tun, aber es ist gelegentlich nötig. An den meisten Ladehemmungen ist das Magazin schuld. Ich wußte nicht, wie lange es schon gefüllt war; ich konnte einen Schuß abgeben, und die nächste Patrone würde steckenbleiben, weil die Magazinfeder klemmte. Deswegen ist ein Revolver manchmal besser, der selbst dann noch funktioniert, wenn man ihn jahrelang geladen aufbewahrt. Ich entleerte die Magazine in meine Taschen, damit ich alles bei mir hatte: Munition, Magazine und Pistole.

Ich kam aus dem Bad zurück, schrieb mir eine Einkaufsliste mit den Sachen auf, die ich brauchen würde, und zählte mein Geld nach. Für heute reichte es jedenfalls. Morgen konnte ich wieder Geld abheben.

Um Kelly machte ich mir keine Sorgen. Sie hatte reichlich zu essen und schlief ohnehin schon halb. Ich drehte den Thermostat der Klimaanlage noch höher. In der Wärme würde sie noch schläfriger werden.

»Ich gehe noch mal los und kaufe dir Malbücher, Buntstifte und solche Sachen. Soll ich dir was von Micky D's mitbringen?«

»Kann ich diesmal süßsaure Sauce zu meinen Fritten haben? Darf ich mitkommen?«

»Das Wetter ist zu scheußlich. Ich will nicht, daß du dich erkältest.«

Sie stand wortlos auf und ging zur Tür, um sie hinter mir zu verriegeln.

Ich verließ das Hotel und ging zur Metrostation.

17

Die Washingtoner Metro ist schnell und leise, sauber und effizient – praktisch alles, was eine U-Bahn sein sollte. Die Waggons sind geräumig und angenehm beleuchtet, was irgendwie dazu beiträgt, daß die Fahrgäste entspannter wirken als in London oder New York und sich manchmal sogar ansehen. Die Metro ist außerdem nahezu der einzige Ort der amerikanischen Hauptstadt, wo man nicht von siebzehn- oder siebenundsiebzigjährigen Vietnamveteranen um etwas Kleingeld angeschnorrt wird.

Nach sieben oder acht Stationen mit einmal Umsteigen auf demselben Bahnsteig war ich am Ziel. Die Adresse, zu der ich wollte, war nur wenige Straßenblocks entfernt, aber dieses Viertel gehörte ganz sicher nicht zu denen, die von Touristen besucht wurden. Ich war das Washington gewöhnt, in dem die Besitzenden wirklich alles besaßen. Dies war der Teil der Stadt, in dem die Habenichtse wirklich gar nichts hatten.

Das ebenerdige Gebäude stand etwas von der Straße zurückgesetzt und sah mit seiner mindestens fünzig Meter langen Front eher wie ein Supermarkt als eine Pfandleihanstalt aus. Die gesamte Fassade bestand aus Glas, das durch senkrechte Stahlstangen gesichert war. In den Schaufenstern war Pfandgut von Musikinstrumenten bis hin zu Surfbrettern und Bettzeug gestapelt. Leuchtendgelbe Poster versprachen alles von null Prozent Zins bis zum besten Goldankaufpreis der Stadt. Der Eingang wurde von drei bewaffneten Wachmännern kontrolliert, die mich beim Hereinkommen beobachteten.

Ein Blick durch einen der Gänge nach hinten zeigte mir eine lange, niedrige Glasvitrine, die zugleich als Verkaufstheke diente. Hinter dieser Theke standen über ein Dutzend Verkäufer, die alle die gleichen roten Polohemden trugen. Dort hinten schien der größte Andrang zu herrschen. Dann sah ich die vielen Handfeuerwaffen in der Glasvitrine. Ein Schild verkündete, ein Probeschießen mit jeder Waffe sei auf dem Schießstand hinter dem Gebäude möglich.

Ich ging zur Video-Abteilung weiter. In einer idealen Welt hätte ich eine Überwachungskamera gekauft, von der ein langes Kabel zu einem separaten Steuergerät führte, das auch den Videorecorder enthielt. So hätte ich die Kamera auf dem Dach aufbauen und das Steuergerät irgendwo verstecken können, zum Beispiel im Aufzugsgehäuse. Dort hätte ich leicht die Bänder austauschen können – und natürlich auch die Akkus, falls ich keinen Stromanschluß fand –, ohne die Kamera berühren zu müssen.

Leider konnte ich nichts dergleichen finden. Aber ich entdeckte etwas fast ebenso Gutes: eine Hi-8-Videokamera, wie sie freiberufliche Fernsehjournalisten verwendeten. Mit Teleobjektiven würde sie auch für größere Entfernungen brauchbar sein. Ich erinnerte mich daran, wie ich in Bosnien gearbeitet und dort Fernsehreporter mit solchen Kameras herumlaufen gesehen hatte. Alle hatten geglaubt, sie könnten ein Vermögen damit machen, daß sie den großen Fernsehgesellschaften »Action«-Videos verkauften.

Ich machte einen Verkäufer auf mich aufmerksam.

»Was kostet die Hi-8?« fragte ich mit meinem eher schlechten amerikanischen Akzent.

»Die ist praktisch neuwertig. Fünfhundert Dollar.«

Ich grinste nur.

»Also gut, machen Sie mir ein Angebot«, sagte er.

»Hat sie einen Zusatzakku und einen Anschluß für externe Stromversorgung?«

»Natürlich. Sie ist komplett ausgestattet – sogar die Tasche gehört dazu.«

»Kann ich sie in Betrieb sehen?«

»Natürlich, natürlich.«

»Okay, vierhundert in bar.«

Er machte, was jeder Elektriker und Installateur auf der Welt tut, wenn über Preise verhandelt wird: Er fing an, Luft durch seine Zähne einzusaugen. »Passen Sie auf, vierhundertfünfzig.«

»Abgemacht. Ich brauche auch ein Wiedergabegerät, aber dafür reicht ein einfacher Videorecorder.«

»Ich habe genau, was Sie brauchen. Kommen Sie bitte mit.«

An dem Gerät, das der junge Mann ganz hinten aus einem Regal holte, hing ein 100-Dollar-Preisschild. Und es schien ungefähr hundert Jahre alt zu sein, so verstaubt war es. »Passen Sie auf, ich mache Ihnen einen guten Preis«, sagte der Verkäufer. »Für neunzig Dollar gehört das Ding Ihnen.«

Ich nickte. »Außerdem brauche ich ein paar Objektive.«

»An welche Brennweite denken Sie?«

»Mindestens zweihundert Millimeter – für diese Kamera, am liebsten von Nikon.«

Ich rechnete mit einem Millimeter Brennweite für jeden Meter Aufnahmeentfernung. Nachdem ich über viele Jahre hinweg oft genug auf fremden Dachböden gesessen und Dachziegel herausgehoben hatte, um Zielpersonen filmen oder photographieren zu können, hatte ich aus bitterer Erfahrung gelernt, daß alle Mühe vergebens war, wenn die Aufnahmen letztlich doch keine Identifizierung ermöglichten.

Er zeigte mir ein 250-mm-Objektiv.

»Wieviel?«

»Hundertfünfzig Dollar.« Er wartete darauf, daß ich sagen würde, das sei zu teuer.

»Okay, einverstanden – wenn Sie zwei 24-Stunden-Bänder und ein Verlängerungskabel drauflegen.«

Er wirkte fast enttäuscht, weil ich nicht versucht hatte, ihn herunterzuhandeln. »Wie lang?«

»Das längste, das Sie haben.«

»Fünf Meter?«

Ich sollte feilschen. Er sehnte sich geradezu danach.

»Abgemacht.« Jetzt war er zufrieden. Er hätte bestimmt auch ein Zehnmeterkabel gehabt.

Auf meinem Rückweg zur Metrostation kam ich an einem Walmart vorbei. Ich machte rasch einen Rundgang durch den Laden, um die Dinge zusammenzusuchen, die ich noch brauchte, um die Kamera betriebsfähig aufbauen zu können.

Während ich durch die Gänge schlenderte, machte ich etwas, das ich in aller Welt in solchen Geschäften tat: Ich sah mir Lebensmittel und Haushaltsreiniger an und stellte mir dabei vor, welche Bestandteile man zusammenmixen und aufkochen mußte, um einen Brand- oder Sprengsatz herzustellen. In zwanzig Minuten konnte man in jeder Filiale von Sainsbury's alle Zutaten für einen Sprengsatz kaufen, der ausreichte, um ein Auto in die Luft zu jagen.

Heute brauchte ich jedoch nichts dergleichen. Ich kaufte nur eine große PET-Flasche Coca-Cola, eine Schere, eine Rolle Müllbeutel, eine kleine Maglite mit verschiedenen Filterscheiben, eine Rolle Klebeband und einen Satz Schraubenzieher und Zangen: einundzwanzig miese Teile, die mit fünf Dollar völlig überbezahlt waren; sie würden ungefähr fünf Minuten halten, aber länger brauchte ich sie auch nicht. Danach suchte ich für Kelly ein Buch mit Abenteuergeschichten, ein paar Malbücher, Buntstifte und andere Kleinigkeiten zu ihrer Unterhaltung zusammen. Und ich steckte noch ein paar Dollar in Mr. Oreos Taschen.

Ich fuhr zum Metrobahnsteig hinunter und fand einen Sitzplatz. Signalleuchten am Bahnsteigrand blinken, wenn ein Zug kommt; bis dahin lesen die meisten Einheimischen oder unterhalten sich. Da ich sonst nichts zu tun hatte, machte ich die Colaflasche auf, knabberte einen Keks, fing an, ein Punkt-zu-Punkt-Bild in einem der Malbücher nachzuziehen, und wartete auf die Lichter.

In Pentagon City regnete es nicht mehr, aber der Himmel war bleigrau, und die Straßen waren noch naß. Ich beschloß, rasch am Zielobjekt vorbeizugehen, um die Tatsache zu nutzen, daß ich ohne Kelly unterwegs war.

Ich überquerte den Parkplatz des Supermarktes, ging unter der Stadtautobahn hindurch und erreichte die Ball Street. Wenig später schlenderte ich an der Nummer 126 vorbei – diesmal auf der gleichen Straßenseite. Zwischen dichten Koniferen führten einige Betonstufen zu einer Glastür hinauf. Hinter ihr lag der Empfangsbereich mit einem weiteren Durchgang, der vermutlich in den eigentlichen Bürokomplex führte. Eine Überwachungskamera war auf den Eingang gerichtet. Die Fenster mit getönten Isolierscheiben ließen sich nicht öffnen. In den Räumen im Erdgeschoß und im ersten Stock schien es wie in allen heutigen Büros reichlich PCs und Pinnwände zu geben.

Ich konnte keine außen angebrachten Alarmanlagen oder ein Schild entdecken, das besagte, dieses Gebäude werde von einem Sicherheitsdienst überwacht. Vielleicht war die Alarmanlage auf der Rückseite des Gebäudes installiert. Sonstige vorhandene Einbruchsmelder waren vermutlich telefonisch mit der Polizei oder einem Bewachungsunternehmen verbunden.

Ich erreichte das Ende der Ball Street, bog rechts ab und ging ins Hotel zurück.

Unser Zimmer glich einer Sauna. Kellys Haare standen wirr vom Kopf ab, und sie hatte Schlaf in den Augen. Ihr Gesicht war zerknittert und mit Krümeln behaftet, als sei sie eingeschlafen, bevor sie den letzten Keks aufessen konnte.

Als ich meine Einkäufe aufs zweite Bett warf, fragte sie mißmutig: »Wo bist du gewesen?«

»Ich habe Unmengen Zeug mitgebracht.« Ich fing an, in die Tragetaschen zu greifen und die Sachen herauszuziehen. »Ich habe dir ein Buch mit Abenteuergeschichten gekauft, ein paar Malbücher, Buntstifte ...«

Ich breitete die Sachen auf dem Bett aus, trat zurück und erwartete ein anerkennendes Wort. Statt dessen musterte sie mich, als sei ich übergeschnappt.

»Die hab' ich schon ausgemalt.«

Das hatte ich nicht gewußt. Ich hatte angenommen, ein Malbuch sei ein Malbuch. Mir hatte die Aufgabe, Punkte zu einem Bild zu verbinden, richtig Spaß gemacht. »Macht nichts, ich habe Sandwiches und ein Coke mitgebracht, und du mußt jetzt möglichst viel trinken, weil ich die Flasche für etwas brauche.«

»Gehen wir nicht weg, um irgendwo was zu essen?«

»Da drin sind noch mehr Kekse…« Ich deutete auf eine der Tragetüten.

»Ich will keine Kekse mehr. Ich hab's satt, immer hier drinnen zu sein.«

»Heute müssen wir im Hotel bleiben. Denk daran, im Augenblick suchen Leute nach uns, und ich will nicht, daß sie uns finden. Aber damit ist bald Schluß.«

Scheiße, was ist, wenn sie die Telefonnummer ihrer Eltern kennt und zu telefonieren anfängt? dachte ich plötzlich. Während Kelly sich ein Glas Cola einschenkte, wobei sie die im Vergleich zu ihr riesige Flasche mit beiden Händen festhielt, beugte ich mich über den Nachttisch zwischen den beiden Betten und zog den Telefonstecker raus.

Ich sah auf meine Armbanduhr. Gleich halb vier; noch über fünf Stunden, bis Pat sich wieder melden würde. Ich wollte meine Kamera installieren. Sie sollte ab morgen früh einsatzbereit sein; vielleicht konnte ich sie sogar anschließend noch eine Stunde arbeiten lassen, bevor es zu dunkel wurde.

Kelly stand auf und sah aus dem Fenster: ein gelangweiltes kleines Mädchen, das sich eingesperrt fühlte.

Ich goß mir ein Glas Cola ein und fragte: »Willst du noch was, bevor ich das Zeug wegkippe? Ich brauche die Flasche.«

Sie schüttelte den Kopf. Ich ging ins Bad, ließ den Inhalt der Flasche ins Waschbecken gluckern und riß das Etikett ab. Mit meiner neuen Schere schnitt ich den obersten Teil ab. Danach trennte ich den Boden ab, so daß ein Zylinder übrigblieb, den ich aufschnitt und flachdrückte. Aus diesem Material schnitt ich ein kreisrundes Stück aus, indem ich erst die Ecken des

Rechtecks abrundete und dann die Kreisform herausarbeitete. Damit hatte ich mein Einbrecherwerkzeug.

Ich kam ins Zimmer zurück, überprüfte das Zuleitungskabel und machte die Kamera für Netz- oder Akkubetrieb einsatzbereit.

»Was willst du mit der Kamera, Nick?«

Obwohl ich wider besseres Wissen gehofft hatte, daß Kelly das nicht fragen würde, hatte ich eine Lüge parat. »Ich will einen Videofilm machen, damit du hallo zu Mummy, Daddy und Aida sagen kannst, weil du gejammert hast, daß du dich langweilst. Also, sag schon hallo.«

Ich hob die Kamera ans Auge.

»Hallo, Mommy, Daddy und Aida«, sagte sie in die Kamera. »Wir sind in einem Hotel und warten darauf, daß ich wieder nach Hause darf. Hoffentlich wirst du schnell wieder gesund, Daddy.«

»Erzähl ihnen von deinen neuen Anziehsachen«, forderte ich sie auf.

»O ja!« Sie trat an die Wandnische, die als Kleiderschrank diente. »Das ist mein neuer blauer Mantel. Nick hat mir auch einen rosa Mantel gekauft. Er weiß, daß meine Lieblingsfarben Blau und Rosa sind.«

»Der Film ist gleich aus, Kelly. Du mußt dich jetzt verabschieden.«

Kelly winkte in die Kamera. »Bye, Mommy; bye, Daddy; bye, Aida. Ich liebe euch.«

Sie kam herangehüpft. »Kann ich die Aufnahme sehen?«

Noch eine Lüge. »Ich habe nicht das richtige Verbindungskabel zum Fernseher. Aber ich bin bald wieder mit Pat zusammen; vielleicht kann er mir eines besorgen.«

Sie setzte sich glücklich und zufrieden an den Tisch, auf dem noch ihr Colaglas stand. Sie griff nach den Buntstiften, schlug eines der Malbücher auf und war bald in ein Bild vertieft. Das war gut, denn es verschaffte mir Gelegenheit, unbeobachtet ein Band einzulegen.

Ich nahm zwei Kaffeebecher aus Kunststoff mit, überzeugte

mich noch einmal davon, daß die Kameratasche alles enthielt, was ich brauchte, und sagte: »Tut mir leid, aber…«

Sie sah zu mir auf und zuckte mit den Schultern.

Ich stieg wieder aufs Hoteldach hinauf. Der Regen hatte aufgehört, aber der Flug- und Verkehrslärm nicht.

Als erstes mußte ich mir Zugang zu dem Aufzugsgehäuse verschaffen, damit ich wußte, ob ich an einen Stromanschluß herankommen konnte.

Ich holte meine Kunststoffscheibe aus der Kameratasche und schob sie in den Spalt der grünen Tür. Als ich sie mit Drehbewegungen tiefer schob, folgte sie den Unebenheiten des Türrahmens, bis sie das Schloß selbst erreichte. Die Tür diente dazu, Unbefugte fernzuhalten; da sie keine Wertgegenstände schützen sollte, war das Schloß leicht zu knacken.

Drinnen schaltete ich meine Maglite an und sah als erstes vier Steckdosen – offenbar für bei Wartungsarbeiten verwendete Maschinenwerkzeuge.

Ich sah nach oben. Das Dach bestand aus Blechtafeln, die auf das Eisengerüst des niedrigen Schuppens geschraubt waren. Ich holte eine Kombizange heraus und lockerte zwei der Bolzen, bis ich eine Blechtafel etwas anheben konnte. Dann schob ich das Stromkabel der Kamera von außen durch den Spalt und führte es die Wand entlang nach unten. Dort herrschte ein solcher Kabelsalat, daß ein weiteres Stromkabel gar nicht auffiel. Der Stecker paßte in eine der Steckdosen.

Die Tür blieb offen, damit ich etwas Licht hatte, während ich die Kamera vorbereitete. Ich steckte zwei Müllbeutel ineinander, schob die Hi-8 hinein und drückte ihr Teleobjektiv durch das dünne Plastikmaterial. Dann nahm ich die Plastikbecher, schnitt sie der Länge nach auf, trennte die Böden ab, steckte die Becher ineinander und schob sie als Blende über das Objektiv. Sie würden den Regen abhalten und trotzdem genügend Licht durchlassen, damit das Ding funktionierte. Zuletzt befestigte ich alles mit reichlich Klebeband.

Dann trat ich mit der Kamera aufs Dach hinaus und steckte das Stromkabel ein. Hinter einer Lücke in der Brüstung liegend sah ich durch den Sucher und wartete darauf, daß er zu leuchten begann und mir zeigte, was das Teleobjektiv erfaßte. Ich wollte eine brauchbare Nahaufnahme der zum Eingang hinaufführenden Betonstufen.

Sobald der Sucher aktiviert war, stellte ich das Objektiv scharf ein, richtete es auf den Eingang des Gebäudes und drückte die Taste *Aufnahme*. Ich testete die Tasten *Stop, Zurückspulen* und *Wiedergabe*. Alles funktionierte. Ich zog die Müllbeutel glatt, wobei ich sorgfältig darauf achtete, die Kamera nicht mehr zu bewegen, drückte die Aufnahmetaste und ging.

18

Ich holte uns zwei riesige Pizzas, die wir vor dem Fernseher sitzend aßen, während das Mobiltelefon in dem eingesteckten Ladegerät stand.

Danach konnte ich nur mit Völlegefühl im Magen herumhängen, auf Pats Anruf hoffen und abwarten, bis das Vierstundenband abgelaufen war. Unterdessen war es längst dunkel, aber ich wollte die Kamera volle vier Stunden laufen lassen, um zu sehen, ob sie einwandfrei funktionierte und wie gut die Bildqualität von Nachtaufnahmen war.

Wir langweilten uns beide. Kelly hatte den Tod durch Fernsehen, den Tod durch Pizza und den Tod durch Mountain Dew und Cola erduldet. Sie griff ermattet nach dem Abenteuerbuch und fragte mich: »Kannst du mir daraus vorlesen?«

Na gut, das sind nur Abenteuergeschichten, sagte ich mir, von denen hast du schnell ein paar vorgelesen. Aber ich entdeckte sehr bald, daß das Buch eine fortlaufende Abenteuergeschichte enthielt, deren Kapitel mit Wahlmöglichkeiten endeten. Die Story handelte von drei Kindern in einem Museum. Ein kleiner Junge war auf rätselhafte Weise verlorengegangen, als die Geschichte plötzlich aufhörte. Unten auf dieser Seite hieß es: »Willst du auf Seite 16 weiterlesen und ihm durch den Zaubertunnel folgen? Oder willst du auf Seite 56 Madame Eddie besuchen, die dir vielleicht sagen kann, wo er ist? Du hast die Wahl!«

»Wohin willst du?« fragte ich Kelly.

»Durch den Tunnel.«

Also auf in den Tunnel. Nach etwa einer Dreiviertelstunde und acht Richtungswechseln glaubte ich, die Geschichte müsse bald zu Ende sein. Tatsächlich brauchten wir fast zwei Stunden, um durchzukommen. Aber wenigstens amüsierte Kelly sich dabei.

Im Zimmer war es sehr warm, und ich blieb vollständig angezogen, um jederzeit aufbrechen zu können. Ich döste immer wieder ein und schrak ungefähr jede halbe Stunde von der Musik zu den *Simpsons* oder *Loony Tunes* hoch. Einmal wachte ich auf, sah auf meine Jacke hinab und stellte fest, daß sie aufgegangen war, so daß meine Pistole sichtbar war. Ich sah besorgt zu Kelly hinüber, aber sie würdigte meine Waffe keines zweiten Blicks; wahrscheinlich war sie daran gewöhnt, da ihr Daddy ebenfalls eine trug.

Ich riß eine Dose Mountain Dew auf und sah auf meine Armbanduhr. Es war erst 20 Uhr 15; in etwa einer Viertelstunde würde ich hinaufgehen, das Band wechseln und danach auf Pats Anruf warten.

Nach einer Viertelstunde sagte ich: »Hör zu, ich gehe mal für fünf Minuten weg, um ein paar Getränke zu holen. Willst du auch irgendwas?«

Sie sah mich fragend an. »Wir haben noch massenhaft da.«

»Yeah, aber die sind warm. Ich hole uns kalte.«

Ich ging aufs Dach hinauf. Inzwischen hatte wieder Nieselregen eingesetzt. Ich öffnete die improvisierte Schutzhülle, warf die Kassette aus und ersetzte sie rasch durch eine neue für morgen früh.

Als ich dann wieder herunterkam, ging ich an unserem Zimmer vorbei und holte weitere Getränkedosen aus dem Automaten. Vermutlich hatten Coca-Cola-Aktien in letzter Zeit ungeahnte Kursgewinne erzielt.

Im Fernsehen lief jetzt *Clueless,* ihre Lieblingsserie. Ich staunte, als ich hörte, wie Kelly alle Schlagworte der Serie beherrschte: »Blödmann, Dummkopf, Volltrottel ... was auch immer!« Jetzt wußte ich, woher viele ihrer Ausdrücke kamen.

Zuletzt waren es nur noch drei Minuten, bis Pat sich melden sollte. Ich ging mit dem Mobiltelefon ins Bad, schloß die Tür und versuchte, *Clueless* zu hören. Nichts.

Pünktlich auf die Minute klingelte das Telefon.

»Hallo?«

»Alles in Ordnung, Kumpel? Danke für die Baguettes!«

Wir lachten beide halblaut.

»Weißt du, in welcher Etage sie sind?«

Eine kurze Pause, dann antwortete er: »Erster Stock.«

»Okay. Wie sieht's mit mehr Geld aus? Ich brauche ordentlich was, Kumpel.«

»Ich könnte dir etwa zehn Mille besorgen – aber erst morgen oder vielleicht übermorgen. Du kannst das Geld gern haben, bis du deine Angelegenheiten geregelt hast. Wie du hier rauskommst, weißt du hoffentlich schon?«

»Klar«, log ich. Das war besser so. Wurde Pat festgenommen, konnte er nur falsche Angaben machen, und die anderen würden anfangen, Häfen und Flughäfen zu kontrollieren statt weiter in Washington nach mir zu fahnden.

»Hör zu«, sagte ich, »ich brauche weitere Kontaktmöglichkeiten für den Fall, daß ich etwas über das Gebäude rauskriege und rasch handeln muß. Wie wär's mit zwölf, achtzehn und dreiundzwanzig Uhr, okay?«

»Wird gemacht, Kumpel. Deine kleine Freundin und ihre Familie sind in letzter Zeit viel in den Medien gewesen. Sonst noch irgendwas?«

»Nein, Kumpel. Nimm dich in acht.«

»Du auch. Bis dann!«

Ich schaltete das Telefon aus, ging ins Zimmer zurück und steckte es ins Ladegerät. Ich wußte nicht, ob Kelly etwas gehört hatte, aber ihr Schweigen wirkte unbehaglich.

Ich stellte den Videorecorder auf, schob die Kassette ein und schloß das Gerät an den Fernseher an.

Kelly beobachtete aufmerksam jeden Handgriff.

»Hast du Lust auf ein Spiel?« fragte ich sie. »Wenn nicht, spiele ich's allein.«

»Okay.« Jedes Spiel war besser, als Wagen auf der Stadtautobahn zu zählen. »Aber du hast gesagt, daß du nicht das richtige Kabel für den Fernseher hast.«

Damit hatte sie mich erwischt. »Ich hab' eines gekauft, als ich vorhin weggegangen bin.«

»Warum kann ich dann nicht den Videofilm für Mommy sehen?«

»Weil ich ihn schon weggeschickt habe. Sorry.«

Sie starrte mich leicht verwirrt an.

»Paß auf, wir sehen uns diesen Film von einem Gebäude an«, fuhr ich fort. »Dort gehen Leute ein oder aus, auch ein paar berühmte Leute und Menschen, die du vielleicht kennst, weil sie Freunde von Mummy und Daddy sind; außerdem Leute, die ich kenne. Bei dem Spiel geht's darum, wie viele Leute wir erkennen. Wer die meisten erkennt, hat gewonnen. Willst du mitspielen?«

»Yeah!«

»Du mußt aber genau aufpassen, weil ich den Film schnell ablaufen lasse. Sobald du jemanden siehst, sagst du's mir, damit wir uns diesen Filmabschnitt noch mal langsamer ansehen können.«

Ich legte ein Blatt des Hotelbriefpapiers und einen Bleistift bereit, dann ging es los. Ich mußte die Tasten des Recorders bedienen, weil das alte Ding keine Fernbedienung hatte, und saß dazu in der Nähe des Fernsehers auf dem Fußboden. Kelly starrte den Bildschirm wie gebannt an. Ich war mit meinem Film recht zufrieden. Die Bildqualität war überraschend gut;

man merkte den Unterschied zwischen der Hi-8 und einer gewöhnlichen Videokamera, und es war mir gelungen, die Abgebildeten so einzufangen, daß ihre Größe etwa zwei Drittel des Bildschirms betrug.

»Halt, halt, halt!« kreischte sie.

Ich ließ den Film zurücklaufen, und wir sahen uns die Szene an. Kelly hatte gleich bei der ersten Bewegung losgekreischt. Mehrere Leute betraten das Gebäude 126 Ball Street. Ich erkannte keinen von ihnen. Kelly behauptete jedoch, der dritte Mann gehöre zu einer Popgruppe namens Back Street Boys.

Sie fand immer mehr Spaß an diesem Spiel. Jeder schien berühmt zu sein. Ich schrieb alle auf und notierte daneben die Zahl, die das Zählwerk angab.

298: zwei Männer, langer, heller Mantel, dunkelblauer Kurzmantel.

Viele Leute glauben, daß alle Geheimdienstagenten wie James Bond leben: schöne Frauen, Sportwagen, Spielkasinos. Ich habe mir oft gewünscht, dieser Scheiß wäre wahr. In Wirklichkeit schuftet man, um an Informationen heranzukommen, die man anschließend mühsam auswerten muß. Die nackte Tatsache, daß zwei Leute ein paar Treppenstufen hinaufgehen, bedeutet noch gar nichts. Auf die Auswertung kommt es an – die Identifizierung dieser beiden Personen, die Deutung ihrer Körpersprache, die genaue Kenntnis aller bisherigen Vorgänge, die begründete Vermutung, wie es voraussichtlich weitergehen wird. Daher muß man sich vorsichtshalber jede Kleinigkeit notieren, weil man nie weiß, was später wichtig werden kann. Da ist mir ein Sportwagen zehnmal lieber.

Das Bild wurde allmählich dunkler. Die Straßenbeleuchtung trug dazu bei, es etwas aufzuhellen, aber die nun farblosen Gesichter der Leute waren kaum noch zu erkennen. Ich konnte Geschlecht und Alter der Menschen noch unterscheiden – aber nur mit äußerster Anstrengung.

Dann ging dieser Arbeitstag zu Ende, und alles wurde nacheinander stillgelegt: Leute, die auf dem Heimweg waren, machten das Licht in ihren Büros aus, so daß die Beleuchtungsverhältnisse immer schlechter wurden. Zuletzt brannte nur noch im Eingangs- und Empfangsbereich und auf den Fluren Licht.

Ich ließ das Band mit normaler Geschwindigkeit weiterlaufen, weil ich sehen wollte, ob ein Nachtwächter seinen Dienst antreten würde. Aber ich sah keinen.

Kelly war von dem neuen Spiel begeistert. Sie hatte vier Filmschauspieler, zwei der Spice Girls und eine ihrer Lehrerinnen erkannt. Keine schlechte Bilanz. Aber was war, wenn sie sich einbildete, tatsächlich jemanden zu erkennen? Dann konnte ich ihr nicht vorbehaltlos glauben, sondern würde ihre Aussage mit gewisser Vorsicht genießen müssen; schließlich war Kelly erst sieben. Aber ich hatte nichts zu verlieren, wenn ich ihr glaubte.

»Sollen wir morgen weiterspielen?«

»Ja, dieses Spiel gefällt mir. Ich habe viel mehr Punkte als du.«

»Stimmt. Und nachdem du so großartig gewonnen hast, solltest du dich jetzt ausruhen, finde ich.«

Falls Kelly oder ich morgen jemanden auf dem Film erkannten, war das ein Bonus für mich, mit dem ich zu Simmonds gehen und vermutete Querverbindungen beweisen konnte. Zugleich hieß das jedoch auch, daß ich das Gebäude näher erkunden mußte. Ich beschloß, es mir nochmals von außen anzusehen, damit ich meinen Einbruch planen konnte.

Gegen elf Uhr schlief Kelly fest – wie üblich vollständig angezogen. Ich zog die Steppdecke über sie, nahm die Schlüsselkarte mit und verließ das Zimmer.

Um nicht an der Rezeption vorbeigehen zu müssen, benutzte ich den Notausgang. Ich trat auf die Straße hinaus, ging nach rechts in Richtung Stadtautobahn und bog in die erste Querstraße ein. Um diese Zeit war der Verkehr bereits weniger dicht; der gedämpfte Lärm kam schubweise, nicht mehr als unaufhörliches Dröhnen. Ich bog noch einmal rechts ab und befand mich in der Ball Street.

19

Obwohl mich hauptsächlich die Rückseite des Gebäudes interessierte, wollte ich mir zuerst noch einmal die Vorderfront ansehen. Ich wollte sondieren, ob es dort einen Nachtwächter gab, und mir vor allem eine genauere Vorstellung davon verschaffen, wie das Innere des Gebäudes aussah.

Ich blieb in der Einfahrt des Grundstücks gegenüber stehen. Falls jemand wissen wollte, was ich hier zu suchen hatte, würde ich vorgeben, betrunken zu sein und pinkeln zu wollen. Von meinem Platz aus konnte ich durch die beiden Glastüren hindurch den Empfangsbereich sehen; dort drüben brannte noch Licht, dessen Widerschein die nassen Betonstufen und die Blätter der Stauden auf beiden Seiten der Treppe glänzen ließ. Ein Blick nach oben zeigte mir, daß hinter den Fenstern über dem Eingang ebenfalls Licht brannte. Das bedeutete, daß auch die Korridorbeleuchtung im ersten Stock eingeschaltet geblieben war.

Ich wartete ungefähr eine Viertelstunde auf irgendein Anzeichen für eine Bewegung. Gab es dort drüben einen Wachmann? Saß er in einem der Räume im Erdgeschoß vor dem Fernseher? Machte er im ersten Stock seinen Kontrollgang? Ich sah niemanden. Also wurde es Zeit, die Rückseite des Gebäudes zu erkunden.

Ich kehrte um, bog diesmal jedoch nicht links ab, sondern wandte mich nach rechts in Richtung Potomac. Dort befand ich mich auf einer schmalen Seitenstraße mit schlammigen Rändern und zahlreichen Schlaglöchern, in denen öliges Wasser glitzerte. Ich hielt mich im Schatten, während ich an dem Schrottplatz vorbeiging und die zu der ehemaligen Zementverladestelle führenden Gleise überquerte. Meine Schritte waren jetzt lauter als der Verkehrslärm. Hier waren alle Grundstücke mit Maschendrahtzäunen umgeben, deren Tore mit rostigen Ketten und Vorhängeschlössern gesichert waren. Ich folgte der

Straße weiter und suchte eine Stelle, an der ich abbiegen konnte, um hinter das Zielobjekt zu kommen.

Die Beleuchtung der Schnellstraße war nicht hell genug, um noch Einzelheiten zu erkennen, aber ich sah die vom Fluß heraufziehenden Nebelschwaden. Ich hatte das Ende einer Sackgasse erreicht. Ein Zaun blockierte die alte Straße, und von Autos, deren Fahrer auf der Suche nach einem Parkplatz die gleiche Entdeckung wie ich gemacht hatten, war hier ein schlammiger Wendekreis ausgefahren worden. Hinter den Bäumen am Flußufer waren die Lichter des Flughafens zu erkennen.

Mir blieb nichts anderes übrig, als zu dem Gleis zurückzugehen, das vor vielen Jahren der Bahnanschluß der Zementverladestelle gewesen war. Ein Blick nach links zeigte mir, daß das Gleis nach etwa zweihundert Metern an der Rückseite des Zielgebäudes vorbeiführte; links neben dem Gleis standen einige verrostete Wellblechhütten.

Ich kletterte über das Tor des Maschendrahtzauns, das unter meinem Gewicht schwankte, so daß die Stahlkette mit dem Vorhängeschloß klirrte. Nachdem ich auf der anderen Seite hinuntergesprungen war, verschwand ich im Schatten der nächsten Wellblechhütte. Ich hörte keinen Hund bellen; das einzige Geräusch war eine in weiter Ferne heulende Sirene.

Ich folgte dem alten Bahngleis; bald waren nur noch meine Schritte und Atemzüge zu hören.

Rechts neben mir hatte ich einen Schrottplatz, hinter dessen Zaun ausgediente Fahrzeuge zu siebt oder acht übereinandergestapelt waren. Nach gut hundert Metern wurde das Gelände übersichtlicher, und ich sah wieder Gebäude. Zäune machten klar, wem was gehörte. Dieses Areal war abgeräumt worden, um bebaut werden zu können. Eines der Gebäude, die jenseits der unbebauten Fläche zu sehen waren, war mein Zielgebäude; dahinter sah ich die Straßenbeleuchtung der Ball Street und der Stadtautobahn. Im Nebel wirkten die Lichter trüb und verschwommen.

Ich machte kurz halt, um mich zu orientieren, überquerte dann einen hundertfünfzig Meter breiten Streifen Baugelände und war damit bis auf fünfzig Meter ans Zielgebäude herangekommen.

In der Nähe des Zauns standen einige Büsche, zwischen denen ich mich hinkauerte, um Deckung zu haben. Verräterisch sind immer Form, Reflexion, Schatten, Silhouette, Abstand und Bewegung. Vergißt man, auf diese Punkte zu achten, ist man unter Umständen bald ein toter Mann.

In den Büschen hockend tat ich einige Minuten lang nichts anderes, als mich umzusehen. Man muß seinen Sinnen Gelegenheit geben, sich auf eine neue Umgebung einzustellen. Nach einiger Zeit gewöhnten sich meine Augen an die veränderten Lichtverhältnisse, so daß ich anfing, Einzelheiten zu erkennen. Ich stellte fest, daß die Rückseite des Gebäudes aus einer fensterlosen Mauer bestand, an der jedoch eine stählerne Feuertreppe mit vier Absätzen herunterführte. Rechts unten am Fuß der Treppe standen die Verteilerkästen für die Versorgung des Gebäudes.

Ich sah mir die auf die Feuertreppe hinausführenden Brandschutztüren näher an. Falls ich zu einem späteren Zeitpunkt in das Gebäude eindringen mußte, um herauszubekommen, was die PIRA trieb, würde ich voraussichtlich eine dieser Türen benutzen müssen. Das hing davon ab, ob sie sich von außen öffnen ließen – und das ließ sich wiederum nur aus der Nähe feststellen.

Ich suchte den zwei Meter hohen Maschendrahtzaun nach einer Lücke ab, ohne jedoch eine zu entdecken. Also packte ich den oberen Spanndraht mit beiden Händen, zog mich hoch und kletterte hinüber. Auf der anderen Seite kauerte ich mich am Fuß des Zaunes hin und blieb zunächst unbeweglich, während ich auf irgendeine Reaktion wartete.

Ich hatte keine Eile; langsame Bewegungen bedeuteten nicht nur, daß ich etwaige Geräusche und das Entdeckungsrisiko minimierte, sondern auch meine Atmung kontrollieren und so besser hören konnte, was um mich herum vorging. Ich benutzte die Schatten, die das Gebäude und die Bäume auf dem Firmengelände warfen, um mich sprungweise von einer dunklen Fläche zur nächsten vorzuarbeiten, während ich das Zielobjekt und seine Umgebung im Auge behielt.

Sobald ich nahe genug heran war, machte ich zwischen zwei Bäumen halt und lehnte mich an einen der Stämme. Aus dieser Entfernung war an der Rückseite des Gebäudes ein Bewegungsmelder zu erkennen, der aktiviert wurde, sobald sich jemand der Feuertreppe näherte. Ich wußte nicht, was der Bewegungsmelder einschaltete – eine Sirene, einen Scheinwerfer, eine Kamera, vielleicht sogar alle drei. Ich konnte keine Kameras entdecken, aber über beiden Brandschutztüren waren Halogenscheinwerfer angebracht. Wurden sie durch den Bewegungsmelder eingeschaltet? Vermutlich, aber warum war die Feuertreppe nicht durch eine Kamera gesichert, damit der Sicherheitsdienst sah, weshalb die Scheinwerfer aufgeflammt waren? Das spielte jedoch keine Rolle; ich würde mich so verhalten, als gäbe es hier Sirenen, Scheinwerfer *und* Kameras.

Rechts neben dem Gebäude sah ich in Zaunnähe einen Stapel Paletten. Die konnte ich später brauchen.

Als nächstes begutachtete ich die beiden Brandschutztüren. Ihre breiten Stahlrahmen sollten verhindern, daß jemand sich an den Türschlitzen zu schaffen machte. Gesichert waren sie mit auffällig großen Zylinderschlössern, die mich aber nicht lange aufhalten würden.

Ein rascher Blick in die Verteilerkästen zeigte, daß alle Anschlüsse für Gas, Strom, Wasser und Telefon frei zugänglich waren und beliebig manipuliert werden konnten. Das war eine beruhigende Erkenntnis.

Nur die Möglichkeit, daß das Gebäude bewacht sein könnte, machte mir noch Sorgen. Unter Umständen kann die Anwesenheit eines Wachmanns sogar vorteilhaft sein. Eventuell kann man ihn herauslocken – und ist im nächsten Augenblick im Gebäude, ohne die Alarmanlage ausgelöst zu haben. Aber ich würde auf jeden Fall heimlich eindringen müssen.

Der Firmenparkplatz war leer, was ebenfalls darauf schließen ließ, daß sich niemand in dem Gebäude aufhielt. Trotzdem mußte ich das überprüfen. Ich entschied mich dafür, einen Angetrunkenen zu spielen, der die Straße entlangwankte, und beschloß, vor das Bürogebäude zu pinkeln. Dabei konnte ich aus nächster Nähe einen Blick in die Eingangshalle werfen. Falls dort jemand Wachdienst hatte, würde er vielleicht herauskommen, um mich zu verjagen, oder ich würde ihn irgendwo im Hintergrund vor dem Fernseher sitzen sehen.

Ich kehrte auf demselben Weg zurück, auf dem ich gekommen war, und erreichte die Ball Street. Inzwischen war ich ziemlich durchnäßt; der Nieselregen und die rostigen Zäune hatten meine Kleidung stark in Mitleidenschaft gezogen.

Ich näherte mich dem Zielobjekt auf der gegenüberliegenden Straßenseite und überquerte die Fahrbahn in einem spitzen Winkel, um das Gebäude länger beobachten zu können. Dann stolperte ich mit gesenktem Kopf – wegen der Überwachungskamera – die Stufen hinauf, machte halt, sowie ich durchs Fenster in die Eingangshalle sehen konnte, zog meinen Reißverschluß auf und begann in die Büsche zu pinkeln.

Fast im selben Augenblick gerieten die Büsche in heftige Bewegung, während eine Männerstimme losbrüllte: »Scheißkerl! Scheißkerl! Scheißkerl!« Ich fuhr vor Schreck zusammen.

Meine Hand wechselte sofort an den Griff der Sig über. Ich wollte meine Pistole schon ziehen, als mir einfiel, daß das vielleicht noch nicht nötig war. Vielleicht war es ein Wachmann. Vielleicht konnte ich mich irgendwie herausreden.

»Arschloch! Für wen hältst du dich eigentlich? Verdammter Scheißer!«

Ich konnte den Mann hören, aber noch immer nicht sehen. In den Büschen rumorte es gewaltig, dann tauchte eine gotteslästerlich fluchende Gestalt auf.

»Verdammtes Arschloch, was fällt dir ein, mich vollzupissen? Ich werd's dir zeigen! Sieh mich an! Du hast mich vollgepißt!«

Er war Anfang Zwanzig und trug zu alten Armeestiefeln ohne Schnürsenkel verdreckte schwarze Jeans und einen schmuddeligen, zerfetzten Parka mit Löchern in den Ellbogen. Als er herankam, sah ich, daß er einen Stoppelbart hatte, einen großen Ring im linken Ohr trug und lange speckige Rastalocken hatte. Er war ziemlich durchgeweicht.

Als er mich sah, hatte er Mühe, ein erwartungsvolles Grinsen zu unterdrücken. Für ihn war ich ein verirrter Tourist: Mr. Hush Puppy, der sich im falschen Teil der Großstadt verlaufen hatte. Ich konnte fast sehen, wie sich hinter seiner Stirn die Räder drehten; der Kerl glaubte, es gut getroffen zu haben, weil er diesen harmlosen Zeitgenossen kräftig ausnehmen würde.

»Verdammter Scheißkerl, du bist mir 'nen neuen Schlafsack schuldig! Sieh dir meine Klamotten an, du hast mich von oben bis unten vollgepißt! Dafür will ich 'ne anständige Entschädigung, Mann!«

Diese Situation mußte ich ausnutzen. Ich trat ans Fenster und klopfte gegen die Scheibe. Falls im Gebäude ein Wachmann war, würde er jetzt kommen, um nachzusehen, was dieser Krach bedeutete. Ich würde einfach den Hush-Puppy-Mann spielen, der Schutz vor diesem Verrückten suchte.

Ich hämmerte mit solcher Gewalt gegen die Scheibe, daß ich glaubte, sie würde zersplittern, und achtete zugleich darauf, der Überwachungskamera den Rücken zuzukehren. Das spornte den jungen Penner erst recht an, weil er glaubte, ich sei völlig verängstigt.

Er kam jetzt die Stufen herauf. Ich blickte weiter durchs Fenster in das Gebäude hinein. In der Eingangshalle waren kein benutzter Aschenbecher, keine aufgeschlagene Zeitschrift und kein eingeschalteter Fernseher zu sehen; alle Sessel standen ordentlich um die niedrigen Glastische aufgereiht, der Stuhl der Empfangsdame war unter den Schreibtisch geschoben, und auch sonst wies nichts darauf hin, daß sich irgend jemand in diesem Gebäude aufhielt.

»Motherfucker!« brüllte er heiser, als er mich fast erreicht hatte.

Ich drehte mich um, schlug die Jacke zurück und legte meine Hand auf den Pistolengriff.

Der Kerl blieb wie angenagelt stehen. »Ach, Scheiße! Verdammte Scheiße!« Er wich zurück und ging rückwärts die Stufen hinunter, ohne die Pistole eine Sekunde aus den Augen zu lassen. »Scheiß-Cops«, murmelte er dabei.

Ich mußte mich beherrschen, um nicht zu lachen.

Ich wartete darauf, daß er verschwinden würde. Eigentlich tat er mir leid. Ich überlegte mir, wie lange er wahrscheinlich gebraucht hatte, um diesen erstklassigen Schlafplatz zu finden – sicher, trocken und durch die Entlüftung der Klimaanlage angenehm beheizt. Und dann mußte irgendein Idiot vorbeikommen und ihm in den Schlafsack pinkeln.

Für den Rückweg ins Hotel brauchte ich eine Viertelstunde. Als ich leise die Zimmertür öffnete, sah ich Kelly friedlich schlafen. Sie war im Kinderhimmel, denn sie hatte nichts aufräumen müssen, sondern war von Keksen und Süßigkeiten umgeben eingeschlafen.

Ich zog mich aus, duschte, rasierte mich und steckte meine verdreckten Sachen in einen Wäschesack des Hotels. Die Reisetasche war jetzt voller schmutziger Kleidungsstücke, und ich hatte nur noch eine frische Garnitur. Ich zog mich wieder an, steckte die Pistole in meinen Hosenbund und stellte den Wecker auf halb sechs.

20

Als der Wecker klingelte, war ich ohnehin schon halb wach. Ich hatte mich fast die ganze Nacht schlaflos im Bett herumgewälzt und kam jetzt kaum aus dem Bett. So mußte Leuten zumute sein, die ihren normalen Job wirklich haßten.

Ich raffte mich schließlich auf, trat ans Fenster und zog den Vorhang einen Spalt weit auf. Wir befanden uns etwa auf gleicher Höhe mit der Stadtautobahn und fast in ihrem Schatten. Aus der Dunkelheit kamen lautlos Scheinwerfer auf mich zu, während auf den Gegenfahrbahnen die Schlußleuchten wie langsame Leuchtspurgeschosse im Dunkel verschwanden. Es war noch zu früh.

Ich zog den Vorhang zu, stellte die Heizung etwas zurück, brachte die Kaffeemaschine zum Gurgeln und ging ins Bad.

Ich erschrak fast über mein Spiegelbild im Badezimmerspiegel. Ich sah wie eine Vogelscheuche aus und hatte tiefe Rillen im Gesicht, weil ich auf einigen Buntstiften gelegen hatte. Ich zog meine Jacke aus, schlug den Kragen meines Polohemds zurück und hielt mein Gesicht unters kalte Wasser.

Ich ging wieder ins Zimmer. Der Kaffee war noch nicht fertig, und ich hatte auch nach dem Zähneputzen noch einen pelzigen Geschmack im Mund. Ich griff nach einer schon aufgerissenen Dose Mountain Dew und trank ein paar Schlucke der lauwarmen, abgestandenen Flüssigkeit.

Bevor es draußen hell wurde, konnte ich nicht viel unternehmen. Daran war ich gewöhnt; ich hatte große Teile meines Lebens damit verbracht, mich erst zu beeilen, um anschließend warten zu müssen. Ich rückte mir einen Sessel ans Fenster und zog die Vorhänge auf. Während ich die Stadtautobahn beobachtete, konnte ich nicht sagen, ob es tatsächlich noch regnete oder die im Scheinwerferlicht sichtbaren Spritzwasserschleier der Autos nur diese Illusion erzeugten.

Eine Viertelstunde später konnte ich allmählich die Umrisse der Fahrzeuge erkennen, deren Scheinwerfer ich sah. Kelly brauchte ich vorläufig nicht zu wecken; je mehr sie schlief, desto leichter war mein Leben. Ich überzeugte mich davon, daß ich die Schlüsselkarte eingesteckt hatte, und ging aufs Hoteldach hinauf.

Regen trommelte auf das Blechdach des Liftgehäuses. Ich kroch über das Flachdach und wurde von oben und unten naß, während ich die Hi-8-Kamera einschaltete. Ich kontrollierte, ob der Bildausschnitt noch stimmte und das Objektiv nicht beschlagen war. Es war natürlich beschlagen. Ich machte mir Vorwürfe, weil ich nicht daran gedacht hatte, die Kamera nachts in einen weiteren Plastikbeutel zu verpacken, damit keine Feuchtigkeit eindringen konnte.

Während ich das Objektiv vorsichtig mit meinem Jackenärmel abwischte, hatte ich plötzlich das Gefühl, mich zwischen zwei Welten zu befinden. Hinter mir röhrte der morgendliche Berufsverkehr, aber vor mir in Richtung Fluß hörte ich deutlich Vogelgezwitscher. Ich hatte beinahe Freude daran. Aber dieser Augenblick ging bald zu Ende, als das erste Flugzeug des heutigen Tages donnernd startete und in den tiefhängenden Wolken verschwand.

Sobald das Objektiv trocken war, überzeugte ich mich nochmals davon, daß die Kamera das richtige Objekt aufnahm, bevor ich sie wieder einpackte.

Inzwischen war es kurz nach sechs. Ich ging ins Zimmer zurück und mußte lächeln, als ich ein Paar mittleren Alters händchenhaltend aus dem Zimmer neben uns kommen sah. Mit den beiden stimmte irgend etwas nicht. Ich wettete mit mir selbst, daß sie mit zwei Autos wegfahren würden.

Als ich mit meinem Kaffee wieder in dem Sessel am Fenster saß, dachte ich zum hundertstenmal über mein letztes Telefongespräch mit Kev nach. Pat hatte behauptet, falls die Sache mit der PIRA zusammenhänge, müsse es Querverbindungen zu Drogen, Gibraltar und den Amerikanern geben. Die Erwähnung von Gibraltar war interessant, denn irgendwas an diesem Job war mir schon immer merkwürdig vorgekommen.

Für die PIRA war 1987 ein Schreckensjahr gewesen, und Euan und ich hatten unseren Teil dazu beigetragen, ihr in Ulster die Suppe zu versalzen. Sie hatte das Jahr mit dem Vorsatz begonnen, »im nationalen Befreiungskampf greifbare Erfolge zu erzielen«, aber daraus war nichts geworden. Im Februar hatte die PIRA bei den irischen Parlamentswahlen siebenundzwanzig Sinn-Féin-Kandidaten aufgestellt, die es jeweils auf nur etwa tausend Wählerstimmen gebracht hatten. Im Süden interessierte sich kaum jemand für die Wiedervereinigung mit Nordirland; die wichtigsten Themen waren Arbeitslosigkeit und hohe Steuern. Das bewies, wie weit sich die PIRA von der Realität entfernt hatte und wie erfolgreich die anglo-irische Übereinkunft war. Der Durchschnittswähler glaubte wirklich, Dublin und London könnten zusammenarbeiten, um die alten Schwierigkeiten langfristig zu lösen.

Die PIRA konnte das nicht tatenlos hinnehmen und schien zu glauben, etwas für die Kampfmoral ihrer Anhänger tun zu müssen. Ihre Reaktion bestand darin, am 25. April mit Lord Justice Maurice Gibson einen der höchsten Richter Nordirlands zu ermorden. Der Erfolg dieses Unternehmens begeisterte die PIRA und ihre Sympathisanten. Damit waren sie nicht nur einen ihrer entschiedensten Gegner los, sondern hatten auch erreicht, daß Dublin und London einander mit Schuldzuweisungen überhäuften. Die anglo-irische Übereinkunft, die entscheidend dazu beigetragen hatte, den Einfluß der PIRA zu vermindern, schien jetzt gefährdet zu sein.

Aber der Siegesjubel war kaum verhallt, als die PIRA eine weitere Schlappe einstecken mußte. Zwei Wochen später geriet die East Tyrone Brigade bei dem Versuch, eine Polizeistation zu überfallen, in Loughall im County Armagh in einen Hinterhalt des Regiments. Von den rund tausend Aktivisten des Jahres 1980 war die PIRA bereits auf weniger als zweihundertfünfzig Mann geschrumpft, von denen nur etwa fünfzig wirkliche Kämpfer waren. Unser Erfolg in Loughall hatte ihre Zahl um ein Fünftel auf vierzig zusammenschrumpfen lassen. Hielten die Verluste in dieser Höhe an, würde die gesamte PIRA bald in ein einziges Taxi passen.

Auf die vernichtende Niederlage von Loughall folgte wenig später Gerry Adams' katastrophales Abschneiden bei den britischen Parlamentswahlen. Der Stimmenanteil von Sinn Féin ging dramatisch zurück, weil die Katholiken lieber die gemäßigte SDLP wählten. Und während Sinn Féin in Dublin ihren Parteitag abhielt, brachte der französische Zoll am 31. Oktober vor der Bretagne den kleinen Frachter *Eksund* auf. An Bord befand sich ein verfrühtes Weihnachtsgeschenk von Gaddhafi an die PIRA: Hunderte von AK-47-Sturmgewehren, tonnenweise Semtex-Plastiksprengstoff, mehrere Fla-Raketen und soviel Munition, daß es an ein Wunder grenzte, daß das Schiff überhaupt noch schwimmfähig war.

Damit war die Demütigung der PIRA vollständig. Verständlicherweise dürsteten Gerry Adams und die PIRA nun nach Rache und wollten einen PR-Coup landen, der Leuten wie Gaddhafi und den Amerikanern irischer Abstammung, die für Noraid spendeten, ihre ungebrochene Kampfkraft demonstrieren sollte.

Am 8. November detonierte ein am Kriegerdenkmal in Enniskillen im County Fermanagh angebrachter fünfzehn Kilo schwerer Sprengsatz mit Zeitzünder. Dieser Anschlag bei einer Gedenkfeier für die Gefallenen des Ersten Weltkriegs forderte elf Tote und über sechzig Schwerverletzte. Die gesamte Welt äußerte augenblicklich Empörung über diese Greueltat. In Dublin standen Tausende von Menschen Schlange, um sich in ein Kondolenzbuch einzutragen. Sogar in Moskau, das sonst nicht für die Verurteilung vermeintlicher Freiheitskämpfer bekannt war, geißelte die Nachrichtenagentur TASS diese »barbarischen Morde«.

Am schlimmsten für die PIRA war jedoch, daß selbst die Amerikaner irischer Abstammung offenbar endgültig genug hatten. Die PIRA hatte einen entscheidenden Fehler gemacht. Sie hatte geglaubt, der Bombenanschlag werde als Sieg in ihrem Kampf gegen eine Besatzungsmacht bejubelt werden, aber tatsächlich hatte er nur gezeigt, was diese Leute in Wirklichkeit waren. Mordanschläge auf »legitime« Ziele wie Richter, Polizeibeamte und Angehörige der Sicherheitskräfte mochten noch angehen – aber die Ermordung schuldloser Zivilisten bei einer Gedenkfeier für die Gefallenen des Ersten Weltkriegs?

Deshalb war mir der in Gibraltar geplante Anschlag so rätselhaft gewesen. Ich hatte erkannt, daß Gerry Adams & Co. verzweifelt bemüht waren, ihrer abnehmenden Zahl von Sympathisanten zu demonstrieren, daß sie weiterhin aktiv waren, aber wozu eine Wiederholung der durch Enniskillen ausgelösten internationalen Ächtung riskieren? Einem Bombenanschlag in Gibraltar wären bestimmt nicht nur britische Zivilisten zum Opfer gefallen. Auf den dortigen Straßen und Plätzen waren um diese Jahreszeit Tausende von ausländischen Touristen unterwegs – viele kamen von den Kreuzfahrtschiffen, die regelmäßig Gibraltar anlaufen. Und viele von ihnen waren Amerikaner, wie die PIRA genau wissen mußte. Die Hintergründe dieses wahnwitzigen Anschlags hatte ich nie begriffen.

Plötzlich wurde mir klar, daß wir diese Sache vielleicht aus der falschen Perspektive gesehen hatten. Die PIRA-Leute waren Terroristen, aber ihre Anwesenheit hier in Washington bewies, daß sie auch Geschäftsleute waren. In Gelddingen gab es keine weltanschaulichen Differenzen, nur Raffgier und gewöhnliches Konkurrenzdenken. Ich wußte, daß sie regelmäßig mit protestantischen Aktivisten zusammenkamen, um über Einnahmequellen wie Drogenhandel, Prostitution und Erpressung zu sprechen und sogar Demarkationslinien für Taxiunternehmen und Spielsalons in Ulster festzulegen. Sie verfügten über die Infrastruktur, die Kenntnisse und die Waffen, um im Bereich der organisierten Kriminalität eine Hauptrolle zu spielen. In Zusammenarbeit mit Terrororganisationen in aller Welt ergaben sich daraus vielfältige Möglichkeiten. Traf meine Vermutung zu, war das eine schlimme Sache.

Unten auf dem Parkplatz nahm das Paar von vorhin mit einer letzten langen Umarmung voneinander Abschied. Auch das war vermutlich eine schlimme Sache. Nach einem Abschiedskuß fuhren die beiden wie erwartet mit zwei Autos davon.

Da Pat erst gegen Mittag anrufen würde und ich noch gut drei Stunden warten mußte, bis ich die Kassette der Videokamera wechseln konnte, gab es nicht viel anderes zu tun, als sich im Fernsehen Invasoren vom Mars und redende Schuhe anzusehen, die in Mülltonnen lebten. Aber die Untätigkeit ging mir auf die Nerven. Ich mußte irgend etwas tun.

Ich rüttelte Kelly wach. Sie ächzte und zog sich die Bettdecke bis zum Kinn hoch. Ich sprach halblaut in ihr Ohr. »Ich gehe runter, um ein paar Sachen zu kaufen, okay?«

»Ja«, antwortete sie fast unhörbar leise. Was ich tat, war ihr offenbar egal. Mir wurde langsam klar, daß sie kein Morgenmensch war.

Ich benutzte wieder die Feuertreppe, ging unter der Stadtautobahn hindurch und erreichte einen 7-Eleven. Drinnen sah der Laden aus wie Fort Knox. Eine Wandnische war durch ein Stahlgitter abgetrennt, hinter dem mich ein koreanisches Gesicht mißtrauisch beäugte, bevor es sich wieder einem tragbaren Fernseher zuwandte. Der Laden war überheizt und stank nach Zigarettenrauch und bitterem Kaffee. Überall an den Wänden informierten große Schilder die einheimischen Ganoven: *Kassenbestand nur 50 Dollar; alles andere auf der Bank.*

Ich brauchte eigentlich nichts zu kaufen; wir hatten schon Unmengen von Zeug – jedenfalls mehr Kekse als Mr. Oreo. Aber ich wollte eine Zeitlang allein und nicht immer mit Kelly zusammensein. Ich fand es ermüdend, sie um mich zu haben. Es gab immer irgend etwas, das gemacht, nachgesehen oder gewaschen werden mußte, und in der verbleibenden Zeit schien ich damit ausgelastet zu sein, sie aufzufordern, sich mit dem Anziehen zu beeilen.

Über dem Zeitungsständer mahnte ein weiteres freundliches Schild: *Nicht auf den Boden spucken oder Zeitschriften lesen.* Ich nahm die *Washington Post* und mehrere Zeitschriften mit – teils für mich, teils für Kelly. Ohne mir den Inhalt genau anzusehen, trat ich an das Gitter und schob mein Geld durch den kleinen Zahlschlitz. Der Koreaner wirkte enttäuscht, weil er die Machete, die er bestimmt unter der Kasse liegen hatte, nicht benutzen mußte.

Im Hotel schlenderte ich ins Frühstückszimmer, um ein Tablett für drei Personen zusammenzustellen. Fast alle Tische waren besetzt. An der Wand über dem Frühstücksbüfett hing ein Fernseher, in dem ein Moderator über George Mitchell und seine Rolle im nordirischen Friedensprozeß sprach. Ich hörte mir kurze Statements von Sinn Féin und der britischen Regierung an, die beide die Aussagen der anderen Seite kritisierten und behaupteten, nur sie seien wahrhaft friedenswillig.

Dann ließ mich eine Frauenstimme zusammenzucken. Sie verlas Lokalnachrichten, und während ich einen Orangensaft für Kelly eingoß, spürte ich, wie mir ein eisiger Schauer über den Rücken lief. Sie sprach über die Browns.

Ich wagte nicht, mich umzudrehen. Jeden Augenblick konnte eines der Grillphotos auf dem Bildschirm erscheinen.

Die Moderatorin berichtete den Zuschauern, die Polizei habe noch keine heiße Spur, aber zur Unterstützung ihrer Großfahndung nach dem Entführer der siebenjährigen Kelly ein Phantombild des Mannes veröffentlicht, mit dem sie beim Verlassen des Hauses gesehen worden sei. Sie gab Größe, Körperbau und Haarfarbe des Verdächtigen an.

Ich konnte nicht noch mehr Kaffee oder Orangensaft eingießen, und auf den drei Papptellern lagen schon Berge von Essen. Aber ich wagte es nicht, mich jetzt umzudrehen. Ich steckte einen Bagel in den Toaster, trank einen Schluck Kaffee, während ich wartete, und hielt dabei möglichst den Kopf gesenkt. Im Frühstücksraum schien plötzlich Schweigen zu herrschen, in dem nur die Stimme der Moderatorin zu hören war. Ich flehte sie in Gedanken an, endlich das Thema zu wechseln. Der Bagel sprang aus dem Toaster. Scheiße. Ich bestrich ihn mit Butter. Ich wußte, daß die anderen Gäste mich beobachteten; sie *mußten* mich anstarren. Aber ich hatte nichts mehr zu tun.

Ich holte tief Luft, nahm mein Tablett in beide Hände und drehte mich um. Das Stimmengewirr im Raum setzte wieder ein. Niemand würdigte mich auch nur eines Blickes. Alle waren viel zu beschäftigt, zu frühstücken, sich zu unterhalten und die Morgenzeitungen zu lesen.

Kelly schlief noch. Um so besser. Ich ließ ihr Frühstück auf dem Sideboard stehen und machte mich über meine Cheerios her. Ich schaltete den Fernseher ein, machte den Ton aus und suchte die Kanäle nach Lokalnachrichten ab. Aber es gab keine weiteren Berichte über die Morde am Hunting Bear Path.

Ich blätterte die Zeitung durch. Wir waren berühmt ... na ja, gewissermaßen. Ein kleiner Bericht auf Seite fünf. Keine Bilder. Ein Polizeisprecher wurde mit der Äußerung zitiert, man zögere, bestimmte Theorien aufzustellen, solange die Beweislage so dürftig sei, aber man gehe von einem Mord im Drogenmilieu aus. Luther und Konsorten würden sich freuen, das zu hören. Ansonsten schien es keine neuen Hinweise zu geben. Ich war nicht der einzige, der im dunkeln tappte.

Ich mußte versuchen, alle Spekulationen auszublenden, weil sie viel zu verwirrend waren. Wie der Polizeisprecher gesagt hatte, war es ohne sichere Anhaltspunkte zwecklos, Zeit und Mühe darauf zu vergeuden, sich bestimmte Szenarien auszumalen. Ich beschloß, mich auf vier Punkte zu konzentrieren. Erstens: Kelly und mich zu schützen; zweitens: das Zielobjekt weiter zu überwachen, um herauszubekommen, ob die PIRA etwas mit Kevs Tod zu tun hatte; drittens: mir von Pat Geld zu leihen, um nach England zurückkehren zu können; viertens: mit Euan Verbindung aufzunehmen, damit er mir half, mit Simmonds klarzukommen – notfalls durch Verhandlungen, falls ich nichts für ihn hatte.

Ich sah zu Kelly hinüber. Sie lag auf dem Rücken, imitierte wieder mal einen Seestern und träumte vermutlich, sie sei Katherine, das rosa Girl. Die arme Kleine tat mir leid. Sie hatte keine Ahnung, was ihren Eltern und ihrer Schwester zugestoßen war. Irgend jemand würde es ihr eines Tages sagen müssen. Ich konnte nur hoffen, daß sie zu netten Leuten kommen würde; vielleicht zu ihren Großeltern, wer immer sie sein mochten.

Immerhin lebte sie noch. Bei den anderen Jungs herrschte bestimmt helle Panik. Sie mußten annehmen, daß Kelly sie mir beschrieben und mitbekommen hatte, worum es bei der Auseinandersetzung gegangen war. Bestimmt unternahmen sie verzweifelte Anstrengungen, uns aufzuspüren.

Ich überlegte, ob es möglich sein würde, Kelly weitere Informationen zu entlocken, gab diesen Gedanken aber rasch wieder auf. Ich war kein Psychologe, sondern bestenfalls jemand, der selbst einen brauchte.

Ich schlug eine Motorradzeitschrift auf. Bis ich sie ausgelesen hatte, war ich vom Ducati-Fan zum BMW-Fan geworden. Dann las ich in einem Anglermagazin, wie wundervoll der Lake Tahoe für Männer in hüfthohen Gummistiefeln war, und verlor mich in einer ganz neuen Welt aus Ködergrößen und Glasfaserruten, als plötzlich an unsere Zimmertür geklopft wurde.

Ich reagierte automatisch. Ich riß die Sig heraus, entsicherte sie und sah zu Kelly hinüber. Vielleicht sind wir beide bald tot, sagte ich mir.

Ich hielt ihr mit einer Hand den Mund zu, während ich sie wachrüttelte. Sie wachte ängstlich auf. Ich legte eine Hand auf meine Lippen. Das war keine freundliche Ermahnung, sondern ein klarer Befehl, die Klappe zu halten und keinen Ton zu sagen.

»Augenblick, komme gleich!« rief ich nach draußen. Ich hastete ins Bad, stellte die Dusche an, kam sofort wieder heraus und fragte an der Tür: »Hallo, wer ist da?«

Eine Pause. »Zimmermädchen.«

Ein Blick durch den Türspion zeigte mir eine Schwarze Anfang Fünfzig; sie trug die Uniform eines Zimmermädchens und hatte ihren Putzwagen hinter sich stehen.

Sonst war draußen niemand zu sehen, aber falls auf beiden Seiten der Zimmertür Polizeibeamte oder Luthers Jungs lauerten, würden sie sich bestimmt nicht zeigen.

Ich musterte sie prüfend und versuchte aus ihrem Blick zu erkennen, was hier vorging. Er würde mir bestimmt verraten, ob hinter der nächsten Ecke des Flurs zehn Schwerbewaffnete mit schußsicheren Westen bereitstanden.

»Danke, heute nicht«, wehrte ich ab. »Wir wollen ausschlafen.«

Ich sah, wie sie den Kopf senkte, und hörte: »Entschuldigung, Sir, aber Ihr Schild hängt nicht draußen.«

»Oh... schon gut.«

»Möchten Sie frische Handtücher?«

»Augenblick, ich komme gerade aus der Dusche. Ich muß mir rasch was anziehen.«

Daß wir Handtücher wollten, war nur natürlich.

Ich nahm meine Pistole in die linke Hand, entriegelte die Tür und öffnete sie einen Spalt. Die Waffe blieb auf den Spalt gerichtet; falls jemand versuchte, das schwarze Zimmermädchen wegzustoßen, um hier einzudringen, war er so gut wie erledigt.

Ich öffnete die Tür etwas weiter, stellte meinen Fuß dagegen und sah durch den Spalt nach draußen. »Oh, hi«, sagte ich lächelnd. Hinter der Tür blieb meine Pistole auf sie gerichtet. Ich streckte meine rechte Hand nicht durch den Türspalt, weil ich nicht wollte, daß jemand sie von der Seite packte. Statt dessen hob ich sie nur und sagte: »Die anderen leg ich später raus. Wir brauchen nur zwei Badetücher, die reichen... und haben Sie noch etwas Shampoo?«

Sie gab mir, was ich verlangte. Ich bedankte mich, und sie erwiderte mein Lächeln. Ich schloß die Tür.

Kelly lag mit offenem Mund im Bett und beobachtete sprachlos und verblüfft jede meiner Bewegungen.

Ich zuckte mit den Schultern. »Ärgerst du dich nicht auch, wenn Leute so was machen?«

Sie begann zu lachen, und ich stimmte ein. »Diesmal hätten sie uns beinahe erwischt!« sagte sie.

Dann veränderte sich ihr Gesichtsausdruck, und sie schüttelte langsam den Kopf. »Aber ich weiß, daß du nicht zuläßt, daß sie mich kriegen.«

Es war 10 Uhr 30 – zwanzig Minuten vor dem nächsten Kassettenwechsel auf dem Hoteldach. Ich griff nach dem Videofilm, den wir uns gestern abend angesehen hatten, schob ihn in den Recorder und spulte ihn zurück, damit ich ihn erneut verwenden konnte.

Ich brauchte Kelly nur anzulächeln, schon sprang sie auf und ging zur Tür, um sie hinter mir zu verriegeln.

»Ich will, daß du duschst, während ich unterwegs bin. Tust du das?«

Sie zuckte mit den Schultern. »Wenn's sein muß.«

Ich ging aufs Dach hinauf.

Das Wetter war noch immer beschissen.

21

Bis zu Pats Mittagsanruf war noch über eine Stunde Zeit. Wir setzten uns gemeinsam hin, um die neuesten Filmaufnahmen zu begutachten.

»Was wir hier machen, ist wirklich wichtig, weil wir vielleicht jemanden sehen, den wir kennen. Dann geben wir den Film Daddy, und er kann rauskriegen, wer die Männer sind, die ihn angebrüllt haben. Sobald du jemanden siehst, der dir irgendwie bekannt vorkommt – wie Melissas Dad oder der Mann im Lebensmittelgeschäft oder sogar einer der Männer, die bei Daddy gewesen sind –, sagst du's mir, und wir sehen ihn uns näher an. Okay?«

Ich stellte auf Schnellvorlauf und hielt den Videofilm jeweils an, wenn jemand das Gebäude betrat oder verließ. Dann notierte ich, was für Leute das waren: Mann, Frau, weiß, schwarz, gelb; und was sie trugen: Schwarz auf Blau, Rot auf Blau …

Diesmal machte unser Spiel Kelly sichtlich weniger Spaß.

»Was ist mit dem?« fragte ich drängend.

»Nein.«

»Und mit der Frau?«

»Nein.«

»Weißt du bestimmt, daß du diesen Mann nie gesehen hast?«

»Niemals!«

Schließlich entdeckte sie einen Mann, den sie kannte. Ich spulte das Band zurück. »Wer ist das?«

»Mr. Mooner aus den *Fox Kids.*«

»Okay, das schreibe ich mir auf.«

Ein weiterer Mann ging die Stufen zum Eingang hinauf. Ich hielt den Film an und spulte ihn zurück. »Kennst du den?«

Sie schüttelte den Kopf.

»Nun, ich kenne jemanden, der genau wie er aussieht«, sagte ich. »Ich habe früher mal mit einem Mann zusammengearbeitet, der sich nie merken konnte, wo er seine Sachen hingelegt hatte, und eines Tages haben wir ihm sein Gebiß versteckt, und er mußte die ganze Woche Suppe essen.« Darüber mußte sie lachen, und sie konnte wieder eine Zeitlang weitermachen.

Um 11 Uhr 45 waren wir noch immer dabei, den Film durchzusehen, und ich machte mir weiter Notizen. Ich hielt das Band bei zwei Männern an, die das Gebäude gemeinsam betraten.

»Kennst du diese beiden? Ich kenne sie nämlich nicht, und mir fällt auch niemand ein, dem sie ähnlich sehen.« Ich zermarterte mir den Kopf, um mir eine weitere Geschichte auszudenken, die ihr Interesse wachhalten konnte.

»Nein, ich kenne sie nicht.«

»Also gut. Nur noch ein paar, dann machen wir was anderes. Ich stellte auf Schnellvorlauf um, sah einen Mann aus dem Gebäude kommen, spulte zurück und ließ den Film mit normaler Geschwindigkeit ablaufen.

Sie rutschte bis an die Bettkante vor. »Diesen Mann kenne ich«, behauptete sie.

Ich betätigte die Standbildtaste. Auf dem Bildschirm war ein Schwarzer, Mitte Dreißig, zu sehen.

»Wer ist das?«

»Er ist mit den anderen Männern bei Daddy gewesen.«

Ich bemühte mich, ruhig zu sprechen. »Wie heißt er? Kennst du die Namen der anderen Männer?«

»Darf ich jetzt heim und Mommy sehen? Du hast gesagt, daß ich morgen nach Hause darf, und jetzt ist morgen.«

»Erst müssen wir diese Sache klären, Kelly. Daddy muß ihre Namen wissen. Er kann sich nicht an sie erinnern.«

Ich versuchte mich als Psychologe, aber ich verstand jetzt mehr vom Fliegenfischen als von Kinderpsychologie.

Sie schüttelte den Kopf.

»Aber Daddy hat sie gekannt, nicht wahr?«

»Ja, er hat sie gekannt. Sie sind gekommen, um Daddy zu besuchen.«

»Kannst du dich an irgendwas erinnern, das mit ihnen zusammenhängt? Haben sie geraucht?«

»Das weiß ich nicht. Ich glaube nicht.«

»Hat einer von ihnen eine Brille getragen.«

»Ja – dieser Mann.«

Ich sah genauer hin. Tatsächlich trug der Unbekannte eine randlose Brille.

»Okay, haben sie Ringe oder sonst was getragen?«

»Das weiß ich nicht.«

Ich versuchte es mit der Farbe ihres Autos, ihrer Schuhe, ihrer Mäntel. Hatten sie sich mit Namen angesprochen? Waren sie Amerikaner gewesen?

Sie geriet sichtlich durcheinander, aber ich mußte weiterfragen.

»Kelly, weißt du bestimmt, daß dieser Mann an dem Tag, an dem ich dich gefunden habe, bei Daddy gewesen ist?«

In ihren Augen standen Tränen. Ich war zu weit gegangen.

»Nicht weinen.« Ich legte ihr einen Arm um die Schultern. »Schon gut, Kelly. Dieser Mann ist mit den anderen gekommen, nicht wahr?«

Ich spürte, daß sie nickte.

»Das ist sehr gut, denn ich kann diese Information an Daddy

weitergeben, wenn ich ihn sehe, und dann sind sie leichter zu erwischen. Siehst du, jetzt hast du ihm geholfen!«

Sie sah zu mir auf und lächelte unter Tränen.

Falls sie recht hatte, kam hier einer der Männer, die Kev ermordet hatten, aus einem Gebäude, in dem eine PIRA-Tarnfirma ihre Geschäftsräume hatte.

Der Videofilm war noch nicht zu Ende. Ich bemühte mich um einen munteren Tonfall. »Schön, dann sehen wir uns jetzt den Rest an und versuchen, die übrigen Männer zu finden. Sie sind auch schwarz gewesen, nicht wahr?«

»Nein, weiß.«

»Ja, natürlich.«

Wir machten bis zum Ende weiter. Ich entdeckte einen Doppelgänger von Nelson Mandela, und Kelly glaubte, Michael Jackson zu erkennen. Aber das waren die einzigen Erfolge.

»Können wir jetzt heimfahren und Daddy diesen Film zeigen? Ihm geht's bestimmt wieder besser. Du hast versprochen, daß wir heimfahren, wenn wir jemanden erkennen.«

Ich verstrickte mich immer tiefer. »Nein, noch nicht. Ich muß erst feststellen, ob er wirklich der Mann ist, der Daddy besucht hat. Aber das dauert nicht mehr lange.«

Ich lag auf dem Bett und gab vor, das Anglermagazin zu lesen. Mein Herz schlug laut und langsam. Ich versuchte mich an meinen Plan zu halten, aber es gelang mir nicht, mich auf die gegenwärtig wichtigen Probleme zu konzentrieren. Warum war Kev von Männern ermordet worden, die er kannte? Gehörten Luther und Konsorten zu dieser Gruppe? Sie mußten dazugehören. Was hatte Kev gewußt – oder worin war er verwickelt gewesen? Hätte Kev mir von seinem Problem erzählt, wenn er korrupt gewesen wäre? Hatte die DEA wegen der Drogengeschäfte der PIRA ermittelt? War Kev von der PIRA oder den Drogenhändlern ermordet worden, weil er etwas getan hatte oder tun wollte? Aber woher hatten sie ihn gekannt?

Vermutungen halfen mir nicht weiter. Damit vergeudete ich nur Zeit und Mühe. Kelly lag neben mir auf dem Bett und sah mit in die Zeitschrift. Es war ein merkwürdiges Gefühl, ihren Kopf an meiner Schulter zu spüren. Ich schob meinen Arm unter ihr hindurch, um auf meine Uhr sehen zu können. Kelly verstand meine Bewegung falsch und glaubte, ich wolle sie an mich drücken.

Pat mußte gleich anrufen. Ich stand auf, um das Mobiltelefon einzuschalten. Dann blickte ich am Fenster stehend in den Regen hinaus und versuchte mir Klarheit über meine nächsten Schritte zu verschaffen. Und ich dachte über einen geeigneten Ort für einen Treff nach. Das Einkaufszentrum, in dem wir uns schon einmal getroffen hatten, erschien mir nicht mehr sicher genug.

Pünktlich um zwölf klingelte das Telefon.

»Hallo?«

»Hallo, Kumpel.« Verkehrsgeräusche im Hintergrund zeigten, daß Pat aus einer Telefonzelle anrief.

»Hier hat sich einiges ergeben«, sagte ich. »Wir müssen uns treffen.«

»In zwei Stunden, okay?«

»Gut, in zwei Stunden. In der Union Station?«

»Äh… Union Station… klar, kein Problem.« Pat schien zugekifft zu sein.

Ich kannte den Bahnhof von einigen Reisen und konnte mich an seinen Grundriß erinnern. »Du kommst durch den Haupteingang rein«, erklärte ich Pat. »Auf der Galerie findest du gegenüber der Treppe einen Coffee Shop. Dort wartest du bei einer Tasse Kaffee, bis ich dich abhole, okay?«

Eine lange, beunruhigende Pause. »Hast du verstanden, Pat?«

»Okay, ich bin da. Bis später.« Am anderen Ende wurde eingehängt.

Die Union Station ist der Amtra-Hauptbahnhof in Washington, D.C. Sie ist so großartig und elegant, daß sie in Paris stehen sollte – nicht hier in der Heimat des Hohlblocksteins und der dunklen Holzfurniere. Auf den meisten Bahnhöfen der Welt verkehrt ein eher schäbiges Publikum, aber in dieser Beziehung bildet die Union Station eine Ausnahme. Ihre Fahrkarten- und Gepäckschalter könnten auf jedem modernen Flughafen stehen. Dort gibt es sogar einen Salon für die Erste Klasse. Züge sind keine zu sehen, weil die Bahnsteige hinter Trennwänden liegen, aber man wäre ohnehin viel zu sehr durch die Einkaufspassage, die Cafés und Restaurants und sogar ein Kinozentrum mit fünf Kinos abgelenkt. Für mich war jedoch entscheidend, daß dort immer reger Betrieb herrschte; wegen der Osterferien würde es von Reisenden von auswärts wimmeln, die nichts von den Ereignissen am Hunting Bear Path wußten.

Ein Taxi brachte uns frühzeitig zur Union Station. Wir hatten knapp eine Stunde Zeit, die ich dafür nutzte, die meisten Dinge zu kaufen, die ich für meine Erkundung des PIRA-Büros brauchen würde. Seit Kelly den Schwarzen eindeutig identifiziert hatte, war mir klar, daß ich mich dort umsehen mußte.

Ich kaufte eine Polaroid-Kamera mit einem halben Dutzend Filmen, einen Wegwerfoverall, weitere Rollen Gewebe- und Klebeband, eine solide Schere, mit der man angeblich Geldstücke durchschneiden konnte, ein Leatherman's Tool – ein vielseitiges Mehrzweckwerkzeug –, dünne Gummihandschuhe, Batterien, eine Rolle Schrumpffolie, eine Plastikflasche Orangensaft mit Schraubverschluß, eine Schachtel Zeichennadeln, einen Zwölferkarton Eier und eine Küchenuhr mit gut zwanzig Zentimeter Durchmesser. Kelly begutachtete meine Einkäufe mit hochgezogenen Augenbrauen, stellte aber keine Fragen.

Bis 13 Uhr 40 hatte ich zwei große Tragetaschen mit meinen Einkäufen und einigen Büchern und Spielen für Kelly gefüllt.

Der prächtige Mosaikfußboden der Haupthalle war mir im Gedächtnis geblieben, aber ich hatte die an eine Kathedrale erinnernden Gewölbedecken vergessen. In der Mitte des zentralen Kuppelsaals waren ein Zeitschriftenstand und mehrere Gruppen von Tischen aufgebaut. Auf der Plattform darüber befand sich ein über eine Treppe erreichbares Restaurant, das für meine Zwecke geradezu ideal war.

Oben wurden wir von einer Bedienung empfangen.

Ich lächelte. »Bitte einen Tisch für zwei Personen.«

»Raucher oder Nichtraucher?«

Ich zeigte auf einen freien Tisch ganz hinten. »Können wir den haben?«

Wir nahmen Platz, und ich stellte meine Tragetaschen unter den Tisch. Der Haupteingang war von hier aus nicht zu sehen, aber ich würde Pat beobachten können, wenn er auf den Coffee Shop zuging, der sich auf einer Galerie im rückwärtigen Teil der Haupthalle befand.

Die Bedienung kam, um unsere Getränkebestellung aufzunehmen. Ich bestellte zwei Cola und fügte hinzu: »Kann ich auch gleich das Essen bestellen? Zwei mittelgroße Pizzas, bitte.«

Kelly sah auf. »Meine bitte mit einer Extraportion Pilzen?«

Ich nickte der Bedienung zu, und sie ging.

Kelly lächelte. »Ich bin genau wie meine Mommy. Wir mögen beide eine Extraportion Pilze. Daddy sagt, daß wir von Waldelfen abstammen müssen.« Sie lächelte nochmals, als erwarte sie eine Reaktion.

»Das ist nett«, sagte ich. Auf solche Gespräche durfte ich mich gar nicht erst einlassen.

Kelly nahm einen Schluck von ihrer Cola und sah sich neugierig um. Sie hatte offensichtlich Spaß daran, zur Abwechslung einmal richtige Menschen beobachten zu können.

Pat kam frühzeitig und trug dieselben Sachen wie bei unserem ersten Treff, um leichter erkennbar zu sein. Oder der Scheißkerl hatte sich seither nicht umgezogen. Als er unter mir vorbei durch die Haupthalle ging, schien irgend etwas mit ihm nicht ganz in Ordnung zu sein. Er schwankte leicht, aber ich wußte, daß das nicht von zuviel Bier kam. Ich befürchtete das Schlimmste.

Ich überzeugte mich davon, daß er nicht beschattet wurde; indem ich ihm den Rücken freihielt, sorgte ich für meine eigene Sicherheit.

Nach ungefähr fünf Minuten stand ich auf und sagte zu

Kelly: »Ich muß auf die Toilette. Bin gleich wieder da.« Im Vorbeigehen bat ich die Bedienung, auf Kelly und unsere Tragetaschen zu achten.

Durch Schwingtüren gelangte ich in die Haupthalle mit den Fahrkartenschaltern. Der Betrieb dort war hektisch, als verreise jeder zweite Amerikaner über Ostern. Selbst die Klimaanlage kam nicht mehr mit; die feuchte Wärme der vielen Menschen verwandelte die große Bahnhofshalle in ein Treibhaus. Ich schloß mich der Menge an, die sich langsam zu der Galerie hinaufschob.

Pat stand im Coffee Shop an der Selbstbedienungstheke und hatte drei oder vier Leute vor sich. Ich spielte den freudig Überraschten, als ich ihm grinsend auf die Schulter schlug.

»Pat! Was zum Teufel machst du hier?«

Er grinste ebenfalls breit. »Ich muß hier jemanden abholen.« Seine Pupillen waren groß wie Untertassen.

»Ich auch. Hast du Zeit für ’nen Micky D’s?«

»Yeah, klar, warum nicht?«

Wir verließen den Coffee Shop, gingen die Galerie entlang, folgten den Hinweisschildern zum Ausgang durch eine Automatiktür und fuhren mit der Rolltreppe zum Parkhaus hinauf.

Pat, der zwei Stufen über mir stand, sah fragend auf mich herab. »Was, zum Teufel, ist ein Micky D’s?«

»McDonald’s«, sagte ich, als müßte er das eigentlich wissen. Andererseits war Pat nicht Tag und Nacht mit einer Siebenjährigen zusammen. »Hey, Kumpel, das weiß doch jeder!«

Er führte einen Moondance à la Michael Jackson auf.

Unterdessen hatten wir schon fast die Ebene erreicht, auf der die Busse abfuhren. »Falls es Schwierigkeiten gibt«, erklärte ich ihm, »verschwinde ich durch den Busbahnhof nach rechts zum nächsten Ausgang.«

»Gut. Kein Problem!« Seine Stimme klang ganz normal, aber er sah beschissen aus.

Die Parkplätze befanden sich auf den beiden nächsthöheren Ebenen. Wir gingen die kahle Betontreppe hinauf, blieben auf der ersten Ebene stehen und stellten uns so hin, daß wir die Treppe unter uns im Auge behalten konnten.

Ich kam sofort zur Sache. »Mir geht's um zwei Dinge, Kumpel. Hier drinnen steht eine Liste, die ich dir nicht am Telefon vorlesen wollte.« Ich gab ihm ein kleines Notizbuch. »Ich brauche alles, was ich dir aufgeschrieben habe. Und wie sieht's mit dem Geld aus?«

Pat studierte bereits die Liste in dem Notizbuch, das ich ihm in die Hand gedrückt hatte. Entweder verblüffte ihn der Inhalt – oder er sah alles nur verschwommen. Ohne den Kopf zu heben, murmelte er: »Ich wollte dir heute etwas Geld geben. Aber das meiste geht bestimmt für diesen Scheiß drauf. Mehr Geld kann ich dir morgen, vielleicht erst übermorgen beschaffen. Verdammt«, sagte er kopfschüttelnd, »bis wann brauchst du diesen ganzen Krempel?« Dann begann er zu kichern, als sei ihm etwas sehr Lustiges eingefallen, das er mir jedoch nicht erzählen wollte.

»Schon heute abend, Kumpel. Glaubst du, daß du's bis dahin schaffst?« Ich trat einen halben Schritt näher an Pat heran, um ihm in die Augen zu sehen.

Sein Kichern wurde zu einem Lachen, bis er merkte, daß ich ihn prüfend musterte, ohne eine Miene zu verziehen. Er räusperte sich und wurde schlagartig wieder ernst. »Ich tue mein Bestes, Kumpel. Ich weiß nur nicht, ob ich alles kriege, was auf deiner Liste steht.«

»Damit tust du mir einen verdammt großen Gefallen«, versicherte ich ihm. »Laß mich nicht im Stich, Pat. Ich bin echt auf deine Hilfe angewiesen.« Ich konnte nur hoffen, daß mein ernster Tonfall Wirkung zeigte. Während ich mit ihm sprach, behielt ich weiter die Treppe im Auge. »Hier hinten…«, ich schlug die Notizbuchseite auf, die ich meinte, »…habe ich dir aufgeschrieben und skizziert, wo ich die Lieferung übernehmen will. Das muß heute abend um dreiundzwanzig Uhr passieren.«

Pat studierte jetzt meine Anweisungen für den nächtlichen

Treff. Ich ging leicht in die Knie, um ihm trotzdem in die Augen sehen zu können. »Heute abend, dreiundzwanzig Uhr, Kumpel. Dreiundzwanzig Uhr, okay?«

Ich kannte Pat gut genug, um zu merken, daß er begriff, daß es mir ernst war. Er wußte, daß er zugekifft war, und strengte sich an, trotzdem alles zu begreifen.

Ich war froh, daß ich ihm alles genau aufgeschrieben hatte. Pat machte nicht den Eindruck, als könnte er sich in seinem Zustand die Beschreibung eines Treffs merken.

»Was für einen Wagen fährst du?« fragte ich.

»Einen roten Mustang.« Pat kam mit seinem Gesicht näher an meines heran. »Röter als ein Feuerwehrauto!« Diese Beschreibung gefiel ihm so gut, daß er wieder lachen mußte.

»Du gehst zur H Street raus.« Ich zeigte in die Richtung, die ich meinte.

Ich wartete, überzeugte mich davon, daß ihm niemand folgte, und ging dann weiter die Betontreppe hinauf, als sei ich zu meinem Wagen unterwegs. Von der oberen Ebene fuhr ich mit dem Lift zur Galerie mit dem Coffee Shop hinunter.

Vor dem Restaurant machte ich einen Augenblick halt, um zu sehen, ob die Luft rein war. Kelly kämpfte noch immer mit ihrer Pizza.

»Du hast dir aber Zeit gelassen!« sagte sie mit dem Mund voller Pilze.

»Ja, auf der Toilette hat's kein Klopapier gegeben«, sagte ich lachend, während ich mich zu ihr setzte.

Sie überlegte kurz, dann lachte sie mit.

22

Als wir zurückkamen, stellte ich für Kelly den Fernseher an und leerte die Tragetaschen auf meinem Bett aus. Sie wollte wissen, wozu ich das ganze Zeug brauchte.

»Ich muß nur Pat helfen. Er hat mich gebeten, etwas für ihn

zu erledigen. Wenn du willst, kannst du jetzt fernsehen. Bist du hungrig?«

»Nein.« Sie hatte recht; nach einer Pizza von der Größe einer Panzermine war das eine dämliche Frage.

Ich setzte mich mit der großen Küchenuhr mit dem rotweißen Rahmen in meinen Sessel am Fenster. Dann fing ich an, den Rahmen Stück für Stück abzubrechen, bis ich nur noch das Zifferblatt mit den Zeigern und dem dahinter montierten Quarzuhrwerk auf den Knien liegen hatte. Als nächstes machte ich mich daran, das Zifferblatt aus Kunststoff in kleinen Stükken abzubrechen. Als es schließlich kaum noch größer als das Uhrwerk war, brach ich auch die Stunden- und Sekundenzeiger ab. Jetzt war nur noch der Minutenzeiger übrig. Ins Uhrwerk setzte ich eine neue Batterie ein.

Kelly sah mir interessiert zu.

»Das ist ein Zauberkunststück. Ich zeig's dir, sobald ich fertig bin, okay?«

»Gut.« Sie wandte sich dem Fernseher zu, behielt mich aber weiter im Auge.

Ich ging mit dem Eierkarton zum Papierkorb und leerte seinen Inhalt aus. Dann riß ich ihn der Länge nach auseinander, so daß zwei Hälften mit je sechs Einbuchtungen übrigblieben. Aus Klebeband formte ich eine kleine Röhre, die am Rand des halbierten Eierkartons festgeklebt wurde und gerade groß genug war, um den Minutenzeiger aufzunehmen. Dann fragte ich Kelly, die den Titelsong einer Seifenoper mitsang: »Willst du sehen, was man damit machen kann?«

Sie beobachtete gespannt, wie ich den halbierten Eierkarton auf den Minutenzeiger steckte.

Das Sideboard befand sich knapp zehn Zentimeter unter der Schalterleiste des Fernsehers. Ich legte das Uhrwerk genau unter den Infrarotsensor des Geräts und fixierte es dort mit Gewebeband.

Kelly verfolgte meine Vorbereitungen mit wachsendem Interesse. »Was machst du da?«

»Hast du die Fernbedienung? Stell den Fernseher damit etwas lauter.«

Sie tat, was ich sagte.

»Jetzt wieder leiser. Okay, ich wette mit dir, daß du ihn in einer Viertelstunde nicht mehr lauter stellen kannst.« Ich setzte mich neben sie aufs Bett. »Aber wir müssen beide hier sitzen und dürfen uns nicht bewegen, okay?«

»Okay.« Sie glaubte offenbar, ich würde mich an der Fernbedienung zu schaffen machen, und versteckte sie lächelnd unter ihrem Kopfkissen.

Es wäre eigentlich ganz nett gewesen, in dieser Ruhepause mit Kelly fernzusehen, wenn sie nicht dauernd gefragt hätte. »Ist die Viertelstunde schon vorbei?«

»Nein, erst sieben Minuten.« Der auf den Minutenzeiger gesteckte halbe Eierkarton befand sich inzwischen auf seinem Weg nach oben.

Sobald der Eierkarton den Sensor verdeckte, forderte ich Kelly auf: »Also los, versuch mal, den Ton lauter zu stellen.«

Sie drückte auf die entsprechende Taste, aber nichts passierte.

»Vielleicht liegt's an der Batterie?« neckte ich sie.

Wir legten eine neue Batterie ein. Trotzdem funktionierte die Fernbedienung nicht. Kelly kam nicht dahinter, woran es lag, und ich verriet ihr meinen Trick nicht.

»Zauberei!« behauptete ich grinsend.

Ich sortierte meine restlichen Einkäufe, trank einen Teil des Orangensafts, spülte die Plastikflasche aus und kontrollierte dann, daß die Geräte frische Batterien enthielten, bevor ich alles bereitlegte, was ich einpacken wollte.

Es war 22 Uhr 20, und Kelly schlief bereits. Ich würde sie wecken müssen, um ihr zu sagen, daß ich weggehen würde, denn ich wollte nicht, daß sie allein aufwachte und in Panik geriet. Manchmal war sie einfach nur lästig, aber ich empfand das starke Bedürfnis, sie zu beschützen. Sie sah so unschuldig aus, wenn sie wieder einmal Seestern spielte. Ich fragte mich, was später aus ihr werden würde – falls sie aus dieser Sache heil herauskam.

Ich kontrollierte alles noch einmal, zog das Mobiltelefon aus dem Ladegerät, steckte es ein, überprüfte meine Pistole und sah nach, ob ich meine Geldbörse eingesteckt hatte. Als Marschverpflegung nahm ich eine halbleere Packung Kekse mit. Dann beugte ich mich über die Schlafende und sagte leise: »Kelly!«

Da sie nicht reagierte, rüttelte ich sie sanft wach. »Ich lasse den Fernseher leise angestellt, damit du Unterhaltung hast, falls du willst«, sagte ich. »Ich muß nur noch mal für einige Zeit weg.«

»Yeah.«

Ich wußte nicht, ob sie tatsächlich alles verstanden hatte, aber ich wollte sie lieber nicht ganz wecken.

»Diesmal verriegelst du die Tür bitte nicht, weil ich den Schlüssel mitnehme. Ich will dich nicht wieder wecken müssen, wenn ich zurückkomme, okay?«

Ich verließ das Zimmer, fuhr mit dem Aufzug hinunter und trat auf die Straße. Über mir hörte ich das brausende Dröhnen des Verkehrs auf der Stadtautobahn. Immerhin regnete es nicht, aber die Luft roch feucht und war so kühl, daß ich meinen Atem sehen konnte.

Ich wandte mich nach links und marschierte entgegen der gewohnten Richtung weiter, um mir das Zielobjekt ein letztes Mal anzusehen. Während ich daran vorbeiging, knabberte ich trockene Kekse. Das Bürogebäude war wie letzte Nacht beleuchtet; auch sonst schien sich nichts verändert zu haben. Ich fragte mich, ob der Obdachlose wieder seinen Schlafplatz bezogen hatte – und mit einer Machete auf jemanden lauerte, der ihn anpinkeln wollte. Dann ging ich rasch weiter, um vor Pat am vereinbarten Treffpunkt zu sein. Vor der Stadtautobahn bog ich rechts ab und folgte der Parallelstraße, während über mir der Verkehrsstrom in Richtung Washington brauste.

Als die Straße eine Rechtskurve machte, blieb die Stadtautobahn hinter mir zurück. Auf beiden Seiten lagen ehemalige Industriegrundstücke, die größtenteils abgeräumt waren, und der Verkehrslärm verebbte allmählich. Bald konnte ich meine Schritte wieder hören. Rechts der Straße lag ein weitläufiger Abstellplatz für von der Polizei abgeschleppte Autos von Falschparkern. Wie konnten die städtischen Finanzen Washingtons ruiniert sein, wenn die Stadt mit diesen abgeschleppten Fahrzeugen ein Vermögen verdienen mußte? Links von mir standen die Zweckbauten eines hier entstehenden Gewerbegebiets. Ich erreichte das erste Gebäude, trat von der Straße in den Schatten und wartete.

Es war bizarr, hier nur wenige hundert Meter vom Pentagon entfernt und vermutlich dicht vor der Nase eben der Leute zu sein, die es auf mich abgesehen hatten. Aber diese Situation war zugleich auch spannend. An meiner Arbeit hatte mich unter anderem schon immer der Nervenkitzel gereizt.

Ich hörte ein Auto näher kommen. Ein Blick um die Ecke des Gebäudes zeigte mir ein einzelnes Scheinwerferpaar. Das mußte Pat sein. Ich zog meine Pistole.

Der rote Mustang fuhr vor. Ich stand halb geduckt in Feuerstellung und hielt meine Sig auf den Fahrer gerichtet, bis der Wagen hielt. Der Mann am Steuer war Pat. Selbst im schwachen Lichtschein der Instrumentenbeleuchtung war sein Profil mit der markanten Adlernase unverkennbar.

Mit meiner Pistole in der Hand trat ich an die Beifahrertür und öffnete sie. Die Innenbeleuchtung flammte nicht auf. Ich stieg ein und zog meine Tür fast geräuschlos zu, bis ich das Schloß klicken hörte.

Pat hatte die Handbremse angezogen, die er jetzt löste, um langsam anzufahren. Aus größerer Entfernung ist schwer feststellbar, ob ein Fahrzeug hält, wenn man keine Bremslichter sieht – deshalb hatte Pat die Handbremse benutzt. Und da keine Innenbeleuchtung aufgeflammt und kein Türenschlagen zu hören gewesen war, war mein Einsteigen hoffentlich unbemerkt geblieben.

Nach einem Blick auf die Straße hinter uns sagte ich: »An der nächsten Kreuzung rechts.«

Wir hatten keine Zeit zu verlieren, das wußten wir beide. »Ich habe alles«, erklärte Pat mir. »Die Sachen sind in der Sporttasche auf dem Rücksitz.« Er schien von seinem Trip runtergekommen zu sein und wirkte sichtlich verlegen.

Ich beugte mich über die Sitzlehne und zog den Laptop aus der Sporttasche. »Ist der Ton abgeschaltet?« fragte ich, denn ich wollte nicht, daß die Microsoft-Melodie erklang, wenn ich Windows 95 startete.

Er machte ein Gesicht, das mir zeigte, daß er mich für einen Idioten hielt, weil ich überhaupt danach gefragt hatte. Wir mußten beide lachen; damit war das Eis gebrochen.

Wir fuhren die Betonmauer entlang. Als wir an meinem Hotel vorbeikamen, achtete ich darauf, nicht zum Eingang hinüberzusehen. Dann bogen wir unter der Stadtautobahn nach rechts ab und hielten an der Ampel dahinter.

»Geradeaus weiter, an der Pennsylvania Avenue rechts ab«, verlangte ich.

»Kein Problem.«

Wir fuhren jetzt durch beidseitig bebaute und gut beleuchtete Straßen. Pat sah immer wieder in den Rückspiegel, um sich zu vergewissern, daß wir nicht verfolgt wurden. Um mich nicht umdrehen zu müssen, behielt ich unterwegs den rechten Seitenspiegel im Auge; keiner von uns wollte den Eindruck erwecken, als achte er auf etwaige Verfolger.

Wir hatten einige Fahrzeuge hinter uns, die jedoch aus anderen Straßen gekommen waren. Trotzdem war das keine Garantie dafür, daß wir nicht verfolgt wurden.

Ich sah zu Pat hinüber. Er hatte seine 9-mm-Pistole unter den rechten Oberschenkel gesteckt, und im Fußraum vor seinem Sitz lag eine 9-mm-MP5K – wegen ihrer kompakten Größe und hohen Feuergeschwindigkeit eine ausgezeichnete Waffe für Einsätze aus fahrenden Autos heraus, aber für diesen Job eigentlich fast zu aufwendig. Er hatte ein Doppelmagazin mit sechzig Schuß angesteckt.

»Wieso, zum Teufel, hast du diese Flak mitgebracht?« fragte ich.

Pat zuckte mit den Schultern. »Mir hat nicht gefallen, was du über deinen neuen Freund Luther erzählt hast. Ich möchte nicht, daß er und seine Kumpels mich zu einem kleinen Schwatz einladen.«

»Du solltest auf die rechte Fahrspur wechseln und trotzdem links abbiegen«, schlug ich vor. »Mal sehen, ob wir doch unerwünschte Begleiter haben.«

Hinter uns fuhren drei Wagen. Form und Anordnung von Autoscheinwerfern tragen viel dazu bei, ein Fahrzeug zu identifizieren, sobald es nahe genug heran ist. Hat man nach mehrmaligem Abbiegen noch immer dieselben Fahrzeugumrisse hinter sich, wird's allmählich Zeit, sich Sorgen zu machen.

Pat setzte den Blinker und ordnete sich rechts ein. Die anderen Wagen schienen geradeaus weiterfahren oder wie wir rechts abbiegen zu wollen; die linke Abbiegespur blieb leer. Im letzten Augenblick blinkte Pat links und wechselte dabei die Fahrspur – kein hektisches Manöver, das aggressiv wirken und bei den anderen Fahrern einen Wutanfall auslösen konnte, sondern nur ein plötzlicher Sinneswandel.

Wir mußten alle an der Ampel halten. Dabei sah ich mir die Insassen der anderen Wagen genauer an. Auf den ersten Blick nur Paare oder junge Leute, die ohne bestimmtes Ziel unterwegs zu sein schienen. Aber das würde sich zeigen, falls wir sie wiedersahen.

Als die Ampel auf Grün schaltete, bogen wir links ab. Keiner der anderen Wagen folgte uns.

Pat mußte anscheinend etwas loswerden. »Deine Anweisungen sind Scheiße gewesen. Du hast gesagt, daß da drei Gebäude stehen, aber in Wirklichkeit sind's vier. Bloß gut, daß ich aufgepaßt habe.« Er erwartete ein Lob von mir.

»Ich habe selbst nicht gewußt, wie viele es genau sind. Das Taxi ist zu schnell gefahren. Und du weißt, wie schlecht ich zählen kann.«

Wir fuhren die Straße entlang, ohne ein bestimmtes Ziel zu

haben. »Hör zu, ich hab' mir die Sache überlegt«, sagte Pat. »Soll ich als deine Nummer zwei mitkommen?«

Das wäre gut gewesen. Zu zweit ließ sich die Sache schneller erledigen, und falls wir in die Scheiße gerieten, hätten wir einander mit doppelter Feuerkraft Rückendeckung geben können. Aber ich entschied mich gegen sein Angebot. Pat verkörperte gegenwärtig meine einzige Verbindung zur Außenwelt.

»Kommt nicht in Frage. Ich weiß noch zu gut, was letztesmal passiert ist.«

Wir lachten beide. »Du meinst die Sache mit der gestohlenen Autobombe?« fragte er.

Die PIRA hatte in einem Versteck eine gebrauchsfertige Autobombe liegen, die in zwei Tagen eingesetzt werden sollte. Sie bestand aus zwei Kilogramm Plastiksprengstoff mit einem Parkuhr-Alarm als Zeitzünder. Diese am Schlüssselring getragenen Wecker, die Autofahrer an ihre abgelaufene Parkuhr erinnern sollten, waren das PIRA-Spielzeug des Monats.

Pat und ich fuhren in die Sozialsiedlung Shantello, eine Hochburg der Nationalisten in Derry, und drangen dort in eines der kleinen Reihenhäuser ein. Das Bombenversteck war ein abgedecktes Loch im Küchenfußboden, über dem der Gasherd stand. Wir klauten die Sprengladung, und Pat transportierte sie in einer alten Sporttasche ab.

Unser Wagen stand vor dem kleinen Einkaufs- und Sozialzentrum. Wir brauchten nur noch dorthin zurückzugehen, quer durch die Stadt zu fahren und die Bombe im Wohngebiet Creggan unter dem Auto eines führenden INLA-Manns anzubringen. Sie würde entdeckt und als PIRA-Bombe identifiziert werden – dafür würden wir sorgen –, was erbitterte Auseinandersetzungen zwischen den beiden Gruppierungen auslösen würde. Großartig. Dann konnten INLA und PIRA sich befehden, anstatt gegen die Sicherheitskräfte zu kämpfen und die einheimische Bevölkerung zu terrorisieren.

Ich sah zu Pat hinüber. Auch er schien in Erinnerungen zu schwelgen. »Ist der Wagen jemals gefunden worden?«

»Weiß ich nicht. Ist mir auch egal.«

Wir waren um die Ecke gebogen, hatten den Parkplatz überquert und dann feststellen müssen, daß unser Auto verschwunden war. Irgendein Arschloch hatte es geklaut. Trotzdem mußten wir die Sprengladung noch in dieser Nacht anbringen. Die gesamte INLA-Führungsspitze war von der Polizei zur Vernehmung abgeholt worden, damit sicher war, daß das Zielfahrzeug dort sein würde, aber diese Männer konnten nicht unbegrenzt lange festgehalten werden. Uns beiden blieb nur eine Möglichkeit: Wir trabten los.

Nach einem weiteren Kontrollblick in den Außenspiegel sah ich zu Pat hinüber, dessen Schultern rollten, während er innerlich lachte. Auch ich grinste bei der Erinnerung daran, wie wir zwei Gruppen britischer Soldaten begegnet waren und uns irgendwie durchgemogelt hatten. Es wäre sehr schwierig gewesen, vor acht durchnäßten und schlechtgelaunten Soldaten, von denen jeder den Ehrgeiz hatte, einen Terroristen zu erschießen, um den dafür ausgesetzten Sonderurlaub zu bekommen, die zwei Kilogramm Plastiksprengstoff in Pats Sporttasche zu erklären.

Es war großartig, in dieser kritischen Lage wieder einmal grinsen zu können. Noch erfreulicher war jedoch, daß Pat offensichtlich wieder normal ansprechbar war.

»Setzt du mich an der Metrostation Pentagon City ab, Kumpel?« schlug ich vor.

Ich bereitete mich aufs Aussteigen vor. Pat setzte seinen Blinker, machte alles ganz vorschriftsmäßig, wurde langsamer und hielt dann am Randstein vor der Metrostation. Ich stieg aus und streckte meinen Kopf durchs offene rechte Fenster in den Wagen. »Vielen Dank, Kumpel, bis demnächst!« Wer uns beobachtete, mußte glauben, hier verabschiedeten sich Freunde, die abends Softball gespielt und anschließend noch bei einem Drink zusammengesessen hatten.

Ich schlug mit der flachen Hand leicht aufs Autodach, und Pat fuhr davon. Plötzlich fühlte ich mich sehr allein. Hatte ich die richtige Entscheidung getroffen, als ich sein Angebot, heute nacht zur Verstärkung mitzukommen, abgelehnt hatte? Aber das war nicht mehr zu ändern. Ich atmete tief durch und marschierte los. Als ich nach größeren Umwegen das Hotel erreichte, war es fast Mitternacht.

Im Zimmer sortierte und kontrollierte ich rasch das Zeug, das Pat mir beschafft hatte, und packte alles, was ich brauchen würde, in die Reisetasche. Ich vergewisserte mich, daß ich nichts eingesteckt hatte, das klappern oder herausfallen konnte. Dann schnitt ich noch das untere Drittel eines Müllbeutels ab, wickelte Geldbörse und Reisepaß hinein und steckte das kleine Päckchen in die Innentasche meiner Jacke.

Zuletzt sprang ich mehrmals auf und ab, um mich davon zu überzeugen, daß wirklich nichts klapperte, griff nach meiner Reisetasche und schüttelte auch sie. »Hör zu, Kelly, ich muß noch einmal weg, aber ich bin bald wieder da. Du kommst doch allein zurecht?«

Sie murmelte schlaftrunken etwas, das ich nicht verstand. Ich verließ das Hotel und ging in Richtung Zielobjekt davon.

23

Meine Reisetasche hatte zwei Tragegriffe und einen Gurt, an dem ich sie über der Schulter trug, als ich auf derselben Route wie gestern abend in Richtung Potomac ging. Der endlose Regen hatte längst aufgehört, und ich konnte einige Sterne und meine Atemwolken sehen. Ansonsten war alles unverändert, nur der Lichtschein von der Stadtautobahn war heller, weil er nicht durch den Nebel gedämpft wurde.

An dem Tor, das die Bahngleise absperrte, benutzte ich die Tragegriffe der Reisetasche, um sie wie einen Rucksack auf den Rücken zu nehmen. Dort würde sie vorerst bleiben; stellte sich mir jemand entgegen, konnte ich flüchten, ohne meine Ausrüstung einzubüßen – oder mir notfalls den Weg mit meiner Sig freischießen.

Bald befand ich mich auf gleicher Höhe mit dem Zielgebäude und hatte nur noch das unbebaute Gelände und den Maschendrahtzaun zu überwinden. Der Verkehrslärm war hier zu einem leisen Brausen abgeklungen. Ich suchte mir vorsichtig einen Weg über das unbebaute Gelände. Der schlammige Erdboden war glitschig, und ich wollte nicht ausrutschen und Lärm machen, weil mein Freund in den Büschen vielleicht nicht der einzige Obdachlose war, der hier irgendwo nächtigte.

Dann erreichte ich den Zaun in der Nähe des PIRA-Gebäudes. Im Schutz einer Buschgruppe ließ ich die Reisetasche zu Boden gleiten und setzte mich darauf. Die erste Etappe war geschafft; jetzt wurde es Zeit, eine Pause einzulegen, zu horchen, zu beobachten und alles in mich aufzunehmen. Ich mußte besonders vorsichtig sein, weil ich allein war. An sich wäre dies ein Job für zwei Leute gewesen, die sich gegenseitig sicherten. Ich verbrachte ein paar Minuten damit, mich in meine Umgebung einzufühlen. Die Sicht war in dieser sternenklaren Nacht etwas besser. Links von mir war der Parkplatz des Gebäudes wieder leer; rechts von mir waren noch immer Paletten aufgestapelt.

Ich zog den Müllbeutel, der meine Dokumente schützte, aus der Jacke, grub mit bloßen Händen unter einem der Büsche ein Loch, legte das Päckchen hinein und bedeckte es mit Erde. Das war mein Versteck für den Notfall. Wurde ich geschnappt, war ich steril; konnte ich flüchten, würde ich irgendwann zurückkommen, um meine Papiere zu holen.

Ich wischte meine schmutzigen Hände an einem nassen Grasbüschel ab und bereitete mich auf die nächsten Aufgaben vor. Dazu zog ich lautlos den Reißverschluß der Reisetasche auf, holte meinen häßlichen blauen Wegwerfoverall heraus – wahrscheinlich die gleiche Ausführung, die Kevs Freunde getragen hatten – und schlüpfte hinein.

Damit war ich für den nächsten Sprung bereit, selbst wenn »Sprung« nicht ganz das richtige Wort war. Das Problem beim Überklettern eines hohen Zauns mit zwanzig Kilogramm Gepäck auf dem Rücken besteht darin, daß man eventuell mehr

Zeit damit verbringt, festzusitzen und Lärm zu machen, als man dann tatsächlich braucht, um ihn zu überwinden.

Als erstes zog ich die Taillenkordel aus meiner Jacke und nahm sie zwischen die Zähne. Dann arbeitete ich mich an den nächsten Zaunpfosten heran, ohne meine Deckung zu verlassen, und hob die Reisetasche in Schulterhöhe. Dort klemmte ich sie mit den Schultern fest, während ich die Tragegriffe mit einem Slipknoten so hoch wie irgend möglich festband, bevor ich das freie Ende der Kordel über den Zaun warf.

Nachdem ich mich vergewissert hatte, daß meine Pistole gesichert war, griff ich mit beiden Händen in die Drahtmaschen und begann zu klettern. Drüben machte ich erneut eine Pause, um zu horchen und zu beobachten; erst dann kletterte ich zurück, um meine Tasche über den Zaun zu heben. Ich kletterte wieder hinunter, packte das freie Ende der Kordel und zog kräftig daran. Als der Slipknoten sich löste, nahm ich meine Tasche unten in Empfang. Dann kauerte ich wieder am Zaun, um zu horchen und zu beobachten.

Schließlich stand ich auf, nahm den Gurt der Tasche über die linke Schulter und öffnete den Klettverschluß des Overalls ein Stück weit, damit ich notfalls an meine Waffe herankam. Ich ließ mir Zeit, während ich mich zur linken Seite des Gebäudes vorarbeitete.

Bevor ich dort einzudringen versuchte, mußte ich den Bewegungsmelder überlisten. Ich stand links von ihm mit dem Rücken zur Wand, nahm meine Tasche in die linke Hand und näherte mich Schritt für Schritt dem Sensor hoch über mir. Als ich so nahe herangekommen war, daß er mich bald erfassen mußte, stellte ich die Tasche ab. Was ich ab jetzt tat, würde diesseits meiner Reisetasche passieren.

Mit Bewegungsmeldern gekoppelte Strahler machen Leuten wie mir das Leben erheblich schwerer – wenn sie eine ganze Gebäudefront beleuchteten. Ich fand es merkwürdig, daß hier nur ein Bewegungsmelder angebracht war, wo ich zwei oder drei erwartet hätte, die sich überlappten, um tote Winkel auszuschalten. Deshalb rechnete ich jeden Augenblick damit, von einem Sensor entdeckt zu werden, den ich übersehen hatte. Aber wer diese Alarmanlage installiert hatte, war offenbar von der Annahme ausgegangen, lediglich die untere Brandschutztür, nicht jedoch ihre Zugänge sichern zu müssen.

Inzwischen war es fast ein Uhr morgens, so daß mir nur etwas mehr als fünf Stunden bis zur Morgendämmerung blieben. Die Zeit arbeitete gegen mich, aber ich ließ mich nicht unter Druck setzen. Ich machte einen weiten Umweg, um eine der Paletten zu holen. Ich schob beide Hände zwischen ihre Bretter, hielt die Palette in Brusthöhe und ging langsam mit ihr zurück. Als ich das Gebäude erreicht hatte, lehnte ich die Palette auf meiner Seite der abgestellten Reisetasche an die Mauer, bevor ich die nächste holte.

Ich stellte die beiden Paletten übereinander an die Wand, so daß sie eine Leiter bildeten. Dann machte ich eine Pause, um erneut zu horchen und zu beobachten. Die Palettenschlepperei war anstrengend gewesen, aber ich hörte nichts als meine trocken keuchenden Atemzüge.

Ich kletterte auf die erste Palette, die nicht im geringsten wackelte. Von dort aus stieg ich auf die zweite Palette, die ebenfalls stabil wirkte. Aber als ich zwei Querstreben höher kletterte, geriet meine ganze Konstruktion ins Wanken und brach zusammen. Ich stürzte zu Boden, und die Paletten fielen laut scheppernd und krachend übereinander. *Scheiße. Scheiße. Scheiße.*

Ich lag schwer atmend auf dem Rücken und hatte eine Palette quer über meinen Beinen. Aber kein Wachmann kam angerannt, um nachzusehen, was dieser Krach bedeutete, kein Hund begann zu kläffen, kein Scheinwerfer flammte auf. Ich hörte nur das ferne Brausen des Verkehrs und das mehrfache laute Schlucken, mit dem ich meine ausgedörrte Kehle zu befeuchten versuchte.

Zum Glück war alles auf meiner Seite der abgestellten Tasche passiert. Ich stemmte die Palette hoch und kroch lautlos fluchend darunter hervor. Diese Methode taugte nichts. Aber was hätte ich sonst tun sollen – eine Leiter kaufen und sie nachts durch die Straßen zum Zielobjekt schleppen? Ich arbeitete mich zu einer Ecke des Gebäudes vor, ließ mich auf Finger- und Zehenspitzen nieder, als wollte ich Liegestütze machen, und streckte meinen Kopf weit vor, um in Richtung Ball Street schauen zu können.

Ich ärgerte mich noch immer über mich selbst. Jetzt mußte ich womöglich die ganze Nacht improvisieren, um in eine Position zu gelangen, in der ich an den Bewegungsmelder herankam. Vielleicht wäre die Idee mit der Leiter doch nicht so dumm gewesen; ich hätte eine kaufen und irgendwo auf dem angrenzenden Gelände verstecken sollen, um sie nachts mitzunehmen. Aber dafür war es jetzt zu spät.

Ich blieb an die Wand gelehnt stehen und dachte nach. Ich beschloß, »nach den Erfordernissen der Situation zu handeln«, was die beliebteste Fluchtklausel der Firma war. Sie bedeutete, daß kein Mensch wußte, was zu tun war. In dieser Lage befand ich mich jetzt.

Scheiße, ich würde Kelly holen! Sie brauchte sich nur gegen die Paletten zu lehnen; sie brauchte mir nur eine Viertelstunde zu helfen, dann war ich fertig. Danach konnte sie bei mir bleiben, oder ich würde sie im Hotel absetzen. Diese Entscheidung konnte ich später treffen.

Ich nahm meine Tasche mit, ging zum Zaun zurück und deponierte Overall und Reisetasche auf der Zielseite des Zauns. Dann folgte ich dem Maschendrahtzaun und suchte einen Durchgang zur Ball Street, denn ich hatte nicht die Zeit, zweimal den großen Umweg zu machen. Schließlich fand ich eine schmale Durchfahrt zwischen zwei Gebäuden, die als Bauten für einen Film über die Mafia im New York der fünfziger Jahre hätten dienen können. Ich folgte ihr auf die Straße hinaus und erreichte keine zwei Minuten später das Hotel. Erst dann wurde mir klar, daß ich keinen Zimmerschlüssel hatte, weil ich ihn mit meinen Papieren vergraben hatte. Also würde ich Kelly wecken müssen.

Ich klopfte erst nur leicht, dann zunehmend energischer. Als ich in Panik zu geraten drohte, hörte ich Kellys Stimme »Hi, Nick!« sagen. Im nächsten Augenblick wurde die Zimmertür geöffnet.

Ich musterte Kelly sorgenvoll. »Woher hast du gewußt, daß ich draußen bin? Du hättest warten sollen, bis ich antworte.« Dann sah ich den Sessel und die Schleifspuren auf dem Teppichboden. Ich tätschelte ihr lächelnd den Kopf. »Du hast durch den Spion gesehen, stimmt's? Hey, weil du so clever bist, habe ich einen Job für dich. Ich brauche wirklich ganz dringend deine Hilfe. Möchtest du mir helfen?«

Sie wirkte verschlafen. »Was soll ich machen?«

»Das zeige ich dir, wenn wir dort sind. Kommst du mit?«

»Wenn's sein muß.«

Ich hatte eine glänzende Idee. »Willst du machen, was Daddy tut? Was wir machen, tut Daddy nämlich auch immer. Hilfst du mir jetzt, kannst du ihm bald alles erzählen.«

Ihre Miene hellte sich auf. Sie war wieder ein glückliches kleines Mädchen.

Sie mußte fast rennen, um mit mir Schritt zu halten. Wir erreichten die Durchfahrt und hatten das unbebaute Gelände vor uns. Hier war es dunkel, und sie bekam es allmählich mit der Angst zu tun. Sie wollte nicht mehr recht mit. »Wohin gehen wir, Nick?«

»Du willst doch Spion spielen, nicht wahr?« fragte ich aufgeregt flüsternd. »Stell dir vor, du bist als Power Ranger mit einem Geheimauftrag unterwegs.«

Wir überquerten das unbebaute Gelände und erreichten den Maschendrahtzaun. Ich behielt ihre Hand in meiner, und Kelly hielt tapfer Schritt; wahrscheinlich fand sie langsam Spaß an ihrer neuen Rolle.

Wir kamen zu meiner Reisetasche. Ich griff nach dem Overall und sagte: »Den muß ich anziehen, weil er ein spezieller Overall für Spione ist.« Kellys Gesichtsausdruck veränderte sich, als sie den blauen Overall sah. Mir wurde schlagartig klar, daß sie eine Verbindung zu den Männern hergestellt haben mußte, die bei Kev gewesen waren. »Daddy trägt sie auch. Und du mußt auch wie eine Spionin aussehen. Komm, zieh deinen Mantel aus.« Ich kehrte das dunkle Futter nach außen und forderte sie auf, ihn so anzuziehen. Das gefiel ihr.

Ich hob die Tasche auf und hängte sie mir über die Schulter. Ich zeigte auf das Gebäude. »So, wir gehen jetzt langsam dort hinüber.«

Wir erreichten die Paletten, und ich stellte meine Tasche wieder dort ab, wo sie zuvor gestanden hatte. »Okay?« fragte ich mit hochgerecktem Daumen.

»Okay.« Auch Kelly reckte einen Daumen hoch.

»Siehst du das Ding dort oben? Wenn es dich sieht, heult eine Sirene los, und gleichzeitig leuchten Scheinwerfer auf, und dann sind wir verloren. Deshalb darfst du auf keinen Fall auf die andere Seite der Tasche gehen, okay?« Ich zeigte auf die abgestellte Reisetasche.

»Okay.« Noch mal ein hochgereckter Daumen.

Ich lehnte die Palette wieder an die Außenwand des Gebäudes und zeigte ihr, was sie tun sollte. Ich hörte, wie sie dabei kleine Grunzlaute ausstieß. Sie stemmte sich wie gezeigt gegen die Paletten und glaubte vermutlich, Geräusche von sich geben zu müssen, wenn sie schon körperlich arbeitete.

Ich zog den Reißverschluß der Tasche auf, holte das Uhrwerk und den halben Eierkarton heraus und steckte den Minutenzeiger in die Hülse aus Klebstreifen. Ich drückte sie leicht zusammen, damit er festsaß.

Kelly stemmte sich noch immer gegen die Paletten, und ich forderte sie auf, sich eine Pause zu gönnen. Wenigstens war sie eifrig bei der Sache. Sie beobachtete mich, als ich mein improvisiertes Gerät auf den Boden legte und zwei Gummibänder über mein Handgelenk streifte.

»Paß auf, jetzt kommt ein Zaubertrick!«

Sie nickte, als überlegte sie gerade wieder, wie ich's geschafft hatte, die Fernbedienung des Fernsehers unwirksam zu machen.

»Kann's losgehen, Kelly?«

»Fertig.«

»Gut, dann los!«

Ich stieg langsam über die Paletten hinauf und versuchte mein Gewicht möglichst gleichmäßig zu verlagern, damit Kelly nicht viel zu halten brauchte.

Auf dem oberen Rand der zweiten Palette stehend hatte ich den Bewegungsmelder in Reichweite. Ich preßte das Uhrwerk mit dem Eierkarton an die rauhe Außenwand des Gebäudes und führte es langsam nach rechts, bis es sich ungefähr fünfzehn Zentimeter vor und unter dem Sensor befand. Dort hielt ich meine Konstruktion fest. In dieser Haltung würde ich einige Minuten lang verharren müssen.

Ich wartete jetzt darauf, daß der Minutenzeiger den Eierkarton ganz langsam vor den Sensor des Bewegungsmelders hob. Das mußte so unmerklich geschehen, daß der Sensor nicht darauf reagierte – sonst hätte er bei jedem Käfer angesprochen, der über seine Oberfläche krabbelte. Ich konnte nur hoffen, daß Kelly nicht schlappmachte. Aber das würde sich bald herausstellen.

Gelegentlich sah ich zu ihr hinunter und blinzelte ihr zu. »Gut, was?« Sie reagierte mit einem strahlenden Lächeln. Das vermutete ich zumindest, denn eigentlich konnte ich nur einen gewendeten Mantel, eine hochgeschlagene Kapuze und eine Atemwolke sehen.

Während wir darauf warteten, daß der Minutenzeiger in die Senkrechte gelangte, war plötzlich das einzelne *Uii-uii!* einer sofort wieder ausgeschalteten Polizeisirene zu hören.

Scheiße! Scheiße!

Der Sirenenton war aus Richtung der Ball Street gekommen. Trotzdem konnte er nichts mit uns zu tun haben. Wozu sonst nur ein Fahrzeug, wozu überhaupt die Sirene benutzen?

Ich durfte meinen Platz nicht verlassen. Damit hätte ich den

Bewegungsmelder ausgelöst – und wofür? Ich hatte bisher noch nicht mal eine Taschenlampe gesehen.

»Nick, Nick, hast du das gehört?«

»Alles in Ordnung, Kelly. Halt weiter fest. Schon gut, ich hab's gehört.«

Was hätte ich anderes tun sollen? Ich ermahnte mich, nicht in Panik zu geraten, sondern abzuwarten und ruhig nachzudenken.

Dann hallte eine laute Stimme über den Parkplatz. Sie kam aus der Ball Street, aber aus einiger Entfernung. Andere Stimmen fielen mit ein. Offenbar gab es dort Streit. Was gesprochen wurde, war nicht zu verstehen, aber nach kurzem Wortwechsel wurde eine Autotür zugeknallt. Dann sprang ein Motor an. Ich konnte mir nur vorstellen, daß ein Pärchen in dieser einsamen Gegend geparkt hatte, während ich Kelly geholt hatte, und nun von der Polizei auf dem Rücksitz seines Wagens erwischt worden war. Das klang plausibel; ich zwang mich einfach dazu, es zu glauben.

Der Eierkarton stand inzwischen fast senkrecht. Ich hielt den Atem an. Für mein Vorhaben gab es keine Erfolgsgarantie; die Chancen, daß es wie vorgesehen klappte, standen bestenfalls fifty-fifty. Falls der Bewegungsmelder ansprach, würden wir Hals über Kopf flüchten müssen.

Schließlich verdeckte der Eierkarton den Sensor. Als kein Scheinwerfer aufflammte, holte ich tief Luft und zog mit den Zähnen die beiden dünnen Gummibänder von meinem Handgelenk. Ich streifte das erste über Karton und Sensor, zog es straff und schlang es verdreht nochmals über beide. Mit dem zweiten Gummiband fixierte ich den Karton noch fester. Damit war der Bewegungsmelder außer Betrieb gesetzt.

Ich zog das Uhrwerk von dem Karton ab und verstaute es in einer der tiefen Brusttaschen meines Overalls. Dann stieg ich vorsichtig von den Paletten herunter und klopfte Kelly anerkennend auf die Schulter. »Gut gemacht!«

Kelly lächelte strahlend. Ich merkte, daß sie nicht recht

wußte, was das alles bedeutete. Aber, hey, das war schließlich das, was Daddy machte.

24

Als nächstes mußte ich die Alarmanlage stillegen, was voraussetzte, daß ich die Telefonleitungen des Gebäudes neutralisierte. Zu den Dingen, die Pat besorgt hatte, gehörte ein Telefonunterbrecher: ein etwa fünfzehn mal zwanzig Zentimeter großer schwarzer Computerkasten, aus dem sechs verschiedenfarbige Kabel mit Krokodilklemmen herauskamen, die ich an die Telefonleitungen klemmen würde. Sprach die Alarmanlage an, wurde theoretisch die Polizei oder das Bewachungsunternehmen alarmiert; die Alarmmeldung würde jedoch nicht ankommen, weil ich alle Telefonleitungen blockiert hatte.

Ich beugte mich zu Kelly hinunter und sagte halblaut: »Du kannst mir jetzt noch mehr helfen.« Ich legte das Uhrwerk in die Reisetasche zurück, faßte sie an den Griffen und ging damit an der Brandschutztür vorbei zu den Verteilerkästen.

Aus der Tasche zog ich einen weiteren Gegenstand, der auf Pats Einkaufsliste gestanden hatte: ein zwei mal zwei Meter großes schwarzes Tuch, wie es Photographen benutzten.

Ich blinzelte Kelly mit Verschwörermiene zu. »Jetzt kommt der nächste Zaubertrick«, sagte ich, »und du mußte mir sagen, ob er funktioniert.« Statt zu flüstern, sprach ich nur sehr leise; Flüstertöne sind nachts manchmal fast so weit zu hören wie normales Sprechen. Ich brachte meine Lippen dicht an ihr Ohr heran. »Aber wir müssen ganz leise sein, okay? Willst du mit mir reden, klopfst du mir auf die Schulter. Dann sehe ich dich an, und du kannst in mein Ohr sprechen. Hast du verstanden?«

Sie sprach in mein Ohr. »Ja.«

»Großartig, denn so machen's Spione.« Ich zog meine Latexhandschuhe an.

Sie stand mit ernster Miene neben mir, sah dabei aber mit

ihrem gewendeten Mantel und der hochgeschlagenen Kapuze eher komisch aus.

»Siehst du irgendwo Licht rauskommen, klopfst du mir auch auf die Schulter, okay?«

»Yeah.«

»Gut, dann stell dich hier an die Wand.« Ich stellte sie so auf, daß sie den Zaun und die Büsche dahinter im Auge behalten konnte.

»Ich möchte, daß du ganz still stehst. Aber falls du etwas hörst oder siehst, klopfst du mir auf die Schulter, okay?«

»Klar.«

»Wenn auch nur ein bißchen Licht zu sehen ist, klopfst du mir ebenfalls auf die Schulter, okay?«

»Yeah.«

Ich trat an den Telefonverteilerkasten, öffnete ihn mit einem Dreikantschlüssel, zog mir das schwarze Tuch über Kopf und Schultern, schaltete die Maglite mit Rotfilter ein und machte mich an die Arbeit.

Telefonunterbrecher hatte ich schon oft benutzt. Ich hielt meine Taschenlampe zwischen den Zähnen fest, während ich die Krokodilklemmen an verschiedene Stellen des Telefonkabels anlegte. Dabei leuchteten jeweils Kontrollämpchen auf, und ich mußte versuchen, alle sechs roten Lämpchen nebeneinander zum Leuchten zu bringen. Sobald sie aufleuchteten, waren sämtliche Leitungen belegt. Das Ganze dauerte nur zehn Minuten.

Den schwarzen Kasten ließ ich im Verteilerschrank liegen. Ich konnte nur hoffen, daß die Alarmanlage nicht auch mit einer Sirene für akustischen Alarm gekoppelt war. Aber das bezweifelte ich, seit ich gesehen hatte, daß die Rückseite des Gebäudes offenbar aus Sparsamkeitsgründen nur mit einem einzigen Bewegungsmelder gesichert war.

Ich streifte das schwarze Tuch ab, legte es lose zusammen und drückte es Kelly in die Hand. »Du mußt es für mich halten, weil ich's gleich wieder brauche. Das macht Spaß, nicht wahr?«

»Ja. Aber mir ist kalt.«

»Wir sind gleich drin, und da ist's schön warm. Mach dir deswegen keine Sorgen.«

Ich blieb stehen, um zu lauschen, bevor ich an die Brandschutztür trat. Als nächstes mußte ich das Türschloß knacken.

Die Amerikaner haben eine Vorliebe für Sicherheitsschlösser, die sich mit drei Methoden knacken lassen. Die erste ist die einfachste: Man beschafft sich einen Zweitschlüssel. Bei der nächsten benutzt man einen Titanschlüssel in der entsprechenden Größe, den man mit Hammerschlägen ins Schloß treibt. Der Titanschlüssel verkeilt sich darin, und mit einem außen anzuschraubenden Hebel kann man das ganze Zylinderschloß herausreißen. Aber diese Methode kam heute nicht in Frage, weil niemand merken sollte, daß ich hier eingedrungen war. Folglich würde ich die dritte benutzen müssen.

Ein Mehrzweckdietrich ist ein handliches kleines Gerät in Pistolenform, das für alle handelsüblichen Schlösser geeignet ist. Sein »Abzug« ist federbelastet; durch rasche Betätigung erreicht man, daß der Dietrich im Schloß nach oben schnellt und die Zylinderstifte entriegelt. Sind sie dann in der richtigen Position, benutzt man einen kleinen Drehmomentschlüssel, um den Schloßzylinder zu drehen. Eine betrübliche Nachricht für Besitzer von Sicherheitsschlössern: Mit einem Mehrzweckdietrich lassen sich die meisten in weniger als einer Minute öffnen.

Ich zog mir wieder das schwarze Tuch über Kopf und Schultern, knipste die Maglite mit Rotfilter an und nahm sie zwischen die Zähne, als ich mich an die Arbeit machte. Als ich den Abzug mehrmals rasch nacheinander betätigte, konnte ich deutlich das Klicken der Zylinderstifte hören. Dabei drehte ich den schon angesetzten Drehmomentschlüssel nach links und drückte die Tür gegen den Rahmen, um nicht zuviel Kraft aufwenden zu müssen. Noch ein kurzer Ruck, dann fühlte ich, wie die Stahltür nachgab.

Ich öffnete sie nur einen Spalt und rechnete fast damit, daß ein Alarmsignal losschrillen würde. Ich grinste zu Kelly hinüber, die dicht neben mir an der Wand stand und mich aufgeregt beobachtete. Ich schloß die Brandschutztür wieder, damit kein Licht ins Freie drang. »Drinnen darfst du nur anfassen, was ich dir sage, okay?« Sie nickte wortlos.

Ich streifte den Overall ab, kehrte seine Innenseite nach außen und legte ihn in die Reisetasche. Als nächstes zog ich die Schuhe aus, die zu dem Overall in die Tasche kamen. Dann schlüpfte ich in Sportschuhe; damit konnte ich mich nicht nur rasch und lautlos bewegen, sondern hinterließ vor allem keine verräterischen Schmutzspuren auf den Teppichböden. Danach kümmerte ich mich um Kelly: Ich half ihr aus dem Mantel, wendete ihn, bevor sie ihn wieder anzog, und ließ sie ihre Schuhe in die Reisetasche legen.

Zuletzt noch ein Blick in die Runde, um mich zu vergewissern, daß nichts liegengeblieben war. »Wir gehen jetzt rein, Kelly. Dies ist bestimmt das erste Mal, daß ein kleines Mädchen so spioniert – das allererste Mal. Aber du mußt tun, was ich sage, okay?«

Sie nickte nachdrücklich.

Ich hängte mir die Reisetasche über die Schulter und trat links neben die Tür. »Wenn ich sie jetzt aufmache, gehst du schnell ein paar Schritte rein und läßt mir genug Platz, damit ich nachkommen kann, okay?«

»Okay.«

Ich wollte ihr nicht sagen, was sie tun sollte, falls etwas schiefging, denn sie sollte sich nicht ängstigen. Statt dessen sollte alles so klingen, als würde diese Sache selbstverständlich klappen.

»Auf drei ... eins, zwei, drei!« Ich zog die Tür etwa halb auf, und Kelly war blitzschnell hindurch. Ich folgte ihr nur wenig langsamer und zog dann die Tür hinter mir ins Schloß. Geschafft! Wir waren drinnen.

Wir folgten dem Korridor auf der Suche nach der Treppe in den ersten Stock. Ich trug meine Reisetasche weiter über der linken Schulter. Durch zwei Glastüren am Ende des Korridors konnte ich den vorderen Teil des Gebäudes sehen. Dort lag ein Großraumbüro mit allem, was man von einem Arbeitsraum dieser Art erwartete: Schreibtische, Aktenschränke, Gummibäume mit Namensschildern. Links und rechts von uns lagen weitere Büros und ein Photokopierraum. Die Klimaanlage arbeitete offenbar auch nachts.

Die Treppe lag hinter einer nicht abgesperrten Schwingtür. Ich zog einen der Flügel langsam auf, damit er nicht knarrte, und ließ Kelly vorausgehen. Das Treppenhaus war unbeleuchtet. Ich schaltete die Maglite an und richtete den Lichtstrahl auf die Stufen. Wir stiegen langsam die Treppe hinauf.

Obwohl wir uns möglichst leise bewegten, war das Treppenhaus eine Echokammer, und für Kelly mußte das rote Licht alles noch unheimlicher erscheinen lassen. »Nick, das gefällt mir nicht!« sagte sie leise.

»Psst! Keine Angst, alles in Ordnung, Daddy und ich haben das schon oft gemacht.« Ich ergriff ihre Hand, und wir stiegen weiter die Treppe hinauf.

Oben standen wir vor der nächsten Tür. Sie würde nach außen aufgehen, weil dies ein Notausgang war. Ich stellte meine Tasche ab, beugte mich zu Kelly hinunter, machte nochmals »Psst!« und bemühte mich, alles aufregend klingen zu lassen.

Dann zog ich die Tür langsam einen Spalt weit auf und sah in den Korridor hinaus. Alles wie unten: Das Licht brannte, und die Büroräume schienen menschenleer zu sein. Ich horchte, dann öffnete ich die Tür etwas weiter, um Kelly hindurchzulassen, und zeigte ihr, wo sie stehenbleiben sollte. Sie war sichtbar erleichtert, weil es hier wieder hell war.

Ich stellte die Tasche neben ihr ab. »Du wartest einen Augenblick hier, okay?« Ich ging nach rechts an den Toiletten und einem Raum mit Kaffee- und Getränkeautomaten vorbei. Danach kam ein Photokopierraum. Ich erreichte die zur Feuertreppe hinausführende Brandschutztür und überzeugte mich davon, daß sie sich geräuschlos öffnen ließ. Daß es auf der Treppe keine Hindernisse gab, wußte ich bereits – schließlich hatte ich mich lange genug unter ihr herumgetrieben. So hatten wir für den Notfall einen Fluchtweg.

Ich hängte mir die Tasche wieder über die linke Schulter, und wir gingen den Korridor entlang zur Vorderseite des Gebäudes. Wir erreichten eine zweiflüglige Glastür, die wie unten in ein Großraumbüro führte. Entlang der Seitenwände waren kleine Glaskästen als Büros eingerichtet. Die Chefs legten offenbar Wert darauf, ihre Mitarbeiter gut im Auge behalten zu können.

Die Fenster zur Straße waren ungefähr fünfzehn Meter entfernt. Das Licht aus dem Korridor und der reflektierte Lichtschein der Straßenbeleuchtung tauchten das Großraumbüro in ungewisses Dämmerlicht. Rechts sah ich eine weitere Glastür, die in einen zweiten Korridor führte.

Ich wußte, was ich suchte, aber ich wußte nicht, wo es zu finden war; ich wußte nur, daß ich es bestimmt nicht in diesem Teil des Gebäudes finden würde.

Ich sah zu Kelly hinunter und lächelte ihr zu. Sie war so glücklich und zufrieden, wie ihr Daddy es in dieser Situation gewesen wäre. Wir hielten reichlich Abstand von den Fenstern, als wir nun den Raum durchquerten, um zu der zweiten Glastür mit dunkel getönten Scheiben zu gelangen.

Wir gingen durch diese Glastür. Der Korridor dahinter war ungefähr drei Meter breit und auffällig kahl: weißgestrichene Wände, nirgends ein Poster oder eine Topfpflanze, nur ein großer Feuerlöscher gleich neben der Tür. Die Deckenbeleuchtung war so schmerzhaft hell, daß ich kurz die Augen schloß. Hier gab es keine weiteren Türen, aber nach etwa zehn Metern verzweigte der Gang sich T-förmig. Dort gab es wieder Büros. Ich stellte die Tasche ab und bedeutete Kelly, sie sollte bei ihr bleiben. »Und denk daran – nichts anfassen!«

In alle Bürotüren des Quergangs war ein großer Metallknopf mit Zylinderschloß eingelassen. Ich versuchte, eine nach der anderen zu öffnen, indem ich den Knopf ergriff und geräuschlos zu drehen versuchte. Alle sieben Büros auf diesem Korridor waren abgesperrt. Das war an sich nichts Außergewöhnliches; es bedeutete nur, daß ich jede einzelne Tür mit meinem Dietrich würde öffnen müssen.

Ich ging zu meiner Tasche zurück. Kelly, die sie bewachte, sehnte sich sichtlich nach einem neuen Auftrag. »Paß auf, du mußt mir jetzt wirklich helfen«, sagte ich. »Ich möchte, daß du dich hinstellst, wo ich's dir sage, und mir sofort sagst, wenn jemand kommt, okay? Ich muß wieder tun, was ich draußen getan habe, und dabei brauche ich deine Hilfe. Okay?«

Sie nickte bei jedem Satz eifrig. »Das ist wirklich wichtig«, fuhr ich fort, »das ist für heute nacht dein wichtigster Auftrag. Und wir müssen schrecklich leise sein, okay?«

Wieder ein Nicken. Ich stellte sie in Position. »Außerdem mußt du auf die Tasche aufpassen, weil darin lauter wichtige Sachen liegen. Wenn du irgendwas siehst, klopfst du mir wie vorhin auf die Schulter.«

Kelly nickte erneut, und ich holte den Mehrzweckdietrich aus der Tasche.

Ich stand vor der ersten Bürotür und betätigte den Abzug. Als ich das Schloß mit dem Drehmomentschlüssel geöffnet hatte, streckte ich meinen Kopf durch die Tür und überzeugte mich davon, daß der Raum fensterlos war, bevor ich Licht machte. Hinter der Tür lag ein geräumiges Büro, etwa fünf mal sechs Meter groß, mit mehreren Telefonen, einem gerahmten Familienphoto auf dem Schreibtisch, einigen Aktenschränken, eher spartanisch möbliert. Nichts ließ darauf schließen, daß ich hier finden würde, was ich suchte. Für den Inhalt der Aktenschränke interessierte ich mich noch nicht; der erste Blick soll nur einen Gesamteindruck vermitteln; man will sich nicht endlos lange in einem Raum aufhalten, nur um später feststellen zu müssen, daß alles, was man sucht, im Büro nebenan auf dem Schreibtisch liegt.

Für den Fall, daß ich diesen Raum später nochmals betreten mußte, sperrte ich die Tür nicht wieder ab. Ich ließ die Tür offen und sah beim Hinausgehen zu Kelly hinüber, die wachsam auf ihrem Posten stand. Kelly grinste, als sie meinen hochgereckten Daumen sah. Sie war sich ihrer verantwortungsvollen Aufgabe bewußt.

Ich sperrte Büro Nummer zwei auf. Auch dort nur der übliche Scheiß: ein Jahresplaner mit verschiedenfarbigen Markierungen, ein Nichtraucherplakat und ein Tablett mit verschiedenen Kaffeebechern. Büros spiegeln die Persönlichkeit ihrer Besitzer wider; deshalb mußte ich darauf achten, hier nichts zu verändern. Das wäre sofort aufgefallen.

Ich ging den Korridor entlang zur Nummer drei. Wieder das gleiche. Vier: auch nicht anders. Ich hatte langsam den Verdacht, Pats Tip könnte sich als Pleite erweisen.

Jetzt zu den restlichen drei Büros. Als ich auf die andere Seite der T-förmigen Einmündung ging, bemühte sich Kelly, noch wachsamer auszusehen. Ich reckte nochmals meinen Daumen hoch und nahm mir Nummer fünf vor.

Dieses Büro war merklich größer als die anderen. Hier gab es eine Sitzgruppe mit zwei Sofas und einem Couchtisch, auf dem einige Zeitschriften lagen, einen Spiegelschrank mit Barfach, elegante Büromöbel und alle möglichen gerahmten Urkunden an den Wänden. Aber nichts, das wie die Dinge aussah, die ich suchte.

Hinter dem großen Schreibtisch mit dem Ledersessel befand sich jedoch eine weitere Tür. Ich sperrte sie mit meinem Dietrich auf und betrat einen weiteren Raum mit Aktenschränken, einem phantastisch teuer aussehenden Schreibtisch mit lederbespannter Platte und einem Drehsessel. Auf dem Schreibtisch stand ein PC ohne sichtbare Verbindung zum Computernetz der übrigen Büros. Hier gab es nicht einmal ein Telefon. Alles wies darauf hin, daß dies die Zentrale sein könnte. Ein rascher Blick in die beiden letzten Büros bestätigte, daß es richtig war, sich auf diesen Raum zu konzentrieren.

Ich ging zu meiner Tasche zurück, um die Polaroidkamera zu holen. Kelly paßte noch immer auf wie ein Luchs. Ich lächelte ihr zu. »Ich glaube, ich hab's, Kelly!«

Sie erwiderte mein Lächeln, obwohl sie keine Ahnung hatte, wovon ich redete.

Als erstes machte ich Photos des luxuriösen großen Büros –

wie es auf der Schreibtischplatte aussah, ein paar Gesamtaufnahmen aus unterschiedlichen Blickwinkeln, die Sitzgruppe mit dem Couchtisch und den ausliegenden Zeitschriften. Insgesamt machte ich acht Aufnahmen. Nun wußte ich genau, wie es hier ausgesehen hatte, und konnte den Raum später so zurücklassen, wie ich ihn vorgefunden hatte.

Ich legte die Polaroidbilder neben der Tür in einer Reihe auf den Fußboden. Die Filmabfälle steckte ich sorgfältig ein.

Während ich darauf wartete, daß die Motive deutlicher hervortraten, öffnete ich die Bürotür und warf einen Blick in den Flur, um nach Kelly zu sehen.

Ich ging hinaus, holte meine Tasche und nahm Kelly mit in das große Büro. »Ich möchte, daß du mir sagst, wenn die Bilder fertig sind«, sagte ich. »Du darfst hier nichts anfassen, aber ich muß wissen, wann die Bilder fertig sind. Das ist immer Daddys Aufgabe gewesen.«

»Wirklich?«

Ich schloß die Tür hinter uns und blockierte sie mit zwei Türstoppern. Dann ging ich nach nebenan, um weitere Aufnahmen zu machen. Hier hatte keine Putzfrau gearbeitet. In den anderen Büros waren die Papierkörbe leer gewesen; hier waren sie halb voll und wurden offenbar selbst geleert – aber nicht jeden Tag. Auch das deutete darauf hin, daß dies ein Sicherheitsbereich war. Und der in dem kleineren Büro aufgestellte Aktenvernichter bestätigte meine Annahme. Trotzdem wußte ich noch immer nicht, was hier geheimhaltungsbedürftig war. Ich legte die zweite Serie Polaroidbilder auf den Fußboden neben der Tür und ging wieder in das große Büro hinüber.

Ich sah Kelly über die Schulter. »Wie werden die Bilder?«

»Sieh nur, eines ist schon fast fertig!«

»Klasse. Daddy sammelt dann auch die anderen Bilder ein«, sagte ich und zeigte auf die Photos im Raum nebenan. »Eines nach dem anderen, um sie hier in einer schönen Reihe an der Wand aufzustellen.« Ich zeigte ihr, wo ich sie haben wollte. »Kannst du das auch?«

»Natürlich!«

Ich ging wieder nach nebenan und warf einen Blick auf den PC. Er war betriebsbereit, aber der Bildschirm war vorläufig noch dunkel. Hinter mir ging Kelly ein und aus; sie trug jedesmal ein Polaroidbild, als sei es eine Bombe.

Ich drückte die Return-Taste, um die Maus, deren Position genau bestimmt sein konnte, nicht anfassen zu müssen. Auf dem Bildschirm erschien Windows 95; gleichzeitig erklang die Microsoft-Melodie. Das war erfreulich, denn mit jedem anderen Betriebssystem hätte ich Schwierigkeiten gehabt.

Ich ging zu Kelly zurück, die nebenan die Photos beobachtete.

»Sieh nur«, sagte sie, »schon wieder welche fertig!«

Ich nickte, während ich in der Reisetasche nach der CD-ROM mit dem Schnüfflerprogramm wühlte. Ich war nicht so gut wie die sechzehnjährigen Londoner Hacker, die ins Computersystem der US-Luftwaffe eingedrungen waren, aber ich wußte, wie man mit diesen Dingern umging. Man braucht sie nur ins Laufwerk einzulegen, damit sie von selbst Kennwörter ermitteln und Dateien durchsuchen. Nichts ist vor ihnen sicher.

Ich richtete mich auf und ging zurück nach nebenan. »Dauert nicht lange«, sagte ich lächelnd. »Du kannst rüberkommen und mir sagen, wenn alle fertig sind.«

Sie nickte wortlos, ohne die Bilder aus den Augen zu lassen. Als ich zurückging, sah ich die Spuren, die wir in dem hochflorigen Teppichboden hinterlassen hatten. Die würde ich beseitigen, bevor wir gingen.

Ich legte die CD-ROM ein und startete sie. Das wundervolle an diesem speziellen Programm war, daß man sich immer nur zwischen zwei Möglichkeiten entscheiden mußte. Ich hörte ein *Wup!* und sah bereits die erste Frage auf dem Bildschirm.

»Wollen Sie mit X1222 fortfahren? Ja – J. Nein – N.«

Ich drückte die Taste J. Das Laufwerk begann zu arbeiten. Die Anzeige signalisierte mir, daß dieses Stadium einige Minuten dauern würde.

Während das Schnüfflerprogramm lief, holte ich einen Satz kleinerer Dietriche aus der Reisetasche und nahm mir die Aktenschränke vor. Die Standardschlösser waren leicht zu knakken, aber mit dem Inhalt der Aktenordner – Geschäftskorrespondenz und Rechnungen – konnte ich nichts anfangen.

Ich sah wieder zum Bildschirm hinüber. Das Programm hatte seine Suche fast abgeschlossen.

Wup! Die Anzeige hatte hundert Prozent erreicht. Im nächsten Augenblick erschien ein Kästchen mit dem Text: *Kennwort: SoO–Ss1time!* Immerhin ein originelles Kennwort; normalerweise wurde etwas Einfallsloses wie der Kosename des Ehegatten, das Geburtsdatum eines Familienmitglieds oder ein Autokennzeichen verwendet. Dann erschien wieder die Frage: »Wollen Sie fortfahren? Ja – J. Nein – N.«

Klar wollte ich! Ein Druck auf die Taste J, und schon war ich eingeloggt. Ich griff wieder in die Reisetasche und holte das externe Laufwerk mit den Anschlußkabeln und eine Handvoll HD-Disketten heraus.

Dann ging ich um den PC herum und sah mir die Kabelführung gründlich an. Ich schloß das externe Laufwerk an und steckte sein Stromkabel in die Steckerleiste. Ich würde alles kopieren: Programme, Dokumente, Einstellungen, einfach alles.

Jetzt mußte ich die Maus doch bewegen. Ich machte ein Polaroidbild von ihrer Position auf dem Mousepad und prägte sie mir genau ein, bevor ich die Maus anfaßte.

Ich klickte das Dialogfeld für Sicherungskopien aller Dateien an, und das externe Laufwerk begann zu surren, während die Informationen auf meine Disketten übertragen wurden. Ich trat wieder an die Aktenschränke und blätterte die Ordner erneut durch, ohne etwas Bestimmtes zu suchen. Ich konnte nur hoffen, durch Zufall auf irgend etwas zu stoßen, das mir bekannt vorkam.

Wup! Ein Dialogfeld zeigte an, daß die Schnüffler-Software neue Anweisungen brauchte. Sie hatte ein weiteres Kennwort ermittelt und fragte nun, ob ich fortfahren wollte.

Ich drückte die Taste J.

Die Maschinen surrten weiter. Ich sah wieder zu Kelly hinüber. Sie stand noch bei den Photos, spielte jetzt aber anscheinend ein Spiel mit einem imaginären Spielgefährten. Genau wie ihr Dad... auch bei der Arbeit in Gedanken ständig woanders.

»Kommst du bitte mit, Kelly? Falls dieser Computer wieder etwas von mir wissen will, sehe ich seine Frage vielleicht nicht – paßt du bitte für mich auf?«

»Okay.« Der neue Job war offenbar nicht so aufregend, wie sie gehofft hatte.

Als Kelly mit dem Rücken an die Wand gelehnt auf dem Boden hockte, sah sie zur mir auf und sagte: »Nick, ich muß mal.«

»Okay, Augenblick, ich bin fast fertig.« Ein paar Minuten würde sie noch durchhalten können. »Gleich kannst du auf die Toilette.«

Wup! Ich drückte die Taste J.

»Nick, ich muß wirklich«, sagte Kelly. »Ganz dringend!«

Was sagte man in diesem Fall zu einer Siebenjährigen? Zuletzt fragte ich sie: »Mußt du groß oder klein?«

Sie starrte mich verständnislos an. Was sollte ich machen? Um sich nicht durch das Rauschen der Wasserspülung zu verraten, vermied man bei Einsätzen dieser Art normalerweise jegliche WC-Benutzung. Deshalb hatte ich die Orangensaftflasche mitgebracht, um hineinpinkeln zu können – und eine Schrumpffolie für alles andere. Aber ich konnte mir nicht recht vorstellen, wie das bei Kelly funktionieren sollte.

»Ich muß aber, ich muß aber!« drängte Kelly. Sie rutschte unruhig herum und schlug die Beine übereinander. Dann sprang sie auf und fing an, um mich herumzutanzen.

»Okay, wir gehen«, entschied ich. »Los, komm mit!«

Ich faßte sie an der Hand. Nachdem ich die Türstopper entfernt hatte, öffnete ich die äußere Bürotür einen Spalt und sah in den Korridor hinaus.

Wir gingen durch das Großraumbüro, die zweiflüglige Glastür und den zur Feuertreppe führenden Korridor. Wir betraten die Toilette, und ich machte Licht. Die arme Kleine hatte es wirklich verdammt eilig.

Hier vergeudete ich kostbare Zeit. Ich konnte nicht beurteilen, wie lange sie brauchen würde, und mußte dringend an den Computer zurück. »Du bleibst hier, wenn du fertig bist, okay?« sagte ich von der Tür zum Korridor. »Ich muß nur schnell nach dem Computer sehen. Aber ich komme gleich wieder und hole dich ab.«

In diesem Augenblick war es ihr egal, wohin ich ging und was ich tat. Sie war zu sehr mit sich selbst beschäftigt.

Wup! Ich hastete lautlos den Korridor entlang und beeilte mich, an den Computer zurückzukommen. Dann drückte ich die Taste J.

In diesem Augenblick hörte ich einen gellenden Schrei.

Ich zog instinktiv meine Pistole, entsicherte sie mit einem Daumendruck und blieb an die Wand neben der Tür gepreßt stehen.

Ich spürte mein Herz jagen und hatte das vertraute Gefühl, sekundenschnell in kalten Schweiß gebadet zu sein. Mein Körper machte sich zum Kampf oder zur Flucht bereit. Der Schrei war aus dem Bereich der Feuertreppe gekommen, die mein einziger Fluchtweg war. Also würde ich vermutlich kämpfen müssen.

25

Mein Herz hämmerte wie rasend, als wolle es meinen Brustkorb sprengen. Ich wußte längst, daß Angst etwas Gutes sein kann. Wer keine hat, lügt – oder ist geistig labil. Jeder von uns hat Angst, aber als Profi setzt man Ausbildung, Erfahrung und Wissen ein, um diese Empfindung zu blockieren und sogar zur Lösung des Problems zu nutzen.

Ich war noch dabei, mir einen Aktionsplan zurechtzulegen,

als ich einen längeren, erbärmlicheren Schrei hörte: »Nick! Hilf mir!« Ihr Hilferuf traf mich mitten ins Herz. Vor meinem inneren Auge erschienen Bilder, wie ich sie in ihrem Versteck zusammengekauert gefunden, ihr die Haare gebürstet und mit ihr das dumme Videofilmspiel gespielt hatte …

Ich war jetzt an der äußeren Tür zum Korridor.

Dann hörte ich eine Männerstimme rufen: »Ich hab' sie! Ich bring sie um! Denken Sie gut darüber nach. Zwingen Sie mich nicht dazu, es zu tun!«

Das war keine amerikanische Stimme. Trotzdem erkannte ich sofort, woher dieser Mann stammte: West-Belfast.

Er schien jetzt mit ihr in dem Großraumbüro zu sein. Während sie weiterkreischte, fing er an, neue Drohungen in meine Richtung zu brüllen. Ich verstand nicht jedes Wort, aber das war gar nicht nötig. Ich verstand auch so, was er meinte.

»Okay, okay! Sie sehen mich gleich.« Meine Stimme hallte durchs Halbdunkel.

»Halt! Erst Ihre Waffe auf den Gang werfen! Los, los!«

Dann hörte ich, wie er Kelly anbrüllte: »Halt's Maul! Halt endlich die Klappe!«

Ich verließ das Büro und blieb kurz vor der Einmündung des anderen Korridors stehen. Ich schob meine Pistole mit einem Fuß auf den Hauptflur hinaus.

»Hände auf den Kopf und langsam auf den Korridor raustreten. Bloß keine Tricks, sonst ist die Kleine tot – haben Sie verstanden?«

Die Stimme klang beherrscht; sie klang nicht wie die eines Verrückten.

»Gut, ich komme mit den Händen auf dem Kopf raus«, stimmte ich zu. »Wann soll ich kommen?«

»Jetzt, Arschloch!«

Kellys Schreie waren selbst durch die Glastür hindurch ohrenbetäubend laut.

Ich setzte mich in Bewegung. Vier kurze Schritte brachten mich mitten in die Einmündung des Hauptkorridors. Ich wußte, daß ich die beiden durch die Glastür hätte sehen können, wenn ich meinen Kopf nach links gedreht hätte, aber dafür war es noch zu früh. Ich wollte keinen vorzeitigen Blickkontakt, der eine Überreaktion auslösen konnte.

»Halt, so stehenbleiben, Arschloch!«

Ich blieb stehen. Kellys Schreie wurden leiser und gingen in ein Wimmern über. Ich stand schweigend da, ohne den Kopf zu drehen.

In Filmen wird immer gezeigt, wie der Held der Geisel gut zuredet. Im richtigen Leben läuft die Sache anders ab: Man hält einfach den Mund und tut, was einem befohlen wird.

»Nach links drehen«, forderte er mich auf.

Jetzt konnte ich die beiden im Halbdunkel sehen. Kelly kehrte mir den Rücken zu, während er sie mit einer zwischen ihre Schultern gedrückten Waffe auf mich zuschleifte. Er stieß die Glastür mit dem Fuß auf und kam in den beleuchteten Korridor heraus.

Sobald ich ihn sah, hörte mein Herz zu jagen auf und hämmerte langsam weiter. Ich hatte das Gefühl, auf meinen Schultern liege plötzlich eine zentnerschwere Last.

Der Mann war Morgan McGear.

In einem dunkelblauen Zweireiher mit weißem Hemd und Krawatte wirkte er sehr elegant; sogar seine Schuhe sahen teuer aus. Seine Aufmachung unterschied sich erheblich von der in der Falls Road üblichen Uniform aus Jeans, Bomberjacke und Sportschuhen. Ich konnte nicht genau sehen, mit welcher Waffe er Kelly bedrohte; jedenfalls war es irgendeine Pistole.

Er beobachtete mich und versuchte mich einzuschätzen. Was tat ich hier in Begleitung eines kleinen Mädchens? Er wußte, daß er ganz Herr der Lage war, daß wir ihm hilflos ausgeliefert waren. Er hielt Kelly mit der linken Hand an den Haaren gepackt – nur schade, daß ich sie ihr nicht noch kürzer geschnitten hatte –, während er die Mündung seiner Waffe gegen ihren Hals preßte. Das war keine leere Drohung; McGear war ohne weiteres imstande, sie zu erschießen.

Kein Wunder, daß die arme Kleine vor Angst offensichtlich hysterisch war.

»Herkommen, aber langsam!« befahl er mir laut. »Los, los, wird's bald? Mach bloß keine Dummheiten, Scheißkerl!«

Die kahlen Korridorwände schienen jedes Geräusch zehnfach verstärkt zurückzuwerfen. McGear brüllte mich mit Schaum vor dem Mund an, und Kelly begann wieder zu kreischen. Das ganze Gebäude hallte von diesem Lärm wider.

Ich gehorchte und ging langsam auf ihn zu. Als ich näherkam, versuchte ich, Kellys Blick auf mich zu lenken, um sie irgendwie zu beruhigen, aber das klappte nicht. Sie weinte hemmungslos weiter, und ihr tränennasses Gesicht war rot und geschwollen. Sie hatte nicht einmal Zeit gehabt, ihre Jeans richtig zuzumachen.

Er ließ mich bis auf etwa drei Meter an sich herankommen. Als ich ihm jetzt in die Augen sah, merkte ich, daß er sich seiner Machtposition bewußt, aber trotzdem nervös war. Seine Stimme mochte selbstsicher klingen, aber sein Blick verriet, wie ihm wirklich zumute war. Falls er den Auftrag hatte, uns zu liquidieren, mußte er jetzt handeln. Mein Blick forderte ihn auf, diese Sache hinter sich zu bringen. Es gibt Situationen, in denen man – nachdem Plan A, B und C fehlgeschlagen sind – akzeptieren muß, daß man in der Scheiße sitzt.

»Halt!« blaffte er. Der Widerhall im Korridor schien seinen drohenden Tonfall noch zu verstärken.

Ich starrte weiter Kelly an, um ihr durch meinen Blick zu sagen: »Alles okay, alles in Ordnung. Du hast um Hilfe gerufen, und ich bin hier.«

Als er mir befahl, mich mit dem Gesicht zur Wand zu stellen, wußte ich, daß ich vermutlich nicht mehr lange zu leben hatte.

»Auf die Knie, Scheißer«, verlangte er.

Ich ließ mich mit dem Rücken zu ihm auf meine Hacken nieder; falls sich doch eine gute Chance zur Gegenwehr ergab, hatte ich so wenigstens eine Art Sprungbrett.

»Auf!« brüllte er. »Aufrichten, sieh zu, daß du den Arsch hochkriegst!« Er wußte genau, was ich tat; dieser Junge verstand seine Sache. »Du sollst dich aufrecht hinknien. Höher! Jetzt so bleiben. Du hältst dich bestimmt für ’nen verdammt harten Burschen ...«

Er kam hinter mir näher, ohne Kelly loszulassen. Ich hörte sie weiter kreischen, aber außer den Bewegungen der beiden und Kellys Jammern war jetzt noch ein weiteres Geräusch zu hören. Ich konnte es nicht deuten, sondern wußte nur, daß bald etwas Ungesundes passieren würde. Ich konnte nur die Augen schließen, die Zähne zusammenbeißen und darauf warten.

McGear machte ein paar schwerfällige Schritte auf mich zu. Ich hörte auch Kelly näher kommen; also schleppte er sie weiter mit.

»Nicht umsehen, sonst passiert der Kleinen was«, sagte er warnend. »Keine Tricks, sonst ...«

Er brachte den Satz nicht zu Ende – oder ich bekam nichts mehr mit. Ein Schlag gegen Hinterkopf, Nacken und Schultern ließ mich kraftlos nach vorn fallen.

Ich blieb halb bewußtlos liegen. Ich konnte noch einigermaßen klar denken, aber ich wußte, daß ich erledigt war. Ich glich einem Boxer, der sich nach einem Schlag aufzurappeln und dem Ringrichter zu zeigen versucht, daß ihm nichts fehlt, obwohl er sich in Wirklichkeit nicht mal auf den Beinen halten kann.

Ich fühlte mich auf dem Boden festgenagelt; als ich jetzt aufsah, konnte ich nicht erkennen, was mich getroffen hatte. Seine Pistole war es nicht gewesen. Man braucht etwas ziemlich Schweres, um einen Menschen so niederzuschlagen. Jedenfalls hatte er mich voll getroffen.

Seltsam war nur, daß ich zwar wußte, was mit mir geschah, aber nichts dagegen tun konnte. Ich merkte, daß er mich auf den Rücken wälzte und sich rittlings auf meine Brust setzte; ich spürte, wie kaltes Metall mein Gesicht berührte und dann in meinen Mund gesteckt wurde. Langsam begriff ich, daß es seine Pistole war, und verstand nun auch, was McGear wie ein Verrückter kreischte. »Dir werd ich's zeigen! Dir werd ich's zeigen! Dir werd ich's zeigen!« Er schien völlig übergeschnappt zu sein.

Dann merkte ich, warum. McGear war angetrunken; der ganze Kerl stank nach Alkohol, Rasierwasser und Zigaretten.

Er hockte rittlings auf meiner Brust, nagelte meine Schultern mit den Knien fest und hatte den Lauf seiner Pistole in meinen Mund gesteckt. Kelly, in deren Haar seine linke Hand noch immer verkrampft war, hatte er mit sich zu Boden gerissen; dort schüttelte er sie wie eine Stoffpuppe – aus reiner Bösartigkeit oder vielleicht auch, damit sie weiterkreischte und mich gefügiger machte.

Mir gellten die Ohren von diesem unaufhörlichen Schreien, Schreien, Schreien. »Dir werd ich's zeigen! Dir werd ich's zeigen! Du hältst dich für 'nen verdammt harten Kerl, nicht wahr, für 'nen verdammt harten Kerl, was?«

Nicht gut. Ich wußte, was die PIRA-Leute mit »harten Kerlen« machten. In einem Apartment im Neubaugebiet Divis hatte McGear einmal einen Polizeispitzel verhört; seine Männer und er hatten die Kniescheiben des armen Kerls mit einer Bohrmaschine durchbohrt, ihm mit einem Heizlüfter Brandwunden zugefügt und ihn in der Badewanne unter Strom gesetzt. Er hatte es geschafft, nackt aus dem Fenster zu springen, aber er hatte sich dabei das Rückgrat gebrochen. Die PIRA-Leute hatten ihn ins Haus zurückgeschleift und im Lift erschossen.

Ich kam mir wie betrunken vor. Ich merkte, was mit mir geschah, aber es dauerte viel zu lange, bis die Meldungen mein Gehirn erreichten.

Die Software begann wieder zu funktionieren. Ich versuchte zu erkennen, ob der Hammer der Pistole zurückgezogen war, aber ich sah nur rote und weiße Leuchtkugeln vor meinen Augen. Gleichzeitig hörte ich ihn wie einen Verrückten weiter schreien und toben: »Du verdammtes Schwein! Dir werd ich's zeigen! Wer bist du?« Und Kelly kreischte mit unverminderter Lautstärke weiter. Totales Chaos.

Ich versuchte nochmals, mich auf die Waffe zu konzentrieren, und diesmal klappte es – ich konnte die Hammerstellung erkennen.

Der Hammer war zurückgezogen. Die Waffe war eine 9-mm-Pistole. Aber der Sicherungsknopf? Die Pistole war entsichert.

In dieser Lage war ich hilflos. McGear hatte seinen Zeigefinger am Abzug; sobald ich mich wehrte, war ich absichtlich oder unabsichtlich tot.

»Du hältst dich für 'nen verdammt harten Kerl?« fragte er schreiend. »Für 'nen ganz harten Kerl, was? Aber wir werden ja sehen, wer hier der harte Mann ist.«

Um die Verwirrung noch zu vergrößern, kreischte Kelly vor Angst und Schmerzen weiter mit voller Lautstärke. Ich hatte keine Ahnung, was von mir erwartet wurde; ich wußte nur, daß ich einen Pistolenlauf zwischen den Zähnen hatte und diesem Kerl hilflos ausgeliefert war.

Allmählich gewann McGear seine Fassung wieder. Die Pistole blieb in meinen Mund gerammt, aber er begann jetzt aufzustehen. Dabei stützte er sich schwer auf die rechte Hand mit der Pistole, deren Korn sich mir schmerzhaft in Zahnfleisch, Gaumen und Zunge bohrte. Und während er aufstand, riß er Kelly noch brutaler an den Haaren, so daß sie vor Schmerz gellend aufschrie.

McGear trat von mir zurück, ließ aber die Pistole auf meine Brust gerichtet.

»Los, wieder auf die Knie!«

»Schon gut, Kumpel, okay. Ich mach ja alles …«

Als ich mich aufsetzte, sah ich den Feuerlöscher, mit dem er mich niedergeschlagen hatte. Am Hinterkopf hatte ich eine große Platzwunde, aus der Blut in mein Haar sickerte und mir ins Genick lief. Aber dagegen konnte ich jetzt nichts machen; solche Blutungen sind nicht leicht zu stoppen.

Dann kniete ich wieder, achtete diesmal sorgfältig darauf,

daß mein Hintern hoch über meinen Hacken blieb, und starrte McGear an, während ich versuchte, zur Besinnung zu kommen. Er bewegte sich rückwärts in Richtung Großraumbüro und bedrohte mich dabei weiter mit seiner Pistole.

»Los, mitkommen, harter Mann, auf den Knien!«

Ich begriff, daß ich ihm folgen sollte.

Inzwischen befand sich Kelly in einem schrecklichen Zustand. Auf dem Boden zeichnete sich eine von mir stammende dünne Blutspur ab. Kelly mußte in einer Blutlache gekniet haben, bevor sie weggeschleppt wurde. Um wenigstens etwas Halt zu finden, umklammerte sie sein Handgelenk mit beiden Händen. Trotzdem kippte sie auf beiden Knien rutschend immer wieder seitlich weg, wurde erneut weitergerissen und konnte sowenig auf die Beine kommen, als würde sie hinter einem Pferd hergeschleppt. Ihn interessierte nur, daß er mich rückwärtsgehend mit seiner Waffe bedrohen konnte.

»Bleib, wo du bist!« befahl er mir und schlurfte rückwärts an der offenen Tür des größeren Büros vorbei, aus dem ich zuvor gestürmt war.

Ich bemühte mich, meine Kräfte zu sammeln, denn ich wußte, daß ich nicht mehr lange zu leben hatte, wenn ich nicht bald etwas unternahm.

»Dort rein!«

Ich rutschte auf den Knien weiter.

»Gehen! Mit dem Rücken zu mir.«

Ich stand auf, betrat den Raum und kehrte McGear dabei wie angewiesen den Rücken zu. Als ich seitlich um den Couchtisch herumgehen wollte, befahl er mir: »Halt! Umdrehen!«

Ich gehorchte. Dieser Befehl war ungewöhnlich, denn normalerweise will man, daß ein Mann, den man mit der Waffe bedroht, einem den Rücken zukehrt, damit er nicht weiß, was hinter ihm vorgeht. Auf Dinge, die man nicht sieht, kann man schlecht reagieren.

Als ich mich langsam umdrehte, sah ich Kelly in dem Ledersessel sitzen, den McGear herausgezogen und links neben den

Schreibtisch gerückt hatte. Er stand hinter ihr, hielt sie mit der linken Hand weiter an den Haaren fest, zog sie daran zurück und bedrohte mich gleichzeitig mit seiner Waffe.

Das bewegliche Oberteil einer Pistole, auf dem die Kimme montiert ist, wird als Schlitten bezeichnet. Er gleitet nach jedem Schuß zurück, um die leere Patronenhülse auszuwerfen, und nimmt dann die nächste Patrone mit. Wird er auch nur um wenige Millimeter nach unten gedrückt, läßt die Waffe sich nicht mehr abfeuern, was bedeutet, daß man eine Pistole auf diese Weise blockieren kann – solange man es schafft, ihren Schlitten mit der Hand zu umklammern und zurückgedrückt festzuhalten. Das erfordert wirklich schnelles, wirklich aggressives Zupacken, aber ich hatte nichts zu verlieren.

Im Augenblick schien nichts zu passieren; wir schienen eine Art Pattsituation erreicht zu haben. Versuchte er, zu einem Entschluß zu gelangen, was er mit uns beiden tun sollte? Diese Pause dauerte keine zwanzig Sekunden, aber mir kam sie endlos lang vor.

Kelly wimmerte und schluchzte weiter; ihre Knie waren aufgeschürft, weil McGear sie über den Fußboden geschleift hatte. Jetzt riß er Kelly an den Haaren hoch und brüllte sie an: »Halt endlich die Klappe!« Und während er das tat, brach unser Blickkontakt ab, und ich wußte, daß es Zeit war.

Ich stürzte mich auf McGear, schrie dabei laut, um ihn zu verwirren, bekam mit der rechten Hand die Pistole zu fassen und drückte ihren Schlitten mindestens einen Zentimeter weit zurück.

»Scheiße!« brüllte McGear gedehnt – halb aus Wut, halb vor Schmerz.

Ich packte mit der linken Hand sein Handgelenk, zog es zu mir her und drückte dabei mit meiner rechten Hand den Pistolenschlitten zurück. McGear wollte noch abdrücken, aber seine Reaktion kam zu spät; der Schuß löste sich nicht mehr. Für mich kam es jetzt darauf an, den Schlitten mit meiner rechten Hand eisern festzuhalten.

Gleichzeitig drängte ich McGear mit aller Kraft rückwärts gegen die Wand. Er hielt Kelly weiter an den Haaren gepackt, und sie kreischte gellend, während sie mitgeschleppt wurde. Ich zwang mich dazu, nicht an sie zu denken, achtete nur auf die Pistole und stieß McGear vor mir her. Ich spürte, wie die Luft aus seiner Lunge entwich, als ich ihn gegen die Wand knallte. Kelly geriet zwischen uns; ich trat auf sie, er trat auf sie, und sie schrie vor Schmerzen auf. McGear merkte offenbar, daß er beide Hände brauchen würde, um mich abzuwehren, denn im nächsten Augenblick rappelte Kelly sich auf und flüchtete aus dem Raum.

Ich fing an, sein Gesicht mit Kopfstößen zu bearbeiten. Ich traf es mit der Stirn, mit der Nase, mit den Schläfen. Meine Nase schmerzte und blutete wahrscheinlich so heftig wie seine, aber ich ließ nicht locker, sondern machte verbissen weiter, während ich ihn an die Wand gedrückt hielt.

»Schwein!« brüllte McGear dabei. »Schwein! Du Scheißkerl! Dich mach ich kalt!«

Und ich kreischte ebenso laut: »Scheiße! Scheißkerl! Verdammter Scheißkerl!«

Ich hielt ihn weiter an die Wand gepreßt. Bei meinen Kopfstößen fügten seine Schneidezähne mir stark blutende Wunden auf der Stirn und knapp unter dem rechten Auge zu. Aber solange der Adrenalinspiegel hoch ist, spürt man keine Schmerzen. Ich bearbeitete sein Gesicht weiter mit Kopfstößen; damit konnte ich McGear kaum ernsthaften Schaden zufügen, aber doch schwächen, während wir um seine Pistole rangen. Während ich die Waffe gegen ihn zu richten versuchte, brüllte ich allen möglichen Scheiß, um ihn einzuschüchtern und mir selbst Mut zu machen.

Ich kämpfte nur noch nach Gefühl. Unser Blut brannte in meinen Augen. Ich nahm McGear nur noch verschwommen wahr. Ich wußte nicht, wohin Kelly geflüchtet war – und das interessierte mich im Augenblick auch nicht. Ich konnte ihr nicht helfen, bevor ich mir nicht selbst geholfen hatte.

Ich versuchte noch immer, die Pistole in seiner Hand gegen ihn selbst zu richten. Wohin der Schuß ging, war mir gleichgültig; er konnte ihn ins Bein, in den Magen treffen, das war mir scheißegal, solange ich ihn irgendwo traf.

Seine Schreie wurden lauter, als die Finger meiner linken Hand seinen am Abzug liegenden Zeigefinger umfaßten.

Ich drehte die Waffe um, ließ den Schlitten los und drückte ab.

Die beiden ersten Schüsse gingen daneben, aber ich drückte erneut ab. Mit veränderter Schußrichtung traf ich ihn in Hüfte und Oberschenkel. McGear ging zu Boden.

Der Kampflärm verstummte. Die plötzliche Stille war geradezu ohrenbetäubend.

Nach zwei bis drei Sekunden hörte ich Kellys Geschrei von den Wänden widerhallen. Immerhin war sie noch hier im Gebäude. Sie schien einen hysterischen Anfall zu haben, denn sie kreischte höher und lauter als je zuvor. Aber ich war zu erledigt, um ihr helfen zu können. Außerdem hatte ich Wichtigeres zu tun.

Um Kelly würde ich mich später kümmern. Ich rappelte mich mühsam auf. Ich hatte überall starke Schmerzen. Mein Genick fühlte sich an, als sei es nicht mehr imstande, meinen Kopf zu tragen.

McGear wand sich blutend auf dem Boden und bettelte: »Erschieß mich nicht, Mann! Nicht schießen! Nicht schießen!«

Mit seiner Pistole in der Hand tat ich, was er vorhin bei mir gemacht hatte: Ich setzte mich rittlings auf seine Brust und rammte ihm den Pistolenlauf tief in den Mund.

So blieb ich eine halbe Minute lang sitzen und versuchte wieder zu Atem zu kommen. McGears Körper lag wahrscheinlich im Sterben, aber seine Augen waren lebendig.

»Warum habt ihr die Familie ermordet?« fragte ich und zog ihm die Pistole aus dem Mund, damit er reden konnte. »Sag's mir, dann laß ich dich leben.«

Er starrte mich an, als wolle er etwas sagen, wisse aber nicht recht, was.

»Los, red schon! Ich muß es wissen.«

»Scheiße, ich weiß nicht mal, wovon du redest.«

Ich sah ihm in die Augen und erkannte, daß er die Wahrheit sagte.

»Was ist in dem Computer nebenan?«

Diesmal reagierte er sofort. Er grinste mit geschwollenen Lippen und sagte: »Fuck you!«

Ich rammte ihm die Pistole wieder in den Mund und forderte ihn ruhig, nachdrücklich, fast väterlich auf: »Sieh mich an! Sieh mich an!«

McGear erwiderte meinen Blick. Es war zwecklos, diese Befragung fortzusetzen. Er würde nichts sagen. Dafür war er zu gut.

Scheiße. Ich drückte ab.

26

Ich holte tief Luft und wischte mir das Blut ab, das mir von der Stirn in die Augen lief. Ich bemühte mich, irgendwie zur Ruhe zu kommen. Einige Sekunden Pause machen, mehrmals tief durchatmen und dabei überlegen, was, zum Teufel, ich als nächstes tun sollte.

Die Schüsse waren gehört und gemeldet worden – jedenfalls mußte mein Plan auf dieser Annahme basieren. Irgendwo im Gebäude hörte ich Kelly noch immer kreischen.

Als erstes mußte ich mein Zeug zusammenpacken und mitnehmen. Ich stand auf und torkelte ins kleinere Büro hinüber. Dort riß ich die Kabel aus dem PC, nahm die CD-ROM mit dem Schnüfflerprogramm aus dem Laufwerk und steckte sie ein. Dann warf ich alles andere achtlos in meine Reisetasche und ging ins große Büro zurück.

Dort blieb ich eine Sekunde neben McGear stehen. Er erinnerte mich an Kelly, wenn sie schlief – aber dieser Seestern hatte ein Gesicht wie eine Pizza und am Hinterkopf eine große

Austrittswunde, aus der eine graue Masse auf den Teppichboden quoll.

Ich griff nach der Tasche, hängte sie mir über meine linke Schulter und trat in den Korridor hinaus, um meine Pistole aufzuheben. Als nächstes mußte ich Kelly finden. Einfach: Ich brauchte nur dem Kreischen zu folgen.

Sie kämpfte mit der Brandschutztür, die sich nicht öffnen lassen wollte. Das Blut auf dem Rücken ihres Mantels stammte vermutlich von mir; sie konnte gegen mich gefallen sein, als McGear mich niedergeschlagen hatte. Kelly bemühte sich verzweifelt, die Brandschutztür zu öffnen, aber in ihrem jetzigen Zustand gehorchten ihr ihre Finger nicht. Sie hüpfte von einem Bein aufs andere und hämmerte, vor Entsetzen laut kreischend, mit beiden Fäusten gegen die Tür. Ich trat von hinten auf sie zu, packte sie am Arm und schüttelte sie kräftig.

»Hör auf! Hör auf!«

Das war nicht die richtige Methode. Sie war völlig hysterisch.

Ich legte meine Hand unter ihr Kinn, hob ihren Kopf hoch, blickte in ihre verweinten Augen und sagte: »Hör zu, es gibt Leute, die dich umbringen wollen. Hast du verstanden? Willst du sterben?«

Kelly versuchte sich loszureißen. Ich bedeckte ihren Mund mit der Hand und hörte sie aufgeregt schniefend durch die Nase atmen. Ich brachte mein Gesicht sehr dicht an ihres heran. »Diese Leute wollen dich umbringen. Schluß jetzt mit der Heulerei, verstanden? Hör auf zu weinen.«

Sie verstummte, und ihr Körper wurde schlaff. Ich ließ sie los. »Gib mir deine Hand, Kelly.«

Ihre Hand lag wie leblos in meiner. »Sei jetzt ganz leise und tu, was ich dir sage«, forderte ich sie auf. »Du mußt auf mich hören, okay?« Während ich das sagte, nickte ich ihr beruhigend zu.

Sie starrte mich nur an. Tränen liefen ihr übers Gesicht, aber ich merkte, daß Kelly sie zurückzuhalten versuchte.

Ich stieß die Brandschutztür auf. Kalte, feuchte Nachtluft

schlug mir entgegen. Ich sah fast nichts, als habe der Schlag mit dem Feuerlöscher mich vorübergehend nachtblind gemacht. Mit Kelly an der Hand polterte ich die Eisentreppe hinunter. Der Lärm war mir egal; wir hatten schon genug Krach gemacht.

Während wir zum Zaun rannten, rutschte ich im Schlamm aus. Sowie Kelly mich zu Boden gehen sah, schrie sie auf und brach erneut in Tränen aus. Ich schüttelte sie und befahl ihr, die Klappe zu halten.

Als wir den Zaun erreichten, heulten auf der Stadtautobahn bereits Sirenen. Ich mußte annehmen, das Sirenengeheul gelte uns. Sekunden später hörte ich eine weitere Sirene aus Richtung Parkplatz.

»Du wartest hier!«

Ich kletterte mit meiner Tasche den Maschendrahtzaun hoch, warf sie auf der anderen Seite hinüber und sprang hinterher. Die Sirenen kamen näher, aber ich sah bisher noch kein Fahrzeug. Kelly starrte mich hinter dem Zaun stehend an und hüpfte aufgeregt auf und ab, während ihre Hände die Drahtmaschen umklammerten.

»Nick… Nick… Bitte, ich will mit!«

Ich sah nicht einmal hin, wo ich buddelte. Mein Blick blieb auf die Lücke zwischen den zwei Gebäuden gerichtet. Die von rechts heranrasenden blauen Blinkleuchten auf der Stadtautobahn erhellten den Nachthimmel.

Kellys Wimmern verwandelte sich in ein Schluchzen.

»Keine Angst, uns passiert nichts«, sagte ich beruhigend. »Bleib einfach, wo du bist. Sieh mich an! Sieh mich an!« Sie erwiderte meinen Blick. »Du bleibst dort drüben, okay?«

Die Lichter und Sirenen erreichten jetzt die Ball Street. Ich raffte meine Dokumente zusammen und steckte sie ein.

Als die Fahrzeuge hielten, erstarb das Sirenengeheul. Nur die blauen Blinkleuchten rotierten weiter und erhellten Kellys tränennasses Gesicht.

Ich sah sie durch die Zaunmaschen hindurch an und flüsterte: »Kelly! Kelly!«

Sie war vor Angst wie gelähmt.

»Kelly, du mußt jetzt mitkommen. Hast du verstanden? Los, komm mit!«

Ich setzte mich auf meiner Zaunseite in Bewegung. Sie jammerte nach ihrer Mommy. Ihre Stimme klang immer verzweifelter. »Du mußt mitkommen, Kelly, du mußt mitkommen«, forderte ich sie auf. »Los, halt dich ran!«

Als ich das Tempo beschleunigte, rutschte sie aus und fiel in den Schlamm. Diesmal war ich nicht da, um sie aufzuheben. Sie lag schluchzend da. »Ich will heim. Ich will heim. Bitte bring mich heim.«

Unterdessen waren drei Streifenwagen am Zielobjekt vorgefahren. Wir hatten noch keine zweihundert Meter zurückgelegt. Bald würden sie ihre Suchscheinwerfer einschalten und uns entdecken.

»Steh auf, Kelly, steh auf!«

Das Zielobjekt schien jetzt von einer Aura aus blauem und rotem Licht umgeben zu sein. Im Dunkel hinter dem Bürogebäude flammten erste Taschenlampen auf.

Wir hasteten bis zur Durchfahrt weiter. Die Nacht war voller Sirenen.

Ich kletterte wieder über den Zaun. Meine Tasche verfehlte Kelly nur knapp, als ich sie fallen ließ. Ich ergriff ihre rechte Hand mit meiner linken und zog sie mit mir.

Ich mußte einen Wagen finden, der an einer dunklen Stelle geparkt und alt genug war, um keine Alarmanlage zu haben.

Wir verließen die Durchfahrt, gingen nach links und folgten einer langen Reihe geparkter Autos. Ich fand einen Chevy aus den frühen Neunzigern, stellte meine Tasche ab und wies Kelly an: »Setz dich daneben.«

Ich wühlte in der Reisetasche, bis ich den Satz Dietriche für Autoknacker gefunden hatte. Keine zwei Minuten später war die Fahrertür offen. Ich schloß die Zündung kurz und ließ so den Motor an. Auf der Digitaluhr war es 3 Uhr 33.

Ich ließ den Motor laufen und Heizung und Scheibenwischer

auf höchster Stufe eingeschaltet, damit die Scheiben schnell klar wurden. Dann holte ich Kelly und meine Reisetasche und verstaute beide auf dem Rücksitz. »Du bleibst liegen, Kelly, und versuchst zu schlafen.« Das mit dem Hinlegen war ihr nur recht. Aber sie würde wahrscheinlich nicht gut schlafen können. Vielleicht ihr Leben lang nicht mehr.

Ich rangierte den Chevy aus der Parklücke und fuhr in gemäßigtem Tempo davon. Schon nach einer Viertelmeile sah ich Blinkleuchten, die mir entgegenkamen. Ich zog meine Pistole aus dem Hosenbund und schob sie unter meinen rechten Oberschenkel. Ich würde auf keinen Fall zulassen, daß die Scheißkerle uns verhafteten.

»Du bleibst unten, verstanden?« rief ich nach hinten. »Laß dich ja nicht blicken!«

Sie gab keine Antwort.

»Kelly?«

»Ja«, sagte sie mit schwacher Stimme.

Mußte ich die Polizeibeamten erschießen, war das Pech für sie, aber letztlich wurden sie dafür bezahlt, daß sie solche Risiken eingingen. Mein Plan stand bereits fest. Hielten sie mich an, würde ich warten, bis einer oder beide in Schußweite waren. Die Pistole steckte dort, wo meine Hand sie blitzschnell ziehen konnte, und ich würde als erster schießen.

Die rot-blauen Blinkleuchten kamen rasch näher. Ich hielt unbeirrt weiter auf sie zu. Schließlich war ich ein Schichtarbeiter, der unterwegs war, um sich seinen Lebensunterhalt zu verdienen. Die Lichter des Streifenwagens waren jetzt so hell, daß ich meine Augen zusammenkneifen mußte, um die Fahrbahn dahinter erkennen zu können.

Ich blieb ganz ruhig und gelassen. Wie sich die Sache entwickelte, hing nicht von mir ab. Der Streifenwagen raste mit über sechzig Meilen an uns vorbei.

Ich sah in den Rückspiegel. Als ihre Bremslichter aufleuchteten, geriet ich leicht in Panik. Ich beobachtete sie, während ich zügig weiterfuhr, um meinen Vorsprung auszubauen. Die

Bremslichter erloschen. Der Fahrer hatte anscheinend nur sein Tempo verringern wollen – oder sie hatten sich die Sache anders überlegt.

Ich mußte dieses Auto vor Tagesanbruch irgendwo abstellen, denn früher würde sein Besitzer den Diebstahl wahrscheinlich nicht bemerken. Außerdem mußte ich Kelly und mich vollständig neu einkleiden und uns ein anderes Hotelzimmer besorgen.

Plötzlich meldete Kelly sich wieder. »Nick, ich will heim! Ich will heim! Ich will zu meiner…«

»Kelly, wir fahren heim! Nur nicht jetzt gleich!« Ich mußte schreien, um mich gegen sie durchzusetzen.

Damit ich sie beobachten konnte, verstellte ich den Rückspiegel. Sie lag zusammengerollt auf der Sitzbank und hatte einen Daumen im Mund. Ich dachte an die beiden anderen Male, als ich sie so aufgefunden hatte, und fügte beruhigend hinzu: »Keine Angst, es dauert nicht mehr lange.«

Wir befanden uns auf einer Straße, die parallel zum Westufer des Potomac River zu verlaufen schien. Nach etwa einer halben Stunde fand ich einen Tag und Nacht geöffneten Supermarkt und parkte davor. Auf dem großen Parkplatz standen nur zwanzig oder dreißig Autos; frühmorgens um diese Zeit gehörten die meisten vermutlich den Angestellten.

Kelly fragte nicht, warum ich hielt. Ich drehte mich nach ihr um. »Hör zu, ich muß uns neue Sachen zum Anziehen kaufen. Willst du irgendwas Bestimmtes? Soll ich uns Coladosen und ein paar Sandwiches mitbringen?«

»Nein, geh nicht, laß mich nicht allein«, wimmerte Kelly. Sie sah aus, als sei sie heftig geohrfeigt worden. Ihr aufgedunsenes Gesicht war gerötet; außerdem hatte sie geschwollene Augen und tränenfeuchtes Haar, das an ihren Wangen klebte. Mit einer übel zugerichteten Siebenjährigen, die Blut an ihrer Kleidung hat, kann man unmöglich um kurz nach vier Uhr morgens in einem Supermarkt aufkreuzen.

Ich beugte mich über die Sitzlehne, zog den Reißverschluß

meiner Tasche auf und nahm den Overall heraus. »Ich muß dich hierlassen«, erklärte ich ihr. »Ich brauche jemanden, der auf alles aufpaßt.« Ich zeigte auf die Reisetasche. »Paßt du gut darauf auf? Du bist jetzt ein großes Mädchen, eine großartige Spionin.«

Sie nickte widerstrebend.

Ich fing an, mich am Lenkrad sitzend in meinen Overall zu schlängeln.

»Nick?«

»Was?« Ich kämpfte gerade mit dem zweiten Bein.

»Ich habe Schüsse gehört. Ist der Mann tot?«

»Welchen Mann meinst du?« Ich wollte mich nicht umdrehen und ihr ins Gesicht sehen. »Nein, er ist nicht tot. Ich denke, daß er sich geirrt und uns mit jemandem verwechselt hat. Er kommt bestimmt bald wieder auf die Beine.«

Ich machte ein Hohlkreuz, um in die obere Hälfte schlüpfen zu können. »Die Polizei bringt ihn ins Krankenhaus.«

Das war genug gelogen. Ich schlug die Kapuze meines Overalls hoch, stieg rasch aus und steckte den Kopf noch einmal in den Wagen. Aber bevor ich meinen Standardspruch loswerden konnte, sagte sie rasch: »Du kommst bald wieder, nicht wahr? Ich will heim zu meiner Mommy.«

»Klar, ich komme wieder, kein Problem, und dann fahren wir bald zu Mommy.«

Ich schaltete die Innenbeleuchtung ein und verstellte den Innenspiegel, damit ich mein Gesicht begutachten konnte. Die Bißwunden von McGears Zähnen auf meiner Stirn und dicht unter dem rechten Augen waren noch feucht, aber das Blutplasma war schon dabei, sie verschorfen zu lassen. Ich spuckte auf ein Papiertaschentuch aus dem Handschuhfach und rieb das angetrocknete Blut ab, aber mein Gesicht sah danach nicht viel besser aus. Arbeitsunfall.

Ich bedeutete Kelly, die Tür zu verriegeln und sich hinzulegen. Sie gehorchte wortlos.

Ich holte mir einen Einkaufswagen und schob ihn durch die

Automatiktür. Nach einem Besuch am Geldautomaten kaufte ich für Kelly und mich neue Kleidung in zweifacher Ausfertigung, aber auch Wasch- und Rasierzeug, eine Box Kosmetiktücher und Schmerztabletten für mein Genick. Es tat jetzt wirklich verdammt weh. Ich konnte nur nach rechts oder links sehen, wenn ich den ganzen Körper bewegte, was roboterhaft wirken mußte. Ich warf noch ein paar Coladosen, Kräcker, Kekse und Schokoriegel in den Einkaufswagen.

Um diese Zeit waren nur wenige Kunden da. Meine Gesichtsverletzungen wurden zwar wahrgenommen, aber nicht weiter beachtet.

Ich ging zum Auto zurück und klopfte an die Scheibe. Kelly sah auf; die Scheiben waren inzwischen angelaufen, und sie mußte sie mit dem Ärmel abwischen, um mich erkennen zu können. Sie hatte offenbar wieder geweint, denn sie rieb sich die Augen. Als ich auf das Schloß deutete, öffnete sie mir ihre Tür.

Ich lächelte strahlend. »Hi! Na, wie geht's?«

Kellys Antwort bestand aus einem unverständlichen Murmeln. Während ich die Tragetüten auf den Beifahrersitz legte, sagte ich: »Hier, ich hab' dir was mitgebracht.« Ich hielt ihr einen Schokoriegel hin. Sie lächelte zögernd, griff danach und riß die Verpackung auf.

Ich warf einen Blick auf die Borduhr. Schon fast fünf. Wir fuhren in Richtung Beltway und dann nach Westen weiter.

Ich sah den Wegweiser zum Dulles International Airport und ordnete mich rechts ein, um die nächste Ausfahrt zu nehmen. Wir mußten den Chevy bald abstellen; vielleicht war sein Besitzer ein Frühaufsteher.

Kelly lag auf dem Rücksitz und starrte den Wagenhimmel an. Sie schien sich in einer Traumwelt zu befinden. Oder sie war durch alles, was sie gesehen hatte, mental und emotional geschädigt. Im Augenblick hatte ich jedoch keine Zeit, mich um sie zu kümmern.

Wir waren ungefähr acht Meilen vom Flughafen entfernt,

und ich fing an, nach einem Motel Ausschau zu halten. Dann kamen wir an einem Economy Inn vorbei. Geradezu ideal – aber erst mußten wir etwas für unser Äußeres tun.

Als wir zum Flughafen weiterfuhren, sah ich die Scheinwerfer einer Maschine, die vermutlich als erstes Flugzeug dieses Tages landete. Ich folgte Wegweisern zu den Billigparkplätzen unter freiem Himmel und hielt kurz vor der Einfahrt, um Ausschau nach Überwachungskameras zu halten. Aber ich sah keine; offenbar wurden nur die Ausfahrten überwacht. Ich zog einen Parkschein aus dem Automaten und stellte den geklauten Wagen zwischen Tausenden von anderen Autos ab.

»Kelly, wir ziehen dir jetzt ein paar neue Sachen an«, erklärte ich ihr.

Ich zeigte ihr, was ich für sie gekauft hatte. Während sie sich umzog, riß ich die Box mit Kosmetiktüchern auf und tupfte ihr das Gesicht ab. »Komm, jetzt ist Schluß mit der Heulerei. Ah, da haben wir eine Haarbürste.« Ich bürstete ihr die Haare, aber ich arbeitete zu schnell und tat ihr weh. »Okay, mal sehen, wie dir dieses Sweatshirt steht. Fertig! Hey, du siehst echt gut aus. Hier hast du ein Taschentuch – putz dir die Nase.«

Während sie damit beschäftigt war, zog ich mich ebenfalls um und warf unsere abgelegten Sachen in den Fußraum vor dem Beifahrersitz. Kelly sah noch immer blaß und elend aus, als uns der Shuttle-Bus zum Terminal brachte.

27

Wir gingen durch das Abfertigungsgebäude. Im Terminal herrschte weit mehr Betrieb, als ich so früh am Morgen vermutet hätte. Überall standen Leute vor den Abfertigungsschaltern an, stöberten in Souvenirläden herum oder saßen Zeitung lesend in den Cafés.

Ich redete nicht viel mit Kelly, sondern hielt nur ihre Hand, während ich meine Reisetasche über der linken Schulter trug.

Wir wollten ins Ankunftsgebäude, vor dem sich ein Taxistand befinden würde. Hinweisschilder dirigierten uns zu einer Rolltreppe. Wir waren schon fast unten, als Kelly sagte: »Nick, ich muß mal.«

»Bestimmt?« Ich wollte möglichst schnell von hier weg.

»Doch, ich muß echt!«

»Okay.« Das vorige Mal war mir eine Lehre gewesen.

Wir folgten den Hinweisschildern zu den Toiletten und fanden sie links vor den großen Ausgängen für Ankünfte/Ausland. Man betrat sie durch einen von zwei Durchgängen, kam erst an sechs oder sieben Behindertentoiletten vorbei und hatte dann die eigentlichen Toilettentüren vor sich. Ich blieb draußen in der Ankunfthalle stehen und beobachtete die vielen Abholer, die darauf warteten, daß die Automatiktüren sich öffneten und ihre Lieben ausspuckten.

Man spürt immer, wenn man angestarrt wird. Ich hatte noch keine zwei Minuten dagestanden, als ich fühlte, daß ich prüfend gemustert wurde. Ich blickte auf. Angestarrt wurde ich von einer alten Frau, die mir jenseits der einen Gang bildenden Absperrgitter gegenüberstand und offenbar auf jemanden wartete. Neben ihr stand ein weißhaariger Mann, aber ihr Blick blieb auf mein Gesicht gerichtet.

Sie sah weg und kehrte dem Ausgang den Rücken zu, obwohl eben wieder ganze Horden von Angekommenen mit ihren Gepäckkarren herausströmten. Alle paar Sekunden waren laute Jubelschreie zu hören, wenn lange getrennte Menschen sich in die Arme sanken. Zwischendurch flammte Blitzlicht auf.

Was hatte sie angestarrt? Meine Gesichtsverletzungen? Ich konnte nur hoffen, daß das der einzige Grund für ihre Neugier gewesen war. Ändern konnte ich nichts daran. Ich mußte mich möglichst unauffällig benehmen, sie aber trotzdem im Auge behalten.

Dann sah ich, wie sie mit ihrem Mann zu reden begann. Ihre Körpersprache verriet aufgeregtes Drängen; sie machte jedenfalls nicht nur belanglose Konversation. Nach einem flüchtigen

Blick zu mir herüber zuckte er mit den Schultern, als wolle er sagen: »Was, zum Teufel, redest du da, Frau?« Sie mußte mich mit einem kleinen Mädchen an der Hand gesehen haben, bevor Kelly in die Toilette verschwunden war, und sich gefragt haben: »Woher kenne ich die beiden bloß?«

Ich blieb unbeirrt stehen. Ich wollte sehen, was sie machte. Sobald sie sich in Bewegung setzte und wegging, würde ich handeln müssen.

Ich merkte, daß sie sich weiter den Kopf zermarterte. Mein Herz begann zu jagen. Ich wich ihrem Blick aus, spürte aber trotzdem, daß sie mich anstarrte. Es konnte nicht mehr lange dauern, bis sie sich an die Nachrichtensendung erinnerte, in der sie ein Photo von Kelly gesehen hatte.

Die Sekunden erschienen mir wie Minuten. Endlich kam Kelly wieder aus der Toilette und stellte sich neben mich. »Gehen wir?« fragte ich und ergriff ihre Hand, bevor sie antworten konnte.

Bevor wir uns abwandten, um zum Ausgang zu gehen, sah ich noch, wie die Frau ihren Mann am Ärmel zupfte. Aber er hatte offenbar jemanden entdeckt, den sie abholen wollten, und sah in die andere Richtung.

Sie zog drängender an seinem Arm.

Ich wäre am liebsten losgerannt, aber das hätte ihren Verdacht nur bestätigt. Also ging ich in normalem Tempo weiter und redete wie ein glücklicher Vater auf Kelly ein. »Siehst du die Lichter da drüben, sind die nicht hübsch? Das hier ist der Flughafen, auf dem ich bei jedem Besuch ankomme. Bist du schon mal hier gewesen?« Kelly brauchte auf keine dieser Fragen zu antworten.

Es war schwierig, dem Drang zu widerstehen, mich nach der Frau umzusehen. Was sollte ich tun, wenn ...? Hetzte sie mir die Polizei auf den Hals, war ich erledigt. Hier gab es keine Fluchtmöglichkeit, aber dafür wimmelte es überall von Sicherheitspersonal. Bis zum Ausgang waren es noch dreißig bis vierzig Meter. Ich erwartete bei jedem Schritt, daß ein Cop mir »Halt!

Stehenbleiben!« zurufen würde. Aber die einzigen Laute waren das allgemeine Stimmengewirr und gelegentlicher Begrüßungsjubel.

Wir erreichten den Ausgang, bogen nach links ab und folgten der breiten Fußgängerrampe zur Kurzparkzone und zum Taxistand hinunter. Sofort nach dieser Richtungsänderung ging ich schneller und riskierte sogar einen Blick über die Schulter nach hinten.

»Was ist los?« fragte Kelly.

»Komm, dort sind die Taxis«, sagte ich.

Aber wir mußten warten, bis drei oder vier Leute, die vor uns anstanden, eingestiegen und weggefahren waren. Ich fühlte mich wie ein Kind, das einen Herzenswunsch hat und nicht länger warten kann. *Macht schon, macht schon!*

Dann saßen wir endlich in einem Taxi, das sofort losfuhr. Ich drehte mich um und warf einen Blick durch die Heckscheibe. Nichts, keine Verfolger. Trotzdem konnte ich noch nicht aufatmen. Kelly, die meinen Streß anscheinend spürte, stellte keine weiteren Fragen mehr.

Ich versuchte, nicht mehr an diese Episode zu denken. Gib dir Mühe, dann kannst du auch der schlimmsten Situation noch etwas Positives abgewinnen – das hatte ich mir immer selbst gepredigt. Aber diesmal half mir das nicht weiter. Hatte die Alte die Verbindung doch noch hergestellt und der Polizei erzählt, wir seien zum Taxistand gegangen, würden wir bald Sirenengeheul hinter uns hören.

Ich sah zu Kelly hinüber und gähnte demonstrativ. »Ich bin echt müde«, sagte ich. »Und du?«

Sie nickte und legte ihren Kopf in meinen Schoß.

Ich nannte dem Fahrer unser Ziel. Nachdem wir den Freeway verlassen hatten, brauchte er nur noch einige Straßenblocks weit zu fahren, bevor ich ihn halten ließ. Als er davonfuhr, standen wir auf dem Parkplatz des Marriott-Hotels. Von hier aus konnten wir zu Fuß zum Economy Inn hinübergehen.

»Wir gehen jetzt in ein Motel«, erklärte ich Kelly. »Auch diesmal läuft alles wie gehabt. Ich sage lauter Sachen, die nicht wahr sind, und du brauchst nur den Mund zu halten und echt müde auszusehen, okay? Tust du genau, was ich sage, damit niemand etwas merkt, können wir bald heimfahren.« Wir gingen zum Economy Inn hinüber.

An der Rezeption saß ein junger Schwarzer, der ein dickes Lehrbuch vor sich liegen hatte. Diesmal wandelte ich meine Story ab, indem ich behauptete, bei einem Raubüberfall verletzt worden zu sein. Er reagierte sichtlich betroffen. »Hören Sie, das ist *nicht* typisch für unser Land«, versicherte er mir. »Amerika ist wundervoll.« Er fing an, mir vom Grand Canyon vorzuschwärmen; erst nachdem ich ihm versprochen hatte, dieses Naturdenkmal auf jeden Fall zu besichtigen, konnten wir die Rezeption verlassen.

In unserem Zimmer half ich Kelly aus dem Mantel. Als sie sich leicht zur Seite drehte, um den anderen Arm aus dem Ärmel zu ziehen, fragte sie mich ohne Vorwarnung: »Fahren wir jetzt zu Mommy und Daddy?«

»Noch nicht, wir haben noch einiges zu erledigen.«

»Ich will zu meiner Mommy, Nick. Ich will wieder heim. Du hast's versprochen!«

»Keine Angst, wir fahren bald.«

»Weißt du bestimmt, daß Mommy und Daddy und Aida zu Hause sind, wenn ich komme?«

»Natürlich sind sie das.«

Kelly wirkte nicht überzeugt. Und ich wußte, daß der entscheidende Punkt erreicht war. Ich konnte nicht endlos weiterlügen. Falls wir aus dieser Sache mit heiler Haut herauskamen, konnte ich Kelly nicht einfach ihren Großeltern oder irgendwelchen anderen Leuten übergeben, von denen sie dann erfahren würde, daß ich ein Schweinehund war, der sie die ganze Zeit belogen hatte.

»Kelly ...«

Ich setzte mich neben sie und streichelte ihren Kopf, den sie in meinen Schoß legte.

»Hör zu, Kelly, wenn du heimkommst, sind Mommy, Daddy und Aida nicht mehr da. Sie kommen nie wieder. Sie sind alle im Himmel. Weißt du, was das bedeutet?«

Das sagte ich fast nonchalant, weil ich dieses Thema möglichst nicht vertiefen wollte. Wahrscheinlich hoffte ich darauf, daß sie »Oh, ich verstehe!« sagen und mich dann fragen würde, ob sie einen Micky D's haben könne.

Nun entstand eine Pause, während sie über alles nachdachte. Ich hörte nur das Summen der Klimaanlage.

Sie runzelte die Stirn. »Kommt das davon, daß ich unartig gewesen bin und Daddy nicht geholfen habe?«

Mir war zumute, als stoße mir jemand ein Messer ins Herz. Aber das war keine allzu schwierige Frage; sie ließ sich ohne weiteres ehrlich beantworten. »Kelly, selbst wenn du versucht hättest, Daddy zu helfen, wären sie trotzdem alle gestorben.«

Sie drückte ihren Kopf leise schluchzend an mein Bein. Ich rieb ihr den Rücken und versuchte mir etwas Tröstliches einfallen zu lassen.

Dann hörte ich: »Sie sollen aber nicht tot sein. Ich will mit ihnen zusammensein.«

»Aber das bist du doch.« Ich suchte nach Worten.

Sie hob den Kopf und sah mich an.

»Du bist mit ihnen zusammen. Jedesmal wenn du etwas tust, das ihr miteinander gemacht habt, seid ihr zusammen.«

Sie bemühte sich, das zu verstehen. Ich auch.

»Jedesmal wenn ich eine Pizza mit viel Pilzen esse, denke ich an deine Mommy und deinen Daddy, weil ich weiß, daß Mommy gern Pilze gegessen hat. Darum sind sie nie weit von mir entfernt – und deshalb werden Mommy, Daddy und Aida immer in deiner Nähe sein.«

Kelly sah mich an, als warte sie auf mehr. »Wie meinst du das?«

Ich suchte nach Beispielen. »Ich meine, jedesmal wenn du den Tisch deckst, ist Mommy dabei, weil sie dir gezeigt hat, wie man das macht. Jedesmal wenn du Basketball spielst, ist Daddy dabei, weil er dir das Werfen beigebracht hat. Jedesmal wenn du jemandem zeigst, wie etwas gemacht wird, ist Aida dabei – weil du ihr immer alles gezeigt hast. Siehst du, sie sind ständig bei dir!«

Ich wußte nicht, ob das gut war, aber mir fiel nichts Besseres ein. Ihr Gesicht ruhte wieder auf meinem Bein, und ich spürte die Wärme ihres Atems und ihrer Tränen.

»Aber ich will sie *sehen*. Wann sehe ich sie wieder, Nick?«

Ich hatte mich anscheinend nicht verständlich genug ausgedrückt. Ich wußte nicht, wem dieses Gespräch mehr zusetzte – Kelly oder mir. Ich hatte einen dicken Kloß im Hals. Ich hatte mich in etwas hineinmanövriert, aus dem ich nicht wieder herauskam.

»Sie kommen nicht mehr zurück, Kelly. Sie sind alle drei tot. Aber das liegt nicht an etwas, das du getan oder nicht getan hast. Sie wollten dich nicht verlassen. Manchmal passieren Dinge, die sogar Erwachsene nicht ändern oder vermeiden können.«

Kelly lag unbeweglich da und dachte nach. Ich blickte auf sie herab. Sie starrte die Wand unseres Zimmers an. Ich hörte auf, sie zu streicheln, und legte meinen Arm um sie.

»Eines Tages bist du wieder mit ihnen zusammen, aber das dauert noch lange. Erst bekommst du Kinder – genau wie Mommy. Dann sind deine Kinder sehr traurig, wenn du stirbst, wie du jetzt traurig bist. Sie haben dich alle sehr geliebt, Kelly. Ich habe deine Mommy und deinen Daddy nur ein paar Jahre gekannt. Stell dir vor, du hast sie dein ganzes Leben lang gekannt!«

Ich beobachtete sie, wie ihre Mundwinkel sich zu einem schwachen Lächeln verzogen. Sie drängte ihren Körper fester gegen meine Beine.

»Ich will bei dir bleiben, Nick.«

»Das wäre schön, aber es würde nicht klappen. Du mußt zur Schule gehen und lernen, eine Erwachsene zu werden.«

»Du könntest mir dabei helfen.«

Wenn sie wüßte! Mir gehörte nicht mal eine Garage für ein Motorrad, ganz zu schweigen von einem Haus, in dem ein kleines Mädchen aufwachsen konnte.

Erst die Waffe, dann die Ausrüstung und zuletzt man selbst – das ist die richtige Reihenfolge. Ich wollte die Federn meines Pistolenmagazins entlasten; das war nicht unbedingt notwendig, aber ich hatte das Gefühl, es tun zu müssen, weil es das Ende einer Phase und den Anfang einer neuen bezeichnete.

Kelly schlief bereits fest.

Ich stellte mein Mobiltelefon ins Ladegerät, damit es betriebsfähig blieb. Schließlich war es die einzige Verbindung zwischen Pat und mir. Dann kippte ich den Inhalt der Reisetasche aufs Bett, um ihn zu sortieren. Alle neugekauften Kleidungsstücke wurden beiseite gelegt; die restliche Ausrüstung kam wieder in die Tasche. Ich ärgerte mich darüber, daß ich die Videokamera auf dem Hoteldach hatte zurücklassen müssen, denn sie würde gefunden werden und eindeutig beweisen, daß ich etwas mit der Schießerei in der Ball Street zu tun gehabt hatte. Außerdem war der Videofilm verloren, der für Simmonds vielleicht so wertvoll gewesen wäre, daß er mir eine Zukunft hätte sichern können.

Nachdem ich meine Ausrüstung neu gepackt hatte, legte ich mich aufs Bett und faltete meine Hände hinter dem Kopf. Während ich auf das leise Summen der Klimaanlage lauschte, begann ich, über dieses ganze beschissene Spiel nachzudenken – und darüber, daß Leute wie McGear und ich wieder und wieder ausgenutzt wurden. Aber damit hörte ich schnell auf, als ich merkte, daß ich anfing, mich selbst zu bemitleiden. McGear und ich hatten die Wahl gehabt und uns freiwillig für diese Arbeit entschieden.

Es war schwierig, den dramatischen Ereignissen der vergangenen Nacht etwas Gutes abzugewinnen. Wenigstens brauchte ich mir keine Sorgen darüber zu machen, wie ich die blutbefleckten Kleidungsstücke in der blauen Reisetasche beseitigen sollte. Die Polizei würde natürlich feststellen, daß das Blut von Browns stammte, aber das war nichts im Vergleich zu den Schwierigkeiten, in denen ich bereits steckte. Und auf der Habenseite konnte ich verbuchen, daß ich eindeutige Querverbindungen zwischen Kev, der PIRA, dem Gebäude in der Ball Street und dem von mir kopierten Speicherinhalt des dort stehenden Computers hergestellt hatte.

Ich hatte keine Lust, jetzt den Laptop rauszuholen und zu versuchen, dieses Material zu sichten. Dafür war ich zu müde. Ich würde Fehler machen und womöglich wichtige Dinge übersehen. Außerdem war mein Adrenalinspiegel so drastisch gefallen, daß die Kopf- und Nackenschmerzen jetzt stärker als zuvor waren.

Ich duschte heiß und rasierte mich sogar. McGears Bißwunden in meinem Gesicht waren bereits verschorft. Ich vertraute darauf, daß sie von selbst abheilen würden.

Ich zog Jeans, Sweatshirt und Sportschuhe an und lud meine Magazine nach. Ich brauchte Ruhe, aber ich mußte notfalls sofort einsatzbereit sein. Sobald ich ein paar Stunden geschlafen und etwas gegessen hatte, wollte ich mich hinsetzen und nachsehen, was in dem Laptop war. Aber das klappte nicht. Ich wälzte mich in meinem Bett, schlief immer nur für wenige Minuten und lag die meiste Zeit wach.

Ich schaltete den Fernseher ein und suchte die Kanäle ab, um zu sehen, ob McGear schon in den Nachrichten war. Natürlich wurde über ihn berichtet.

Die Kamera schwenkte über die Straßenfront des PIRA-Gebäudes und zeigte die obligatorischen Streifen- und Notarztwagen, bevor ein Mann vor die Kamera trat und zu quatschen begann. Ich machte mir nicht mal die Mühe, den Ton anzustellen; ich wußte ohnehin, was der Reporter sagen würde. Ich rechnete eigentlich damit, daß mein Freund, der junge Obdachlose, vor laufenden Kameras berichten würde, was er gehört und gesehen hatte.

Kelly schlief jetzt so unruhig, als träume sie schlecht – bestimmt von McGear.

Ich sah nachdenklich auf sie herab. Die Kleine hatte sich ausgezeichnet verhalten, das stand fest. Die letzten Tage waren so chaotisch für sie gewesen, daß ich angefangen hatte, mir Sorgen um sie zu machen. Siebenjährige sollten nicht mit solchem Scheiß konfrontiert werden. Sogar Erwachsene sollten davon verschont bleiben. Was würde aus ihr werden? Mir wurde plötzlich bewußt, daß ich mir mehr Sorgen um sie als um mich selbst machte.

Als ich aufwachte, lief der Fernseher noch immer. Ein Blick auf meine Armbanduhr. Kurz nach halb elf. Mittags würde Pat anrufen. Ich schaltete den Fernseher aus, weil ich mich ganz auf den Laptop konzentrieren wollte. Als ich dann aufzustehen versuchte, mußte ich feststellen, daß ich mich kaum noch bewegen konnte. Ich kam mir wie ein Hundertjähriger vor, als ich mich mit völlig steifem Genick aus dem Bett hochstemmte.

Ich machte etwas Krach, als ich den Laptop aus der Reisetasche holte und mit allem Zubehör anschloß, und Kelly fing an, sich zu bewegen. Als ich das System startete, lag sie auf einen Ellbogen gestützt im Bett und sah mir zu. Ihre Haare standen wie nach einer Explosion in allen Richtungen von ihrem Kopf ab. Nachdem sie sich eine Weile angehört hatte, wie ich über den Laptop fluchte, weil er nicht mit dem externen Laufwerk arbeiten wollte, schlug sie vor: »Warum startest du ihn nicht einfach neu und siehst dir dann das Programm an?«

Ich starrte sie an, als wollte ich »Klugscheißer!« sagen, aber dann murmelte ich: »Hmmm, vielleicht.« Ich startete den Laptop neu, und diesmal funktionierte alles. Ich drehte mich um und lächelte Kelly zu, die mein Lächeln erwiderte.

Ich fing an, die Dateien zu öffnen. Statt geschäftsmäßiger Dateinamen, die ich erwartet hatte, tauchten Codewörter wie *Boy*, *Weasel* und *Guru* auf. Viele Dateien enthielten Bilanzen und Rechnungen, mit denen ich jedoch nichts anfangen konnte.

Was mich betraf, hätten diese knapp vierhundert Seiten ebensogut in japanischen Schriftzeichen geschrieben sein können.

Dann öffnete ich eine weitere Datei mit dem Namen *Dad*. Sie bestand lediglich aus über den Bildschirm verteilten Punkten und Zahlen. Ich drehte mich nach Kelly um. »Was ist das da, du Schlaukopf?«

Sie sah sich das Muster an. »Weiß ich nicht. Ich bin erst sieben. Ich weiß auch nicht alles.«

Inzwischen war es fünf vor zwölf. Ich schaltete das Mobiltelefon ein, öffnete noch weitere Dateien und versuchte aus ihrem Inhalt schlau zu werden.

Es wurde zwölf, dann fünf nach zwölf.

Um Viertel nach zwölf war noch immer kein Anruf gekommen. Ich geriet allmählich in Panik. Los, Pat, ich muß nach England und zu Simmonds zurück. Ich habe genügend Informationen … hoffentlich. Je länger ich bleibe, desto höher wird das Risiko. Pat, ich brauche dich!

Wenn Pat einen Anruftermin versäumte, mußte etwas Dramatisches passiert sein; selbst als er high gewesen war, hatte er meine Anweisungen pünktlich befolgt. Ich versuchte meine finsteren Befürchtungen zu verdrängen, indem ich mir einredete, er werde zur nächsten vereinbarten Zeit anrufen. Aber während ich unkonzentriert am Laptop weiterarbeitete, wurde mir langsam fast schlecht. Mein einziger Fluchtweg schien abgeschnitten zu sein. Ich hatte das bedrückende Gefühl, alles sei dabei, gräßlich schiefzugehen.

Um 15 Uhr 30 konnte ich diese Ungewißheit nicht mehr aushalten. Ich mußte etwas unternehmen. Ich schaltete den Laptop ab und steckte die Sicherungsdiskette ein. Kelly lag noch immer im Bett, hatte die Decke bis unters Kinn hochgezogen und sah sich im Fernsehen eine Kindersendung an.

»Du weißt, was ich gleich sagen werde, nicht wahr?« fragte ich scherzend.

Kelly sprang aus dem Bett, trat mir in den Weg und schlang ihre Arme um mich. »Nicht weggehen! Nicht weggehen! Wir können zusammen fernsehen – oder darf ich diesmal mitkommen?«

»Nein, das geht nicht. Ich will, daß du hierbleibst.«

»Bitte!«

Was sollte ich machen? Ich konnte ihr nachfühlen, daß sie Angst vor dem Alleinsein hatte. »Gut, du kannst mitkommen – aber du mußt alles tun, was ich sage.«

»Okay, okay!« Sie sprang auf, um ihren Mantel zu holen.

»Nein, nicht so schnell!« Ich deutete ins Bad. »Immer der Reihe nach. Du gehst da rein, wäschst dir die Haare, läßt sie mich trocken frottieren und ziehst deine neuen Sachen an. Dann können wir gehen, okay?«

Sie zitterte vor Aufregung wie ein Hund, der gleich Gassi gehen darf. »Yeah, okay!« Sie verschwand im Bad.

Ich setzte mich auf die Bettkante, suchte mit der Fernbedienung einen Sender, der Nachrichten brachte, und rief dabei ins Bad: »Kelly, putz dir gut die Zähne, sonst fallen sie aus, und du kannst nicht mehr kauen, wenn du älter bist!«

Ich hörte: »Yeah, yeah, okay.«

Im Fernsehen gab es nichts Neues über den Mordfall McGear. Als Kelly aus dem Bad kam, hatte sie sich nicht nur die Haare gewaschen, sondern trug bereits ihre neuen Jeans und ein Sweatshirt. Nachdem ich ihr die Haare trockenfrottiert hatte, zog sie Sportschuhe und ihren neuen blauen Mantel an. Außerdem setzten wir beide neue Baseballmützen auf, die ich ebenfalls gekauft hatte: schwarzer Jeansstoff mit dem Schriftzug *Washington, D. C.*

Nun konnten wir gehen. Ich hatte vor, mich irgendwo in der Nähe von Pats Wohnung aufzuhalten, damit wir uns gleich treffen konnten, wenn er mich um achtzehn Uhr anrief.

Was sollte ich mit der Sicherungsdiskette machen? Ich beschloß, sie hier im Zimmer zu verstecken, um die Risiken zu verringern: Falls Kelly und ich geschnappt wurden, fiel ihnen wenigstens nicht gleich alles in die Hände. Das lange dunkle Sideboard mit dem Fernseher stand auf niedrigen Metallfüßen.

Ich hob es an einer Ecke hoch, befestigte meine Diskette mit Gewebeband darunter und sicherte das Versteck durch einige Merkzeichen. Nach einem letzten Blick in die Runde verließen wir das Zimmer.

Draußen nieselte es wieder einmal, und die Temperatur war seit dem frühen Morgen zurückgegangen. Kelly war selig, mich begleiten zu dürfen; ich versuchte auf ihr Geplapper einzugehen, aber innerlich machte ich mir größte Sorgen um Pat. Während wir die Abkürzungen über den Rasen nahmen, um nicht an der Rezeption vorbeigehen zu müssen, überlegte ich, ob ich Euan anrufen sollte. Aber ich verwarf diesen Gedanken wieder. Zumindest noch nicht gleich. Vielleicht würde ich ihn später brauchen. Er war ein As, das ich im Ärmel behalten mußte.

In der näheren Umgebung standen überall Hotels. Wir gingen die Straße entlang zu einem, das ein paar hundert Meter entfernt war, und ich betrat die Hotelhalle, um ein Taxi zu bestellen. Kelly wartete solange draußen unter der Markise.

Als ich wieder ins Freie trat, sagte ich: »Wenn wir jetzt ins Taxi einsteigen, schlägst du die Kapuze hoch und lehnst dich an mich, als seist du müde. Denk daran, du hast versprochen, alles zu tun, was ich dir sage.«

Unser Taxi kam, um uns nach Georgetown zu bringen. Kelly lehnte sich an mich, und ich zog ihre Kapuze noch etwas weiter nach vorn, damit der Taxifahrer ihr Gesicht nicht sehen konnte.

Wir stiegen auf der Wisconsin Avenue aus. Unterdessen war es 16 Uhr 30, und alle Leute um uns herum wirkten aufreizend normal, während sie über die Gehsteige schlenderten, sich unterhielten und Einkäufe machten. Wir verbrachten die nächste Stunde damit, spazierenzugehen und etwas zu essen. Um 17 Uhr 30 war es in der Einkaufspassage in Georgetown, in der wir saßen, recht warm, und wir fühlten uns beide schläfrig.

Ich trank einen Cappuccino, und Kelly hatte eine Bananenmilch vor sich stehen, die sie aber nicht anrührte, weil sie voller Cola und Hamburger war. Ich sah jede halbe Minute auf meine

Armbanduhr, bis es endlich 17 Uhr 55 war. Dann schaltete ich das Mobiltelefon ein. Ladezustand gut, Feldstärke gut.

Es wurde achtzehn Uhr.

Nichts.

Eine Minute nach sechs.

Zwei Minuten nach sechs.

Ich saß da und war vor Ungläubigkeit beinahe gelähmt. Kelly war zufrieden in einen Comic vertieft, den sie sich selbst ausgesucht hatte.

Vier Minuten nach sechs. Das ließ das Schlimmste befürchten. Pat hätte mich nicht im Stich gelassen, wenn es irgendeine Möglichkeit gegeben hätte, mich pünktlich zu erreichen. Er wußte so gut wie ich, daß im Einsatz eine Minute Verspätung so schlimm ist wie eine Stunde oder ein Tag Verspätung, weil das Leben anderer davon abhängen kann. Unter Umständen muß ein Angriff dann ohne den dringend erforderlichen Feuerschutz beginnen.

Also mußte es ein Problem geben. Ein großes Problem.

Ich ließ mein Mobiltelefon eingeschaltet. Um 18 Uhr 20 sagte ich schließlich: »Komm, Kelly, wir besuchen Pat.«

Damit war die Normalität zu Ende. Ich saß wirklich in der Scheiße. Auf Pat durfte ich nicht mehr hoffen.

28

Wir traten aus der Einkaufspassage und hielten auf der Straße ein Taxi an.

Riverwood erwies sich als hübsches, bestimmt nicht billiges Wohnviertel, in dem Holzhäuser mit gepflegten Rasenflächen und europäischen Wagen in den Einfahrten sich mit schicken Apartmentgebäuden mit Tiefgaragen abwechselten. Auch die Geschäfte zeigten, daß hier wohlhabende Leute wohnen mußten: gute Buchhandlungen, teuer aussehende Modeboutiquen und kleine Galerien.

Ich ließ das Taxi an Pats Straße vorbeifahren und erst an der nächsten Kreuzung halten. Ich bezahlte den Fahrer, und er ließ uns in leichtem Regen stehen. Es wurde schon dunkel, etwas früher als sonst um diese Jahreszeit, aber die geschlossene Wolkendecke ließ alles grau in grau erscheinen. Die meisten Autos fuhren schon mit Licht.

»Hoffentlich ist Pat zu Hause«, meinte ich. »Sonst müssen wir den weiten Weg ins Hotel zurückfahren, ohne ihm auch nur hallo gesagt zu haben.«

Kelly war sichtlich aufgeregt, weil sie jetzt Pat kennenlernen sollte. Schließlich war Pat der Mann, von dem ich behauptet hatte, er werde ihr helfen, wieder nach Hause zu kommen. Ich war mir nicht sicher, ob sie verstanden hatte, was ich ihr über Mommy, Daddy und Aida erzählt hatte. Ich wußte nicht einmal, ob Kinder in ihrem Alter begriffen, was der Tod war – und daß er in jedem Fall endgültig war.

Ein Blick den Hügel hinauf zeigte mir, daß Pats Straße bestes Riverwood war: breit und elegant, mit Häusern und Läden, die seit vielen Jahren dort standen. Im weiteren Verlauf der Straße schienen neuere Apartmentgebäude vorzuherrschen, aber auch sie wirkten sehr ordentlich, gepflegt und luxuriös. Ich wußte natürlich nicht, in welchem dieser Gebäude Pat wohnte, aber es war leicht zu finden, denn ich brauchte nur den Hausnummern zu folgen.

Als wir an seinem Gebäude vorbeigingen, konnte ich den dazugehörigen Parkplatz überblicken, auf dem tatsächlich Pats feuerroter Mustang stand. Inzwischen war es 19 Uhr 10 geworden. Weshalb, zum Teufel, hatte Pat mich nicht angerufen, wenn er offenbar zu Hause war?

Wir gingen in den Coffee Shop auf der anderen Straßenseite. Der würzige Duft von frischgemahlenem Kaffee und die laute Rumbamusik im La Colombina erinnerten mich sofort wieder an Bogotá; vielleicht hatte Pat sich deshalb für diese Wohngegend entschieden. Wir wollten einen Platz am Fenster, was kein Problem war. Das Fenster war innen beschlagen; ich benutzte eine Papierserviette, um eine der Scheiben trockenzuwischen. Dann setzten wir uns hin und warteten.

Kelly tat genau, was sie mir versprochen hatte: Sie hielt den Mund, solange ich nicht mit ihr redete. Außerdem schien die Zeitschrift *Girl!* das beste Mittel zu sein, kleine Mädchen so abzulenken, daß sie nicht das Bedürfnis hatten, sich zu unterhalten. Ich kontrollierte nochmals mein Telefon. Ladezustand gut, Feldstärke gut.

Eine Bedienung kam, um unsere Bestellung aufzunehmen. Obwohl ich nicht hungrig war, wollte ich Essen bestellen, weil die Zubereitung Zeit in Anspruch nahm und wir dann einige Zeit brauchen würden, um es zu essen. Auf diese Weise konnten wir länger hier sitzen, ohne aufzufallen.

»Ich nehme ein Club-Sandwich und einen großen Cappuccino«, sagte ich. »Und was möchtest du, Josie?«

Kelly strahlte die Bedienung an. »Machen Sie auch Shirley Temples?«

»Klar machen wir die, Schätzchen!«

Ich fand, das müsse ein Cocktail sein, aber die Bedienung dachte sich anscheinend nichts dabei, dieses Getränk für ein Kind zu bestellen. Kelly vertiefte sich wieder in ihre Zeitschrift, und ich sah weiter aus dem Fenster.

Unsere Getränke kamen. Als wir wieder allein waren, fragte ich: »Was hast du da?«

»Erdbeeren und Kirschen mit Sprite gemixt.«

»Kling widerlich. Laß mich mal probieren.«

Das Zeug schmeckte nach Bubble Gum, fand ich, aber Kinder mochten es offenbar. Kelly trank es mit Begeisterung.

Die Bedienung brachte ein riesiges Sandwich. Ich brauchte es nicht, aber ich aß es trotzdem. In meiner Dienstzeit beim SAS-Regiment und auch später hatte ich gelernt, in bezug auf Essen zu denken, wie man als Infanterist in bezug auf Schlaf denkt. Man ißt bei jeder sich bietenden Gelegenheit.

Hier im La Colombina ging alles seinen gewohnten Gang; wir saßen nun schon fast eine Dreiviertelstunde am Fenster, und in einem Coffee Shop kann man nicht endlos lange sitzen, ohne aufzufallen oder in Kaffee zu ertrinken.

Kelly nahm mir die Entscheidung ab, indem sie fragte: »Was machen wir jetzt?«

Ich legte ein paar Geldscheine auf den Tisch. »Knöpf den Mantel zu, dann sehen wir nach, ob Pat zu Hause ist.«

Wir traten ins Freie und gingen wieder an Pats Apartmentgebäude vorbei. Sein Mustang stand noch immer da. Ich wollte unbedingt herausbekommen, was mit Pat los war. Hatte er etwa nur keine Lust mehr, mir zu helfen? Aber das kam mir unwahrscheinlich vor, denn ich wußte, wie hilfsbereit Pat war. Also gab es ein Problem, das stand fest. Aber ich brauchte eine Bestätigung dafür; erst dann konnte ich meine Lage erneut analysieren und einen Plan machen, der ohne seine Mitwirkung auskam.

Als wir den Hügel hinab weitergingen, fragte Kelly: »Weißt du überhaupt, wo Pat wohnt?«

»Klar, aber ich weiß auch, daß er nicht zu Hause ist. Wir sind eben bei ihm vorbeigegangen, und ich habe ihn nicht gesehen.«

»Kannst du ihn nicht anrufen?«

Ich konnte meinen Freund nicht einfach anrufen; falls sein Telefon abgehört wurde, sollte niemand Pat mit mir in Verbindung bringen können. Ich hatte ihm versprochen, ihn nicht zu kompromittieren. Aber ihre Frage hatte mich trotzdem auf eine Idee gebracht.

»Hör zu, Kelly, willst du mir helfen, Pat einen Streich zu spielen.«

»Klar!«

»Okay, dann müssen wir üben, was du sagen sollst.«

Wir schlenderten weiter durch die Straßen und beschrieben dabei einen großen Kreis um Pats Apartmentgebäude. Unterwegs übten und übten wir, bis Kelly ihren Text beherrschte. Ungefähr drei Straßenblocks von Pats Adresse entfernt fanden wir eine Telefonzelle – eigentlich nur eine Halbschale aus Plexiglas an einer Hauswand. Ich nahm den Hörer ab und hielt ihn Kelly hin. »Kann's losgehen?«

Sie reckte einen Daumen hoch. Sie war aufgeregt; sie fand unseren Streich großartig.

Ich wählte die Notrufnummer 911. Keine drei Sekunden später kreischte Kelly ins Telefon: »Ich hab' gerade einen Mann gesehen! Ich hab' einen Mann im ersten Stock gesehen … im Haus eins-eins-zwei-eins Twenty-seventh Street, und … und er hat eine Waffe, und der andere Mann ist verletzt, und … und … und er hat eine Waffe! Hilfe!«

Ich drückte mit der anderen Hand die Gabel herunter.

»Gut gemacht! Gehen wir jetzt zurück und beobachten, was passiert?«

Für den Rückweg wählte ich eine andere Route. Diesmal näherten wir uns dem Apartmentgebäude von oben und gingen hügelabwärts daran vorbei. Inzwischen war es längst ganz dunkel, und der Regen war stärker geworden. Wir erreichten mit gesenkten Köpfen die Twenty-seventh Street, bogen rechts ab und gingen den Hügel hinunter.

Zuerst hörte ich eine Sirene, dann raste ein Streifenwagen mit eingeschaltetem Blinklicht an uns vorbei. Wenig später sah ich, daß vor Pats Apartmentgebäude weitere Fahrzeuge mit blauen und roten Blinklichtern vorgefahren waren.

Als wir näher kamen, zählte ich drei Streifenwagen und einen neutralen Dienstwagen, dessen Fahrer seine Blinkleuchte mit Magnethaftfuß aufs Wagendach gesetzt hatte.

Wir gingen weiter den Hügel hinunter und blieben an einer Bushaltestelle stehen. Ich tat nicht mehr, als zu warten und zu beobachten – genau wie alle anderen in der kleinen Menge, die sich dort angesammelt hatte.

»Kommen die alle wegen Pat?« fragte Kelly.

Ich war zu deprimiert, um diese Frage gleich zu beantworten; der Anblick eines vorbeifahrenden Krankenwagens hatte mir den Rest gegeben. Ich fuhr Kelly geistesabwesend mit der Hand über den Kopf.

»Darüber reden wir gleich. Laß mich noch einen Augenblick zusehen, okay?«

Wir warteten wie alle anderen. Eine Viertelstunde verging. Inzwischen trafen die ersten Kamerateams lokaler Fernsehstationen ein. Dann sah ich sie aus dem Gebäude kommen: zwei Sanitäter mit einer fahrbaren Krankentrage, auf der ein Toter in einem Leichensack lag. Ich brauchte sein Gesicht nicht zu sehen, um zu wissen, wer der Tote war. Ich konnte nur hoffen, daß sein Ende schnell und schmerzlos gewesen war, aber wenn ich an die Ermordung der Browns dachte, hatte ich den grausigen Verdacht, daß das nicht der Fall gewesen war.

»Komm, wir gehen, Kelly«, sagte ich leise. »Pat ist heute abend nicht zu Hause.«

Mir war zumute, als sei mir eines meiner liebsten Besitztümer geraubt worden und jetzt unwiederbringlich dahin. Unsere Freundschaft war nach langen Jahren wiederaufgelebt, und dies war der Preis, den Pat dafür bezahlt hatte. Ich fühlte mich desorientiert und verzweifelt wie ein Versprengter auf feindlichem Gebiet – ohne Karte, ohne Waffen, ohne Vorstellung davon, wohin ich mich wenden sollte. Pat war ein wahrer Freund gewesen. Auch wenn wir uns jahrelang nicht mehr gesehen hatten, würde mir der Mann ohne Arsch verdammt fehlen.

Als Pat in den Krankenwagen geladen wurde, zwang ich mich, meine Gefühle zu unterdrücken. Ich wandte mich ab und ging mit Kelly an der Hand weiter den Hügel hinunter. Einer der Streifenwagen fuhr mit Sirenengeheul davon, und der Krankenwagen würde offenbar gleich folgen. Ich stellte mir vor, wie die Spurensicherer in Pats Wohnung ihre Overalls anzogen und ihre Geräte auspackten. Dann versuchte ich wieder, mich von solchen Vorstellungen zu lösen und meine Situation logisch zu betrachten: Pat war tot; jetzt hatte ich nur noch Euan.

An der ersten Straße bogen wir links ab, um von der Hauptstraße wegzukommen, und ich hörte, wie der Fahrer des Krankenwagens seine Sirene zweimal kurz aufheulen ließ, um sich leichter in den Verkehrsstrom einordnen zu können. Wir folgten der neuen Straße. Auf beiden Seiten dieser Wohnstraße mit wenig Durchgangsverkehr standen große Häuser, zu deren Eingängen breite Steintreppen hinaufführten.

Ich hielt Kelly an der Hand, und wir gingen schweigend nebeneinander her.

Trauergefühle wegen Pat hatten im Augenblick keinen Platz in meinen Gedanken. Entscheidend war, was die Leute, die ihn umgelegt hatten, aus ihm hätten herausholen können. Die PIRA oder Luther & Co. – wer wußte das schon? Natürlich unter der Voraussetzung, daß sein Tod mit mir zusammenhing. Der Teufel mochte wissen, was Pat noch alles getrieben hatte. Aber ich mußte von der Annahme ausgehen, daß seine Mörder versucht hatten herauszubekommen, wo wir uns aufhielten. Aber Pat hatte nur eine Telefonnummer gehabt und von meinem Plan gewußt, mich im PIRA-Gebäude umzusehen. Gewohnheitsmäßige Geheimhaltung hatte uns vermutlich das Leben gerettet.

Ich dachte so angestrengt nach, daß ich die Stimme zuerst gar nicht richtig wahrnahm. Dann glaubte ich, Kelly habe etwas gesagt, und wollte rasch ihre Hand drücken und sie auffordern, mich in Ruhe nachdenken zu lassen. Aber dann sprach sie erneut, eine leise, energische Männerstimme, und diesmal war der Sinn des Gesagten unmißverständlich.

»Halt, stehenbleiben. Keine Bewegung, sonst erschieße ich Sie. Bleiben Sie so stehen.«

Das war kein Drogensüchtiger; das war kein nervöser junger Mann; das war jemand, der die Situation völlig unter Kontrolle hatte.

29

Ich ließ meine Hände, wo sie waren.

Kelly schlang ihre Arme um meine Taille.

»Schon gut, alles okay, keiner will dir was tun«, log ich wider besseres Wissen.

Seine Schritte kamen von links hinten näher. Er mußte aus dem Privatweg gekommen sein, der hinter den Häusern verlief, an denen wir eben vorbeigegangen waren.

»Sie haben zwei Möglichkeiten», erklärte er mir. »Stillhalten und weiterleben. Eine Bewegung machen und erschossen werden.« Die Stimme gehörte einem Mann Ende Zwanzig, Anfang Dreißig, präzise, gut ausgebildet.

Es wäre zwecklos gewesen, meine Pistole ziehen zu wollen. Der Kerl hätte mich beim ersten Anzeichen einer Bewegung abgeknallt.

Ich entschied mich für die erste Möglichkeit.

Von der anderen Seite näherten sich weitere Schritte, und jemand zerrte Kelly von mir weg. »Nick! Nick!« rief sie verzweifelt. Aber ich konnte ihr nicht helfen, und sie war viel schwächer als die Männer. Sie wurde irgendwo nach hinten weggeschleppt. Ich konnte die Kerle, die uns geschnappt hatten, noch immer nicht sehen. Ich zwang mich dazu, Ruhe zu bewahren und mich ins Unvermeidliche zu fügen.

Die Stimme begann mir in dem gleichen nüchternen, beinahe freundlichen Tonfall Befehle zu geben. »Sie heben langsam die Hände und legen sie auf den Kopf«, sagte der Unbekannte hinter mir. »Los machen Sie schon.«

Als ich den Befehl ausgeführt hatte, verlangte er: »Jetzt drehen Sie sich um.«

Ich drehte mich langsam um und sah einen kleinen schwarzhaarigen Mann, der mich profihaft mit seiner Pistole in Schach hielt. Er stand etwa zehn Meter hinter mir am Anfang des Privatwegs hinter den Häusern. Ich sah ihn schwer atmen, vermutlich weil er auf der Suche nach uns beiden die Straßen entlanggerannt war. Er trug einen Einreiher, und als ich den Klettverschluß seines Jacketts sah, wußte ich, welche Gruppe Pat liquidiert hatte.

»Herkommen. Los, bewegen Sie sich.«

Kelly war nirgends zu sehen. Die anderen mußten sie schon auf dem Privatweg weggeschleppt haben. Jetzt hatten sie also auch Kelly erwischt. Während ich auf den Mann zuging, dachte ich an Aidas entstellten kleinen Körper.

»Halt. Drehen Sie sich nach links.« Leise, sehr ruhig und selbstbewußt. Dabei hörte ich rechts neben mir ein Auto halten und erkannte aus dem Augenwinkel heraus den Caprice, der vor unserem ersten Motel gestanden hatte.

»Geradeaus weitergehen.«

Ich betrat den Privatweg. Kelly war nirgends zu sehen.

»Hinknien«, hörte ich.

Ich kniete nieder. Sorgenvolle Gedanken über den Tod hatte ich mir nie gemacht; schließlich mußten wir alle irgendwann die Papiere abgeben. Ich hatte mir nur einen leichten, schnellen Tod gewünscht. Aber obwohl ich immer geahnt hatte, daß ich jung sterben würde, kam mir das hier doch entschieden zu früh vor.

Nichts geschah, und niemand sagte ein Wort. Dann fuhr der Caprice hinter mir auf den Privatweg, so daß seine Scheinwerfer die Rückseiten der Häuser beleuchteten. Zu jedem Haus gehörten Reihengaragen, und entlang der Zufahrt parkten weitere Wagen. Ich sah meinen knienden Schatten, der sich vor mir auf dem nassen Asphalt abzeichnete.

Der Motor lief weiter, und ich hörte, wie Autotüren geöffnet wurden. Jemand meldete sich über Funk; dieser Mann hatte einen Akzent, der besser zu einem New Yorker Hot-dog-Verkäufer gepaßt hätte. Er gab unseren Standort an. »Positiv, wir sind auf der Garagenzufahrt zwischen Dent und Avon. Wir sind auf der Südseite. Sie sehen dort unsere Lichter … Positiv, wir haben beide.«

Ich kniete weiter mit beiden Händen auf dem Kopf im Regen, während wir auf das Eintreffen der anderen warteten. Ich biß die Zähne zusammen und schloß die Augen, weil ich mir vorstellen konnte, was nun passieren würde. Die Schritte gingen rechts an mir vorbei und blieben stehen.

Den zweiten Mann hörte ich gar nicht herankommen. Ich fühlte nur eine muskulöse Hand, die meine auf dem Kopf liegenden Hände festhielt, während die andere nach meiner Pistole tastete. Die Hand zog meine Sig heraus, und ich sah, wie der Mann sich vor meinem Gesicht davon überzeugte, daß die Waffe gesichert war. Dann ließ er meine Hände los und zog im nächsten Augenblick einen durchsichtigen Plastikbeutel aus seiner Tasche. Da er noch leicht keuchend atmete, roch ich, daß er Kaffee getrunken hatte.

Dann folgte eine kurze Pause, in der nur das Rascheln des Klarsichtbeutels hinter mir zu hören war. Rechts vor mir kam ein Mann in Sicht, der auffallend modisch gekleidet war: Er trug einen schwarzen Anzug mit einer Mandarinjacke. Scheiße, der Kerl sah aus wie Mr. Armani persönlich. Er war Ende Zwanzig, dunkler Teint, äußerst gepflegt und elegant. Vermutlich schwebte er über den Erdboden, damit seine Schuhe nie naß wurden. Er hielt mich mit seiner Waffe in Schach.

Ich hörte Kelly im Hintergrund weinen. Sie mußte in dem Wagen sein. Der Teufel mochte wissen, wie sie dort hineingekommen war, aber nun wußte ich wenigstens, wo sie war. Der Mann hinter mir setzte die Leibesvisitation fort und steckte meine Sachen in den Plastikbeutel.

Der Hot-dog-Verkäufer war richtig nett zu ihr; seine Stimme klang weder grob noch aggressiv. Vielleicht hatte er selbst Kinder. »Ja, schon gut, schon gut«, sagte er beruhigend. »Wie heißt du?«

Ihre Antwort war nicht zu verstehen, aber ich hörte ihn sagen: »Nein, junge Dame, ich glaube nicht, daß du Josie heißt. Ich glaube, daß du Kelly heißt.«

Gut gemacht, Kumpel, du hast's immerhin versucht!

Auf der knapp hundertfünfzig Meter entfernten Hauptstraße hielt ein Auto an der Stelle, wo der Privatweg abzweigte. Dann leuchteten Rückscheinwerfer auf, die auf mich zukamen.

Inzwischen hatte der Unbekannte hinter mir meinen gesamten Tascheninhalt in seinen Klarsichtbeutel gesteckt. Ich kniete weiter mit auf den Kopf gelegten Händen da, während Mr. Armani rechts vor mir Wache hielt.

Dann hörte ich hinter mir aufgeregte Stimmen. Ich hoffte, daß es Passanten waren, die diesen Vorfall melden würden. Aber wem? Meine Hoffnungen zerschlugen sich, als ich hörte, wie der Fahrer ausstieg und mit den Neuankömmlingen zu sprechen begann.

»Alles in Ordnung, Leute, wir haben alles unter Kontrolle. Hier gibt's nichts zu sehen.«

Ich war verwirrt. Wie konnten sie diese Leute einfach weiterschicken – außer sie waren Kriminalbeamte? Vielleicht gab es doch noch einen Hoffnungsschimmer; vielleicht würde es mir gelingen, mich irgendwie aus dieser Sache herauszureden. Ich hatte die Sicherungsdiskette gut versteckt. Vielleicht konnte ich sie als Tauschobjekt benutzen.

Der zurückstoßende Wagen hielt ungefähr fünf Meter von mir entfernt. Dann stiegen drei Kerle aus: der Fahrer vorn links, die beiden anderen hinten. Anfangs waren sie im Schatten, so daß ich ihre Gesichter nicht sehen konnte, aber dann trat einer ins Scheinwerferlicht des anderen Wagens. Nun wußte ich, daß ich wirklich in der Scheiße steckte.

Luther sah noch immer ziemlich mitgenommen aus, und er begrüßte mich nicht gerade wie einen alten Kumpel. Im grellen Scheinwerferlicht sah er mit seinem Kopfverband wie ein verdammt wütender Teufel aus. Er trug auch diesmal einen Anzug, aber eine Krawatte würde er nicht so bald wieder tragen können. Sein Grinsen versprach mir, daß er sich ein paar besondere Tricks für mich aufgehoben hatte. Aber damit hatte ich rechnen müssen.

Als Luther auf mich zukam, glaubte ich, er wolle mir schon mal einen Vorgeschmack geben. Ich schloß die Augen und machte mich auf einen Schlag oder Tritt gefaßt. Aber er ging geradewegs an mir vorbei. Das beunruhigte mich noch mehr.

Luther begann zu sprechen, sobald er den Wagen erreichte. »Hi, Kelly, kennst du mich noch? Ich heiße Luther!«

Ihre Antwort bestand aus einem undeutlichen Murmeln.

Auch als ich mich noch mehr anstrengte, verstand ich nur, was Luther sagte.

»Erinnerst du dich nicht an mich? Ich bin ein paarmal bei euch vorbeigekommen, um deinen Daddy in die Arbeit mitzunehmen. Du mußt jetzt mitkommen, weil er mich schickt, damit ich mich um dich kümmere.«

Diesmal hörte ich Proteste aus dem Wagen.

»Nein, er ist nicht tot. Er will, daß ich dich abhole. Los, komm schon, beweg dich, du kleine Hexe!«

»Nick! Nick! Ich will nicht mit!« kreischte Kelly in panischer Angst.

Luther ging mit ihr zu seinem Wagen zurück. Mit einem Arm hielt er Kelly an sich gepreßt, um zu verhindern, daß sie in ihrer Angst strampelte und nach ihm trat. Die ganze Sache war sekundenschnell vorbei. Sobald Kelly sicher auf dem Rücksitz untergebracht war, fuhren die drei Männer mit ihr davon. Ich kam mir vor, als sei ich zum zweitenmal mit dem Feuerlöscher niedergeschlagen worden.

»Aufstehen!« Meine Hände lagen noch immer auf meinem Kopf. Ich spürte, wie jemand meinen rechten Bizeps packte und mich hochzog. Dann hörte ich den Wagen hinter mir anfahren.

Ich sah nach rechts. Der kleine Schwarzhaarige hielt mich mit der linken Hand fest; in seiner rechten Hand trug er den Klarsichtbeutel mit den Sachen, die er mir abgenommen hatte: Kevs Mobiltelefon, meine Pistole, meinen Reisepaß, meine Geldbörse, Pats Geldautomatenkarte und etwas Kleingeld. Er drehte mich zu dem Auto um, das inzwischen gewendet hatte, und schob mich darauf zu. Mr. Armani gab ihm dabei Feuerschutz.

Bisher hatte ich alles geduldig über mich ergehen lassen. Aber jetzt mußte ich aus dieser Scheiße raus, bevor ich umgelegt wurde. So einfach war das. Der Motor des Wagens lief, und mir blieben noch ungefähr zehn Meter, auf denen ich etwas unternehmen konnte. Dabei würde es entscheidend auf Geschwindigkeit, Aggressivität und das Überraschungsmoment ankommen. Und das, wofür ich mich entschied, mußte beim ersten Versuch klappen, sonst war ich tot.

Der Mann, der mich festhielt, war Rechtshänder, sonst hätte er mich nicht mit der linken Hand mitgezerrt; also mußte er den Plastikbeutel fallen lassen, um die Pistole ziehen zu können, wenn ich ihn angriff. War diese Einschätzung falsch, würde ich sie mit meinem Leben bezahlen. Aber ich war ohnehin schon so gut wie tot – warum sollte ich's also nicht riskieren?

Inzwischen waren wir bis auf drei Meter ans Auto herangekommen. Mr. Armani glitt zur hinteren Tür, um sie zu öffnen, und als er dabei nach unten auf den Türgriff sah, wußte ich, daß der entscheidende Augenblick gekommen war.

»JAAAAAAHHHHHH!!!«

Ich stieß einen wilden Schrei aus, schlug mit der rechten Hand nach unten, drehte den Oberkörper dabei etwas zur Seite und traf die linke Schulter des Schwarzhaarigen.

Ich hatte das Überraschungsmoment für mich. Die drei mußten erst erfassen, was vorging, und die Lage richtig einschätzen. Sie würden etwas über eine Sekunde brauchen, um auf ihre Lagebeurteilung hin zu reagieren.

Während ich mit der rechten Hand zuschlug, packte ich den Schwarzhaarigen mit meiner Linken und riß ihn zu mir herum. Wir brüllten jetzt beide. Seine Lagebeurteilung stand inzwischen fest. Er ließ den Plastikbeutel fallen und griff nach seiner Waffe.

Auch für ihn würde jetzt alles scheinbar im Zeitlupentempo passieren. Ich sah Speicheltropfen aus seinem Mund sprühen, als er den anderen eine Warnung zurief. Um diese beiden brauchte ich mir im Augenblick keine Sorgen zu machen; falls sie schneller reagierten als ich, hätte mir diese Erkenntnis auch nicht weitergeholfen.

Während ich den Schwarzhaarigen weiter zu mir herumdrehte, konzentrierte ich mich auf seinen Gürtel und sah den Pistolengriff langsam auf mich zukommen. Jetzt zählte nichts anderes mehr. Ich hatte nur noch Augen für seine Waffe. Ich hörte auch die beiden anderen schreien. Wir brüllten uns gegenseitig an.

Beim Colt Kaliber 45 löst der Abzug nur den gespannten Hammer aus. Um ihn zu spannen und zugleich die erste Patrone in die Kammer zu bringen, muß der Pistolenschlitten in seinen Führungsschienen energisch nach hinten gezogen und losgelassen werden. Die Pistole läßt sich durchgeladen und gesichert tragen – Hammer gespannt, Sicherung eingerastet, eine Patrone in der Kammer. Außer dem Sicherungsknopf hat sie eine Griffsicherung; auch wenn der Knopf gedrückt ist, muß die Hand des Schützen den Pistolengriff mit kräftigem Druck umfassen, sonst kann kein Schuß abgegeben werden.

Ich zog die Pistole mit der linken Hand heraus, ohne darauf zu achten, wo ich sie zu fassen bekam. Gleichzeitig bildeten der Daumen und die geschlossenen Finger meiner Rechten ein V, in das ihr Griff hineinpaßte. Mein Daumen entsicherte den Colt, und meine Finger lösten seine Griffsicherung. Ich konnte nicht sehen, ob der Hammer gespannt war, und wußte nicht, ob die Pistole durchgeladen war. Ich zog mit der Linken den Schlitten zurück, um sie zu laden. Sie war schon geladen gewesen. Eine Patrone wurde ausgeworfen und flog im Licht der Straßenlampen messingglitzernd in weitem Bogen davon. Auf eine Patrone kam es nicht an; entscheidend war, nicht nur ein Klicken zu hören, wenn man abdrückte.

Ich wußte, daß der gefährlichste Gegner Mr. Armani war. Er hielt seine Waffe bereits in der Hand.

Ich behielt meine Drehrichtung nach rechts bei, bekam ihn ins Visier und zielte tief, weil ich wußte, daß diese Scheißkerle Kevlarwesten trugen. Armani brach zusammen. Ich konnte nicht beurteilen, ob er tot war oder nicht.

Ich drehte mich weiter, schoß den kleinen Schwarzhaarigen nieder, richtete mich auf und sah zu dem Fahrer hinüber. Er saß noch am Steuer, war aber nach vorn zusammengekrümmt und wand sich laut schreiend.

Ich rannte mit schußbereiter Waffe zu seiner Tür. »Rüberrutschen! Rüberrutschen! Rüberrutschen!«

Ich riß die Fahrertür auf, bedrohte ihn weiter mit meiner Pistole und trat mit dem rechten Fuß zu. Ich versuchte gar nicht erst, ihn aus dem Wagen zu zerren; das hätte zuviel Zeit gekostet. Ich wollte nur ans Lenkrad, um losfahren zu können. Ich hielt die Pistolenmündung an seine Backe, zog seine Waffe heraus, behielt sie und ließ meine achtlos fallen, weil ich nicht wußte, wieviel Schuß sie noch enthielt.

Der Fahrer war am linken Oberarm getroffen. Die Einschußwunde war ziemlich klein und blutete nicht allzu stark. Ich mußte ihn erwischt haben, als ich mich herumgeworfen und auf Armani geschossen hatte. Aber von seiner Hand tropfte Blut, das den Arm hinunterlief. Ein Geschoß vom Kaliber 45 ist groß und schwer und besitzt enorme Durchschlagskraft. Die riesige Austrittswunde würde die halbe Unterseite seines Arms weggerissen haben. Von diesem Mann hatte ich garantiert nichts zu befürchten.

Während ich mit durchdrehenden Reifen losfuhr, schrie ich ihn an: »Wohin fahren sie? Wohin fahren sie?«

Sein ganze Antwort bestand aus einem halb trotzigen, halb geschluchzten »Fuck you! Fuck you!« Blut färbte seinen dunkelgrauen Anzug braun.

Ich rammte ihm die Pistolenmündung in seinen Oberschenkel. »Wohin fahren sie?«

Wir rasten den schmalen Privatweg entlang. Ich fuhr beide Außenspiegel ab, während ich versuchte, meinen Beifahrer zum Reden zu bringen. Als er wieder nur »Fuck you!« sagte, drückte ich ab. Ich spürte den Druckstoß, als die heißen Treibgase den Lauf verließen, und roch Korditgestank. Der Knall des Schusses war ohrenbetäubend laut. Das Geschoß riß eine zwanzig Zentimeter lange Furche in seinen linken Oberschenkel. Der Kerl quiekte wie ein angestochenes Schwein.

Ich wußte noch immer nicht, wohin ich fahren sollte. Der Verletzte hörte bald zu schreien auf, aber er zuckte weiter krampfhaft. Dabei landete er auf den Knien liegend im Fußraum vor dem Beifahrersitz, auf dem sein Kopf ruhte. Ich fürchtete, daß er in seinem Schockzustand bald nicht mehr ansprechbar sein würde. Vermutlich wünschte er sich, er wäre tatsächlich ein New Yorker Hot-dog-Verkäufer.

»Wohin fahren sie?« wiederholte ich. Er durfte nicht ohnmächtig werden, bevor ich das wußte.

»Nach Süden«, stöhnte er. »Auf der I-95 nach Süden.«

Ich bog bereits auf das auf Stelzen verlaufende Teilstück der Stadtautobahn ab, das zur Interstate 95 führte, und trat das Gaspedal durch.

Ich sah wieder zu ihm hinüber. »Wer sind Sie?«

Er verzog schmerzhaft das Gesicht, während er asthmatisch keuchend nach Atem rang. Als er keine Antwort gab, krachte der Griff meiner Pistole an seine Schläfe. Der Mann stöhnte auf, nahm eine Hand vom Oberschenkel und griff sich benommen an den Kopf. Wir rasten am Pentagon vorbei, dann sah ich die Leuchtreklame des Hotels Calypso. Alles kam mir wie ein Alptraum vor.

»Wer sind Sie? Warum seid ihr hinter mir her? Los, los, reden Sie schon!«

Seine Antwort war fast unverständlich. Er spuckte Blut und bekam kaum noch Luft.

»Lassen Sie mich raus, Mann. Setzen Sie mich hier ab, dann sag ich's Ihnen.«

Ich dachte nicht daran, auf diesen Trick reinzufallen.

»Sie machen's nicht mehr lange. Sagen Sie's mir, dann helfe ich Ihnen. Warum versucht ihr Kerle, uns umzulegen? Wer seid ihr überhaupt?«

Sein Kopf sackte kraftlos nach vorn. Er gab keine Antwort, weil er nicht mehr konnte.

Kurz vor der Ringautobahn entdeckte ich sie in der mittleren der drei Fahrspuren. Meine Scheinwerfer zeigten sie mir alle drei ganz deutlich: einer am Steuer, zwei auf dem Rücksitz.

Kelly war nicht zu sehen, aber zwischen den hinten Sitzenden war genügend Platz für eine dritte Person. Kelly war nur ein kleines Mädchen; ihr Kopf würde nicht über die hohe Rücksitzlehne hinausragen.

Hier auf der Autobahn konnte ich nichts unternehmen, deshalb wurde es Zeit, ruhig nachzudenken und den nächsten Plan auszuarbeiten. Was sollte ich tun? Jedenfalls würde bald etwas geschehen müssen, denn ich wußte nicht, wohin sie wollten, und die I-95 führte bis nach Florida hinunter. Viel näher, nur eine halbe Autostunde entfernt, lag Quantico mit der FBI- und DEA-Akademie. Langsam wurden mir einige Zusammenhänge klar. Luther und der Schwarze, die Kev gekannt hatten und zu ihm ins Haus gekommen waren, gehörten zur gleichen Gruppe wie Kev. Aber warum hatten sie ihn ermordet? Und welche Verbindungen bestanden zwischen »gewissen DEA-Kreisen« und »meinen Freunden jenseits des Wassers«? Hatte Kev beseitigt werden müssen, weil er eine Zusammenarbeit der Gruppierungen aufgedeckt hatte?

Als ich wieder an Florida dachte, hatte ich eine Idee, die ich mir für später merkte.

Ich sah auf den Fahrer hinab. Sein Zustand war beschissen schlecht; er verlor noch immer Blut. Er saß in einer Blutlache, weil die Fußmatten vor den Sitzen verhinderten, daß der Teppichboden das Blut aufsog. Ich sah sein Gesicht, wenn die Scheinwerfer entgegenkommender Wagen uns streiften. Es war aschfahl, und aus seinen blicklos ins Leere starrenden Augen wich allmählich alles Leben. Er würde bald sterben. Pech gehabt.

Ich streckte die rechte Hand aus, schlug sein Jackett zurück und zog die beiden Reservemagazine aus seinem Schulterhalfter. Er merkte nicht, was ich tat; er war jetzt in einer anderen Welt und ließ vielleicht sein Leben vor seinem inneren Auge vorbeiziehen, bevor er starb.

Ich beobachtete weiter das Fahrzeug vor mir. Die Autobahn war für meine Zwecke ideal: Ich konnte einfach im Verkehrsstrom mitschwimmen, reichlich Abstand halten und sogar zulassen, daß sich ein anderer Wagen zwischen uns schob. Vor jeder Ausfahrt schloß ich etwas dichter auf; falls der andere Fahrer abbog, brauchte ich nur den Blinker zu setzen und konnte ihm mühelos folgen.

Etwa fünf Minuten später sah ich ein Schild: *Lorton 1 mile.* Gleichzeitig blinkte der andere Wagen, um auf die rechte Spur zu wechseln. Also wollten sie doch nicht nach Quantico. Aber ich hatte keine Zeit, lange darüber nachzudenken, sondern mußte mich auf meinen Überfall konzentrieren. Ich lenkte mit einer Hand, während ich mit der anderen überprüfte, daß die erbeutete Pistole durchgeladen war.

Erst als ich ebenfalls auf die rechte Fahrspur wechselte, registrierte ich, daß wir durch einen dichten Wald fuhren. Die Stöße zwischen den Betonplatten der Fahrbahn ließen die Reifen rhythmisch poltern.

Unterdessen war der Fahrer so im Fußraum zusammengesackt, daß er mit dem Rücken an der Beifahrertür lehnte. Diese aufrechte Haltung verdankte er nur der Kevlarweste unter seinem Hemd. Er war tot.

Ich befand mich jetzt auf der rechten Spur gut zwanzig Meter hinter dem anderen Auto – nahe genug, um ihnen im Nakken zu sitzen, aber doch so weit entfernt, daß sie nur Scheinwerfer sehen würden, falls sie sich umdrehten. Aber in dem Wagen vor mir drehte sich niemand um; sie rechneten natürlich nicht damit, verfolgt zu werden. Ich fing an, tief durchzuatmen, um mich in Kampfbereitschaft zu versetzen.

Die Ausfahrt Lorton verlief in einer leicht ansteigenden weiten Rechtskurve. Hohe Bäume auf beiden Straßenseiten erzeugten einen tunnelartigen Eindruck. Ich wollte an der ersten Kreuzung zuschlagen. Mein Gehirn arbeitete auf Hochtouren, um mich in die richtige Geistesverfassung zu versetzen und meine Angst möglichst zu unterdrücken.

Als in einiger Entfernung eine Ampel sichtbar wurde, gab ich etwas mehr Gas, um den Abstand zu verringern. Der andere

Fahrer bremste, dann blinkte er rechts. Auf der breiten Querstraße donnerte ein von links kommender Sattelschlepper über die Kreuzung. Der andere Wagen begann rechts abzubiegen. Ich stemmte mich in den Fahrersitz, trat das Gaspedal durch und hielt das Lenkrad mit beiden Händen umklammert.

Ich war bestimmt fünfzig Meilen schnell und beschleunigte weiter, als ich auf gleicher Höhe mit dem anderen Wagen mein Lenkrad scharf nach rechts riß. Der rechte vordere Kotflügel rammte mit lautem Knall den linken des verfolgten Fahrzeugs. Der Airbag explodierte, während mein Wagen sich auf der Straße querstellte. Der andere geriet ins Schleudern. Ich hörte Glas splittern und überbeanspruchte Reifen quietschen.

Sobald mein Auto zum Stehen gekommen war, öffnete ich das Gurtschloß und stieß die Tür auf. Die Nachtluft kam mir eiskalt vor. Erst hörte ich nur das Zischen des geplatzten Kühlers und den Warnton, der mich darauf aufmerksam machte, daß meine Tür bei eingeschalteter Zündung offen war; dann waren dumpfe Stimmen aus dem anderen Wagen zu hören.

Mein erstes Ziel war der Fahrer, damit der Wagen auf keinen Fall weiterfahren konnte. Er kämpfte noch mit seinem Sicherheitsgurt. Ich schoß durch die Windschutzscheibe. Wo ich ihn getroffen hatte, wußte ich nicht, aber er sackte zusammen. Als ich hinten ins Auto sah, erkannte ich Kelly – oder zumindest ihre Umrisse. Sie hockte zusammengekauert im Fußraum und hielt sich die Ohren zu.

Dann war Luther an der Reihe. Er hatte seine Tür halb aufgestoßen und ließ sich aus dem Auto fallen. Das hätte ich an seiner Stelle auch getan, denn im Wagen sitzend bot man eine zu gute Zielscheibe. Während Luther sich hinauswälzte, schoß ich weiter unter den Wagenboden. Als er aufschrie, wußte ich, daß ich ihn erwischt hatte. Ich konnte nicht beurteilen, ob ich ihn direkt oder mit einem vom Asphalt abgeprallten Querschläger getroffen hatte, aber das spielte keine Rolle. Die Wirkung war die gleiche.

Ich tauchte hinter der Motorhaube auf, um mir den dritten

Mann vorzunehmen. Er war ausgestiegen, aber plötzlich überlegte er sich die Sache anders. Er riß die Hände hoch und rief laut: »Nicht schießen! Nicht schießen!« Seine Augen waren groß wie Untertassen. Ich erledigte ihn mit einem Kopfschuß.

Kelly hockte noch immer zusammengekauert im Fußraum. Dort würde sie vorerst bleiben.

Ich nahm den beiden Toten ihre Geldbörsen und Pistolenmagazine ab. Luther hob ich mir für zuletzt auf.

Er lag hinter dem Wagen auf dem Asphalt und hielt beide Hände an seine Brust gepreßt. »Helfen Sie mir... helfen Sie mir... bitte...«

Als er sich aus dem Wagen gewälzt hatte, war er unter der Achsel getroffen worden, und das Geschoß mußte ihm auch den Brustkorb aufgerissen haben. Ich dachte an Kev, Marsha und Aida und trat zu. Er öffnete den Mund, um zu schreien, aber er brachte nur ein dumpfes Gurgeln heraus. Er war praktisch hinüber. Gut. Hoffentlich machte er's noch einige Zeit.

Ich rannte um das Wagenheck herum und hob Kelly aus ihrem Versteck. Ich mußte schreien, um ihr Kreischen zu übertönen. »Alles in Ordnung, Kelly. Ich bin hier, alles okay.«

Ich hielt sie fest an mich gedrückt. Ihr Kreischen machte mich fast taub.

»Jetzt ist es vorbei! Alles wieder in Ordnung!«

Aber das stimmte nicht.

Die Polizei würde bald kommen. Ich sah mich um. Wir standen auf einer Fernstraße mit jeweils zwei Fahrspuren in beiden Richtungen. Links unter mir verlief die I-95, die diese Straße auf einer Brücke überquerte, und etwa vierhundert Meter weit entfernt erkannte ich an der Gegenfahrbahn eine Texaco-Tankstelle. Hügelaufwärts ragte in gleicher Entfernung ein Haus der Hotelkette Best Western über dem Horizont auf.

Von der Ausfahrt her kam ein Paar Autoscheinwerfer auf uns zu. Luther lag leise stöhnend hinter dem Wagen. Er war noch nicht tot, aber er würde es bald sein. Die Scheinwerfer kamen näher.

Kelly war noch immer hysterisch. Ich hielt sie vor mich, um meine Pistole zu tarnen, und verschwand hinter die beiden Autos. Die Scheinwerfer befanden sich fast auf unserer Höhe. Ich trat vor und hielt den Wagen an.

Die barmherzigen Samariter fuhren einen Toyota Previa: Eltern vorn, zwei Kinder hinten. Ich spielte ein unter Schock stehendes Unfallopfer, so gut ich konnte, indem ich »Hilfe! Hilfe!« rufend zur Fahrertür lief. Die Frau saß am Steuer. »O Gott, o Gott!« Ihr Mann hatte bereits sein Mobiltelefon herausgeholt, um einen Krankenwagen zu rufen.

Ich sicherte meine Pistole und hielt sie der Frau vors Gesicht. »Alles aussteigen! Los, los, raus mit euch!« Meinen anderen Arm ließ ich wie ein Verrückter kreisen. Hoffentlich hielten sie mich für einen. »Aussteigen! Ich knall euch alle ab! Los, raus mit euch!«

Ich verstand nichts von Familien, aber ich wußte, daß ein Ehepaar niemals die eigene Brut in Gefahr bringen würde. Der Mann begann durchzudrehen. »Bitte nicht«, wimmerte er, »bitte nicht!« Dann brach er in Tränen aus.

Kelly hatte sich wieder beruhigt und verfolgte mit großen Augen meinen Auftritt.

Zum Glück bewahrte die Mutter die Nerven. »Gut, wir steigen aus. Dean, hilf mir, die Kinder rauszuholen. Los!«

Dean riß sich zusammen und tat wie ihm befohlen. »Werfen Sie Ihre Geldbörse in den Wagen!« befahl ich ihm.

Ich stieß Kelly durch die Schiebetür, knallte sie zu, lief um den Wagen zur Fahrertür, stieg ein und brauste davon.

Ich wollte das unmittelbare Gefahrengebiet so schnell wie möglich verlassen, um dann in Ruhe über die nächsten Schritte nachdenken zu können. Die Interstate schied aus, weil die Polizei mich dort zu leicht hätte schnappen können. Ich wendete, bog an der Kreuzung nach links unter die Autobahn ab und fuhr an der Tankstelle vorbei. Vor mir lag eine um diese Zeit leere zweispurige Straße. Ich trat das Gaspedal durch.

Ich hatte keine Zeit für Erklärungen, um Kelly zu beruhigen.

Sie lag auf dem Rücksitz zusammengerollt und schluchzte. Mein Adrenalinspiegel sank allmählich, aber ich hatte zittrige Hände und war in Schweiß gebadet. Ich atmete tief durch und versuchte mehr Sauerstoff aufzunehmen, damit alles sich wieder beruhigte. Ich war verdammt wütend auf mich, weil ich vorhin die Beherrschung verloren hatte. Ich hätte Luther sofort erschießen sollen, statt ihn einem langsamen Tod auszuliefern.

Dann merkte ich, daß wir nach Süden fuhren, vom Flughafen weg. Ich würde irgendwo anhalten und zur Ruhe kommen müssen, statt weiter in blinder Panik zu flüchten. Ich hielt auf dem nächsten Parkplatz und orientierte mich im Autoatlas. Kelly sah elend aus, aber ich wußte nicht recht, wie ich sie trösten sollte. »Siehst du, ich hab' mein Versprechen gehalten und mich um dich gekümmert«, sagte ich schließlich. »Mit dir wieder alles okay?«

Sie sah zu mir auf und nickte, aber ihre zitternde Unterlippe verriet sie.

Ich faßte einen Entschluß. Scheiße, ich würde auf dem kürzesten Weg in unser Hotel fahren, die Sicherungsdiskette holen und untertauchen. Ich wendete auf der Straße und fuhr zur I-95 zurück. Ich blieb auf ihr, bis wir die Ringautobahn erreichten.

Auf der Gegenfahrbahn sah ich Fahrzeuge mit blauen Blinkleuchten. Ich zählte mindestens zehn. Aber die Polizei machte mir vorläufig keine Sorgen. Selbst wenn sie meine Personenbeschreibung hatte, mußte sie mich in der Großstadt erst einmal aufspüren.

Wir brauchten eine knappe Stunde bis zum Economy Inn. Ich fuhr geradewegs auf den Parkplatz und wies Kelly an, im Auto auf mich zu warten. Falls sie verstanden hatte, ließ sie keine Reaktion erkennen. Ich versuchte es erneut und sah diesmal ein schwaches Nicken.

Ich ging nach oben, zog die Pistole und betrat unser Zimmer. Ich stemmte das Sideboard hoch, ohne darauf zu achten, daß der Fernseher dabei gefährlich ins Rutschen geriet, und riß meine festgeklebte Diskette los. Falls Luther & Co. mit der PIRA unter einer Decke steckten, mußten sie wissen, daß ich eine Diskette hatte – sie mußten zumindest davon ausgehen. Dann griff ich nach meiner schwarzen Reisetasche, ging damit ins Bad, warf zwei Badetücher in die Wanne und drehte den Wasserhahn auf. Die nassen Badetücher und zwei Stück Hotelseife kamen in einen Plastikwäschesack aus der Schublade, den ich ebenfalls in meine Reisetasche packte. Dann verließ ich das Zimmer und hängte das Schild *Bitte nicht stören* draußen an den Türknopf.

Kelly lag noch immer auf dem Rücksitz zusammengerollt. Wir fuhren die Straße entlang in Richtung Marriott-Hotel.

30

Ich parkte in einer der langen Reihen zwischen Personenwagen und Pick-ups und ging nach hinten, um die Badetücher aus der Reisetasche zu holen. Sobald ich die Schiebetür öffnete, wurde ich von Kelly überfallen. Sie schlang die Arme um meinen Hals und klammerte sich am ganzen Leib zitternd an mich.

Ich hob ihren Kopf von meiner Schulter und flüsterte ihr tröstend ins Ohr: »Jetzt ist wieder alles in Ordnung. Kelly, wirklich. Du brauchst keine Angst mehr zu haben.«

Aber sie klammerte sich nur noch fester an mich. Ich spürte ihre Tränen warm und feucht an meinem Hals.

»Hör zu, ich muß uns ein anderes Auto besorgen«, erklärte ich ihr. »Ich möchte, daß du hier auf mich wartest. Ich bin gleich wieder da.«

Ich wollte sie behutsam von mir wegschieben, aber sie vergrub ihren Kopf wieder an meiner Schulter. Einen Augenblick lang hätte ich nicht sagen können, wer sich hier an wen klammerte. Die Erinnerung an alles, was uns bisher passiert war, und die Vorstellung, wer wahrscheinlich dahinterstand, konnten einem schon angst machen. Ich mußte mir von Kelly bestätigen lassen, was Luther gesagt hatte, und dieser Zeitpunkt war ebenso unpassend wie jeder andere. »Kelly, kennst du Luther? Stimmt es, daß er Daddy manchmal abgeholt hat?«

Ich spürte an meiner Schulter, daß sie langsam nickte.

»Ich lasse dich nie wieder allein, Kelly«, versicherte ich ihr. »Und jetzt machen wir uns ein bißchen sauber, ja?«

Dann bemühte ich mich um einen ungezwungenen Tonfall, während ich ihr das Gesicht mit einem feuchten Badetuch abwischte. »Wenn du weiter mitkommen willst, mußt du einen wirklich wichtigen Auftrag übernehmen. Ich möchte, daß du auf unsere Reisetasche aufpaßt, wenn ich jetzt losgehe, um uns einen Wagen zu besorgen, okay?«

»Okay.«

Während ich Kelly das Gesicht abtrocknete, interessierte ich mich für den Inhalt der drei Geldbörsen. Insgesamt etwas über zweihundert Dollar.

Der Parkplatz umgab das gesamte Hotel und wurde nur durch Nebenlicht von der Straße erhellt. Die Blockunterteilungen, die es den Gästen erleichterten, ihr Auto wiederzufinden, bestanden aus hüfthohen Hecken und Zierstauden, und der Außenrand des Parkplatzes war mit kleinen Bäumen bepflanzt. Überall gab es reichlich Schatten.

Ich setzte Kelly mitsamt unserer Reisetasche in eine größere Staudengruppe. »Du bleibst hier versteckt, bis ich mit dem Auto halte und aussteige, um die Tasche zu holen, okay?«

»Kann ich dich die ganze Zeit sehen?« flüsterte sie, während sie ihre Kapuze hochschlug. Ihr Mantel war bereits von den Blättern naß. »Ich will dich sehen können.«

Ich hatte mich bereits für einen großen Dodge in der langen Reihe geparkter Wagen entschieden. »Siehst du den blauen Van dort drüben? Den hole ich für uns.« Ich wollte ihr nicht deutlich sagen, daß ich den Wagen stehlen würde, obwohl diese Zurückhaltung nach allem, was wir heute durchgemacht hatten, fast komisch war.

Ich brauchte etwa fünf Minuten, um das Türschloß zu

knacken und den Wagen kurzzuschließen, aber der Motor sprang sofort an. Ich schaltete die Wischer ein, stellte die Scheibenheizung auf volle Leistung und wischte die Windschutzscheibe innen mit meinem Jackenärmel ab. Dann stieß ich bis zu den Stauden zurück, hielt und stieg aus. Kelly, die wieder lächeln konnte, saß diesmal vorn neben mir, und wir fuhren los. Nach wenigen Metern hielt ich wieder. »Sicherheitsgurt!«

Sie legte ihn an.

Wir fuhren auf der I-95 nach Süden. Ungefähr zwanzig Meilen vor der Ausfahrt Lorton warnten uns provisorische Hinweistafeln, die nächste Ausfahrt sei vorübergehend gesperrt. Auf der Autobahnbrücke sah ich nach rechts und konnte so den Tatort aus der Vogelschau überblicken. Überall waren Streifenwagen mit roten und blauen Blinkleuchten postiert. Im Gegensatz zu den übrigen Autofahrern fuhr ich nicht langsamer, um mir alles genau ansehen zu können.

Nach der Anzeige war der Tank dreiviertel voll, so daß wir eine ziemliche Strecke fahren konnten, bevor wir wieder tanken mußten. Ich stellte das Radio an und suchte einen Sender, der Nachrichten brachte.

Der Verkehr war ziemlich dicht, was gut war, weil wir uns so in der Menge verloren, aber die Autobahn war hypnotisierend langweilig. Abwechslung gab es nur dadurch, daß einzelne Teilstücke dreispurig ausgebaut waren, um dann wieder zweispurig zu werden. Immerhin hatte es zu regnen aufgehört.

Nach etwas über hundert Meilen war ich ziemlich erledigt, und meine Augen begannen zu brennen. Ich tankte dicht hinter der Grenze zwischen Virginia und North Carolina und fuhr nach Süden weiter. Kelly schlief jetzt auf dem Rücksitz.

Bis ein Uhr morgens hatten wir erst ungefähr hundertsiebzig Meilen zurückgelegt, aber immerhin betrug die zulässige Höchstgeschwindigkeit jetzt siebzig statt wie bisher sechzig Meilen. Am Autobahnrand sah ich immer wieder große Werbetafeln mit der Karikatur eines Mexikaners, der Reklame für einen Ort namens South of the Border machte. Dort wollte ich als nächstes halten – nach weiteren zweihundert Meilen.

Die Grenze nach South Carolina überquerten wir gegen vier Uhr morgens. South of the Border lag nur einige Meilen südlich der Grenze und erwies sich als eine Mischung aus Raststätte und Freizeitpark. Wahrscheinlich war es ein beliebter Zwischenstopp für Familien, die zu den Stränden in North und South Carolina fuhren oder von dort kamen. South of the Border bedeckte eine riesige Fläche; hier gab es Geschäfte für Bademoden und Strandkleidung, Lebensmittelläden, Drugstores und sogar eine Bar mit Tanz. Die vielen davor geparkten Autos ließen darauf schließen, daß sie noch geöffnet war.

Ich begann zu tanken. Die Luft war hier nur wenig wärmer als in Washington, aber ich konnte Grillen hören; das bewies eindeutig, daß wir nach Süden unterwegs waren. Während ich an der Zapfsäule stand und die ratternden Zahlen des Zählwerks beobachtete, fuhr ein nagelneuer Grand Cherokee in die Tankstelle ein. Dröhnend laute Rapmusik drang ins Freie, als die Türen geöffnet wurden. In dem Geländewagen saßen vier junge Weiße im Studentenalter: zwei Jungen mit zwei Mädchen.

Kelly, die bereits durch das grelle weiße Licht unter dem Tankstellendach aufgewacht war, interessierte sich jetzt für diese fahrbare Disko. Ich machte ihr ein Zeichen, um zu fragen, ob sie etwas zu trinken wolle. Sie nickte und rieb sich die Augen.

Ich betrat den Verkaufsraum, nahm ein paar Sandwiches und Getränkedosen mit und ging zur Kasse, um zu zahlen. Der Kassierer, ein Schwarzer, Ende Fünfzig, fing an, meine Einkäufe einzutippen.

Die beiden Mädchen kamen mit einem der Jungen herein. Beide hatten schulterlanges, hellblond gefärbtes Haar. Der Junge war schlaksig und pickelig und trug ein kümmerliches Ziegenbärtchen.

Der Kassierer blinzelte mir zu. »Liebe macht blind«, sagte er halblaut. Ich grinste zustimmend.

Die beiden Mädchen unterhielten sich fast schreiend laut.

Wahrscheinlich waren sie von der Musik in ihrem Jeep bereits lärmtaub. Ich sah nach draußen, wo der andere Junge tankte. Alle vier trugen eine Art Einheitslook: Shorts und sackartige T-Shirts. Sie sahen aus, als kämen sie gerade vom Strand. Man merkte, daß sie Geld hatten – Daddys Geld.

Sie stellten sich hinter mir an. Eines der Mädchen wollte bezahlen. »Das war ein total cooler Tag, echt«, schrie sie. Ich merkte, daß ich Gelegenheit hatte, Mitwirkende von *Clueless* live kennenzulernen. Aus ihrer Unterhaltung entnahm ich, daß ihre Eltern totale Arschlöcher waren, die ihnen nie genug Geld gaben, obwohl sie stinkreich waren und sich das ohne weiteres hätten leisten können.

Der Schwarze gab mir das Wechselgeld und beugte sich über die Kassentheke zu mir hinüber. »Wie wär's mit 'nem Job, um Geld zu verdienen?« schlug er vor.

Ich nickte grinsend und sammelte mein Zeug ein. Das Mädchen trat neben mich, um zu zahlen, und klappte seine Geldbörse auf. Clueless Two, die neben dem Jungen hinter mir stand, war sauer wegen der Bemerkung des Kassierers und auf mich, weil ich ihr zugestimmt hatte. »Seht euch bloß sein Gesicht an, Jungs!« flüsterte sie laut. »Was hat Sie gebissen, Mister?« Der Junge lachte schallend.

Daddy war offenbar recht großzügig, auch wenn sie das Gegenteil behauptete. Ich sah einen dicken Packen Dollarscheine und genügend Karten für eine Partie Whist. Die beiden anderen jungen Leute hinter mir hatten die Arme voller Bierdosen aus dem Kühlschrank und kicherten. Ich verließ den Verkaufsraum.

Unsere Wagen standen sich an den Zapfsäulen gegenüber. Am Steuer des Cherokee saß der zweite junge Mann, der mit dem Tanken fertig war und jetzt den Takt zu irgendwelchem Scheiß schlug, der von einer CD kam.

Kelly lag auf dem Rücksitz. Ich trat an ihr Fenster, duckte mich und klopfte dann an die Scheibe. Als Kelly sich aufsetzte, hielt ich ihre Coladose hoch.

Die jungen Leute kamen aus dem Verkaufsraum. Clueless Two war noch immer sauer. »Verdammtes Arschloch!« hörte ich sie kreischen, als die drei einstiegen. »Meinst du das schwarze Arschloch oder das weiße?« fragte ihre Freundin, bevor sie laut lachend die Türen zuknallten.

Ich setzte mich ans Steuer und fuhr den Dodge zur Seite, um den Reifendruck zu prüfen. Die drei erzählten ihre Story jetzt dem Fahrer, und ich sah, wie sich alle darüber aufregten. Die Jungs mußten beweisen, wie hart sie waren, und den Mädchen gefiel es nicht, daß sich jemand vor ihren Verehrern über sie amüsiert hatte. Drüben in dem Grand Cherokee war die Luft jetzt sicher hormongeschwängert.

Als der Geländewagen aus der Tankstelle fuhr, erfaßten mich die Scheinwerfer, wie ich mit Kelly schwatzte, während ich den Reifendruck prüfte. Der Fahrer nahm den Fuß vom Gas, und alle sahen zu uns herüber. Clueless One schien eine witzige Bemerkung über mein Aussehen gemacht zu haben, denn sie lachten alle, und der Junge am Steuer zeigte mir den Stinkefinger, um vor den Mädchen gut dazustehen, bevor er in die Dunkelheit davonrauschte.

Ich wartete eine Minute, bevor ich zurückstieß und hinterherfuhr.

Ich wollte es nicht auf der Interstate machen, wenn sich das vermeiden ließ. Aber vermutlich würden sie irgendwann von der Autobahn abbiegen, um ihr Bier außer Sichtweite der Verkehrspolizei trinken und vielleicht ein paar Decken auf dem Boden ausbreiten zu können.

Nach etwa fünf Meilen folgte ich dem großen Jeep auf eine mit Schlaglöchern übersäte Makadamstraße, die geradewegs ins Nichts zu führen schien.

»Kelly, siehst du den Wagen dort vorn? Ich muß ihn anhalten und die Leute etwas fragen. Du bleibst inzwischen im Auto, okay?«

»Okay.« Sie interessierte sich mehr für ihre zweite Coladose.

Ich wollte den Geländewagen nicht von der Straße abdrängen oder zu sonstigen drastischen Mitteln greifen. Für den Fall, daß ein anderes Auto vorbeikam, mußte das Ganze völlig harmlos wirken.

Wir kamen an einem Laden an der Straße vorbei, der natürlich geschlossen war, passierten einen Lkw-Parkplatz und eine Wohnwagensiedlung, fuhren wieder durch unbebautes Gelände und kamen dann an einem alleinstehenden Haus vorbei. Ich war schon kurz davor, mein Vorhaben aufzugeben, als sich endlich eine Gelegenheit bot. Als ein paar hundert Meter vor uns ein Stoppschild auftauchte, gab ich Gas, um den Jeep einzuholen.

Ich setzte mich links neben den Grand Cherokee. Dann hupte ich kurz, schwenkte mit erhobener Hand den Autoatlas und grinste dabei freundlich. Alle vier blickten zu mir herüber, und da ich meine Innenbeleuchtung eingeschaltet hatte, sahen sie erst mich und dann Kelly, die hinten döste. Ihre sorgenvollen Mienen verschwanden, als sie das weiße Arschloch erkannten. Jemand machte eine witzige Bemerkung, und sie setzten ihre rasch versteckten Bierdosen wieder an die Lippen.

Beide Wagen hielten, und ich stieg aus. Die Grillen waren hier viel lauter als an der Tankstelle. Ich lächelte weiter freundlich, als ich zu dem Jeep ging. Der Autoatlas in meiner Hand enthielt nur Karten von Washington und Umgebung, aber das konnten sie nicht wissen, und wenn sie Lunte rochen, war es längst zu spät.

Der Fahrer sagte etwas, das allgemeine Heiterkeit auslöste; vermutlich hatte er laut überlegt, ob er anfahren sollte, sobald ich die Tür erreichte.

»Hi!« sagte ich. »Können Sie mir vielleicht helfen? Ich möchte nach Raleigh.« Das war ein Ortsname, den ich in North Carolina an einer Autobahnausfahrt gelesen hatte.

Während das elektrische Fenster weiter aufging, waren von hinten flüsternde Stimmen zu hören, die den Fahrer kichernd aufforderten, mich zum Teufel zu schicken. Aber ich merkte, daß er etwas anderes vorhatte – vielleicht wollte er mich in die völlig falsche Richtung schicken. »Klar, Mann, ich zeig Ihnen, wie Sie fahren müssen.«

Ich schob den aufgeschlagenen Autoatlas durchs Fenster in seine Hände. »Ich weiß gar nicht, wo ich mich verfahren habe. Ich muß nach dem Tanken falsch abgebogen sein.«

Er brauchte den Autoatlas nicht, sondern fing gleich an, mir den Weg zu erklären, indem er die Straße entlang deutete. »Hey, Mann, Sie biegen dort vorn links ab und fahren ungefähr zwanzig Meilen weit, bis sie auf der rechten Straßenseite…« Den Mädchen gefiel das so gut, daß sie große Mühe hatten, nicht laut loszuprusten.

Ich packte ihn mit der linken Hand am Kopf, hob meine Pistole und drückte ihre Mündung an seine Backe.

»Scheiße, er hat 'ne Pistole, er hat 'ne Pistole!«

Die drei anderen schwiegen erschrocken, aber das Mundwerk des Fahrers lief auf Hochtouren weiter. »Hey, Mann, tut mir leid, ist bloß ein Scherz gewesen, echt, bloß ein Scherz. Wir sind besoffen, Mann. Die eine Schlampe auf dem Rücksitz hat mit allem angefangen. Ich hab' nichts gegen Sie, Mann.«

Ich würdigte ihn keiner Antwort, sondern rief nach hinten: »Los, werft eure Handtaschen raus! Aber dalli!«

Mein amerikanischer Akzent klang nicht mal schlecht, fand ich. Ich konnte nur hoffen, daß ich gefährlich genug wirkte. Die beiden Mädchen warfen ihre Handtaschen aus dem hinteren Fenster. Der Fahrer zitterte am ganzen Leib, während ihm Tränen übers Gesicht liefen. Die Mädchen klammerten sich schutzsuchend aneinander.

Ich starrte den Beifahrer an. »Sie.«

Er erwiderte meinen Blick, als wisse er nicht, wer gemeint sein könnte. »Ja, Sie. Her mit Ihrer Geldbörse – hier durchs Fenster.« Er brauchte nicht länger als zwei Sekunden, um meinen Befehl auszuführen.

Zuletzt war der Fahrer dran, der den Rekord seines Freundes unterbot. Ich griff an ihm vorbei, zog den Zündschlüssel ab und steckte ihn ein. Der Junge vor mir wirkte nicht mehr sehr clever. Ich sah mich erneut nach anderen Autos um. Alles klar. Die Pistolenmündung berührte noch immer seine Backe. Ich sagte ihm leise ins Ohr: »Jetzt erschieße ich dich.«

Die anderen hatten alles mitbekommen und wollten auf einmal nichts mehr mit ihm zu tun haben. »Sag noch ein Gebet, wenn du willst, aber beeil dich damit.«

Er betete nicht, er bettelte. »Bitte nicht schießen, Mann, bitte nicht!«

Das machte mir Spaß, aber ich wußte, daß ich verschwinden mußte. Ich trat von dem Wagen zurück und sammelte alles von der Straße auf. Dann sah ich Clueless Two an. Sie machte ein Gesicht, als hätte sie eine Wespe verschluckt. »Was hat dich gebissen?« fragte ich sie.

Ich stieg in meinen Wagen, wendete auf der Straße und fuhr davon.

»Warum hast du den Leuten ihre Sachen abgenommen?« fragte Kelly hörbar verwirrt.

»Weil wir eine Menge Geld brauchen, und weil wir viel netter sind als sie, wollten sie, daß wir es bekommen.«

Ich beobachtete Kelly im Rückspiegel. Sie wußte genau, daß das gelogen war.

»Willst du einen Job?« fragte ich.

»Welchen?«

»Zähl das Geld hier.«

Kelly öffnete die Handtaschen, klappte die Geldbörsen auf und stapelte die Scheine auf ihren Knien.

»Über eine Million Dollar«, sagte sie schließlich.

»Vielleicht solltest du noch mal nachzählen.«

Einige Minuten später nannte sie eine realistischere Zahl: 336 Dollar. Die *Clueless*-Girls hatten unrecht gehabt. Daddy war ein Goldschatz.

An der I-95 sahen wir jetzt erste Wegweiser nach Florence. Dort wollte ich hin. Diese Stadt war ungefähr sechzig Meilen weit entfernt, und es war inzwischen kurz nach fünf Uhr morgens. Gegen sieben würde es hell werden, und ich wollte möglichst vor Tagesanbruch in einer Stadt sein. Nachdem ich den Dodge irgendwo abgestellt hatte, würde ich eine andere Transportmöglichkeit finden. Irgendwie würden wir nach Florida kommen.

Ungefähr zehn Meilen vor Florence wurde ein Rastplatz mit Picknickplätzen, Toiletten und einem Informationskiosk angezeigt. Ich hielt dort und ließ mir einen kostenlosen Stadtplan geben. Kelly wurde gar nicht richtig wach, als wir parkten. Ich öffnete meine Tür und stieg aus. Die Vögel sangen, und im Osten war die Morgendämmerung zu ahnen. Die Luft war frisch, aber man merkte, daß ein schöner, warmer Tag bevorstand. Es war angenehm, sich richtig strecken zu können, obwohl ich mich wegen meiner Nackenschmerzen noch immer bewegte, als hätte ich ein Brett an den Rücken geschnallt.

Auf dem Stadtplan war zu sehen, daß es in Florence einen Bahnhof gab; nicht unbedingt nützlich, aber immerhin ein Anfang. Ich stieg wieder ein und sammelte die Handtaschen und Geldbörsen zusammen, um sie wegzuwerfen. Lauter teure Stükke, teilweise sogar mit Monogramm. In einer der Handtaschen fand ich ein Heroinbriefchen und einen in Alufolie verpackten kleinen Klumpen Haschisch. Die verwöhnten Jugendlichen waren offenbar Studenten gewesen, die in den Osterferien über die Stränge schlugen, bevor das neue Semester begann. Zum Teufel mit ihnen, mir tat es nicht leid, sie beraubt zu haben. Ich mußte lachen, weil ich mir denken konnte, daß der Raubüberfall ihnen zu peinlich sein würde, um ihn anzuzeigen. Vermutlich saßen sie noch immer in ihrem Grand Cherokee, machten sich gegenseitig Vorwürfe und überlegten, wie man ohne Zündschlüssel weiterfahren konnte. Ich warf den ganzen Krempel in den nächsten Abfallbehälter.

Wir fuhren zum Bahnhof weiter. Obwohl das Stadtzentrum von Florence todkrank zu sein schien, wurden große Anstrengungen unternommen, um den Patienten am Leben zu erhalten. Die historische Innenstadt war renoviert worden, aber alle Geschäfte schienen nur Duftkerzen, parfümierte Seife und Leinensäckchen mit getrockneten Blüten zu verkaufen. Für richtige Menschen mit normalen Bedürfnissen gab es hier nichts mehr.

Wir erreichten den Bahnhof von Florence, der in jeder anderen amerikanischen Kleinstadt hätte stehen können. Er war voller Obdachloser, die hier einen warmen Schlafplatz fanden. Überall roch es nach Schweiß und Verfall. Auf den Bänken schliefen Betrunkene, denen sich kein vernünftiger Mensch nähern würde, wenn er nicht riskieren wollte, daß ihm der Kopf abgerissen wurde.

Ich sah mir den Abfahrtsplan an. Offenbar konnten wir mit dem Zug nach De Land fahren, um von dort aus mit dem Bus nach Daytona weiterzufahren. Inzwischen war es kurz vor sechs Uhr; der Zug sollte in einer guten Dreiviertelstunde fahren.

Der schon geöffnete Fahrkartenschalter erinnerte mich sofort an den koreanischen 7-Eleven in Washington: überall Maschendraht und Gitterstäbe, deren weißer Lack an vielen Stellen abgeblättert war. Dahinter war das breite schwarze Gesicht, das mich nach meinem Fahrtziel fragte, kaum zu erkennen.

Fünfundvierzig Minuten später stiegen wir in den Zug, fanden unsere Plätze und ließen uns hineinfallen. Der Großraumwagen war nur ungefähr halbvoll. Kelly schmiegte sich hundemüde an mich.

»Nick?«

»Was?«

Ich war damit beschäftigt, die anderen Fahrgäste zu beobachten. Die meisten sahen wie ich aus: übermüdete Erwachsene, die sich um Kinder kümmerten.

»Wohin fahren wir?«

»Zu einem Freund.«

»Wer ist das?« Diese Idee schien ihr zu gefallen. Vermutlich hatte sie meine Gesellschaft satt.

»Er heißt Frankie und wohnt am Strand.«

»Machen wir bei ihm Urlaub?«

»Nein, soviel Platz hat Frankie nicht.«

Ich beschloß, die Unterhaltung fortzusetzen, weil Kelly bestimmt bald einnicken würde. Die rhythmischen Bewegungen und Geräusche des Zuges würden sie bald einschlafen lassen.

»Wer ist deine beste Freundin? Melissa?«

»Ja. Wir erzählen uns Sachen und versprechen uns, sie keinem Menschen weiterzuerzählen.« Nachdem Kelly mir versichert hatte, sie liebe Melissa unsterblich, fing sie an, mir ihre schlechten Seiten zu schildern, die größtenteils damit zusammenhingen, daß sie mit einem Mädchen spielte, das Kelly nicht leiden konnte.

»Wer ist *dein* bester Freund, Nick?«

Diese Frage ließ sich leicht beantworten, aber ich dachte nicht daran, seinen wahren Namen zu nennen. Falls wir irgendwann doch geschnappt wurden, sollte er nicht wegen der Erwähnung seines Namens Schwierigkeiten bekommen. Die Morgensonne begann heiß durchs Fenster zu scheinen; ich beugte mich über Kelly hinweg und zog das Rollo herunter.

»Mein bester Freund heißt... David.« Das war der nächstbeste Name, der mir für Euan einfiel. »Wie Melissa und du erzählen wir uns Sachen, die sonst niemand weiß. Zum Beispiel hat er eine Tochter, die ungefähr in deinem Alter ist. Aber das wissen nur David und ich... und jetzt du.«

Kelly gab keine Antwort. Sie war schon dabei einzudösen. Aber ich sprach aus nicht ganz erklärlichen Gründen trotzdem weiter. »Wir kennen uns seit unserem siebzehnten Lebensjahr und sind seitdem die besten Freunde.« Ich hätte ihr gern noch mehr erzählt, aber ich fand nicht die richtigen Worte. Euan und ich waren einfach füreinander da. So war es schon immer gewesen. Mir fehlten die sprachlichen Mittel, um diese Tatsache angemessen zu beschreiben.

31

Frank de Sebastiano war bei seinen Freunden von der LCN, der Cosa Nostra, in Miami in Ungnade gefallen und im Rahmen des FBI-Zeugenschutzprogramms zu seiner Sicherheit nach England geschickt worden. Ich hatte zu dem Team gehört, das den Auftrag gehabt hatte, sich in dem Vierteljahr, das er in Abergavenny verbrachte, bevor er in die USA zurückkehrte, um ihn zu kümmern. Ich hatte Frankie als höchstens einsfünfundsechzig groß und irgendwie schmuddelig in Erinnerung; sein fettiges tiefschwarzes Haar schien wie das eines Footballspielers aus den achtziger Jahren dauergewellt zu sein. Der Rest seiner rundlichen Person sah wie der Football selbst aus.

Bei Ermittlungen gegen die LCN in Südflorida hatte das FBI entdeckt, daß Sabatino, ein vierunddreißigjähriger Computerfreak, der für einen der großen Bosse arbeitete, Hunderttausende von Dollar aus Drogengeschäften in die eigenen Taschen geleitet hatte. Die FBI-Agenten hatten Sabatino dazu gezwungen, ihnen Belastungsmaterial zu liefern; ihm war nichts anderes übriggeblieben, sonst wäre er verhaftet worden und die LCN hätte einen anonymen Hinweis auf seine Unterschlagungen bekommen. Den Rest hätten LCN-Angehörige im Gefängnis erledigt. Pat hatte sich so gut mit ihm verstanden, daß wir später scherzhaft vermutet hatten, das sei der Grund für sein Ausscheiden gleich nach Sabatinos Rückkehr in die USA gewesen. Wie ich jetzt wußte, hatte Pat eine unglückliche Vorliebe für die von der LCN geschmuggelten Drogen gehabt.

Obwohl Frankie daran gelegen sein mußte, möglichst wenig aufzufallen, war seine Art, sich zu kleiden, weiß Gott, nicht unauffällig; darunter verstand er beispielsweise ein orangerotes Hemd, das sich über seinen Fettwülsten spannte, zu einer purpurroten Hose und Cowboystiefeln aus Alligatorleder. Soviel ich wußte, hatte er nach dem Prozeß eine neue Identität erhalten und sich überraschend dafür entschieden, nicht nur in den

USA, sondern ausgerechnet in Florida zu bleiben. Wahrscheinlich wäre sein Geschmack in Sachen Hemden überall anders zu auffällig gewesen.

Ich überlegte wieder, ob ich Euan anrufen sollte, aber was hätte er im Augenblick für mich tun können? Nein, es war besser, nicht alle Ressourcen auf einmal zu verbrauchen. Frankie konnte das PIRA-Material für mich entschlüsseln; Euan konnte mir dann helfen, wenn ich wieder in England war.

Kurz vor 14 Uhr kamen wir in De Land an, wo schon ein Bus bereitstand, um uns zur Küste zu bringen. Nach stundenlanger Fahrt in einem klimatisierten Zug schlug uns die nachmittägliche Hitze Floridas entgegen, als hätte jemand eine Backofentür geöffnet. Kelly und ich blinzelten benommen, als wir unter wolkenlosem Himmel zwischen sonnengebräunten Menschen in Sommerkleidung standen. Das elektronische Thermometer an der Außenwand des Bahnhofs zeigte 25 Grad Celsius. Wir stiegen in den heißen Bus, setzten uns und warteten darauf, daß das PVC auf der Fahrt zum Busbahnhof Daytona an unserem Rücken festklebte.

Nach zweistündiger Fahrt rollten wir über die Kanalbrücke ins Stadtzentrum von Daytona. Wir lösten uns mit einiger Mühe von den Sitzen, und ich holte unsere Reisetasche aus dem Gepäckabteil. Als erstes kaufte ich uns zwei Gläser frisch gepreßten Orangensaft. Als wir aus dem Schatten des Busbahnhofs traten, fühlte ich die Sonne durch mein Hemd brennen.

Am Taxistand bat ich den Fahrer, uns zu einem gewöhnlichen Hotel zu bringen.

»Wie gewöhnlich?« fragte er.

»Billig«, präzisierte ich.

Der Fahrer war ein Latino. Aus dem Autoradio plärrte Gloria Estefan, auf dem Instrumentenbrett war eine kleine Madonnenstatue festgeklebt, am Rückspiegel hing ein Photo seiner Familie, und er trug ein grellbuntes Hawaiihemd, um das Sabatino ihn heftig beneidet hätte. Ich kurbelte das Fenster herunter und ließ mir die warme Brise ins Gesicht wehen. Als wir auf die Atlantic Avenue abbogen, kam ein breiter, scheinbar unendlich langer, schneeweißer Sandstrand in Sicht. Unsere Fahrt führte an Schnellrestaurants, Sportgeschäften, Bikershops, Chinarestaurants, Austernhäusern, 7-Elevens, Parkplätzen, drittklassigen Hotels und noch mehr Schnellrestaurants, Motels und Sportgeschäften vorbei.

Hier sollte alles Urlauber anlocken. Wohin ich auch blickte, sah ich Hotels mit grellbunten Wandgemälden. Fast jedes warb mit dem Schild *Studenten willkommen.* In einem fand sogar ein Treffen von Cheerleader-Gruppen statt; ich sah Dutzende von leichtbekleideten Mädchen auf einem Spielfeld vor dem Tagungszentrum die Beine werfen. Vielleicht hockte Frankie dort irgendwo in der Ecke und glotzte sie an.

»Sind wir nicht bald da?« fragte Kelly.

»Noch zwei Blocks, dann links«, sagte der Fahrer.

Ich sah die Häuser der üblichen Hotelketten, dann unseres: das Hotel Castaway.

Als wir auf dem Gehsteig standen und Glorias Stimme in der Ferne verhallen hörten, nickte ich Kelly zu und sagte: »Yeah, ich weiß ... Schiet.«

Sie grinste. »Dreifach Schiet mit Käse.«

Schon möglich, aber das Castaway schien für unsere Zwecke bestens geeignet zu sein. Außerdem kostete das Doppelzimmer nur vierundzwanzig Dollar pro Nacht, obwohl ich der Bruchbude schon von außen ansah, daß es nicht einmal das wert war.

Ich erzählte meine bewährte alte Geschichte – diesmal jedoch mit der Variante, wir seien trotz allem fest entschlossen, unseren Disney-Urlaub zu genießen. Die Frau an der Rezeption glaubte mir vermutlich kein Wort, aber ihr war egal, was ich erzählte, solange ich bares Geld auf die Theke legte, das gleich in der Vordertasche ihrer schmutzigen schwarzen Jeans verschwand.

Auf dem langen Balkon, der zu unserem Zimmer führte, lungerten junge Männer herum, die nicht wie Collegematerial in den Semesterferien aussahen. Vielleicht waren sie in Daytona, weil sie von den Cheerleadern gehört hatten.

Unser Zimmer war ein Loch mit einem schmutzigen Fenster, das sich nicht hochschieben ließ. Den Fußboden bedeckte eine Staubschicht, die sich über Monate hinweg angesammelt haben mußte, und die von den Zimmerwänden abgestrahlte Hitze erinnerte an das Black Hole in Kalkutta.

»Läuft die Klimaanlage erst mal, halten wir's schon aus«, sagte ich.

»Welche Klimaanlage?« fragte Kelly mit Blick auf die kahlen Wände.

Sie ließ sich aufs Bett fallen, und ich glaubte bestimmt, tausend Flöhe und Wanzen aufschreien gehört zu haben. »Können wir an den Strand gehen?«

Daran hatte ich auch schon gedacht, aber erst kam wie immer die Ausrüstung.

»Wir gehen bald. Willst du mir vorher bei etwas helfen?«

Sie nickte bereitwillig. Ich gab ihr die Magazine Kaliber 45, die ich von Luther & Co. erbeutet hatte. »Kannst du diese Patronen herausdrücken und dort hineinstecken?« Ich zeigte auf die Außentasche der Reisetasche. Die Magazine paßten nicht in meine Sig, aber die Patronen waren identisch.

»Klar.« Dieser Auftrag schien ihr zu gefallen.

Ich zeigte ihr absichtlich nicht, wie sie's anfangen mußte, denn sie sollte eine Weile beschäftigt sein. Als erstes versteckte ich die Sicherungsdiskette in der Matratze, deren Überzug ich mit einem Schraubenzieher ein kleines Stück aufschlitzte. Dann holte ich den Waschbeutel heraus, duschte ausgiebig und rasierte mich. Die Bißwunden auf meiner Stirn und unter dem rechten Auge waren jetzt dunkel und hart verschorft. Ich zog meine neuen Jeans und ein graues T-Shirt an. Dann sorgte ich dafür, daß auch Kelly duschte und sich frische Sachen anzog.

Inzwischen war es 16 Uhr 30. Kelly war noch dabei, schwarze Jeans und ein grünes Sweatshirt anzuziehen, als ich mich über ihr Bett beugte, um das Telefonbuch aus dem Nachttisch zwischen den Betten zu ziehen.

»Wie heißt die Serie?« fragte ich und wies mit dem Daumen auf den Fernseher.

»The Big Bad Beetleborgs.«

»Hä?«

Sie erklärte mir, worum es darin ging, aber ich hörte gar nicht richtig zu, sondern nickte nur, während ich in dem Telefonbuch blätterte.

Ich suchte den Nachnamen De Niro. Diesen verrückten neuen Namen hatte Frankie sich selbst ausgesucht: Al De Niro. Kein idealer Name für jemanden, der in Zukunft möglichst unauffällig leben sollte, aber Frankie war Als und Bobs größter Fan. Ins Drogengeschäft war er überhaupt erst eingestiegen, nachdem er Al Pacino in *Scarface* gesehen hatte. Frankie verbrachte sein ganzes Leben in einer Scheinwelt. Er kannte sämtliche Dialoge aus allen ihren Filmen und hatte uns in Abergavenny sogar mit ganz brauchbaren Imitationen unterhalten. Traurig, aber wahr.

Natürlich gab es unter A. De Niro keinen Eintrag. Ich rief die Auskunft an, die mir aber auch nicht weiterhelfen konnte. Mein nächster Schritt würde darin bestehen, in ganz Florida herumzutelefonieren oder mit irgendeiner erfundenen Story einen Privatdetektiv anzuheuern – aber das würde viel Zeit und Geld kosten.

Ich stand auf, trat ans Fenster, kratzte mich am Hintern, bis ich merkte, daß Kelly mich beobachtete, und zog die Vorhänge auf. Verrenkte ich meinen Hals weit nach links, konnte ich den Meerblick erhaschen, für den ich fünf Dollar extra bezahlt hatte. Überall am Strand lagen Urlauber; ich sah ein junges Paar, das die Hände nicht voneinander lassen konnte, und Familien, teils sonnengebräunt, teils noch lilienweiß wie wir. Vielleicht waren sie mit demselben Zug angekommen.

Ich drehte mich nach Kelly um. Sie wirkte zufrieden, weil die Beetleborgs wieder mal die Welt gerettet hatten, schien sich aber zu langweilen. »Was machen wir jetzt?« erkundigte sie sich.

»Ich müßte meinen Freund finden, weiß aber nicht genau, wo er wohnt. Ich überlege gerade, wie ich's anstellen soll, ihn zu finden.«

»Den Computerfreak, von dem du mir erzählt hast?«

Ich nickte.

»Warum versuchst du's nicht im Netz?« fragte sie ganz nonchalant. Sie sah mich dabei nicht mal an, sondern hatte nur Augen für den Scheiß auf dem Bildschirm. Natürlich! Der Kerl ist ein Computerfreak; selbstverständlich hat er einen Internetanschluß und surft wahrscheinlich auf den Pornoseiten, um Aktphotos von Teenagern zu finden. Das war bestimmt ein guter Ausgangspunkt. Jedenfalls viel besser als meine Idee mit dem Privatdetektiv.

Ich ging zu meiner Reisetasche hinüber. »Du kennst dich im Netz aus, nicht wahr?«

»Natürlich. Das üben wir vor der Schule.«

»Vor der Schule?«

»Vor Schulbeginn, wenn wir schon in der Schule sind, damit unsere Eltern in die Arbeit fahren können. Und wir sind jeden Morgen im Netz unterwegs; wir bekommen genau gezeigt, wie man das macht.«

Das Mädchen war ein Genie! Ich war eben dabei, meinen Laptop herauszuholen, als die Ernüchterung einsetzte. Auch wenn das Gerät über ein eingebautes Modem und die benötigte Internet-Software verfügte, würde es mir nichts nutzen. Ich hatte keine Kreditkarten, um mich im Netz anmelden zu können, und konnte keine gestohlenen verwenden, weil ich eine Rechnungsanschrift angeben mußte. Ich legte den Laptop aufs Bett.

»Gute Idee«, sagte ich, »aber mit diesem Gerät geht's leider nicht.«

Kelly starrte weiter auf den Bildschirm. Sie trank jetzt ein lauwarmes Milk Maid aus der Reisetasche, das sie mit beiden

Händen ansetzte, um nicht nach unten sehen zu müssen und dabei womöglich etwas zu verpassen. »Wir gehen einfach in ein Cyber-Café«, schlug sie vor. »Als bei Melissa wochenlang das Telefon nicht funktioniert hat, ist ihre Mommy immer ins Cyber-Café gegangen, um ihre E-Mails abzuholen.«

»Ach, tatsächlich?«

Das Cybercino war ein Coffee Shop, in dem es nicht nur Donuts, Croissants und Sandwiches, sondern auch durch halbhohe Trennwände unterteilte PC-Arbeitsplätze gab. Auf jedem stand ein PC mit einer kleinen Mulde für Speisen und Getränke. An den Trennwänden hingen Anschläge über Benutzungsdauer und Minutenpreise, Gebrauchsanweisungen fürs Internet und zahlreiche Geschäftskarten, die zum Besuch verschiedener Homepages aufforderten.

Ich brachte Kaffee, dänische Pasteten und Cola mit und versuchte mich einzuloggen. Nach mehreren vergeblichen Versuchen überließ ich die Tastatur schließlich einer geübteren Nutzerin. Kelly fand sich im Cyberspace so mühelos zurecht wie in ihrem eigenen Hinterhof.

»Ist er bei AOL, MSN, CompuServe oder wo?« fragte sie.

Ich hatte keine Ahnung.

Sie zuckte mit den Schultern. »Macht nichts, wir benutzen eine Suchmaschine.«

Keine Minute später waren wir bereits bei InfoSpace angemeldet. Als Kelly das E-Mail-Icon anklickte, erschien eine Dialogbox.

»Nachname?«

Ich buchstabierte ihr De Niro.

»Vorname?«

»Al.«

»Stadt?«

»Die lassen wir lieber aus. Schreib einfach Florida. Unter Umständen ist er umgezogen.«

Sie klickte *Suche* an, und im nächsten Augenblick erschien

die E-Mail-Adresse auf dem Bildschirm. Ich wollte meinen Augen nicht trauen. Es gab sogar ein Icon *Mail schicken*, das Kelly jetzt anklickte.

Ich schickte ihm eine Nachricht, die besagte, daß ich Verbindung zu Al De Niro suchte – oder zu jemandem, der ein Fan von Pacino und De Niro war und »Nicky Two« aus England kannte. Das war der Spitzname, den Sabatino mir gegeben hatte. In unserem Team hatte es insgesamt drei Nicks gegeben, und mich hatte er als zweiten kennengelernt. Bei jeder Begegnung hatte er den Paten gespielt, indem er die Arme ausgebreitet und »Heyyy, Nicky Two!« gesagt hatte, um mich dann zu umarmen und abzuküssen. Zum Glück hatte er das auch mit den beiden anderen gemacht.

Das Café hatte morgens ab zehn Uhr geöffnet. Mit der Nutzergebühr war auch die Verwendung der Cybercino-Adresse abgegolten, deshalb fügte ich ergänzend hinzu, ich würde mich morgen um 10 Uhr 15 einloggen, um etwaige Nachrichten zu empfangen. Das Risiko, daß seine E-Mail von jemandem mitgelesen wurde, war gering, und daß jemand mich als »Nicky Two« identifizieren würde, war noch unwahrscheinlicher.

Inzwischen war ich allmählich hungrig, und auch Kelly hatte Appetit auf etwas Handfesteres als Kleingebäck. Wir gingen in Richtung Atlantic Avenue zurück und kehrten in unserem Lieblingsrestaurant ein. Wir bestellten die Big Macs zum Mitnehmen und aßen sie im Gehen auf der Straße. Sogar abends war es hier noch über zwanzig Grad warm.

»Wollen wir nicht Minigolf spielen?« schlug Kelly vor und deutete auf etwas, das an eine Mischung aus Disneyland und Gleneagles erinnerte: Bäume, Wasserfälle und ein Piratenschiff wie auf einer von Scheinwerfern angestrahlten Schatzinsel.

Das machte mir tatsächlich Spaß. Im Augenblick drohte uns keine Gefahr, und ich genoß das Gefühl, einmal nicht so stark unter Druck zu stehen, auch wenn Kelly schummelte. Ich machte mich bereit, am elften Loch zu putten. Hinter uns spuckte ein Drache Wasser statt Feuer aus seiner Höhle.

»Nick?«

»Was?« Ich versuchte rauszukriegen, wie ich den Ball spielen mußte, um ihn mit einem Neunziggradwinkel einzulochen.

»Lerne ich deinen Freund mal kennen … du weißt schon, David?«

»Vielleicht irgendwann.« Mein Schlag ging daneben; der Ball lag jetzt im Wasser.

»Hast du eigentlich Geschwister?«

Ich kam mir vor, als spielten wir Zwanzig Fragen. »Ja.«

»Wie viele?«

Ich notierte mir sechs Schläge für dieses Loch – drei über Par.

»Drei Brüder.« Ich hatte diese Ausfragerei satt. »Sie heißen … John, Joe und Jim.«

»Oh. Wie alt sind sie?«

Eine gute Frage. Ich wußte nicht einmal, wo sie wohnten, und hatte erst recht keine Ahnung, wie alt sie waren. »Weiß ich nicht genau.«

»Warum nicht?«

Das war schlecht zu erklären, weil ich die Antwort selbst nicht wußte.

»Darum.« Ich legte Kelly ihren Ball hin. »Los, sonst halten wir alle auf!«

Auf dem Rückweg ins Hotel fühlte ich mich ihr seltsam nahe, was mich beunruhigte. Obwohl wir erst sechs Tage zusammen waren, schien sie mich als Elternersatz zu akzeptieren. Aber ich konnte unmöglich an Kevs und Marshas Stelle treten, selbst wenn ich das gewollt hätte. Diese Aufgabe war zu beängstigend.

Nachdem es zum Frühstück Eiscreme gegeben hatte, loggten wir uns um 10 Uhr 15 ein. Eine Nachricht forderte uns auf, einen Chat-Raum zu besuchen. Kellys Finger flogen über die Tasten, und schon waren wir dort, wo uns Sabatino erwartete – zumindest jemand, der sich Big Al nannte. Eine Dialogbox lud uns zu einem Gespräch unter vier Augen in einen Privatraum ein; zum Glück hatte ich Kelly, die mich überall hinbrachte.

Ich kam sofort zur Sache. »Ich brauche deine Hilfe«, tippte Kelly.

»In welcher Beziehung?«

»Ich habe hier etwas, das übersetzt oder entziffert werden muß. Ich kann nicht genau sagen, worum es sich handelt, aber ich weiß, daß du's kannst.«

»Etwas Dienstliches?«

Ich wußte, daß ich ihn irgendwie ködern mußte. Die Unterschlagungen hatte er auch deshalb verübt, weil ihm das einen Nervenkitzel verschafft hatte – einen »Kick«, wie Pat gesagt hätte. Big Al hatte es Spaß gemacht, die großen Bosse reinzulegen; er hatte immer das Bedürfnis, irgendwo mitzumischen, und ich wußte, daß er herkommen und mich besuchen würde, wenn ich den richtigen Köder auslegte.

Ich diktierte, und Kelly schrieb: »Das verrate ich nicht! Aber die Sache ist gut, das kannst du mir glauben. Willst du sie dir ansehen, mußt du mich hier besuchen. Ich bin in Daytona.« Und nun begann ich zu lügen. »Andere Leute behaupten, es sei unmöglich. Deshalb habe ich an dich gedacht.«

Er biß sofort an. »Welches Format?« erkundigte er sich.

Ich nannte ihm alle Einzelheiten.

»Ich kann erst heute abend um neun Uhr. Vor dem Boot Hill Saloon in der Main Street?«

»Okay, ich bin da.«

»Yeehah! Yeehah!« verabschiedete er sich.

Big Al hatte sich offenbar nicht im geringsten verändert. Kelly meldete sich ab, und wir zahlten die zwölf Dollar. Ungefähr ein Hundertstel von dem, was ein Privatdetektiv gekostet hätte.

Jetzt konnten wir für den Rest dieses Tages faulenzen. Nachdem wir uns Sonnenbrillen gekauft hatten, bekam Kelly modische Shorts, ein T-Shirt und Sandalen. Ich mußte so bleiben, wie ich war, und mein Hemd über den Jeans tragen, um die Pistole zu verbergen. Eine kleine Verbesserung war ein Stirnband, das die verschorfte Bißwunde verdeckte. Eine verchromte Pilotenbrille tarnte die andere unter dem Auge.

Wir machten einen langen Strandspaziergang und ließen uns den Wind um die Nase wehen. Um diese Tageszeit füllten sich die Restaurants bereits mit Leuten, die früh zu Mittag essen wollten.

Als wir wieder im Hotel waren, führte ich einige Telefongespräche, um mich nach Auslandsflügen zu erkundigen. Falls das Zeug, das Big Al für mich entschlüsseln sollte, Simmonds zufriedenstellen würde, wollte ich mit Kelly aus den Staaten verschwinden. Ich wußte, daß Big Al die nötigen Verbindungen besaß, um uns Reisepässe beschaffen zu können, und uns wahrscheinlich auch mit Geld aushelfen würde.

Nach einem späten Lunch und anschließendem Mittagsschlaf folgten achtzehn Löcher bei den Piraten, wo ich Kelly wieder gewinnen ließ. Dann wurde es auch schon Zeit, mich auf den Treff vorzubereiten.

Gegen 19 Uhr 30 begann die Sonne unterzugehen, und an den Straßen flammten die Leuchtreklamen auf. Plötzlich bot sich ein ganz anderes Bild: Aus den Geschäften drang laute Musik, und die Kids fuhren die Atlantic Avenue jetzt mit wesentlich mehr als den zulässigen zehn Meilen in der Stunde hinauf und hinunter.

Aus irgendwelchen Gründen, vielleicht war das Wetter daran schuld, hatte ich Mühe, mir unserer schwierigen Lage bewußt zu bleiben. Kelly und ich schlenderten auf einem ausgedehnten Schaufensterbummel Eis essend durch die Straßen. Sie verhielt sich wie jede andere Siebenjährige und blieb manchmal vor einer Auslage stehen, um irgend etwas so nachdrücklich zu bewundern, daß ich wie ein Erziehungsberechtigter antwortete: »Nein, für heute ist's genug, glaube ich.«

Kelly machte mir allerdings Sorgen. Ich hatte das Gefühl, es sei falsch, daß sie alles so klaglos wegsteckte. Vielleicht hatte sie nicht verstanden, was ich ihr über ihre Familie erzählt hatte; vielleicht verhinderte ihr Unterbewußtsein, daß sie die Tatsachen wirklich an sich heranließ. Im Augenblick war sie jedoch genau das, was ich zur Tarnung brauchte: ein Kind, das normal aussah und sich normal benahm.

Wir standen vor einem Spielwarengeschäft. Sie wollte einen im Schaufenster liegenden Ring, der nachts leuchtete. Ich behauptete, kein Geld bei mir zu haben, was gelogen war.

»Kannst du ihn nicht für mich klauen?« fragte sie.

Daraufhin führten wir ein ernsthaftes Gespräch über Recht und Unrecht. Kelly hatte sich allzu rasch an unser Leben auf der Flucht gewöhnt.

Inzwischen war es 20 Uhr 30. Wir hatten eine Pizza gegessen, und im Urlaub ist um diese Zeit nach dem Abendessen immer ein Häagen Dazs fällig. Nach dem Eiskauf machten wir uns auf den Weg zu unserem Treff mit Big Al. Unterwegs mußten wir uns an rudelweise geparkten Motorrädern vorbei durch eine die Gehsteige füllende Menge aus jungen Leuten mit Biker-Slogans auf den T-Shirts drängen.

Ich fand einen Standort, von dem aus ich den einzigen Eingang des Boot Hill Saloon beobachten konnte: auf dem alten Friedhof gegenüber. Er war alles, was von der ursprünglichen Stadt aus den zwanziger Jahren übriggeblieben war – die einzige Fläche, die nicht planiert und mit Hotels bebaut werden konnte. Stellten Biker ihre Maschinen ab und verschwanden im Saloon, dröhnte jedesmal lauter Rock 'n' Roll auf die Straße. Dort kollidierte er mit Salsa- und Rapmusik aus den mit zahlreichen Lautsprechern bestückten Geländewagen und Pickups, mit denen Studentengruppen die Straße hinauf- und hinunterfuhren. Manche hatten sogar blaue Neonröhren unter ihrem Wagen montiert, so daß sie im Vorbeifahren wie schwebende Raumschiffe aussahen, die Musik vom Mars spielten.

Kelly und ich warteten, schleckten unser Eis und saßen dabei auf einer Bank neben Mrs. J. Mostyn, Gott hab' sie selig, die am 16. Juli 1924 in den Frieden des Herrn eingegangen war.

32

Die Main Street ist nicht wirklich die hiesige Hauptstraße, sondern eine Straße, die vom Meer zu einer Kanalbrücke führt. Daytona veranstaltet jedes Jahr eine Bike-Woche, und dies war die Straße, in die Tausende von Bikern einfielen. Hier gab es nur ein Thema: Harleys. Überall zwischen den Bike-Bars gab es Geschäfte, die Ersatzteile, Sturzhelme und Lederkleidung verkauften. Und selbst außerhalb dieser Woche standen immer Dutzende von Bikes mit Helmen auf den Sitzen vor Bars mit Namen wie Boot Hill Saloon, Dirty Harry's oder Froggie's, wo sogar ein Motorrad aus staubigen Knochen im Fenster stand.

Ich sah Big Al schon aus großer Entfernung, als er von der Brücke her auf uns zuwatschelte. Zu einer blaßrosa Hose trug er ein blau-rot-grün-gelbes Hawaiihemd und war noch fetter, als ich ihn in Erinnerung hatte; weiße Schuhe und seine zottige Mähne vervollständigten eine Aufmachung, in der er wie ein arbeitsloser Komparse aus *Miami Vice* aussah. In seiner linken Hand trug er einen Aktenkoffer, was ein gutes Zeichen war; er hatte sein Handwerkszeug mitgebracht. Ich beobachtete, wie er den Main Street Cigar Store betrat und eine dicke Corona paffend wieder herauskam.

Er blieb, von Harleys umgeben, vor dem Saloon stehen, stellte seine Aktentasche zwischen die Füße und paffte behaglich, als gehöre ihm die Bar. Ein riesiges Wandgemälde hinter ihm, das eine ganze Wand des Saloons einnahm, zeigte einen Biker am Strand. Neben dem Eingang verkündete ein Schild: *Kein Zutritt mit Farben, Clubaufnähern oder Abzeichen.*

Ich stieß Kelly an. »Siehst du den Mann dort drüben?«

»Welchen?«

»Den mit dem knallbunten Hemd, den großen Dicken.«

»Du meinst den Fettsack?«

»Stimmt«, bestätigte ich grinsend. »Das ist der Mann, mit dem wir uns hier treffen wollen.«

Ein Metrobus fuhr an uns vorbei. Auf seiner Seite machte er Werbung für SeaWorld – mit einem riesigen Schwertwal, der aus dem Meerwasserbecken sprang. Kelly und ich betrachteten die Werbung, wechselten einen Blick und brachen in schallendes Gelächter aus.

»Warum haben wir nicht drüben auf ihn gewartet?« erkundigte sie sich.

»Nein, nein, man bleibt irgendwo im Hintergrund und beobachtet die Umgebung. Siehst du, was ich mache? Ich suche die Straße ab, um sicherzugehen, daß kein böser Kerl hinter ihm her ist. Dann weiß ich, daß wir uns ungefährdet treffen können. Was hältst du davon? Glaubst du, daß alles okay ist?«

Plötzlich hatte Kelly eine wichtige Aufgabe. Sie sah nach beiden Seiten die Straße entlang und sagte: »Alles klar.« Natürlich hatte sie keinen blassen Schimmer, worauf sie hätte achten müssen.

»Also, dann komm. Gib mir deine Hand. Bei so starkem Verkehr müssen wir vorsichtig sein.«

Wir verließen Mrs. Mostyn und blieben am Randstein stehen. »Wenn wir uns treffen, muß ich Dinge tun, die dir vielleicht schrecklich vorkommen«, sagte ich, »aber in Wirklichkeit ganz normal sind. So etwas machen wir dauernd; er hat Verständnis dafür.«

»Okay«, antwortete sie, während wir uns durch den Verkehr schlängelten. Nach allem, was sie bisher durchgemacht hatte, würde das Kindergartenkram sein.

Als wir näher kamen, stellte ich fest, daß Big Al merklich gealtert war. Er erkannte mich aus zwanzig Metern Entfernung und spielte plötzlich wieder die Hauptrolle in *Der Pate*. Mit der Zigarre in der linken Hand breitete er die Arme aus, legte den Kopf schief und knurrte: »Aaaggghhh! Wieder mal Nicky Two!« Dabei grinste Big Al über sein ganzes breites Gesicht; dieses Leben in ständiger Angst vor der Rache der Cosa Nostra war vermutlich beschissen, und nun hatte er endlich jemanden, mit dem er unbesorgt quatschen konnte.

Big Al klemmte sich seine Corona wieder zwischen die Zähne, griff mit der rechten Hand nach dem Aktenkoffer und watschelte auf uns zu. »Hey, wie geht's so?« fragte er grinsend, während er mir die Hand schüttelte und dabei Kelly begutachtete. Er stank nach einem gräßlich stark duftenden Rasierwasser.

»Ah, und wer ist diese hübsche junge Dame?« Ich beobachtete leicht mißtrauisch, wie er sich zu ihr hinunterbeugte, um sie zu begrüßen. Vielleicht war sein Charme sogar echt, aber aus irgendeinem Grund stieß er mich ab.

»Das ist Kelly, die Tochter eines Freundes, und ich passe eine Zeitlang auf sie auf«, sagte ich.

Ich bezweifelte, daß er wußte, was in Washington passiert war. Kev hatte er jedenfalls nicht gekannt.

Er stand noch immer gebeugt da, schüttelte Kelly etwas zu lange die Hand und sagte: »Hier ist's wundervoll – wir haben SeaWorld, DisneyWorld, einfach alles, um junge Damen glücklich zu machen. Dies ist der Sonnenscheinstaat!«

Er richtete sich wieder auf und fragte leicht außer Atem: »Wohin gehen wir?« Er deutete hoffnungsvoll die Straße entlang. »Main Street Pier? Shrimps?«

Ich schüttelte den Kopf. »Nein, wir gehen in unser Hotel. Das Zeug, das du dir ansehen sollst, liegt dort. Komm!«

Ich hielt Kellys Hand in meiner Linken und ließ ihn rechts neben mir gehen. Unterwegs versicherten wir uns gegenseitig, wie wundervoll es sei, sich mal wiederzusehen, aber er wußte nur allzu gut, daß dies kein belangloses Treffen unter alten Freunden war – und das gefiel ihm. Genau wie Al und Bob genoß er solche Situationen.

Wir bogen erst rechts und dann wieder links ab, um auf den Parkplatz hinter einigen Läden zu gelangen. Ich nickte Kelly zu, damit sie wußte, daß alles in Ordnung war, und ließ ihre Hand los. Big Al laberte unverdrossen weiter. Ich packte ihn mit beiden Händen am linken Arm und nutzte seine eigene Bewegungsenergie, um ihn gegen die nächste Mauer zu rammen. Er knallte schwungvoll dagegen. Ich stieß ihn in den Notausgang eines Restaurants.

»Alles cool, ich bin cool.« Big Al sprach nur halblaut. Er kannte das Verfahren.

Ich sah auf einen Blick, daß er nichts unter der Kleidung verborgen haben konnte, so straff gespannt umgab sie seinen massigen Leib. Aber ich fuhr dennoch mit einer Hand über sein Kreuz; in dieser natürlichen Höhlung läßt sich wunderbar alles mögliche verbergen, und Big Al hatte ein außergewöhnlich breites Kreuz. Dann tastete ich ihn weiter ab.

Er sah auf Kelly hinab, die alles aufmerksam beobachtete, und blinzelte ihr zu. »Du hast wohl schon oft zugesehen, wie er das macht?«

»Im Himmel macht mein Daddy das auch.«

»Ah, okay, cleveres Mädchen, cleveres Mädchen.« Er starrte sie an, während er versuchte, ihre Antwort zu enträtseln.

Ich richtete mich auf, sobald ich ihn nach Waffen abgetastet hatte. »Du weißt, daß ich mir jetzt deinen Aktenkoffer ansehen muß?«

»Yeah, klar.« Ich öffnete den Aktenkoffer. Außer zwei Aluminiumröhrchen mit Zigarren enthielt er lediglich sein Handwerkszeug: Disketten, ein externes Laufwerk, CD-ROMs, Verbindungskabel, Meßinstrumente und ähnlichen Scheiß. Ich tastete rasch Boden, Deckel und Seiten ab, um mich davon zu überzeugen, daß der Aktenkoffer kein Geheimfach enthielt.

Dann nickte ich zufrieden. »Okay, wir können gehen.«

»Sollen wir unterwegs eine Packung Eiscreme kaufen?« schlug er vor.

Wir hielten ein Taxi an. Kelly und ich stiegen hinten ein, während er sich auf den Beifahrersitz quetschte und die Zweiliterpackung Ben & Jerry's auf seinen Aktenkoffer stellte.

Im Hotel gingen wir auf unser Zimmer. Big Al war sichtbar aufgeregt; vermutlich erinnerten die konspirativen Umstände unseres Treffs ihn an die gute alte Zeit, und dieses schäbige Zimmer machte alles nur noch aufregender. Er legte seinen

Aktenkoffer auf eines der Betten, klappte ihn auf und legte sein Zeug bereit. »Und was treibst du heutzutage?« erkundigte er sich neugierig.

Ich gab keine Antwort.

Kelly und ich saßen auf dem anderen Bett und beobachteten Big Al bei seinen Vorbereitungen. Kelly wirkte sichtlich interessiert.

»Haben Sie auch Spiele?« fragte sie ihn.

Ich dachte, Sabatino würde angewidert den Kopf schütteln: Hör zu, Kleine, ich bin Techniker; mit Spielen gebe ich mich nicht ab. Zu meiner Verblüffung antwortete er jedoch: »Yeah, massenhaft! Vielleicht haben wir nachher noch Zeit, ein paar zu spielen. Welche magst du am liebsten?«

Als die beiden dann anfingen, über Quake und Third Dimension zu fachsimpeln, unterbrach ich sie, indem ich ihn fragte: »Und was treibst *du* heutzutage?«

»Oh, ich bringe den Leuten bei, wie man mit diesen Dingern umgeht.« Er zeigte auf den Laptop. »Und zwischendurch arbeite ich für ein paar hiesige Privatdetektive, wenn sie Auskünfte über Bankkonten und dergleichen brauchen. Lauter unspektakuläre Sachen, aber das ist in Ordnung – ich muß alles Auffällige vermeiden.«

In einer Wolke aus Kouros-Duft sitzend mochte ich mir angesichts seiner grellbunten Aufmachung nicht einmal vorstellen, wie er sich kleiden würde, um richtig aufzufallen.

Da Big Al keine Antwort auf seine ursprüngliche Frage bekommen hatte, schien er sich verpflichtet zu fühlen, keine Gesprächspause entstehen zu lassen. »Ich hab' natürlich noch ein paar hundert Mille gebunkert!« erklärte er mir grinsend. »Von den Zinsen und meiner Abfindung lebe ich ganz gut.«

Er war dabei, verschiedene Zusatzgeräte an den Laptop anzuschließen. Ich ließ ihn ruhig weiterarbeiten. Er versuchte noch mal, mich auszuhorchen. »Wie steht's mit dir? Immer dieselbe Arbeit?«

»Yeah, dasselbe alte Zeug. Alle möglichen Aufträge.«

Er saß jetzt so am Tisch, daß er mir den Rücken zukehrte, und konzentrierte sich auf den Laptop. »Und du arbeitest im Augenblick, stimmt's?«

»Natürlich arbeite ich.«

Big Al lachte. »Du glaubst wohl, du kannst mich verscheißern?« Er sah zu Kelly hinüber. »Entschuldigung.« Er wandte sich wieder an mich und sagte: »Würdest du arbeiten, bräuchtest du mich nicht, sondern könntest das hier bei euren Leuten in Auftrag geben. Big Al läßt sich nicht verscheißern!« Er grinste zu Kelly hinüber, dann erkundigte er sich: »Bist du noch verheiratet?«

Die Microsoft-Melodie erklang, als er Windows 95 auf meinem Laptop öffnete.

»Seit gut drei Jahren geschieden«, antwortete ich. »Zuviel Arbeit und so. Ich habe seit mindestens zwei Jahren nichts mehr von ihr gehört. Sie lebt irgendwo in Schottland, glaube ich; genau weiß ich's nicht.«

Plötzlich merkte ich, wie gespannt Kelly unsere Unterhaltung verfolgte.

Er blinzelte ihr zu. »Genau wie ich: jung, frei und ledig! Yeah!« In Wirklichkeit war Big Al eine ziemlich traurige Gestalt; ich war vermutlich der einzige Mensch, den er als eine Art Freund betrachten konnte.

Aus Zimmer drei wummerte laute Rapmusik herüber. Ich hörte die Jungs von Mädchenstimmen begleitet mitsingen. Anscheinend hatten sie die Cheerleader gefunden.

Ich gab ihm die Sicherungsdiskette, die er in sein externes Laufwerk schob. Jetzt konnte es nicht mehr lange dauern, bis ich mehr über meine erbeuteten Daten erfuhr. Inzwischen füllte dichter Zigarrenqualm das obere Viertel unseres Zimmers. Dieser Qualm, der Kouros-Duft und die fehlende Klimaanlage machten das Zimmer fast unbewohnbar. Daher war es nur gut, daß wir es räumen würden, sobald Big Al gegangen war.

Nachdem ich durch einen Vorhangspalt hinausgesehen hatte,

öffnete ich das Fenster. Die Jungs waren groß in Fahrt, hatten massenhaft leere Bierdosen verstreut und amüsierten sich mit einer Gruppe Mädchen, die bewundernd zu ihnen aufsahen. Vielleicht hätte sich Big Al eine Armbandtätowierung und abgeschnittene Jeans zulegen sollen.

Auf dem Laptop-Bildschirm erschienen die ersten Dokumente, und ich sah über Big Als Schulter, während er im Halbdunkel tippte. Ich deutete auf eines der Dokumente. »Das sind Unterlagen, mit denen ich nicht zurechtkomme. Ich habe keine Ahnung, was sie bedeuten. Irgendwelche Ideen?«

»Ich kann dir sagen, was wir hier haben.« Sein Blick blieb starr auf den Bildschirm gerichtet. »Lieferscheine und Rechnungen, aber ich weiß vorläufig nicht, wofür.« Als er darauf zeigte, berührte sein Finger den Bildschirm und drückte die Flüssigkeit auseinander. »Nie den Bildschirm berühren!« sagte er vorwurfsvoll, als spreche er mit einem seiner Schüler. Diese Sache gefiel ihm; er ging völlig darin auf.

»Siehst du die hier?« Aus seinem Tonfall sprach plötzlich nicht mehr Niedergeschlagenheit, sondern die Autorität eines Mannes, der seine Sache versteht.

Ich sah mir die langen Kolonnen mit Kennbuchstaben wie UM, JC und PJS an. »Die betreffen Lieferungen«, erklärte mir Big Al. »Hier steht, was an wen gegangen ist.«

Er machte sich daran, weitere Seiten zu überprüfen, um eine Bestätigung dafür zu bekommen. Schließlich nickte er nachdrücklich. »Das sind eindeutig Lieferscheine und Rechnungen. Wie bist du überhaupt an dieses Zeug rangekommen? Du bist bei Gott nicht der größte Computerspezialist, und diese Unterlagen sind bestimmt durch Kennwörter geschützt gewesen.«

»Ich habe ein Schnüfflerprogramm benutzt.«

»Tatsächlich? Welches denn?« Der Computerfreak kam wieder an die Oberfläche.

»Mexy Twenty-one«, log ich.

»Das ist Scheiße! Entschuldigung, Mist! Heute gibt's Programme, die dreimal schneller laufen.« Er sah zu Kelly hinüber. »Das ist das Problem mit den Briten: Sie leben noch in der Computersteinzeit.«

»Mit anderen Dateien habe ich auch Schwierigkeiten«, sagte ich. »Glaubst du, daß du sie entschlüsseln kannst?«

»Das verstehe ich nicht«, antwortete Big Al. »Mit welchen kommst du nicht zurecht?«

»Nun, sie scheinen kodiert zu sein – lauter zufällig angeordnete Buchstaben und Ziffern. Aber vielleicht kannst du sie entschlüsseln?« Ich kam mir wie ein Dreijähriger vor, der einen Erwachsenen bitten muß, ihm die Schnürsenkel zu binden.

Er suchte die Dateinamen ab. »Du meinst diese GIFs?« fragte er. »Das sind Graphikdateien, sonst nichts. Um sie lesen zu können, braucht man bloß ein Graphikprogramm.«

Big Al tippte einige kurze Befehle ein, fand das Gesuchte und öffnete eine der Dateien. »Das sind eingescannte Photos«, erklärte er mir.

Er beugte sich über den Tisch, zog den Deckel der Eiscremeschale ab, nahm sich einen Plastiklöffel und fing gierig an zu essen. Er warf auch Kelly einen Löffel zu und sagte dabei: »Halt dich lieber ran, bevor Onkel Al alles aufißt.«

Dann erschien das erste Photo auf dem Bildschirm: ein körniges Schwarzweißphoto zweier Männer auf einer breiten Treppe, die zu einem großen alten Gebäude hinaufführte. Ich erkannte die beiden Männer sofort. Seamus Macauley und Liam Fernahan waren »Geschäftsleute«, die als Strohmänner bei vielen raffiniert eingefädelten Projekten als Geldbeschaffer und Spendensammler für die PIRA fungierten. Die beiden verstanden ihre Sache so ausgezeichnet, daß sie einmal sogar Mittel aus dem staatlichen Förderprogramm für den Wiederaufbau nordirischer Städte ergaunert hatten.

Zweifellos hatten sich die Finanzierungsmethoden der PIRA seit der guten alten Zeit mit scheppernden Sammelbüchsen in Belfast, Kilburn und Boston entscheidend verändert. Sogar so sehr, daß zu ihrer Bekämpfung schon 1988 im britischen North

Ireland Office eine Arbeitsgruppe Terroristenfinanzierung gebildet worden war, der Wirtschaftsprüfer, Juristen, Steuerfachleute und Computerexperten angehörten. Euan und ich hatten viel mit ihr zusammengearbeitet.

Danach holte Big Al mehrere Photos auf den Bildschirm, auf denen Macauley und Fernahan zwei andere Männer mit Handschlag begrüßten, bevor sie mit ihnen die Treppe hinuntergingen und in einen Mercedes stiegen. Einer der beiden war der verstorbene Mr. Morgan McGear in einem eleganten Anzug, den ich wiederzuerkennen glaubte. Ich sah rasch zu Kelly hinüber, aber sein Gesicht sagte ihr offenbar nichts. Wer der vierte Mann war, wußte ich nicht. Im Augenblick spielte das jedoch keine allzu große Rolle.

Die Aufnahmen waren heimlich gemacht worden. Dunkle Bildränder zeigten, daß ein Teleobjektiv mit nicht ganz korrekter Blende benützt worden war. Aber an den Autos war zu erkennen, daß die vier sich irgendwo in Europa befanden.

»Bitte weiter«, sagte ich knapp.

Sabatino wußte, daß ich etwas oder jemanden erkannt hatte; er starrte mich verlangend an und lechzte danach, eingeweiht zu werden. Er war fünf Jahre lang nicht mehr im Geschäft gewesen, aber dies war seine Chance für ein Comeback.

Ich hatte natürlich nicht vor, ihm irgend etwas zu verraten. »Bitte weiter«, wiederholte ich.

Mit der nächsten Photoserie, die er auf den Bildschirm holte, konnte ich überhaupt nichts anfangen.

Big Al betrachtete die Aufnahmen ebenfalls. Auf seinem Gesicht war ein breites Grinsen zu sehen. »Jetzt weiß ich, wofür die Lieferscheine und Rechnungen sind.«

»Wofür denn?«

»*Está es la coca, señor!* Hey, diesen Kerl kenne ich. Der arbeitet fürs Drogenkartell.«

Auf dem Bildschirm sah ich einen wirklich sehr eleganten Lateinamerikaner, Anfang Vierzig, aus einer Limousine steigen. Der Hintergrund zeigte, daß er sich in den USA befand. »Das ist Raoul Martinez«, erklärte Big Al. »Er ist Mitglied der kolumbianischen Handelsdelegation.«

Die Sache wurde mit jeder Minute interessanter. Auch wenn die PIRA stets bestritten hatte, in den Drogenhandel verwickelt zu sein, waren die dadurch erzielbaren Gewinne so hoch, daß sie sie unmöglich ignorieren konnte. Was ich auf diesem Bildschirm sah, waren praktisch vor Gericht verwertbare Beweise für ihre direkte Zusammenarbeit mit dem Drogenkartell. Aber damit war mein Problem noch immer nicht gelöst.

Big Al blätterte weiter in den Bildern. »Gleich sehen wir Raoul mit jemandem, den ich kenne, dafür garantiere ich.« Er suchte weiter. »Ah, da haben wir schon einen – den großen bösen Sal.«

Dieser andere Kerl war etwa gleich alt, aber viel größer; er war früher vermutlich Gewichtheber gewesen und hatte sich dann mindestens hundertzwanzig Kilo angefressen. Sal war ein Hüne, dessen Kopf kahl wie eine Billardkugel war.

»Er begleitet Martinez überallhin«, erklärte Sabatino. »Früher haben wir jede Menge Geschäfte mit ihm gemacht. Ein netter Mann, ein guter Familienvater. Wir haben Kokain entlang der gesamten Ostküste bis hinauf zur kanadischen Grenze vertrieben. Dazu haben wir Leute gebraucht, die alle Hindernisse aus dem Weg geräumt haben; das haben die beiden getan, und alle haben gut dabei verdient. Yeah, diese Jungs sind in Ordnung gewesen.«

Auf weiteren Photos dieser Datei sahen wir die beiden mit einem dritten Mann, einem Weißen, in einem Restaurant sitzen und essen.

»Keine Ahnung, wer das ist«, sagte Big Al.

Ich blickte über seine Schulter und war nur auf den Bildschirm konzentriert.

Kelly stieß mich an. »Nick?«

»Gleich.« Ich sah wieder Big Al an. »Absolut keine Idee?«

»Nicht die geringste.«

»Nick?«

Ich schüttelte den Kopf. »Nicht jetzt, Kelly.«
Aber sie ließ nicht locker. »Nick, Nick!«
»Geh noch mal…«
»Nick, Nick! Ich weiß, wer dieser Mann ist.«
Ich starrte sie an. »Welcher Mann?«
»Der Mann auf dem Photo.« Sie grinste triumphierend. »Ihr habt gesagt, daß ihr ihn nicht kennt, aber ich weiß, wer er ist.«
»Du meinst den da?« Ich zeigte auf Martinez.
»Nein, der auf dem Bild davor.«
Big Al rief das vorige Photo auf. »Den meine ich!«
Sie zeigte auf den Weißen, der mit Raoul und Sal in einem Restaurant saß.
»Bestimmt?« fragte ich.
»Ja.«
»Wer ist er also?« Nach meinen Erfahrungen mit dem Videofilm erwartete ich, daß sie Clint Eastwood oder Brad Pitt entdeckt hatte.
»Er ist Daddys Boß.«
Darauf folgte ein langes, fast mit den Händen greifbares Schweigen, während ich mich bemühte, diese Information zu verarbeiten. Big Al sog geräuschvoll die Luft durch seine Zähne ein. »Was meinst du mit Daddys Boß?«
»Er ist mal mit einer Dame bei uns zum Abendessen eingeladen gewesen.«
»Kannst du dich an seinen Namen erinnern?«
»Nein, ich bin runtergegangen, um einen Schluck Wasser zu trinken, und die beiden haben mit Mommy und Daddy gegessen. Daddy hat mich hallo sagen lassen und dabei gesagt: ›Hübsch lächeln, Kelly, das ist mein Boß!‹« Das war eine gute Imitation von Kev, und ich sah, daß sie Kelly traurig machte.
Big Al mischte sich in seiner tolpatschigen Art in unsere Unterhaltung ein. »Hey, hört euch das an, Leute! Wer ist also dein Daddy?«
Ich fuhr herum. »Halt die Klappe!«
Dann schob ich ihn vom Stuhl, setzte mich selbst vor den

Laptop und nahm Kelly auf die Knie, damit sie den Bildschirm besser sehen konnte. »Weißt du bestimmt, daß das Daddys Boß ist?«

»Ja, ich weiß, daß er es ist; Daddy hat's mir selbst gesagt. Am nächsten Tag haben Mommy und ich Witze über seinen Schnurrbart gemacht, weil er wie ein Cowboy ausgesehen hat.«

Das stimmte; der Mann sah tatsächlich aus wie einer Marlboro-Werbung entstiegen. Als Kelly auf ihn zeigte, berührte ihr Finger den Bildschirm, so daß Daddys Boß verschwamm. Mit ihr auf den Knien und angesichts des Kerls, der vermutlich an Kevs Tod mitschuldig war, erwachte in mir der Wunsch, es mit ihm ebenso zu machen.

Ich nickte Big Al zu. »Komm, wir sehen uns die Photos noch mal von vorn an.«

Draußen auf dem Balkon war die Party in vollem Gang. Sabatino nahm wieder Platz und fing mit den Bildern an, die Macauley und Fernahan mit McGear zeigten. »Kennst du diese Leute?« Kelly verneinte, aber ich hörte kaum richtig zu, sondern konzentrierte mich ganz auf das Photo. Im Hintergrund standen zwei weitere Autos geparkt. Als es mir gelang, die Kennzeichen zu lesen, wußte ich plötzlich, wo diese Aufnahmen gemacht worden waren.

»Gibraltar«, sagte ich unwillkürlich laut.

Big Al zeigte auf Macauley & Co. »Sind das irische Terroristen?«

»Gewissermaßen.«

Dann wieder eine Pause, während ich eine Erklärung zu finden versuchte.

»Für mich ist klar, was da läuft«, behauptete Big Al.

»Was denn?«

»Ich weiß, daß die irischen Terroristen Kokain von den Kolumbianern gekauft haben. Es ist auf der gewöhnlichen Route über die Florida Keys, die Karibik und Nordafrika transportiert worden. Dann haben sie Gibraltar als Verteilerzentrum für ganz Europa benutzt. Sie haben damit Millionen verdient, und wir haben einen Anteil dafür bekommen, daß wir ihnen gestattet haben, den Stoff durch Südflorida zu transportieren. Aber gegen Ende 1987 haben sie die Transporte über Gibraltar plötzlich eingestellt.«

»Wieso?« Ich hatte Mühe, äußerlich unbewegt zu bleiben.

Er zuckte mit den Schultern. »Mit den Einheimischen hat's Streit gegeben, glaub' ich. Soviel ich weiß, transportieren sie den Stoff jetzt über Südafrika zur spanischen Westküste. Dort drüben stecken sie mit anderen Terroristen unter einer Decke.«

»ETA?«

»Keine Ahnung. Irgendwelche einheimischen Terroristen oder Freiheitskämpfer. Nenn sie, wie du willst – für mich sind sie alle nur Dealer. Jedenfalls helfen sie jetzt den Iren. Raoul ist bestimmt in die Staaten gekommen, um in Verhandlungen mit Daddys Boß zu erreichen, daß die Route nach Florida für die Iren geöffnet bleibt, denn sonst hätten die Kolumbianer sie anderweitig vergeben.«

»Hey, das klingt so, als würden Flugstrecken oder dergleichen zugeteilt.«

Big Al zuckte wieder mit den Schultern. »Natürlich. Geschäft ist Geschäft.« Er tat so, als seien das allgemein bekannte Tatsachen. Für mich war das alles neu.

Mit wem, zum Teufel, hatte die PIRA in Gibraltar gesprochen? Waren diese Leute dort gewesen, um zu versuchen, die Drogentransporte in Gang zu halten? Mir fiel plötzlich ein, daß Sir Peter Terry, der den Kampf gegen den Drogenschmuggel forciert hatte und bis Anfang 1988 Gouverneur von Gibraltar gewesen war, im September 1988 nur knapp einem Mordanschlag entgangen war. Sollte der vierte Mann auf diesem Bild vielleicht eine ähnliche Warnung erhalten? Und gab es irgendeinen Zusammenhang zwischen der plötzlichen Einstellung sämtlicher Drogentransporte und der einige Monate zurückliegenden Erschießung von PIRA-Aktivisten?

Jedenfalls bestätigte das alles, daß einige DEA-Angehörige, darunter auch Kevs Boß, sich äußerst verdächtig benommen hatten. War Kev vielleicht dahintergekommen, daß sie von der PIRA einen Gewinnanteil erhielten?

Big Al sog wieder Luft durch die Zähne ein. »Das nenne ich brisante Unterlagen, Mann! Wen willst du damit erpressen?«

»Erpressen?«

»Nicky, du hast hier einen Mann aus der DEA-Führungsspitze, der mit wichtigen Vertretern des Drogenkartells spricht, und irische Terroristen im Gespräch mit Regierungsvertretern, hohen Polizeibeamten oder sonst wem in Gibraltar. Willst du mir etwa weismachen, daß mit diesen Aufnahmen niemand erpreßt werden soll? Unsinn! Hast du nicht vor, sie zu verwenden, werden die Leute, die diese Schnappschüsse gemacht haben, sie jedenfalls dazu benutzen.«

33

Wir gingen sämtliche Aufnahmen nochmals durch. Kelly erkannte sonst niemanden mehr.

Ich fragte Sabatino, ob es eine Möglichkeit gebe, die Photos klarer darzustellen.

»Wozu? Du scheinst doch alle Leute zu kennen.« Das stimmte, aber ich wollte, daß Kelly sich Daddys Boß genauer ansehen konnte.

Dann schwiegen wir ein paar Minuten, während wir uns einzelne Aufnahmen erneut ansahen.

»Was weißt du sonst noch über Gibraltar?« fragte ich.

»Nicht viel. Was willst du mehr wissen?« Er paffte längst seine zweite Zigarre, und Kelly wedelte die zu ihr hinübertreibenden Rauchschwaden weg. »Das Geschäft bietet sich an: Wer genug Geld hat, schließt einen Deal mit den Kolumbianern und schmuggelt den Stoff nach Europa. Das tun alle möglichen Gangsterbanden – warum also nicht auch eure irischen Jungs?«

Big Al betrachtete mich so gelassen, als seien wir auf etwas völlig Alltägliches gestoßen. Und ich mußte zugeben, daß das alles keine wirkliche Erklärung für den Mord an Kev und seiner Familie zu sein schien.

Mein Schweigen dauerte Sabatino zu lange; er mußte wieder etwas sagen. »Jedenfalls hat's hier jemand eindeutig auf Erpressung abgesehen.«

Nicht unbedingt, überlegte ich mir. Vielleicht war das eine Art Rückversicherung für die PIRA. Wenn Kevs Boß oder ihre Partner in Gibraltar nicht mehr mitspielen wollten, konnten diese Aufnahmen dafür sorgen, daß sie weitermachten.

Ich sah zu Kelly hinüber. »Tust du uns bitte einen Gefallen? Holst du uns ein paar Dosen Cola?«

Sie war sichtlich froh, aus dem Qualm herauszukommen. Ich ging mit ihr zur Tür und zog den Vorhang zurück, um die Getränkeautomaten sehen zu können. Der lange Balkon war leer; die Tür zum Zimmer der Jungs war geschlossen, aber Rapmusik wummerte weiter durch die papierdünnen Wände; drinnen gaben die Cheerleader vermutlich eine Sondervorstellung. Ich beobachtete Kelly, bis sie die Getränkeautomaten erreicht hatte; dann setzte ich mich auf die Bettkante. Big Al spielte weiter mit dem Laptop.

»Ich bin letzte Woche ins Haus ihrer Eltern gekommen«, berichtete ich. »Alle sind tot gewesen. Er ist bei der DEA gewesen und von Leuten umgebracht worden, die er gekannt hat.« Ich zeigte auf den Bildschirm. »Hier haben wir Daddys Boß im Gespräch mit Vertretern des Drogenkartells. Das läßt vermuten, daß es innerhalb der DEA Korruption gibt, die den Drogenschmuggel quer durch Florida zu irischen Terroristen betrifft, die den Stoff dann über Gibraltar nach Europa eingeschleust haben. Allerdings scheint es dabei Ende 1987 gewisse Probleme gegeben zu haben.«

Aber Sabatino hörte kaum richtig zu. Die Vorstellung, ein leitender DEA-Mitarbeiter könnte korrupt sein, nahm ihn sofort gefangen. »So ist's richtig! Du enttarnst den Hurensohn hoffentlich?«

»Ich weiß noch nicht, was ich tun werde.«

»Scheiße, du mußt ihn enttarnen, Nicky! Ich hasse sämtliche Cops! Ich hasse die DEA! Ich hasse alle Scheißkerle, die mein Leben ruiniert haben. Ihretwegen muß ich wie ein gottverdammter Einsiedler leben. Das ganze Zeugenschutzprogramm des FBI kann mir gestohlen bleiben!«

Ich fürchtete, die gesamte Frustration der vergangenen fünf Jahre könnte sich jetzt entladen. Dafür hatte ich keine Zeit. »Frankie, ich brauche ein Auto.«

Aber er hörte mir nicht zu. »Sie haben mich ausgenutzt und dann weggeworfen wie einen ...«

»Ich brauche ein Auto.«

Er kam langsam wieder auf die Erde zurück. »Okay, für wie lange?«

»Zwei Tage, vielleicht drei. Und ich brauche Geld.«

»Bis wann?«

»Sofort.«

Big Al war ein bißchen komisch und eine traurige Gestalt: zu weich und unbedarft, um sich in dieser Welt behaupten zu können. Trotzdem tat er mir leid. Mein unerwartetes Aufkreuzen war vermutlich das schönste Erlebnis, das er seit Jahren gehabt hatte. Ein Dasein ohne Freunde und in ständiger Angst vor einem Mordanschlag mußte beschissen sein. Aber auch mir stand ein solches Hundeleben bevor, wenn ich's nicht schaffte, Simmonds dieses Zeug zu bringen.

Big Al benutzte unser Zimmertelefon, um einen Autoverleih anzurufen. Da der Wagen erst in ungefähr einer Stunde zugestellt werden würde, machten wir zu dritt einen kleinen Spaziergang zu einem Geldautomaten. Dort hob er 1200 Dollar von vier Konten ab. »Man weiß nie, wann man mal auf die Schnelle *mucho dinero* braucht«, erklärte er mir grinsend. Vielleicht war er doch nicht so unbedarft.

Als wir wieder im Zimmer waren und auf den Leihwagen warteten, spürte ich, daß Big Al noch etwas auf dem Herzen hatte. In der vergangenen halben Stunde hatte er offenbar intensiv über etwas nachgedacht.

»Möchtest du etwas Geld verdienen, Nicky – richtig Geld?«

Ich war dabei, mich zu vergewissern, daß ich alles wieder eingepackt hatte.

»Womit? Willst du's mir schenken?«

»Gewissermaßen.« Er kam heran und blieb neben mir stehen, während ich den Reißverschluß meiner Tasche zuzog. »Die Diskette enthält die Namen einiger Bankkonten, auf denen massenhaft Drogengeld liegt. Überlaß sie mir zwei Minuten, damit ich die Angaben kopieren kann, um diese Konten abräumen zu können. Diesen Scheiß beherrsche ich im Schlaf.« Er legte mir einen Arm um die Schultern. »Nick, nur zwei Minuten auf deinem Laptop, dann sind wir beide reich!« sagte er beschwörend. »Na, was hältst du davon?« Er starrte mich durchdringend an.

Ich ließ ihn noch etwas zappeln. »Wer garantiert mir, daß ich meine Hälfte wirklich bekomme?« Er wollte gleich wissen, welchen Anteil ich mir vorstellte.

»Ich kann dir das Geld überallhin überweisen. Und sei unbesorgt, sobald ich die Konten abgeräumt habe, weiß niemand, wohin das Geld verschwunden ist.«

Ich mußte unwillkürlich grinsen. Geldwäsche war natürlich Frank de Sabatinos Spezialität. »Komm schon, Nicky Two, was sagst du dazu?« Er breitete mit großer Geste seine Arme aus, als spiele er wieder einmal den Paten.

Ich ließ ihn den Laptop benutzen und schrieb ihm die Nummer des Bankkontos auf, auf das er meinen Anteil überweisen sollte. Scheiße, Kellys Ausbildung würde bestimmt eine Menge Geld kosten, und ich selbst wollte eine kleine Entschädigung für meinen jahrelangen Kampf gegen diese Leute. Die Aussicht, so zu Geld zu kommen, war erfreulich; außerdem war das Ganze eine rein geschäftliche Transaktion.

Big Al war jetzt mit der Arbeit fertig. Auf seinem Gesicht lag ein ernsthafter, konzentrierter Ausdruck. »Wohin wollt ihr von hier aus?« fragte er.

»Das sage ich dir lieber nicht. Leute, mit denen ich Kontakt gehabt habe, sind jetzt tot, und ich möchte nicht, daß dir auch etwas zustößt.«

»Red keinen Scheiß!« Er sah zu Kelly hinüber und zuckte mit den Schultern. »Ich soll's bloß nicht wissen, damit ich euch nicht verraten kann.«

»Nein, das stimmt nicht«, behauptete ich, obwohl es natürlich stimmte. »Du weißt ohnehin, was ich täte, falls du mich verrätst oder ›vergißt‹, das Geld zu schicken.«

Er zog die Augenbrauen hoch.

Ich sah ihn lächelnd an. »Ich würde dafür sorgen, daß die richtigen Leute deinen Aufenthaltsort erfahren.«

Big Al wurde sichtlich blaß; dann fing er sich wieder und grinste so breit wie nie zuvor. Er schüttelte den Kopf. »Ich bin schon eine Weile nicht mehr im Geschäft, aber ich merke, daß sich nichts verändert hat.«

Das Telefon klingelte. An der Rezeption stand ein blauer Nissan abholbereit. Sabatino unterschrieb für den Wagen und gab mir den für den Kunden bestimmten Durchschlag, damit ich den Nissan wieder abgeben konnte. Kelly und ich stiegen ein; Big Al blieb mit seinem Aktenkoffer auf dem Gehsteig stehen. Ich drückte auf eine Taste, um das Fahrerfenster herunterzulassen. Im Hintergrund wummerten noch immer Bässe.

»Hör zu, du kriegst 'ne E-Mail, damit du weißt, wo der Wagen abgeliefert worden ist, okay?«

Er nickte langsam. Allmählich dämmerte ihm, daß wir dabei waren, ihn zu verlassen.

»Soll ich dich irgendwo absetzen?«

»Nein, ich hab' zu arbeiten. Vielleicht sind wir bis morgen früh reich.«

Wir gaben uns durchs offene Fenster die Hand. Sabatino lächelte Kelly zu und sagte: »Vergiß nicht, Onkel Al in ungefähr zehn Jahren zu besuchen, junge Dame. Dann spendier ich eine Portion Eiscreme!«

Wir fuhren langsam die Atlantic Avenue entlang. Selbst um

diese Zeit herrschte noch dichter Verkehr. Die vielen Neonreklamen machten die Straßenbeleuchtung überflüssig.

Kelly saß hinten, blickte aus dem Fenster und starrte dann ins Leere, als hänge sie eigenen Gedanken nach. Ich erzählte ihr nicht, daß wir eine siebenhundert Meilen weite Autofahrt vor uns hatten.

Wenig später lag Daytona hinter uns, und wir befanden uns auf der zur Interstate führenden Fernstraße. Unterwegs dachte ich wieder mal über Kevs Worte am Telefon nach: »Du wirst staunen, wenn du siehst, woran ich gerade arbeite. Deine Freunde jenseits des Wassers sind fleißig gewesen.« Und er hatte gesagt: »Ich bin gerade dabei, eine neue Sache ins Rollen zu bringen, und wüßte gern, was du davon hältst.« Hieß das, daß Kev mit seinem Boß gesprochen hatte? Hatte sein Boß ihn daraufhin zum Schweigen bringen lassen? Aber über einen Korruptionsverdacht hätte Kev bestimmt mit keinem Menschen bei der DEA gesprochen. Wen, zum Teufel, hatte er also angerufen?

Ich hatte wertvolle PIRA-Unterlagen erbeutet, die ich nur teilweise verstand, aber vielleicht hatte Kev mehr Material in der Hand gehabt. Je mehr Informationen ich zusammentragen konnte, desto besser war meine Verhandlungsposition in einem Gespräch mit Simmonds – deshalb war ich wieder nach Washington unterwegs.

Sobald wir auf der Interstate 95 waren, schaltete ich den Tempomaten ein und ließ mein Gehirn im Leerlauf arbeiten.

Wir fuhren durch die Nacht, und ich hielt nur, um zu tanken und mich mit Koffein zu dopen, damit ich nicht am Steuer einschlief. Ich kaufte ein paar Flaschen Cola, um meinen Koffeinspiegel zu halten und Kelly ein Getränk anbieten zu können, falls sie aufwachte.

Bei Tagesanbruch war zu erkennen, daß die Landschaft sich verändert hatte, was deutlich zeigte, daß wir nach Norden in ein gemäßigteres Klima unterwegs waren. Dann ging die Sonne als riesige feuerrote Kugel halb rechts vor mir auf, und meine Augen begannen zu brennen.

Wir hielten an einer weiteren Tankstelle. Diesmal bewegte sich Kelly. »Wo sind wir?« fragte sie gähnend.

»Keine Ahnung.«

»Okay, wohin fahren wir?«

»Das ist eine Überraschung.«

»Erzähl mir von deiner Frau.«

»Das ist alles schon so lange her, daß ich mich kaum erinnern kann.«

Ich sah in den Rückspiegel. Kelly war wieder auf dem Sitz zusammengesunken, als sei sie zu müde, um das angeschnittene Thema zu verfolgen. Oder vielleicht litt sie unter tödlicher Langweile. Wer hätte ihr das verübeln können?

Ich wollte mich in Kevs Haus umsehen, um festzustellen, ob dort weiteres Material zu finden war – am besten noch heute in der Abenddämmerung. Ich wußte, daß es irgendwo in seinem Haus ein sicheres Versteck geben würde, aber wo es sich befand, würde ich selbst herausbekommen müssen. Anschließend wollte ich den Großraum Washington noch vor Tagesanbruch wieder verlassen. Frankie Sabatino ahnte noch nichts davon, aber er würde seinen fetten Hintern in Bewegung setzen und uns helfen müssen, die USA zu verlassen. Tat er das nicht freiwillig, würde ich mit einem Fußtritt nachhelfen.

Gegen neun Uhr war Kelly hellwach und las die Zeitschrift, die ich ihr beim letzten Tankstopp gekauft hatte. Sie lag ohne Schuhe auf dem Rücksitz und war ganz in ihre Lektüre vertieft. Wir hatten kaum miteinander geredet. Wir befanden uns in einer Welt aus leeren Bonbonpapieren, Kaffeebechern aus Styropor, Kräckerpackungen und Colaflaschen.

»Kelly?«

»Hmm?«

»Du kennst doch das Versteck, das Daddy bei euch für Aida und dich eingerichtet hat?«

»Yeah?«

»Nun, weißt du vielleicht auch, ob Daddy ein Versteck für wichtige Sachen wie Geld gehabt hat? Oder eines für Mommys Schmuck? Hat er ein besonderes Versteck für solche Dinge gehabt?«

»Ja, klar, Daddy hat ein spezielles Versteck.«

Ich gab vor, mit dem Tempomaten beschäftigt zu sein, während ich betont beiläufig fragte: »Oh, wo denn?«

»In seinem Arbeitszimmer.«

Das klang logisch. Aber das war auch der Raum, der gründlich durchsucht worden war.

»Und wo dort?«

»In der Wand.«

»Wo genau?«

»In der Wand! Ich hab' einmal gesehen, wie Daddy dort etwas reingelegt hat. Die Tür ist offen gewesen, und Aida und ich sind eben aus der Schule heimgekommen und haben gesehen, wie er etwas reingelegt hat. Wir haben an der Tür gestanden, aber er hat uns nicht bemerkt.«

»Ist das Versteck hinter dem Bild?« fragte ich, obwohl Kev bestimmt nicht so dämlich gewesen war.

»Nein, hinter dem Holz.«

»Holz?«

»Hinter dem Holz.«

»Könntest du mir die Stelle zeigen?«

»Fahren wir dorthin?« Sie setzte sich ruckartig auf. »Ich will Jenny und Ricky!«

»Wir können sie leider nicht besuchen, wenn wir hinkommen, weil sie beschäftigt sein werden.«

Sie starrte mich an, als hätte ich den Verstand verloren. »Du weißt doch, daß das meine Teddybären sind! Sie sind oben in meinem Zimmer. Kann ich sie holen? Sie brauchen mich.«

Ich kam mir wie ein Vollidiot vor. »Natürlich kannst du das. Aber nur, wenn du dabei ganz leise bist.« Ich wußte, daß noch mehr kommen würde.

»Kann ich auch Melissa besuchen und ihr sagen, daß es mir leid tut, daß ich nicht zu ihrer Party kommen konnte?«

»Dafür reicht die Zeit nicht.«

Sie zog einen Flunsch und ließ sich in den Sitz zurücksinken.

»Aber du rufst wenigstens ihre Mommy an?«

Ich nickte.

Gegen achtzehn Uhr waren wir auf der I-95 kurz vor der Ausfahrt Lorton. Es regnete ausnahmsweise nicht, aber der Himmel war wolkenverhangen. Nur noch ungefähr eine Dreiviertelstunde zu fahren.

Ich konnte Kelly nicht im Rückspiegel sehen. Sie war wieder auf dem Sitz zusammengesunken.

»Bist du wach?«

»Ahh, ich bin müde, Nick. Sind wir bald da?«

»Das verrate ich nicht. Es soll eine Überraschung werden. Du bleibst einfach unten, ja? Ich möchte nicht, daß dich jemand sieht.«

Schließlich erreichte ich das Neubaugebiet, fuhr den Hunting Bear Path entlang und überwand die Stolperschwellen bewußt übervorsichtig, um mich gründlich umsehen zu können. Alles wirkte ganz normal. Ich sah schon die Rückseite von Kevs Garage, aber die Vorderfront seines Hauses war noch nicht zu sehen.

Als ich daran vorbeifuhr, wurde endlich auch die Einfahrt sichtbar. Unmittelbar vor der Haustür parkte ein Streifenwagen. Kein Problem, einfach nach vorn sehen, in gleichmäßigem Tempo weiterfahren.

Als ich daran vorbei war, sah ich in den Rückspiegel. Das Standlicht brannte, und der Wagen war mit zwei Uniformierten besetzt. Die beiden sollten dort nur Wache halten. Das Haus war noch nicht mit Brettern verschalt, aber weiter durch gelbes Trassierband abgesperrt.

Ich fuhr geradeaus weiter; ich konnte nicht erkennen, ob die Polizeibeamten mir nachsahen. Selbst wenn sie die Kennzeichen aller vorbeifahrenden Autos überprüften, spielte das keine Rolle. Sie würden nur auf Big Al stoßen. Falls ich bei dem Einbruchsversuch gestellt wurde, würde ich flüchten und Kelly hier zurücklassen. Vielleicht waren die uniformierten Beamten anständige Kerle, die sich um sie kümmern würden. Zumindest wäre das die einfachste Lösung gewesen, die mich jedoch in Gewissenskonflikte stürzte. Ich hatte Kelly versprochen, sie nicht zu verlassen; das Versprechen war vielleicht nicht viel wert, aber ich fühlte mich daran gebunden.

Ich fuhr bis ans Ende der Straße und bog rechts ab, um so rasch wie möglich außer Sichtweite zu kommen. Dann fuhr ich weit ausholend ein großes Quadrat ab, bis ich wieder hinter ihnen war. Dabei erreichte ich die Ansammlung kleiner Läden. Der Parkplatz war ungefähr zu einem Viertel voll, so daß wir parken konnten, ohne daß jemand auf uns achtete.

»Wir sind bei den Geschäften!« rief Kelly begeistert.

»Genau, aber wir können nichts kaufen, weil ich nicht mehr viel Geld habe. Aber wir können zu dir nach Hause.«

»Jaaa! Kann ich auch meine Pollypockets und Yak-backs aus meinem Zimmer holen?«

»Logisch kannst du das.« Ich hatte keine Ahnung, wovon sie redete.

Ich ging nach hinten, öffnete den Kofferraum und holte die Reisetasche heraus. Dann machte ich Kellys Tür auf, stellte die Tasche auf den Rücksitz und beugte mich darüber.

»Gehen wir jetzt zu mir?«

Ich machte mich daran, ein paar Sachen bereitzulegen, die ich voraussichtlich brauchen würde.

»Ja. Ich möchte, daß du mir hilfst, indem du mir Daddys Versteck zeigst. Kannst du das? Es ist wichtig, weil er wollte, daß ich etwas für ihn überprüfe. Wir müssen uns reinschleichen, weil die Polizei vor dem Haus ist. Versprichst du mir, alles zu tun, was ich dir sage?«

»Ehrenwort! Darf ich Pocahontas auch mitnehmen?«

»Klar.«

Tatsächlich war mir das scheißegal; ich hätte zu allem ja und amen gesagt, solange sie mir Kevs Versteck zeigte.

»Fertig? Komm, setz deine Kapuze auf.« Unter dem wolkenverhangenen Himmel war es schon dunkel, und die Straße war zum Glück nicht besonders gut für Fußgänger ausgebaut. Wir mußten also nicht damit rechnen, unterwegs Melissa oder anderen Freundinnen von Kelly zu begegnen.

Ich hängte mir meine Tasche über die Schulter, nahm Kelly an der Hand und ging mit ihr los. Inzwischen war es kurz vor neunzehn Uhr, und die Straßenlampen brannten schon. Ich hatte vor, auf Umwegen zur Rückseite des Hauses zu gelangen, um es aus einiger Entfernung beobachten und mir in Ruhe überlegen zu können, wie man am besten hineinkam.

Wir begannen das Baugelände in der Nähe der Rückseite des Hauses zu überqueren – vorbei an Chemietoiletten und Stapeln von Eisenträgern und Baumaterial. An manchen Stellen war der Schlamm so zäh, daß ich fürchtete, unsere Schuhe könnten darin steckenbleiben.

Kelly war vor Aufregung fast außer sich, obwohl sie tapfer versuchte, sich zu beherrschen. »Dort drüben wohnt meine Freundin Candice!« Sie zeigte auf eines der Häuser. »Ich habe ihr beim letzten Hausflohmarkt geholfen. Wir haben zwanzig Dollar bekommen.«

»Pssst!« sagte ich lächelnd. »Wir müssen jetzt ganz leise sein, sonst hören uns die Polizisten.« Kelly brauchte nicht lange, um das zu kapieren.

Schließlich standen wir im Schatten der Garage des benachbarten Hauses. Ich stellte die Reisetasche ab, um zu horchen und zu beobachten. Der Motor des Streifenwagens lief im Leerlauf. Die beiden Beamten waren keine zwanzig Meter von hier entfernt auf der anderen Seite des Zielobjekts postiert. Ich hörte mehrmals Funkverkehr, konnte aber nicht verstehen, was gesprochen wurde. Ab und zu kam ein Auto vorbei, bremste wegen der Stolperschwellen, ratterte darüber und beschleunigte dann wieder.

Auf der Rückseite von Kevs Haus gab es keinen mit Scheinwerfern gekoppelten Bewegungsmelder, sondern nur zwei Lampen, die sich mit zwei Lichtschaltern neben der Verandatür ein- und ausschalten ließen. Ich erinnerte mich daran, sie einmal beim Grillen angeknipst zu haben.

Ich bückte mich, zog langsam und lautlos den Reißverschluß der Tasche auf und nahm heraus, was ich brauchen würde. Dann brachte ich meinen Mund dicht an Kellys Ohr unter der Kapuze und flüsterte: »Du bleibst vorläufig hier, ja? Du mußt unsere Tasche gut bewachen. Mich siehst du dort drüben, okay?«

Sie nickte. Ich zog los.

Ich erreichte die zweiflüglige Verandatür. Alles der Reihe nach: erst feststellen, ob sie wirklich abgeschlossen war. Das war sie. Als nächstes hätte ich mich normalerweise nach einem Zweitschlüssel umgesehen – wozu sich mit Dietrichen abmühen, wenn vielleicht irgendwo ganz in der Nähe einer versteckt ist? Aber das hier war Kevs Haus; hier lag bestimmt kein Zweitschlüssel herum. Ich zog mir das riesige schwarze Tuch über Kopf und Schultern, nahm die Maglite zwischen die Zähne und machte mich mit dem Mehrzweckdietrich an die Arbeit. Sie dauerte nicht lange.

Ich öffnete lautlos die Verandatür, schob den Vorhang beiseite und konnte durch die Zwischentür ins Wohnzimmer sehen. Als erstes fiel mir auf, daß alle Jalousien heruntergelassen und alle Vorhänge zugezogen waren. Das war gut für uns, denn es bedeutete, daß wir Deckung finden würden, sobald wir drinnen waren. Als nächstes nahm ich einen fast umwerfend starken Chemikaliengeruch wahr.

34

Ich schlich zu Kelly zurück und flüsterte ihr zu: »Los, komm schon!«

Unsere Schuhe waren dick mit Schlamm bedeckt, deshalb

zogen wir sie auf der Terrasse vor der Veranda aus und legten sie in die Reisetasche. Dann traten wir ein, und ich zog die Tür hinter uns zu.

Ich deckte die Streuscheibe meiner Maglite mit Zeige- und Mittelfinger ab, so daß nur ein schmaler Streifen Licht austrat, den ich auf den Boden richtete, damit wir uns im Wohnzimmer zurechtfanden. Die Möbel waren zur Seite gerückt worden, damit der Teppichboden entfernt werden konnte; darunter waren jetzt die mit Nut und Feder verbundenen nackten Spanplatten der Unterkonstruktion sichtbar. Irgend jemand hatte alle von Kev stammenden Blutflecken gründlich entfernt, was den starken Chemikaliengeruch erklärte.

Wir erreichten die Tür zur Diele. Kelly, die jetzt Erfahrung mit solchen Dingen hatte, blieb ohne Aufforderung davor stehen. Ich kniete mich hin, öffnete die Tür einen Spalt und sah hinaus. Die Haustür war geschlossen, aber der Lichtschein der Straßenbeleuchtung fiel durch das bunte Tiffanyfenster über ihr. Ich knipste die Maglite aus und postierte Kelly mit der Reisetasche in der Diele.

Dann machte ich eine Pause, um zu horchen und zu beobachten. Draußen lief der Motor des Streifenwagens noch immer im Leerlauf.

Ich spürte, wie Kelly mich am Ärmel zupfte.

»Nick?«

»Psst!«

»Wo ist der Teppichboden… und woher kommt dieser gräßliche Gestank?«

Ich drehte mich um und legte Kelly meinen Zeigefinger auf die Lippen. »Darüber reden wir später«, flüsterte ich.

Das Funkgerät des Streifenwagens piepste wieder. Die beiden Beamten saßen vermutlich in ihrem Fahrzeug, tranken Kaffee und waren sauer, weil sie die ganze Nacht hier Wache halten sollten. Dann war Funkverkehr zu hören. Die Stimme aus der Zentrale klang wie ein weiblicher Hitler, als sie jemanden zusammenstauchte.

Ich bedeutete Kelly, bei der Reisetasche zu bleiben, ging zur Tür des Arbeitszimmers und öffnete sie lautlos. Dann kam ich zurück, holte die Tasche und schob Kelly vor mir her ins Arbeitszimmer. Meine Reisetasche stellte ich in die Tür, damit Licht aus der Diele in den Raum fiel.

Im Arbeitszimmer sah es nicht viel anders aus als bei meinem letzten Besuch, aber jemand hatte die Papiere, die im gesamten Raum verstreut gewesen waren, eingesammelt und an der Wand entlang ausgelegt. Kevs PC lag noch immer umgekippt auf der Schreibtischplatte; Drucker und Scanner standen wie zuvor auf dem Fußboden. Alle Geräte waren nach Fingerabdrücken abgesucht worden.

Ich nahm das schwarze Tuch und eine Schachtel Zeichennadeln aus meiner Reisetasche und schob den Stuhl ans Fenster. Dann stieg ich in aller Ruhe hinauf und befestigte das Tuch sorgfältig mit den Nadeln am Fensterrahmen

Nun konnte ich die Tür zumachen und die Maglite einschalten. »Wo ist das Versteck?« fragte ich Kelly flüsternd. »Du brauchst es mir nur zu zeigen.«

Als ich den Lichtstrahl über die holzgetäfelten Wände des Arbeitszimmers gleiten ließ, deutete sie auf eine Stelle der Wandverkleidung im toten Winkel hinter der Tür. Das war gut; dort schien sich niemand zu schaffen gemacht zu haben.

Ich machte mich sofort daran, das Paneel mit einem Schraubenzieher loszuhebeln. Draußen auf der Straße fuhr ein Auto vorbei, und ich hörte die Polizeibeamten laut lachen – vermutlich auf Kosten der Hexe in der Zentrale. Die beiden hatten lediglich den Auftrag, Neugierige daran zu hindern, hier herumzuschnüffeln. Wahrscheinlich würde dieses Haus bald abgerissen werden. Wer würde schon ein Haus kaufen wollen, in dem eine ganze Familie ermordet worden war? Vielleicht würde an dieser Stelle ein kleiner Park zum Gedenken an die Familie Brown angelegt werden.

Ich behielt Kelly in meiner Nähe, damit sie nicht unruhig wurde. Sie interessierte sich dafür, was ich machte, und ich lächelte ihr gelegentlich zu, um ihr zu zeigen, daß alles in Ordnung war.

Das Paneel gab mit leisem Knarren nach. Ich entfernte es und stellte es beiseite. Dann kniete ich hin und leuchtete mit meiner Maglite in den Hohlraum dahinter. Ihr Lichtstrahl zeigte mir etwas metallisch Glänzendes: einen in die Wand eingebauten würfelförmigen Tresor mit etwa fünfzig Zentimeter Seitenlänge. Das Zahlenschloß schien Ähnlichkeit mit einem britischen Chubb zu haben. Die richtige Kombination zu finden, konnte Stunden dauern.

Ich nahm mein schwarzes Werkzeugetui aus der Reisetasche, machte mich an die Arbeit und versicherte Kelly dabei mehrmals, es werde nicht lange dauern. Aber ich merkte, daß sie langsam unruhig wurde. Zehn Minuten vergingen. Eine Viertelstunde. Zwanzig Minuten. Schließlich konnte sie nicht länger stillhalten und quengelte laut flüsternd: »Was ist mit meinen Teddybären?«

»Psst!« Ich legte einen Finger auf ihre Lippen. »Die Polizei!« In Wirklichkeit meinte ich natürlich: »Zum Teufel mit deinen Teddybären; die holen wir, wenn ich fertig bin.« Ich arbeitete konzentriert weiter.

Nach kurzer Pause drängte sie hörbar lauter: »Aber du hast gesagt, daß ich sie holen kann!«

Damit mußte Schluß sein. Die freundliche Masche zog offenbar nicht. Ich drehte mich nach ihr um und knurrte: »Wir holen sie, wenn ich fertig bin. Und jetzt halt die Klappe!«

Kelly war sichtlich erschrocken, aber sie hielt jetzt den Mund.

Zum Glück bekam ich die Zahlenkombination schneller heraus, als ich gehofft hatte. Ich war eben fertig, hatte mein Werkzeug schon eingepackt und war dabei, die Tresortür aufzuziehen, als Kelly zu jammern begann: »Mir gefällt's hier nicht, Nick. Alles ist so anders!«

Ich fuhr herum, bekam sie zu fassen und hielt ihr mit einer Hand den Mund zu. »Halt die Klappe, verdammt noch mal!«

fauchte ich. Damit hatte sie nicht gerechnet, aber ich hatte jetzt keine Zeit für lange Erklärungen.

Ich hielt ihr weiter den Mund zu, während ich langsam mit ihr ans Fenster ging. Ich horchte und wartete, aber draußen war nichts Verdächtiges zu hören. Nur angeregte Unterhaltung, zwischendurch Lachen und das Piepsen des Funkgeräts.

Aber als ich mich vom Fenster abwandte, hörte ich ein kurzes metallisches Scharren.

Dann herrschte eine Zehntelsekunde lang atemlose Stille.

Im nächsten Augenblick krachte der große Zinnbecher, in dem Kev Filzschreiber, Bleistifte und Kugelschreiber stehen hatte, laut scheppernd vom Schreibtisch auf den Boden. Der Krach ging weiter, als die Stifte aus dem Becher nach allen Seiten auseinanderkullerten.

Ich wußte, daß ich dieses Scheppern zwanzigfach verstärkt wahrgenommen hatte, aber ich wußte auch, daß die Polizeibeamten es ebenfalls gehört haben würden.

Kelly fing ausgerechnet jetzt an, vor Angst zu schluchzen, aber ich konnte mich nicht um sie kümmern. Ich ließ sie stehen, hastete zur Tür und hörte, wie draußen Autotüren geöffnet wurden. Auch der Funkverkehr hatte sich schlagartig verstärkt.

Ich zog meine Pistole aus dem Hosenbund, entsicherte sie und verließ das Arbeitszimmer. Mit drei großen Schritten hatte ich die Diele durchquert und war in der Küche verschwunden. Ich schloß die Tür hinter mir, holte mehrmals tief Luft und wartete.

Die Haustür wurde aufgeschlossen, und ich konnte die beiden in der Diele hören. Als sie das Licht anknipsten, sah ich einen Lichtstreifen unter der Küchentür.

Dann waren auf der anderen Seite der dünnen Sperrholztür schwere Schritte, nervöse Atemzüge und das Klirren eines am Gürtel getragenen Schlüsselbunds zu hören.

Die Tür des Arbeitszimmers wurde aufgestoßen. Im nächsten Augenblick rief jemand aufgeregt laut: »Melvin, Melvin – komm mal her!«

»Jo!«

Ich wußte, daß ich jetzt handeln mußte. Ich hielt die Pistole schußbereit, legte die linke Hand auf den Türknopf und drehte ihn lautlos. Dann trat ich in die Diele hinaus.

Melvin, der mir den Rücken zukehrte, stand auf der Schwelle von Kevs Arbeitszimmer. Er war jung und ziemlich stämmig. Ich war mit wenigen Schritten hinter ihm, schlang ihm meinen linken Arm um den Hals und rammte ihm die Pistolenmündung in den Nacken. Mit beherrschter Stimme, die meiner augenblicklichen Verfassung keineswegs entsprach, forderte ich ihn auf: »Lassen Sie Ihre Pistole fallen, Melvin. Keine Dummheiten! Weg mit der Waffe!«

Seine rechte Hand griff nach der Pistole, zog sie aus dem Halfter und ließ sie zu Boden fallen.

Ob der andere seine Dienstwaffe gezogen hatte, konnte ich nicht erkennen. Im Arbeitszimmer brannte bisher kein Licht. Die Taschenlampe des anderen Beamten nutzte mir nichts. Melvin und ich blockierten den größten Teil des Lichts der Dielenlampe. Ich hoffte jedoch, der erste Mann würde seine Pistole schon weggesteckt haben, um die Kleine nicht noch mehr zu ängstigen. Aus ihrer Sicht war Kelly nur ein kleines Mädchen, das unter vorerst ungeklärten Umständen in dieses Haus geraten war.

»Mach Licht, Kelly!« rief ich. »Los, beeil dich!«

Keine Reaktion.

»Los, Kelly, mach Licht.« Ich hörte leichte Schritte auf uns zukommen. Ein Klicken, dann flammte die Deckenlampe auf.

»Okay, bleib dort stehen.« Ich sah, daß sie rotgeweinte Augen hatte.

Hinter dem Schreibtisch stand der Michelin-Mann. Er mußte über hundert Kilogramm wiegen und befand sich schon fast im Pensionsalter. Die Pistole steckte noch im Halfter, aber seine rechte Hand lag auf ihrem Griff.

»Lassen Sie die Waffe stecken!« warnte ich ihn. »Los, sagen Sie's ihm, Melvin.« Ich stieß ihm die Mündung meiner Pistole gegen den Hals.

»Ich bin erledigt, Ron«, bestätigte Melvin.

»Keine Dummheiten, Ron, verstanden? Es lohnt sich nicht, wegen dieser Sache den Helden zu spielen. Wirklich nicht!«

Ich merkte gleich, daß Ron mich verstand. Vermutlich dachte er an seine Frau, seine Hypothek und seine Chancen, jemals wieder eine Tüte Donuts zu sehen.

Im nächsten Augenblick piepste Melvins Funkgerät. »Wagen sechs-zwo, Wagen sechs-zwo, hören Sie mich?« fragte die scharfe Frauenstimme aus der Zentrale. Das klang wie ein Befehl, nicht wie eine Frage. Es mußte großartig sein, mit ihr verheiratet zu sein.

»Das seid ihr, Melvin, stimmt's?« fragte ich.

»Ja, Sir, das sind wir.«

»Sagen Sie ihr, daß hier alles in Ordnung ist.« Um meiner Aufforderung mehr Gewicht zu verleihen, drückte ich die Pistole noch fester gegen seinen Hals. »Die Waffe ist entsichert, Melvin, und ich habe den Finger am Abzug. Melden Sie ihr, daß alles in Ordnung ist. Es lohnt sich nicht, den Helden zu spielen, Kumpel.«

»Ich mach's«, stieß Ron hervor.

»Wagen sechs-zwo, Meldung!« verlangte die Stimme.

»Okay, Sie nehmen die rechte Hand hoch und drücken mit der linken die Sprechtaste«, wies ich Ron an. »Kelly, du darfst kein Wort sagen, verstanden?«

Sie nickte. Ron drückte die Sprechtaste seines Funkgeräts. »Zentrale, hier sechs-zwo. Wir haben das Haus abgesucht. Alles in Ordnung.«

»Verstanden, sechs-zwo, Meldung um 2213 registriert.«

Ron klickte zweimal mit der Sprechtaste.

Kelly schluchzte sofort wieder los und hockte sich auf den Fußboden. Ich stand weiter auf der Schwelle, hielt meine Pistole gegen Melvins Hals gedrückt und hatte Ron, dessen Waffe noch im Halfter steckte, mitten im Raum vor mir stehen.

»Wenn Sie jetzt nicht mitspielen, Ron, erschieße ich erst Melvin und anschließend auch Sie. Haben Sie das verstanden?«

Ron nickte.

»Okay; dann drehen Sie sich um, Ron.«

Er gehorchte.

»Knien Sie sich hin.«

Ron kniete sich hin. Er war nur eineinhalb Meter von Kelly entfernt, aber solange sie sich nicht bewegte, hatte ich freies Schußfeld.

Melvin schwitzte ungeheuer. Mein um seinen Hals geschlungener Arm war bereits feucht, und ich sah sogar Schweißtropfen über meine Pistole laufen. Unter seinem durchgeschwitzten Uniformhemd zeichnete sich die kugelsichere Weste ab.

»Sie ziehen mit der linken Hand Ihre Pistole heraus, Ron«, wies ich ihn an. »Aber ganz langsam, nur mit Daumen und Zeigefinger anfassen. Dann lassen Sie die Waffe links neben sich fallen. Haben Sie das verstanden, Ron?«

Er nickte.

»Sagen Sie ihm, daß er keinen Scheiß machen soll, Melvin«, forderte ich meine Geisel auf.

»Mach keinen Scheiß, Ron.«

Ron zog langsam seine Pistole aus dem Halfter und ließ sie links neben sich fallen.

»Jetzt machen Sie mit der linken Hand die Handschellen vom Gürtel los und legen sie hinter sich ab. Verstanden?«

Ron gehorchte. Ich konzentrierte mich auf Melvin, der angefangen hatte, heftig zu zittern. Ich sprach leise in sein Ohr. »Keine Angst, Ihnen passiert nichts. Diese Story können Sie später Ihren Enkeln erzählen. Sie müssen nur tun, was ich sage. Haben Sie verstanden?«

Er nickte.

Ich wandte mich wieder an Ron. »Okay, legen Sie sich hin, Ron. Mit dem Gesicht nach unten auf den Fußboden.«

Er gehorchte und war damit vorerst außer Gefecht gesetzt. »Als nächstes trete ich einen Schritt zurück, Melvin«, kündigte ich an. »Aber meine Pistole bleibt dabei weiter auf Ihren Kopf gerichtet – kommen Sie also nicht auf dumme Ideen. Dann werde ich Sie auffordern, sich hinzuknien. Haben Sie das verstanden?«

Als er nickte, trat ich rasch einen Schritt zurück, um sofort außer Melvins Reichweite zu sein. Er sollte keine Chance haben, den heldenhaften Versuch zu unternehmen, sich herumzuwerfen und nach der Pistole zu greifen oder sie zur Seite zu schlagen.

»Okay, Sie knien sich jetzt hin. Legen Sie sich genau wie Ron auf den Fußboden. Strecken Sie Ihren linken Arm aus, bis er seinen rechten berührt.«

Nun lagen die beiden vor mir auf dem Bauch. Ich trat hinter sie, hob die Handschellen auf, drückte meine Pistole gegen Melvins Ohr und fesselte sein linkes Handgelenk an Rons rechtes. Dann zog ich Melvins Handschellen aus ihrer Gürteltasche, trat zurück und sagte: »Legt euch mit dem Rücken zueinander auf die Seite, damit ich die freien Hände auch fesseln kann. Habt ihr verstanden? Glaubt mir, Jungs, ich will diese Sache bloß hinter mich bringen, damit ich schnellstens abhauen kann.«

Ich legte ihnen das zweite Paar Handschellen an. Damit waren sie endgültig außer Gefecht gesetzt. Ich nahm ihnen die Geldbörsen ab und warf sie in die Reisetasche. Melvins Handfunkgerät behielt ich; Rons Gerät flog ausgeschaltet in meine Reisetasche. Ich holte die Rolle Gewebeband heraus und benutzte sie, um ihre Beine aneinanderzufesseln, bevor ich die beiden in die Diele schleppte. Das war verdammt mühsam, aber ich wollte verhindern, daß sie sahen, was ich als nächstes tun würde.

Ich sah zu Kelly hinüber, die an die Wand gepreßt auf dem Fußboden hockte. Für sie mußte das alles schrecklich gewesen sein. Sie hatte sich so darauf gefreut, wieder nach Hause zu kommen, und nun war hier alles ganz anders als erwartet. Sie mußte nicht nur verkraften, daß Mommy, Daddy und Aida nicht da waren; alle vertrauten Dinge in ihrem Elternhaus schienen entweder mit Chemikalien getränkt, zur Seite geschoben oder einfach verschwunden zu sein.

»Willst du mal nachsehen, ob du deine Teddybären findest?« hörte ich mich fragen.

Sie sprang auf, rannte hinaus und polterte die Treppe hinauf.

Im Arbeitszimmer kniete ich vor dem fehlenden Paneel nieder und konnte nun endlich den Wandtresor öffnen. Er enthielt lediglich eine einzelne Diskette.

Ich schob den Stuhl an den Schreibtisch zurück und stellte den PC wieder auf. Kurze Zeit später lief er bereits. Die Dateien waren nicht durch Kennwörter geschützt, aber darauf hatte Kev wahrscheinlich bewußt verzichtet. Falls ihm etwas zustieß, sollte jeder lesen können, was auf dieser Diskette gespeichert war.

Ich öffnete mehrere Dateien, ohne auf etwas Interessantes zu stoßen. Dann entdeckte ich eine, die *Flavius* benannt war, und wußte, daß ich fündig geworden war. Das war der Deckname unseres Unternehmens in Gibraltar gewesen.

Ich begann zu lesen. Kev hatte ziemlich genau das herausbekommen, was Big Al berichtet hatte: Die Zusammenarbeit zwischen PIRA und Drogenkartell hatte damit begonnen, daß die Terroristen angefangen hatten, kolumbianisches Kokain über Nordafrika nach Gibraltar zu schmuggeln, um es in ganz Europa zu vertreiben. Die PIRA verstand sich auf diese Arbeit, und das Drogenkartell zahlte gut.

Nach einiger Zeit war die PIRA dazu übergegangen, mit Eigenkapital aus Spendengeldern, die Noraid in den USA eingesammelt hatte, ins Drogengeschäft einzusteigen. Dabei war es um große Summen gegangen; Kevs Zahlen zeigten, daß Sinn Féin jährlich Gewinne von über einer halben Million Pfund erzielt hatte.

Von diesen Spendengeldern war Kokain gekauft worden, das nach Europa geschmuggelt und dort mit hohen Gewinnen weiterverkauft worden war; mit den Gewinnen aus dem Drogenhandel waren in Staaten des ehemaligen Ostblocks Waffen und Sprengstoff gekauft worden. Das war eine ideale Geschäftspartnerschaft: Die PIRA hatte das Geld, der Osten hatte die

Waffen. Der Zerfall der UdSSR und der Aufstieg der russischen Mafia hätten zu keinem besseren Zeitpunkt kommen können.

Aber damit durfte ich mich nicht länger beschäftigen. Ich konnte nicht einfach dasitzen und lesen. Ich befand mich in einem Haus mit zwei Polizeibeamten und einem kleinen Mädchen, das verständlicherweise stinksauer war. Ich warf die Diskette aus und steckte sie ein.

Die Hexe aus der Zentrale meldete sich schon wieder: »Wagen sechs-zwo, kommen.«

Scheiße.

Ich ging zu den beiden Männern in die Diele hinaus. »Ron, Sie müssen sich noch mal melden.«

Aber sein trotziger Blick zeigte mir, daß er sich weigern würde. »Reden Sie doch selbst mit ihr! Ich weiß, daß Sie uns nicht erschießen – nicht wegen so 'ner Kleinigkeit.«

Die Frauenstimme kreischte eine halbe Oktave höher: »Wagen sechs-zwo!«

Ron hatte natürlich recht.

»Kelly! Kelly! Wo bist du?«

»Komme sofort – hab' gerade Ricky gefunden.«

Ich stieg über meine beiden neuen Freunde hinweg, um Kelly unten an der Treppe in Empfang zu nehmen. Für nette, mitfühlende Worte blieb jetzt keine Zeit. »Schnell, zieh Mantel und Schuhe an!«

Ich kontrollierte, ob ich meine gesamte Ausrüstung wieder eingepackt hatte, zog meine Sportschuhe an und sah nach, ob Ron und Melvin noch sicher gefesselt waren. Die beiden wirkten ganz zufrieden; ich vermutete, daß sie damit beschäftigt waren, sich eine gute Ausrede für ihren gegenwärtigen Zustand einfallen zu lassen.

Wir verließen das Haus wieder über die Veranda. Ich nahm Kelly an der Hand, schleppte sie mehr oder weniger hinter mir her und achtete dabei scharf auf Jenny und Ricky. Ich wollte auf keinen Fall, daß die Nachbarn lautes Geschrei wegen verlorener Teddybären hörten.

Als wir wegfuhren, erhellten die Straßenlampen, unter denen wir durchkamen, immer wieder das Wageninnere, so daß ich Kelly im Rückspiegel beobachten konnte. Sie sah elend aus und hatte rotgeweinte feuchte Augen. Sie hatte allen Grund, traurig zu sein, denn sie war alt genug, um zu erkennen, daß sie vermutlich zum letzten Mal hier gewesen war. Dies war nicht mehr ihr Zuhause. Damit waren wir jetzt gleich. Wir waren beide heimatlos.

Ich sah die Wegweiser zum Dulles International Airport und gab etwas mehr Gas. Ich durfte nicht riskieren, nach Florida zurückzufahren.

35

Ich bog auf die Zubringerstraße zum Flughafen ab und steuerte die billigen Parkplätze unter freiem Himmel an. Dabei gestattete ich mir ein schiefes Lächeln; wenn ich so weitermachte, würden sie bald voller Wagen stehen, die ich gestohlen hatte. Mein Ärmel bekam ein paar Regentropfen ab, als ich den Parkschein aus dem Automaten zog, und bis wir einen Parkplatz gefunden hatten, plätscherte leichter Regen aufs Autodach.

Da ich am Haus der Browns vorbeigefahren war, konnten Ron und Melvin eine Verbindung zwischen mir und diesem Wagen hergestellt haben. Vielleicht waren sie schon befreit und hatten das Kennzeichen des verdächtigen Fahrzeugs durchgegeben. Dagegen konnte ich nicht viel tun, außer hier zu warten und zu hoffen, daß wir in der Masse der geparkten Wagen und im Regen nicht auffallen würden. Es war noch viel zu früh, als daß ein Erwachsener mit frischen Narben im Gesicht sich mit einem kleinen Mädchen auf dem Flughafen hätte zeigen können.

Ich drehte mich nach hinten um. »Alles in Ordnung, Kelly?« fragte ich. »Entschuldige, daß ich dich so angebrüllt habe, aber Erwachsene glauben manchmal, zu Kindern streng sein zu müssen.«

Sie starrte einen der Teddybären an, zupfte an seinem Pelz und schmollte.

»Du bist ein braves Mädchen, und mir tut's leid, daß ich die Beherrschung verloren habe. Ich hab's nicht so gemeint, ich bin nur so aufgeregt gewesen.«

Sie nickte langsam, während sie weiter mit ihrem zottigen Freund spielte.

»Möchtest du mit nach England?«

Sie sah auf. Sie sagte nichts, aber ich deutete ihr Verhalten als Zustimmung.

»Das ist gut, denn ich möchte auch, daß du mitkommst. Du hast mir bisher schon viel geholfen. Möchtest du mir auch in Zukunft helfen?«

Sie zuckte mit den Schultern. Ich beugte mich über meine Sitzlehne, griff nach dem anderen Teddybären und rieb seine Nase an ihrer Backe. »Vielleicht können Jenny und Ricky mir auch helfen. Was hältst du davon?«

Sie nickte widerstrebend.

»Okay, als erstes müssen wir ein paar Sachen aus der Reisetasche aussortieren.«

Ich setzte mich zu Kelly nach hinten, stellte die Tasche zwischen uns und zog den Reißverschluß auf. »Was können wir deiner Meinung nach entbehren?«

Ich wußte bereits, was ich aussortieren würde – alles bis auf das schwarze Tuch, das als Decke dienen konnte, und unser Waschzeug. Mehr brauchten wir im Augenblick nicht. »In Ordnung?« fragte ich, als ich mit dem Aussortieren fertig war. »Ist das alles?« Kelly nickte zustimmend, als habe sie diese Auswahl selbst getroffen.

Was ich nicht mehr brauchte, legte ich in den Kofferraum. Der Regen war unterdessen stärker geworden. Ich stieg wieder hinten ein und faltete das schwarze Tuch als Decke zusammen. »Wir müssen hier ein paar Stunden warten. Für den Flughafen ist's noch viel zu früh. Wenn du willst, kannst du ein bißchen schlafen.«

Kelly streckte sich auf dem Rücksitz aus, und ich deckte sie zu. »So ist's besser – du kannst mit Jenny und Ricky im Arm schlafen.«

Sie sah zu mir auf und lächelte. Wir waren wieder Freunde.

»Aber du gehst nicht wieder weg, Nick?«

Ausnahmsweise sagte ich die Wahrheit. »Nein, ich habe zu arbeiten. Du kannst beruhigt schlafen. Ich bleibe hier.« Ich setzte mich wieder ans Steuer, nahm den Laptop auf die Knie und klappte den Bildschirm hoch. Gleichzeitig überzeugte ich mich davon, daß der Zündschlüssel steckte, damit ich jederzeit wegfahren konnte. Falls wir erkannt wurden, mußten wir sofort startbereit sein.

Ich schaltete den Laptop ein, dessen Bildschirm das Innere des Wagens geisterhaft erhellte. Dann schob ich Kevs Diskette ein. Ich wollte seinen Bericht unbedingt zu Ende lesen, aber als erstes speicherte ich den Inhalt der Diskette sicherheitshalber auf der Festplatte des Laptops. Zwischendurch fragte ich halblaut: »Kelly?« Keine Antwort. Das sanfte Rauschen des Regens hatte seine Arbeit getan.

Ich las weiter, wo ich aufgehört hatte. Ich wußte, daß Gibraltar schon immer ein Zentrum für internationalen Drogenhandel, Geldwäsche und Schmuggel gewesen war, aber 1987 hatte Spanien offenbar nicht nur weiter die Rückgabe der Halbinsel gefordert, sondern auch verlangt, die Briten sollten gegen den Drogenhandel vorgehen. Die Regierung Thatcher hatte die dortige Verwaltung angewiesen, entsprechende Maßnahmen zu treffen, aber die schnellen Motorboote brachten weiterhin Drogen aus Nordafrika herüber. London drohte damit, die Verwaltung der Kolonie selbst zu übernehmen, wenn der Drogenschmuggel nicht eingedämmt wurde, und ordnete zugleich höchst illegale Ermittlungen gegen verdächtige Polizei- und Regierungsbeamte an. Die Jungs, die bis dahin Bestechungsgelder kassiert hatten, erkannten die Gefahr und hörten schlagartig auf, mit der PIRA oder sonst irgend jemandem zusammenzuarbeiten.

Die Abriegelung der Gibraltar-Route bedeutete einen Teilerfolg im Kampf gegen Drogenschmuggel und Korruption, aber die Kolumbianer waren stinksauer. Eine wichtige Handelsroute war unterbrochen worden, und sie bestanden darauf, sie weiterhin nutzen zu können. Wie aus Kevs Bericht hervorging, gelangten sie zu dem Schluß, hier sei eine Machtdemonstration nötig.

Ein Sprengstoffanschlag in Gibraltar sollte den Beamten als Warnung dienen, um sie wieder kooperationsbereit zu machen, und die PIRA erhielt aus Kolumbien den Auftrag, diesen Anschlag auszuführen.

Das brachte die PIRA in eine Zwickmühle. Sie hatte ebenso großes Interesse an der Wiedereröffnung der Gibraltar-Route wie die Kolumbianer, aber nach dem Debakel von Enniskillen durfte sie keinen Anschlag riskieren, der Ausländer das Leben kosten und sie selbst international noch mehr in Verruf bringen konnte. Daher weigerte sie sich, diesen Auftrag auszuführen.

Wie das von Kev zusammengetragene Material bewies, hatte das Drogenkartell der PIRA daraufhin ein Ultimatum gestellt: Ihr verübt den Bombenanschlag in Gibraltar – oder wir machen unsere Geschäfte in Zukunft mit der protestantischen UVF. Damit wurde die Lage für die PIRA kritisch.

Ihre Führungsspitze fand jedoch eine elegante Lösung, die selbst ich widerstrebend bewundern mußte. »Mad Danny« McCann war schon einmal aus der PIRA ausgeschlossen und gegen Gerry Adams' Willen wieder aufgenommen worden. Und Mairead Farrell war seit dem Unfalltod ihres Freundes erst recht fanatisch geworden – »eine Art gesellschaftlicher Handgranate«, hatte Simmonds sie einmal genannt. Die PIRA beschloß, zwei Akteure nach Gibraltar zu entsenden, die sie am liebsten von hinten sah, und ihnen Sean Savage mitzugeben, der nur das Pech hatte, derselben Einheit wie McCann und Farrell anzugehören.

Das Team erhielt die technische Ausrüstung und das Semtex

für die Bombe, sollte aber alles in Spanien zurücklassen, bis Aufklärung und Probeläufe in Gibraltar abgeschlossen waren. Sie sollten die Autobombe erst installieren, wenn der Wagen am dafür vorgesehenen Platz stand. Die PIRA gab ihren Leuten schlecht gefälschte Pässe mit und sorgte gleichzeitig dafür, daß London einen anonymen Hinweis erhielt. Die Briten sollten eingreifen und den Bombenanschlag verhindern, damit die PIRA nach der Verhaftung des Trios dem Drogenkartell glaubhaft versichern konnte, sie habe ihr Bestes versucht.

Wir waren vor dem geplanten Anschlag gewarnt worden, aber ich wußte noch gut, daß es geheißen hatte, es handle sich um keine Autobombe und der Sprengsatz solle von Hand ferngezündet werden. Diese Informationen bedeuteten, daß McCann, Farrell und Savage niemals eine Chance gehabt hatten. Sobald wir glauben mußten, der Sprengsatz sei angebracht und scharfgemacht, waren sie praktisch tot, denn irgendwann mußte einer von ihnen eine Bewegung machen, als wolle er die Fernzündung betätigen. Ich hätte mich jedenfalls nicht darauf verlassen, daß Savage nur nach seinen Pfefferminzdrops greifen wollte, und Euan war beim Kontakt mit McCann und Farrell ähnlich vorsichtig gewesen.

Auf dem Bildschirm erschien der Warnhinweis, der Akku sei bald leer und das Gerät brauche eine andere Stromversorgung. Scheiße! Ich wollte noch mehr lesen. Ich bestätigte die Warnung und überflog den restlichen Text, so rasch ich ihn erfassen konnte.

Obwohl kein Sprengsatz hochgegangen war, hatte das Drogenkartell akzeptiert, daß seine irischen Lakaien die erhaltenen Befehle ausgeführt hatten. Schließlich waren dabei drei PIRA-Leute erschossen worden. Die PIRA blieb mit den Kolumbianern im Geschäft, auch als die Drogentransporte dann, wie Big Al gesagt hatte, über Südafrika und Spanien liefen.

Die Führungsspitze der PIRA hatte allen Grund, hoch zufrieden zu sein. Sie war zwei Unruhestifter losgeworden und hatte zudem drei neue Märtyrer vorzuweisen, was nicht nur ihre

Sache in der Heimat stärkte, sondern auch die Spendenfreudigkeit von Amerikanern irischer Abstammung steigerte. Letzten Endes schienen nur die Briten schlecht weggekommen zu sein, aber obwohl die internationale Gemeinschaft die Erschießungen in Gibraltar öffentlich verurteilte, bewunderten die meisten Staats- und Regierungschefs heimlich Maggie Thatchers energischen Kampf gegen den Terrorismus.

Scheiße. Eine weitere Warnung forderte mich auf, den Laptop umgehend an eine externe Stromversorgung anzuschließen. Ich schaltete das Gerät aus und packte es frustriert weg. Ich hätte noch mehr erfahren wollen. Zugleich befand ich mich in Hochstimmung. Wenn ich's schaffte, dieses Material nach England zu bringen, hatte ich Simmonds in der Tasche.

Inzwischen war es 3 Uhr 30 geworden. Mir blieb nichts anderes übrig, als noch einige Stunden zu warten, bis die ersten an- und abfliegenden Maschinen dieses Tages für soviel Betrieb sorgten, daß ein Mann mit frischen Narben im Gesicht und einer Siebenjährigen an der Hand in der Menge untertauchen konnte.

Ich kippte die Rückenlehne etwas nach hinten und versuchte, eine bequemere Position zu finden, aber ich konnte mich nicht entspannen. Mein Gehirn arbeitete auf Hochtouren. Das damalige Gibraltar-Unternehmen war ein Täuschungsmanöver gewesen, damit die PIRA und die Kolumbianer weiter Geld scheffeln konnten. Gut, aber welche Rolle hatten Kev und ich dabei gespielt? Ich lag in meinem Sitz und horchte auf den Regen, der aufs Autodach trommelte.

Für Euan und mich hatte alles am 3. März 1988 begonnen, weniger als eine Woche vor dem Einsatz in Gibraltar. Wir waren von unterschiedlichen Jobs in Ulster abberufen und nach Lisburn, dem Hauptquartier der britischen Armee in Nordirland, beordert worden. Von dort brachte uns ein Puma-Hubschrauber rasch zum Special Air Service in der Kaserne Sirling Lines im englischen Hereford.

Eine Ordonnanz geleitete uns vom Hubschrauberlandeplatz direkt ins Stabsgebäude des Regiments. Als ich vor dem Besprechungsraum Keksschalen und Teegeschirr stehen sah, wußte ich sofort, daß diese Sache wichtig war. Als es hier letztes Mal Tee und Kekse gegeben hatte, war die Premierministerin dagewesen.

Der halbdunkle Raum war schon fast überfüllt. Hinter dem Podium war eine große Projektionsleinwand entrollt, und die Sitzreihen waren ansteigend geordnet, um für alle gleich gute Sichtverhältnisse zu schaffen.

Wir sahen uns nach einem Sitzplatz um, als ich eine Stimme hörte: »Hey, hier sind wir, Kumpel!«

Kev und Slack Pat saßen da und tranken Tee. Bei ihnen waren Geoff und Steve, die beiden anderen Männer ihres Viererteams. Alle kamen aus der A Squadron und leisteten ihr halbes Jahr im Team zur Terrorismusbekämpfung ab.

Euan wandte sich an Kev. »Hast du schon gehört, worum es diesmal geht?«

»Wir sind unterwegs nach Gibraltar, Kumpel. Die PIRA will 'ne Bombe legen.«

Als der Kommandeur das Podium betrat, verstummten die Gespräche. »Zwei Probleme«, sagte er. »Nummer eins: Zeitdruck. Sie fliegen gleich nach dieser Besprechung ab. Nummer zwei: Mangel an brauchbaren Aufklärungsergebnissen. Aber das Joint Operations Committee will das Regiment einsetzen. Wir geben Ihnen alle Informationen, die wir haben, und halten Sie dann unterwegs und am Zielort auf dem laufenden.«

Was, zum Teufel, machen Euan und ich hier? fragte ich mich. Für uns als Geheimdienstleute ist doch jeder Einsatz außerhalb Nordirlands illegal? Aber ich hielt vorsichtshalber den Mund; äußerte ich jetzt Zweifel, riskierte ich nur, zurückgeschickt zu werden und nicht an diesem Unternehmen teilnehmen zu dürfen.

Ich sah mich um und erkannte Stabsoffiziere des Regiments, den Operationsoffizier und massenhaft Nachrichtenoffiziere.

Ebenfalls anwesend war ein Technischer Offizier: ein Sprengmeister, dessen Spezialität die Entschärfung von Bomben war; in dieser Funktion war er zum CT-Team abkommandiert.

Ein Mann, den ich nicht kannte, kam mit einer Teetasse in einer Hand und Keksen in der anderen aufs Podium. Er trat ans Rednerpult am rechten Rand. Vor seinen Füßen stand eine Reisetasche.

»Ich heiße Simmonds und leite in London die Geheimdienstabteilung Nordirland. Zuständig für das geplante Unternehmen sind Geheimdienst und militärischer Nachrichtendienst. Einleitend möchte ich die Ereignisse zusammenfassen, die uns alle heute hierhergeführt haben.«

Seine Reisetasche ließ darauf schließen, daß er mitkommen würde. Als der Diaprojektor eingeschaltet wurde, erschien auf der Leinwand hinter ihm ein helles Rechteck.

»Letztes Jahr«, fuhr er fort, »haben wir erfahren, daß ein PIRA-Team sich in Südspanien einquartiert hatte. Daraufhin haben wir die Briefkästen bekannter Akteure auf Post aus Spanien kontrolliert und eine Ansichtskarte gefunden, die Sean Savage von der Costa del Sol geschrieben hatte.«

Auf der Leinwand war ein Dia von Savage zu sehen. »Unser Sean«, sagte Simmonds mit schwachem Lächeln, »hat Mommy und Daddy mitgeteilt, er arbeite im Ausland. Das hat bei uns einige Alarmglocken schrillen lassen, denn worauf Savage sich am besten versteht, ist der Bau von Sprengsätzen.«

War das scherzhaft gemeint? Nein, so sah er nicht aus.

»Im November sind dann zwei Männer auf dem Flug von Malaga nach Dublin bei einer Zwischenlandung in Madrid kontrolliert worden. Die beiden hatten irische Pässe, und die Spanier haben uns die Angaben zur Person und die Paßfotos übermittelt. Wie sich gezeigt hat, sind ihre Pässe gefälscht gewesen.«

Einer der Flugreisenden war als Sean Savage identifiziert worden, aber erst die Identität des zweiten Mannes hatte für allgemeine Aufregung gesorgt.

Simmonds zeigte uns sein nächstes Dia. »Daniel Martin Mc-

Cann, über den Sie bestimmt mehr wissen als ich.« Aber sein Lächeln zeigte, daß er das für sehr unwahrscheinlich hielt.

»Mad Danny« hatte sich seinen Spitznamen ehrlich verdient. Er wurde mit insgesamt sechsundzwanzig Morden in Verbindung gebracht, war schon oft verhaftet worden und hatte trotzdem nur zwei Jahre gesessen.

Nach Überzeugung des Geheimdiensts, sagte Simmonds, konnte die Anwesenheit McCanns und Savages an der Costa del Sol nur bedeuten, daß die PIRA irgendein britisches Ziel in Spanien oder Gibraltar angreifen wollte. »Eines ist klar«, fügte er hinzu, »die beiden sind nicht dort unten gewesen, um ihre Sonnenbräune aufzufrischen.«

Diesmal wurde laut gelacht. Ich sah, daß Simmonds das gefiel, als habe er seine Bemerkungen eingeübt, damit sie zum genau richtigen Zeitpunkt kamen. Trotzdem fand ich den Mann sympathisch. Es kam nicht oft vor, daß Leute bei so wichtigen Besprechungen Scherze machten.

Das nächste Dia zeigte einen Stadtplan von Gibraltar. Ich hörte Simmonds zu, erinnerte mich aber dabei an die siebziger Jahre, in denen ich als Infanterist in Gibraltar stationiert gewesen war. Das war eine herrliche Zeit gewesen.

»Gibraltar ist verwundbar«, stellte Simmonds fest. »Dort gibt es mehrere potentielle Attentatsziele wie die Residenz des Gouverneurs und die Gerichte, aber unserer Einschätzung nach sind die Royal Anglians, das Garnisonsregiment, am meisten gefährdet. Die Kapelle des ersten Bataillons marschiert jeden Dienstag auf, um zur Wachablösung zu spielen. Wir glauben, daß der Platz, auf den die Kapelle anschließend marschiert, sich am besten für einen Bombenanschlag eignet. In einem der dort geparkten Autos ließe sich leicht ein Sprengsatz verstecken.«

Er hätte hinzufügen können, daß der nicht sehr große Platz aus der Sicht eines Bombenlegers fast ideal war. Die umstehenden Gebäude würden die Sprengwirkung konzentrieren und so noch verstärken.

»Aufgrund dieser Gefahreneinschätzung haben wir die Zeremonie der Wachablösung am elften Dezember abgesagt. Die örtlichen Medien haben gemeldet, das Wachlokal müsse dringend renoviert werden. In Wirklichkeit haben wir Zeit für weitere Ermittlungen gebraucht, um verhindern zu können, daß es wiederaufgebaut werden muß.«

Nicht so gut wie seine vorige Bemerkung, aber trotzdem ein paar gedämpfte Lacher wert.

»Daraufhin ist die dortige Polizei durch britische Kriminalbeamte verstärkt worden, deren Überwachungstätigkeit sich ausgezahlt hat. Als die Zeremonie am dreiundzwanzigsten Februar wieder stattgefunden hat, ist eine Frau, die angeblich an der Costa del Sol Urlaub gemacht hat, nach Gibraltar gekommen und hat die Parade photographiert. Eine unauffällige Überprüfung hat ergeben, daß sie mit einem gefälschten irischen Reisepaß unterwegs war. Eine Woche später ist sie wieder dagewesen – aber diesmal ist sie der Kapelle beim Abrücken bis auf den Platz gefolgt. Sogar einer der Felsenaffen hätte sich ausrechnen können, daß sie den Auftrag hatte, das Gelände für den Einsatz eines Bombenlegerkommandos zu erkunden.«

Diesmal wurde laut gelacht. Er hatte es wieder geschafft! Ich wußte nicht recht, ob wir über seine Witze oder die Tatsache lachten, daß er ständig welche machte. Wer, zum Teufel, war dieser Mann? Dies hätte eine unserer ernstesten Einsatzbesprechungen sein müssen. Aber Simmonds schien das gleichgültig zu sein – oder er war so mächtig, daß niemand es wagen würde, ihn zu kritisieren. Jedenfalls war bereits abzusehen, daß seine Anwesenheit in Gibraltar ein wirklicher Bonus sein würde.

Simmonds lächelte nicht mehr. »Nach unseren Erkenntnissen ist der Bombenanschlag für irgendeinen Tag dieser Woche geplant. Aber bisher deutet nichts darauf hin, daß McCann oder Savage Belfast verlassen wollen.«

Damit hatte er allerdings recht. Ich hatte die beiden erst gestern abend stinkbesoffen vor einer Bar in der Falls Road gesehen. Sie hatten nicht den Eindruck erweckt, schon reisebereit zu sein. Oder vielleicht hatten sie sich diesen letzten feuchtfröhlichen Abschied vor dem Einsatz in Gibraltar gönnen wollen.

»Daraus ergeben sich für uns verschiedene Probleme.« Simmonds sprach jetzt ohne seine Notizen weiter. Bedeutete das, daß er keine Scherze mehr machen würde? Sein Tonfall war jedenfalls schärfer geworden.

»Was sollen wir mit diesen Leuten anfangen? Versuchen wir zu früh, sie unterwegs abzufangen, hätten andere PIRA-Teams Gelegenheit, den Anschlag zu verüben. Reisen die Terroristen über Malaga an und bleiben bis zur letzten Minute auf spanischem Gebiet, gibt es keinerlei Garantie dafür, daß die Spanier sie uns ausliefern – nicht nur wegen des Disputs um Gibraltar, sondern vor allem deshalb, weil der Tatvorwurf gegen die PIRA-Leute nur auf Verschwörung lauten könnte, was ziemlich dünn wäre. Daher, Gentlemen, müssen wir sie in Gibraltar verhaften.« Der Projektor wurde ausgeschaltet, so daß Simmonds' Gesicht nur noch von unten durch die Beleuchtung des Rednerpults erhellt wurde. »Und daraus ergeben sich drei Operationen. Erstens können wir sie beim Grenzübertritt nach Gibraltar verhaften. Das ist leichter gesagt als getan; wir wissen möglicherweise nicht einmal, welchen Wagen sie fahren. Wir hätten nur ungefähr zehn bis fünfzehn Sekunden Zeit für eine positive Identifizierung und die anschließende Festnahme. Bei Leuten, die in einem Auto sitzen und wahrscheinlich bewaffnet sind, kann das verdammt schwierig sein. Die zweite Möglichkeit ist, das Team zu verhaften, sobald es in die Nähe des Platzes kommt. Aber auch das setzt voraus, daß wir vorgewarnt sind, damit eine positive Identifizierung möglich ist, und daß das Team nach dem Grenzübertritt zusammenbleibt. Deshalb haben wir uns vorerst für die dritte Möglichkeit entschieden, die der Grund für die gegenwärtige Besprechung ist.«

Er trank einen Schluck Tee und bat darum, die Raumbeleuchtung einzuschalten.

»Der Security Service setzt Überwachungsteams ein, um die PIRA-Leute in Gibraltar zu identifizieren.« Während Simmonds weitersprach, sah er zu den jeweiligen Gruppen hinüber. »Die beiden Soldaten, die eben aus der Provinz eingetroffen sind, müssen die Verdächtigen einwandfrei identifiziert haben, bevor die Zivilbehörden die Durchführung des Unternehmens ans Militär abgeben. Sobald feststeht, daß der Sprengsatz an Ort und Stelle ist, nehmen die vier Männer unseres CT-Teams notfalls mit Waffengewalt die Verhaftung vor.«

Die beiden Soldaten, die eben aus der Provinz eingetroffen sind. Jetzt verstand ich, wen Simmonds meinte. Das waren Euan und ich.

»Nach der Festnahme«, fuhr er fort, »werden die PIRA-Leute den Zivilbehörden übergeben. Das Team kann selbstverständlich darauf vertrauen, nicht vor Gericht aussagen zu müssen. Die beiden Akteure aus der Provinz greifen unter keinen Umständen ein und nehmen vor allem keine, ich wiederhole, *keine* Verhaftung vor. Den Grund dafür brauche ich Ihnen wohl nicht zu erklären?«

Simmonds rang sich ein Lächeln ab. »Das war's fürs erste, Gentlemen.« Er wandte sich an Frank, den Regierungskommandeur. »Francis, wir fliegen in zehn Minuten zum RAF Lyneham ab, wo eine Hercules für uns bereitsteht, nicht wahr?«

Knapp drei Stunden später saß ich mit Euan, der sich über einen schwarzen Fleck auf seinen neuen Sportschuhen ärgerte, in einer C-130-Hercules. Kev war damit beschäftigt, die Waffenkiste und die Munition zu kontrollieren – und die Sanitätstaschen, die mir persönlich wichtiger waren. Sollte ich angeschossen werden, wollte ich sofort eine Infusion mit Blutplasma bekommen können.

Wir landeten am Donnerstag, den 3. März 1988, gegen 23 Uhr 30. Ganz Gibraltar schien noch wach zu sein; jedenfalls war die Stadt hell erleuchtet. Die Maschine rollte zum militärischen Teil des Flughafens, wo unser Vorauskommando mit

Lastwagen wartete, um uns rasch und ohne Aufsehen wegzubringen.

Unser vorgeschobener Stützpunkt war HMS Rooke, das Küstenkommando der Royal Navy. Wir hatten ein halbes Dutzend Räume in der Offiziersunterkunft zugewiesen bekommen und richteten uns dort mit eigener Küche und Einsatzzentrale ein. Überall verliefen dicke Kabelstränge, Telefone klingelten, und Techniker liefen in Jeans oder Jogginganzügen herum, um Funkgeräte und Satellitenverbindungen zu testen.

Simmonds mußte fast schreien, um sich bei diesem Lärm verständlich zu machen. »Nach neuesten Erkenntnissen dürfte das PIRA-Team um eine Frau erweitert worden sein, die vermutlich das Kommando führt. Sie heißt Mairead Farrell. Photos kommen frühestens in einer Stunde, aber ich habe schon jetzt einige Informationen. Sie ist ein besonders gefährliches Frauenzimmer ...« Er machte eine Pause, damit seine nächsten Worte um so besser wirkten. »... Herkunft aus dem Mittelstand, einunddreißig, ehemalige Klosterschülerin.«

Als das Lachen verklungen war, erzählte Simmonds uns mehr über Mairead Farrell. Sie hatte eine zehnjährige Haftstrafe dafür verbüßt, daß sie 1976 im Hotel Conway in Belfast eine Bombe gelegt hatte, und sich sofort nach der Entlassung bei der PIRA zum Dienst zurückgemeldet. Auf seinem Gesicht lag ein feines Lächeln, als er berichtete, ihr Liebhaber mit dem unglaublichen Namen Brendan Burns habe sich vor kurzem selbst in die Luft gesprengt.

Dann war diese improvisierte Besprechung zu Ende, und wir machten uns auf die Suche nach einem Kaffee. Einer von Simmonds' Leuten kreuzte auf und verteilte Stadtpläne. »Die Firma hat die Meldepunkte schon eingetragen«, sagte er.

Während wir die Eintragungen begutachteten, fuhr er fort: »Die Hauptzufahrten von der Grenze her sind praktisch lückenlos markiert, der Rest der Stadt ziemlich gut und die Vororte nur an den wichtigsten Stellen.«

Ich sah mir die Meldepunkte an. Scheiße! Insgesamt mußten

wir uns etwa hundert Markierungen einprägen, bevor das PIRA-Team aus Spanien herüberkam. Ich wußte nicht, was schwieriger war – die Terroristen abzufangen oder diese Hausaufgaben zu machen.

»Noch Fragen, Jungs?«

»Yeah, drei«, sagte Kev. »Wo schlafen wir, wo ist das Klo und wo gibt's einen Kaffee?«

Am nächsten Morgen faßten wir Waffen und Munition und fuhren zum Schießstand hinaus. Kev und die drei anderen Männer des CT-Teams hatten ihre eigenen Pistolen. Euan und ich mußten mit Leihwaffen zurechtkommen – unsere Pistolen waren in Londonderry zurückgeblieben. Das spielte jedoch keine große Rolle; viele Leute glauben, Soldaten des Regiments seien in bezug auf ihre Waffen sehr pingelig, aber das stimmt nicht. Hat man die Gewißheit, daß eine Pistole fehlerfrei funktioniert und den Punkt trifft, auf den man zielt, ist man schon zufrieden.

Auf dem Schießstand machte jeder von uns, was er für notwendig hielt. Die anderen vier wollten sich nur davon überzeugen, daß die Magazine funktionierten und die Pistolen den Transport in der Waffenkiste unbeschädigt überstanden hatten. Das wollten Euan und ich auch, aber wir mußten zusätzlich feststellen, wie unsere neuen Waffen sich bei verschiedenen Schußweiten verhielten. Nachdem wir die Magazine rasch nacheinander leergeschossen hatten, um ganz sicher zu sein, daß keine Ladehemmung auftrat, schossen wir aus fünf, zehn, fünfzehn und zwanzig Metern Entfernung auf Pappkameraden. Dabei stellten wir beispielsweise fest, daß wir aus fünfzehn Metern auf die Schultern zielen mußten. Bei dieser für eine Pistole ziemlich großen Schußentfernung trafen die nach unten sinkenden Geschosse die unteren Rippen und hätten den Mann außer Gefecht gesetzt. Jede Pistole ist anders, deshalb brauchten wir eine Stunde, um uns unserer Sache ganz sicher zu sein.

Als wir fertig waren, dachten wir gar nicht daran, unsere Waffen zu zerlegen, um sie zu reinigen. Wozu auch, wenn sie tadellos funktionierten? Wir benutzten nur eine Bürste, um die Kammer von Kohlenstoffablagerungen zu befreien.

Als nächstes waren wir in der Stadt unterwegs, um uns die Meldepunkte einzuprägen, wobei wir gleichzeitig unsere Funkgeräte überprüften und feststellten, ob es irgendwelche Funklöcher gab. Damit waren wir noch beschäftigt, als Alpha sich gegen 14 Uhr plötzlich meldete: »An alle, sofort hierher zurückkehren.«

Simmonds, der schon im Besprechungsraum war, stand sichtlich unter Druck. Wie wir alle hatte er nur wenig Schlaf bekommen. Er hatte einen Zweitagebart, und sein Haar wirkte ungekämmt. Irgend etwas lag in der Luft; die Betriebsamkeit und der Gerätelärm im Hintergrund waren auffällig stärker. Simmonds hatte ungefähr zwanzig Zettel in der Hand. Seine Assistenten steckten ihm weitere zu, während er sprach, und verteilten dann photokopierte Verhaltensmaßregeln an uns. Darin las ich erstmals, daß das Unternehmen jetzt unter dem Decknamen *Flavius* lief.

»Vor ziemlich genau eineinhalb Stunden«, sagte er, »haben Savage und McCann die Paßkontrolle auf dem Flughafen in Malaga passiert. Die beiden sind aus Paris gekommen und von Farrell abgeholt worden. Wir haben keine Ahnung, wie sie dort hingekommen ist. Nun ist das Team komplett. Es gibt nur ein kleines Problem – die Spanier haben die drei aus den Augen verloren, als sie mit einem Taxi weggefahren sind. Sicherheitshalber postieren wir bereits jetzt zusätzliche Aufpasser an den Grenzübergängen. Ich habe keinerlei Grund zu der Annahme, daß der Anschlag nicht wie geplant stattfinden soll.«

Er machte eine Pause und musterte uns nacheinander. »Erst vor wenigen Minuten habe ich zwei sehr wichtige Informationen erhalten. Erstens: Die Akteure werden kein Auto benutzen, um im Zielgebiet einen Parkplatz für ihren Anschlag zu blockieren. Dazu müßten sie zweimal mit einem Auto über die Grenze nach Gibraltar fahren, und nach unseren Erkenntnissen wollen sie dieses Risiko nicht eingehen. Deshalb müssen wir annehmen, daß der Wagen, mit dem die drei nach Gibraltar kommen, auch den Sprengsatz enthält. Zweitens: Damit ganz sichergestellt ist, daß die Autobombe im genau richtigen Augenblick hochgeht, soll sie durch eine tragbare Fernzündung zur Detonation gebracht werden. Denken Sie daran, Gentlemen, jedes Mitglied des Teams oder alle drei können im Besitz dieser Fernzündung sein. Diese Bombe darf nicht hochgehen. Sie könnte Hunderte von Menschenleben gefährden.«

Das tosende Donnern der Schubumkehr der vier Triebwerke eines landenden Flugzeugs ließ mich aufschrecken. Es war kurz nach sechs Uhr. Ich hatte knapp drei Stunden geschlafen. Draußen war es noch fast dunkel, aber der Regen hatte ziemlich nachgelassen. Ich beugte mich nach hinten. »Los, Kelly, aufwachen!« Als ich sie an der Schulter wachrüttelte, ächzte sie verschlafen. »Oh… okay, bin schon wach.« Dann setzte sie sich auf und rieb sich die Augen.

Sobald Kelly sich gekämmt hatte, stiegen wir mit der Reisetasche aus, und ich sperrte den Wagen ab, nachdem ich mich davon überzeugt hatte, daß nirgends etwas Interessantes herumlag. Was ich jetzt unter keinen Umständen brauchen konnte, war ein Parkwächter, der sich für meinen Mehrzweckdietrich interessierte. Wir gingen zur Haltestelle hinüber und brauchten nicht lange auf einen Shuttle-Bus zu warten, der uns zum Abfluggebäude brachte.

In dem großen Terminal sah es aus wie auf jedem Flughafen um diese Zeit am frühen Morgen. An den Schaltern der Fluggesellschaften standen schon viele Geschäftsreisende an. Einige junge Leute, die offensichtlich viel zu früh zum Flughafen hinausgefahren waren, schliefen in ihren Schlafsäcken, die über drei, vier Sitze hinweg ausgebreitet waren, und hatten riesige Rucksäcke neben sich stehen. Männer in Overalls schoben mit mechanischen Bewegungen wie Zombies Reinigungsmaschinen über die gefliesten Böden.

Oben an der Rolltreppe nahm ich das kostenlose Flughafenmagazin aus einem Ständer. Ein Blick auf die Abflugpläne im hinteren Teil des Magazins zeigte, daß es vor 17 Uhr keinen Direktflug nach England gab. Also stand uns heute ein langer Tag bevor.

Ich betrachtete Kelly kritisch und stellte fest, daß wir uns beide waschen mußten. Wir fuhren mit der Rolltreppe zum Ankunftsbereich hinunter. Ich warf ein paar Münzen in einen Automaten und kaufte Seife und Papierhandtücher zur Ergänzung unseres Waschzeugs. Damit verschwanden wir in der nächsten Behindertentoilette.

Während ich mich rasierte, wusch Kelly sich oberflächlich das Gesicht. Ich wischte ihre Stiefel mit Klopapier sauber, schüttelte ihren Mantel aus, kämmte sie noch einmal und faßte ihr Haar mit einem Gummiband zusammen, damit es ordentlich aussah. Nach einer halben Stunde sahen wir ganz passabel aus. Auch die Narben in meinem Gesicht begannen schon zu verheilen. Ich versuchte zu grinsen, aber das tat noch immer zu weh. Jedenfalls würden wir so nicht gleich auffallen.

Ich griff nach der Reisetasche. »Fertig?«

»Fliegen wir jetzt nach England?«

»Erst müssen wir noch was erledigen. Komm!« Ich zupfte an ihrem Pferdeschwanz, mit dem sie wie ein Cheerleader im Miniformat aussah. Sie tat so, als ärgere sie sich darüber, aber ich merkte ihr an, daß sie meine Aufmerksamkeit genoß.

Wir fuhren mit der Rolltreppe wieder hinauf, machten einen Rundgang am äußeren Rand des Terminals entlang und gaben vor, die Flugzeuge auf dem Vorfeld zu besichtigen. In Wirklichkeit hielt ich nach zwei verschiedenen Dingen Ausschau. »Ich muß noch etwas aufgeben«, sagte ich, als ich das FedEx-Büro sah.

Die Nummer der Kreditkarte, von der die Versandkosten abgebucht werden sollten, schrieb ich von der Kopie des Mietwagenvertrags ab. Scheiße, Big Al sollte ruhig für ein paar Kleinigkeiten aufkommen, nachdem er jetzt reich war.

Kelly beobachtete genau, was ich tat. »Wem schreibst du?«

»Ich schicke etwas nach England – für den Fall, daß wir angehalten werden.« Ich zeigte ihr die beiden Disketten.

»Wem schickst du die?« Kelly wurde ihrem Vater von Tag zu Tag ähnlicher.

»Sei nicht so neugierig!«

Ich steckte die Disketten in einen FedEx-Umschlag, klebte ihn zu und schrieb die Adresse darauf. Früher hatten wir Kurierdienste benutzt, um der Firma in Hotelzimmern entwickelte Photos von Zielpersonen oder sonstiges Geheimmaterial zu schicken. Heutzutage war dieses Verfahren natürlich überholt; mit Digitalkameras kann man Photos machen, sein GSM-Mobiltelefon anschließen, eine Nummer in England wählen und die Bilder übertragen.

Danach setzten wir unseren Rundgang durchs Terminal fort. Ich fand die Steckdose, die ich suchte, am Ende einer Reihe schwarzer Plastiksitze, auf denen zwei Studenten schnarchten. Ich deutete auf die beiden letzten Sitze. »Komm, wir setzen uns einen Augenblick hin. Ich möchte mir etwas auf dem Laptop ansehen.«

Sowie ich den Laptop eingeschaltet hatte, fiel Kelly ein, daß sie Hunger hatte. »Fünf Minuten«, sagte ich geistesabwesend.

Was ich bereits gelesen hatte, bewies mir, daß in Gibraltar mit gezinkten Karten gespielt worden war, aber es hatte noch keine Erklärung dafür geliefert, was Kev damit zu tun hatte. Das wurde mir klar, als ich jetzt weiterlas.

Ende der achtziger Jahre hatte Maggie Thatcher die Regierung Bush offenbar unter Druck gesetzt, etwas dagegen zu unternehmen, daß Noraid in den USA Spenden für die PIRA sammelte. Bei Millionen irisch-amerikanischer Wähler, die dadurch vergrätzt werden konnten, war das jedoch ein schwieriges Vorhaben. Dann kam es zu einem Deal: Die Briten würden die Tatsache anprangern, daß mit Noraid-Geldern Drogen gekauft wurden, was dazu beitragen würde, die PIRA in den USA in Verruf zu bringen, und Bush würde daraufhin aktiv werden. Wer würde sich schließlich über eine US-Regierung beschweren, die sich im Kampf gegen den Drogenhandel engagierte?

Als der britische Geheimdienst Erkenntnisse über die über Gibraltar laufenden Drogentransporte der PIRA zu sammeln begann, schien sich eine Möglichkeit zu ergeben. Aber nach dem 6. März 1988 existierte sie plötzlich nicht mehr. Die vielen Wählerstimmen waren der Regierung Bush zu wichtig.

Anfang der neunziger Jahre gab es einen neuen US-Präsidenten – und in England einen neuen Premierminister. In Nordirland begann der Friedensprozeß. Der Regierung Clinton wurde auf höchster Ebene mitgeteilt, wenn sie die PIRA nicht unter Druck setze, an den Friedensgesprächen teilzunehmen, würde die britische Regierung enthüllen, wozu in Amerika gesammelte Noraid-Spendengelder zweckentfremdet wurden. In den Augen der Weltöffentlichkeit hätten die USA, die andere Staaten so gern belehrten, dann als Versager im Kampf gegen den Drogenhandel im eigenen Hinterhof dagestanden.

Es kam zu einem neuen Deal. Clinton ließ Gerry Adams 1995 in die USA reisen, was nicht nur der irisch-amerikanischen Wählerschaft gefiel, sondern Clinton auch wie den Fürsten der Friedensstifter aussehen ließ. Damit schien er den erklärten PIRA-Gegner John Major zu brüskieren, aber die Briten störte das nicht weiter, denn sie wußten, was wirklich gespielt wurde. Hinter verschlossenen Türen wurde Gerry Adams mitgeteilt, falls die PIRA den Friedensprozeß behindere, würden die USA energische Zwangsmaßnahmen ergreifen.

Tatsächlich wurde daraufhin Waffenstillstand ausgerufen. Nach jahrelangen ergebnislosen Geheimgesprächen schien die Zeit für ernsthafte Verhandlungen reif zu sein. Clinton und die britische Regierung würden als Friedensstifter dastehen, und die PIRA würde Einfluß auf die zu treffenden Vereinbarungen nehmen können.

Am 12. Februar 1996 detonierte am Londoner Canary Wharf jedoch ein riesiger Sprengsatz, der zwei Todesopfer forderte und Hunderte von Millionen Pfund Sachschaden anrichtete. Damit war der Waffenstillstand gebrochen. Der Konflikt in Nordirland flammte wieder auf.

Aber das war noch längst nicht alles. Kev hatte auch entdeckt, daß die PIRA mit einigem Erfolg versucht hatte, bestimmte Beamte in Gibraltar zu erpressen. Offenbar war Gibraltar noch immer der Schlüssel zu Europa. Spanien war für Drogenschmuggler viel zu gefährlich. Gleichzeitig hatte die PIRA einige wichtige Persönlichkeiten in den USA erpreßt, um ihre Drogengeschäfte unbehindert fortführen zu können. Eines ihrer Opfer stand in der DEA-Hierarchie ganz weit oben, aber Kev hatte nie herausbekommen, wer dieser Mann war.

Ich wußte es; ich hatte ein Photo von seinem Boß.

Und jetzt wußte ich auch, weshalb McGear, Fernahan und Macauley in Gibraltar gewesen waren. Sie hatten den Auftrag gehabt, einem hohen Beamten eine letzte Warnung zu überbringen und zu versuchen, durch Erpressung zu erreichen, daß die Gibraltar-Route wieder geöffnet wurde. Möglicherweise hatte die ETA eine zu hohe Beteiligung an den in Spanien erzielten Gewinnen gefordert.

Ich klappte den Laptop zu. Ich mußte nach England zurück. Ich mußte mit Simmonds reden.

Kelly hatte mich beobachtet. »Gut«, sagte sie. »Können wir jetzt frühstücken?«

Ich ging mit ihr zu Dunkin' Donuts. Sie bekam einen Pappbecher Milch, ich trank zwei Tassen Kaffee, und wir schlugen uns beide mit Donuts voll. Ich aß sechs.

Um zehn Uhr standen wir wieder auf der Rolltreppe, die uns zum Ankunftsbereich hinunterbrachte. Wir brauchten Reisepässe – britische oder amerikanische, das war mir egal. Auf dem Monitor verfolgte ich die internationalen Ankünfte. Vermutlich würden es keine britischen, sondern amerikanische Pässe werden, weil so viele Familien aus den Osterferien nach Washington zurückkamen.

Wie neulich drängten sich auf beiden Seiten der Sperrgitter massenhaft Abholer mit Blumen und Kameras. Kelly und ich hockten auf PVC-Sitzen in der Nähe der Gepäckbänder für Ankünfte aus dem Ausland. Ich hatte einen Arm um ihre Schultern gelegt und schien mit meiner Tochter zu schwatzen. Tatsächlich versuchte ich, sie in einem Schnellkurs zur Handtaschendiebin auszubilden.

»Glaubst du, daß du's schaffst?«

»Klar!« antwortete sie selbstbewußt.

Wir saßen da und verfolgten, wie die Passagiere einer Maschine ihr Gepäck abholten.

Ich zeigte ihr eine potentielle Familie. »Solche Leute suchen wir – aber die haben zwei Jungen.« Ich lächelte. »Möchtest du einen Tag lang ein Junge sein?«

»Niemals. Jungs riechen schlecht!«

Ich zuckte mit den Schultern. »Okay, dann warten wir noch ein bißchen.«

Dann kam eine Maschine aus Frankfurt an, und diesmal wurden wir fündig. Die Eltern waren Ende Dreißig, ihre beiden Kinder, ein Mädchen und ein Junge, neun bis zehn Jahre alt; die Mutter trug eine Umhängetasche aus durchsichtigem Kunststoff mit Gittereinsatz, damit auf den ersten Blick zu sehen war, daß sich alles an seinem Platz befand. Ich konnte unser Glück kaum fassen. »Siehst du die da? Das sind unsere Leute. Komm, wir müssen los!«

»Yeah«, sagte Kelly leicht gedehnt. Sie wirkte plötzlich nicht mehr so selbstbewußt. Sollte ich ihr das wirklich zumuten? Ich hatte es in der Hand, das Unternehmen abzubrechen. Als die Familie in Richtung Toiletten ging, mußte ich eine Entscheidung treffen. Scheiße, eine so gute Gelegenheit würde vielleicht nicht wiederkommen.

»Sie geht mit ihrer Tochter rein«, sagte ich. »Paß auf, daß niemand hinter dir ist. Und denk daran, daß ich auf dich warte.«

Wir folgten den beiden unauffällig. Der Mann war mit dem Jungen vorausgegangen, als wollte er ein Taxi besorgen oder ihren Wagen holen.

Mutter und Tochter verschwanden schwatzend und kichernd in der Damentoilette. Die Frau hatte ihre Tasche über der rechten Schulter hängen. Kelly und ich steuerten auf die vorgelagerten Behindertentoiletten zu und betraten eine der geräumigen Kabinen.

»Ich warte in dieser hier, okay?«

»Okay.«

»Du weißt, was du zu tun hast?«

Ein nachdrückliches Nicken.

»Okay, dann los!« Ich schloß die Schiebetür und hielt sie von innen zu. Die Toiletten waren so geräumig, daß sich auch Rollstuhlfahrer darin bewegen konnten. Jeder Laut schien ein Echo zu erzeugen. Der Boden war feucht und roch nach Putzmittel. Der Wartungsplan auf der Innenseite der Tür zeigte, daß die Toilette erst vor einer Viertelstunde geputzt worden war.

Mein Herz hämmerte so stark, daß ich es unter meinem Hemd spürte. Meine ganze Zukunft hing vom Verhalten einer Siebenjährigen ab. Sie mußte mit einer Hand unter die Kabinentrennwand greifen, sich die Umhängetasche schnappen, sie unter ihrem Mantel verstecken und weggehen, ohne sich auch nur umzusehen. Nicht allzu schwierig, nur mit tausend Risiken behaftet. Aber ohne Pässe konnten wir die USA nicht verlassen – so einfach war das. Und zu Big Al konnten wir unmöglich zurückfahren. Die lange Fahrt wäre riskant gewesen, und ich konnte Big Al nicht mehr trauen, weil ich nicht wußte, was er inzwischen getrieben hatte. Alles war einfach beschissen kompliziert. Wir mußten so schnell wie möglich aus diesem Land heraus, das stand fest.

Ich schrak aus meinen trübseligen Gedanken auf, als plötzlich mehrmals an die Tür geklopft wurde. »Nickkk!« sagte eine nervöse Stimme halblaut.

Ich zog rasch die Tür auf, ohne auch nur einen Blick nach

draußen zu werfen: Kelly kam mit der Umhängetasche hereingestürmt. Ich schloß die Tür wieder, verriegelte sie und drehte mich nach meiner Komplizin um.

Ich klappte den WC-Deckel herunter, und wir setzten uns nebeneinander. Kelly wirkte aufgeregt und ängstlich zugleich. Ich war nur ängstlich, weil ich wußte, daß jeden Augenblick die Hölle losbrechen würde.

Dann war es soweit. Die Mutter stürmte kreischend aus der Toilette. »Hilfe, man hat mir meine Handtasche gestohlen! Wo ist Louise? Louise!«

Das Mädchen kam heraus und begann weinend zu rufen: »Mommy! Mommy!«

Ich hörte Mutter und Tochter kreischend weglaufen. Trotzdem mußten wir vorerst bleiben, wo wir waren. Die Leute würden scharf aufpassen; wer aus der Toilette kam, war automatisch verdächtig. Ich blieb also sitzen und sah mir die Reisepässe an.

Wir hatten soeben Mrs. Fiona Sandborn und ihre Familie beraubt. Okay, nur sah Mr. Sandborn leider Mr. Stone überhaupt nicht ähnlich. Aber dagegen ließ sich später etwas unternehmen. Ein weiteres Problem konnte dadurch entstehen, daß beide Kinder in den Pässen ihrer Eltern eingetragen waren.

Ich nahm alles Geld und die Lesebrille aus der Umhängetasche. Da der WC-Spülkasten für mich unzugänglich an der Wand eingebaut war, gab es hier keine Möglichkeit, die Tasche zu verstecken. Ich stand auf, trat an die Schiebetür und horchte.

Die Frau hatte einen Polizeibeamten gefunden. Ich konnte mir die Szene da draußen gut vorstellen. Um die beiden würden sich mehrere Neugierige versammelt haben. Der Cop würde sich Notizen machen, den Diebstahl über Funk der Zentrale melden und wahrscheinlich alle WC-Kabinen kontrollieren. Mir brach der Schweiß aus.

Ich hatte das Gefühl, schon stundenlang an dieser Tür zu stehen und zu horchen. Kelly kam übertrieben leise auf Zehenspitzen heran. Als ich mich zu ihr hinunterbeugte, flüsterte sie mir ins Ohr: »Ist's schon wieder in Ordnung?«

»Beinahe.«

Dann hörte ich ein Krachen und Klopfen. Jemand, vermutlich der Polizeibeamte, stieß die Türen der freien WC-Kabinen auf und klopfte an die Türen der anderen. Er suchte wohl weniger den Dieb, sondern wollte kontrollieren, ob die Tasche irgendwo ohne das Geld weggeworfen worden war. Gleich würde unsere Kabine an der Reihe sein.

Für lange Überlegungen blieb keine Zeit. »Kelly, wenn jemand anklopft, mußt du reden. Am besten ...«

Klopf-klopf-klopf.

In der Echokammer der Behindertentoilette klang das Klopfen wie das Zuschlagen einer Zellentür.

»Hallo?« fragte eine Männerstimme. »Polizei! Ist da jemand drin?« Dabei versuchte jemand, die Schiebetür von außen zu öffnen.

Ich schob Kelly rasch zur Kloschüssel zurück und flüsterte ihr zu: »Antworte, daß du bald rauskommst.«

»Ich komme bald raus!« rief sie.

Von draußen kam keine Antwort, aber das Klopfen wiederholte sich an der nächsten Kabinentür. Damit war die Gefahr hoffentlich vorüber.

Nun mußte ich nur noch meine Pistole und die Magazine loswerden. Das war einfach. Ich steckte alles in Mrs. Sandborns Umhängetasche, die ich eng zusammenknüllte, damit sie in den nächsten Abfallbehälter paßte.

Erst nach einer Stunde glaubte ich, wir könnten die Kabine gefahrlos verlassen. Ich wandte mich an Kelly. »Du heißt jetzt Louise, okay? Louise Sandborn.«

»Okay.«

Sie nahm das gleichmütig hin.

»Louise, wenn wir jetzt gehen, möchte ich, daß du richtig fröhlich aussiehst und an meiner Hand gehst.« Ich griff nach der Reisetasche. »Okay, wir sind unterwegs!«

»Nach England?«

»Natürlich! Aber zuerst müssen wir uns Plätze im nächsten

Flugzeug besorgen. Du bist übrigens großartig gewesen – sehr gut gemacht!«

Einige Minuten nach 11 Uhr 30 waren wir wieder im Abflugbereich. Bis zum ersten möglichen Abflug mit BA–216 um 17 Uhr 10 nach Heathrow mußten wir uns noch über fünf Stunden hier herumtreiben.

Ich ging ans nächste Telefon, benutzte die Rufnummern aus dem Flughafenmagazin und rief nacheinander die in Frage kommenden Fluggesellschaften an, um nach freien Plätzen zu fragen. Der erste Flug mit British Airways war schon ausgebucht. Ebenso United Airways um 18 Uhr 10, BA um 18 Uhr 10 und United um 18 Uhr 40. Zuletzt gelang es mir, bei Virgin Atlantic zwei Plätze für den Flug um 18 Uhr 45 zu ergattern. Ich gab sämtliche Daten von Mr. Sandborn an, der die Tickets später abholen würde. Auch diesmal bezahlte ich wieder mit Angaben zur Kreditkarte auf dem Durchschlag von Frankie Sabatinos Mietwagen.

Ich schlenderte am Virgin-Schalter vorbei und stellte fest, daß er erst ab 13 Uhr 30 geöffnet war. Also eineinhalb Stunden lang warten und schwitzen.

Terry Sandborn sah älter aus als ich, und sein fast schulterlanges Haar fing schon an, grau zu werden. Mein Haar bedeckte kaum die Ohren und war braun. Zum Glück war sein Paß schon vier Jahre alt.

Zur Begeisterung Kellys und des Herrenfriseurs im Terminal verlangte ich den Bürstenschnitt Nummer eins und sah nun wie ein amerikanischer Marineinfanterist aus.

Dann gingen wir in den Reiseladen, wo ich ein Schmerzmittel kaufte, das Menstruationsbeschwerden bei Frauen zu lindern versprach. Ein Blick auf die auf der Packung angegebene Zusammensetzung genügte, um mir zu zeigen, daß ich offenbar das richtige Mittel erwischt hatte.

Die ganze Zeit über hoffte ich, die Polizei habe den Handtaschenraub als Gelddiebstahl eingestuft und den Fall nicht weiterverfolgt, sondern es dem Ehepaar Sandborn überlassen, den Verlust seiner Kreditkarten und Reisepässe zu melden. Ich wollte nicht am Virgin-Schalter aufkreuzen und von einem halben Dutzend Cops in Empfang genommen werden.

Noch eine halbe Stunde, bis wir zum Einchecken gehen konnten. Aber vorher hatte ich noch etwas zu erledigen.

»Kelly, wir müssen noch mal auf die Toilette.«

»Ich muß aber nicht.«

»Ich will mich dort verkleiden. Komm, ich zeig's dir.«

Wir verschwanden in einer der Behindertentoiletten im Abflugbereich, und ich schloß die Tür hinter uns. Als erstes holte ich Mrs. Sandborns Lesebrille heraus. Ihr dünner Goldrahmen enthielt Gläser von der Dicke des Bodens einer Colaflasche. Ich probierte sie auf. Die Brillenfassung war etwas klein, aber sie sah dennoch passabel aus. Ich drehte mich schielend nach Kelly um. Anschließend hatte ich Mühe, ihren Lachanfall zu beenden.

Dann riß ich die Packung Schmerztabletten auf. »Ich nehme jetzt ein paar dieser Tabletten ein, von denen mir schlecht wird. Aber das hat seinen Grund, okay?«

Sie wußte nicht recht, was sie davon halten sollte. »Oh, okay, wenn du meinst...«

Ich schluckte sechs Kapseln und wartete. Erst kamen Hitzewallungen, dann brach mir der kalte Schweiß aus. Ich hob eine Hand, um zu signalisieren, daß alles in Ordnung war, während ich mich in die Kloschüssel übergeben mußte.

Kelly verfolgte erstaunt, wie ich mir im Waschbecken kaltes Wasser übers Gesicht laufen ließ. Ich begutachtete mich im Spiegel. Wie ich gehofft hatte, sah ich so blaß und krank aus, wie ich mich fühlte. Vorsichtshalber schluckte ich noch zwei Kapseln.

Vor der langen Reihe von Abfertigungsschaltern warteten nur wenige Fluggäste, und bei Virgin Atlantic war lediglich ein Schalter besetzt. Die Hosteß schrieb irgend etwas und hielt den

Kopf gesenkt, als wir herankamen. Sie war eine schwarze Schönheit, Mitte Zwanzig, die ihre üppige Mähne zu einem Nackenknoten gebändigt trug.

»Hallo, mein Name ist Sandborn.« Das Kodein machte meine Stimme rauher und tiefer. »Bei Ihnen müßten zwei Tickets für mich liegen.« Ich bemühte mich, zerstreut und schusselig zu wirken. »Mein Schwager hat sie doch hoffentlich für mich gebucht?« Ich warf einen hoffnungsvollen Blick gen Himmel.

»Haben Sie eine Bestellnummer, Sir?«

»Tut mir leid, er hat mir keine gesagt. Einfach nur Sandborn.«

Sie tippte den Namen ein und sagte: »Ja, das stimmt, Mr. Sandborn, zwei Tickets für Sie und Louise. Wie viele Gepäckstücke geben Sie auf?«

Ich trug den Laptop über der Schulter und die Reisetasche in der Hand. Ich zögerte unschlüssig, als überlege ich, ob ich den Laptop bis zum Abflug noch brauchen würde. »Nur diese Tasche hier«, sagte ich und stellte sie auf die Waage. Sie wog nicht viel, aber das große schwarze Tuch füllte sie einigermaßen gut aus.

»Darf ich bitte Ihren Paß sehen?«

Ich tastete alle meine Taschen ab – scheinbar jedoch ohne Erfolg. In Wirklichkeit wollte ich Sandborns Reisepaß nicht sofort vorlegen. »Hören Sie, ich weiß, daß wir Glück gehabt haben, daß wir überhaupt Plätze bekommen haben, aber könnten Sie freundlicherweise dafür sorgen, daß wir zusammensitzen?« Ich beugte mich etwas nach vorn und fügte halb flüsternd hinzu: »Louise hat schrecklich Flugangst, wissen Sie.«

Kelly und ich wechselten einen Blick. »Alles okay, Baby, alles okay.« Ich senkte meine Stimme nochmals. »Wir sind in einer sehr traurigen Familiensache unterwegs, wissen Sie.«

Nach einem hastigen Blick zu Kelly hinunter erklärte ich der Hosteß mit schmerzlicher Miene: »Wissen Sie, ihre Großmutter ist ...« Aber ich brachte den Satz nicht zu Ende, als sei der Rest zu schrecklich für die Ohren eines kleinen Mädchens.

»Ich sehe zu, was sich tun läßt, Sir.«

Ihre Finger flogen so rasend schnell über die Computertastatur, daß es aussah, als bluffe sie nur. Ich legte meinen Reisepaß auf den Schalter. Die Hosteß sah auf und lächelte. »Kein Problem, Mr. Sandborn.«

»Wunderbar!« Trotzdem wollte ich dieses Gespräch fortführen. »Glauben Sie, daß wir eine Ihrer Lounges benutzen können? Nach meiner Chemotherapie ermüde ich sehr leicht. Wir sind den ganzen Tag herumgelaufen, und ich fühle mich nicht besonders gut. Wissen Sie, ich brauche nur irgendwo anzustoßen – schon habe ich eine blutende Platzwunde.«

Sie betrachtete meine Narben und meinen blassen Teint und nickte verständnisvoll. »Meine Mutter hat eine Chemotherapie wegen Leberkrebs machen müssen«, sagte sie dann. »Zum Glück nach all den Schmerzen, die sie durchlitten hat, sehr erfolgreich.«

Ich bedankte mich für ihr Mitgefühl und ihre aufmunternden Worte.

Jetzt sieh zu, daß wir in die verdammte Lounge dürfen, bevor uns jemand erkennt!

»Moment, ich frage mal nach.« Sie lächelte Kelly zu, nahm den Telefonhörer ab und sprach hinein. Das Gespräch war sehr kurz. Die Hosteß legte auf und nickte mir zu. »Geht in Ordnung, Sir. Wir teilen uns die Lounge mit United. Ich schreibe Ihnen rasch eine Einladung aus.«

Ich bedankte mich, und sie griff nach dem Reisepaß. Hoffentlich kannte sie mich inzwischen so gut, daß das nur eine Formalität war. Während sie meinen Paß aufschlug, wandte ich mich an Kelly, redete mit ihr und schilderte ihr, wie aufregend es sei, zu Grandma zu fliegen.

»Ihr Flug wird um achtzehn Uhr fünfzehn aufgerufen, Sir.« Ich sah dankbar lächelnd auf.

»Gehen Sie bitte zu Flugsteig C. Von dort aus bringt ein Pendelbus Sie zur Lounge. Angenehmen Flug!«

»Herzlichen Dank! Komm, Louise, wir dürfen unser Flugzeug nicht verpassen!« Ich ließ Kelly ein paar Schritte vorausgehen, drehte mich noch einmal um und sagte halblaut: »Hoffentlich kann Grandma auf uns warten.« Sie nickte wissend.

Jetzt wollte ich nur in die Luft. Die erste Hürde war die Sicherheitskontrolle. Kelly ging als erste durch die Schleuse; ich folgte ihr. Kein Piepston. Ich mußte den Laptop aufklappen und einschalten, um zu beweisen, daß er funktionierte, aber darauf war ich vorbereitet. Alle *Flavius*-Dokumente waren jetzt unter *Spiele* gespeichert.

Wir gingen zu Flugsteig C weiter, passierten eine weitere Kontrolle und bestiegen den wartenden Pendelbus. Nachdem wir ungefähr fünf Minuten gewartet hatten, bis der Bus sich allmählich füllte, wurden die Türen geschlossen. Die Hydraulik senkte den Bus ab, und wir fuhren übers Vorfeld zu den Lounges für abfliegende Fluggäste hinüber.

In dem luxuriös eingerichteten Passagierbereich herrschte reger Betrieb. Ich hörte viele britische, aber auch deutsche und französische Stimmen. Kelly und ich gingen zur UA-Lounge weiter, nachdem wir vorher noch an einem Bonbonstand haltgemacht hatten.

Wir saßen unauffällig mit einer Cola und einem großen Cappuccino in einer Ecke. Leider gab mir diese erzwungene Ruhepause nur Gelegenheit, darüber zu grübeln, ob ich irgendeinen Fehler gemacht hatte.

Ein Sicherheitsbeamter kam an die Rezeption und sprach mit den Leuten hinter der Theke. Mein Herz begann zu jagen. Die Flugzeuge jenseits der wandhohen Fensterscheiben waren schon zum Greifen nahe. Man konnte sich fast einbilden, Kerosin zu riechen.

Ich zwang mich dazu, Ruhe zu bewahren. Hätte die Polizei speziell nach uns gefahndet, hätte sie uns inzwischen längst aufgespürt. Aber in Wirklichkeit konnte noch soviel schiefgehen, daß eigentlich etwas schiefgehen mußte. Ich schwitzte noch immer stark. Meine Stirn war schweißnaß. Und ich fühlte mich schwach, ohne beurteilen zu können, ob das von den Tabletten oder meiner Nervosität kam.

»Nick? Bin ich heute den ganzen Tag Louise oder nur gerade jetzt?«

Ich gab vor, darüber nachzudenken. »Nein, den ganzen Tag. Du bist den ganzen Tag Louise Sandborn.«

»Warum?«

»Weil sie uns nicht nach England lassen, wenn wir keinen anderen Namen benutzen.«

Sie nickte nachdenklich.

»Soll ich dir noch was verraten?« fragte ich.

»Was denn?«

»Wenn ich dich Louise nenne, mußt du Daddy zu mir sagen. Aber nur für heute.«

Ich wußte selbst nicht, welche Reaktion ich erwartet hatte, aber Kelly zuckte nur mit den Schultern. »Von mir aus«, sagte sie nonchalant. Aber sie hatte es wenigstens nicht abgelehnt, mich so zu nennen.

Die nächsten Stunden waren nervenaufreibend, aber hier waren wir wenigstens gut aufgehoben. Hätte ich irgendwelche Herzprobleme gehabt, hätte mich vermutlich der Schlag getroffen, so hoch war mein Blutdruck. Jeder Schlag meines Herzens hämmerte dröhnend laut in meinen Ohren.

Ich sagte mir immer wieder: Du bist jetzt hier, daran ist nichts mehr zu ändern, das mußt du einfach akzeptieren. Sieh bloß zu, daß du in den Scheißflieger kommst!

Ich sah zu Kelly hinüber. »Na, alles in Ordnung, Louise?«

»Alles bestens, Daddy«, versicherte sie mir lächelnd. Ich konnte nur hoffen, daß ihr dieses Lächeln erhalten blieb.

Ich sah, wie die Frau an der Rezeption sich nach vorn beugte, um ins Mikrofon zu sprechen. Sie rief unseren Flug auf und versicherte uns, es sei ihr ein Vergnügen gewesen, uns als Gäste in der Lounge gehabt zu haben.

Mit uns stand etwa ein Dutzend weiterer Gäste auf, falteten ihre Zeitungen zusammen und zogen die Reißverschlüsse ihres Bordgepäcks zu.

Ich stand auf und reckte mich. »Louise?«

»Ja?«

»Auf nach England!«

Wir strebten zum Ausgang: Vater und Tochter, Hand in Hand, unbefangen schwatzend. Meine Theorie war, daß keiner uns ansprechen würde, solange wir miteinander redeten.

Vor uns in der Schlange standen vier oder fünf Leute, darunter ein Ehepaar mit kleinen Kindern. Die Pässe wurden von einem jungen Latino kontrolliert, der seinen Sicherheitsausweis an einer Kette um den Hals hängen hatte. Aber wir waren noch zu weit von ihm entfernt, als daß ich den Aufdruck hätte lesen können. Gehörte er zum Sicherheitsdienst des Flughafens oder der Fluggesellschaft?

Zwei uniformierte Sicherheitsbeamte kamen dazu, stellten sich hinter ihn und unterhielten sich halblaut. Ihre Plauderei wirkte so ungezwungen, daß ihre Natürlichkeit wahrscheinlich gespielt war. Ich wischte mir mit einem Jackenärmel unauffällig den Schweiß von der Stirn.

Die beiden Uniformierten waren bewaffnet. Jetzt machte der Schwarze einen Scherz, über den der Weiße lachte, während er sich umsah. Kelly und ich rückten in der Schlange vor.

Ich hielt sie weiter wie ein besorgter Vater an der Hand. Der Laptop hing über meiner linken Schulter. Kelly hatte ihre beiden Teddybären unter dem Arm.

Wir machten drei Schritte, warteten, rückten nochmals vor und standen vor dem Latino.

Ich wollte ihm alles möglichst einfach machen und gab ihm lächelnd den Reisepaß und die Bordkarten. Ich war der Überzeugung, daß die Uniformierten mich musterten. Deshalb verfiel ich in den Boxermodus: Ich konzentrierte mich völlig auf den jungen Latino; alles andere blieb außerhalb – gedämpft, verzerrt, peripher. Ein Schweißtropfen lief mir über die Backe, und ich wußte, daß er ihn gesehen hatte. Ich wußte auch, daß er meine keuchenden Atemzüge hören konnte.

Kelly stand halb rechts hinter mir. Ich lächelte ihr zu.

»Sir?«

Ich atmete, aufs Schlimmste gefaßt, aus und sah ihn an.

»Nur den Paß, Sir.« Er gab mir die Bordkarten zurück. Als unerfahrener Flugreisender grinste ich verlegen.

Er blätterte in dem Reisepaß und kam zu Sandborns Paßphoto, das er rasch mit meinem Gesicht verglich.

Jetzt bist du erledigt.

Ich zeigte ihm, daß ich seine Gedanken erriet. »Männliche Wechseljahre«, behauptete ich grinsend und fuhr dabei mit einer Hand über mein kurzgeschorenes Haar. Meine Kopfhaut war schweißnaß. »Der Bruce-Willis-Look!«

Der Scheißkerl verzog keine Miene. Er überlegte noch. Dann klappte er den Paß zu und hielt ihn mir wieder hin. »Angenehmen Flug, Sir.«

Ich wollte mich mit einem Nicken bedanken, aber er wandte sich bereits den Leuten hinter uns zu.

Wir gingen ein paar Schritte weiter zu den Girls von Virgin und gaben unsere Bordkarten ab. Die beiden Sicherheitsbeamten rührten sich nicht von der Stelle.

Als wir die Verbindungsbrücke zum Flugzeug betraten, kam ich mir wie jemand vor, der durch bauchtiefes Wasser zu rennen versucht hat und nun plötzlich am Strand ist.

Der Latino machte mir noch immer Sorgen. Ich mußte auf dem ganzen Weg in die Maschine an ihn denken. Erst als ich unsere Sitze gefunden, den Laptop im Gepäckabteil verstaut, mich hingesetzt und nach dem Bordmagazin gegriffen hatte, holte ich tief Luft und atmete ganz langsam aus. Aber das war kein Seufzer der Erleichterung, sondern ich wollte mein Blut nur mit Sauerstoff anreichern. Nein, der Scheißkerl war nicht zufrieden gewesen. Er hatte Verdacht geschöpft, aber er hatte mir keine Fragen gestellt, mich nicht einmal nach meinem Namen gefragt. Wir waren vielleicht am Strand, aber wir hatten noch längst keinen trockenen Boden unter den Füßen.

Das Flugzeug füllte sich allmählich. Ich atmete tief weiter, um meinen Puls unter Kontrolle zu bekommen.

Das Kabinenpersonal war ständig in der Maschine unterwegs. Ich rechnete jeden Augenblick damit, eine Stewardeß mit den beiden Sicherheitsbeamten im Schlepptau auf uns zukommen zu sehen. Hier gab es nur einen Eingang, nur einen Ausgang. Eine Flucht war unmöglich. Während ich mir verschiedene Szenarien durch den Kopf gehen ließ, mußte ich einfach akzeptieren, daß die Würfel gefallen waren. Ich war jetzt ein gewöhnlicher Fluggast und erlebte wieder das Gefühl, das ich in jeder Militär- oder Verkehrsmaschine hatte: Ich war anderen Menschen ausgeliefert, konnte mein Schicksal nicht in die eigenen Hände nehmen und fand diesen Zustand abscheulich.

Noch immer kamen Leute an Bord. Ich hätte fast einen nervösen Lachanfall bekommen, als aus den Lautsprechern Gloria Gaynors Song »I Will Survive« kam. Ich sah zu Kelly hinüber und blinzelte ihr zu. Sie war damit beschäftigt, ihren Teddybären den Sitzgurt anzulegen.

Einer der Stewards kam in Virgin-Uniform, noch nicht in Hemdsärmeln, den Gang entlang und machte bei unserer Reihe halt. Seiner Blickrichtung nach schien er zu kontrollieren, ob wir angeschnallt waren. Aber dafür war es wohl noch viel zu früh? Ich nickte ihm lächelnd zu. Er machte kehrt und verschwand in der Bordküche.

Ich beobachtete den Eingang und fürchtete das Schlimmste. Eine Stewardeß streckte ihren Kopf aus der Küche und sah genau mich an. Kellys Teddybären waren plötzlich sehr interessant.

Ich spürte ein Kribbeln im Nacken. Mein Magen verkrampfte sich. Als ich langsam den Kopf hob, war die Stewardeß verschwunden.

Der Steward tauchte wieder auf – diesmal mit einer Tragetasche in der Hand. Er kam zu uns, blieb stehen und ging im Gang neben Kelly in die Hocke. »Hi!« sagte er.

»Hallo!«

Als er seine Hand in die Tragetasche steckte, wartete ich darauf, daß er einen Colt Kaliber 45 herausziehen würde. Ein guter

Trick, mich glauben zu lassen, er gehöre zum Kabinenpersonal und habe eine Überraschung für Kelly.

Aber er zog nur einen Nylonrucksack mit dem übergroßen Virgin-Logo und dem Aufdruck *Kids With Altitude* heraus. »Wir haben vergessen, dir einen von denen zu geben«, sagte er dabei. Ich wäre ihm am liebsten um den Hals gefallen.

»Oh, vielen Dank!« Ich grinste wie ein Tollhäusler. Meine Augen waren durch die Gläser von Mrs. Sandborns Brille aufs Doppelte vergrößert. »Vielen herzlichen Dank!«

Er gab sich große Mühe, mich anzusehen, als sei ich wirklich eine Art Halbidiot, und verschwand, nachdem er Kelly versprochen hatte, ihr gleich nach dem Start einen Orangensaft zu bringen.

Ich sah mir gemeinsam mit ihr das Bordmagazin an und fragte sie: »Welchen Film willst du dir ansehen, Louise?«

»Clueless«, antwortete sie grinsend.

»Von mir aus«, sagte ich.

Eine Viertelstunde später hob unsere Maschine auf die Minute pünktlich von der Startbahn ab. Plötzlich störte es mich überhaupt nicht mehr, einem unbekannten Piloten ausgeliefert zu sein.

36

Wir hörten uns die heruntergeleierte Begrüßung des Captains an, der uns versicherte, wie wundervoll es sei, uns an Bord zu haben, und uns mitteilte, wann wir gefüttert werden würden. Meine Körperwärme schaffte es allmählich, mein durchgeschwitztes Hemd zu trocknen. Sogar meine Socken waren naßgeschwitzt. Ich sah zu Kelly hinüber. Sie machte ein trauriges Gesicht. Ich stieß sie mit dem Ellbogen an. »Was hast du?«

»Ach, nichts weiter. Melissa fehlt mir, weißt du, und ich habe ihr nicht mal erzählt, daß ich nach England fliege.«

Inzwischen wußte ich, wie ich damit umzugehen hatte. »Nun,

du brauchst in bezug auf Melissa nur an schöne Dinge zu denken, dann bist du wieder froh.« Ich wartete auf ihre Antwort und wußte schon im voraus, was sie sagen würde.

»Woran denkst du, damit du froh bist, wenn du dich an deinen besten Freund David erinnerst?«

Kein Problem; darauf war ich vorbereitet. »Nun, vor ungefähr zwölf Jahren haben wir zusammengearbeitet, und David hat sein Haus renoviert und einen neuen Fußboden gebraucht.«

Solche Gutenachtgeschichten mochte Kelly. Sie sah jedenfalls so aus, als würde sie an mich gelehnt bald einschlafen. Ich erzählte ihr, wie wir damals, als wir in Nordirland stationiert gewesen waren, in einem Stützpunkt der Security Forces den Fußboden eines Squash-Courts geklaut hatten. Wir waren um drei Uhr morgens mit Spaten, Hämmern und Meißeln angerückt, hatten die Bodenbretter in einen Kastenwagen geladen und waren damit nach Wales gefahren. Schließlich hatte Ihrer Majestät Regierung viel Zeit und Geld dafür aufgewendet, uns zu perfekten Einbrechern auszubilden. Warum sollten wir diese Fertigkeiten nicht zum eigenen Vorteil nutzen? Die folgenden drei Tage hatten wir damit verbracht, Küche und Diele seines Hauses in Breconshire gemeinsam mit dem schönen neuen Fußboden auszulegen.

Ich blickte grinsend zu Kelly hinüber, um ihre Reaktion zu sehen, aber sie schlief bereits fest.

Ich fing an, mir den Film anzusehen, aber ich wußte, daß ich einschlafen würde, sobald die Wirkung der Tabletten abklang und ich meinen Verstand daran hindern konnte, sich immer wieder mit derselben Frage zu beschäftigen.

Daß es eine unheilige Allianz zwischen der PIRA und korrupten DEA-Mitarbeitern gab, stand fest – und Kevs Boß schien einer der Hauptakteure zu sein. Kev hatte von dieser Korruption gewußt, ohne schon die Namen der Beteiligten zu kennen. Und er hatte mit jemandem darüber reden wollen.

Hatte Kev am Tag meiner Ankunft in Washington nichtsahnend seinen Boß angerufen, um ihn nach seiner Meinung zu fragen? Sehr unwahrscheinlich, denn er hatte bestimmt auf Kevs Liste der Verdächtigen gestanden. Viel wahrscheinlicher war, daß er mit jemandem außerhalb der DEA gesprochen hatte, der die Problematik erkennen würde und dessen Urteil Kev schätzte. Konnte das Luther gewesen sein? Kev hatte ihn gekannt, aber hatte er ihm auch vertraut? Schwierig zu beurteilen. Jedenfalls war Kev nach diesem Telefongespräch innerhalb von einer Stunde tot gewesen.

Ein paar Stunden vor der Landung flammte die Kabinenbeleuchtung auf, und wir bekamen das Frühstück serviert. Ich stieß Kelly an, aber sie stöhnte nur und vergrub sich unter ihrer Decke. Ich rührte das Essen nicht an. Nachdem ich beinahe in Hochstimmung gewesen war, weil es uns gelungen war, an Bord dieses Flugzeugs zu kommen, war ich zutiefst deprimiert aufgewacht. Meine Laune war so finster wie der schwarze Kaffee vor mir. Es war verrückt gewesen, sich schon erleichtert zu fühlen. Wir waren noch längst nicht in Sicherheit; falls die anderen wußten, daß wir an Bord waren, würden sie natürlich seelenruhig abwarten, bis wir gelandet waren. Ich mußte damit rechnen, festgenommen zu werden, sobald ich die Maschine auf dem Vorfeld verließ.

Auch wenn ich nicht verhaftet wurde, war noch die Einreisekontrolle zu passieren. Die Beamten, die unerwünschte Personen abweisen sollten, waren viel wacher und kritischer als ihre Kollegen, die der Form halber die Pässe von Ausreisenden kontrollierten. Sie sahen sich die Papiere wesentlich genauer an, achteten auf die Körpersprache der Ankommenden und lasen in ihrem Blick. Kelly und ich reisten mit einem gestohlenen Reisepaß. Daß wir damit auf dem Dulles International Airport durchgekommen waren, bedeutete nicht, daß uns das noch einmal gelingen würde.

Ich nahm weitere vier Tabletten und spülte sie mit Kaffee hinunter. Dann fiel mir ein, daß ich jetzt ein amerikanischer Staatsbürger war. Als eine Stewardeß mit den Formularen vorbeikam, ließ ich mir eine der Karten geben, die Ausländer vor der Einreise ausfüllen mußten. Kelly wollte noch immer nicht aufwachen.

Beim Ausfüllen der Karte beschloß ich, die Sandborns seien gerade umgezogen und wohnten jetzt neben Mr. und Mrs. Brown. Der Hunting Bear Parth war die einzige amerikanische Adresse, über die ich glaubwürdig reden konnte.

Falls ich bei der Einreisekontrolle verhaftet wurde, wäre das nicht das erste Mal gewesen. Einmal war ich bei der Rückkehr von einem Einsatz in Gatwick gelandet. Während der Paßbeamte in meinem Reisepaß blätterte, traten zwei Männer links und rechts an mich heran, hielten mich an den Armen fest und ließen sich von dem Beamten meinen Paß geben. »Mr. Stamford? Special Branch. Kommen Sie bitte mit.« Ich protestierte nicht einmal; meine Legende war stichhaltig, ich war wieder in England, hier konnte mir nichts passieren.

Nach einer Leibesvisitation in einem Vernehmungsraum wurde ich mit Fragen bombardiert. Ich hielt mich eisern an meine Legende: wo ich gewesen war, was ich dort gemacht hatte, warum ich es gemacht hatte. Sie riefen meine Tarnadresse an, und James bestätigte meine Darstellung. Alles schien bestens zu klappen.

Danach wurde ich in eine der Haftzellen auf dem Flughafen gesteckt, und drei Polizeibeamte kamen herein. Sie vergeudeten keine Zeit, sondern gingen wie Rugbystürmer auf mich los; abwechselnd hielten mich zwei an den Armen fest, während der dritte mich mit Boxhieben traktierte. Ohne ein Wort zu verlieren, machten sie mich ganz schön fertig.

Als nächstes wurde ich erneut verhört und beschuldigt, als Pädophiler in Thailand Kinder mißbraucht zu haben – eine abwegige Beschuldigung, denn tatsächlich war ich von einem Einsatz in Rußland zurückgekommen. Gegen diesen Vorwurf konnte ich mich nicht wehren; ich konnte nur alles leugnen und darauf warten, daß die Firma mich hier rausholen würde.

Nach einem ungefähr vierstündigen Verhör saß ich wieder in

meiner Zelle, als zwei Kerle vom Intelligence Service hereinkamen, um mein Verhalten mit mir zu besprechen. Das Ganze war eine beschissene Übung gewesen! Sie hatten alle Ks bei ihrer Rückkehr nach England auf die Probe stellen wollen, aber leider den falschen Tatvorwurf gewählt. Die Polizeibeamten waren offenbar nicht bereit, lange auf eine Gerichtsverhandlung zu warten, wenn es darum ging, Kinderschänder zu bestrafen. Das hatten wir alle sehr schmerzlich zu spüren bekommen. Ein K, der über Jersey eingereist war, hatte nach dieser Behandlung sogar ins Krankenhaus eingeliefert werden müssen.

Kelly war noch ganz verschlafen und sah so mies aus, wie ich mich fühlte. Sie sah aus, fand ich, als habe sie irgendwo im Freien übernachtet. Jetzt streckte sie sich gähnend. Als sie die Augen öffnete und sich leicht desorientiert umsah, hielt ich ihr grinsend einen Pappbecher Orangensaft hin. »Na, wie fühlst du dich, Louise?«

Kelly schaltete nicht gleich, aber nach zwei bis drei Sekunden war sie wieder auf dem laufenden. »Danke, ganz gut.« Sie machte eine kurze Pause, bevor sie grinsend hinzufügte: »Daddy.« Dann schloß sie die Augen und kuschelte sich wieder in ihre Decke. Ich brachte es nicht über mich, ihr zu sagen, daß wir bald landen würden.

Wenigstens konnte ich sie dazu überreden, den Orangensaft zu trinken, während der Videofilm *Welcome to London* lief. Reichlich Prunk, Pomp und Pracht: die Leibgarde zu Pferd, marschierende Gardisten, die Königin in ihrer Kutsche die Mall entlangfahrend. London war mir noch nie so attraktiv erschienen.

Dann landete das Flugzeug und wir verwandelten uns wieder in Schauspieler.

Wir rollten übers Vorfeld zu unserer Abstellposition. Alle sprangen auf, als hätten sie Angst, irgend etwas zu verpassen. Ich beugte mich zu Kelly hinüber. »Warte, wir haben's nicht eilig.« Ich wollte mitten in der Menge mitschwimmen.

Schließlich war wieder alles in Kellys Rucksack verstaut, so daß wir uns mit ihren Teddybären in die Schlange der Aussteigenden einreihen konnten. Ich versuchte nach vorn zu sehen, konnte aber nicht viel erkennen.

Wir erreichten die Bordküche, gingen nach links und schlurften zur Flugzeugtür weiter. Auf der Rampe waren zwei Männer in den mit Leuchtstreifen besetzten Jacken der British Airports Authority damit beschäftigt, eine Passagierin in ihren Rollstuhl zu setzen. Ich war wieder etwas optimistischer; die Freiheit schien zu winken.

Wir gingen die Rampe hinauf und folgten dem Tunnel ins Ankunftsgebäude. Kelly wirkte unbefangen und sorglos, was mir nur recht war; sie sollte am besten gar nicht ahnen, was für eine kritische Situation uns bevorstand.

Im Terminal herrschte lebhafter Fußgängerverkehr: Reisende liefen mit Handgepäck herum, betraten Duty-free-Shops, kamen aus diesen Läden oder drängten sich vor den Flugsteigen. Ich hatte meinen Laptop und Kellys Rucksack über der linken Schulter und hielt Kelly an der Hand. Sie trug ihre Teddybären. Wir erreichten den ersten Rollsteig.

Heathrow ist der am strengsten überwachte, mit den meisten Kameras ausgestattete und deshalb vermutlich sicherste Flughafen der Welt. Wir wurden schon jetzt von unzähligen Augenpaaren überwacht; dies war nicht der richtige Zeitpunkt, um schuldbewußt oder verschlagen zu wirken. Der Rollsteig endete bei den Flugsteigen 43–47, und der nächste begann ungefähr zehn Meter weiter. Ich wartete, bis gerade niemand in unserer Nähe war, und beugte mich dann zu Kelly hinunter. »Also, vergiß nicht, daß ich heute dein Daddy bin … okay, Louise Sandborn?«

»Und ob!« sagte sie mit einem strahlenden Lächeln.

Ich konnte nur hoffen, daß wir in einer Viertelstunde beide noch lächeln würden.

Am Ende des Rollsteigs fuhren wir mit der Rolltreppe nach unten und folgten den Hinweisschildern zur Paßkontrolle und

Gepäckabholung. Unterwegs redete ich mit Kelly, um etwas zu tun zu haben, anstatt nervös auszusehen. Ich war schon mindestens hundertmal illegal in irgendwelche Länder eingereist – aber noch nie so unvorbereitet oder unter so starkem Druck stehend.

»Alles klar, Louise?«

»Natürlich, Daddy.«

Ich hängte ihr den Rucksack um, um die Hände freizuhaben, damit ich Reisepaß und Visumkarte aus der Jackentasche holen konnte. Wir schlenderten zur Paßkontrolle weiter und stellten uns am Ende der Schlange an. Ich erinnerte mich an einen amerikanischen Freund, der von Boston nach Montreal und von dort aus nach London weitergeflogen war. In Kanada hatte er versehentlich den Paß eines Fremden eingesteckt, mit dem er sich in Montreal ein Hotelzimmer geteilt hatte; da er den Paß nicht mehr umtauschen konnte, hatte er ihn einfach als seinen vorgezeigt. Niemand hatte auch nur mit der Wimper gezuckt.

Wir warteten geduldig. Ich trug den Laptop jetzt über der rechten Schulter und hielt Kelly an der linken Hand. Während wir miteinander redeten, lächelte ich ihr manchmal zu – aber nicht zu oft, denn das wäre verdächtig gewesen, und ich wußte genau, daß wir auf Monitoren und durch Einwegspiegel beobachtet wurden. Der Geschäftsmann vor uns passierte die Paßkontrolle mit einem knappen Winken und einem Lächeln zu der Beamtin. Dann waren wir an der Reihe. Wir traten an den Durchgangsschalter.

Ich legte der Beamtin meine Papiere hin. Sie überflog die Eintragungen auf der Karte. Von ihrem erhöhten Platz aus sah sie auf Kelly herab. »Hallo, willkommen in England.«

»Hi!« antwortete Kelly sehr amerikanisch.

Ich schätzte die Beamtin auf Ende Dreißig. Ihre Haare waren dauergewellt, aber mit der letzten Dauerwelle war irgend etwas leicht schiefgegangen.

»Na, ist der Flug schön gewesen?« fragte sie.

Kelly ließ Jenny oder Ricky mit einer Hand am Ohr baumeln,

und der andere Bärenkopf ragte oben aus ihrem Rucksack. »Ja, sehr schön, danke«, sagte sie.

Die Beamtin setzte das Gespräch fort: »Und wie heißt du?« fragte sie, während sie weiter die Eintragungen auf der Karte las.

Sollte ich darauf vertrauen, daß Kelly den richtigen Namen sagen würde, oder sollte ich mich einmischen?

Kelly lächelte und sagte: »Kelly!«

Eigentlich lachhaft. Wir hatten einen so weiten Weg hinter uns, hatten so viele Gefahren überwunden – nur um durch eine Antwort aufzufliegen, die aus einem B-Movie hätte stammen können.

Ich lächelte Kelly zu. »Nein, so heißt du nicht!« widersprach ich nachdrücklich. Ich wagte nicht, die Beamtin anzusehen. Ich ahnte, daß ihr Lächeln verblaßte, und bildete mir ein, ihr Blick bohre sich seitlich in meinen Kopf.

Danach entstand eine Pause, die mir wie eine kleine Ewigkeit vorkam, während ich fieberhaft überlegte, was ich als nächstes tun oder sagen sollte. Ich stellte mir vor, wie der Zeigefinger der Beamtin nach dem versteckt angebrachten Alarmknopf tastete.

Kelly kam mir zuvor. »Natürlich nicht, ist nur ein Scherz gewesen«, kicherte sie und hielt ihren Teddybären hoch. »Das ist Kelly! Ich heiße Louise. Und wie heißen Sie?«

»Margaret.« Die Beamtin lächelte wieder. Wenn sie geahnt hätte, wie nahe sie daran gewesen war, uns zu enttarnen…

Sie schlug den Paß auf. Sie warf einen Blick auf das Paßbild und verglich es mit meinem Gesicht. Dann legte sie meinen Paß aufgeschlagen auf ein Gerät hinter dem Schalter, und ich erkannte das typisch blaue Leuchten einer UV-Prüflampe. Schließlich sah sie mich wieder an und fragte: »Wie alt ist dieses Paßbild?«

»Ungefähr vier Jahre, schätze ich.« Ich lächelte schwach und fuhr halblaut fort, als solle die Kleine nicht mitbekommen, was ich sagte: »Wissen Sie, ich habe eine Chemotherapie hinter mir. Die Haare wachsen gerade wieder nach.« Ich rieb mir den

Kopf. Meine Kopfhaut war feucht und kalt. Ich konnte nur hoffen, daß ich noch immer todelend aussah. Die Tabletten bewirkten jedenfalls, daß ich mich so fühlte. »Ich will mit Louise die Eltern ihrer Mutter besuchen, weil sie auch eine schwierige Zeit hinter sich hat. Meine Frau ist bei unserem Jungen geblieben, der im Augenblick krank ist. Manchmal kommt eben alles zusammen!«

»Oh«, sagte sie. Das klang aufrichtig mitfühlend. Aber sie gab mir meinen Paß nicht zurück.

Dann folgte erneut eine längere Pause, als warte sie darauf, daß ich mich zu einem Geständnis durchrang. Oder vielleicht überlegte sie nur, was sie Freundliches, Humanes sagen könnte. »Angenehmen Aufenthalt«, wünschte sie uns zuletzt und legte die Papiere auf den Schalter.

Ich mußte mich beherrschen, um sie nicht an mich zu reißen und mit ihnen zu flüchten.

»Vielen Dank«, sagte ich, griff nach den Papieren, steckte Paß und Karte in die Innentasche meiner Jacke und knöpfte sie zu, weil das jeder umsichtige Familienvater getan hätte. Erst dann wandte ich mich an Kelly. »Los, Baby, komm!«

Ich setzte mich in Bewegung, aber Kelly blieb einfach stehen. Scheiße, was hatte sie?

»Goodbye, Margaret«, strahlte sie. »Schönen Tag noch!«

Das war's dann. Wir waren fast am Ziel. Ich wußte, daß es keine Probleme mit unserem Gepäck geben würde, denn ich hatte nicht vor, es abzuholen.

Ich las die Anzeigen über den Gepäckbändern. Als ich sah, daß auch die Passagiere einer Maschine aus Brüssel eben ihr Gepäck abholten, steuerte ich auf den blauen Durchgang zu. Falls wir angehalten wurden, weil jemandem auffiel, daß Kelly einen Virgin-Rucksack trug, wollte ich einfach wieder den Dummen spielen.

Aber am blauen Durchgang hatten um diese Zeit keine Zollbeamten Dienst. Wir hatten's geschafft.

37

Vor uns öffnete sich die große Glasschiebetür zur Halle des Ankunftsgebäudes. Wir gingen durch die Menge von Wartenden, die Namensschilder hochhielten oder auf Freunde oder Angehörige warteten. Niemand würdigte uns eines Blickes.

Ich ging geradewegs zum *Bureau de change*. Wie sich zeigte, hatte ich vor der Abreise aus Washington bei Ron, Melvin und der Familie Sandborn schöne Beute gemacht, so daß ich jetzt über dreihundert Pfund in der Tasche hatte. Wie ein Schwachkopf vergaß ich, mir kleine Scheine für den Automaten geben zu lassen, und wir mußten endlos lange anstehen, um U-Bahnfahrscheine zu kaufen. Aber das störte mich nicht; ich genoß sogar die einstündige U-Bahnfahrt zur Bank Station. Ich war ein freier Mann, ich war unter gewöhnlichen Menschen. Keiner dieser Leute wußte, wer wir waren, oder würde uns plötzlich mit einer Waffe bedrohen.

Die Londoner City besteht aus einer seltsamen Mischung aller möglichen Baustile. Als wir den U-Bahnhof verließen, kamen wir an majestätischen Gebäuden mit Säulenfronten und puritanisch strengen Linien vorbei – steinerne Zeugen des alten Establishments. Aber hinter der nächsten Ecke wurden wir mit Monstrositäten aus den sechziger und frühen siebziger Jahren konfrontiert, deren Architekten eine »Jetzt ruinieren wir die City«-Pille geschluckt haben mußten. Eines dieser Gebäude war mein Ziel: die NatWest Bank in der Lombard Street, die so eng ist, daß kaum ein Auto hindurchpaßt.

Wir gingen durch die Drehtür aus Glas und Stahl und betraten die Kassenhalle, in der ganze Reihen von Kassiererinnen hinter Panzerglas saßen. Aber ich war nicht hier, um Geld abzuheben.

An der Rezeption saßen ein Mann und eine Frau, beide Anfang Zwanzig, beide mit NatWest-Anzügen. Auf den Brusttaschen war sogar ein kleines Firmenzeichen aufgenäht, das möglicherweise verhindern sollte, daß die Angestellten sie auch außer Dienst trugen.

Ich sah, wie die beiden Kelly und mich kurz musterten, und spürte, daß sie die Nase rümpften. »Hi, wie geht's?« begrüßte ich sie fröhlich, bevor ich Guy Bexley verlangte.

»Sagen Sie mir bitte Ihren Namen?« fragte die Frau, während sie nach dem Telefonhörer griff.

»Nick Stevenson.«

Sie tippte die Nummer der Nebenstelle ein. Der Mann machte sich wieder am anderen Ende der Theke zu schaffen.

Ich beugte mich zu Kelly hinunter und flüsterte: »Das erkläre ich dir später.«

»Mr. Bexley kommt gleich herunter. Möchten Sie inzwischen Platz nehmen?«

Wir warteten auf einer Couch, die sehr lang, sehr üppig gepolstert und sehr plastikartig war. Ich glaubte zu hören, wie das Räderwerk in Kellys Kopf sich drehte.

Dann die unvermeidliche Frage: »Nick, bin ich jetzt Louise Stevenson oder immer noch Louise Sandborn?«

Ich runzelte die Stirn und kratzte mich am Kopf. »Hmmm ... Kelly!«

Guy Bexley kam herunter. Er war mein »Kundenbetreuer«, was immer das bedeutete. Ich wußte nur, daß er der Mann war, den ich verlangte, wenn ich an mein Sicherheitspaket heranwollte. Er war Ende Zwanzig, und seine Frisur und sein Kinnbart ließen erkennen, daß er sich in dem von der Bank gestellten Anzug nicht wohl fühlte; er hätte lieber eine PVC-Hose getragen und sich mit einer Wasserflasche in der Hand die ganze Nacht mit bloßem Oberkörper auf einer Raverparty ausgetobt.

Wir gaben uns die Hand. »Hallo, Mr. Stevenson, lange nicht mehr gesehen.«

Ich zuckte mit den Schultern. »Arbeit. Das ist Kelly.«

Er beugte sich zu ihr hinunter. »Oh, hallo, Kelly«, sagte er grinsend, als wolle er demonstrieren, daß er gelernt hatte, mit Kindern umzugehen.

»Ich brauche nur mal fünf Minuten meine Schließfachkassette, alter Freund.«

Wir folgten ihm zu den abgetrennten kleinen Besprechungsräumen auf der anderen Seite der Kassenhalle. Ich war schon oft in diesen Räumen gewesen. Sie waren alle identisch; jeder enthielt nur einen runden Tisch, vier Stühle und ein Telefon. Hier zählten Leute Geld oder bettelten um ein Darlehen. Guy wollte hinausgehen.

»Kann ich bitte auch den Kontoauszug meiner Diamantreserve sehen?«

Guy nickte und ging hinaus. »Was machen wir hier?« fragte Kelly.

Ich hätte inzwischen wissen sollen, daß sie es nicht ertragen konnte, irgendwo nicht eingeweiht zu sein. Genau wie ihr Daddy. »Wart's nur ab«, sagte ich und blinzelte ihr zu.

Einige Minuten später kam Guy zurück, stellte eine Stahlkassette auf den Tisch und gab mir meinen zusammengefalteten Kontoauszug. Ich war nervös, als ich das Deckblatt aufklappte, und las als erstes die Zahl rechts unten.

426 570 Dollar zu einem Umrechnungskurs von 1,58 Dollar pro Pfund Sterling.

Big Al hatte es geschafft! Und er hatte Wort gehalten! Ich mußte mich beherrschen, weil Bexley noch dastand. »Ich brauche nur ungefähr fünf Minuten«, erklärte ich ihm.

»Wenden Sie sich an die Rezeption, wenn Sie fertig sind; dann bringt jemand Ihre Kassette in den Tresor zurück.« Guy schüttelte mir die Hand, winkte Kelly zu und schloß die Tür hinter sich.

Die Kassette war etwa dreißig mal fünfundvierzig Zentimeter groß: ein Aktensafe mit einem billigen Zahlenschloß, den ich bei Woolworth für einen Zehner gekauft hatte. Ich hatte eigentlich vorgehabt, ein richtiges Bankschließfach zu mieten, aber dann hatten sich die Schließfachaufbrüche gehäuft. Außerdem hätte ich mit dem Schlüssel aufkreuzen müssen, und ich konnte nicht dafür garantieren, daß ich ihn ständig bei mir haben würde. Diese Methode war besser, hatte jedoch den Nachteil, daß ich mich an die Schalterstunden würde halten müssen, falls ich einmal ins Ausland flüchten mußte.

Ich öffnete die Kassette, nahm ein paar alte Ausgaben von *Private Eye* heraus, die ich für den Fall, daß die Box einmal von selbst aufsprang, obenauf gelegt hatte, und gab sie Kelly. »Mal sehen, ob du daraus schlau wirst.« Sie griff nach einem Heft und begann darin zu blättern.

Als erstes nahm ich das Mobiltelefon mit dem dazugehörigen Ladegerät heraus. Ich schaltete es ein. Der Akku war noch zu einem Viertel geladen. Ich stellte das Telefon ins Ladegerät und schloß es an eine Wandsteckdose an.

Als nächstes entnahm ich der Kassette einen Klarsichtbeutel mit gebündelten Dollar- und Pfundnoten, fünf südafrikanischen Krüger-Rand und zehn halben Sovereigns, die ich aus dem Golfkrieg mitgebracht hatte. Hinter den feindlichen Linien eingesetzte Soldaten hatten zwanzig dieser Dinger mitbekommen, um die Einheimischen bestechen zu können, wenn wir in der Scheiße saßen. In meiner Patrouille hatte jeder zehn Goldstücke für sich abgezweigt; wir hatten behauptet, die anderen im Einsatz verloren zu haben. Anfangs hatte ich sie lediglich als Souvenirs aufgehoben, aber ihr Wert war bald gestiegen. Heute interessierte mich lediglich das Bargeld.

Darunter lag ein altmodisches Lederportefeuille, das eine komplette neue Identität enthielt – Reisepaß, Führerschein, Kreditkarten, alle Papiere, die ich brauchte, um mich in Nicholas Duncan Stevenson zu verwandeln. Angefangen hatte ich mit einer Sozialversicherungsnummer, die ich in einem Pub in Brixton für fünfzig Pfund gekauft hatte, aber ich hatte Jahre gebraucht, um das alles zusammenzutragen.

Dann nahm ich ein Notebook aus der Kassette. Ein wundervolles Gerät, mit dem ich überall auf der Welt faxen, Memos verschicken, Dateien verwalten und Informationen speichern konnte. Das Problem war nur, daß ich keine Ahnung hatte, wie man das Ding benutzte. Ich brauchte es nur als Telefon- und Adreßbuch, das durch ein Kennwort gesichert war.

Ich sah rasch zu Kelly hinüber. Sie blätterte gelangweilt in *Private Eye,* ohne ein Wort zu verstehen. Ich griff erneut in die Kassette und nahm die 9-mm-Pistole Marke Browning heraus, die ich Ende der achtziger Jahre aus Afrika mitgebracht hatte. Ich füllte ihr Magazin mit Patronen aus einer kleinen Tupperware-Box, schob es in den Griff und zog den Schlitten zurück, um die Pistole durchzuladen. Kelly blickte kurz auf, interessierte sich aber nicht weiter für die Waffe.

Ich schaltete das Notebook ein, tippte die Zahl 2242 und fand die Nummer, die ich suchte. Dann griff ich nach dem Mobiltelefon. Kelly sah erneut auf. »Wen rufst du an?«

»Euan.«

»Wer ist das?«

Sie wirkte leicht verwirrt.

»Er ist mein bester Freund.« Ich gab weiter seine Telefonnummer ein.

»Aber ...«

Ich legte den Finger auf die Lippen. »Psst!«

Euan war nicht zu Hause. Ich sprach auf seinen Anrufbeantworter und bat um seinen Rückruf, ohne meinen Namen zu nennen. Das war nicht nötig, weil er meine Stimme erkennen würde. Danach legte ich meinen Laptop und alles andere, was ich nicht mitnehmen würde – auch den Kontoauszug –, in die Stahlkassette.

Kelly langweilte sich jetzt mit *Private Eye,* deshalb nahm ich ihr die Hefte wieder weg, um sie in die Kassette zurückzulegen. Ich wußte, daß ihr eine Frage auf der Zunge lag.

»Nick?«

Ich packte die Kassette weiter voll. »Ja?«

»Du hast gesagt, daß David dein bester Freund ist.«

»Ah, richtig. Okay, mein bester Freund heißt in Wirklichkeit Euan. Aber ich muß ihn manchmal David nennen, weil ...« Ich wollte mir eine Lüge einfallen lassen, aber wozu eigentlich? »Ich habe ihn David genannt, damit du seinen richtigen Namen nicht weißt, falls wir geschnappt werden. Dann hättest du ihn keinem Menschen erzählen können. Mit solchen Methoden arbeiten wir dauernd, um uns selbst zu schützen.« Inzwischen hatte ich alles eingepackt und klappte den Deckel der Stahlkassette zu.

Kelly hatte darüber nachgedacht. »Oh, okay. Dann heißt er also Euan.«

»Wenn du ihn kennenlernst, zeigt er dir vielleicht sogar den Fußboden, von dem ich dir erzählt habe.«

Ich steckte den Kopf aus der Tür und winkte die Frau von der Rezeption heran. Sie kam herein, nahm meine Kassette vom Tisch und ging damit hinaus.

Ich wandte mich an Kelly. »Jetzt wird's Zeit für ein paar Einkäufe, glaube ich. Wir brauchen beide jede Menge neuer Sachen, und danach gehen wir in ein gutes Hotel und warten auf Euans Anruf. Was hältst du davon?«

Ihre Miene hellte sich auf. »Okay!«

Sobald diese Sache ausgestanden war, würde ich unter einem anderen Namen ein neues Bankkonto einrichten, mein Geld darauf einzahlen und danach aufhören, Stevenson zu sein. Ziemlich mühsam zu organisieren, aber für 426 570 Dollar konnte ich damit leben.

Für Kelly wurde die Taxifahrt zum Trafalgar Square zu einer Besichtigungstour mit mir als Fremdenführer. Ich hatte mehr Spaß daran als sie, und der Gesichtsausdruck des Taxifahrers im Rückspiegel zeigte mir, daß ich offenbar vieles durcheinanderbrachte.

Wir fuhren die Strand entlang, als ich auf beiden Straßenseiten Bekleidungsgeschäfte sah. Wir bezahlten das Taxi und kauften als erstes eine Reisetasche, in die Socken, Unterwäsche, Jeans, Blusen, Hemden, Schlafanzüge und Waschzeug kamen. Dann hielt ich ein weiteres Taxi an und nannte Brown's Hotel als Fahrtziel.

»Das alte Hotel wird dir gefallen, Kelly«, sagte ich. »Es hat zwei Eingänge, so daß man von der Dover Street hereinkommen und auf der anderen Seite zur Albermarle Street hinausgehen kann. Sehr wichtig für Spione wie uns.«

Ich schaltete das Mobiltelefon ein, wählte die Nummer der Auskunft und rief dann Brown's Hotel an, um ein Zimmer reservieren zu lassen. Keine halbe Stunde später waren wir in unserem Zimmer, aber zuvor hatte ich Kelly gegenüber angeben wollen und dabei feststellen müssen, daß der Ausgang zur Dover Street nicht mehr geöffnet war. Mein Finger lag offenbar nicht ganz am Puls der Zeit.

Unser Zimmer war Welten von denen entfernt, die wir bisher gewohnt waren. Es war behaglich luxuriös und hatte vor allem eine Minibar mit Toblerone. Ich überlegte, ob ich gleich ein Bier trinken sollte, aber dazu war es zu früh; ich hatte noch zu arbeiten.

Die Zeitverschiebung machte sich bemerkbar. Kelly sah erschöpft aus. »Baden kannst du morgen früh«, erklärte ich ihr. Sie nickte dankbar, zog ihren neuen Schlafanzug an und kroch unter die Decke. Keine zwei Minuten später spielte sie schon wieder Seestern.

Ich sah nach, ob mein Mobiltelefon eingeschaltet war und das Ladegerät funktionierte. Euan kannte meine Stimme und meine Nachricht: »Hier ist John, der Installateur. Wann soll ich den Wasserhahn auswechseln? Ruf doch mal an ...« Das würde genügen.

Ich beschloß, ein zehnminütiges Nickerchen zu machen, bevor ich duschte, eine Kleinigkeit aß und dann ins Bett ging. Schließlich war es erst siebzehn Uhr.

Um Viertel vor sechs Uhr morgens klingelte mein Mobiltelefon. Ich drückte die grüne Taste. »Hallo?« sagte die tiefe, sehr beherrschte Stimme, die ich so gut kannte.

»Ich brauche dich, Kumpel«, sagte ich. »Du mußt mir helfen. Kannst du nach London kommen?«

»Wann soll ich kommen?«

»Sofort.«

»Ich bin in Wales. Das dauert ein paar Stunden.«

»Okay, ich warte unter dieser Nummer.«

»Kein Problem. Ich fahre mit dem Zug, der ist schneller.«

»Danke, Kumpel. Ruf mich ungefähr eine Stunde vor der Ankunft in Paddington an.«

»Wird gemacht.«

Euan legte auf.

Ich fühlte mich erleichtert wie noch nie. Als ob ich eben mit einem Arzt telefoniert und erfahren hätte, der Krebstest sei negativ gewesen.

Allein die Zugfahrt würde über drei Stunden dauern, deshalb konnte ich vorerst nicht viel anderes tun, als die Gefechtspause zu genießen. Kelly wachte auf, während ich mich in der *Times,* die jemand unter der Tür durchgeschoben hatte, über den Wahlkampf informierte – in Brown's Hotel brauchte kein Gast mit Kleingeld zum nächsten Zeitungskiosk zu gehen. Ich rief den Zimmerservice an, bestellte ein Frühstück und probierte den Fernseher aus. Keine *Power Rangers.* Großartig.

Wir ließen uns nach dem Frühstück viel Zeit, duschten, zogen uns an und sahen gut aus. Dann machten wir einen geruhsamen Spaziergang über Piccadilly Circus, Leicester Square und Trafalgar Square zum Bahnhof. Ich betätigte mich auch diesmal als Fremdenführer, aber Kelly hörte kaum zu. Sie wollte nur die Tauben füttern. Ich sah immer wieder auf meine Armbanduhr, weil ich hoffte, Euan werde bald anrufen, und während Kelly fast in einem Taubenschwarm verschwand, klingelte mein Mobiltelefon. Es war 9 Uhr 50. Ich steckte einen Finger ins rechte Ohr, um den Verkehrslärm und das Gekreische von Kelly und anderen Kindern auszusperren.

»Ich bin in einer Stunde in Paddington.«

»Wunderbar. Wir treffen uns auf dem Bahnhof Charing Cross, Bahnsteig drei, okay, Kumpel?«

»Bis dann.«

Das Hotel Charing Cross gehört zum Bahnhofskomplex und ist vom Trafalgar Square in zwei Minuten zu Fuß zu erreichen. Ich hatte den Bahnhof Charing Cross als Treffpunkt gewählt, weil ich wußte, daß man von der Hotelhalle aus die Taxis beobachten kann, die Fahrgäste vor dem Eingang absetzen.

Wir saßen oben in der Hotelhalle, in der es von amerikanischen und italienischen Pauschaltouristen nur so wimmelte, und warteten. Nach gut einer halben Stunde sah ich ein Taxi mit einer vertrauten Gestalt auf dem Rücksitz vorfahren. Ich machte Kelly auf Euan aufmerksam.

»Gehen wir nicht hinaus, um ihn zu begrüßen?«

»Nein, wir bleiben vorläufig hier, weil wir ihn überraschen wollen. Genau wie in Daytona, weißt du noch?«

»Richtig, wir müssen im Hintergrund bleiben und die Umgebung beobachten.«

Ich beobachtete, wie Euan ausstieg. Es war so wunderbar, ihn zu sehen, daß ich am liebsten aufgesprungen und hinausgerannt wäre. Er trug Jeans und klobige Holzfällerstiefel, im Vergleich zu denen Hush Puppies hochmodisch und elegant gewirkt hätten. Dazu hatte er eine schwarze Bomberjacke aus Nylonsatin an, damit er auf dem Bahnsteig leicht zu erkennen war. »Wir lassen ihm ein paar Minuten Vorsprung«, schlug ich Kelly vor. »Dann gehen wir hinüber und überraschen ihn, okay?«

»Yeah!« Sie klang ganz aufgeregt. Sie hatte zwei Klumpen Vogelscheiße auf dem Rücken ihres Mantels. Ich wartete darauf, daß das Zeug trocknete, bevor ich es abwischte.

Ich wartete noch fünf Minuten, bis ich sicher war, daß er nicht beschattet wurde. Dann gingen wir zum Bahnhof hinüber und traten unter Bögen hindurch in die Schalterhalle. In dem im viktorianischen Stil erbauten Bahnhof gab es Filialen von W. H. Smith und anderen Einzelhandelsketten. Wir fanden Bahnsteig 3 und sahen Euan an einen Pfeiler gelehnt eine Zeitung lesen. Wieder wäre ich am liebsten losgerannt, um ihn zu umarmen. Wir gingen langsam auf ihn zu.

Euan hob den Kopf und sah mich. Wir lächelten uns zu und sagten wie aus einem Mund: »Hi! Wie geht's?« Er betrachtete erst mich, dann Kelly, ohne sich nach ihr zu erkundigen; er wußte, daß ich ihm irgendwann erzählen würde, was es mit der Kleinen auf sich hatte. Wir gingen durchs Bahnhofsgebäude zu den Treppen, die zur Themse hinunterführten. Unterwegs begutachtete Euan meine Frisur und versuchte ein Grinsen zu verbergen. »Klasse Haarschnitt!«

Vor dem U-Bahnhof Embankment bestiegen wir ein Taxi. Verfahren sind Verfahren und dienen nur dem eigenen Schutz; sobald man von den bewährten Verfahren abweicht, sind Probleme vorprogrammiert. Um etwaige Verfolger abzuschütteln, ließen wir das Taxi ziemliche Umwege fahren, so daß wir nicht zehn, sondern zwanzig Minuten bis zu Brown's Hotel brauchten.

Sobald wir in unserem Zimmer waren, stellte ich für Kelly den Fernseher an und telefonierte mit dem Zimmerservice. Wir hatten alle Hunger.

Euan schwatzte bereits mit Kelly. Sie genoß es sichtlich, einen neuen Gesprächspartner zu haben – auch wenn er wieder nur ein erwachsener Mann war. Die beiden schienen sich auf Anhieb gut zu verstehen, und Kelly fühlte sich in seiner Gesellschaft offenbar wohl.

Das Essen wurde serviert: Ein Beefburger mit Chips für Kelly, zwei Club-Sandwiches für uns. »Wir lassen dich jetzt in Ruhe essen«, erklärte ich Kelly. »Wir gehen ins Bad, weil du fernsehen willst und ich mit Euan verschiedene Dinge zu bereden habe. In Ordnung?«

Sie nickte und hatte bereits den Mund voll.

»Bis bald, Kelly«, sagte Euan grinsend. »Laß mir ein paar Chips übrig!«

Wir gingen mit unserem Kaffee und den Sandwiches ins Bad. Die Fernsehgeräusche verstummten, sobald ich die Tür hinter uns schloß.

Ich begann mit meinem Bericht. Euan hörte auf dem Wannenrand sitzend aufmerksam zu. Er war sichtlich erschüttert, als ich von Kev und Marsha erzählte. Ich war bis zu Kellys und meiner Festnahme durch Luther & Co. gekommen, als er mich erstmals unterbrach.

»Scheißkerle! Was sind das für Leute gewesen? Glaubst du, daß sie auch Kev umgelegt haben?«

»Wahrscheinlich.« Ich setzte mich neben ihn. »Kev hat die drei Mörder gekannt. Kelly hat bestätigt, daß Luther mit Kev zusammengearbeitet hat. Unklar ist mir nur, mit wem er telefoniert hat, um ›die Sache ins Rollen zu bringen‹.«

»Aber du tippst auf Luther?«

Ich nickte. »Weiß der Teufel, wie er ins Gesamtbild paßt, aber ich vermute, daß er auch bei der DEA und ebenfalls korrupt gewesen ist. Bei der DEA scheint's einige zu geben, die sich mit Drogengeldern bestechen lassen.« Ich berichtete ihm noch von dem nächtlichen Kampf mit McGear und was Frankie de Sabatino und ich in den GIFs auf meiner Diskette entdeckt hatten.

Euan nickte langsam. »Alles hängt also damit zusammen, daß die PIRA harte Drogen nach Europa schmuggelt. Offengehalten wird die Route durch Bestechung, Erpressung und Gewalt. Aber was ist mit McGear – hat er irgendwas gesagt?«

»Kein Wort. Er hat gewußt, daß er sterben würde.«

»Und dieser Sabatino? Hat er auch eine Kopie deiner Diskette?«

Ich lachte. »Du weißt, daß ich dir das nicht sagen werde. Sicherheit geht vor, Kumpel, Sicherheit geht vor!«

»Recht hast du.« Er zuckte mit den Schultern. »Reine Neugier.«

Ich sprach weiter und schilderte ihm, was ich in Kevs Haus gefunden hatte. Euan hörte schweigend zu. Er saß einfach nur da und nahm alles in sich auf. Ich fühlte mich plötzlich erschöpft, als habe meine symbolische Stabübergabe an Euan bewirkt, daß alles, was in den letzten zehn Tagen passiert war, mich endlich einholen und seinen Tribut fordern konnte.

Ich musterte Euan prüfend. Auch er wirkte ziemlich mitgenommen.«

»Was du sagst, klingt alles ganz logisch – bis auf einen Punkt.«

»Welchen?«

»Hätten die Kolumbianer nicht voraussehen müssen, daß ein Bombenanschlag in Gibraltar verschärfte Sicherheitsmaßnahmen auslösen und den Drogenschmuggel erschweren würde?«

»Dieser Anschlag ist eine letzte Warnung an alle gewesen, die damals aus dem Drogengeschäft aussteigen wollten. Glaub mir, Kumpel, der Fall ist mehrere Nummern zu groß für mich. Ich will ihn bloß Simmonds übergeben und bin heilfroh, wenn ich nichts mehr damit zu tun habe.«

»Ich helfe dir, wo ich kann.« Euan riß eine Packung Benson & Hedges auf; er rauchte offenbar wieder. Ich stand auf, um nicht eingequalmt zu werden.

»Ich will nicht, daß du direkt beteiligt bist. Kev und Pat sind tot, mich hat's beinahe erwischt – dich brauche ich als Rückendeckung für den Fall, daß irgendwas schiefgeht.«

»Was soll ich also tun?«

Ich roch den Schwefelgestank seines Zündholzes. Er grinste, als ich ärgerlich den Rauch von meinem Gesicht wegwedelte. Er wußte, daß ich es haßte, eingequalmt zu werden. Manche Reaktionen bleiben selbst unter extremem Druck gleich.

»Morgen nachmittag müßtest du mit FedEx Kopien der Disketten bekommen«, sagte ich. »Falls mir oder Simmonds etwas zustößt, mußt du allein weitermachen.« Inzwischen war bereits das ganze Bad eingenebelt. Jeden Augenblick konnte der Brandmelder losschrillen.

»Kein Problem, Kumpel«, sagte er in seiner sehr langsamen, sehr gelassenen, sehr überlegten Art. Hätte jemand Euan mitgeteilt, der Haupttreffer in der National Lottery sei auf ihn gefallen, hätte er »Das ist nett« gesagt und dann weiter sein Kleingeld aufgestapelt oder seine Socken zusammengelegt.

»Wie viele Diskettenkopien gibt's außer denen, die du mir geschickt hast?«

»Das sage ich dir lieber nicht, Kumpel. Jeder erfährt nur, was er wissen muß!«

Er nickte grinsend. Er wußte, daß ich ihn damit schützte.

»Noch etwas«, fuhr ich fort. »Ich will Kelly nicht zu dem Treffen mit Simmonds mitnehmen. Bei unserem letzten Gespräch hat er mich verdammt unfreundlich abgefertigt. Falls wir uns in die Haare geraten, möchte ich nicht, daß Kelly ins Kreuzfeuer gerät. Du bist der einzige Mensch, dem ich sie anvertrauen kann. Nur für eine Nacht, vielleicht für zwei. Kannst du mir diesen Gefallen tun?«

Euan antwortete so prompt, wie ich erwartet hatte. »Kein Problem.« Auf seinem Gesicht erschien ein Lächeln. Er wußte jetzt, daß ich ihn vorhin ungezwungen mit Kelly hatte schwatzen lassen, damit sie sich kennenlernten.

»Nimmst du sie mit nach Breconshire?«

»Klar. Hast du ihr erzählt, daß ich in Wales lebe?«

»Sie weiß, daß du in einer Schäferhütte haust.«

Er warf seine Kippe ins WC, weil er wußte, daß ich diesen Geruch nicht leiden konnte.

Ich legte ihm beide Hände auf die Schultern. »Diese Woche ist beschissen gewesen, Kumpel.«

»Mach dir deswegen keine Sorgen. Wir gehen jetzt zu Kelly rüber und trinken unseren Kaffee aus. Dann ziehst du los und bringst diesen Scheiß mit Simmonds in Ordnung, damit du wieder Ruhe hast.«

»Wie hat der Burger geschmeckt?«

»Gut. Ich habe Euan ein paar Chips aufgehoben.«

Ich setzte mich neben sie aufs Bett. »Hör zu, Kelly, Euan und ich haben miteinander geredet, und weil ich hier in London viel zu erledigen habe, halten wir's für eine gute Idee, wenn du mit Euan aufs Land fährst und bei ihm übernachtest. Nur für eine Nacht, bis ich morgen nachkomme. Was hältst du davon? Hey, dann kannst du sogar den Fußboden sehen, den wir verlegt haben! Weißt du noch, wie ich davon erzählt habe?«

Kellys Gesichtsausdruck zeigte deutlich, daß sie vermutete, keine andere Wahl zu haben.

»Nur für eine Nacht«, sagte ich, »und um Euans Haus herum gibt's überall Schafe.«

Sie sah auf ihre Hände hinunter und murmelte: »Ich möchte bei dir bleiben.«

»Was, du willst nicht hin?« fragte ich mit gespielter Überraschung. »Dort gibt's massenhaft Schafe!«

Kelly wand sich vor Verlegenheit. Sie war zu höflich, um vor Euan nein zu sagen.

»Es ist nicht für lange.« Dann ließ ich als gemeiner Kerl die Falle zuschnappen. »Du magst Euan, nicht wahr?«

Sie nickte zögernd.

»Es ist nur für eine Nacht. Ich rufe dich sowieso an; wir können abends miteinander reden.«

Sie wirkte ziemlich unglücklich. Schließlich hatte ich ihr versprochen, sie nie mehr allein zu lassen. Dann fiel mein Blick auf mein Mobiltelefon und brachte mich auf eine Idee. »Was hältst du davon, wenn ich dir mein Telefon mitgebe? Paß auf, ich zeige dir, wie es funktioniert.« Ich führte ihr die Bedienung vor. »So, jetzt kannst du's gleich selbst ausprobieren. Wenn du weißt, wie es funktioniert, kannst du's heute nacht unter dein Kopfkissen legen.«

Ich sah zu Euan hinüber und bemühte mich, ihn einzubeziehen. »Weil sie ihr eigenes Zimmer bekommt, stimmt's?«

»Richtig, sie bekommt ein eigenes Zimmer – das mit Blick auf den Schafpferch.«

»Und in ihrem Zimmer steht auch ein Fernseher, stimmt's?« fragte ich weiter.

»Klar«, bestätigte er nickend, während er sich vermutlich fragte, wo er den Fernseher herbekommen sollte.

Schließlich stimmte Kelly doch zu; sie war keineswegs begeistert, aber das verlangte auch niemand. Ich schaltete das Mobiltelefon ein, tippte meine PIN ein und gab es ihr. »Wenn ihr angekommen seid, steckst du das Ladegerät ein, dann funktioniert es weiter, okay?«

»Okay.«

»Nachts legst du das Telefon unter dein Kopfkissen, damit du das Klingeln bestimmt hörst. Verstanden?«

»Ja, ja, schon gut.« Sie begriff jetzt, daß ihr eindeutig keine andere Wahl blieb.

»Hör zu, wenn wir aufs Land fahren, müssen wir die Teddybären reisefertig machen«, sagte Euan. »Wie heißen sie? Sind sie schon mal mit dem Zug gefahren?«

Damit hatte er bei Kelly den richtigen Ton getroffen. Wir gingen nach unten und fuhren mit einem Taxi zum Bahnhof Paddington.

38

Wir kauften für Kelly Eiscreme, Süßigkeiten und Limonade, nur um sie von der bevorstehenden Reise abzulenken. Sie überlegte noch, welches Comic-Heft sie wollte, als Euan nach einem Blick auf seine Uhr sagte: »Bald ist es soweit, Kumpel.«

Ich begleitete sie auf den Bahnsteig und umarmte Kelly an der Waggontür. »Ich rufe dich heute abend an, Kelly. Ehrenwort!«

Als sie einstieg, sahen Jenny und Ricky mich aus dem Virgin-Rucksack auf ihrem Rücken an. »Okay.«

Der Schaffner ging den Zug entlang und schloß die Türen. Euan ließ das Fenster herunter, damit Kelly winken konnte.

»Nick?« Sie beugte sich aus dem offenen Fenster und winkte mich zu sich, als wollte sie mir noch etwas ins Ohr flüstern.

»Was?« Ich brachte mein Gesicht nahe an ihres heran.

»Das!« Sie schlang ihre Arme um meinen Hals, zog mich an sich und drückte mir einen dicken Kuß auf die Backe. Ich war so verblüfft, daß ich einfach nur dastand.

Der Zug fuhr an.

»Also, dann bis morgen!« rief Euan noch. »Mach dir keine Sorgen um uns. Wir kommen schon zurecht!«

Als der Zug langsam aus dem Bahnhof rollte, hatte ich dasselbe schmerzliche Gefühl wie in dem Augenblick, in dem Pats Leiche in den Krankenwagen verladen worden war, aber diesmal wußte ich nicht, warum. Schließlich geschah das nur zu ihrem Besten, und Kelly war in sicheren Händen. Ich zwang mich dazu, das Ganze als ein weiteres gelöstes Problem zu betrachten, und machte mich auf den Weg zu den Münztelefonen.

Vauxhall erkundigte sich sehr geschäftsmäßig: »Nebenstelle, bitte?«

»Zwo-sechs-eins-zwo.«

Nach kurzer Pause meldete sich eine Simme, die ich sofort erkannte: »Zwo-sechs-eins-zwo, hallo.«

»Hier ist Stone. Ich habe, was Sie brauchen.«

»Nick! Wo sind Sie?«

Ich steckte den Zeigefinger ins rechte Ohr, als die Lautsprecherstimme eine Zugabfahrt ankündigte.

»Ich bin in England.« Eine überflüssige Feststellung, weil er selbst hören konnte, daß der Zug nach Exeter in Kürze abfahren würde.

»Ausgezeichnet.«

»Ich muß Sie dringend sprechen.«

»Gleichfalls. Aber ich bin hier bis nach Mitternacht eingespannt.« Er überlegte kurz. »Vielleicht können wir uns auf einem Spaziergang unterhalten. Wie wär's mit morgen früh um halb fünf?«

»Wo?«

»Ich komme vom U-Bahnhof. Sie finden mich bestimmt.«

»Wird gemacht.«

Ich hängte den Hörer mit dem Gefühl ein, daß die Würfel nun endlich einmal mich begünstigten. Kelly war in Sicherheit, Simmonds hatte ganz zugänglich gewirkt. Mit etwas Glück konnte ich in ein paar Stunden aus diesem ganzen Schlamassel heraus sein.

Im Hotel bestellte ich mir einen Leihwagen, um Kelly nach dem Treff mit Simmonds in Breconshire abholen zu können, und aß eine Kleinigkeit. In Gedanken spielte ich durch, was ich zu Simmonds sagen würde – und wie ich es sagen würde. Ich besaß zweifellos genau die Beweise, die Simmonds verlangt hatte. Daß ich die Videobänder, die ein zusätzliches Beweismittel gewesen wären, nicht hatte, war bedauerlich, aber trotzdem war mein Material eigentlich besser, als er hätte erwarten können. Schlimmstenfalls mußte ich jetzt damit rechnen, arbeitslos auf der Straße zu landen. Zum Glück hatte ich wenigstens das Startkapital für ein neues Leben.

Ich dachte an Kelly. Was würde aus ihr werden? Wer würde sich ihrer annehmen? Wie sehr hatte ihr geschadet, was sie erlebt und gesehen hatte, was ihr und ihren Angehörigen zugestoßen war? Ich versuchte mir einzureden, für alles würde sich irgendeine Lösung finden lassen... irgendwie. Dabei konnte Simmonds helfen. Vielleicht konnte er die Zusammenführung mit ihren Großeltern arrangieren oder mir zumindest Hinweise geben, wohin ich mich wenden mußte, damit ihr von Fachleuten geholfen wurde.

Ich versuchte zu schlafen, tat aber kein Auge zu. Um drei Uhr morgens holte ich meinen Leihwagen vom NCP-Parkplatz und fuhr in Richtung Vauxhall Bridge.

Ich machte einen weiten Umweg, fuhr die ganze King's Road bis World's End hinunter, bog dann in Richtung Themse ab und fuhr wieder nach Osten, weil ich meine Gedanken zum letzten Mal ordnen wollte, aber auch weil diese Fahrt das menschenleere Embankment mit seinen historischen, nachts angestrahlten Gebäuden entlang für mich eine der schönsten Aussichten der Welt bot. Besonders in dieser Nacht schienen die Scheinwerfer etwas heller zu leuchten und die Brücken noch klarer hervorzutreten, so daß ich mir wünschte, Kelly säße neben mir und könnte diesen Anblick genießen.

Ich erreichte die Vauxhall Bridge frühzeitig und fuhr auf der Uferstraße nach Osten in Richtung Lambeth Bridge weiter. Der Treff wirkte beim Vorbeifahren unverdächtig. In der Tankstelle auf der gegenüberliegenden Straßenseite standen vier Autos von jungen Leuten, die Benzin und Schokoriegel kauften, und der Kastenwagen einer Firma für Gebäudereinigung, dessen Fahrer ebenfalls tankte.

Weiter flußabwärts sah ich auf dem anderen Ufer die Parlamentsgebäude. Ich mußte unwillkürlich grinsen. Wenn die Abgeordneten nur wüßten, was die Geheimdienste wirklich trieben! In den Fernsehnachrichten hieß es, wir würden wohl bald eine neue Regierung bekommen. Allerdings würde ich nicht mitwählen dürfen. Ich existierte schon seit Jahren nicht mehr offiziell als Stone, Stamford, Stevenson oder sonst jemand.

Ich fuhr einmal um einen Verkehrskreisel herum und folgte derselben Straße in Richtung Vauxhall Bridge, um den Treff erneut zu kontrollieren. Da ich noch immer zu früh dran war, hielt ich an der Tankstelle und holte mir einen Becher Kaffee und ein Sandwich.

Der Treff schien noch immer in Ordnung zu sein. Ich wollte Simmonds abfangen, ihn auf Umwegen zu meinem Wagen führen und eine kleine Spazierfahrt mit ihm machen. Auf diese Weise hatte ich alle äußeren Umstände unter Kontrolle. Ich konnte mich selbst, aber auch ihn schützen.

Ich parkte ungefähr vierhundert Meter westlich des Treffs. Während ich das Sandwich aß, überlegte ich die Route zu meinem Auto zurück. Dann stieg ich aus, ging die Straße entlang und war um fünf vor vier da. Um mir die Wartezeit zu verkürzen, sah ich mir die in dem Bike-Shop ausgestellten Motorräder an und beschloß, mir wirklich eines als Geschenk für mich selbst zu kaufen. Nein, nicht bloß als Geschenk – als Belohnung.

Um 4 Uhr 20 trat ich in die Schatten unter dem Eisenbahnhochgleis gegenüber dem Ausgang, den Simmonds benutzen würde. Die einzigen Fußgänger um diese Zeit waren zwei Clubbesucher, die auf dem Heimweg oder in einen anderen Club unterwegs waren. Ihr betrunkenes Gelächter zerriß die ruhige Morgenluft, dann herrschte wieder Stille.

Ich sah sofort, daß er es war, denn ich kannte seine Art, mit leicht vorgebeugtem Kopf und kleinen Schritten zu gehen und dabei seinen Aktenkoffer zu schlenkern. Ich beobachtete, wie er sich nach rechts wandte, um erst den Fußgängerüberweg und dann die stählerne Fußgängerbrücke zu benutzen, die über eine Kreuzung mit fünf Straßen hinweg zur Bahnstation führte. Ich wartete geduldig. Ich hatte es nicht eilig; er würde zu mir kommen.

Als er die Straße überquerte, kam ich aus dem Schatten unter der Fußgängerbrücke.

Er lächelte. »Nick, wie geht's?« Er ging weiter und nickte dabei nach links in Richtung Lamberth Bridge. »Machen wir einen Spaziergang?« Das war ein Befehl, keine Frage.

Ich nickte in die entgegengesetzte Richtung, wo mein Leihwagen stand. »Ich bin mit dem Auto da.«

Simmonds blieb stehen und betrachtete mich mit der Miene eines enttäuschten Lehrers. »Nein, wir machen einen Spaziergang, denke ich.«

Da ich diesen Treff organisiert hatte, hätte ihm klar sein müssen, daß ich für unsere Sicherheit sorgen würde. Er starrte mich noch ein paar Sekunden an und setzte sich dann wieder in Bewegung, als wisse er, daß ich ihm folgen würde. Ich ging neben ihm her.

In der Dunkelheit vor uns leuchteten die Parlamentsgebäude jenseits der Themse wie auf einer Ansichtskarte. Wir befanden uns auf einem breiten Gehsteig, an den sich eine Rasenfläche anschloß, die dann in einen asphaltierten Streifen überging, der die Zufahrt zu den Geschäften unter den Bögen des Hochgleises bildete.

Simmonds sah wie immer aus: Krawatte nachlässig gebunden, Hemd und Anzug verknittert, als lebe er aus dem Koffer.

»Also, Nick, was haben Sie?« Er lächelte, ohne mich dabei anzusehen. Als ich meine Story erzählte, unterbrach er mich nicht, sondern ließ seinen Blick auf den Boden gerichtet und nickte zwischendurch mehrmals. Ich kam mir wie ein Sohn vor, der seine Probleme mit seinem Vater bespricht, und hatte ein gutes Gefühl dabei.

Wir waren seit gut einer Viertelstunde unterwegs, und ich hatte meinen Bericht beendet. Nun war die Reihe an Simmonds. Ich hatte erwartet, daß er haltmachen oder eine Bank suchen würde, damit wir uns setzen konnten, aber er ging weiter.

Jetzt sah er zu mir herüber und lächelte. »Nick, ich habe nicht geahnt, daß Sie so gründliche Arbeit geleistet haben. Mit wem haben Sie noch über diese Sache gesprochen?«

»Nur mit Sabatino und Euan.«

»Und hat Euan oder dieser Sabatino Kopien der Disketten?«

»Nein, meine sind die einzigen«, log ich. Selbst wenn man jemanden um Hilfe bittet, läßt man sich nicht in die Karten sehen. Man weiß nie, wann man noch mal einen Trumpf braucht.

Er blieb unglaublich gelassen. »Wir müssen sicherstellen, daß niemand davon erfährt – zumindest vorläufig nicht. Diese Sache ist mehr als nur ein Korruptionsfall auf unterer Ebene. Die Querverbindungen zur PIRA, mit Gibraltar und anscheinend auch zur DEA zeigen, daß der Fall in der Tat sehr ernst ist. Da Sie die Hintergründe offenbar ziemlich gut aufgeklärt haben, möchte ich Sie etwas fragen.« Er machte eine Pause, als sei er ein Richter, der dabei war, seine Entscheidung zu verkünden. »Glauben Sie, daß in diese Angelegenheit noch weitere Kreise verwickelt sind?«

»Weiß der Teufel«, sagte ich. »Jedenfalls kann man nicht vorsichtig genug sein. Deshalb wollte ich erst mal unter vier Augen mit Ihnen reden.«

»Und wo ist die kleine Brown jetzt?«

Ich log wieder. »Kelly schläft im Hotelzimmer. Ich werde Hilfe brauchen, um sie zu ihren Großeltern bringen zu können.«

»Natürlich, Nick. Alles zu seiner Zeit.«

Wir gingen eine Zeitlang schweigend weiter, bis wir eine Bar an der Ecke einer Eisenbahnunterführung erreichten. Simmonds bog nach rechts unter die Gleise ab. Als er weitersprach, bewies mir sein Tonfall, daß er die Erfüllung seiner Forderung als selbstverständlich voraussetzte. »Bevor ich etwas für Sie tun kann, brauche ich natürlich Ihr gesamtes Beweismaterial.« Er sah mich noch immer nicht an, sondern achtete darauf, in keine der ölschillernden Pfützen zu treten.

»Ich habe die Disketten nicht bei mir, falls Sie das meinen.«

»Nick, ich tue mein Bestes, um Ihnen beiden Schutz zu gewähren. Aber dazu brauche ich das Beweismaterial – sämtliche Kopien. Können Sie mir die jetzt besorgen?«

»Ausgeschlossen! Frühestens in ein paar Stunden.«

»Nick, ohne Beweismaterial kann ich nichts tun. Ich brauche *alle* Kopien – sogar die, die Sie normalerweise in Ihrem Sicherheitspaket hätten.«

Ich zuckte mit den Schultern. »Sie wissen, daß ich die zu meinem eigenen Schutz brauche.«

Wir bogen wieder rechts ab und gingen nun parallel zu den Gleisen in Richtung Bahnstation zurück. Einige Minuten folgten wir schweigend einer schmalen, zwischen Lagerhäusern verlaufenden Straße. Simmonds schien tief in Gedanken versunken zu sein. Über uns ratterte ein Güterzug vorbei, der den halben Südwesten Londons aufwecken würde. Warum, zum Teufel, war es für Simmonds so wichtig, genau zu wissen, wie viele Kopien es gab, und alle in die Hände zu bekommen?

»Glauben Sie mir«, schrie ich, um das Rattern zu übertönen, »diese Seite habe ich völlig unter Kontrolle. Ich bin schon oft genug reingelegt worden. Sie wissen so gut wie ich, daß ich alle schützen muß – auch Sie.«

»Ja, natürlich, aber ich muß über das gesamte Beweismaterial verfügen können. Nicht einmal Sie sollten es haben. Das ist einfach zu riskant.«

So drehten wir uns nur im Kreis. »Okay, das verstehe ich.

Aber was ist, wenn Sie umgelegt werden? Dann könnte ich meine Behauptungen nicht mehr beweisen. Hier geht's nicht bloß um die Korruption der Amerikaner, verstehen Sie? Diese Sache damals in Gibraltar ist ein abgekartetes Spiel gewesen. Das betrifft auch uns.«

Simmonds nickte langsam zu einer Pfütze im Rinnstein hinunter.

»Ein paar Dinge verstehe ich nicht«, fuhr ich fort. »Warum ist uns gesagt worden, der Sprengsatz sollte ferngezündet werden? Wie konnte es passieren, daß die Akteure bekannt waren, aber niemand gewußt hat, daß überhaupt keine Bombe existierte?«

Er äußerte sich noch immer nicht dazu.

Irgend etwas paßte hier nicht recht zusammen.

Scheiße!

Mir kam es vor, als hätte mich wieder ein Feuerlöscher am Hinterkopf getroffen. Warum war ich bloß nicht früher darauf gekommen? Das Rattern des Güterzugs verhallte allmählich in der Ferne. Die Morgenstille kehrte zurück. »Aber das wissen Sie alles, nicht wahr?«

Keine Antwort. Er behielt sein gleichmäßiges Tempo bei.

Wer hatte uns mitgeteilt, der Sprengsatz in Gibraltar solle ferngezündet werden? Simmonds, der unseren Einsatz von der Zentrale aus überwacht hatte. Verdammt, warum war ich darauf nicht schon früher gekommen?

Ich blieb abrupt stehen. Simmonds ging noch einige Schritte weiter. »Hier geht's nicht nur um die PIRA und die Amerikaner, nicht wahr? Die Sache ist viel größer. Und Sie sind darin verwickelt, stimmt's?«

Auf dieser Seite befanden sich unter den Bahngleisen keine Läden, sondern Handwerksbetriebe: Autowerkstätten, blechverarbeitende Betriebe und mehrere Auslieferungslager, vor denen über Nacht Firmenfahrzeuge parkten. Um uns herum standen Kippmulden für Metallabfälle und große rote Abschleppwagen mit gelben Blinkleuchten auf ihren Fahrerkabinen.

Er drehte sich um und kam die fünf oder sechs Schritte zu mir zurück. Wir sahen uns erstmals in die Augen. »Nick, ich glaube, Sie sollten sich über eines im klaren sein: Sie werden mir alle Informationen geben – und damit meine ich wirklich *alle*. Wir dürfen nicht riskieren, daß weitere Kopien im Umlauf sind.«

Sein Gesichtsausdruck war jetzt der eines Schachgroßmeisters, der dabei ist, den entscheidenden Spielzug zu machen. Schock und Entsetzen auf meinem Gesicht mußten unverkennbar sein.

»Wir haben den Amerikanern, die fest entschlossen waren, Sie zu liquidieren, nicht unbedingt zugestimmt, Nick, aber Sie sollten wissen, daß wir Sie beseitigen werden, wenn sich das als notwendig erweisen sollte.«

»Wir?«

»Die Sache ist weitreichender, als Sie glauben, Nick. Sie sind intelligent, Sie müssen die politischen und geschäftlichen Folgen eines Waffenstillstands erkennen. Das Bekanntwerden des Materials auf Ihren Disketten würde viel mehr in Unordnung bringen, als Sie bisher ahnen. Das mit Kevin und seiner Familie ist ausgesprochen unglücklich gewesen, das gebe ich zu. Nachdem er mir von seinen Erkenntnissen erzählt hatte, habe ich versucht, meine amerikanischen Kollegen zu einer gemäßigteren Reaktion zu bewegen.«

Deshalb war ich so plötzlich nach England zurückbeordert worden! Nach seinem Telefongespräch mit Kev wollte Simmonds mich schnellstens aus Washington weghaben. Ich sollte nicht mit Kev reden oder seine Ermordung verhindern können.

Ich dachte an Kelly. Wenigstens war sie in Sicherheit.

Er schien meine Gedanken lesen zu können. »Falls Sie sich dafür entscheiden, mir das Material nicht zu übergeben, bringen wir die Kleine um. Und danach bringen wir Sie um – nachdem wir aus Ihnen herausgeholt haben, was wir brauchen. Seien Sie nicht naiv, Nick. Wir sind einander sehr ähnlich. Hier geht's nicht um Gefühle, sondern ums Geschäft, Nick, ums Geschäft.« Er betrachtete mich wie ein Vater seinen unfolgsamen Sohn. »Ihnen bleibt wirklich nichts anderes übrig.«

Ich versuchte dagegen anzukämpfen. Er mußte bluffen.

»Euan läßt übrigens einen schönen Gruß ausrichten und Ihnen bestellen, daß er einen Fernseher für ihr Zimmer aufgetrieben hat. Glauben Sie mir, Nick, Euan bringt Sie auf Befehl jederzeit um. Der finanzielle Anreiz gefällt ihm sehr.«

Ich schüttelte langsam den Kopf.

»Denken Sie doch mal nach. Wer hat den ersten Kontakt arrangiert?«

Er hatte recht, das war Euan gewesen. Simmonds war da, um Befehle zu erteilen; Euan war da, um den Abzug zu betätigen. Aber ich wollte das alles noch immer nicht wahrhaben.

Er griff in seine Jacke und zog ein Mobiltelefon aus der Innentasche. »Lassen Sie sich von Euan bestätigen, welchen Auftrag er hat. Er rechnet ohnehin damit, daß ich ihn später anrufe.«

Er schaltete das Telefon ein und wartete darauf, die PIN eingeben zu können. Er lächelte, während er auf das beleuchtete Display hinabblickte. »So haben die Amerikaner Sie übrigens gefunden, wissen Sie. Die meisten Leute glauben, daß man Mobiltelefone nur während eines Gesprächs anpeilen kann. Aber das stimmt nicht. Solange sie eingeschaltet sind, sind sie Minisender, selbst wenn nicht gesprochen wird. Auf diese Weise lassen sich Bewegungsprofile erstellen. Das ist oft sehr nützlich.«

Als er seine PIN eintippte, bestätigte das Gerät jede Ziffer mit einem Piepsen. »Aber nachdem Sie die Überwacher bei Lorton abgeschüttelt hatten, ist uns nichts anderes übriggeblieben, als Sie nach England heimkehren zu lassen. Ich mußte wissen, was Sie herausbekommen hatten. Übrigens freue ich mich, daß Ihre Chemotherapie erfolgreich gewesen ist.«

Scheiße! Er hatte kein Wort über meinen fast kahlgeschorenen Schädel verloren – weil er den Grund dafür bereits kannte. Aber Euan war gerissen genug gewesen, mich darauf anzusprechen. Mir wurde fast übel, wenn ich daran dachte, daß er bereit war, seine Fähigkeiten gegen mich einzusetzen.

Simmonds lächelte. Er wußte, daß er mich im Griff hatte.

»Nick, ich will's Ihnen noch mal sagen. Ich brauche wirklich *alle* Disketten. Sie wissen, daß die Kleine entsetzlich leiden würde; das ist nichts, was wir gern täten, aber hier stehen wichtige Dinge auf dem Spiel.«

Eigentlich wünschte ich mir, die Verbindung mit Euan käme zustande. Ich wollte mit ihm reden, wollte von ihm bestätigt bekommen, daß Simmonds nur bluffte. Aber in meinem Innersten wußte ich, daß das nicht der Fall war.

Simmonds hatte die Nummer schon fast eingetippt.

Ich hatte keine andere Wahl. Ich mußte Kelly schützen. Er durfte dieses Gespräch nicht führen.

Mein fast ansatzlos geschlagener rechter Haken traf seine Nase. Ich hörte das dumpfe Knacken, mit dem sein Nasenbein brach, und er klappte mit einem erstickten Aufschrei zusammen. Während er sich vor mir auf dem Boden wand, beförderte ich den Aktenkoffer mit einem Tritt unter einen Abschleppwagen. Im nächsten Augenblick hob ich das Mobiltelefon mit der linken Hand auf, war mit einem großen Schritt hinter Simmonds und schob es unter sein Kinn. Dann packte ich das Gerät auf der anderen Seite mit der rechten Hand und drückte es mit aller Kraft gegen seinen Adamsapfel.

Ich blickte mich um. Wir waren hier viel zu gut zu sehen, und was ich vorhatte, würde einige Minuten dauern. Also schleifte ich ihn rückwärtsgehend zwischen zwei der geparkten Fahrzeuge. Dort ging ich hinter ihm auf die Knie und verstärkte den Druck gegen seinen Kehlkopf. Simmonds strampelte mit den Beinen, schlug mit den Armen um sich und versuchte mir das Gesicht zu zerkratzen.

Sein Wimmern und Stöhnen erfüllte die Luft. Ich reagierte darauf, indem ich mich nach vorn beugte und seinen Kopf mit meinem Oberkörper nach vorn drückte, bis sein Kinn fast auf seiner Brust lag. Gleichzeitig verstärkte ich den Druck weiter. Nur noch zwei Minuten, dann war es geschafft.

Nach dreißig Sekunden begann er, sich mit der verzweifelten

Kraft eines Mannes zu wehren, der erkennt, daß sein Tod bevorsteht. Aber ich hatte ihn so fest im Griff, daß er sich nicht mehr befreien konnte, sosehr er sich auch anstrengte.

Seine Hände griffen immer wieder nach meinem Gesicht. Ich bewegte ständig den Kopf, um ihnen auszuweichen, ohne dabei den Druck auf seinen Kehlkopf zu verringern. Die Narben des Zweikampfes mit McGear waren schon aufgekratzt, aber ich spürte kaum, daß ich blutete. Dann gelang es ihm, drei Fingernägel in die Wunde unter meinem Auge zu bohren. Ich mußte einen Aufschrei unterdrücken, als die Fingernägel sich in meine empfindliche Gesichtshaut bohrten. Ich machte alles noch schlimmer, indem ich den Kopf in den Nacken warf; seine Fingernägel rissen große Hautfetzen ab.

Ob uns jemand sah, war mir jetzt gleichgültig. Darauf verschwendete ich längst keinen Gedanken mehr. Ich keuchte vor Anstrengung fast so laut wie Simmonds, und der Schweiß, der mir übers Gesicht lief, brannte in meinen Wunden.

Dann wurden seine Bewegungen allmählich schwächer, bis er nur noch krampfhaft mit den Beinen zuckte. Seine Hände sanken kraftlos herab. Sekunden später war er bewußtlos. Mir ging der Gedanke durch den Kopf, einfach aufzustehen und ihn so liegenzulassen, damit er mit seinem durch Sauerstoffmangel unheilbar geschädigten Gehirn weiterleben mußte. Aber davon kam ich wieder ab. Dieser Scheißkerl sollte sterben.

Ich wartete eine halbe Minute. Sein Brustkorb hob und senkte sich nicht mehr. Ich legte zwei Finger auf seine Halsschlagader und konnte keinen Puls mehr fühlen.

Ich schleppte ihn zwischen den Fahrzeugen hindurch und ließ ihn an ein Werkstattor gelehnt sitzen. Dann richtete ich mich auf und fing an, mich abzuklopfen. Ich steckte mein Hemd wieder in die Hose und wischte mir mit dem Ärmel Schweiß und Blut vom Gesicht. Dann kontrollierte ich das Telefon. Ich wischte meine Fingerabdrücke ab, ließ es zwischen den Fahrzeugen liegen und ging davon, ohne Simmonds noch eines Blickes zu würdigen. Was kümmerte es mich, ob mich jemand gesehen hatte? Das spielte jetzt keine Rolle. Ich hatte wichtigere Sorgen.

Ich fuhr nach Westen und hielt meinen Jackenärmel unters Auge gedrückt, um die Blutung zu stoppen.

Die ganze Situation wirbelte weiter in meinem Kopf durcheinander, aber langsam ließen die einzelnen Teile des Puzzles sich zusammensetzen.

Zum Beispiel wußte ich jetzt, wie Luther & Co. mich aufgespürt hatten: Sie mußten Pat mit Gewalt dazu gebracht haben, meine Nummer preiszugeben; dann hatten sie mein Mobiltelefon angepeilt, das eingeschaltet geblieben war, weil ich auf seinen Anruf gewartet hatte.

Hätte ich Euan oder Simmonds gegenüber zugegeben, daß sich die einzige Sicherungskopie des Materials auf der Festplatte meines Laptops befand, und ihnen das Gerät ausgehändigt, wäre ich jetzt tot. Sowie alles Material sichergestellt war, wäre ich als unerwünschter Zeuge beseitigt worden.

Hatte Simmonds mit Euan vereinbart, daß er ihn irgendwann nach unserem Treff anrufen würde? Euan war über drei Stunden weit entfernt, und der tote Simmonds würde bald aufgefunden werden. Wenn Euan von dem Mord erfuhr, würde er kein Risiko eingehen: Er würde mit Kelly verschwinden oder sie womöglich gleich umbringen. In beiden Fällen wäre sie für mich verloren gewesen. Ich konnte sie übers Mobiltelefon anrufen und auffordern, aus dem Haus zu flüchten, aber was hätte das genutzt? Euans Haus lag völlig einsam in einer Wildnis aus Hügeln, Gras, Felsen und Schafmist. Er hätte sie mühelos aufgespürt.

Ich konnte die Polizei anrufen – aber würde sie mir glauben? Ich konnte ein paar Stunden mit dem Versuch vergeuden, sie zu überzeugen, bis es dann zu spät war. Oder sie fühlte sich berufen, Euans Haus zu umstellen und ihn aufzufordern, sich zu ergeben. Das Resultat wäre das gleiche gewesen.

Einen Augenblick lang dachte ich auch an Big Al. Hoffentlich hatte er's geschafft, sich rechtzeitig abzusetzen. Geld hatte er bestimmt genug. Wenn er mir vierhundert Mille überwiesen hatte, hatte er bestimmt achthundert selbst behalten. Nein, um den alten Fettsack brauchte ich mir keine Sorgen zu machen. Ich strich ihn aus meinen Gedanken.

Auf einer Hinweistafel wurde die Raststätte unmittelbar vor dem Flughafen Heathrow angekündigt. Ich hatte eine Idee.

Ich bog von der Autobahn zur Raststätte ab und fuhr auf den Parkplatz. Jetzt brauchte ich nur noch eine Telefonzelle zu finden und ein Gespräch zu führen.

39

In der Tankstelle herrschte lebhafter Betrieb. Ich fand erst hundert Meter weiter einen Parkplatz. Als ich ausstieg, öffnete der Himmel seine Schleusen. Bis ich die vier Telefonzellen vor dem Burger King erreicht hatte, war ich bis auf die Haut durchnäßt. Die beiden ersten Apparate waren Kartentelefone. Ich hatte ungefähr drei Pfund in Kleingeld in der Tasche – nicht genug. Ich hastete in den Shop und fuhr mir mit einem Jackenärmel übers Gesicht, um das Blut notdürftig abzuwischen. Ich kaufte eine Zeitung mit einem Fünfer, sah die Kassiererin besorgt mein Gesicht mustern und verließ den Laden. Dann ging ich wieder hinein und kaufte mit einem Zehner eine Packung Rolos. Die Frau wirkte noch ängstlicher. Sie war sichtlich erleichtert, als ich das Wechselgeld einstrich und hinauslief.

Als ich die Nummer meines Telefons eintippte, spürte ich, wie sich mein Magen verkrampfte. Hatte Kelly das Telefon geladen und dann eingeschaltet gelassen? Warum eigentlich nicht? Sie war bisher immer zuverlässig gewesen.

Das Telefon begann zu klingeln.

Trotz meiner Aufregung hatte ich plötzlich einen weiteren Grund zur Sorge. Was würde ich tun, wenn Euan das Telefon an sich genommen hatte? Sollte ich einfach auflegen oder versuchen zu bluffen, um irgendwie herauszubekommen, wo sie war?

Für lange Überlegungen blieb keine Zeit mehr. Das Klingeln verstummte, und ich hörte eine leise, zögernde Stimme. »Hallo? Wer ist da?«

»Hi, Kelly, ich bin's, Nick«, sagte ich so beiläufig wie möglich. »Bist du allein?«

»Ja, du hast mich geweckt. Kommst du jetzt zurück?« Ihre Stimme klang müde und verwirrt. Während ich angestrengt versuchte, die passende Antwort zu finden, sprach sie zum Glück weiter. »Euan hat gesagt, daß ich vielleicht einige Zeit bei ihm bleibe, weil du verreisen mußt. Aber das ist nicht wahr, stimmt's, Nick? Du hast versprochen, daß du mich nie wieder allein läßt.«

Die Verbindung war schlecht. Ich mußte mir das andere Ohr zuhalten, um Kelly trotz des Regens, der aufs Glas der Telefonzelle prasselte, zu verstehen. Nebenan telefonierte ein Fernfahrer mit seinem Chef, dem er lautstark und aufgebracht erklärte, er könne wegen des Fahrtenschreibers nicht weiterfahren und denke nicht daran, seinen Führerschein zu riskieren, bloß um eine Ladung beschissener Anoraks nach Carlisle zu bringen. Dazu kamen das stetige Brausen der Autobahn und der Lärm der Besucher des Schnellrestaurants. Das alles mußte ich ausblenden und mich auf den Anruf konzentrieren, weil ich Kelly nicht auffordern durfte, lauter zu sprechen.

»Ja, natürlich hast du recht, ich lasse dich nie allein«, versicherte ich ihr. »Euan hat dich angelogen. Ich habe ein paar ziemlich schlimme Sachen über ihn rausgekriegt. Bist du noch im Haus, Kelly?«

»Ja. Ich bin im Bett.«

»Schläft Euan noch?«

»Ich glaube schon. Willst du mit ihm reden?«

»Nein, nein. Laß mich einen Augenblick nachdenken.«

Mein Verstand arbeitete auf Hochtouren, während ich überlegte, wie ich ausdrücken sollte, was ich zu sagen hatte.

»Natürlich komme ich und hole dich ab. Ich bin sogar sehr bald da. Paß jetzt bitte gut auf, Kelly: Du mußt etwas sehr Schwieriges und Gefährliches für mich tun. Aber wenn du das geschafft hast, brauchst du nie wieder Angst zu haben.« Während ich das sagte, kam ich mir wie ein Schwein vor.

»Ich muß aber nicht von hier weglaufen?«

»Nein, nein, nein… so ist's diesmal nicht. Aber es geht um den schwierigsten Auftrag, den man als Spion haben kann.« Kelly durfte nicht zum Nachdenken kommen, deshalb sprach ich hastig weiter. »Aber als erstes möchte ich etwas überprüfen, okay? Du bist im Bett, stimmt's? Zieh dir die Decke über den Kopf und sprich ganz leise, okay?«

Ich hörte das Rascheln, mit dem Kelly unter der Bettdecke verschwand. »Was machen wir jetzt, Nick?«

»Als erstes drückst du auf irgendeine Zahlentaste des Telefons. Dann leuchtet es auf, und du siehst ein kleines Bild einer Batterie. Wie viele Blöcke sind in der Batterie zu sehen? Kannst du sie erkennen?«

Wieder undefinierbare Geräusche.

»Ja, ich sehe sie.«

»Wie viele Blöcke sind in der Batterie?«

»Drei. Ich sehe drei Blöcke. Einer davon blinkt.«

»Das ist gut.«

Aber das stimmte nicht wirklich. Zwei Blöcke bedeuteten, daß Kelly das Telefon nicht ins Ladegerät gestellt hatte, so daß der Akku nicht einmal halb geladen war. Aber ich würde lange mit ihr reden müssen, um ihr alles Schritt für Schritt zu erklären.

»Was ist das für ein Krach?« fragte sie.

Der Fernfahrer war jetzt echt sauer und brüllte ins Telefon; er regte sich so auf, daß die Scheiben seiner Zelle anzulaufen begannen.

»Der braucht dich nicht zu stören, Kelly. Ich erzähle dir jetzt, was du zu tun hast, aber du mußt mir dabei weiter am Telefon zuhören. Kannst du das?«

»Warum ist Euan böse, Nick? Was …?«

»Hör zu, Kelly, Euan will mir etwas tun. Erwischt er dich bei diesem Auftrag, tut er dir auch was. Verstehst du das?«

Ich hörte wieder ein Rascheln; sie steckte offenbar noch unter der Decke. »Ja«, antwortete sie leise.

Das klang ziemlich eingeschüchtert. Es hätte bestimmt eine bessere Methode gegeben, ihr das alles beizubringen, aber ich hatte einfach nicht die Zeit, sie mir zu überlegen.

»Falls Euan aufwacht«, sagte ich, »oder falls das Telefon nicht mehr funktioniert, schleichst du dich ganz, ganz leise aus dem Haus. Ich möchte, daß du auf dem Weg zur Straße bis zu dem großen Tor gehst, durch das du mit Euan reingefahren bist. Du weißt, welches ich meine?«

»Yeah.«

»Dort bei den Bäumen mußt du dich verstecken, bis du hörst, daß ein Auto kommt und hält. Aber du darfst erst aus deinem Versteck kommen, wenn es zweimal hupt. Hast du verstanden? Den Wagen fahre ich. Er ist ein blauer Astra, okay?«

Eine kurze Pause. »Was ist ein As … Astra, Nick?«

Scheiße, sie war erst sieben und Amerikanerin. Was erwartete ich eigentlich von ihr?

»Okay, ich komme mit einem blauen Auto, halte dort am Tor und hole dich ab.«

Ich ließ sie diese Anweisungen wiederholen und fügte dann sicherheitshalber hinzu: »Wenn Euan aufwacht und dich sieht, rennst du so schnell du kannst zu den Bäumen und versteckst dich. Erwischt er dich nämlich dabei, daß du machst, was ich dir sage, sehen wir uns nie wieder. Laß mich nicht im Stich, okay? Und denk daran, du bleibst unter den Bäumen versteckt, auch wenn Euan dich ruft, okay?«

»Okay. Aber du kommst und holst mich, ja?«

Das klang leicht zweifelnd.

»Natürlich komme ich dich holen! Hör zu, du stehst jetzt auf, legst das Telefon aufs Bett und ziehst dich an – alles ganz langsam und leise. Zieh Jeans, ein Sweatshirt und deinen Mantel an.

Und du weißt, wo deine Sportschuhe sind? Die nimmst du auch mit, ziehst sie aber noch nicht an.«

Ich hörte, wie Kelly das Telefon weglegte und ihre Sachen zusammensuchte.

Beeil dich, verdammt noch mal!

Ich zwang mich dazu, Ruhe zu bewahren.

Knapp zwei Minuten später hörte ich: »Fertig, Nick.«

»Okay, paß jetzt gut auf. Euan ist nicht mehr mein Freund; er hat versucht mich umzubringen. Hast du verstanden, Kelly? Er hat versucht mich umzubringen.«

Am anderen Ende entstand eine Pause.

»Warum? Ich ... das verstehe ich nicht, Nick. Du hast gesagt, daß er dein Freund ist.«

»Ich weiß, ich weiß, aber so was kann sich ändern. Willst du mir helfen?«

»Ja.«

»Gut, dann mußt du alles machen, was ich dir sage. Als erstes steckst du deine Sportschuhe in die Manteltaschen. Okay, jetzt wird's Zeit, nach unten zu gehen. Das Telefon nimmst du mit, okay?«

»Yeah.«

Die Zeit wurde knapp – und mein Kleingeld ebenfalls.

»Aber denk daran, du mußt ganz leise sein, sonst weckst du Euan. Sollte er aufwachen, rennst du aus dem Haus in dein Versteck. Versprichst du mir das?«

»Ehrenwort.«

»Okay, jetzt schleichst du die Treppe hinunter, so leise du kannst. Sprich erst wieder mit mir, wenn du in der Küche bist; ab jetzt dürfen wir beide nur noch flüstern, okay?«

»Okay.«

Ich hörte, daß die Zimmertür geöffnet wurde, und stellte mir vor, wie Kelly am Bad vorbeikam, das links von ihr lag. Etwa vier Meter vor ihr und einen halben Stock höher befand sich die Tür von Euans Zimmer. War sie offen oder geschlossen? Danach konnte ich jetzt nicht mehr fragen. Noch einige Schritte, dann würde sie oben an der Treppe an der großen alten Standuhr vorbeikommen. Wie auf ein Stichwort hin hörte ich ihr langsames, schwerfälliges Ticken, das geradewegs aus einem Hitchcock-Film zu stammen schien.

Das Ticken wurde allmählich leiser; Kelly schlich anscheinend sehr vorsichtig die Treppe hinunter. Ich hörte nur einmal eine Stufe knarren und fragte mich wieder, ob Euans Tür offen oder geschlossen war. Schlief er normalerweise bei offener Tür? Ich konnte mich nicht daran erinnern.

Am Fuß der Treppe würde sie nach rechts zurück in die Küche gehen.

Ich versuchte mir vorzustellen, wo Kelly gerade war, aber sie bewegte sich so lautlos, daß ich ihren Weg nicht verfolgen konnte. Dann hörte ich das kaum wahrnehmbare Knarren von Türangeln – das war die Küchentür. Ich hatte ein schlechtes Gewissen, weil ich die Kleine für dieses Vorhaben ausnutzte, aber sie wußte, was auf dem Spiel stand... na ja, gewissermaßen. Scheiße, die Entscheidung war gefallen; jetzt konnte ich nur weitermachen. Klappte alles, war sie gerettet; ging etwas schief, war sie tot. Unternahm ich jedoch nichts, war sie auf jeden Fall tot. Also weiter!

»Ich bin jetzt in der Küche«, flüsterte sie, »aber ich sehe nicht viel. Darf ich Licht machen?«

Das war das lauteste Flüstern, das ich je gehört hatte.

»Nein, nein, Kelly, du mußt so langsam und leise reden wie ich«, flüsterte ich drängend. »Und du darfst kein Licht machen, sonst wacht Euan auf. Laß dir Zeit und hör mir genau zu. Verstehst du irgendwas nicht, fragst du mich einfach, und wenn irgendwas schiefgeht oder du ein Geräusch hörst, machst du eine Pause, damit wir beide horchen können, okay?«

»Okay.«

Das Problem dabei war, daß Kelly um so schlechter zu verstehen war, je leiser sie sprach. Zum Glück hatte der Fernfahrer jetzt sein Gespräch beendet; er hängte wütend den Hörer ein und stürmte in den Burger King. Eine Frau nahm seinen Platz ein und fing an, mit einer Freundin zu schwatzen.

Die Küche in Euans Haus bestand aus zwei zusammengelegten Räumen, dem alten Küchenanbau und dem früheren Gang zwischen dem Haus und dem ehemaligen Schafstall. Der rückwärtige Teil war zu einem kleinen Wintergarten ausgebaut worden, und im vorderen Teil befanden sich die L-förmige Küchenzeile und ein großer runder Eßtisch. Ich konnte nur hoffen, daß Kelly nichts vom Tisch auf den Fußboden werfen würde. Als ich mich an die Nacht erinnerte, in der wir den Fußboden geklaut hatten, lief mir bei dem Gedanken an die langen Jahre voller Freundschaft, Vertrauen und sogar Liebe ein kalter Schauder über den Rücken. Ich fühlte mich ausgenutzt, verraten, mißbraucht.

Der Telefonakku konnte nicht mehr lange halten.

»Alles okay?« fragte ich. Ich gab mir alle Mühe, mir keine Panik anmerken zu lassen, aber ich wußte, daß die Situation bald kritisch werden würde. Würde Kelly sich daran erinnern, was sie tun sollte, wenn das Telefon verstummte?

»Ich kann nichts sehen, Nick.«

Ich dachte kurz nach und bemühte mich, mir die genaue Anordnung der Küche ins Gedächtnis zurückzurufen. »Okay, Kelly, du gehst jetzt ganz langsam zum Ausguß hinüber. Dann stellst du dich vor den Herd.« Ich wartete einige Sekunden. »Bist du dort?«

»Yeah.«

»Genau vor dir an der Wand über dem Herd findest du einen Schalter. Siehst du den?«

»Ich muß ihn erst suchen.«

Im nächsten Augenblick sagte sie: »Nick, ich kann wieder sehen.«

Kelly mußte die kleine Leuchtstoffröhre über der Arbeitsfläche eingeschaltet haben. Ihre Stimme klang hörbar erleichtert.

»Gut gemacht! Jetzt gehst du zurück und machst ganz leise die Küchentür zu. Tust du das für mich?«

»Okay. Kommst du mich bald holen?«

Ich hatte kein gutes Gefühl bei dieser Sache. Sollte ich sie jetzt abbrechen und Kelly nur auffordern, die Haustür zu öffnen und auf mich zu warten? Nein, verdammt noch mal! Euan konnte jederzeit einen Anruf bekommen, der ihm Simmonds' Tod meldete.

»Natürlich hole ich dich, aber das geht nur, wenn du genau tust, was ich dir sage, okay? Du läßt das Telefon am Ohr und machst ganz langsam und vorsichtig die Küchentür zu.«

Ich hörte ein leises Knarren.

»Okay, jetzt gehst du zum Ausguß zurück, nimmst alles heraus, was darunter steht und stellst es auf den Küchentisch. Das kannst du doch?«

»Okay.«

Am anderen Ende war ein leises Klappern zu hören, als sie Flaschen und Plastikbehälter auf den Tisch stellte.

»Jetzt ist alles draußen.«

»Gut gemacht! Lies mir jetzt ganz leise vor, was auf den Etiketten steht. Das kannst du doch?«

»Nein, das kann ich nicht.«

»Warum nicht?«

»Es sind zu viele Flaschen, und hier ist's nicht hell genug. Ich kann's nicht!«

Kelly stand hörbar unter Druck; ihre Stimme zitterte, als sei sie kurz davor, in Tränen auszubrechen.

Scheiße, das dauert alles viel zu lange.

»Okay, du gehst einfach zum Lichtschalter an der Küchentür und machst Licht. Aber laß dir Zeit, okay?«

»Okay.« Kelly schniefte hörbar. Dieses Geräusch kannte ich inzwischen nur allzu gut. Wenn ich nicht aufpaßte, würde sie als nächstes in Tränen ausbrechen – und dann war alles verloren.

Ich hörte sie zur Küchentür schlurfen.

»Jetzt kann ich besser sehen, Nick.«

»Gut. Jetzt gehst du zurück und liest mir vor, was auf den Etiketten steht.«

»Okay.« Kelly ging an den Tisch, und ich hörte, wie sie nach der ersten Plastikflasche griff.

»Ajax.«

»Okay, was steht auf der nächsten?«

Scheiße, das dauerte zu lange! Ich hatte den Hörer krampfhaft ans Ohr gepreßt, fühlte mein Herz jagen, hielt den Atem an und imitierte unwillkürlich Kellys Bewegungen. Die Frau in der Telefonzelle nebenan hatte die beschlagene Scheibe abgewischt und schien ihrer Freundin jetzt fortlaufend zu schildern, was der Verrückte neben ihr trieb. Mit blutigen Kratzwunden im Gesicht und völlig durchnäßter Kleidung sah ich bestimmt wie ein Massenmörder aus.

Ein lautes Klappern von Metall auf dem Fußboden ließ mich zusammenzucken.

»Kelly? Kelly?«

Schweigen, dann nahm sie das Telefon wieder in die Hand.

»Entschuldigung, Nick. Ein Löffel ist runtergefallen. Ich hab' ihn nicht gesehen. Ich hab' Angst, Nick. Ich will nicht weitermachen. Bitte, bitte, hol mich hier raus!«

Es konnte nicht mehr lange dauern, bis sie in Tränen ausbrechen würde.

»Keine Angst, Kelly, alles ist in Ordnung.«

Ich hörte sie ins Telefon schniefen.

Nein, nicht jetzt, verdammt noch mal!

»Alles in Ordnung, Kelly, alles in Ordnung. Ich kann dich nur holen, wenn du mir hilfst. Du mußt tapfer sein. Euan will mich umbringen. Nur du kannst mir jetzt helfen. Traust du dir das zu?«

»Bitte beeil dich, Nick. Ich will, daß du mich holst.«

»Alles in Ordnung, Kelly, alles in Ordnung.«

Nichts war in Ordnung, Nick, weil Nicks verdammtes Kleingeld bald zu Ende gehen würde. Ich hatte nur noch ein paar Pfundmünzen, die nicht mehr lange vorhalten würden. Ich warf ein weiteres Geldstück ein, das aber durchfiel, und mußte hastig ein neues aus der Tasche holen.

Kelly fing an, mir weitere Etiketten vorzulesen. Die meisten Produktnamen konnte sie nicht richtig lesen. Ich forderte sie auf, mir die Namen zu buchstabieren. Nach jeweils drei bis vier Buchstaben wußte ich, worum es sich handelte. »Nein, das ist nicht zu gebrauchen. Lies mir das nächste vor.«

Mein Verstand arbeitete auf Hochtouren, während ich versuchte, mich an alle benötigten Zutaten zu erinnern. Endlich las sie etwas vor, das brauchbar war.

»Hör mir jetzt bitte genau zu, Kelly. Das ist eine grüne Büchse, nicht wahr? Stell sie jetzt so hin, daß du sie bestimmt wiederfindest. Dann schleichst du nach nebenan in den Raum, in dem die Waschmaschine steht. Den kennst du doch?«

»Ja.«

Euan hatte einen Platz für alles, und alles stand an einem bestimmten Platz. Ich wußte sogar, daß er seine Gabeln in der Besteckschublade sorgfältig nebeneinanderlegte.

»Im Regal gleich neben der Tür steht eine große blaue Plastikflasche. Auf dem Etikett steht ›Gefrierschutzmittel‹.«

»Was?«

»Gefrierschutzmittel. G-E-F-R-I-E-R... Diese Flasche holst du an den Küchentisch, okay?«

Das Telefon polterte auf den Tisch. Ich biß die Zähne zusammen und wartete.

Nach einer halben Ewigkeit meldete Kelly sich wieder. »Ich hab' die Flasche.«

»Stell sie auf den Tisch und mach sie auf.«

Sie legte das Telefon wieder hin. Dann waren schwere Atemzüge und ein unterdrücktes Schluchzen zu hören, als sie mit dem Flaschenverschluß kämpfte.

»Ich krieg sie nicht auf, Nick.«

»Du brauchst die Verschlußkappe nur nach links zu drehen. Du weißt, wie man eine Flasche aufmacht.«

»Sie geht nicht auf! Ich versuch's echt, Nick, aber meine Hände zittern.«

Scheiße, auch das noch! So funktioniert das nie.

»Kelly? Kelly? Was ist mit dir? Sprich mit mir, los, red mit mir!«

Keine Antwort.

Komm schon, Kelly, sag irgendwas.

Nichts. Ich hörte sie nur schniefen, als kämpfe sie gegen Tränen an.

»Nick... hol mich hier raus. Bitte, Nick, bitte.« Kelly schluchzte jetzt.

»Laß dir Zeit, Kelly, laß dir ruhig Zeit. Das ist in Ordnung, alles ist in Ordnung, ich bin hier, du brauchst keine Angst zu haben. Okay, du bleibst jetzt einen Augenblick stehen und horchst. Falls du etwas hörst, sagst du's mir gleich, und ich versuche ebenfalls zu horchen, okay?«

Ich horchte angestrengt, um sicherzugehen, daß Euan nicht aufgestanden war. Außerdem erschien mir eine Zäsur notwendig: eine bewußt eingelegte Pause, die verhindern sollte, daß mögliche Fehler sich multiplizierten; man mußte sich Zeit lassen, aber trotzdem so schnell wie möglich arbeiten. Ich wußte genau, was getan werden mußte, aber das Frustrierende war, daß ich alles diesem Kind erklären mußte, das unter schrecklichem Druck lautlos arbeiten sollte – während mir das Kleingeld und dem Mobiltelefon der Saft ausging.

Die Frau verließ die Zelle nebenan und lächelte mir begütigend zu, als fürchte sie, ich könnte mich mit einem Fleischerbeil auf sie stürzen.

»Geht's wieder, Kelly?«

»Ja. Soll ich noch immer die Flasche aufschrauben?«

Ich begriff nicht, warum sie das nicht schaffte. Aber als ich anfangen wollte, ihr neue Anweisungen zu geben, fiel mir ein, daß der Drehverschluß eine Kindersicherung hatte. Während ich ihr erklärte, was sie tun mußte, hörte ich ein leises Piepsen.

Akku. Scheiße!

»Also, du mußt die Kappe reindrücken, bevor du sie drehst. Aber wir müssen uns ein bißchen beeilen, sonst funktioniert das Telefon nicht mehr, bevor wir fertig sind.«

»Was soll ich jetzt tun, Nick?«

»Steht die Plastikflasche jetzt offen auf dem Tisch?«

Nichts.

»Kelly? Kelly? Bist du noch da?«

War der Akku leer?

Dann hörte ich: »Was soll ich jetzt machen?«

»Gott sei Dank, ich dachte schon, der Akku sei leer. Hast du irgendwas, mit dem du die grüne Büchse öffnen kannst? Ich weiß was – am besten mit dem Löffel, Kelly. Du legst das Telefon auf den Tisch, nimmst den Löffel und stemmst damit den Deckel auf, okay?«

Während ich angestrengt horchte, versuchte ich zu überlegen, welche Möglichkeiten uns noch blieben, falls diese Sache schiefging. Ich kam zu dem Schluß, daß uns keine blieben.

»So, jetzt kommt der schwierigste Teil. Traust du dir den zu? Um den zu schaffen, muß man wirklich gut sein.«

»Ja, mir fehlt nichts mehr. Tut mir leid, daß ich geheult habe, aber…«

»Ich weiß, ich weiß, Kelly. Ich bin auch nervös, aber gemeinsam schaffen wir's. Du steckst das Telefon jetzt zu deinen Sportschuhen in die Tasche. Dann nimmst du eine der großen Plastikflaschen vom Tisch, gehst damit zur Haustür und öffnest sie einen Spalt weit. Aber nicht ganz, nur ein kleines Stück. Dann klemmst du die Flasche in den Spalt, damit die Tür nicht wieder zufällt. Aber denk daran, die Haustür ist groß und schwer und darf beim Aufmachen nicht quietschen oder knarren. Glaubst du, daß du das schaffst?«

»Yeah, das kann ich. Und wie geht's weiter?«

»Das sage ich dir gleich. Aber vergiß nicht: Falls das Telefon nicht mehr funktioniert und du mich nicht mehr hörst, rennst du zu den Bäumen und versteckst dich.«

Dort würde Euan sie vermutlich aufspüren, aber was sollte ich ihr sonst raten?

»Okay.«

Die Sache mit der Haustür war der heikelste Punkt. Selbst

wenn Euan fest schlief, würde sein Unterbewußtsein die Veränderung des Luftdrucks und vielleicht auch ein leises Knarren wahrnehmen. Daraus konnte ein Traumbild entstehen, das nach Art eines sechsten Sinns davor warnte, daß irgend etwas nicht in Ordnung war.

Trotzdem hatte sie dann wenigstens einen Vorsprung – wenn sie sich daran erinnerte, was ich ihr eingeschärft hatte.

»Ich bin wieder in der Küche«, meldete sie. »Was soll ich jetzt tun?«

»Hör bitte gut zu. Was jetzt kommt, ist sehr wichtig. Bis zu welcher Zahl kannst du zählen?«

»Ich kann bis zehntausend zählen.«

Das klang wieder etwas lebhafter, als spüre Kelly, daß das Ende in Sicht war.

»Du sollst nur bis dreihundert zählen. Kannst du das?«

»Klar kann ich das.«

»Aber nicht laut, sondern nur im Kopf.«

»Okay.«

»Als erstes gehst du wieder an den Herd. Weißt du, wie man das Gas andreht?«

»Natürlich! Ich helfe Mommy oft beim Kochen.«

Als ich das hörte, mußte ich schlucken.

Ich zwang mich dazu, mich wieder zu konzentrieren. Ich durfte mich jetzt nicht ablenken lassen. Vielleicht war Kelly ohnehin bald tot. Ich kam mir wie ein Schweinehund vor, weil ich sie meine Dreckarbeit erledigen ließ; aber wenn ich das schon tat, mußte ich ihr wenigstens helfen, gute Arbeit zu leisten.

»Ausgezeichnet. Du weißt also, wie man das Gas im Backrohr und an allen Kochstellen andreht?«

»Ich hab' dir doch gesagt, daß ich kochen kann.«

Eine ganze Busladung Jugendlicher, die von einem Schulausflug zurückkamen, stürmte den Burger King. Sechs oder sieben Jugendliche blieben zurück, kamen auf die Telefonzellen zu, schrien lachend durcheinander und versuchten sich gemeinsam in die freie Telefonzelle nebenan zu quetschen. Ihr Geschrei war so ohrenbetäubend, daß ich nicht mehr hören konnte, was Kelly sagte. Ich mußte etwas unternehmen. »Augenblick, Kelly, bin gleich wieder da.«

Ich bedeckte die Sprechmuschel mit einer Hand, streckte den Kopf aus der Telefonzelle und brüllte: »Hey, ihr – haltet gefälligst die Schnauze! Ich habe meine Tante am Telefon, ihr Mann ist gerade gestorben, und ich versuche mit ihr zu reden, okay? Laßt uns in Ruhe telefonieren!«

Die Jugendlichen verstummten beschämt. Sie zogen ab, folgten ihren Klassenkameraden und kicherten mit gespielter Unbekümmertheit, um ihre Verlegenheit zu tarnen.

Ich sprach wieder ins Telefon.

»Paß jetzt gut auf, Kelly. Das Telefon funktioniert vielleicht bald nicht mehr, weil der Akku leer ist. Du mußt das Gas im Backrohr und an allen Kochstellen aufdrehen. Nimm das Telefon mit, damit ich das Gas höre. Fang schon mal an, während ich weiterrede.«

Ich hörte das leise Zischen des Propangases, mit dem Euan kochte.

»Es riecht gar nicht gut, Nick.«

»Schon okay. Jetzt verläßt du die Küche und machst die Tür hinter dir zu. Aber denk daran, daß du ganz leise sein mußt. Wir wollen Euan nicht wecken. Red nicht mehr mit mir, sondern hör nur noch zu. Du verläßt die Küche und machst die Tür zu, okay?«

»Okay, ich sage dann nichts mehr.«

»Genau!«

Ich hörte, wie die Küchentür geschlossen wurde.

»Nick?«

Ich hatte Mühe, Ruhe zu bewahren. »Ja, Kelly?«

»Darf ich bitte Jenny und Ricky mitnehmen?«

Ich bemühte mich, ruhig zu antworten. »Nein, Kelly, dafür reicht die Zeit nicht! Hör mir jetzt bitte gut zu. Ich möchte, daß du im Kopf bis dreihundert zählst. Dann holst du ein paarmal tief Luft, hältst den Atem an und gehst in die Küche zurück. Nicht laufen – *gehen*! In der Küche kippst du das Gefrierschutzmittel in die grüne Büchse. Dann *gehst* du wieder hinaus, aber ich möchte nicht, daß du Euan weckst.«

Wenn sie hinfiel und sich weh tat, konnte sie dem Anschlag auf Euan zum Opfer fallen.

»Du gehst langsam hinaus, machst die Küchentür hinter dir zu, verläßt das Haus und ziehst ganz, ganz leise die Haustür ins Schloß. Jenny und Ricky kannst du nicht mehr holen.«

»Aber ich will sie … bitte, Nick!«

Ich ignorierte ihre Bitte. »Dann läufst du zu den Bäumen, so schnell du kannst, und versteckst dich. Unterwegs hörst du einen lauten Knall, nach dem ein Feuer ausbricht. Du bleibst aber nicht stehen, um ihn dir anzusehen. Und bleib unbedingt in deinem Versteck, bis ich komme. Ich komme so schnell wie möglich. Ehrenwort!«

In solchen Augenblicken war ich froh, daß meine Ausbilder uns die Anweisungen für behelfsmäßige Brand- und Sprengsätze eingebleut hatten, bis wir sie auswendig herunterbeten konnten. Damals, vor vielen Jahren, war das eine stupide Auswendiglernerei gewesen, die aber sein mußte, weil man im Einsatz kein Notizbuch mitnehmen konnte. Ich hatte gelernt, wie man aus einfachsten Zutaten Sprengsätze bastelt und improvisierte elektrische Zünder baut. Ich kannte die Herstellungsformeln und die Konstruktionsweise aller nur denkbaren Höllenmaschinen – vom einfachsten Brandsatz wie diesem, mit dem ich Euan umbringen würde, bis hin zu einem Sprengsatz, den ich vom anderen Ende der Welt aus telefonisch zünden konnte.

Das Mobiltelefon begann wild zu piepen und verstummte dann einfach. Ich stellte mir vor, wie das in dem Gefrierschutzmittel enthaltene Glyzerin mit der Mischung zu reagieren begann. Nach ungefähr vierzig bis fünfzig Sekunden würde es sich entzünden. Je nach Feuchtigkeitsgehalt auch ein paar Sekunden später.

Kelly hatte nicht ganz eine Minute Zeit, das Haus zu verlassen; sobald das Propan entzündet wurde, würde es eine gewaltige Explosion mit nachfolgendem Brand geben. Euan würde hoffentlich darin umkommen, aber etwa auch Kelly?

Bitte, bitte, bitte, laß die verdammten Teddybären oben in deinem Zimmer!

Ich lief zu meinem Wagen und raste nach Westen davon. Das erste Licht des neuen Tages versuchte eben, die geschlossene Wolkendecke zu durchdringen.

40

Diese Fahrt war die schlimmste meines Lebens.

Auf einem Schild las ich: *Newport, 70 Meilen.* Nachdem ich schätzungsweise dreißig Meilen mit Überlichtgeschwindigkeit zurückgelegt hatte, verkündete das nächste Schild: *Newport, 60 Meilen.* Ich hatte das Gefühl, mich in einer Tretmühle abzustrampeln, ohne von der Stelle zu kommen – in einer Tretmühle in hüfttiefem Wasser.

Mein Körper hatte seine Adrenalinproduktion wieder verringert und signalisierte mir, daß ich verletzt war. Mein Hals, an dem ich tiefe Kratzwunden hatte, brannte wie Feuer. Meine Wunde auf der Stirn blutete nicht mehr, aber die Wunde unter dem rechten Auge, die Simmonds aufgerissen hatte, begann anzuschwellen und beeinträchtigte mein Sehvermögen.

Euan, dieser Scheißkerl. Mein Freund, dem ich in all diesen Jahren bedingungslos vertraut hatte. Daran zu denken, war fast zu schmerzlich. Ich fühlte mich wie betäubt. Ich fühlte eine große innere Leere. Irgendwann würde diese Benommenheit in Schmerz oder Zorn umschlagen, aber soweit war es vorerst noch nicht. Vor meinem inneren Auge sah ich Kellys Gesichtsausdruck, als der Zug anfuhr – und das Lächeln auf Euans Gesicht.

Und was würde aus mir werden? Niemand würde es wagen, etwas gegen mich zu unternehmen, weil alle wußten, daß ich das Belastungsmaterial noch hatte. Falls mein Brandanschlag gelang, würde das an Euan adressierte Päckchen vorerst als unzustellbar bei FedEx liegenbleiben. Der Mord an Simmonds würde um jeden Preis vertuscht werden. Falls irgendein übereifriger Kriminalbeamter der Wahrheit gefährlich nahekam, würde er liquidiert werden. John Stalker war nicht der erste, der aus solchen Gründen beseitigt worden war, und er würde auch nicht der letzte sein.

Mir wurde plötzlich klar, warum die PIRA oder jemand, der angeblich in ihrem Auftrag gehandelt hatte, jeweils zu Beginn irgendwelcher Friedensgespräche einen Soldaten oder Polizisten erschossen oder in England eine Bombe gelegt hatte. Ganz einfach: Weil es sich lohnte, dafür zu sorgen, daß die Unruhen weitergingen.

Auf unserer Seite gab es viele, die von Konflikten wie in Nordirland profitierten und sie nicht beendet sehen wollten. Die Royal Ulster Constabulary ist vermutlich die bestbesoldete Polizei Europas, wenn nicht sogar der Welt. Als ihr Kommandeur muß man sagen, man wünsche sich das Ende des Bürgerkriegs herbei, aber tatsächlich befehligt man eine schlagkräftige Polizeitruppe und verfügt über große Macht und unbegrenzte Geldmittel. Innerhalb der RUC sind wiederum Fürstentümer entstanden, die ihre Existenz allein den Unruhen verdanken und für den Kampf gegen den Terrorismus alles an Männern und Material erhalten, was sie nur anfordern.

Weshalb sollte selbst ein 24jähriger RUC-Constable, verheiratet, zwei Kinder, das Ende der Unruhen herbeiwünschen? Er verdiente genug, um sich einen hohen Lebensstandard, ein hübsches Haus und Urlaubsreisen ins Ausland leisten zu können. Wozu sollte er sich Frieden wünschen, der ihn womöglich seinen guten Job kosten konnte?

Auch das britische Heer hat kein Interesse an der Beendigung des Nordirlandkonflikts. Die Provinz ist ein phantastisches Versuchsgelände für Waffen und ein erstklassiger Truppenübungsplatz – und wie die RUC kann das Heer sich auf diese Weise ein größeres Stück vom Kuchen sichern. Das Heer muß jedes Jahr um Haushaltsmittel kämpfen und steht dabei in Konkurrenz zur Marine, die mehr Geld für Trident-U-Boote fordert, und zur Luftwaffe, die den Eurofighter beschaffen will. Solange Nordirland auf der Tagesordnung steht, kann das Heer mit dringenden operativen Notwendigkeiten argumentieren – und niemand wird bestreiten, daß für den Kampf gegen den Terrorismus Geld nötig ist.

Der britischen Industrie hätte ein Waffenstillstand große Verluste beschert. Die großen Rüstungsfirmen lieferten Material, das speziell auf die Gewährleistung innerer Sicherheit zugeschnitten war, und verdienten unter den dortigen Einsatzbedingungen Millionen. Auf dem nordirischen Kriegsschauplatz erprobtes Material wurde ihnen von ausländischen Käufern aus den Händen gerissen. Kein Wunder, daß der Nordirlandkonflikt Großbritannien zu einem der drei größten Waffenexporteure der Welt gemacht hatte – mit segensreichen Auswirkungen auf die britische Zahlungsbilanz.

Ich wußte jetzt, weshalb McCann, Farrell und Savage hatten sterben müssen. Enniskillen. Ein für die PIRA negatives Medienecho. Menschenschlangen vor Kondolenzbüchern. Ein einschneidender Rückgang der Spenden von Amerikanern irischer Abstammung. Damals mußte wirklich die Gefahr einer Zeit des Dialogs und der Aussöhnung bestanden haben. Das hatten Simmonds und seine Komplizen nicht dulden können. Sie hatten Märtyrer schaffen müssen, um den Druck aufrechtzuerhalten.

Und ich? Ich war vermutlich nur ein kleiner Aussetzer einer gutgeölten Maschine. Und Nordirland war vermutlich nur eines ihrer vielen Tätigkeitsgebiete. Vielleicht provozierten diese Kerle auch Unruhen und Morde in Hebron, hetzten die Kroaten gegen die Serben auf und hatten sogar Kennedy ermorden lassen, weil er den Vietnamkrieg hatte beenden wollen. Schließlich war alles ein Geschäft, wie Simmonds gesagt hatte. Ich konnte ihnen nicht das Handwerk legen. Aber das machte mir keine Sorgen. Wozu denn auch? Immerhin hatte ich Kevs und Pats Tod gerächt. Das mußte mir genügen.

Ich verließ die Autobahn und fuhr auf der Straße nach Abergavenny weiter. Der Regen hatte aufgehört, aber dieser Straßenabschnitt war wegen häufiger Instandsetzungsarbeiten berüchtigt. Euans Haus lag etwa zehn Meilen jenseits der Stadt in Richtung Brecon.

Ich betätigte mich als Kolonnenspringer und erreichte damit, daß andere Fahrer hupten und mir mit der Faust drohten. Dann sah ich vor mir eine endlose Schlange roter Bremsleuchten. Der morgendliche Berufsverkehr hatte eingesetzt. Ich kam ebenfalls zum Stehen. Der Stau wurde durch Straßenbauarbeiten verursacht und schien mindestens eine Meile lang zu sein.

Ich fuhr aufs befestigte Bankett hinaus. Andere Autofahrer hupten wütend, als ich sie auf der Innenseite überholte. Das wilde Hupkonzert alarmierte die Arbeiter, die eine neue Fahrbahndecke aufbrachten. Sie rannten mir laut rufend entgegen, gestikulierten wie wild und deuteten auf die Schilder *Durchfahrverbot*. Aber ich beachtete sie gar nicht. Ich konnte nur hoffen, daß die Polizei mich nicht anhalten würde. Ich schaltete herunter, gab Gas und schaltete wieder hoch.

Ich erreichte Abergavenny und blieb auf der Umgehungsstraße. Als ich dann an einer Ampel mit endlos langen Schaltzeiten aufgehalten wurde, fuhr ich auf dem Gehsteig weiter und setzte mich so an die Spitze der Autoschlange.

Jenseits der Stadt ging es auf einer schmalen, kurvenreichen Straße in die Hügel weiter. Ich trat das Gaspedal durch, raste mit siebzig bis achtzig Meilen dahin und benutzte die gesamte Straßenbreite, als gehöre die Straße mir. Vor jeder Linkskurve fuhr ich so weit rechts, daß die Brombeerhecken an der rechten Wagenseite kratzten. In dieser Position hätte ich etwaige Hindernisse hinter der Kurve früher erkannt. Ohne zu bremsen, schaltete ich in den zweiten Gang herunter, trat in der

Kurve wieder das Gaspedal durch, legte gleich den vierten Gang ein und ließ ihn drin.

Nach ungefähr zwei Meilen versperrte ein langsamer Lastwagen fast die gesamte Straße. Dieser Viehtransporter, der auf zwei Ebenen Schafe beförderte, hatte am Heck einen Aufkleber, der mich fragte, ob seine Fahrweise in Ordnung sei – sonst sollte ich die Firmenleitung anrufen. Ich hatte reichlich Zeit, den Text zu studieren, während ich mit nicht mehr als zwanzig Meilen hinter dem Scheißkerl herzockelte.

Auf der kurvenreichen Straße mußte er mich in seinen Rückspiegeln sehen, aber er dachte nicht daran, links ranzufahren, um mich überholen zu lassen. Als wir nur noch fünfzehn Meilen schnell waren, sah ich auf meine Uhr. Es war kurz nach halb zehn, und ich war seit knapp drei Stunden unterwegs.

Ich fuhr immer wieder rechts raus, konnte nicht überholen und mußte wieder einscheren. Sogar die Schafe beobachteten mich jetzt. Der Lastwagenfahrer hatte seinen Spaß daran; ich begegnete seinem Blick in einem der großen Außenspiegel und sah ihn lachen. Er kannte diese Straße wie seine Westentasche und wußte deshalb, daß ich noch mehrere Meilen hinter ihm bleiben mußte, wenn er mich nicht freiwillig vorbeiließ. Also mußte ich riskieren, ihn halb auf dem Bankett fahrend zu überholen, und konnte dabei nur hoffen, daß mir niemand entgegenkommen würde.

Als der Fahrer des Viehtransporters vor der nächsten Kurve herunterzuschalten begann, beschleunigte ich und überholte ihn auf der falschen Straßenseite. Wenn mir jemand entgegenkam, waren wir beide tot. Der Lkw-Fahrer blendete auf und hupte; wahrscheinlich hoffte er, mich ablenken zu können, damit ich in den Straßengraben fuhr. Diesmal hatte ich jedoch Glück. Die Straße war frei, und ich ließ den Viehtransporter bald weit hinter mir.

Eine Viertelstunde später erreichte ich die Abzweigung zu Euans Tal. Ich bog mit quietschenden Reifen links ab. Schon nach hundert Metern wurde die Straße zu einem schmalen

Fahrweg. Falls hier ein Traktor vor mir herfuhr, würde ich kaum eine Überholmöglichkeit finden, aber diesmal blieb das Glück mir treu, und ich wurde nicht mehr aufgehalten. Nach weiteren zwanzig Minuten erreichte ich das Tal. Schon vor dem letzten Hügelrücken war die Rauchsäule zu sehen.

41

Die Mauern standen noch, aber das Dach war größtenteils eingestürzt, und aus den von der Hitze geplatzten Fenstern schlugen vereinzelt Flammen. Zwei Löschfahrzeuge standen vor dem Haus, und die Feuerwehrleute versuchten den Brand unter Kontrolle zu bringen.

Eine Handvoll Neugieriger hatte sich versammelt: Einheimische in Regenmänteln und Gummistiefeln, die von der anderen Seite des Tals herübergekommen waren, um zu gaffen.

Ich fuhr weiter und hielt am Tor. Ein paar Feuerwehrleute drehten sich nach mir um, sagten aber nichts, weil sie zu beschäftigt waren.

Ich stieg aus, rannte über die Straße zu dem etwa fünfzig Meter entfernten Wäldchen und winkte und brüllte wie ein Verrückter.

»Kelly! Kelly!«

Nichts.

»Ich bin's – Nick! Du kannst jetzt rauskommen!«

Aber sie war nicht da. Tief in meinem Innersten hatte ich wahrscheinlich schon gewußt, daß sie nicht dasein würde. Sie war in dem Augenblick tot gewesen, als sie meinen Anruf beantwortet hatte.

Ich machte kehrt und ging langsam den Fahrweg entlang auf die Gaffer zu. Sie musterten mich flüchtig, wobei ihnen der Anblick meines ramponierten Gesichts offenbar nicht behagte, und wandten sich wieder ab, weil sie die rauchende Ruine interessanter fanden.

»Ist da jemand dringewesen?« fragte ich, ohne jemanden gezielt anzusprechen.

Eine ältere Frau antwortete: »Er hat gestern abend Licht gehabt, und die Sanitäter sind im Haus gewesen. Wirklich ein Jammer! Er ist ein so netter junger Mann gewesen.«

Als ich die Gruppe verließ und auf das Haus zuging, vertrat mir ein Feuerwehrmann den Weg und hob eine behandschuhte Hand. »Entschuldigung, Sir, halten Sie bitte Abstand. Der Brand ist noch nicht vollständig gelöscht.«

»Radio Wales«, sagte ich und versuchte mir einen amtlichen Anstrich zu geben. »Können Sie mir sagen, was hier passiert ist?«

Ich sah über seine Schulter. Andere Feuerwehrleute zerrten verkohlte Einrichtungsgegenstände aus Euans Haus und warfen sie auf einen Haufen, der mit Löschwasser bespritzt wurde. Der Brandgeruch war jetzt sehr stark.

Ich sah wieder den Feuerwehrmann an. »Hier scheint es einen Brand gegeben zu haben, bei dem Gasflaschen hochgegangen sind«, sagte er. »Ich muß Sie bitten, weiter zurückzutreten, Sir.«

»Ist irgend jemand verletzt oder getötet worden?«

Während ich das fragte, fiel mir etwas auf, das ein anderer Feuerwehrmann auf den Haufen warf: Jenny oder Ricky. Ich hatte die beiden nie unterscheiden können, aber das spielte jetzt keine Rolle mehr. Der Teddybär war völlig verkohlt und hatte nur noch einen halben Arm.

»Es wird noch einige Zeit dauern, bis wir Gewißheit haben, aber diesen Brand kann niemand überlebt haben.«

Er hatte recht. Unter anderen Umständen wäre das eine Explosion gewesen, auf die ich hätte stolz sein können.

Kelly war tot. Vielleicht würde ich darüber hinwegkommen. Gewiß nicht rasch, aber irgendwann… Was hätte ich ihr schließlich bieten können?

Kelly hätte sich in einem schlimmen Zustand befunden, wenn sie erkannt hätte, was mit ihr passiert war, und eine Therapie gebraucht. Außerdem hatte sie angefangen, an unserem Lebensstil Gefallen zu finden. An sich hatte ihr Tod mir eine

Last von den Schultern genommen. In Zukunft brauchte ich sie nicht mehr zu beschützen oder mir Sorgen um sie zu machen.

Ich wandte mich ab und ging tief in Gedanken versunken zu meinem Wagen zurück. Was geschehen war, ließ sich nicht ungeschehen machen; ich konnte die Uhr nicht zurückdrehen. Alles weitere würde ich in den Nachrichten sehen.

Irgendwo in der Ferne hinter mir hörte ich einen Vogel kreischen, vielleicht eine Krähe. Das klang fast, als rief jemand meinen Namen.

Ich blieb stehen und drehte mich um.

Und da war Kelly, die hinter den Bäumen hervorkam und auf mich zurannte.

Ich wollte ihr entgegenlaufen, beherrschte mich dann aber. Alles sollte ganz unaufgeregt wirken, obwohl das Herz mir bis zum Hals schlug.

Sie warf sich mir in die Arme und vergrub ihr Gesicht an meiner Schulter. Ich hielt sie auf Armeslänge von mir weg. »Warum bist du nicht unter den Bäumen gewesen?« fragte ich halb aufgebracht, halb erleichtert, denn ich wußte nicht, ob ich schimpfen oder sie an mich drücken sollte.

»Warum bist du nicht unter den Bäumen gewesen, wie ich's gesagt habe?«

Sie starrte mich ungläubig an. »Weil man immer auf Abstand achtet, um aus dem Hintergrund beobachten zu können. Das weiß ich von dir!«

Ich griff nach ihrer Hand und sagte grinsend: »Schön, du hast recht.«

Wir gingen zufrieden lächelnd den Weg entlang. Kelly war völlig durchnäßt; ihr Haar klebte an ihrem Kopf.

Wir erreichten meinen Leihwagen und stiegen wortlos ein.

Ich sah sie im Rückspiegel an. Wir wechselten einen Blick. Sie lächelte, und ich knurrte: »Anschnallen!«

Dann ließ ich den Motor an, und wir fuhren davon.